W0354303

EDGAR WALLACE
DER RÄCHER /
DAS GEHEIMNIS DER GELBEN NARZISSEN

EDGAR WALLACE

DER RÄCHER

DAS GEHEIMNIS DER GELBEN NARZISSEN

VERLAG BUCH UND WELT

Der Rächer. Titel des Originals: »The Averger«
Das Geheimnis der gelben Narzissen. Titel des Originals: »The Daffodil Mystery«

Alle Rechte vorbehalten
Die deutschsprachigen Rechte an diesen neuen Textfassungen
und diesem Doppelband liegen beim Neuen Kaiser Verlag — Buch und Welt,
Hans Kaiser, Klagenfurt,
Schutzumschlag: Volkmar Reiter unter Verwendung eines Fotos von
Hubertus Mall, Stuttgart
Fotosatz Times 9 Punkt, Druck: Wulfenia, Feldkirchen, Kärnten
Bindearbeit: Kaiser, Klagenfurt

DER RÄCHER

1

Captain Michael Brixan war manchmal ein bißchen abergläubisch. So glaubte er, wenn er auf einem Feld eine grüne Krähe sähe, würde er bestimmt, ehe der Tag zu Ende ging, noch eine zweite grüne Krähe sehen. Und als er im Hauptbahnhof von Aachen einen Groschenroman mit dem unsäglichen Titel *Nur eine Komparsin oder: Der Stolz von Hollywood* kaufte, dachte er kaum darüber nach, warum das aufregende Werk eine halbe Million Mark gekostet hatte (damals war die Mark keinen Pfennig wert). Er fragte sich vielmehr, unter welchen Umständen er der Komparsin wiederbegegnen würde.

Der Roman fesselte ihn nicht. Er las eine Seite voll haarsträubender Superlative und wandte sich dann, um Atem zu schöpfen, dem Fahrplan zu. Er langweilte sich, aber nicht so sehr, daß er dem sensationellen Aufstieg der fiktiven Rosa Love etwas abgewinnen konnte. Er wartete noch darauf, der Komparsin ein zweites Mal zu begegnen.

Die Tatsache, daß er sich nicht für Verbrechen interessierte und Golfergebnisse faszinierender fand als Artikel über Massenmörder, läßt den Mann, der wohl der gerissenste Agent im Nachrichtendienst des Foreign Office war, vielleicht in einem falschen Licht erscheinen.

Seine Arbeitszeit verbrachte Michael Brixan damit, in obskuren Kaschemmen merkwürdige Leute vom europäischen Kontinent zu treffen und in verschiedenen Masken etwas über die Strömungen herauszufinden, die die Außenpolitik in unerwartete Bahnen lenken könnten. Er war zweimal als Tourist durch Europa gereist; er war mit einem Boot die Donau hinuntergepaddelt und hatte in kleinen Kneipen am Fluß so manches über geheime Mobilmachungen erfahren. Das waren Aufgaben, die ihm zusagten.

Deshalb ärgerte er sich natürlich, als er in einem Augenblick aus Berlin abberufen wurde, in dem es ihm beinahe gelungen war, sich den Text des slowakischen Geheimvertrages zu beschaffen. Ein Entwurf hatte ihm bereits vorgelegen.

»Wenn Sie mir noch einen einzigen Tag Zeit gelassen hätten, hätte ich den Vertrag fotokopieren können«, sagte er vorwurfsvoll zu Major George Staines, seinem Vorgesetzten, als er sich am nächsten Morgen in Whitehall einfand.

»Tut mir leid«, erwiderte Staines ungerührt. »Aber wir haben dem slowakischen Ministerpräsidenten ein bißchen ins Gewissen geredet, und er hat versprochen, sich künftig besser zu benehmen, und als Beweis seines guten Willens hat er uns den Vertrag gezeigt. Es ist sowieso nur eine Handelsvereinbarung. Was ich Sie fragen wollte, Mike: Sagt Ihnen der Name Elmer etwas?«

Der Geheimagent setzte sich auf die Schreibtischkante. »Haben Sie mich deshalb aus Berlin herzitiert?« fragte er fassungslos. »Um über Elmer zu reden? Er ist doch einer von den Rechnungsprüfern, nicht wahr?«

»Er *war*«, sagte Major Staines. »Er hat in der Buchhaltung gearbeitet.

Er ist vor drei Wochen von der Bildfläche verschwunden, und als wir seine Bücher prüften, stellten wir fest, daß er regelmäßig Geld unterschlagen hat.«

Michael Brixan schnitt eine Grimasse. »Das überrascht mich«, sagte er. »Er wirkte so bieder und harmlos. Aber Sie wollen doch wohl nicht, daß ich ihn suche? Für so etwas ist Scotland Yard zuständig.«

»Nein, Sie sollen ihn nicht suchen«, sagte Staines langsam. »Er ist nämlich . . . nun, er ist bereits gefunden worden.«

Er hatte es mit einem merkwürdigen Unterton gesagt, und ehe er den Zettel aus der Mappe auf seinem Schreibtisch genommen hatte, wußte Brixan schon, was kommen würde.

»Doch nicht der Kopfjäger?« fragte er atemlos. Selbst er hatte schon vom Kopfjäger gehört.

Staines nickte. »Hier ist die Mitteilung.« Er reichte den maschinegeschriebenen Zettel über den Tisch, und Michael las:

»Hinter der Hecke an der Eisenbahnunterführung in Esher steht eine Kiste.

Der Kopfjäger.«

»Der Kopfjäger!« wiederholte Michael und pfiff vor sich hin.

»Wir haben die Kiste gefunden, und darin lag natürlich der Kopf des armen Elmer, sauber vom Rumpf abgetrennt«, sagte Staines. »Es ist der zwölfte Kopf in sieben Jahren, und in fast jedem Fall — in jedem bis auf zwei Fälle, um genau zu sein — hatte das Opfer versucht, vor der Polizei zu fliehen. Ich fürchte, ich hätte Sie selbst dann zurückgeholt, wenn wir die Sache mit dem Vertrag nicht anderweitig geklärt hätten, Michael.«

»Aber das ist Polizeiarbeit«, wandte der junge Mann ein.

»Sie sind doch offiziell Polizeibeamter«, unterbrach sein Chef, »und der Außenminister möchte, daß Sie den Fall bearbeiten. Er hat die ausdrückliche Zustimmung des Innenministers, der natürlich der oberste Dienstherr von Scotland Yard ist. Die Presse weiß noch nichts von Elmers Tod und von dem grausigen Fund. Beim letztenmal gab es einen solchen Aufruhr, daß die Polizei jetzt lieber den Mund hält. Es gab zwar eine Voruntersuchung — ich nehme an, die Jury war handverlesen, aber es wäre Hochverrat, das laut zu sagen —, und das Ergebnis war das übliche. Ich kann Ihnen nur noch sagen, daß Elmer vor einer Woche von seiner Nichte gesehen wurde, in Chichester. Das stellten wir fest, ehe wir von seinem Ende erfuhren. Die Nichte, eine gewisse Adele Leamington, arbeitet bei der Knebworth-Film, die ihre Studios in Chichester hat. Der alte Knebworth ist Amerikaner, ein ganz umgänglicher Mann. Adele Leamington ist eine bessere Komparsin, ich weiß nicht mehr, wie man es genau nennt . . .«

»Komparsin!« stöhnte Michael. »Ich hab' ja gewußt, daß es kommen würde. Entschuldigung, Sir . . . Was soll ich tun?«

»Fahren Sie zu ihr«, sagte Stainles. »Hier ist die Adresse.«

»War Elmer verheiratet?« fragte Michael, als er den Zettel einsteckte.

»Ja, aber seine Witwe konnte uns keinerlei Anhaltspunkte geben. Außer ihr weiß übrigens niemand, daß er tot ist. Sie hatte ihn seit einem Monat nicht mehr gesehen, und sie hatten offenbar seit Jahren mehr oder weniger getrennt gelebt. Sein Tod ist sehr lukrativ für sie, denn er hatte eine hohe Lebensversicherung abgeschlossen und sie begünstigt.«

Michael las die schaurige Mitteilung des Kopfjägers noch einmal.

»Darf ich fragen, was für eine Theorie Sie haben?« sagte er neugierig.

»Man nimmt allgemein an, es handle sich um einen Geistesgestörten, der sich berufen fühlt, Gerechtigkeit zu üben. Aber die beiden Ausnahmen lassen sich absolut nicht damit vereinbaren.« Staines lehnte sich zurück und runzelte nachdenklich die Stirn. »Nehmen wir den Fall Willitt. Sein Kopf wurde vor zwei Jahren in den Anlagen von Clapham gefunden. Willitt war ein wohlhabender Mann, grundanständig und beliebt, und er hatte ein dickes Bankkonto. Crewling, die andere Ausnahme, eins der ersten Opfer des Kopfjägers, war ebenfalls über jeden Verdacht erhaben, obgleich er ein paar Wochen vor seinem Tod nicht mehr ganz richtig im Kopf war. Die Mitteilungen wurden übrigens alle mit derselben Maschine geschrieben, mit einer sehr alten, kaum noch gebräuchlichen Kost, wie unsere Experten anhand des Schriftbildes nachgewiesen haben. Die Us sind besonders auffällig. Wenn Sie jemand finden, der mit einer Kost schreibt, haben Sie wahrscheinlich den Mörder. Aber es ist sehr unwahrscheinlich, daß er jemals auf diese Weise gefunden wird. Die Polizei hat nämlich alle Besonderheiten des Schriftbilds veröffentlicht; die Us sind verwischt, und die Gs sind undeutlich. Ich glaube, unser Mann benutzt die Maschine nur, um das Ableben seiner Opfer bekanntzugeben.«

Michael fuhr wieder nach Hause und dachte verwirrt über den ungewöhnlichen Auftrag nach. Sein Feld waren die Niederungen der Politik, die Kehrseiten der Diplomatie. Die menschlich allzumenschlichen Anomalien, die Diebstähle und Überfälle und Morde, mit denen Scotland Yard sich beschäftigte, fielen dagegen nicht in sein Ressort.

»Bill«, sagte er zu dem kleinen Terrier, der vor dem Kamin im Wohnzimmer lag, »über diese Sache stolpere ich bestimmt. Aber ich werde zumindest eine Komparsin kennenlernen. Ist das nicht großartig?«

Bill wedelte begeistert mit dem Schwanz.

2

Adele Leamington ging erst zu dem weißhaarigen Mann auf dem Regiestuhl, als das Studio beinahe leer war. Er hatte beide Hände in den Taschen vergraben, und starrte finster vor sich hin.

Niemand wußte besser als sie, daß es kein günstiger Zeitpunkt war.

»Mr. Knebworth, könnte ich Sie einen Augenblick sprechen?«

Er sah langsam auf. Normalerweise hätte er sich erhoben, denn er war ein Muster an Höflichkeit. Aber eben jetzt war seine Achtung vor dem weiblichen Geschlecht unter den Nullpunkt gesunken. Sein Blick war gleichgültig, obgleich der Regisseur in ihm bestimmt ihre Vorzüge zu schätzen wußte. Sie hatte sehr ebenmäßige Züge und dichtes braunes Haar. Ihre Lippen waren feingeschnitten, ihre Figur perfekt.

Jack Knebworth hatte in seinem Leben aber schon viele schöne Komparsinnen gesehen und war immer wieder enttäuscht worden, wenn sie vor die Kamera traten — wie seelenlose Marionetten, ohne Ausstrahlung, hoffnungslos. Zu hübsch, um gescheit zu sein, zu eitel, um natürlich zu sein. Puppen ohne Verstand und Initiative, eben Komparsinnen, die nur im Hintergrund stehen, mechanisch lächeln und ein bißchen herumhüpfen konnten, ihr Lebtag zur Statisterie verdammt.

»Was ist denn?« fragte er unwirsch.

»Gibt es in der nächsten Produktion nicht eine Rolle, die ich spielen könnte, Mr. Knebworth?«

Er kräuselte die Lippen. »Haben Sie nicht schon eine Rolle, Miß . . . ah, Leamington, so heißen Sie doch?«

»Ich habe eine Rolle, das stimmt, aber leider sehr weit hinten«, sagte sie lächelnd. »Ich bitte gar nicht um eine große Rolle, aber ich bin sicher, ich könnte mehr leisten.«

»Ich bin sicher, daß Sie nicht schlechter wären als gewisse Damen«, brummte er. »Nein, ich habe nichts anderes für Sie. Wenn sich die Situation nicht bald ändert, gibt es hier für niemanden mehr eine Rolle.«

Sie entfernte sich, aber er rief sie zurück.

»Ein gutbürgerliches Elternhaus verlassen, nicht wahr?« sagte er. »Sie haben gedacht, beim Film gibt's eine Million im Jahr, und jeden Donnerstag steht ein neues Auto vor der Tür? Oder waren Sie vielleicht Stenotypistin und haben sich eingebildet, Sie würden Hollywood erobern? Wenn ich Ihnen einen Rat geben darf — gehen Sie zurück und sagen Sie ihrem Alten Herrn, eine Schreibmaschine sei solider als jede Kamera.«

Adele lächelte schwach. »Ich bin nicht zum Film gegangen, weil ich berühmt werden wollte, wenn Sie das meinen. Ich wußte, wie hart es sein kann. Und ich habe keine Eltern mehr.«

Er musterte sie interessiert. »Wovon leben Sie denn?« fragte er. »Komparsen verdienen doch keine Reichtümer, jedenfalls nicht in diesem Studio. Ja, wenn ich einer von den Superproduzenten wäre, die Filme mit römischen Wagenrennen machen . . . Bin ich aber nicht. Mein Traumfilm hat fünf Personen.«

»Ich habe ein bißchen was von meiner Mutter geerbt, und ich schreibe«, sagte sie.

Sie folgte seinem Blick zum Studioeingang und sah dort eine auffallende Erscheinung. Zuerst dachte sie, es sei ein Schauspieler, der sich für Probeaufnahmen kostümiert habe.

Der Besucher war ein alter Herr, aber seine Größe und seine kerzengerade Haltung ließen ihn viel jünger wirken. Der enge Schwalbenschwanz, die Hosen mit den Stegen unter den Sohlen, der Stehkragen und die schwarzseidene Halsbinde gehörten, obgleich sie neu waren, zu einer vergangenen Zeit. Er hätte aus einem Familienporträt des 18. Jahrhunderts gestiegen sein können. In der einen Hand hielt er einen Zylinder mit gebogener Krempe, in der anderen einen Spazierstock mit Goldknauf. Das gefurchte Gesicht war gutmütig und freundlich, und er schien sich nichts daraus zu machen, daß er eine Glatze hatte.

Knebworth war aufgesprungen und eilte auf den Fremden zu. »Mr. Longvale! Wie schön, Sie zu sehen, haben Sie meinen Brief bekommen? Ich kann gar nicht sagen, wie dankbar ich bin, daß Sie uns Ihr Haus zur Verfügung stellen wollen.«

Sampson Longvale, der Eigentümer von »Dower House«! Er wurde in Chichester nur der »Altmodische« genannt. Adele hatte bei Außenaufnahmen einmal das weitläufige, schon etwas baufällige Gemäuer mit dem unkrautüberwucherten Garten gesehen, in dem er wohnte.

»Ich dachte, ich käme einfach herüber, um mit Ihnen zu sprechen«, sagte er. Seine Stimme war überraschend wohlklingend. Sie konnte sich nicht erinnern, je ein so angenehmes Timbre gehört zu haben, und musterte die exzentrische Gestalt mit neuem Interesse.

»Ich kann nur hoffen, daß das Haus und das Grundstück Ihren Anforderungen entsprechen. Ich fürchte, der Zustand läßt etwas zu wünschen übrig, aber ich habe leider nicht das Geld, den Besitz so zu erhalten, wie er zu meines Großvaters Zeiten gewesen ist.«

»Es ist genau das, was wir brauchen, Mr. Longvale. Ich dachte schon, ich hätte einen Fauxpas begangen, als ich Ihnen sagte . . .«

Der alte Herr unterbrach ihn leise lachend: »Nein, nein, im Gegenteil, es hat mir Spaß gemacht. Sie wollten ein Haus mit Vergangenheit, und das ist es, obgleich ich Ihnen nicht versprechen kann, daß die Geister meiner Familie sich nachts zeigen werden. In ›Dower House‹ spukt es übrigens schon seit Hunderten von Jahren, wenn Sie so wollen. Ein ehemaliger Bewohner erschlug dort in einem Anfall von Raserei die eigene Tochter, und die unglückliche Dame geht seitdem um. Ich selbst habe sie nie gesehen, aber ein früherer Diener bekam sie einmal zu Gesicht. Jetzt brauche ich mich nicht mehr mit Dienstboten herumzuplagen — ich habe keine mehr.« Er lächelte. »Sie sind natürlich willkommen, wenn Sie bei mir wohnen möchten, Ihre Leute auch. Ich kann leicht ein Dutzend Gäste unterbringen.«

Knebworth seufzte erleichtert. Er hatte feststellen müssen, daß es so gut wie unmöglich war, in der Nachbarschaft von »Dower House« Zimmer zu finden; er wollte aber unbedingt Nachtaufnahmen machen, und er brauchte für eine bestimmte Szene ein Licht, das es nur in den frühen Morgenstunden gab.

»Ich fürchte, wir werden Ihnen Ungelegenheiten bereiten«, sagte er. »Außerdem sollten wir jetzt endlich die . . . nun, die finanzielle Seite regeln.«

Der alte Herr hob die Hand. »Sprechen wir nicht von Geld«, sagte er. »Ich interessiere mich für die Filmkunst, wie übrigens für alle Phänomene der neuen Zeit. Alte Leute neigen meist dazu, alles Moderne abzulehnen, aber ich tue nichts lieber, als die wissenschaftlichen Wunder zu studieren, die das zwanzigste Jahrhundert uns gebracht hat.«

Er sah den Regisseur verschmitzt an. »Eines Tages sollten Sie einen Film mit mir drehen, in einer Rolle, die bestimmt niemand besser spielen kann als ich: meinen berühmten Vorfahren.«

Knebworth sah ihn halb amüsiert, halb verblüfft an. Er wurde fast jeden Tag von Leuten angesprochen, die sich auf der Leinwand sehen wollten, aber von Sampson Longvale hatte er diese Regung der Eitelkeit nicht erwartet.

»Ein interessanter Vorschlag«, sagte er höflich. »Ich nehme an, Ihre Familie war einmal sehr berühmt?«

Longvale seufzte. »Das bedeutendste Mitglied war Charles Henri, aber ich stamme nicht in direkter Linie von ihm ab. Er war mein Uronkel. Ich gehöre zu den Longvales aus Bordeaux, die aber auch Geschichte gemacht haben.«

»Sind Sie Franzose?« fragte Knebworth.

Der alte Herr schien ihn nicht recht verstanden zu haben. Er starrte ins Leere. Dann zuckte er zusammen und sagte: »Ja, ja, wir waren Franzosen. Mein Urgroßvater heiratete eine Engländerin, die er unter sehr merkwürdigen Umständen kennengelernt hatte. Wir kamen im Directoire nach England.«

Erst jetzt schien er Adele zu bemerken und verbeugte sich vor ihr.

»Ich muß gehen«, sagte er dann nach einem Blick auf eine große goldenen Uhr, die er aus der Tasche gezogen hatte.

Adele blickte den beiden nach und sah den »Altmodischen« am Fenster vorbeigehen und in das altmodischste Automobil steigen, das sie je gesehen hatte. Es mußte eines der ältesten Motorfahrzeuge überhaupt sein, ein gewaltiges hohes Vehikel, das nun mit donnerndem Getöse — aber sehr gemächlich — die Kieseinfahrt hinunterrollte und verschwand.

Knebworth kehrte langsam zurück. »Alle sind verrückt danach, vor die Kamera zu treten, ob alt oder jung«, sagte er. »Auf Wiedersehen, Miß . . . wie war doch gleich der Name? Ach ja, Leamington, nicht wahr? Guten Abend.«

Erst auf dem Heimweg wurde sie sich bewußt, daß das Gespräch, das sie mit so viel Mut angeknüpft hatte, im Sand verlaufen war. Von ihrer kleinen Rolle war sie so weit entfernt wie eh und je.

3

Adele hatte ein kleines Zimmer in einem unscheinbaren Reihenhaus, und es gab Augenblicke, in denen sie wünschte, es wäre noch kleiner, weil sie dann einen Vorwand gehabt hätte, die pummelige und resolute Mrs. Watson, ihre Wirtin, um Mietnachlaß zu bitten. Knebworth bezahlte seine Komparsen zwar nicht schlecht, beschäftigte sie aber nur selten, denn er gehörte zu den gewitzten Regisseuren, die sich auf Ehe- und Familiendramen spezialisierten.

Sie zog sich gerade an, als Mrs. Watson ihr den Morgentee brachte. »Vor der Haustür lungert schon den ganzen Morgen ein junger Bursche herum«, sagte sie. »Ich habe ihn gesehen, als ich die Milch hereinholte. Er war sehr höflich, aber ich sagte ihm, Sie schliefen noch.«

»Wollte er denn zu mir?« fragte Adele überrascht.

»Allerdings«, erwiderte Mrs. Watson grimmig. »Ich habe ihn gefragt, ob Knebworth ihn schicke, aber er sagte nein. Wenn Sie ihn sprechen möchten, können Sie meinetwegen das Wohnzimmer benutzen, obgleich ich es ehrlich gesagt nicht gern sehe, daß meine Untermieterinnen Herrenbesuch bekommen. Ich habe noch nie an Schauspielerinnen vermietet, und man kann nicht vorsichtig genug sein. Ich habe einen guten Ruf und möchte ihn nicht verlieren.«

Adele lächelte. »Ich kann mir nicht gut vorstellen, daß ein Besuch am frühen Morgen Ihren Ruf gefährden könnte, Mrs. Watson«, sagte sie spitz.

Sie ging nach unten und machte die Haustür auf. Der junge Mann stand mit dem Rücken zu ihr auf dem Trottoir, doch als er das Geräusch der Tür hörte, drehte er sich um. Er sah sympathisch aus und war gut gekleidet, und er hatte ein ausgesprochen nettes Lächeln.

»Ich hoffe, Ihre Wirtin hat Sie nicht geweckt? Ich hätte warten können. Sie sind doch Adele Leamington?«

Sie nickte. »Kommen Sie bitte herein«, sagte sie und führte ihn in das spießig eingerichtete kleine Wohnzimmer.

»Ich bin Reporter«, log er, und sie runzelte die Stirn.

»Dann kommen Sie wegen Onkel Francis? Ist etwas passiert? Letzte Woche ist schon ein Kriminalbeamter da gewesen. Ist er gefunden worden?«

»Nein, noch nicht«, sagte er vorsichtig. »Sie kannten ihn natürlich gut, Miß Leamington?«

Sie schüttelte den Kopf. »Im Gegenteil, ich hab' ihn nur zweimal in meinem Leben getroffen. Mein Vater und er hatten Streit, ehe ich geboren wurde. Das erstemal kam er zu uns, als Daddy tot war, und das zweitemal, als meine Mutter im Sterben lag.«

Sie hörte, wie er seufzte, und spürte seine Erleichterung, obgleich sie sich absolut nicht vorstellen konnte, warum er erleichtert sein sollte, weil ihr Onkel praktisch ein Fremder für sie gewesen war.

»Sie haben ihn aber kürzlich in Chichester gesehen?«

»Ja, auf dem Weg zum Goodwood Park. Ich fuhr zusammen mit Freunden mit dem Bus hin, und er war auf dem Bürgersteig. Er sah furchtbar elend und besorgt aus. Er kam gerade aus einem Schreibwarenladen. Er hatte eine Zeitung unter dem Arm und einen Brief in der Hand.«

»Wo war der Laden?« fragte er schnell.

Sie nannte die Adresse, und er notierte sie.

»Sie haben ihn nicht noch mal gesehen?«

Sie schüttelte den Kopf. »Ist es etwas Schlimmes?« fragte sie dann ängstlich. »Mutter hat oft gesagt, Onkel Francis lebe über seine Verhältnisse und sei zu leichtsinnig. Hatte er Schwierigkeiten?«

»Ja, die hatte er«, gab Michael zu. »Aber Sie haben nichts damit zu tun, also keine Sorge. Sie sind eine große Schauspielerin, nicht wahr?«

Sie mußte lachen. »Das werde ich höchstens sein, wenn Sie es in Ihrer Zeitung behaupten.«

»In meiner was?« antwortete er unwillkürlich. »Ach ja, natürlich, in der Zeitung.«

»Ich glaube, Sie sind gar kein Reporter«, sagte sie mißtrauisch.

»Doch, ich bin einer«, beteuerte er und nannte frech den Namen der einflußreichsten Zeitung des Landes.

»Ich bin keine große Schauspielerin, und ich fürchte, ich werde nie eine sein. Ich rede mir natürlich ein, es liege daran, daß ich noch nie eine richtige Chance hatte, aber ich habe den schrecklichen Verdacht, daß Knebworth instinktiv weiß, wie unmöglich ich sein würde.«

Michael Brixan hatte plötzlich angefangen, sich ungemein für den Fall zu interessieren, und er war ehrlich genug, sich einzugestehen, daß sein Interesse etwas mit Francis Elmers Nichte zu tun hatte; er hatte noch nie ein Mädchen kennengelernt, das so hübsch und gleichzeitig so umwerfend aufrichtig und natürlich war.

»Ich nehme an, Sie gehen gleich ins Studio?«

Sie nickte.

»Ich frage mich, ob Mr. Knebworth etwas dagegen hätte, wenn ich Sie mal bei den Aufnahmen besuchte?«

Sie zögerte. »Ehrlich gesagt, hat er es nicht gern, wenn seine Leute bei der Arbeit gestört werden.«

»Dann besuche ich einfach ihn«, sagte Michael nickend. »Es ist schließlich egal, zu wem ich komme.«

»Mir ist es auf jeden Fall egal«, entgegnete sie kühl.

Eine unverblümte Abfuhr, wie man so sagt, dachte Michael, als er die Straße hinunterging.

Seine Erkundigungen nahmen nicht viel Zeit in Anspruch. Er fand das kleine Schreibwarengeschäft, und zum Glück erinnerte der Besitzer sich an Francis Elmer.

»Er kam wegen eines Briefes, obgleich der gar nicht an ihn gerichtet war«, sagte er. »Einige Leute lassen nämlich ihre Post hierher schicken. Ich verdiene damit etwas Geld zusätzlich.«

»Hat er eine Zeitung gekauft?«

»Nein, Sir, er kaufte keine, aber er hatte eine unter dem Arm, den *Morning Telegram*. Ich erinnere mich daran, weil eine Anzeige aus der Kummerspalte auf der ersten Seite blau angestrichen war, und ich mich fragte, worum es wohl gehen mochte. Ich habe übrigens noch eine Ausgabe des *Morning Telegram* von dem Tag da. Augenblick . . .« Er ging in das kleine Zimmer hinter dem Laden und kam mit einer schmuddeligen Zeitung zurück, die er auf den Tresen legte.

»Hier sind sechs Anzeigen, aber ich weiß nicht mehr, welche es war.«

Michael las die Kummerspalte. Eine Mutter bat ihren Sohn zurückzukehren, dann würde »alles verziehen« sein. Eine Annonce war offensichtlich verschlüsselt, und Michael hatte keine Zeit, den Code zu knacken. In einer dritten wurde ein Rendezvous verabredet. Die vierte war kaum verhüllte Reklame für eine neue Lockenschere, und bei der fünften wurde er aufmerksam. Sie lautete:

»Besorgt. Letzte Anweisungen unter der Adresse, die ich Ihnen gab. Nur Mut. Der Wohltäter.«

»Von einem Wohltäter«, sagte Michael. »Was für einen Eindruck machte der Mann, wirkte er irgendwie nervös oder ängstlich?«

»Ja, Sir, er schien ganz außer sich zu sein — und abwesend. Als hätte er völlig den Kopf verloren.«

»Eine sehr gute Beschreibung«, sagte Michael.

4

Im Studio der Knebworth-Film wartete man seit fast einer Stunde. Jack Knebworth saß auf seinem Regiestuhl, strich über sein langes Kinn und blickte dann und wann zur Uhr über der Tür zum Aufnahmeleiterbüro.

Als Stella Mendoza in einer Duftwolke von Veilchenparfüm mit ihrem Pekinesen an der Leine hereinrauschte, war es elf.

»Ist bei Ihnen noch Sommerzeit?« fragte Knebworth langsam. »Oder dachten Sie, wir wollten erst nachmittags anfangen? Sie haben fünfzig Leute warten lassen, Stella.«

»Das ist nicht meine Schuld«, sagte sie schnippisch. »Sie haben doch gesagt, wir machen Außenaufnahmen, und ich dachte natürlich, es sei nicht eilig. Ich mußte schließlich meine Sachen packen.«

»Sie dachten natürlich, es sei nicht eilig!«

Jack Knebworth stritt sich durchschnittlich dreimal im Jahr. Dies würde der dritte Krach sein. Der erste war mit Stella gewesen, der zweite war mit Stella gewesen, und nun würde auch der dritte mit Stella sein.

»Sie sollten um Punkt zehn da sein. Die Kollegen warten seit viertel vor zehn.«

»Sagen Sie lieber, welche Szene an der Reihe ist«, flötete sie und warf ungeduldig den Kopf hoch.

»Nummer neun«, antwortete Knebworth sehr langsam. »Also Sie. Ziehen Sie sich jetzt bitte um, und vergessen Sie nicht wieder, Ihre Perlenohrringe abzumachen. Sie spielen ein halbverhungertes Chormädchen. Wir drehen in ›Griff Towers‹, und ich habe dem Besitzer versprochen, das Tagespensum um drei fertig zu haben. Wenn Sie Greta Garbo oder Lillian Gish wären, könnten Sie es sich vielleicht leisten, die Kollegen warten zu lassen, aber Stella Mendoza hat um Punkt zehn im Studio zu erscheinen. Verstanden?«

Knebworth stand auf und zog seelenruhig seinen Mantel an. Die Schauspielerin platzte fast vor Wut. Stella hieß eigentlich Maggie Stubbs und war die Tochter eines Krämers aus den Midlands, und Knebworth hatte mit ihr geredet, als ob sie immer noch Maggie Stubbs wäre und nicht der große Star, das Idol von Fans auf der ganzen Welt (wie ihr Presseagent maßlos übertrieb).

»Meinetwegen, wenn Sie Stunk haben wollen, können Sie ihn kriegen, Knebworth!« fauchte sie. »Ich werfe den Kram hin, auf der Stelle. Ich glaube zu wissen, was ich meinem Ruf schuldig bin. Die Rolle müßte sowieso von A bis Z umgeschrieben werden, weil meine Persönlichkeit viel zuwenig durchkommt. Außerdem hat der Hauptdarsteller viel zu viele Szenen. Die Leute, die ihr hart verdientes Geld für Kino ausgeben, wollen keine Männer sehen, sondern Frauen. Sie sind nicht fair zu mir, Knebworth. Ich gebe zu, ich habe vielleicht ein bißchen zuviel Temperament, aber niemand kann von einer Frau wie mir verlangen, ein Holzklotz zu sein.«

»Sie sind zwar kein Holzklotz, aber Sie haben Stroh im Kopf«, zischte der Regisseur und fuhr fort, ohne auf ihren wachsenden Zorn zu achten: »Sie haben zwei Jahre in Hollywood Nebenrollen spielen dürfen, und das einzige, das Sie von dort zurückgebracht haben, sind ein paar unverschämte Redensarten, aber die hätten Sie auch woanders aufschnappen können. Temperament! Wenn ich das schon höre. Damit entschuldigen gewisse Damen alles. Sie sind genau das, was Sie schon immer gewesen sind, eine dumme Gans, und ich kann nur Gott danken, daß wir noch nicht mit den Dreharbeiten angefangen haben. Werfen Sie ruhig den Kram hin, aber bitte schnell!«

Kochend vor Wut drehte der Star sich um und lief, das unschuldige Hündchen roh hinter sich her zerrend, aus der Aufnahmehalle.

Der weißhaarige Knebworth blickte seine Leute unter zusammengezogenen Brauen an.

»Und jetzt geschieht das große Wunder«, sagte er ironisch. »Jetzt wird die kleine Komparsin, die zu Hause eine kranke Mutter hat und die Hypothek nicht zahlen kann, über Nacht berühmt. Wenn ihr noch nicht wissen solltet, daß sowas in Hollywood dauernd passiert, habt ihr nicht genug Klatschblätter gelesen. Treten Sie vor, Mary Pickford die Zweite.«

Die Komparsinnen lächelten, einige amüsiert, andere unbehaglich, aber keine sagte etwas. Adele war wie erstarrt und hätte ohnehin kein Wort hervorbringen können.

»Bescheidenheit ist in unserer Branche nur hinderlich«, fuhr Knebworth spöttisch fort. »Wer von Ihnen glaubt, sie könne die Roselle spielen? Die Rolle wird nämlich von einer Komparsin übernommen werden, das garantiere ich Ihnen. Ich werde dieser eingebildeten Ziege beweisen, daß es hier im Studio keine einzige Komparsin gibt, die sie nicht an die Wand spielen könnte. Gestern abend hat doch eine von Ihnen behauptet, sie könne eine richtige Rolle übernehmen . . . Sie!«

Sein Zeigefinger richtete sich auf Adele, und mit heftig pochendem Herzen ging sie zu ihm.

»Wir haben doch vor einem halben Jahr Probeaufnahmen von ihr gemacht«, sagte Knebworth mißtrauisch. »Irgend etwas stimmte nicht mit ihr, was war es bloß?« Er hatte sich an seinen Regieassistenten gewendet. Der junge Mann kratzte sich nachdenklich den Schädel.

»Die Fesseln?« rief er aufs Geratewohl — keine schlechte Antwort, denn Knebworth stellte große Anforderungen an diesen Teil der weiblichen Anatomie.

»Nein, die waren okay. Holen Sie bitte die Kopie und führen Sie sie vor.«

Zehn Minuten später saß Adele neben dem alten Mann in dem kleinen Vorführraum und sah sich ihre Probeaufnahmen an.

»Die Haare!« erklärte Knebworth triumphierend. »Ich wußte, daß da etwas war. Ich kann Bubiköpfe nicht ausstehen, die Mädchen sehen damit so entsetzlich emanzipiert und naseweis aus. Haben Sie sie wachsen lassen?« fügte er hinzu, als die Lampen angeknipst wurden.

»Ja, Mr. Knebworth.«

Er musterte sie anerkennend, aber leidenschaftslos.

»Ganz passabel«, sagte er widerwillig. »Gehen Sie zur Garderobiere und lassen Sie sich Miß Mendozas Kostüme anpassen. Aber eines muß ich Ihnen noch sagen. Egal ob Sie gut oder schlecht sein werden, Sie haben keine Zukunft, setzen Sie sich also bitte keine Flausen in den Kopf. Die einzige Frau, die eine echte Chance hat, ist die Frau des Produzenten oder des Regisseurs, und ich werde Sie niemals heiraten, selbst dann nicht, wenn Sie mich auf Knien darum bitten. Ich kann Ihnen also nur empfehlen, sich an einen britischen Produzenten ranzumachen, wenn Sie in diesem Film gut sein sollten.« Er schnippte mit den Fingern. »Gib Miß Wieheißt-sie-doch-gleich das Script, Harry. Und Sie, Miß, Sie verziehen sich am besten in einen stillen Winkel und lernen es. Ich gebe Ihnen eine halbe Stunde. Harry, du regelst die Sache mit der Garderobiere.«

Wie eine Schlafwandlerin schritt Adele in den schattigen Garten am Studiogebäude, setzte sich auf eine Bank und versuchte, sich auf das Drehbuch zu konzentrieren. Es war nicht wahr — es konnte nicht wahr sein! Dann hörte sie den Kies knirschen und sah erschrocken hoch. Es war der junge Mann, der sie am Morgen besucht hatte, Michael Brixan.

»Bitte, Sie dürfen mich jetzt nicht stören«, sagte sie aufgeregt. »Ich habe eine Rolle bekommen . . . eine Hauptrolle!«

Ihr Lampenfieber war so echt, daß er beschloß, es möglichst kurz zu machen. »Tut mir furchtbar leid«, begann er.

In ihrer Verwirrung hatte sie die losen Manuskriptblätter fallen gelassen, und als er sich gleichzeitig mit ihr bückte, um sie einzusammeln, stießen ihre Köpfe aneinander.

»Entschuldigung. Ist das nicht die alte Komödiensituation?« sagte er.

Und dann warf er einen Blick auf das Blatt, das er gerade aufgehoben hatte, und fing an zu lesen. Es war eine Szenenbeschreibung:

»Die Zelle ist groß und wird von einer Glühbirne an einer Strippe beleuchtet. Durch die Gitterstäbe sieht man den wachhabenden Soldaten hin und her gehen . . .«

»Guter Gott!« sagte Michael und wurde aschfahl. Die Us waren verwischt, die Gs undeutlich. Die Seite war auf derselben Maschine getippt worden wie die grausigen Todesanzeigen des Kopfjägers.

5

»Was ist denn?« fragte Adele.

Michael zeigte ihr die Manuskriptseite. »Woher haben Sie die?«

»Ich weiß nicht. Sie lag zwischen den anderen Seiten. Natürlich gehört sie nicht in das Drehbuch von ›Roselle‹.«

»Ist das der Film, den Sie zurzeit drehen? Wer könnte eventuell Bescheid wissen?«

»Mr. Knebworth.«

»Wo finde ich ihn?«

»Gehen Sie durch die Tür dort. Er ist in der Aufnahmehalle.«

Ohne noch etwas zu sagen, betrat er rasch das Gebäude. Sein Instinkt sagte ihm, wer von den Männern derjenige war, den er suchte. Jack Knebworth blickte ihm unwillig entgegen, denn wenn er arbeitete, wollte er keine Fremden im Studio sehen. Bevor er jedoch eine Erklärung verlangen konnte, sprach Michael ihn an:

»Mr. Knebworth?«

Jack nickte. »Der bin ich.«

»Kann ich Sie ein paar Minuten sprechen?«

»Nein, nicht einmal eine Minute. Wer sind Sie, und wer hat Sie hereingelassen?«

»Ich bin Beamter des Außenministeriums«, sagte Michael, die Stimme senkend, und Jacks Verhalten änderte sich sofort.

»Ist etwas passiert?« fragte er, als er den Besucher in sein Büro führte.

Michael legte die Seite mit der verräterischen Maschinenschrift auf den Tisch. »Wer hat das getippt?« fragte er.

Jack Knebworth sah sie sich genau an und schüttelte dann den Kopf. »Das habe ich noch nie zu Gesicht bekommen. Um was geht es eigentlich?«

»Sie haben diese Manuskriptseite noch nie gesehen?«

»Nein, das schwöre ich. Aber mein Dramaturg weiß bestimmt darüber Bescheid. Ich lasse ihn holen.« Er drückte auf einen Klingelknopf und bat den Angestellten, der hereinkam, Mr. Foss so schnell wie möglich zu ihm zu schicken.

»Lawley Foss«, wandte er sich erklärend an Michael, »ist derjenige, der sich um die Drehbücher kümmert, der sie liest und entscheidet, welche in die engere Wahl kommen sollen. Er realisiert die Filme auch. Ich bekomme ein Drehbuch erst zu sehen, wenn er glaubt, die Story sei gut genug, um produziert zu werden. Aber auch dann wird natürlich nicht immer ein Film daraus gemacht. Ist die Story schlecht, sehe ich das Drehbuch überhaupt nicht. Ich bin allerdings nicht ganz sicher, ob mir auf diese Weise nicht ein paar gute Filme entgangen sind, denn Foss« — er zögerte eine Sekunde —, »nun ja, wir sind eben nicht immer der gleichen Meinung. Also, Mr. Brixan, um was geht es?«

Mit wenigen Worten erklärte Michael die schwerwiegende Bedeutung der getippten Seite.

»Der Kopfjäger!« Jack pfiff leise durch die Zähne.

Es klopfte, und Lawley Foss schlüpfte herein — ein ziemlich dünner Mann mit dunkler Haut, finsterer Miene und unstetem Blick. Sein Gesicht war zerfurcht, als habe er ein schweres chronisches Leiden. Doch die einzige Krankheit, an der Lawley Foss litt, war die Bitterkeit eines Mannes, der mit der Welt in Urfehde lebt. In seiner Jugend hatte er einmal geglaubt, die Welt liege ihm zu Füßen. Er hatte zwei Stücke geschrieben, die zwar produziert worden waren, sich aber nur ein paar Abende auf dem Spielplan gehalten hatten. Danach war er vergeblich von einem Theater zum anderen gezogen, denn er trug das Kainszeichen des Versagers auf der Stirn, und kein Theaterdirektor schlug die braun eingebundenen Manuskripte auch nur auf, die Foss ihm brachte. Wie so mancher andere, hatte auch er versucht, auf leichte Weise zu Reichtum und Ansehen zu kommen, aber Börsenspekulationen und Pferdewetten hatten ihn in noch tiefere Armut getrieben.

Er musterte Michael mißtrauisch.

»Ich möchte Sie wegen eines Blattes sprechen, das irgendwie in das Drehbuch von ›Roselle‹ geraten ist, Foss«, sagte Jack Knebworth. Er wandte sich an Michael: »Darf Mr. Foss erfahren, was Sie mir erzählt haben?«

Der Detektiv zögerte. Eine innere Stimme mahnte ihn zur Vorsicht und warnte ihn davor, preiszugeben, daß er gegen den Kopfjäger ermittelte. Wider besseres Wissen nickte er jedoch.

Lawley Foss hörte mit ausdruckslosem Gesicht zu, während der Regisseur ihm erklärte, was es mit dieser besonderen Manuskriptseite für eine Bewandtnis hatte. Dann reichte Jack Knebworth ihm das Papier, und er überflog rasch den Text. Durch keine Regung seines Gesichts, durch kein Wimpernzucken verriet er, was er dachte.

»Ich bekomme unzählige Exposés und Drehbücher herein und kann nicht auf Anhieb sagen, zu welchem diese Szene gehört. Aber wenn ich die Seite in mein Büro mitnehmen darf, kann ich gern einmal nachsehen.«

Wieder überlegte Michael. Er wollte das wichtige Beweisstück nicht aus der Hand geben. Andererseits jedoch war es ziemlich wertlos, wenn nicht nachgeprüft wurde, woher es stammte. Widerstrebend erklärte er sich einverstanden.

»Was halten Sie von dem Mann?« fragte Jack Knebworth, nachdem der Dramaturg die Tür hinter sich geschlossen hatte.

»Er ist mir unsympathisch«, antwortete Michael unumwunden. »Mein erster Eindruck ist deutlich negativ, aber wahrscheinlich tue ich dem armen Kerl schrecklich unrecht.«

Jack Knebworth seufzte. Lawley Foss war eine seiner größten Sorgen und bereitete ihm manchmal mehr Kopfzerbrechen als die launische Stella Mendoza.

»Er ist ein sonderbarer Mensch«, sagte er, »und geradezu teuflisch intelligent. Ich kenne niemand, der soviel aus einem Stück herausholen kann wie Lawley Foss. Aber er ist — schwierig.«

»Das kann ich mir vorstellen«, stellte Michael trocken fest.

Sie gingen wieder hinaus ins Studio, und Michael bemühte sich, Adele, die völlig verwirrt war, den Grund für sein unhöfliches Benehmen zu erklären. Sie hatte Tränen in den Augen, als er auf sie zuging, denn seit er so überraschend mit der Manuskriptseite verschwunden war, war es ihr nicht mehr gelungen, sich auf das Drehbuch zu konzentrieren, das sie doch gründlich studieren sollte.

»Es tut mir so leid«, sagte Michael reuevoll. »Fast wünschte ich, ich wäre nicht gekommen.«

»Und ich wollte, Sie hätten es tatsächlich nicht getan«, sagte sie und lächelte wider Willen doch. »Was ist denn mit der Seite, die Sie mir weggenommen haben? Sie sind Detektiv, nicht wahr?«

»Ich muß es gestehen — ja«, antwortete Michael unbekümmert.

»Ist es wahr, daß meinem Onkel, wie Sie sagten, nichts —« Sie unterbrach sich, weil sie nicht weiterwußte.

»Nein, es ist nicht wahr«, antwortete Michael leise. »Ihr Onkel ist tot, Miß Leamington.«

»Tot!«

Er nickte. »Er wurde unter sehr ungewöhnlichen Umständen ermordet.«

Adele wurde plötzlich kalkweiß. »Er war doch nicht etwa der Mann, dessen Kopf in Esher gefunden wurde?«

»Woher wissen Sie das?« fragte er scharf.

»Es stand heute morgen in der Zeitung«, sagte sie, und Michael verfluchte im stillen den findigen Reporter, der dieser letzten Tragödie auf die Spur gekommen war. Aber, beschwichtigte er sich in Gedanken, früher oder später mußte sie es ohnehin erfahren.

Foss kam zurück und ersparte Michael weitere Erklärungen. Der Dramaturg sprach ein paar Minuten leise auf Knebworth ein, und dann winkte der Regisseur Michael zu sich.

»Foss kann das Manuskript nicht finden, zu dem diese Seite gehört«, sagte er und gab Michael das Blatt zurück. »Vielleicht hat uns jemand nur eine Probeseite eingereicht, oder unsere Vorgänger haben sie liegenlassen. Ich habe, zusammen mit dem Studio, einen ganzen Berg von Manuskripten von einer bankrotten Filmgesellschaft übernommen.«

Er schaute ungeduldig auf die Uhr. »Und jetzt, Mr. Brixan, wäre ich dankbar, wenn Sie uns entschuldigen wollten. Ich muß zehn Meilen von hier ein paar Szenen drehen, und das mit einer Hauptdarstellerin, der Sie einen solchen Schreck eingejagt haben, daß ihr kleiner Kopf bestimmt zu keinem vernünftigen Gedanken mehr fähig ist.«

»Hätten Sie etwas dagegen, wenn ich Sie zu den Aufnahmen begleite?« fragte Michael impulsiv. »Ich verspreche Ihnen, daß ich nicht im Weg sein werde.«

Jack nickte kurz, und ungefähr zehn Minuten später saß Michael neben Adele in dem Autobus, der sie zum Drehort brachte.

6

Adele redete lange nicht mit ihm. Sie war verärgert, daß er ihr seine Begleitung aufzwang, und außerdem war sie nervös, weil ihr immer ungeheuerlicher schien, worauf sie sich da eingelassen hatte. Je näher sie ihrem Ziel kamen, um so mehr steigerte sich ihre Nervosität zu Panik, und sie brachte einfach kein Wort heraus.

»Ich sehe, daß Ihr Mr. Lawley Foss ebenfalls mit von der Partie ist«, sagte Michael, über die Schulter zurückblickend.

»Bei Außenaufnahmen ist er immer dabei«, antwortete sie kurz. »Manchmal muß die Story während der Dreharbeiten noch abgeändert werden.«

»Wohin fahren wir eigentlich?«

»Zuerst nach ›Griff Towers‹«, antwortete sie. Es fiel ihr schwer, zu jemand unhöflich zu sein. »Das ist ein großer Landsitz, er gehört Sir Gregory Penne.«

»Aber ich dachte, wir fahren nach ›Dower House‹?«

»Warum fragen Sie, wenn Sie's ohnehin zu wissen glauben?« sagte sie fast ein wenig schroff.

»Weil ich Sie gern sprechen höre«, antwortete Michael gelassen. »Sir Gregory Penne? Der Name kommt mir bekannt vor.«

Adele antwortete nicht.

»Er hat lange in Borneo gelebt, oder irre ich mich?«

»Er ist abscheulich«, sagte sie heftig, erklärte jedoch nicht, warum sie Sir Gregory so widerwärtig fand, und Michael war rücksichtsvoll genug, sie nicht danach zu fragen. Bald darauf begann sie jedoch von sich aus zu sprechen.

»Ich war bisher zweimal in seinem Haus. Er hat einen sehr schönen Park, in dem Mr. Knebworth schon früher gefilmt hat. Als Komparsin hielt ich mich natürlich im Hintergrund, wünschte aber, ich wäre unsichtbar gewesen. Sir Gregory hat höchst sonderbare Ansichten über Frauen, ganz besonders über Schauspielerinnen. Nicht, daß ich mich als Schauspielerin bezeichne«, setzte sie hastig hinzu, »ich meine ganz allgemein Leute, die sich am Theater oder beim Film ihren Lebensunterhalt verdienen. Gott sei Dank wird in ›Griff Towers‹ nur eine Szene abgedreht, und vielleicht ist er gar nicht zu Hause. Aber das ist sehr unwahrscheinlich. Wenn ich komme, ist er immer da.«

Michael schielte aus den Augenwinkeln zu ihr hinüber. Sein erster Eindruck, daß sie sehr schön war, bestätigte sich immer mehr. Sie hatte absolut ehrliche Augen, die ihm deutlich verrieten, was sie von der Bewunderung des ihm unbekannten Sir Gregory hielt.

»Komisch, daß in Geschichten immer die Adeligen die Bösewichte sind«, sagte er, »und noch merkwürdiger, daß fast alle, die ich kenne, ungewöhnlich strenge moralische Grundsätze haben. Ich störe Sie, nicht wahr?« fragte er, plötzlich ernst werdend.

Sie wandte sich ihm zu. »Ein bißchen, ja«, antwortete sie offen. »Sehen Sie, Mr. Brixan, das ist meine große Chance. Eine Chance, die es für eine Komparsin bestenfalls in Romanen gibt, und ich habe eine Todesangst vor dem, was auf mich zukommt. Sie machen mich nervös, aber geradezu furchteinflößend finde ich, daß die erste Szene mit mir ausgerechnet in ›Griff Towers‹ gedreht wird. Ich hasse es! Dieses große, düstere Haus mit den gräßlichen ausgestopften Tigern und den furchtbaren Schwertern . . .«

»Schwerter?« fragte er. »Was für Schwerter?«

»Die Wände sind förmlich mit Schwertern aus dem Osten bepflastert. Ich kriege schon eine Gänsehaut, wenn ich sie nur sehe. Aber Sie sind Sir Gregorys ganzer Stolz. Als wir das letztemal dort waren, hat er Mr. Knebworth erzählt, sie seien noch genauso scharf wie damals, als sie neu aus der Waffenschmiede kamen, und einige seien dreihundert Jahre alt. Er ist ein ungewöhnlicher Mann. Er kann einen Apfel auf Ihrem Handteller mit einem Schwerthieb halbieren, ohne Ihre Haut zu ritzen. — Dort drüben ist das Haus.«

»Griff Towers« gehörte zu jenen düsteren Gebäuden, die von den viktorianischen Architekten mit besonderer Vorliebe errichtet wurden. Durch den an den linken Flügel angebauten grauen Turm wirkte es merkwürdig schief, aber nicht einmal die unsymmetrische Fassade lenkte von der Tatsache ab, daß das Haus ein häßlicher Kasten war. Es stand inmitten eines großen, gelb gekiesten Platzes.

»Das sieht ja fast so aus wie eine Kaserne mit einem Exerzierplatz davor«, sagte Michael.

Der Autobus fuhr durch ein hohes Tor und hielt auf halbem Weg der Zufahrt. Der Park lag allem Anschein nach hinter dem Gebäude, und nicht einmal der unbegabteste Regisseur konnte seine Fassade reizvoll genug finden, um es filmen zu wollen.

Michael stieg aus. Jack Knebworth hatte bereits den Befehl gegeben, Kamera und Scheinwerfer abzuladen. Hinter dem Bus hielt der große Laster mit den Dynamos und drei Lichtbögen zur Unterstützung des Tageslichts.

»Da sind Sie ja«, brummte Jack. »Ich wäre Ihnen jetzt wirklich dankbar, wenn Sie mir nicht im Weg herumstehen würden, Mr. Brixan. Ich habe sehr viel zu tun.«

»Ich möchte, daß Sie mich als — wie heißt das Wort noch? — als Komparse einstellen«, sagte Michael.

Der Regisseur sah ihn stirnrunzelnd an. »Was ist denn das für eine hirnverbrannte Idee?« fragte er mißtrauisch.

»Ich habe einen wirklich guten Grund dafür, und ich verspreche Ihnen, Sie durch nichts in Verlegenheit zu bringen. Die Wahrheit ist, Mr. Knebworth, daß ich gern den ganzen Tag hierbliebe, aber keinen Vorwand dafür habe.«

Jack Knebworth kratzte sich das lange Kinn, machte eine finstere Miene und sagte endlich: »Na schön. Vielleicht brauche ich Sie sogar, obwohl ich alle Hände voll zu tun haben werde, um mit einer Laienschauspielerin fertig zu werden.«

Ein hochgewachsener junger Mann mit glatt aus der Stirn zurückgekämmtem Haar, der auf der Fahrt an Adeles anderer Seite gesessen und kein Wort gesagt hatte, zog verstimmt die Brauen hoch, als Michael sich unter die Komparsen mischte. Die Hände in den Hosentaschen, schlenderte er zu dem nervös betriebsamen Knebworth hinüber und fragte gekränkt:

»Was ist denn das für ein Knabe, Mr. Knebworth?«

»Welcher Knabe?« fragte Jack mißmutig zurück. »Ach, Sie meinen Brixan? Er ist Komparse.«

»Oh, ein Komparse, tatsächlich?« sagte der junge Mann ironisch. »Ich muß schon sagen, ich finde es ziemlich übel, wenn Komparsen mit dem Regisseur praktisch auf Du und Du stehen. Und dieses Leamington-Mädchen wird den ganzen Film ruinieren, das prophezeie ich Ihnen schon jetzt.«

»So, wird sie das?« fuhr Knebworth den Jüngeren an. »Jetzt hören Sie mir mal zu, Mr. Connolly! Ich bin von Ihrem Können durchaus nicht so hingerissen, daß ich zu prophezeien wage, wer diesen Film ruinieren wird — eine Komparsin oder . . .«

»In meiner ganzen Karriere hat man mir noch nie zugemutet, mit einer Komparsin zu spielen, verdammt noch mal.«

»Dann müssen Sie sich aber verdammt oft sehr einsam gefühlt haben«, brummte Jack Knebworth, mit dem Auspacken einiger Gegenstände beschäftigt.

»Stella Mendoza ist eine Künstlerin«, begann der jugendliche Hauptdarsteller, und Jack Knebworth richtete sich aus seiner gebückten Stellung auf.

»Verschwinden Sie, bis Sie gebraucht werden, Sie!« brüllte er. »Wenn ich mal einen Rat von einem hübschen, neunmalklugen Jungen brauche, dann wende ich mich an Sie! Im Augenblick sind Sie *de trop,* das ist Französisch und bedeutet — ›überflüssig‹.«

Verstimmt zuckte Reggie Connolly mit den mageren Schultern und schlenderte davon, womit er andeuten wollte, daß er jede Verantwortung ablehnte, wenn dieser Film — was für ihn ohnehin schon feststand — ein Mißerfolg wurde.

Vor der hohen Eingangstür von »Griff Towers« stand Sir Gregory Penne und beobachtete die Ankunft der Filmleute. Er war von untersetzter Gestalt, und die Sonne von Borneo hatte, zusammen mit seiner hemmungslosen Freßsucht, seiner Haut eine Färbung zwischen Purpur und Braun gegeben. Unzählige Furchen und Rinnen durchzogen seine Wangen, und die Augenpartie war verfettet. Das runde, weibische Kinn schien der einzige Teil seines Gesichts, der sich trotz Sonne und stärkeren Anregungsmitteln, wie zum Beispiel Alkohol, seine ursprüngliche Form bewahrt hatte.

Michael, der zu wissen glaubte, wer der Mann war, beobachtete ihn, als er langsam auf sie zukam. Er trug einen Golfanzug aus einem schreienden Karostoff, in dem Rot vorherrschte, und hatte sich eine große Mütze aus demselben Stoff tief über die Augen gezogen. Mit einer raschen, für ihn charakteristischen Bewegung den Zigarrenstummel aus dem Mund nehmend, wischte er sich den spärlichen Schnurrbart mit den Fingerknöcheln ab.

»Guten Morgen, Knebworth!« rief er.

Der Regisseur löste sich aus der Gruppe, mit der er beisammenstand. »Tut mir leid, daß ich so spät komme.«

»Entschuldigen Sie sich nicht«, sagte Sir Gregory. »Ich dachte nur, Sie wollten früher drehen. Haben Sie mir mein kleines Mädchen mitgebracht?«

»Ihr kleines Mädchen?« Jack sah ihn mit offenem Erstaunen an. »Ach, Sie meinen Stella Mendoza? Nein, sie ist nicht hier.«

»Ich meine nicht Stella Mendoza. Vergessen Sie's, es war nur ein Scherz.«

Wer, zum Teufel, ist sein kleines Mädchen? dachte Jack, der keine Ahnung hatte, welchen Unannehmlichkeiten eine seiner Komparsinnen an zwei früheren Drehtagen ausgesetzt gewesen war. Das Geheimnis wurde jedoch bald gelüftet, denn der Baronet ging langsam auf Adele Leamington zu, die so tat, als studiere sie ihre Rolle.

»Guten Morgen, kleine Dame«, sagte er und lüftete seine Mütze einen knappen Zentimeter.

»Guten Morgen, Sir Gregory«, sagte sie kalt.

»Sie haben Ihr Versprechen nicht gehalten.« Er schüttelte langsam den Kopf. »O Weib, o Weib!«

»Ich erinnere mich nicht, Ihnen etwas versprochen zu haben. Sie haben mich zum Dinner eingeladen, und ich sagte Ihnen, ich könne nicht kommen.«

»Ich hatte versprochen, Ihnen meinen Wagen zu schicken. Sagen Sie bloß nicht, es wäre zu weit gewesen. Macht nichts, macht nichts.« Und zu Michaels Empörung drückte er Adele in einer Art den Arm, die väterlich sein sollte, das Mädchen jedoch mit Entrüstung und Abscheu erfüllte.

Sie riß sich los, kehrte dem aufdringlichen Menschen den Rücken und flüchtete beinahe zu Jack Knebworth, den sie bat, ihr eine Textzeile zu erklären, an der es nichts zu erklären gab.

Jack Knebworth war kein Narr, er hatte das Spiel unter halb geschlossenen Lidern hervor beobachtet und die Symptome erkannt. In »Griff Towers« drehen wir heute das letztemal, schwor er sich. Denn er war ein eifriger Verfechter guten Benehmens, und seine Ansichten über Frauen waren jenen von Sir Gregory diametral entgegengesetzt.

7

Die Filmleute gingen an die Arbeit und ließen Michael mit dem Baronet allein. Eine Zeitlang beobachtete Gregory Penne mit glitzernden Augen das Mädchen, dann merkte er, daß Michael noch da war, und warf ihm einen kalten, anmaßenden Blick zu.

»Und was sind Sie?« fragte er, den Detektiv von Kopf bis Fuß betrachtend.

»Ich bin Komparse.«

»Komparse, wie? Eine Art Chorjunge, wie? Schmieren sich Farbe und Puder ins Gesicht, wie? Was für ein Leben für einen Mann!«

»Es gibt Schlimmeres«, sagte Michael, seine Feindseligkeit unterdrükkend.

»Kennen Sie das kleine Mädchen — diese Adele Leamington?« fragte der Baronet plötzlich.

»O ja, sogar sehr, sehr gut«, schwindelte Michael.

»Ach, wirklich?« Der Herr von »Griff Towers« wurde auf einmal sehr liebenswürdig. »Sie ist ein hübsches kleines Ding. Kein gewöhnliches Chormädchen. Bringen Sie sie demnächst mal zum Dinner mit. Sie käme doch mit Ihnen, wie?«

Die Zuckungen der verquollenen Lider schienen ein Zwinkern zu sein. Die grobschlächtige Gestalt hatte etwas an sich, das den Wissenschaftler in Michael Brixan interessierte. Der Mann war ein Urgeschöpf, ein mit einem Gehirn ausgestattetes Tier. Und doch mußte mehr in ihm stecken, denn er hatte einen hohen Regierungsposten bekleidet.

»Haben Sie bei den Szenen, die jetzt aufgenommen werden, etwas zu tun? Wenn nicht, können Sie mich begleiten und einen Blick auf meine Schwerter werfen.«

Michael vermutete, daß Penne ihre Bekanntschaft fortsetzen wollte, weil er behauptet hatte, mit Adele befreundet zu sein.

»Nein, ich habe jetzt nichts zu tun«, antwortete er. Keine Einladung hätte ihm gelegener kommen können. Sir Gregory ahnte bestimmt nicht, daß Michael fest entschlossen war, »Griff Towers« nicht zu verlassen, bevor er die merkwürdige Sammlung besichtigt hatte.

»Ja, sie ist ein nettes kleines Ding.« Penne kam, als sie hügelaufwärts auf das Haus zugingen, sofort wieder auf sein eigentliches Thema zurück. »Wie ich schon sagte, kein gewöhnliches Chormädchen. Jung, unverdorben, jungfräulich. Ich überlasse Ihnen gern die Blasierten und Intellektuellen, sie sind ganz ohne Geheimnis. Ich finde sie abstoßend. Ein Mädchen sollte wie eine Frühlingsblume sein. Wenn ich Veilchen und Schneeglöckchen haben kann, verzichte ich gern auf die prächtigen Zentifolien.«

Michael wurde übel bei dem Gerede des Mannes, und doch hörte er ihm mit ungewöhnlichem Interesse zu. Er sagte geradezu haarsträubende Dinge. Es gab Momente, in denen es Michael schwerfiel, die Hände von dem widerlichen Menschen zu lassen.

Die große Halle, die sie betraten, war mit Tonfliesen belegt, und an den Steinwänden hingen die berühmten Schwerter. Es waren Hunderte — Dolche, Krummsäbel, antike japanische Schwerter, Hirschfänger mit geflochtenen Griffen, Zweihänder, die von längst zu Staub zerfallenen Kreuzrittern geführt worden waren.

»Wie gefallen sie Ihnen?« fragte Sir Gregory mit dem Stolz des fanatischen Sammlers. »Von keinem gibt es ein zweites Exemplar, mein Junge. Und das ist nur der kleinste, am wenigsten wertvolle Teil meiner Sammlung.«

Er führte Michael durch einen breiten Flur, der durch quadratische Fenster erhellt wurde. Auch hier waren die Wände mit blitzenden Waffen bedeckt. Sir Gregory öffnete eine Tür und ließ seinen Gast in einen großen Raum vorausgehen, der offensichtlich die Bibliothek war. Allerdings gab es nur sehr wenige Bücher, und soviel Michael auf den ersten Blick sehen konnte, waren es die herkömmlichen Werke, die man gewöhnlich in den Häusern des Landadels findet.

Über dem Kaminsims hingen zwei große Schwerter, die eine Michael unbekannte Form hatten.

»Und wie gefallen Ihnen die?« Sir Gregory nahm eins von dem silbernen Wandhaken und zog es aus der Scheide. »Fassen Sie nicht an die Klinge, Sie schneiden sich sonst. Mit diesem Schwert können Sie ein Haar spalten, aber es würde auch Sie entzweischneiden, und Sie würden es nicht einmal merken.«

Plötzlich änderte sich sein Verhalten, und er riß Michael die Waffe fast aus der Hand, schob sie in die Scheide zurück, hängte sie wieder auf.

»Das Schwert stammt aus Sumatra, nicht wahr?«

»Nein, aus Borneo.«

»Der Heimat der Kopfjäger.«

»Nein«, sagte Sir Gregory, »aus dem holländischen Landesteil.« Offenbar weckte die Waffe unangenehme Erinnerungen in ihm. Schweigend und mit finsterer Miene starrte er in das kleine Feuer, das im Kamin brannte.

»Ich habe den Mann getötet, dem es gehörte«, sagte er endlich, und Michael hatte das Gefühl, daß er eigentlich zu sich selbst sprach. »Ich hoffe wenigstens, daß ich ihn getötet habe. Ich hoffe es!«

Er sah sich um, und Michael hätte wetten können, daß in seinen Augen Furcht aufblitzte.

»Setzen Sie sich — wie heißen Sie doch gleich?« sagte er und zeigte auf ein kleines, niedriges Sofa. »Ich lasse uns etwas zu trinken bringen.«

Er drückte auf einen Klingelknopf, und zu Michaels Erstaunen erschien ein zwergwüchsiger Eingeborener, ein kupferfarbener Mann mit nacktem Oberkörper. Sir Gregory gab seine Anordnungen in einer Sprache, die Michael nicht verstand, von der er jedoch vermutete, daß es Malaiisch war. Der Diener verschwand mit einer raschen Verbeugung und erschien fast sofort wieder mit einem Tablett, auf dem eine große Karaffe und zwei dünne Gläser standen.

»Ich habe keine weiße Dienerschaft — ertrage sie nicht«, sagte Sir Gregory und leerte sein Glas mit einem einzigen großen Schluck. »Ich mag Bedienstete, die nicht stehlen und nicht klatschen. Sie können sie verprügeln, wenn sie sich schlecht benehmen, und es gibt keine Schwierigkeiten deshalb. Ich habe mir den Burschen voriges Jahr aus Sumatra mitgebracht, und er ist der beste Butler, den ich je hatte.«

»Fahren Sie jedes Jahr nach Borneo?« fragte Michael.

»Fast jedes Jahr. Ich habe eine Jacht, die jetzt in Southampton liegt. Wenn ich nicht einmal jährlich aus diesem verdammten Land hinauskäme, würde ich verrückt. Hier gibt es nichts! Nichts! Kennen Sie eigentlich Longvale, diesen dämlichen Tattergreis? Knebworth sagte, Sie wollten auch zu ihm, dem aufgeblasenen alten Esel, der in der Vergangenheit lebt und sich anzieht, als sollte er für eine Whiskymarke Reklame machen. — Wollen Sie noch einen?«

»Ich habe den ersten noch nicht ausgetrunken«, antwortete Michael lächelnd und betrachtete wieder das Schwert über dem Kamin. »Haben Sie dieses Stück schon lange? Es sieht modern aus.«

»Ist es aber nicht. Modern! Es ist wenigstens dreihundert Jahre alt. Ich habe es erst seit einem Jahr.« Wieder wechselte Sir Gregory plötzlich das Thema. »Sie sind mir sympathisch. Wie heißen Sie? Mir sind Menschen schon auf den ersten Blick sympathisch oder nicht. Sie sind ein Mann, der es im Osten weit bringen könnte. Ich habe zwei Millionen dort gemacht. Der Osten ist voller Wunder, voller unglaublicher Dinge.« Er wandte langsam den Kopf und musterte Michael mit glitzernden Augen. »Und es gibt dort unzählige gute Dienstboten«, setzte er hinzu. »Möchten Sie gern den vollkommenen Diener kennenlernen?«

Seine Stimme hatte einen sonderbaren Unterton, und Michael nickte.

»Wollen Sie einen Sklaven sehen, der mir nie widerspricht, nie ungehorsam ist, der keine andere Liebe kennt, außer der Liebe zu mir« — Sir Gregory schlug sich mit der Hand auf die Brust —, »der niemand haßt, außer jenen, die ich hasse? Wollen Sie meinen treuen Bhag kennenlernen?«

Er stand auf, ging zum Schreibtisch und legte an der Seite einen kleinen Schalter um, der Michael schon vorher aufgefallen war. Fast gleichzeitig öffnete sich am anderen Ende des Raumes ein Teil der getäfelten Wand. Im ersten Moment sah Michael überhaupt nichts, und dann tauchte, im Tageslicht blinzelnd, eine unheimliche und erschreckende Gestalt auf. Michael Brixan mußte bei ihrem Anblick seine ganze Selbstbeherrschung aufbieten, um einen Aufschrei zu unterdrücken.

8

Es war ein riesiger Orang-Utan, trotz seiner gebückten Haltung über einsachtzig groß. Aus kleinen Augen musterte er tückisch den Besucher. Die behaarte Brust war unglaublich breit. Die Arme, die fast bis auf den Boden hingen, waren so dick wie die Oberschenkel eines durchschnittlich großen und kräftigen Mannes. Er trug einen dunkelblauen Overall.

»Bhag!« rief Sir Gregory mit einer Stimme, die so sanft klang, daß Michael seinen Ohren nicht traute. »Komm her!«

Gehorsam tappte die gigantische Gestalt durch den Raum zum Kamin, an dem Michael und Sir Gregory saßen.

»Das ist mein Freund, Bhag.«

Der große Affe streckte die Hand aus, und die samtige Innenfläche umschloß ganz kurz Michaels Finger. Nachdem Bhag die Menschenhand wieder losgelassen hatte, hob er die seine an die Nase und schnüffelte laut daran. Das war das einzige Geräusch, das er machte.

»Hol mir ein paar Zigarren«, sagte Sir Gregory.

Sofort ging der Affe zu einem Schrank, öffnete eine Schublade und nahm ein Kistchen heraus.

»Nicht die«, sagte Sir Gregory, »die kleinen.«

Er sprach so präzise, als artikuliere er für einen schwerhörigen Menschen, und ohne einen Augenblick zu zögern, stellte der furchterregende Bhag das Kistchen zurück und holte ein anderes heraus.

»Schenk mir einen Whisky mit Soda ein.«

Der Affe gehorchte. Er verschüttete keinen Tropfen. Als sein Herr »genug« sagte, stöpselte er die Karaffe zu und stellte sie zurück.

»Danke, das ist alles, Bhag.«

Lautlos watschelte der Affe zu der Öffnung in der Wand, verschwand darin, und die Tür schloß sich hinter ihm.

»Du meine Güte, der ist ja direkt menschlich!« flüsterte Michael ehrfürchtig.

Sir Gregory lachte leise in sich hinein. »Mehr als menschlich«, erwiderte er. »Bhag ist mein Beschützer.« Sein Blick schweifte zu dem Schwert über dem Kamin.

»Wo lebt er?«

»Er hat eine eigene kleine Wohnung, die er selbst sauberhält. Und er ißt mit der übrigen Dienerschaft.«

»Gütiger Himmel!« stieß Michael hervor.

»Ja, er ißt mit der Dienerschaft«, bekräftigte Sir Gregory. »Die Leute fürchten sich vor ihm, aber sie verehren ihn auch. Er ist etwas Ähnliches wie ein Gott für sie, doch sie fürchten ihn. Wissen Sie, was geschehen wäre, wenn ich gesagt hätte: ›Dieser Mann ist mein Feind‹!« Er zeigte mit dem plumpen Finger auf Michaels Brust. »Er hätte Sie in Stücke gerissen. Sie hätten keine Chance gehabt. Und doch kann er sehr sanft sein, wirklich sehr sanft. Und er ist klug. Er geht fast jeden Abend aus, und noch nie hat sich jemand über ihn beschwert. Er hat noch nie ein Schaf gestohlen, hat noch nie jemand erschreckt. Er läuft einfach in den Wäldern umher und tötet nicht einmal ein Rebhuhn.«

»Wie lange haben Sie ihn schon?«

»Acht oder neun Jahre«, antwortete der Baronet gleichgültig und trank den Whisky, den der Affe ihm eingeschenkt hatte. »Und jetzt gehen wir am besten wieder hinaus und sehen nach, was die Filmleute machen. Sie ist ein nettes Mädchen, wie? Sie vergessen doch nicht, daß ich Sie beide zum Dinner eingeladen habe? Aber nun sagen Sie mir endlich, wie Sie heißen.«

»Brixan — Michael Brixan.«

Sir Gregory brummte etwas vor sich hin. »Brixan — muß ich mir merken. Ich hätte es Bhag sagen sollen. Er ist gern informiert.«

»Angenommen, Sie hätten es ihm gesagt, würde er mich denn wiedererkennen?« fragte Michael lächelnd.

»Wiedererkennen?« sagte der Baronet verächtlich. »Er wird Sie nicht nur wiedererkennen, er ist sogar imstande, Ihnen nachzuspüren und Sie zu finden. Haben Sie gemerkt, wie er an seiner Hand roch? Er hat Ihre Witterung aufgenommen, mein Junge. Wenn ich ihm sage: ›Geh und bring Brixan diese Nachricht von mir‹, könnte er das ohne Schwierigkeiten erledigen.«

Als sie in den schönen Park hinter dem Haus kamen, war die erste Szene schon abgedreht, und auf Jack Knebworths Gesicht lag ein Lächeln, das verriet, daß Adeles Befürchtungen nicht gerechtfertigt gewesen waren.

»Das Mädchen ist ein Juwel«, erklärte er ungewöhnlich mitteilsam. »Eine geborene Schauspielerin, für die Rolle wie geschaffen. Es ist fast zu schön, um wahr zu sein. Was wollen Sie?«

Die Frage galt Mr. Reggie Connolly. Wie jeder Hauptdarsteller war er unaufhörlich von der Idee besessen, daß die Rolle seinem Genie nicht gerecht wurde.

»Also wirklich, Mr. Knebworth«, sagte er gekränkt, »dieser Film bietet mir nicht viel. Bisher sind knapp zehn Meter mit mir gedreht worden. Das ist nicht in Ordnung. Wenn man jemand eine Hauptrolle gibt . . .«

»Sie haben keine Hauptrolle«, erwiderte Jack kurz angebunden. »Außerdem hat die Mendoza sich vor allem darüber beklagt, daß Ihr Part zu groß ist.«

Michael blickte sich um. Sir Gregory war schon wieder zu Adele hinübergeschlendert, und in ihrer Hochstimmung brachte sie es nicht einmal fertig, dem Mann zu grollen, den sie von ganzem Herzen verabscheute.

»Ich möchte noch einmal mit Ihnen reden, bevor Sie gehen, meine Kleine«, sagte er, die Stimme senkend, und sie lächelte ihn sogar an.

»Sie hätten sich keinen günstigeren Moment aussuchen können, Sir Gregory«, antwortete sie.

»Ich möchte Ihnen sagen, daß ich sehr bedaure, was vor ein paar Tagen passiert ist, und Sie um Ihrer Worte willen noch mehr respektiere. Ein Mädchen braucht einen Mann wirklich nur dann zu küssen, wenn es ihn mag. Sind wir da einer Meinung?«

»Selbstverständlich, Sir Gregory. Am besten vergessen Sie die ganze Sache.«

»Ich hätte Sie nicht gegen Ihren Willen küssen dürfen, vor allem nicht unter meinem Dach. Werden Sie mir verzeihen?«

»Ich verzeihe Ihnen«, sagte sie und wollte gehen, doch er hielt sie am Arm fest.

»Sie kommen doch zum Abendessen zu mir, nicht wahr?« Mit einer ruckartigen Kopfbewegung wies er auf Michael, der die Szene beobachtete. »Ihr Freund hat mir versprochen, Sie mitzubringen.«

»Welcher Freund?« fragte sie. »Meinen Sie Mr. Brixan?«

»Genau den meine ich. Warum freunden Sie sich mit Männern wie ihm an? Nicht, daß er kein anständiger Kerl wäre, wohlgemerkt. Ich mag ihn selbst sehr gern. Also, darf ich Sie erwarten?«

»Ich kann leider nicht«, erwiderte sie, weil ihre alte Abneigung allmählich wieder die Oberhand gewann.

»Meine Kleine«, sagte er ernst, »es gibt nichts, das Sie nicht von mir haben könnten. Warum zerbrechen Sie sich wegen dieser lächerlichen Schauspielerei den Kopf? Wenn Sie wollen, bekommen Sie von mir eine eigene Filmgesellschaft und das beste Auto, das es gibt.«

Seine Augen schienen zu glühen, und sie fröstelte.

»Ich habe alles, was ich brauche, Sir Gregory«, antwortete sie.

Sie war wütend auf Michael Brixan. Wie durfte er es wagen, in ihrem Namen eine Einladung anzunehmen? Wie durfte er es wagen zu behaupten, er sei ihr Freund? Ihr Zorn erstickte beinahe die Abneigung gegen den Mann, der sie belästigte.

»Kommen Sie heute abend, lassen Sie sich von ihm begleiten«, drängte Sir Gregory mit heiserer Stimme. »Ich will Sie heute abend bei mir haben — hören Sie! Sie übernachten im Haus des alten Longvale und können sich ohne Schwierigkeiten davonstehlen.«

»Das werde ich ganz bestimmt nicht tun«, erwiderte sie gelassen. »Ich glaube, Sie wissen nicht, was Sie von mir verlangen. Aber was Sie auch meinen mögen, es ist auf jeden Fall beleidigend für mich.«

Sie wandte sich schroff ab und ließ ihn stehen. Michael wollte sie ansprechen, aber sie ging mit hocherhobenem Kopf und einer Miene an ihm vorüber, die Bestürzung in ihm auslöste. Doch nachdem er einen Augenblick nachgedacht hatte, glaubte er den Grund erraten zu können.

Als Kamera, Scheinwerfer und alles übrige wieder verladen waren und sie ihre Plätze im Autobus eingenommen hatten, merkte Michael, daß Adele sich zwischen Jack Knebworth und den mürrischen Hauptdarsteller gesetzt hatte. Er war klug genug, sich jetzt von ihr fernzuhalten.

Als der Autobus schon abfahren wollte, stieg Sir Gregory noch einmal auf das Trittbrett und sagte zu Michael: »Sie haben versprochen, sie mitzubringen . . .«

»Also wenn ich Ihnen das versprochen hätte«, fiel Michael ihm ins Wort, »dann hätte ich schon betrunken sein müssen. Doch um mich in diesen Zustand zu versetzen, den ich höchst abstoßend finde, ist mehr als ein Glas Whisky nötig. Miß Leamington ist ihr eigener Herr und wäre sehr schlecht beraten, wenn sie sich bereitfände, mit Ihnen oder irgendeinem anderen Mann allein zu Abend zu essen.«

Er erwartete einen zornigen Ausbruch, doch zu seiner größten Überraschung lachte Sir Gregory nur und sagte freundlich auf Wiedersehen. Als der Autobus von der Zufahrt auf die Straße einbog, blickte Michael sich um. Sir Gregory stand auf dem Rasen und unterhielt sich mit einem Mann — dem Dramaturgen Foss, der aus irgendeinem Grund zurückgeblieben war.

Dann schweiften Michaels Blicke über die beiden Männer hinweg zu den Fenstern der Bibliothek; dort saß der riesenhafte Bhag in seinem dunklen Zimmer und wartete auf Anweisungen, die er fraglos und mitleidlos ausführen würde. Michael Brixan, den unzählige Gefahren aller Art hart gemacht hatten, überlief ein Frösteln.

9

»Dower House«, eine Ansammlung niedriger Gebäude hinter verwilderten Hecken und bröckelnden Mauern, lag weitab von der Hauptstraße. Früher einmal hatte es auch einen Pförtner gegeben, doch jetzt war das winzige Pförtnerhaus verlassen, die Fenster waren zerbrochen, und das Ziegeldach hatte Löcher. Das Tor war seit Generationen nicht mehr geschlossen worden und lehnte windschief an der Mauer.

Der einst gepflegte Rasen war jetzt eine Wildnis, und nur noch ein Teil des Hauses wurde bewohnt. Lediglich ein Flügel hatte ganze Fenster, die übrigen waren zerbrochen oder so schmutzig, daß sie aussahen wie angestrichen.

Michael schwankte zwischen Belustigung und Neugier, als er zum erstenmal die malerische Erscheinung von Mr. Sampson Longvale sah. Er kam ihnen im Freien entgegen, um sie zu begrüßen. Sein kahler Kopf glänzte in der Nachmittagssonne. In der hellbraunen Hose, der Samtweste und dem altmodischen Stehkragen entsprach er völlig Sir Gregory Pennes Beschreibung.

»Ich freue mich sehr, Sie zu sehen, Mr. Knebworth. Mein Haus ist zwar armselig, der Empfang aber um so herzlicher. In einem kleinen Speisezimmer ist Tee serviert. Würden Sie mich bitte mit den Mitgliedern Ihrer Gesellschaft bekannt machen?«

Die Höflichkeit, die altmodische Würde wirkten auf Michael so erfrischend, daß er sich zu dem alten Herrn sofort hingezogen fühlte.

»Ich möchte gern noch eine Szene drehen, bevor das Licht zu schlecht wird«, sagte Knebworth. »Wenn Sie also nichts dagegen haben, daß meine Leute sich mit dem Teetrinken beeilen, kann ich ihnen eine Viertelstunde bewilligen.« Er blickte sich um. »Wo ist Foss? Ich möchte eine Szene ändern.«

»Mr. Foss hat gesagt, er komme zu Fuß nach«, antwortete jemand. »Er wollte noch etwas mit Sir Gregory besprechen.«

Jack Knebworth belegte seinen abwesenden Dramaturgen mit einer Reihe ebenso lebhafter wie origineller Flüche.

»Ich hoffe nur, er ist nicht geblieben, um sich Geld auszuleihen!« sagte er ungehalten zu Michael. »Wenn ich nicht aufpasse, ruiniert mir dieser Mensch noch meinen guten Ruf.« Allem Anschein nach hatte er seine Abneigung gegen seinen neuen Komparsen überwunden. Vielleicht hatte er aber auch das Gefühl, daß er außer Michael niemand von seinen Leuten ins Vertrauen ziehen konnte, ohne die Disziplin zu untergraben.

»Macht er denn oft Schulden?«

»Er hat nie genug Geld und versucht immer wieder, durch irgendeinen dummen Trick zu einem Vermögen zu kommen, was ihm natürlich nur neue Schulden einbringt. Wenn ein Mann sich mit dem ›Spekulationsbazillus‹ infiziert, steht er praktisch schon mit einem Fuß im Gefängnis. Wollen Sie über Nacht bleiben?« fragte er, das Thema wechselnd. »Ich glaube nicht, daß Sie hier schlafen können, aber nach London werden Sie wohl auch nicht zurück wollen?«

»Nicht heute abend«, antwortete Michael rasch. »Zerbrechen Sie sich meinetwegen nur nicht den Kopf. Ich möchte Ihnen auf keinen Fall Ungelegenheiten bereiten.«

»Kommen Sie, ich mache Sie mit dem alten Herrn bekannt«, sagte Knebworth leise. »Er ist ein sonderbarer Kauz mit dem arglosen Herzen eines Kindes.«

»Er hat mir auf den ersten Blick gefallen«, antwortete Michael.

Geduldig ließ sich Mr. Longvale auch noch Knebworths neuen »Komparsen« vorstellen.

»In meinem Speisezimmer ist leider nicht genug Platz für alle, deshalb ist in meinem Arbeitszimmer noch ein kleiner Tisch gedeckt. Vielleicht möchten Sie und Ihre Freunde dort Tee trinken.«

»Das ist sehr freundlich von Ihnen, Mr. Longvale.«

Der alte Herr führte sie in einen schmalen Raum mit schwarzen Deckenbalken. Die Täfelung, von unzähligen Händen poliert und abgegriffen, war mindestens fünfhundert Jahre alt. — Wenigstens hängen keine Schwerter über dem Kamin, dachte Michael heimlich lächelnd. Statt dessen hing dort das Porträt eines vornehmen alten Herrn mit einem Gesicht von wahrhaft majestätischer Würde. Michael machte keine Bemerkung über das Bild, und auch Sampson Longvale erwähnte es erst später.

Sie aßen und tranken hastig, und wenig später saß Michael draußen auf der alten Mauer und sah zu, wie die letzte Szene abgedreht wurde, die bei Tageslicht spielte. Er war von Adeles schauspielerischem Talent mehr als beeindruckt. Für einen Regisseur war jemand wie sie ein wahrer Glücksfall, denn sie konnte genau das wiedergeben, was ihm vorschwebte. Gefühle genauso ausdrücken, wie er es wollte. Sie war nicht mehr Adele Leamington, sie war Roselle, die Erbin eines großen Besitzes, um den sie von ihrem verbrecherischen Vetter betrogen werden sollte.

Die Geschichte kam Michael bekannt vor, und dann fiel ihm auch ein, an welches berühmte Theaterstück sie ihn erinnerte. Als die Dreharbeiten beendet waren, erwähnte er Knebworth gegenüber, daß »Roselle« ihm halb und halb ein Plagiat zu sein schien.

»Ich glaube auch, daß es gestohlen ist.« Der Regisseur nickte mit philosophischer Gelassenheit. »Ich habe mich deshalb auch nicht allzu eingehend damit befaßt. Die Story stammt von Foss, und es sollte mich wundern, wenn er sie nicht abgeschrieben hätte.«

Mr. Foss war mit großer Verspätung erschienen, und Michael fragte sich, was der schriftstellernde Dramaturg mit Sir Gregory Vertrauliches zu besprechen gehabt hatte.

In das lange, schmale Speisezimmer zurückgekehrt, stand er am Fenster, sah das Tageslicht verblassen und dachte über die ungewöhnliche Wirkung nach, die Adele auf ihn hatte.

Michael Brixan kannte viele schöne Frauen — Frauen aus den verschiedensten Gesellschaftskreisen. Er hatte die besten und die schlechtesten kennengelernt, hatte ein paar hinter Schloß und Riegel gebracht und an einem grauen Wintermorgen in Vincennes erlebt, wie man eine vor ein französisches Erschießungskommando stellte. Er hatte viele gern gehabt, eine fast geliebt und schien jetzt nahe daran, sich ernsthaft in ein Mädchen zu verlieben, das er heute morgen zum erstenmal gesehen hatte.

»Was einfach lachhaft ist«, sagte er laut vor sich hin.

»Was ist lachhaft?« erkundigte sich Knebworth, der unbemerkt den Raum betreten hatte.

»Ich habe mir auch überlegt, woran Sie denken mögen«, sagte lächelnd Mr. Longvale.

»Ich — ich habe über das Porträt nachgedacht.« Michael drehte sich um und zeigte auf das Bild über dem Kamin. »Das Gesicht kommt mir bekannt vor«, fuhr er fort, »aber da es sich ganz offensichtlich um ein altes Gemälde handelt, kann ich es gar nicht kennen.«

Mr. Longvale zündete zwei Kerzen an und stellte eine auf den Kamin. Wieder betrachtete Michael das Bild, und wieder war er von der majestätischen Würde des Gesichts tief beeindruckt.

»Das ist mein Urgroßonkel Charles Henri«, sagte Mr. Longvale stolz. »Oder, wie er von der ganzen Familie liebevoll genannt wird, der ›große Monsieur‹.«

Michael hatte sich, während der alte Mann sprach, mit dem Gesicht halb zum Fenster gewandt. Plötzlich schien sich das Zimmer vor seinen Augen zu drehen. Jack Knebworth sah, daß er kalkweiß wurde und packte ihn beim Arm.

»Was ist denn?« fragte er.

»Nichts«, antwortete Michael, der noch nicht ganz fest auf den Beinen stand.

Knebworth starrte an ihm vorbei in den Garten. »Was war das?« rief er.

»Haben Sie das gesehen?« Er lief zum Fenster und spähte angestrengt in die Dämmerung.

»Was war es denn?« fragte Mr. Longvale, zu ihm tretend.

»Ich könnte schwören, vor dem Fenster einen Kopf gesehen zu haben. Haben Sie ihn auch gesehen, Brixan?«

»Etwas war da, ja«, antwortete Michael. »Haben Sie etwas dagegen, wenn ich mich ein bißchen im Garten umschaue, Mr. Longvale?«

»Ich bin froh, daß Sie es auch bemerkt haben. Für mich sah es nämlich wie der Kopf eines Affen aus«, meinte Knebworth nachdenklich.

Michael nickte, sagte jedoch nichts. Als er durch den gefliesten Flur in den Garten ging, nahm er einen Browning aus der Gesäßtasche seiner Hose, entsicherte ihn und steckte ihn in die Jackentasche. Dann verschwand er und tauchte etwa fünf Minuten später auf dem Gartenpfad wieder auf. Knebworth ging zu ihm hinaus.

»Haben Sie etwas entdeckt?«

»Im Garten war nichts. Sie müssen sich getäuscht haben.«

»Aber haben Sie den Kopf denn nicht auch gesehen?«

Michael zögerte. »Ich bildete mir ein, etwas zu sehen«, antwortete er mit vorgetäuschter Sorglosigkeit. »Wann wollen Sie Ihre Nachtaufnahmen machen?«

»Sie haben etwas gesehen, Brixan. War es ein Gesicht?«

Michael Brixan nickte.

10

Der Dynamowagen brummte, als Michael den Gartenpfad hinunterging, und im nächsten Augenblick tauchte das grelle Licht der Scheinwerfer die Hausfront in strahlende Helligkeit. Auf der Straße hatte ein Autofahrer angehalten, um sich das ungewöhnliche Schauspiel aus der Nähe anzusehen.

»Was ist denn hier los?« fragte er neugierig.

»Sie drehen einen Film«, antwortete Michael.

»Aha, so sieht das also aus. Wahrscheinlich ist es Knebworth mit seinem Team.«

»Wohin fahren Sie?« fragte Michael plötzlich. »Entschuldigen Sie die Frage, aber wenn Sie nach Chichester wollen, können Sie mir einen großen Gefallen tun, wenn Sie mich mitnehmen.«

»Steigen Sie ein«, sagte der Mann. »Ich will zwar nach Petworth, aber es ist kein großer Umweg für mich, über Chichester zu fahren.«

In der Nähe des Marktplatzes stieg Michael aus und suchte einen Bekannten auf, einen ehemaligen Lehrer seiner Schule, der sich in Chichester niedergelassen hatte und über eine ausgezeichnete Bibliothek verfügte. Die herzliche Einladung zum Abendessen ausschlagend, kam Michael sofort auf sein Anliegen zu sprechen, und der alte Lehrer lachte.

»Sie waren zwar kein sehr strebsamer und eifriger Schüler, Michael«, sagte er, »aber bitte — meine Bibliothek steht Ihnen zur Verfügung. Suchen Sie etwa einen bestimmten Vers von Vergil? Vielleicht kann ich Ihnen da eine Suche ersparen.«

»Es handelt sich nicht um Vergil, Meister«, lächelte Michael, »sondern um etwas viel weniger Schöngeistiges.« Er hielt sich ungefähr zwanzig Minuten in der Bibliothek auf, und als er herauskam, funkelten seine Augen triumphierend. »Darf ich telefonieren?« fragte er. Er hatte Glück und wurde sofort mit London verbunden.

Sein Gespräch mit Scotland Yard dauerte zehn Minuten. Nachdem er aufgelegt hatte, ging er in das Speisezimmer, wo Mr. Scott, der Junggeselle war, bei einer einsamen Mahlzeit saß.

»Sie können einiges für mich tun«, sagte Michael zu ihm und legte seinen Browning auf den Tisch. »Haben Sie in dieser Oase des Friedens zufällig eine Pistole von schwererem Kaliber als diese hier?«

Mr. Scott war Offizier und Offiziersausbilder gewesen, so daß Michaels Bitte nicht so unglaublich war, wie es zunächst den Anschein haben mochte.

»Doch, ich kann Ihnen eine schwerere Pistole geben«, erwiderte Scott. »Was wollen Sie schießen — Elefanten?«

»Etwas, das ein ganz, ganz kleines bißchen gefährlicher ist.«

»Neugier hat nie zu meinen besonderen Schwächen gehört«, sagte der Lehrer, verließ das Zimmer und kam mit einem großkalibrigen Browning und einer Schachtel Patronen zurück.

Sie verbrachten ein paar Minuten damit, die Pistole zu reinigen, und dann verabschiedete sich Michael, dem jetzt ein wenig wohler zumute war, weil er eine bessere Waffe in der Tasche und in Mr. Scotts Bibliothek ein paar Erkenntnisse gewonnen hatte.

Mit einem Mietwagen fuhr er nach »Dower House« zurück, ließ sich aber nicht bis ganz ans Ziel bringen und ging das letzte Stück zu Fuß. Jack Knebworth hatte nicht einmal gemerkt, daß er nicht da gewesen war. Aber Mr. Longvale, in einem schweren Mantel und mit einer Seidenmütze mit langer Quaste auf dem Kopf, kam sofort auf ihn zu, als er den Garten betrat.

»Auf ein Wort, Mr. Brixan«, sagte er leise, und sie gingen miteinander ins Haus. »Sie wissen doch, daß Mr. Knebworth sehr erschrocken war, weil er glaubte, etwas im Garten vor dem Fenster gesehen zu haben — den Kopf eines Affen.«

Michael nickte.

»Als ich nun vor etwa einer Viertelstunde am anderen Ende des Gartens spazierenging«, fuhr der alte Herr fort, »entdeckte ich dort hinter der Hecke eine riesenhafte Gestalt, die sich anscheinend vom Boden erhob und auf diese Sträucher zuging.« Er zeigte durch das Fenster auf ein Gebüsch in einem Feld jenseits der Straße.

»Zeigen Sie mir bitte die genaue Stelle«, sagte Michael.

Er folgte Mr. Longvale über die Straße zu dem Gebüsch, hinter dem jedoch niemand zu sehen war, als sie dort ankamen. Michael kniete nieder und suchte den ziemlich begrenzten Horizont ab, aber von Bhag war nichts zu sehen. Denn daß es Bhag gewesen war, den Mr. Longvale gesehen hatte, bezweifelte er nicht. Vielleicht steckte nichts dahinter. Sir Gregory hatte ihm ja gesagt, das Tier habe die Gewohnheit, nachts spazierenzugehen, und sei völlig harmlos. Doch angenommen . . .

Der Gedanke war lächerlich, geradezu zu phantastisch lächerlich. Aber der Affe hatte ein so unglaublich menschliches Verhalten an den Tag gelegt, daß man im Zusammenhang mit ihm keine Überlegung völlig von der Hand weisen durfte.

In den Garten zurückgekehrt, suchte Michael Adele. Sie hatte ihre Szene abgedreht und sah jetzt zwei Schauspielern zu, die in der Rolle von Banditen im gedämpften Licht der Scheinwerfer an der Mauer entlangschlichen.

»Entschuldigen Sie, Miß Leamington, wenn ich Sie jetzt etwas ziemlich Unverschämtes frage«, sagte Michael, »aber haben Sie Kleidung und Wäsche zum Wechseln mitgenommen?«

»Warum, um Himmels willen, wollen Sie das wissen?« fragte sie zurück und machte große Augen. »Selbstverständlich habe ich das. Ich nehme mir immer ausreichend Kleidung und Wäsche mit für den Fall, daß das Wetter umschlägt.«

»Das war die erste Frage. Nun kommt die zweite: Haben Sie in ›Griff Towers‹ etwas von Ihren Sachen verloren?«

»Ja, meine Handschuhe. Haben Sie sie gefunden?«

»Nein, leider nicht. Wann haben Sie sie vermißt?«

»Sofort. Im ersten Moment dachte ich . . .« Sie unterbrach sich. »Es war eine verrückte Idee.«

»Was dachten Sie?«

»Ich möchte es lieber nicht sagen. Es ist eine rein persönliche Sache.«

»Sie dachten, Sir Gregory habe sie als Souvenir behalten?«

Sie wurde zuerst rot und dann blaß. »Ja, das dachte ich«, antwortete sie steif.

»Dann ist es nicht mehr wichtig, ob Sie sich umziehen oder nicht«, sagte Michael.

»Was meinen Sie damit?«

Sie sah ihn mißtrauisch an. Wahrscheinlich nahm sie an, er sei betrunken, doch das mußte er hinnehmen, denn im Moment wollte er für seine ziemlich ungereimten Fragen keine Erklärung abgeben.

»Und jetzt ins Bett mit euch allen!« rief Jack Knebworth. »Mr. Foss hat euch ja eure Zimmer gezeigt. Morgen früh müßt ihr schon um vier Uhr aus den Federn, und ich möchte, daß ihr genug Schlaf bekommt. Foss, haben Sie die Zimmer gekennzeichnet?«

»Ja, ich habe an jeder Tür ein Namensschildchen angebracht. Miß Leamington hat ein Zimmer für sich allein, ist das recht so?«

»Warum nicht?« sagte Knebworth. »Es ist ohnehin nur für kurze Zeit.«

Adele sagte Michael gute Nacht und ging sofort hinauf. Der Raum, den man ihr zugewiesen hatte, war winzig, sehr einfach möbliert und roch ein bißchen modrig. Sie sperrte die Tür ab, blies die Kerze aus, öffnete einen Fensterflügel und merkte dabei, daß in der Mitte der einen Scheibe außen ein rundes, weißes Stück Papier klebte. Zuerst wollte sie es abreißen, ließ es dann jedoch an Ort und Stelle, denn möglicherweise hatte Knebworth es anbringen lassen, um einen bestimmten Punkt zu markieren, den er am nächsten Morgen für eine Kameraeinstellung brauchte.

Sie schlief nicht sofort ein, weil ihr ein völlig sinnloser, gegen Michael Brixan gerichteter Ärger zu schaffen machte. Lange kämpfte in ihr ein starkes Gerechtigkeitsgefühl mit einem nicht minder ausgeprägten Sinn für Humor um die Oberhand. Er ist ein netter Kerl, sagte sie sich, denn soviel hatte ihr weiblicher Instinkt ihr schon sehr nachdrücklich verraten. Aber ziemlich unverschämt war er auch. Am Ende siegte ihr Humor, und das brachte ihr endlich auch den ersehnten Schlaf. Als ihr die Augen zufielen, lächelte sie.

Nach zwei Stunden, die ihr wie zwei Minuten vorkamen, weckte sie das Gefühl einer drohenden Gefahr. Mit wild klopfendem Herzen richtete sie sich im Bett auf und blickte sich im Zimmer um. Im blassen Schein des Mondes konnte sie fast bis in jeden Winkel sehen. Der Raum war leer. Schlich jemand vor ihrer Tür umher, und war sie davon wach geworden? Sie stand auf und drückte auf die Klinke. Die Tür war abgeschlossen, wie vorher. Das Fenster? Es lag sehr niedrig, wie sie sich erinnerte. Sie schloß einen Fensterflügel und wollte eben mit dem zweiten dasselbe tun, als aus der Finsternis unter ihr ein großer haariger Arm auftauchte und eine Hand wie eine Eisenklammer ihr Handgelenk umschloß.

Adele schrie nicht. Der Atem stockte ihr, und sie glaubte, vor Entsetzen sterben zu müssen. Ihr Herzschlag setzte aus, und Todeskälte durchrieselte sie. Was war das? Was konnte es sein? Ihren ganzen Mut zusammennehmend, sah sie aus dem Fenster und erblickte dicht unter sich ein Wesen mit einem scheußlichen tierischen Gesicht und runden, glitzernden grünen Augen.

11

Das Wesen begann leise und vogelähnlich zu zwitschern. Es versuchte nicht, Adele aus dem Fenster zu zerren, es hielt sie nur fest und klammerte sich mit der anderen Hand an den Efeu, an dem es heraufgeklettert war. Wieder begann es zu zwitschern und zog dann sanft an Adeles Arm. Sie wich zurück, doch sie hätte ebensogut versuchen können, einer stampfenden Kolbenstange zu entkommen. Ein dickes, behaartes Bein schwang sich plötzlich über das Fenstersims, und die zweite Hand des Untiers legte sich auf ihr Gesicht.

Sie erstickte zwar Adeles Schrei, aber jemand hatte ihn doch gehört. Es folgte der ohrenbetäubende Knall eines Schusses. Sie hörte die Kugel pfeifen, gegen die Mauer krachen und wieder abprallen. Der große Affe ließ sie sofort los und verschwand unter ihr in der Dunkelheit. Halb ohnmächtig und unfähig, sich zu bewegen, brach sie auf dem Fenstersims zusammen. Aus dem Schatten des Lorbeerstrauchs trat eine Gestalt, die Adele sofort erkannte — Michael Brixan.

»Sind Sie verletzt?« fragte er leise.

Sie konnte nur den Kopf schütteln, die Stimme versagte ihr.

»Ich habe ihn nicht getroffen, nicht wahr?«

»Nein, ich glaube nicht.« Ihre Worte kamen mühsam und heiser. »Er hat sich fallen lassen.«

Michael leuchtete mit einer Taschenlampe den Boden ab. »Keine Blutspuren. Es wäre sehr schwierig gewesen, ihn zu treffen. Ich hatte Angst, Sie zu verletzen.«

Ein Fenster wurde aufgerissen, und Jack Knebworth rief verärgert: »Wer knallt denn da herum? Waren Sie das, Brixan?«

»Ja, ich war's. Kommen Sie runter, dann sage ich Ihnen warum.«

Der Lärm schien weder Mr. Longvale noch ein anderes Mitglied des Filmteams geweckt zu haben. Als Knebworth in den Garten kam, fand er dort nur Michael vor, der ihm kurz berichtete, was passiert war.

»Der Affe gehört Freund Penne«, sagte er. »Er hat ihn mir heute vormittag gezeigt.«

»Was glauben Sie — ist er rein zufällig hier vorbeigekommen und hat dabei das offene Fenster entdeckt?«

Michael schüttelte den Kopf. »Nein«, antwortete er ruhig. »Er kam mit einer ganz bestimmten Absicht her, er wollte unsere Hauptdarstellerin entführen. Das klingt sehr dramatisch und unwahrscheinlich, aber das ist meine unverrückbare Meinung. Dieser Affe hat beinahe menschliche Eigenschaften, das sage ich Ihnen.«

»Aber er kennt das Mädchen nicht, hat es nie gesehen.«

»Er hat die Witterung von Miß Leamington. Sie hat heute in ›Griff Towers‹ ein Paar Handschuhe verloren, und ich könnte wetten, daß der edle Gregory Penne sie ihr gestohlen hat, damit Bhag ihre Witterung aufnehmen konnte.«

»Das kann ich nicht glauben! Obwohl ich gern zugeben will, daß Menschenaffen zu erstaunlichen Dingen fähig sind. Haben Sie ihn erschossen?«

»Nein. Sir. Aber man muß schon früher mal auf ihn geschossen haben, sonst hätte er versucht, mich anzugreifen, und dann wäre er jetzt mit Sicherheit tot.«

»Was haben Sie um diese Zeit eigentlich hier gemacht?«

»Nur ein bißchen aufgepaßt.« Michael tat völlig unbefangen. »Ein ernsthafter Detektiv hat so viel im Kopf, daß er nicht schlafen kann wie ein Durchschnittsmensch. Außerdem habe ich Bhag erwartet. Wer ist da?«

Die Tür ging auf, und Adele Leamington kam, nur mit einem dünnen Morgenrock bekleidet, aus dem Haus.

»Meine liebe junge Dame, Sie werden sich eine hübsche Erkältung zuziehen«, warnte Knebworth. »Was ist passiert?«

»Ich weiß nicht so recht.« Sie betastete vorsichtig ihr Handgelenk. »Ich wachte auf, hörte etwas und ging zum Fenster. Dann packte mich dieses gräßliche Ding. Was war es, Mr. Brixan?«

»Ach, nur ein Affe«, antwortete er mit gespielter Sorglosigkeit. »Tut mir leid, daß Sie so erschrocken sind. Aber wahrscheinlich hat Ihnen der Schuß noch größere Angst eingejagt.«

»Das stimmt nicht, und Sie wissen es. Es war fürchterlich, einfach fürchterlich!« Sie vergrub das Gesicht in den zitternden Händen.

»Da haben Sie recht, junge Dame«, brummte Jack. »Ich finde, daß Sie unserem Freund hier einiges schulden. Er hat den Besuch anscheinend erwartet und deshalb im Garten Wache gehalten.«

»Sie haben den Affen erwartet?« stieß sie hervor.

»Mr. Knebworth hat ein bißchen übertrieben«, antwortete Michael. »Und wenn Sie glauben, ich sagte das nur aus der angeborenen Bescheidenheit des Helden, dann irren Sie sich. Ich habe den Affen erwartet, weil Mr. Longvale ihn vorher auf den Feldern gesehen hatte. Sie glaubten ja selbst, Sie hätten ihn gesehen, Knebworth, nicht wahr?«

Jack nickte.

»Tatsächlich haben wir ihn alle gesehen, und mir gefiel die Vorstellung nicht, daß ein am Filmhimmel aufgehender Stern — wenn ich diese Hoffnung aussprechen darf — von einem Affen belästigt werden sollte. Deshalb blieb ich im Garten.«

Adele streckte impulsiv die Hand aus, und Michael drückte sie sanft. »Danke, Mr. Brixan«, sagte sie, »ich habe Sie falsch beurteilt.«

»Das passiert mir häufig«, erwiderte er mit einem übertriebenen Schulterzucken.

Adele kehrte in ihr Zimmer zurück, und diesmal schloß sie das Fenster fest. Bevor sie wieder einschlief, stand sie noch einmal auf, spähte durch die Vorhänge, sah die Glut einer Zigarre in der Dunkelheit und wußte, daß Michael über sie wachte. Beruhigt ging sie ins Bett. Aber schon — wie ihr vorkam — ein paar Minuten später begann Foss an die Türen zu klopfen und das Team zu wecken.

Der Dramaturg war selbst als erster unten. Der Garten trat allmählich blaß aus der Dämmerung hervor, und mürrisch wünschte Foss Michael Brixan einen guten Morgen.

»Ebenfalls guten Morgen«, entgegnete Michael. »Übrigens, Mr. Foss, Sie sind gestern in ›Griff Towers‹ zurückgeblieben, um mit Freund Penne zu sprechen, nicht wahr?«

»Das geht Sie nichts an«, knurrte Foss und wäre weitergegangen, hätte Michael sich ihm nicht in den Weg gestellt.

»Etwas anderes geht mich aber sehr wohl etwas an. Erklären Sie mir bitte, was die kleine Scheibe an Miß Leamingtons Fenster zu bedeuten hat.« Er zeigte zu dem weißen Kreis hinauf, den Adele schon am Abend vorher gesehen hatte.

»Das weiß ich nicht«, antwortete Foss mit wachsendem Ärger, aber auch mit einem Unterton von Furcht in der Stimme.

»Wenn Sie es nicht wissen, wer dann? Ich habe selbst gesehen, wie Sie das Ding gestern kurz vor Einbruch der Dunkelheit dort anbrachten.«

»Na schön, wenn Sie es unbedingt wissen müssen. Ich wollte damit für den Kameramann eine bestimmte Einstellung markieren.«

Das war eine plausible Erklärung. Michael hatte auch Jack Knebworth dabei beobachtet, wie er verschiedene Punkte im Garten markierte, damit die Schauspieler immer im Bild blieben. Als Knebworth herunterkam, fragte er den Regisseur bei der ersten Gelegenheit danach.

»Ich habe keinerlei Markierungen angeordnet. Wo ist sie?«

Michael zeigte sie ihm.

»Also dort oben würde ich bestimmt keine Markierung anbringen lassen. Wozu auch? Direkt in der Mitte eines Fensters. Was meinen Sie dazu?«

»Ich glaube, Foss hat das Fenster markiert, weil Sir Gregory ihn darum gebeten hat.«

»Warum das?« fragte Knebworth verblüfft.

»Um Bhag Adele Leamingtons Zimmer zu zeigen, deshalb«, antwortete Michael mit der Überzeugung eines Menschen, der weiß, daß er recht hat.

12

Michael sah nicht bei den Dreharbeiten zu, denn er hatte beschlossen, selbst etwas zu unternehmen. Unauffällig verschwand er aus »Dower House«, überquerte ein Feld und gelangte auf die Straße, die nach »Griff Towers« führte. Nach etwa zehn Minuten kam er zu einem Zaun, kletterte darüber und gelangte auf einen Feldweg, der vermutlich eine Abkürzung zum Haus war. Michael ging rasch, wobei er den Boden jedoch sehr genau nach Spuren absuchte, die der Affe vielleicht zurückgelassen hatte. Aber es hatte nicht geregnet, und wenn er das Tier nicht angeschossen hatte, würde er kaum eine Fährte finden.

Nach einer Weile kam er an eine hohe Steinmauer, die im Süden den Besitz des Baronets einfriedete. Er folgte ihr, bis er eine kleine Tür entdeckte, die erst kürzlich benutzt worden sein mußte, denn sie stand noch einen Spalt offen.

Er stieß sie ganz auf und kam in den Küchengarten mit Reihen schnurgerader Gemüsebeete. Weit und breit war niemand zu sehen. Der graue Turm sah im Licht des frühen Morgens noch häßlicher und bedrohlicher aus. Aus den Kaminen stieg kein Rauch auf. »Griff Towers« schien wie ausgestorben.

Trotzdem ging Michael sehr vorsichtig weiter und hielt sich im Mauerschatten, bis er zu einer Kornelkirschhecke kam, die im rechten Winkel an die Mauer stieß und den Küchengarten von dem herrlichen Lustgarten trennte, in dem Jack Knebworth am Tag vorher mehrere Szenen gedreht hatte.

Immer wieder schaute Michael unruhig nach links, nach rechts und hinter sich, denn er erwartete jeden Augenblick, irgendwo den furchterregenden Bhag auftauchen zu sehen. Endlich hatte er das Ende der Hecke erreicht und war nur noch wenige Schritte von dem gelbgekiesten Vorplatz und kaum drei Meter von dem viereckigen Turm entfernt, der dem Haus seinen Namen gegeben hatte. Von da, wo er stand, konnte er die ganze Vorderseite des Gebäudes überblicken. Die heruntergelassenen weißen Rollos und die Totenstille hätten einen weniger mißtrauischen Menschen als Michael Brixan zu dem Trugschluß verleitet, daß seine Vorsicht unbegründet war.

Noch zögerte er und überlegte, ob er zum Haus gehen sollte oder nicht, als er irgendwo hoch oben ein Krachen hörte. Er sah hinauf. Jemand hatte die Scheibe des höchsten Turmfensters eingeschlagen, und ein Scherbenregen prasselte herunter. Die Sonne war noch nicht aufgegangen, noch herrschte das trügerische Licht der Morgendämmerung, und die Hecke war ein wunderbares Versteck.

Wer zerschlug so früh am Morgen ein Fenster? Auf keinen Fall der vorsichtige Bhag . . . So weit war Michael mit seinen Überlegungen gekommen, als ein schriller Angstschrei die Morgenstille zerriß. Eine Gänsehaut überlief ihn. Der Schrei kam aus dem obersten Turmzimmer und endete so plötzlich, als habe jemand dem Unglücklichen, der ihn ausgestoßen hatte, die Hand auf den Mund gepreßt.

Nun zögerte Michael nicht mehr. Er verließ sein Versteck, lief schnell über den Kiesplatz und zog an der Klingel, die neben dem Haupteingang hing. Im Haus schlug die Glocke an, und Michael sah sich schnell um, denn er wollte sicher sein, daß weder Bhag noch einer der kupferfarbenen Dienstboten von »Griff Towers« hinter ihm her waren.

Eine Minute verging — zwei . . . Schon hob er wieder die Hand an den eisernen Klingelzug, als er im Flur Schritte hörte, Pantoffeln, die durch die geflieste Halle schlurrten, und dann fragte Sir Gregorys mürrisch klingende Stimme:

»Wer ist da?«

»Michael Brixan.«

Es folgte ein Brummen, Ketten klirrten, Schlösser klickten, und dann wurde das große Tor eine Handbreit geöffnet. In dem Spalt erschien Sir Gregorys massige Gestalt. Er trug graue Flanellhosen und ein Hemd mit nicht zugeknöpften Manschetten. Sein feindseliger Blick wandelte sich in Erstaunen, als er Brixan erkannte.

»Was wollen Sie?« fragte er und öffnete das Tor ein bißchen weiter.

»Mit Ihnen sprechen«, antwortete Michael.

»Absolvieren Sie Ihre Besuche gewöhnlich bei Tagesanbruch?« Sir Gregory ließ den Besucher herein und schloß die Tür hinter ihm.

Michael schwieg und folgte dem Hausherrn in die Bibliothek, in der sich offensichtlich die ganze Nacht jemand aufgehalten hatte. Die Fensterläden waren geschlossen, der elektrische Kronleuchter brannte, und vor dem Fenster stand ein Tisch mit zwei Whiskyflaschen, von denen eine leer war.

»Wollen Sie was trinken?« fragte Sir Gregory automatisch und schenkte sich mit unsicherer Hand selbst ein Glas ein.

»Ist Ihr Affe zu Hause?« fragte Michael, den angebotenen Drink mit einer Handbewegung zurückweisend.

»Bhag, wieso? Ich nehme an. Er kommt und geht, wie er mag. Wollen Sie ihn sehen?«

»Nicht unbedingt. Ich hatte heute nacht schon einmal die Ehre.«

Sir Gregory, der sich am Kaminfeuer einen Zigarrenstummel anzünden wollte, fuhr rasch herum. »Sie haben Bhag heute nacht gesehen? Was meinen Sie damit?«

»Genau das, was ich sagte. Er war in ›Dower House‹ und versuchte, in Miß Leamingtons Zimmer einzudringen. Um ein Haar wäre er jetzt ein mausetoter Orang-Utan; so nahe war er seinem Ende bestimmt noch nie.«

Sir Gregory ließ den schon brennenden Fidibus auf den Rost fallen und richtete sich aus seiner gebückten Haltung auf. »Haben Sie ihn erschossen?« fragte er.

»Ich habe auf ihn geschossen.«

Sir Gregory nickte. »Sie haben auf ihn geschossen«, sagte er leise. »Das erklärt manches. Warum haben Sie auf ihn geschossen? Er ist völlig ungefährlich.«

»So ist er mir allerdings nicht vorgekommen«, entgegnete Michael kühl. »Er hat versucht, Miß Leamington aus ihrem Zimmer zu zerren.«

Sir Gregory machte große Augen. »So weit war er schon?«

»Sie haben ihn zu dem Mädchen geschickt«, sagte Michael. »Sie haben Foss auch bestochen, damit er ihr Fenster markiert und Bhag sie findet.«

Er unterbrach sich, aber Sir Gregory entgegnete nichts.

»Die Methode des Höhlenmenschen ist schon ziemlich gemein, wenn er ein Mädchen selbst entführt. Wenn er aber einen Menschenaffen die schmutzige Arbeit tun läßt, ist das wohl das letzte.«

Sir Gregorys Augen waren jetzt völlig zwischen Fettwülsten verschwunden, sein Gesicht hatte eine noch dunklere Färbung angenommen. »So ist das also!« sagte er. »Und ich dachte, Sie seien auf meiner Seite.«

»Für Ihre Illusionen kann ich nichts«, antwortete Michael. »Ich will Ihnen nur eines sagen« — er tippte dem Baronet mit dem Zeigefinger auf die Brust —, »wenn Adele Leamington etwas zustößt und Sie oder Ihr unmenschlicher Helfershelfer auch nur das geringste damit zu tun haben, dann gebe ich mich nicht damit zufrieden, Bhag zu erschießen. Dann komme ich her und knalle Sie ab. Haben Sie mich verstanden? Und jetzt können Sie mir erzählen, was es mit dem Schrei auf sich hat, den ich vorhin aus Ihrem Turm hörte.«

»Wie können Sie es wagen, mich ins Kreuzverhör zu nehmen, zum Teufel!« fauchte Sir Gregory wutentbrannt. »Wissen Sie nicht, mit wem Sie es zu tun haben, Sie dreckiger kleiner Komödiant?«

Michael nahm eine Visitenkarte aus der Tasche und reichte sie dem Baronet. »Anhand dieser Karte werden Sie feststellen, daß ich es sehr wohl wagen kann, Ihnen Fragen zu stellen«, sagte er.

Sir Gregory las die Karte im Schein der Tischlampe. Die Wirkung war elektrisierend. Er sperrte den Mund auf, und die Hand mit der Karte zitterte so heftig, daß das weiße Rechteck zu Boden fiel.

»Ein Detektiv?« krächzte er. »Ein — ein Detektiv! Was wollen Sie hier?«

»Ich hörte jemand schreien.«

»Vielleicht war's einer von den Dienern. Wir haben eine kranke Papuafrau hier. Sie hat den Verstand verloren und kommt morgen in eine Anstalt. Wenn Sie wollen, gehe ich nachschauen.«

Er sah Michael an, als wolle er seine Erlaubnis einholen, wirkte jetzt fast unterwürfig. Nach einem Blick auf das fahle Gesicht und die bebende Unterlippe wurde Michaels Verdacht zur Gewißheit: In diesem Haus ging etwas vor, das er unbedingt ergründen mußte.

»Darf ich nachsehen?« fragte Sir Gregory.

Michael nickte. Der Baronet schlurfte aus dem Zimmer, als sei er in größter Eile. Das Türschloß klickte. Im Nu war Michael an der Tür und drückte auf die Klinke. Ohne Erfolg. Sir Gregory hatte ihn eingesperrt.

Er sah sich schnell im Zimmer um, lief an ein Fenster, zog den Vorhang zurück und rüttelte am Fensterladen. Aber auch er ließ sich nicht öffnen, und Michael entdeckte, daß er verschließbar war wie eine Tür. Während er das kleine Schlüsselloch untersuchte, gingen alle Lichter im Raum aus. Nur noch die schwache Glut im Kamin verbreitete spärliche Helligkeit.

13

Und dann hörte Michael in einer Ecke ein leises Knacken. Ihm folgte das kaum hörbare Geräusch bloßer Füße, die über einen dicken Teppich schlichen. Jemand atmete sehr schnell.

Michael zögerte nicht. Er tastete nach dem Schlüsselloch des Fensterladens, zog seine Pistole und schoß zweimal in das Schloß. Die Schüsse krachten ohrenbetäubend laut in dem geschlossenen Raum und mußten auf den Eindringling wie ein Stromstoß wirken, denn als der Fensterladen aufflog, Michael das weiße Rollo in die Höhe schnellen ließ und das Licht hereinflutete, war er allein in dem großen Raum.

Im nächsten Moment ging die Tür auf, und Sir Gregory kam wieder herein. War er beim Verlassen des Zimmers verängstigt gewesen, sah er jetzt bemitleidenswert aus.

»Was war das?« jammerte er. »Was war denn das? Hat jemand geschossen?«

»Jemand hat geschossen«, antwortete Michael gelassen, »und dieser Jemand war ich. Die Herren, die Sie freundlicherweise zu mir geschickt haben, damit sie mit mir abrechnen, hatten großes Glück, daß ich meine Schießübungen auf das Schloß eines Fensterladens beschränkte, Penne.«

Auf dem Fußboden lag etwas Weißes, und Michael hob es rasch auf. Es war ein rohseidenes Halstuch. Er roch daran.

»Das muß jemand in der Eile verloren haben«, sagte er. »Ich vermute, es sollte benutzt werden.«

»Mein lieber Junge, ich versichere Ihnen, ich wußte nichts davon.«

»Wie geht es der interessanten Kranken?« fragte Michael und verzog ironisch den Mund. »Der verrückten Dame, die schreit?«

Sir Gregory betastete seine zitternden Lippen, als versuche er, sie zur Ruhe zu bringen. »Es geht ihr gut. Es — es war schon so, wie ich dachte. Sie hatte einen Anfall.«

Michael betrachtete ihn nachdenklich. »Ich möchte sie sehen«, sagte er.

»Das geht nicht«, antwortete Sir Gregory laut und herausfordernd. »Sie dürfen niemand sehen. Was, zum Teufel, hat das zu bedeuten? Sie überfallen mich gewissermaßen am frühen Morgen in meinem Haus und beschädigen mein Eigentum. Ich werde es Scotland Yard melden, und dann sind Sie Ihre Stellung los, Mann! Sie und Ihresgleichen bilden sich ein, Ihnen gehöre die Welt. Ich werde Ihnen beweisen, daß das nicht der Fall ist.«

Die laute Stimme schwoll zu einem Gebrüll an. Er versucht seine Angst in Zorn zu ersticken, dachte Michael und sah zu den Schwertern über dem Kamin hinauf. Sir Gregory folgte seinem Blick und schien zusammenzuschrumpfen.

»Mein lieber Junge«, sagte er plötzlich wieder ganz friedlich, »warum reizen Sie mich so? Ich bin der netteste Mann der Welt, wenn man mich richtig zu nehmen weiß. Was haben Sie sich nur für närrisches Zeug über mich in den Kopf gesetzt?«

Michael widersprach nicht. Er trat auf den Flur hinaus und ging langsam zur Haustür. Draußen wurde er von der strahlend aufgehenden Sonne empfangen. In der Tür drehte er sich zu Sir Gregory um.

»Ich kann nicht darauf bestehen, Ihr Haus zu durchsuchen, weil ich, wie Sie wissen, keinen Durchsuchungsbefehl habe. Und bis ich mir einen besorgt hätte, wäre längst nichts mehr zu finden. Aber nehmen Sie sich in acht, mein Freund!« Er drohte dem Baronet mit dem Finger. »Ich spiele nicht gern auf klassische Vorbilder an, möchte Ihnen aber dringend raten, sich in der Mythologie nach einer Dame umzusehen, die bei den Griechen als Adrasteia bekannt ist.«

Er machte kehrt und ging rasch die Zufahrt hinunter. Aus dem obersten Turmfenster sah ihm ein totenblasses Mädchen nach. Sir Gregory begab sich wieder in die Bibliothek und entdeckte, nachdem er lange und fleißig gesucht hatte, daß Adrasteia ein anderer Name für Nemesis war.

Michael kam rechtzeitig zum Frühstück nach »Dower House« zurück, wo man seine Abwesenheit anscheinend nicht einmal bemerkt hatte. Nur Adele hatte ihn vermißt, und sie war auch die erste, der auffiel, daß er wieder da war.

Jack Knebworth war bester Laune. Seiner Meinung nach waren die Szenen hervorragend gelungen. »Natürlich kann ich erst sicher sein, wenn der Film entwickelt ist. Aber die kleine Leamington ist wunderbar. Ich möchte wirklich keine Vorschußlorbeeren verteilen, glaube aber schon jetzt, daß sie das Zeug zu einer großen Schauspielerin hat.«

»Das haben Sie nicht erwartet?« fragte Michael überrascht.

Jack lachte verächtlich auf. »Ich war wütend auf die Mendoza. Aber als ich hierherfuhr, war ich innerlich darauf vorbereitet, alle Außenaufnahmen später mit ihr noch einmal drehen zu müssen. Zum Filmstar ist man nicht geboren. Filmstar wird man — durch bittere Erfahrung, Geduld und Leiden. Man muß durch alle Stadien krasser Unfähigkeit hindurch, kann jeden Augenblick zum Teufel gejagt werden. Wenn man durchhält, schafft man es — vielleicht. Ihr Mädchen hat alle Zwischenphasen übersprungen und schon beim ersten Versuch gewonnen.«

»Wenn Sie von ›meinem‹ Mädchen sprechen«, wandte Michael ein, »bedenken Sie bitte, daß mein Interesse an der jungen Dame ganz beiläufig und nur oberflächlich ist.«

»Wenn Sie kein Lügner sind«, antwortete Jack Knebworth, »dann sind Sie ein Narr.«

»Was für Chancen hat sie als Filmschauspielerin?« fragte Michael, der schnell das Thema wechseln wollte.

Knebworth fuhr sich durch das weiße Haar. »Praktisch überhaupt keine. In England hat ein Mädchen keine Chance. Es ist schlimm, so etwas zu sagen, aber es ist die Wahrheit. Die sogenannten englischen Stars können Sie an den Fingern einer Hand aufzählen. Sie sind nur in England berühmt und gewöhnlich mit einem Produzenten verheiratet. Was für eine Chance sollte da eine Außenseiterin haben? Und wenn ihr der Durchbruch gelingt, bringt es ihr nicht viel. Die Filmindustrie in diesem Land hinkt der amerikanischen und deutschen weit hinterher. Sie kommt nicht mal mit der französischen mit, obwohl die französischen Filme beinahe die langweiligsten der Welt sind. England ist es bisher noch nicht gelungen, auch nur einen einzigen Filmstar von internationaler Bedeutung hervorzubringen oder einen einzigen Film zu drehen, der weltweite Beachtung gefunden hat.«

Das war ein Thema, das ihm am Herzen lag, und er setzte seinen leidenschaftlichen Vortrag noch auf der Rückfahrt nach Chichester fort.

»Nein«, sagte er am Ende mit einem bedauernden Kopfschütteln zu Michael, »Ihre kleine Freundin hat keine Chance, nicht in diesem Land. Wenn der Film, den wir jetzt drehen, in Amerika Erfolg hat — ja. Dann spielt sie in zwölf Monaten in Hollywood, in einer englischen Story, unter einem amerikanischen Regisseur.«

Im Vorzimmer seines Büros wurde Knebworth von Stella Mendoza erwartet, der er kurz und kalt guten Morgen wünschte.

»Ich möchte Sie sprechen, Mr. Knebworth«, sagte die Mendoza und lächelte dem Hauptdarsteller zu, der hinter Knebworth hereingekommen war.

»Sie wollen mich sprechen? Bitte, reden Sie! Was gibt es?«

Mit geheuchelter Verwirrung und Armensündermiene zupfte sie an einem Spitzentüchlein herum. Jack war nicht beeindruckt. Er hatte ihr beigebracht, wie man mit anmutiger Zerknirschung an Spitzentüchlein zupfte.

»Ich habe mich sehr dumm benommen und bin hier, weil ich Sie um Entschuldigung bitten möchte. Es war natürlich sehr unrecht von mir, Sie alle warten zu lassen. Es tut mir aufrichtig leid. Soll ich morgen früh wiederkommen? Oder kann ich noch heute anfangen?«

»Sie brauchen morgen nicht zu kommen und heute nicht zu bleiben, Stella«, sagte er. »Wir haben einen ausgezeichneten Ersatz für Sie gefunden, und ich habe keine Lust, den Film noch einmal zu drehen.«

Sie warf ihm einen zornigen Blick zu, einen Blick, der ihre sanfte Haltung Lügen strafte. »Ich habe einen Vertrag, das wissen Sie doch, Mr. Knebworth!« rief sie schrill.

»Ich würde viel lieber mit Miß Mendoza spielen«, meldete Reggie Connolly sich zu Wort. »Sie ist bei weitem nicht so schwierig wie Miß — oh, ich weiß nicht einmal ihren Namen. Sie ist so — nun ja, ihr fehlt eben die Begabung, Mr. Knebworth.«

Der Regisseur sagte nichts, sah den jungen Mann nur abwartend an.

»Und was vielleicht noch wichtiger ist — ich selbst kann ohne Miß Mendoza mein Talent nicht richtig entfalten. Wirklich nicht! Ich bin so entsetzlich nervös, und es ist furchtbar schwer, gut zu spielen, wenn man nervös ist. Kurz gesagt«, schloß er unbesonnen, »ich weigere mich, weiterzuspielen, wenn Sie die Rolle nicht wieder mit Miß Mendoza besetzen.«

Sie warf ihm einen dankbaren Blick zu und wandte sich dann mit einem nachsichtigen Lächeln an den schweigenden Jack. »Also, soll ich noch heute anfangen?«

»Weder heute noch sonst irgendwann!« brüllte Knebworth los, und seine Augen blitzten. »Und Sie, Sie größenwahnsinniger Aufschneider, lassen Sie sich eins gesagt sein: Wenn Sie mich im Stich lassen, setze ich Sie auf die schwarze Liste sämtlicher englischer Filmgesellschaften, und jedesmal, wenn ich Sie sehe, kriegen Sie von mir einen Tritt.«

Vor Wut schnaubend, kam er in sein Büro, in das Michael schon vorausgegangen war. »Wie finden Sie das?« fragte er, nachdem er sich beruhigt hatte. »Mit solchem Unsinn wollen die einen kleinkriegen. Er will mitten in einem Film seine Rolle hinwerfen! Haben Sie das gehört! Dieser Grünschnabel! Dieses Nichts auf zwei Beinen! Sagen Sie, Brixan, hätten Sie Lust, in meinem Film der Partner Ihres Mädchens zu sein? Schlechter als Connolly sind Sie bestimmt nicht, und Sie könnten sich ein bißchen die Zeit vertreiben, während Sie den Kopfjäger suchen.«

Michael schüttelte bedächtig den Kopf. »Nein, besten Dank«, sagte er. »Das ist nichts für mich. Und den Kopfjäger«, er zündete sich eine Zigarre an und blies einen Rauchring zur Zimmerdecke, »brauche ich nicht mehr zu suchen. Ich weiß, wer er ist und kann ihn jederzeit verhaften.«

14

Jack sah den Detektiv erstaunt an. »Das soll wohl ein Scherz sein?« sagte er.

»Im Gegenteil, ich meine es sehr ernst«, antwortete Michael ruhig. »Aber zu wissen, wer der Kopfjäger ist, und ihm seine Verbrechen zu beweisen, das sind leider zwei Paar Stiefel.«

»Ist es jemand aus meinem Team?« fragte Knebworth besorgt, und Michael lachte laut auf.

»Leider hatte ich nicht das Vergnügen, Ihr ganzes Team zu kennen«, erwiderte er diplomatisch, »doch machen Sie sich wegen des Kopfjägers keine Gedanken. — Was haben Sie mit Mr. Connolly vor?«

Der Regisseur zuckte mit den Schultern. »Er hat es nicht ernst gemeint, und es war dumm von mir, die Beherrschung zu verlieren. Diese Schwachköpfe meinen nie etwas ernst. Wenn Sie ihn auf der Leinwand sehen, voll männlicher Überlegenheit und Zärtlichkeit, ein hinreißender Liebhaber, würden Sie nie glauben, was für ein jämmerliches Würstchen er in Wirklichkeit ist. Und die Mendoza . . .« Er brach ab und beendete den Satz mit einer beredten Geste.

Stella Mendoza war nicht bereit, ihre Entlassung widerspruchslos hinzunehmen. Sie hatte sich aus dem Nichts emporgearbeitet und wollte ihren Platz nicht ohne Gegenwehr räumen. Zwar hatte sie soviel Geld, daß sie nie wieder zu arbeiten brauchte, denn zusätzlich zu ihren hohen Gagen bezog sie ein Einkommen aus einer Quelle, die besser unerforscht blieb, doch es bestand die Gefahr, daß Knebworth sie in der Branche unmöglich machte.

Als erstes ging sie zu Adele Leamington. Sie nahm sich zwar vor, liebenswürdig zu sein, erstickte aber fast an ihrem Ärger, als sie entdeckte, daß das junge Ding die Garderobe des weiblichen Stars benutzte, die bisher unangefochten ihr Reich gewesen war. Wütend, aber äußerlich völlig gelassen, klopfte sie an die Garderobentür.

Adele saß vor dem leeren Schminktisch und betrachtete ein wenig ehrfürchtig die vielen Spiegel und Lampen. In einem langen Gang, der als Schrank diente, hingen an einer langen Stange unzählige Kleider. Als Stella Mendoza eintrat, wurde Adele rot.

»Miß Leamington, nicht wahr?« fragte die Mendoza zuckersüß. »Darf ich reinkommen?«

»Aber bitte.« Adele sprang hastig auf.

»Bleiben Sie doch sitzen«, sagte die Mendoza. »Der Stuhl ist zwar sehr unbequem, aber das sind die meisten Stühle hier. Man hat mir gesagt, Sie hätten für mich ›gedoubelt‹.«

»›Gedoubelt?‹«, fragte Adele verblüfft.

»Ja. Sie wissen doch, was das heißt? Wenn eine Künstlerin verhindert ist, springt manchmal in den Szenen, in denen sie nicht so deutlich zu sehen ist, jemand anders für sie ein. Bei Totalen . . .«

»Aber Mr. Knebworth hat auch Szenen in Großaufnahmen mit mir gedreht«, erwiderte Adele ruhig. »Es war überhaupt nur eine Totale dabei.«

Die Mendoza verbarg ihren Ärger und seufzte. »Ach, das arme Alterchen! Er ist furchtbar wütend auf mich, ich sollte ihn wirklich nicht so reizen. Doch ab morgen spiele ich wieder, und dann ist alles wieder gut.«

Adele wurde blaß.
»Das ist gräßlich demütigend für Sie, ich weiß, aber diese Erfahrung müssen wir alle mal machen, meine Liebe. Und die Leute im Studio werden schrecklich nett zu Ihnen sein.«
»Sie müssen sich irren«, widersprach Adele. »Mr. Knebworth hat mir gesagt, daß ich die Rolle spielen soll.«
Lächelnd schüttelte die Mendoza den Kopf. »Man darf diesen Kerlen nie ein Wort glauben«, sagte sie. »Eben hat er mir mitgeteilt, daß wir morgen früh in den South Downs drehen.«
Adele wurde das Herz schwer. Sie wußte, daß das der nächste Drehort war, ahnte jedoch nicht, daß die Mendoza es nur von Connolly erfahren hatte.
»Es ist peinlich für Sie, das gebe ich zu«, fuhr die Mendoza fort. »Ich an Ihrer Stelle ginge nach London und käme erst in ein oder zwei Wochen wieder. Dann redet nämlich bestimmt keiner mehr über die Sache. Ich fühle mich mitschuldig an Ihrer Enttäuschung, meine Liebe, und wenn Geld Sie entschädigen kann . . .« Sie öffnete ihre Tasche, nahm ein Bündel Scheine heraus, zählte vier ab und legte sie auf den Tisch.
»Wofür ist das?« fragte Adele kalt.
»Nun, meine Liebe, Sie werden Geld brauchen. Ihre Ausgaben —«
»Wenn Sie sich einbilden, ich ginge nach London, ohne vorher mit Mr. Knebworth zu sprechen und festzustellen, ob Sie die Wahrheit sagen . . .«
Die Mendoza wurde feuerrot. »Soll das heißen, daß ich lüge!«
Die geheuchelte Freundlichkeit war von ihr abgefallen. Die Hände in die Hüften gestützt, mit funkelnden Augen, ging sie wie eine Furie auf Adele los.
»Ich weiß nicht, ob Sie lügen oder ob Sie sich irren«, entgegnete Adele, der dieser weibliche Drache keinen so großen Schreck einjagte wie die Behauptung, man wolle ihr die Rolle der Roselle wieder abnehmen. »Aber eins weiß ich sicher: Im Augenblick ist das meine Garderobe, und deshalb bitte ich Sie, jetzt zu gehen.«
Sie öffnete die Tür und fürchtete einen Moment, die Mendoza werde sie schlagen. Doch die breitschultrige irische Garderobiere, eine schweigsame, aber leidenschaftlich Anteil nehmende Zuschauerin, trat mit ihrer wuchtigen Gestalt zwischen die beiden und schob den wütenden Star gutmütig lächelnd auf den Flur hinaus.
»Ich sorge dafür, daß Sie hier rausfliegen!« schrie die Mendoza über die Schulter der Frau zurück. »Jack Knebworth ist in dieser Gesellschaft nicht der liebe Gott! Ich habe genug Einfluß, um ihn feuern zu lassen!«
Es folgte eine Flut von Schimpfwörtern, die Adele sich anhörte, ohne eine Miene zu verziehen. Das war zwar unerfreulich, aber aufschlußreich. Die Mendoza nahm kein Blatt vor den Mund, und Adele erfuhr zu ihrer Beruhigung, daß die andere tatsächlich gelogen hatte. Eine schreckliche Sekunde lang hatte sie ihr nämlich geglaubt. Sie wußte, daß Knebworth nicht zögern würde, sie oder sonst jemand vom Team zu opfern, wenn es seinem Film dienlich war.
Noch immer wutentbrannt marschierte die Mendoza in sein Büro und drohte ihm mit Präsidenten, Vizepräsidenten und Geldgebern der Filmgesellschaft, doch er blieb unbeeindruckt.
»Die Leute, die Sie da aufzählen, mögen Sie lieben bis zum Tod,

Stella«, sagte er. »Aber was sie außerdem lieben, ist Geld. Und wenn ich Filme mache, die kein Geschäft sind, wird man Ihnen bald keine kostbaren Brillantkolliers mehr schenken können.«

»Wir wollen sehen, ob Sir Gregory genauso denkt«, erwiderte sie, und Jack Knebworth pfiff leise durch die Zähne.

»Sie meinen Gregory Penne, wie? Wußte gar nicht, daß Sie so eng mit ihm befreundet sind. Ja, er hat ein paar Aktien unserer Gesellschaft, aber nicht genug, um einen entscheidenden Einfluß auszuüben. Wahrscheinlich hat er vor Ihnen ein bißchen angegeben. Aber selbst wenn neunzig Prozent der Aktien ihm gehörten, würde das dem alten Jack Knebworth nichts ausmachen, denn sein Vertrag gibt ihm völlig freie Hand. Sie können mir nichts anhaben, nein, Ma'am.«

»Ich nehme an, Sie werden mich auf die schwarze Liste setzen?« sagte sie mürrisch.

Davor fürchtete sie sich am meisten, denn für eine Schauspielerin war es eine unverzeihliche Sünde, die Dreharbeiten im Stich zu lassen, wenn der Film zur Hälfte fertig war.

Er nickte. »Ich habe daran gedacht, aber ich bin nicht rachsüchtig. Ich lasse Sie gehen und erkläre, die Rolle habe Ihnen nicht zugesagt. Gehen Sie mit Gott, Stella. Das werden Sie zwar nicht tun, weil es Ihnen nicht liegt, aber — bleiben Sie brav.«

Er entließ sie mit einer Handbewegung, und sie ging wesentlich kleinlauter, als sie gekommen war. Vor dem Studio traf sie Lawley Foss und berichtete ihm vom Ergebnis der Unterredung.

»Ich würde mich ja für Sie einsetzen, Stella, da Sie anscheinend gar nichts tun können«, sagte er bitter. »Doch zuerst muß ich an mich denken. Mir ist der Gedanke ohnehin verhaßt, daß ein Genie wie ich, gewissermaßen mit dem Hut in der Hand, diesen verdammten alten Yankee um gut Wetter bitten soll.«

»Sie sollten Ihre eigene Filmgesellschaft haben, Lawley«, sagte sie, wie schon so oft. »Sie schreiben die Drehbücher, und ich bin Ihre Hauptdarstellerin. Sie könnten Knebworth an die Wand drängen. Ich weiß das, Lawley. Ich war an dem einzigen Ort der Welt, wo man wahre Kunst zu schätzen weiß, wo man sie anerkennt. Und ich sage Ihnen, daß sich ein Angeber wie Jack Knebworth in Hollywood nicht fünf Minuten halten könnte.«

»Ist er jetzt in seinem Büro?«

Sie nickte, und ohne noch ein Wort zu sagen, klopfte Foss an die Tür seines Chefs.

»Ich möchte Sie um einen Gefallen bitten, Mr. Knebworth«, sagte er nervös.

»Geht es um Geld?« fragte der Regisseur und warf Foss unter den buschigen Brauen hervor einen stechenden Blick zu.

»Ja, es geht um Geld. Ich habe vergessen, ein paar kleine Rechnungen zu bezahlen, und jetzt ist der Gerichtsvollzieher hinter mir her. Ich brauche bis heute nachmittag um zwei unbedingt fünfzig Pfund.«

Jack nahm sein Scheckbuch aus der Schublade und füllte ein Formular aus. Der Betrag lautete nicht auf fünfzig, sondern auf achtzig Pfund.

»Das ist ein Monatsgehalt im voraus«, sagte er. »Sie haben das Ihnen bis einschließlich heute zustehende Geld bereits bezogen, und in Ihrem

Vertrag steht, daß Sie das Recht haben, entweder monatlich zu kündigen oder noch ein Monatsgehalt zu bekommen. Hier ist es. Es ist Ihr letztes.«

Foss wurde dunkelrot. »Soll das heißen, daß ich entlassen bin?« fragte er laut.

Jack Knebworth nickte. »Sie sind entlassen. Aber nicht, weil Sie Geld wollten, und auch nicht, weil Sie so schwierig sind, sondern weil Sie gestern abend etwas Unverzeihliches getan haben, Foss.«

»Und was wäre das gewesen?«

»Sie haben Miß Leamingtons Fenster markiert, um dem — Beauftragten von Sir Gregory Penne einen Hinweis zu geben. Um ein Haar hätte man meine Hauptdarstellerin entführt.«

Foss verzog höhnisch die Lippen. »Sie haben eine melodramatische Ader, Knebworth«, sagte er. »Ihre Hauptdarstellerin entführen! So etwas passiert vielleicht in den Vereinigten Staaten, aber doch nicht in England!«

»Machen Sie die Tür hinter sich zu, wenn Sie hinausgehen«, entgegnete Jack.

»Lassen Sie sich eines sagen —« begann Foss.

»Sie dürfen gar nichts mehr sagen«, unterbrach ihn der Regisseur. »Nicht einmal auf Wiedersehen. Raus mit Ihnen!«

15

In Chichester gibt es keine berühmten Restaurants, aber der Speisesaal des kleinen Hotels, in dem sich eines Nachmittags drei Männer trafen, hatte den Vorteil, nicht überlaufen zu sein.

Als Michael Brixan in sein Hotel zurückkam, warteten Kriminalinspektor Lyle und Sergeant Walters von Scotland Yard auf ihn. Nachdem sie sich miteinander bekannt gemacht hatten, ging er mit ihnen in sein Wohnzimmer hinauf.

»Ich freue mich, daß Sie gekommen sind«, sagte Michael, sobald der Inspektor die Tür hinter sich geschlossen hatte. »Rein kriminalistische Arbeit ist völliges Neuland für mich, und ich fürchte, daß Sie mich für einen Geheimniskrämer halten werden.« Er lächelte. »Im Augenblick kann ich nämlich noch nicht preisgeben, wohin mein Verdacht zielt.«

Inspektor Lyle lachte. »Wir sind Ihnen unterstellt«, sagte er, »und beide nicht übermäßig neugierig. Sergeant Walters hat Ihnen die Informationen mitgebracht, um die Sie gebeten haben.« Er zeigte auf seinen hochgewachsenen Begleiter.

»Welche Informationen?« fragte Michael interessiert. »Die über Penne? Ist er der Polizei bekannt?«

Sergeant Walters nickte. »Er wurde vor ein paar Jahren angeklagt und verurteilt, weil er ein Dienstmädchen ausgepeitscht hat, und wäre beinahe im Knast gelandet. Hinterher haben wir in London und in den malaiischen Staaten Erkundigungen eingezogen und alles über ihn erfahren. Er ist sehr reich, aber den Titel hat er, da er ein entfernter Cousin des letzten Baronets war, dem reinen Zufall zu verdanken. In Borneo lebte er fünfzehn oder zwanzig Jahre praktisch im Busch, und die Geschichten, die wir über ihn gehört haben, sind nicht besonders erfreulich. Ein paar davon stehen in den Akten, und Sie sollten sie lesen, wenn Sie mal ein bißchen Zeit übrig haben, Mr. Brixan.«

Michael nickte. »Steht auch etwas über einen zahmen Orang-Utan drin, den er zum Diener ausgebildet hat?«

»Bhag?« entgegnete der Polizeibeamte zu Michaels Überraschung. »Über den wissen wir sogar sehr viel. Penne fing ihn ein, als er fast noch ein Baby war, und zog ihn in Gefangenschaft auf. Es war ziemlich schwierig, dem Mann auf der Fährte zu bleiben, da er nie mit einem Linienschiff nach England zurückkehrt und es deshalb fast unmöglich ist, ihn zu beschatten. Er besitzt eine Jacht, ein feines, hochseetüchtiges Boot, die *Kipi,* und die Mannschaft besteht praktisch nur aus Papuas. Wer mit ihm kommt und geht, weiß ich nicht. Angeblich ist er während seines letzten Aufenthalts auf Borneo bei einem Streit mit einem Eingeborenen fast ums Leben gekommen. Und nun, Mr. Brixan, was sollen wir für Sie tun?«

Michaels Anweisungen waren kurz und knapp.

Als Adele am Abend nach Hause ging, folgte ihr ein Mann. Nach den Erlebnissen der vergangenen Nacht hätte sie das an den Rand eines Nervenzusammenbruchs gebracht, hätte sie in ihrem Zimmer nicht einen Brief von Michael vorgefunden.

»Ich hoffe, Sie haben nichts dagegen, daß ein Beamter von Scotland Yard auf Sie aufpaßt, damit Ihnen nichts passiert. Zwar glaube ich nicht, daß Sie in Gefahr sind, aber es wäre beruhigend für mich, wenn Sie mit Ihrem ›Leibwächter‹ einverstanden wären.«

Sie las den Brief und runzelte die Brauen. Man beschattete sie also. Es war ein unbehagliches Gefühl, doch sie konnte kaum etwas dagegen einwenden. Im Gegenteil, sie war dem allgegenwärtigen, energischen jungen Mann, der fest entschlossen schien, sie nicht aus den Augen zu lassen, sogar von Herzen dankbar.

16

Da er nun einen Grund mehr hatte, dem Leben zu grollen, versammelte Lawley Foss seine Verbündeten um sich. Er wollte sich an der Welt rächen, die ihn so schlecht behandelte. Und die wichtigste und mächtigste seiner Verbündeten war Stella Mendoza. Im Salon des hübschen kleinen Hauses, das Stella bewohnte, seit sie zur Knebworth-Film gehörte, wurde Kriegsrat abgehalten. Der Dritte im Bunde war Mr. Reggie Connolly.

»Knebworth hat uns schändlich behandelt«, sagte die Mendoza. »Aber ganz besonders Sie, Mr. Foss.«

»Mich ärgert viel mehr, wie er sich Ihnen gegenüber benommen hat«, erwiderte er energisch. »Gegen eine Künstlerin Ihres Ranges!«

»Was Sie für ihn geleistet haben! Und Reggie — ihn hat er wie einen Hund behandelt.«

»Mir persönlich ist das egal«, sagte Reggie. »Ich finde immer wieder ein Engagement. Sie sind es . . . «

»Neue Engagements finden wir alle«, unterbrach ihn Stella scharf. »Ich kann eine eigene Gesellschaft gründen, wenn es mir Spaß macht. Zwei Regisseure sind ganz verrückt danach, mit mir zu arbeiten. Und Chauncey Seller träumt nur noch davon, einmal mein Partner zu sein. Er wäre sogar einverstanden, daß ich die Hauptrolle spiele. Er ist ein wunderbarer Mann und der beste jugendliche Liebhaber der Welt.«

Mr. Connolly hüstelte leise.

»Die Frage ist, ob wir jetzt gleich genug Geld bekommen können«, sagte Foss, der ausnahmsweise einmal praktisch dachte.

Die Mendoza antwortete nicht sofort.

»Denn wenn das nicht der Fall ist«, fuhr Foss überraschend fort, »kann ich soviel beschaffen, wie ich will. Ich werde nicht sagen, von wem oder wie ich es bekomme. Aber ich bin sicher, ich kann mit einer großen Summe rechnen. Es wird auch leichter sein, das Geld für ein bestimmtes Projekt zu verlangen, als für mich selbst darum zu bitten.«

»Weniger riskant?« meinte Connolly, der gern mitreden wollte.

Es war eine unglückliche Bemerkung, und das um so mehr, als er damit den Nagel auf den Kopf getroffen hatte. Foss schoß das Blut in die Wangen. »Was, zum Teufel, meinen Sie mit ›weniger riskant‹?« fragte er.

Der bedauernswerte Reggie Connolly hatte überhaupt nichts gemeint und versicherte das dem aufgebrachten Foss auch hastig. Er hatte nur helfen wollen und reagierte mürrisch auf den Entrüstungssturm, den er erntete. Außerdem ärgerte er sich, daß er im Lauf des Gesprächs immer mehr als völlig unbedeutender Faktor in den Hintergrund gedrängt worden war. Und dagegen glaubte er sich wehren zu müssen.

»Das ist alles schön und gut, Stella«, sagte er, »aber es sieht ganz so aus, als sollte ich kaltgestellt werden. Da Sie nur noch Chauncey Seller im Kopf zu haben scheinen, weiß ich nicht, was ich Ihnen nützen kann. Mir ist klar, daß Sie mich jetzt für einen miesen und feigen Lumpen halten werden, aber ich habe das Gefühl, daß wir dem alten Jack Knebworth etwas schuldig sind. Ich habe meinen Vertrag um Ihretwillen aufs Spiel gesetzt, und ich bin auch bereit, alles mitzumachen, solange es sich in vernünftigen Grenzen hält. Aber wenn Sie Chauncey Seller — der nebenbei ein ganz übler Typ ist — unter Vertrag nehmen wollen und Foss mir an die Kehle springt, dann — ja, dann . . .«

Sie hatten keine Lust, ihn zu beschwichtigen, da sie mehr an die Zukunft als an die Gegenwart dachten, und er verließ beleidigt das Haus. Der Mendoza wurde erst später klar, daß es unklug gewesen war, ihn gehen zu lassen. Denn hätten sie ihn zurückgehalten, hätten sie zumindest Knebworth eins auswischen können, der dann gezwungen gewesen wäre, die fertigen Szenen mit einem anderen Hauptdarsteller neu zu drehen.

»Zerbrechen Sie sich nicht den Kopf wegen Connolly«, sagte Foss. »Der Film wird mit dieser Komparsin in der Hauptrolle ohnehin ein Reinfall. Sie ist schlecht. Ich habe einen Freund in London«, wandte er sich wieder dem Finanzierungsproblem zu, »der das Geld investieren kann. Und ich habe großen Einfluß auf ihn. Tatsächlich — nun ja, lassen wir's dabei, daß ich Einfluß auf ihn habe. Ich fahre noch heute abend zu ihm.«

»Und ich besuche meinen Freund«, sagte Stella. »Wir werden die Firma ›Stella-Mendoza-Filmgesellschaft‹ nennen.«

Lawley Foss blieb zurückhaltend, denn ihm schwebte ein anderer Name vor. Er war jedoch bereit, auf einen Kompromiß einzugehen. Die Neugründung zum Beispiel »Foss-Mendoza-« oder »F.M.-Gesellschaft« zu nennen. Auch die Mendoza fand den Kompromiß vernünftig, vorausgesetzt, daß ihr Name oder Initial zuerst genannt wurde.

»Wer ist eigentlich Brixan?« fragte die Mendoza, bevor Foss ging.

»Er ist Detektiv.«

Sie machte große Augen. »Ein Detektiv? Was will der denn hier?«

Lawley Foss lächelte verächtlich. »Er sucht jemand, den kein Mann mit seinen geistigen Fähigkeiten je finden wird — den Kopfjäger. Ich bin der einzige Mensch auf der Welt, der ihm dabei helfen könnte. Statt dessen« — wieder lächelte er — »helfe ich mir selbst.«

Und mit dieser geheimnisvollen Bemerkung verließ er sie.

Die Mendoza stieg in den ersten Stock hinauf, um sich umzuziehen. Es war noch zu früh, um Sir Gregory anzurufen, da er sie tagsüber nie sehen wollte. Er, der nicht gezögert hatte, Bhag den Auftrag zu geben, ein Mädchen zu entführen, hielt sehr auf Schicklichkeit.

Die Mendoza hatte ein paar Briefe aufzugeben und fuhr am Spätnachmittag nach Chichester, wo sie Michael Brixan in einer höchst merkwürdigen Situation antraf. Er war Mittelpunkt einer kleinen Menschenmenge, die er ungefähr um einen Kopf überragte. Ein Polizist war auch darunter, Stella entdeckte seinen Helm. Einen Augenblick geriet sie in Versuchung, auszusteigen, um zu sehen, was da los war, doch dann überlegte sie es sich anders. Als sie von der Post zurückkam, hatte die Menge sich verlaufen, und Michael war verschwunden. Auf der Heimfahrt überlegte sie, ob der Menschenauflauf etwas mit Brixans kriminalistischer Arbeit zu tun gehabt hatte.

Michael war aber selbst nur zufällig auf die kleine Menschenansammlung aufmerksam geworden, die die Bemühungen eines Polizisten beobachtete, sich einem braunen Eingeborenen mit zottigem Haarschopf verständlich zu machen, einer in einem schlecht sitzenden Konfektionsanzug rührend lächerlich wirkenden Gestalt. In der Hand trug der Mann ein Bündel, das in ein grellgrünes Taschentuch eingewickelt war, und unter dem Arm etwas Langes, in Leinen verpackt und dick verschnürt. Im ersten Moment glaubte Michael, einen von Pennes malaiischen Dienern vor sich zu haben, doch dann überlegte er sich, daß Sir Gregory es seinen Sklaven bestimmt nicht gestattete, sich frei zu bewegen.

Michael arbeitete sich durch die Menge bis zu dem Polizisten vor, der lässig mit zwei Fingerspitzen an den Helm tippte.

»Ich werde aus dem Kauderwelsch, das der Kerl spricht, wirklich nicht klug, Sir«, sagte er. »Er möchte etwas wissen, aber ich kriege nicht heraus, was. Er ist eben erst in der Stadt angekommen.«

Der braune Mann richtete die großen dunklen Augen auf Michael und sagte etwas, das dem Detektiv spanisch vorkam. Der Eingeborene strahlte eine Würde aus, die ihm nicht einmal die lächerliche Kleidung nehmen konnte. Seine sehr aufrechte Haltung drückte Stolz und Vornehmheit aus. Dann hatte Michael Brixan plötzlich den guten Einfall, den Mann auf holländisch anzusprechen. Die dunklen Augen leuchteten auf.

»Ja, Mynheer, ich spreche Holländisch«, sagte der Eingeborene.
Michael hatte vermutet, daß er aus den malaiischen Staaten kam, wo die gebildeten Eingeborenen Holländisch und Portugiesisch sprachen.
»Ich komme von Borneo und suche einen Mann namens Truji, einem Engländer. Nein, Mynheer, eigentlich will ich nur sein Haus sehen, denn er ist in meiner Heimat ein großer Mann. Wenn ich sein Haus gesehen habe, kehre ich nach Borneo zurück.«
Michael musterte ihn forschend, während er sprach. Der Fremde hatte ein ungewöhnlich schönes Gesicht, wenn man von der langen, häßlichen Narbe absah, die sich von seiner Stirn zur Kinnspitze zog.
Bestimmt ein neuer Diener für Gregory Penne, dachte Michael und beschrieb ihm den Weg. Dann sah er, neben dem Polizisten stehenbleibend, der merkwürdigen Gestalt mit ihren Päckchen und Bündeln nach, bis sie verschwand.

17

In ihr geliebtes Drehbuch vertieft, eine Pralinenschachtel neben sich, saß Adele Leamington auf ihrem Bett. Obwohl sie sich die größte Mühe gab, gelang es ihr nicht, sich auf die kniffligen Anweisungen zu konzentrieren, mit denen Foss seine Skripts »verzierte«. Normalerweise wäre sie mit diesen Schwierigkeiten ohne weiteres fertig geworden. Doch heute wurde sie von einer solchen Fülle privater Gedanken abgelenkt, daß sie den Sinn des Textes nicht erfaßte. Die Seite hätte genausogut leer sein können.
Wer war Michael Brixan wirklich? Einen Detektiv stellte sie sich ganz anders vor. Und warum war er in Chichester geblieben? War es möglich . . . Sie errötete bei dem Gedanken und ärgerte sich über sich. Es war kaum wahrscheinlich, daß ein Mann, der ein so furchtbares Verbrechen aufklären sollte, hiergeblieben war, um in ihrer Nähe zu sein. Lebte der Kopfjäger, der Mörder, in der Nähe von Chichester? Ein entsetzlicher Gedanke!
Die Stimme ihrer Hauswirtin riß sie aus ihren Überlegungen. »Wollen Sie Mr. Foss empfangen, Miß?«
Adele sprang auf und öffnete die Tür. »Wo ist er?«
»Im Wohnzimmer«, antwortete die Frau, die sich seit einiger Zeit ein bißchen respektvoller benahm. Vermutlich hatte es sich in der kleinen Stadt herumgesprochen, daß Adele Leamington von der Komparsin zum Star aufgestiegen war.
Als sie ins Wohnzimmer kam, stand Lawley Foss am Fenster und sah hinauf. »Guten Tag, Adele«, sagte er. Früher hätte er sie nie beim Vornamen genannt, auch wenn er gewußt hätte, wie sie hieß.
»Guten Tag, Mr. Foss«, erwiderte sie lächelnd. »Ich habe zu meinem Bedauern gehört, daß Sie nicht mehr bei uns sind.«
Foss zuckte gleichgültig mit den Schultern. »Die Firma ist ein bißchen zu klein, ich konnte mich nicht richtig entfalten«, antwortete er.
Er fragte sich, ob Michael Brixan ihr etwas von der Papierscheibe an ihrem Fenster erzählt hatte, vermutete jedoch, daß sie nichts davon wußte.

Foss selbst hatte der Scheibe keinerlei Bedeutung beigemessen und sich mit der Erklärung von Sir Gregory zufriedengegeben, er wolle dem Mädchen, das ihm sympathisch sei, nur ein paar Blumen ins Fenster werfen. Für Foss war der Herr von »Griff Towers« einfach ein liebeskranker Narr, dem man den Gefallen ruhig tun konnte. Die Geschichte, die Knebworth ihm erzählt hatte, tat er als übertriebene Phantasie ab.

»Es ist töricht von Ihnen, einen Mann wie Gregory Penne abzuweisen, Adele«, sagte er jetzt, sah ihrem Gesicht aber sofort an, daß er sich auf gefährlichem Grund befand. »Sie brauchen nicht gleich in die Luft zu gehen. Schließlich sind wir alle nur Menschen, und es ist ganz natürlich, daß Penne sich in Sie verliebt hat. Das ist doch kein Verbrechen. Jeden Tag essen unzählige Mädchen mit einem Mann zu Abend, und es ist überhaupt nichts dabei. Ich bin mit Penne befreundet und besuche ihn heute abend in einer sehr wichtigen persönlichen Angelegenheit. Haben Sie Lust, mitzukommen?«

Sie schüttelte den Kopf. »Es mag ja völlig harmlos sein«, sagte sie, »und es ist vielleicht nichts dabei, aber ein Vergnügen wäre es für mich auch nicht.«

»Er ist ein reicher und mächtiger Mann«, sagte Foss eindringlich. »Er könnte sehr viel für Sie tun.«

Wieder schüttelte sie den Kopf. »Ich verlasse mich lieber auf meine Fähigkeiten«, sagte sie. »Ich brauche keinen reichen Gönner. Wenn ich nicht aus eigener Kraft Erfolg habe, bin ich ein hoffnungsloser Fall und finde mich eben damit ab.«

Foss ging noch immer nicht. »Ich glaube, ich schaffe es auch ohne Sie«, meinte er, »aber ich wäre recht froh gewesen, wenn Sie mitgespielt hätten. Er ist verrückt nach Ihnen. Wenn die Mendoza das wüßte, würde sie Sie umbringen.«

»Miß Mendoza!« rief Adele erstaunt. »Kennt sie ihn denn?«

Foss nickte. »Ja, aber das wissen nur sehr wenige. Es hat eine Zeit gegeben, da hätte er alles für sie getan, und sie war so klug, seine Hilfe anzunehmen. Die Mendoza hat Geld genug, um ein Freudenfeuer damit abbrennen zu können, und so viele Brillanten, daß sie die Schatzkammer im Tower damit füllen könnte.«

Adele hörte entsetzt und ungläubig zu, während er sich bemühte, sich gegen den Zorn der Mendoza abzusichern. »Sie brauchen ihr nicht zu sagen, daß ich es Ihnen erzählt habe — es ist streng vertraulich. Ich möchte es mir auch nicht mit Penne verderben.« Es überrieselte ihn kalt. »Der Mann ist ein Teufel.«

Adeles Lippen zuckten. »Und doch bitten Sie mich in aller Ruhe, mit ihm zu essen und versuchen mich zu ködern, indem Sie mir von Miß Mendozas Brillanten vorschwärmen.«

»Sie finden sie wohl schrecklich?« fragte er höhnisch.

»Sie tut mir leid«, antwortete Adele ruhig. »Und ich bin fest entschlossen, dafür zu sorgen, daß ich mir nicht eines Tages auch leid tun muß.«

Schweigend öffnete sie die Tür für ihn, und er ging schweigend. Schließlich, dachte er, brauche ich keine Hilfe von Außenstehenden. In seiner Brusttasche steckte eine Manuskriptseite, die auf der Schreibmaschine des Kopfjägers getippt worden war. Sie mußte ihm Tausende einbringen, wenn er es geschickt anstellte.

18

Mr. Sampson Longvale ging auf dem schmalen Weg vor seinem ungepflegten Haus gemächlich spazieren. Er trug wie gewöhnlich einen langen Morgenmantel aus grauer Seide, der von einer roten Schärpe zusammengehalten wurde, und auf dem Kopf eine seidene Nachtmütze. Hingebungsvoll zog er, während er so dahinschlenderte, an seiner langen Tabakspfeife aus Ton.

Eben hatte er seiner Aufwartefrau freundlich gute Nacht gewünscht. Sie kam täglich, um die von ihm bewohnten Zimmer in Ordnung zu halten und seine einfachen Mahlzeiten zuzubereiten. Als er auf der Zufahrt Schritte hörte, glaubte er, die Frau komme zurück, weil sie etwas vergessen hatte, was ziemlich häufig geschah. Als er sich jedoch umwandte, sah er sich seinem unangenehmsten Nachbarn gegenüber — Sir Gregory Penne. Ihre Bekanntschaft beschränkte sich bisher auf zwei Begegnungen, und jedesmal hatte Sir Gregory sich ihm gegenüber abscheulich flegelhaft benommen.

Mit unbewegter Miene sah der alte Mann seinem unwillkommenen Besucher entgegen.

»'n Abend«, brummte Sir Gregory. »Kann ich Sie allein sprechen?«

Mr. Longvale nickte höflich. »Selbstverständlich, Sir Gregory. Treten Sie doch ein.«

Er führte den Besitzer von »Griff Towers« in das lange, schmale Wohnzimmer und zündete die Kerzen an. Sir Gregory blickte sich um und verzog angesichts der Armut und Schäbigkeit des Raumes verächtlich die Lippen. Als der alte Mann ihm einen Sessel zurechtrückte, dauerte es eine Zeitlang, bevor Penne sich gnädig niederließ.

»Welchem Umstand verdanke ich das Vergnügen Ihres Besuches, Sir?« fragte Mr. Longvale liebenswürdig.

»Vor einigen Tagen haben ein paar Schauspieler bei Ihnen gewohnt.«

Mr. Longvale nickte.

»Irgend jemand hat das Schauermärchen aufgebracht, ein Affe habe versucht, in Ihr Haus einzudringen. Das Tier soll übrigens mir gehören.«

»Ein Affe?« fragte Mr. Longvale überrascht. »Von einem Affen höre ich heute zum erstenmal.«

Es war die Wahrheit, aber Penne sah ihn trotzdem mißtrauisch an. »Tatsächlich?« fragte er. »Sie wollen mir doch nicht einreden, Sie hätten noch nichts davon gehört.«

Der alte Mann erhob sich, ganz gekränkte Würde. »Soll das etwa heißen, daß ich lüge, Sir? Wenn Sie das wirklich glauben — dort ist die Tür!«

»Schon gut, schon gut«, beschwichtigte Sir Gregory ihn ungeduldig. »Verlieren Sie nur nicht gleich die Beherrschung. Ich bin ja nicht deshalb zu Ihnen gekommen. Sie sind Arzt, nicht wahr?«

Mr. Longvale reagierte merkwürdig bestürzt. »Als ich noch jünger war, habe ich als Arzt praktiziert«, gab er zu.

»Und außerdem sind Sie arm, nicht wahr?« Sir Gregory sah sich um. »Sie besitzen keinen Shilling, darauf könnte ich wetten.«

»Und hier irren Sie«, erwiderte der alte Mr. Longvale gelassen. »Ich bin ein sehr, sehr reicher Mann. Daß ich mein Haus nicht renovieren lasse, liegt daran, daß ich eine merkwürdige Vorliebe für Fäulnis und Verfall habe. Eine geradezu krankhafte Vorliebe. Woher wissen Sie, daß ich früher einmal Arzt war?«

»Einer meiner Diener hat es mir gesagt. Sie haben einem Fuhrmann einen gebrochenen Finger geschient.«

»Ich praktiziere seit vielen Jahren nicht mehr«, sagte Mr. Longvale. »Fast wünsche ich, ich hätte nie aufgehört«, fügte er wehmütig hinzu. »Es ist eine edle Wissenschaft . . .«

»Na schön«, unterbrach ihn Sir Gregory, »auch wenn Sie nicht käuflich sind, sind Sie ein verschwiegener alter Teufel, und das paßt mir gut. In meinem Haus liegt ein schwerkrankes Mädchen. Ich möchte nicht, daß ein neugieriger Bauerndoktor seine Nase in meine Privatangelegenheiten steckt. Würden Sie wohl mitkommen und sich die Kranke ansehen?«

Der alte Mann spitzte nachdenklich die Lippen. »Ich komme sehr gern«, sagte er, »aber meine medizinischen Kenntnisse sind leider ein bißchen eingerostet. Ist das Mädchen eine Hausangestellte?«

»In gewisser Weise«, antwortete Sir Gregory kurz. »Wann können Sie kommen?«

»Ich begleite Sie sofort«, antwortete Mr. Longvale ernst, ging hinaus und kam in seinem Überzieher zurück.

Der Baronet musterte das uralte Kleidungsstück mit einem spöttischen Lächeln. »Warum, zum Teufel, tragen Sie so altmodische Sachen?« wollte er wissen.

»Für mich sind sie nicht altmodisch«, sagte der alte Mann freundlich. »Den modernen Kleidungsstücken fehlt jede Romantik, und sie haben für mich nicht den geringsten Reiz.« Er klopfte liebevoll auf die Pelerine und setzte lächelnd hinzu: »Ein alter Mann hat das Recht auf ein paar Grillen und Launen, Sir Gregory. Lassen Sie sie ihm doch.«

Zur selben Zeit, als Mr. Sampson Longvale nach »Griff Towers« fuhr, stand Michael Brixan im Büro von Jack Knebworth dem Regisseur gegenüber.

»Ich hoffe, Sie nehmen mir nicht übel, daß ich Ihnen meinen Boten geschickt habe«, sagte Knebworth, »obwohl es eigentlich eine Dummheit war. Erinnern Sie sich noch an die Szenen, die wir in ›Griff Towers‹ gedreht haben?«

Michael nickte.

»Ich möchte, daß Sie sich eine davon ansehen, und zwar die mit dem Turm im Hintergrund. Und dann sollen Sie mir sagen, was Sie von — einer bestimmten Sache halten.«

Verwundert folgte Michael dem Regisseur in den Vorführraum. »Der Chef unseres Labors, in dem die Streifen entwickelt werden, hat mich auf die — Sache aufmerksam gemacht und sie mir auf dem Negativ gezeigt«, erklärte Knebworth, nachdem sie Platz genommen hatten und es im Raum dunkel wurde.

»Was ist es?« fragte Michael.

»Das weiß ich eben nicht.« Knebworth kratzte sich am Kopf. »Aber Sie werden ja selbst sehen.«

Es folgte ein Flackern und ein lautes Klicken, und dann erschienen auf der Leinwand zwei Menschen: Adele Leamington und Reggie Connolly, und Michael war gezwungen, sich eine Liebesszene zwischen den beiden anzusehen. Äußerlich blieb er dabei ganz gelassen, aber innerlich kochte er.

Den Hintergrund der Szene bildete der Turm, und Michael bemerkte zum erstenmal ein kleines Fenster, das er von der Halle aus nie gesehen hatte, die ja ganz besonders dunkel war und in der auch tagsüber elektrisches Licht brannte.

»Das Fenster ist mir noch nie aufgefallen«, sagte er.

»Und genau dieses Fenster sollen Sie aufmerksam beobachten«, entgegnete Jack Knebworth, und noch während er sprach, zeigte sich hinter der Scheibe verstohlen ein Gesicht.

Zuerst undeutlich und verwischt, dann jedoch gestochen scharf. Es war das ovale Gesicht eines dunkeläugigen Mädchens mit wirrem Haar. Mit einem Ausdruck unaussprechlicher Angst in den Zügen hob das Mädchen die Hand, als wolle es jemand winken — vermutlich Jack Knebworth. Das zumindest war seine Ansicht. Noch hatten sie das Bild des geheimnisvollen Mädchens nicht ganz erfaßt, als es so schnell verschwand, daß man das Gefühl hatte, jemand habe es vom Fenster weggezerrt.

»Was halten Sie davon?« fragte Knebworth.

Michael kaute nachdenklich an der Unterlippe. »Sieht fast so aus, als halte Freund Penne jemand in seinem Turm gefangen. Es ist natürlich die Frau, deren Schrei ich gehört habe und von der er behauptete, es sei eine Hausangestellte. Das Fenster gibt mir Rätsel auf. Es ist von drinnen nicht zu sehen. Die Treppe führt aus der Halle hinauf, aber in einem solchen Winkel, daß das Mädchen weder auf einer Stufe noch auf dem Treppenabsatz gestanden haben kann. Es muß daher innen eine fünfte Mauer und eine zusätzliche Treppe geben. Heißt das nun, daß Sie noch einmal drehen müssen?«

Jack Knebworth schüttelte den Kopf. »Nein, wir können das Mädchen wegretuschieren, es ist nur auf ein paar Metern Film zu sehen. Aber ich hielt es für richtig, es Ihnen zu zeigen.«

Das Licht ging wieder an, und sie kehrten in das Büro des Regisseurs zurück.

»Ich kann Penne aus mehreren Gründen nicht leiden«, sagte Jack Knebworth. »Und noch unsympathischer ist er mir geworden, seit ich weiß, daß er mit der Mendoza viel enger befreundet ist, als ich glaubte.«

»Wer ist die Mendoza — der entthronte Star?«

Knebworth nickte. »Stella Mendoza — weder ein besonders schlechtes noch ein besonders gutes Geschöpf«, sagte er. »Ich habe mich schon immer gefragt, wieso Penne uns eigentlich erlaubte, auf seinem Grund und Boden zu drehen. Jetzt weiß ich es. Und ich sage ihnen, in diesem Haus gibt es Geheimnisse — und nicht zu knapp!«

Michael lächelte leicht. »Zumindest eins davon soll heute abend enthüllt werden«, sagte er. »Ich will mir ›Griff Towers‹ einmal näher ansehen und habe nicht die Absicht, Sir Gregory vorher um Erlaubnis zu fragen. Und wenn ich entdecke, was ich dort vermute, wird Gregory Penne schon diese Nacht hinter Schloß und Riegel verbringen.«

19

Michael Brixan hatte sich aus London einen schweren Koffer schicken lassen, der kaum Kleidungsstücke enthielt. Er beschäftigte sich seit etwa einer halben Stunde mit dem Inhalt, als der Hoteldiener ihm meldete, man habe das Motorrad gebracht, das er gemietet habe.

Mit einem Rucksack ausgerüstet, stieg er auf die Maschine. Bald hatte er die Stadt hinter sich gelassen und fuhr über die kurvenreiche Straße von Sussex zum »Dower House«, hinter dem er das Motorrad versteckte.

Es war elf Uhr, als er sich über die Felder zu der Hintertür von »Griff Towers« auf den Weg machte, immer auf der Hut, um dem sich lautlos bewegenden Bhag nicht vor die Füße zu laufen. Die Hintertür war versperrt und verriegelt, aber damit hatte Michael gerechnet. Er öffnete den Rucksack, nahm ein paar Stäbe heraus und schraubte drei davon zusammen. Am oberen Ende befestigte er einen großen, stumpfen Haken. Dann steckte er die übrigen Stäbe wieder in den Rucksack und verankerte den Haken in der Mauerkrone. Er prüfte die Haltbarkeit seiner »Leiter«, kletterte im Handumdrehen auf die hohe Mauer und sprang auf der anderen Seite hinunter.

Er schlug denselben Weg ein wie beim erstenmal, wobei er sich dicht an die Hecke hielt, unaufhörlich nach allen Seiten spähend, um nicht von Gregory Pennes furchtbarem Diener überrascht zu werden. Als er das Ende der Hecke erreicht hatte, wurde die schwere Tür von »Griff Towers« geöffnet, und zwei Männer traten ins Freie. Der eine war Sir Gregory. Den hochgewachsenen Mann neben ihm erkannte Michael erst, als er seine Stimme hörte. Mr. Sampson Longvale.

»Ich glaube, sie kommt durch«, sagte der alte Herr. »Aber die Wunden sind sehr ungewöhnlich. Fast sieht es so aus, als sei sie von riesigen Klauen zerkratzt worden. Ich hoffe, ich konnte Ihnen helfen, Sir Gregory, obwohl es, wie ich Ihnen ja sagte, fast fünfzig Jahre her ist, seit ich als Arzt praktizierte.«

Longvale war also Arzt gewesen. Das überraschte Michael eigentlich nicht, denn es paßte zu dem alten Mann, zu seinem gütigen Wesen und seiner ungezwungenen, liebenswürdigen Art.

»Ich lasse Sie in meinem Wagen nach Hause bringen«, hörte Michael den Baronet sagen.

»Nein, nein, besten Dank«, lehnte Mr. Longvale ab. »Ich gehe gern zu Fuß. Es ist ja nicht weit. Gute Nacht, Sir Gregory.«

Michael wartete, bis Gregory Penne wieder im Haus und Mr. Longvale in der Dunkelheit verschwunden war, öffnete dann seinen Rucksack und verlängerte seine Leiter um drei Stäbe. An jedem Stab war ein Steigeisen angebracht, ein leichter Stahlbügel, in dem jeweils der Kletterfuß Halt fand. Michael hatte das praktische Gerät in seiner bewegten Laufbahn schon oft benutzt, um sich heimlich Zutritt in Häuser zu verschaffen.

Er schätzte die Entfernung genau ab, hob die Stäbe hoch und verankerte den Haken im Sims des kleinen Fensters. Die Leiter reichte fast bis auf den Boden. Er zog ein paarmal fest daran, um zu prüfen, ob der Haken fest saß. Dann kletterte er zu dem Fenster hinauf. Schon ein paar Sekunden später untersuchte er vorsichtig den Riegel. Es handelte sich um eine ganz einfache Konstruktion. Im Nu hatte Michael das Fenster geöffnet, und gleich darauf stand er auf der obersten Stufe einer schmalen, unbeleuchteten Treppe.

Zu seiner Ausrüstung gehörte auch eine elektrische Taschenlampe, und mit ihr leuchtete er jetzt die ihm fremde Umgebung ab. Am Fuß der Treppe war eine kleine Tür, die anscheinend in die Halle führte. Jetzt erinnerte er sich auch, daß ihm in einer Ecke der Halle ein Vorhang aufgefallen war, den er jedoch nicht weiter beachtet hatte. Er stieg die Treppe hinunter, versuchte die Tür zu öffnen und stellte fest, daß sie abgeschlossen war. Er legte die Taschenlampe auf den Boden, holte eine Ledertasche mit verschiedenen Werkzeugen heraus und begann an dem Türschloß zu arbeiten. Schon nach unglaublich kurzer Zeit ließ sich der Schlüssel herumdrehen. Nachdem Michael sich überzeugt hatte, daß die Tür tatsächlich aufging, war er zufrieden. Zuerst wollte er sich oben im Turm umsehen. Er stieg die Treppe wieder hinauf und kam zu einem schmalen Treppenabsatz. Eine Tür sah er nicht.

Er stieg ein zweites, drittes und viertes Stockwerk hinauf, und dort fand er schließlich eine kleine Tür. Lauschend blieb er stehen. Nach einer Weile hörte er jemand in dem Raum umhergehen. Dem Geräusch der Schritte nach zu schließen, trug der Unsichtbare Pantoffeln. Kurz darauf fiel dumpf eine Tür ins Schloß. Michael drückte vorsichtig die Klinke der Tür herunter, vor der er stand, und öffnete sie so weit, daß er den ganzen Raum überblicken konnte.

Es war ein kleines, luftiges Zimmer, unmöbliert, bis auf ein niedriges Bett in einer Ecke. Darin lag eine Frau. Sie wandte Michael zum Glück den Rücken zu, aber das schwarze Haar und die elfenbeinfarbene Haut ihres bloßen Armes, der auf der Decke ruhte, sagte ihm, daß sie keine Europäerin war.

Gleich darauf drehte sie sich um, und er sah ihr Gesicht. Er erkannte sie sofort. Es war die Frau, die Jack Knebworth ihm auf dem Filmstreifen gezeigt hatte. Sie war auf eine ungezähmte Weise schön. Und sie war jung. Sie hatte die Augen geschlossen und fing auf einmal an, im Schlaf leise zu weinen.

Michael stand schon fast in der Mitte des Zimmers, als er sah, daß die Klinke der anderen Tür heruntergedrückt wurde. Wie der Blitz floh er auf den finsteren Vorplatz zurück.

Bhag in seinem alten blauen Overall betrat das Zimmer. In den riesigen Händen trug er ein Tablett mit Speisen, das er neben dem Bett auf den Boden stellte. Das Mädchen öffnete die Augen und schrie entsetzt auf. Bhag, der ihren Abscheu offenbar gewöhnt war, schlurfte wieder hinaus.

Wieder stieß Michael die Tür auf und durchquerte, von dem Mädchen unbemerkt das Zimmer. Er warf einen Blick in den dahinterliegenden Gang und prallte zurück. Keine fünf Schritte entfernt, hockte Bhag und starrte ihn wild an.

Michael warf die Tür zu, rannte schnell zu der Geheimtreppe und schloß die kleine Tür hinter sich. Er tastete nach dem Schlüssel, aber da war keiner. Ohne noch eine einzige Sekunde zu verlieren, raste er die Treppe hinunter. Er mußte eine Begegnung mit Bhag um jeden Preis vermeiden, um seine Anwesenheit im Haus nicht zu verraten.

Er versuchte nicht, durch das Fenster ins Freie zu flüchten, sondern stieg die Treppe ganz hinunter. Dann trat er in die Halle hinaus. Diese Tür hatte zum Glück zwei feste Riegel, die Michael so lautlos wie möglich schloß. Er schob den Vorhang zur Seite und ging vorsichtig weiter. Nach ein paar Schritten blieb er stehen, und es dauerte nicht lange, da hörte er auf der Treppe hinter dem Vorhang schlurfende Schritte und dann ein Schnüffeln an der Tür.

Als nächstes mußte er sich einen Fluchtweg sichern. Leise öffnete er die schweren Riegel an der Haustür, hakte die Sicherheitskette aus und drehte den Schlüssel herum. Dann schlich er ebenso leise durch den Korridor zu Sir Gregorys Zimmer.

Zwar bestand die Gefahr, daß einer der eingeborenen Diener ihn sah, doch das mußte er riskieren. Bei seinen früheren Besuchen hatte er in der Nähe der Bibliothek eine Tür gesehen, die seiner Meinung nach in ein Vorzimmer führte. Sie war nicht abgeschlossen, er öffnete sie und trat in undurchdringliche Dunkelheit. Nachdem er sich ein Stück an der Wand entlanggetastet hatte, fand er mehrere Schalter und knipste den ersten an. Zwei Wandlampen leuchteten auf, und Michael konnte sich in Ruhe umsehen.

Er stand in einem kleinen, offensichtlich unbenutzten Salon. Die Möbel waren mit Schonbezügen aus ungebleichtem Leinen zugedeckt, und der Kamin war leer. Durch eine Tür in Fensternähe gelangte man in die Bibliothek. Michael schaltete das Licht aus und schloß die Tür des Vorraums von innen ab. Dann versuchte er, die Fensterläden zu öffnen. Sie waren nicht abschließbar wie in der Bibliothek, sondern hatten eiserne Querriegel. Er zog sie zurück, ließ das Rouleau hochschnellen und schob behutsam das Fenster hoch. Damit hatte er sich einen zweiten Fluchtweg geschaffen und konnte es sich leisten, etwas zu riskieren.

Er kniete nieder und spähte durch das Schlüsselloch der Verbindungstür. In der Bibliothek brannte das Licht, und jemand sprach. Eine Frau. Mit größter Vorsicht öffnete er die Tür so weit, daß er den Raum überblikken konnte.

Gregory Penne stand in seiner Lieblingshaltung vor dem Kamin, vor sich ein Tablett mit alkoholischen Getränken, ohne die ihm das Leben offenbar unerträglich vorkam. Auf einem niedrigen Hocker neben dem Kamin saß Stella Mendoza. Sie trug einen Pelz, denn die Nacht war kühl, und an ihrem Hals funkelten Juwelen, wie Michael sie an einer Frau noch nie gesehen hatte.

Das Gespräch, das die beiden führten, war anscheinend nicht sehr erfreulich, denn Sir Gregory machte ein finsteres Gesicht, und die Mendoza schien auch nicht sehr fröhlich zu sein.

»Ich habe dich allein gelassen, weil es nicht anders ging«, sagte der Baronet verärgert. Anscheinend hatte sich die Schauspielerin bei ihm beschwert, bevor Michael hören konnte, was gesprochen wurde. »Ein Dienstmädchen ist krank, und ich habe den Arzt geholt. Aber auch wenn ich hiergeblieben wäre, hättest du nichts erreicht, mein Mädchen«, fuhr er schroff fort. »Die Gans legt nur einmal goldene Eier — wenigstens diese Gans. Es war dumm von dir, dich mit Knebworth zu zerstreiten.«

Sie sagte etwas, das Michael nicht verstehen konnte.

»Selbstverständlich wäre eine eigene Filmgesellschaft etwas Großartiges«, antwortete Sir Gregory spöttisch. »Großartig für mich, der ich das Geld herausrücken müßte, aber noch viel großartiger für dich, denn du könntest es ausgeben. Nein, Stella, so läuft der Hase nicht. Ich war sehr gut zu dir, und du hast nicht das Recht zu erwarten, daß ich mich wegen deiner Launen ruiniere.«

»Das ist keine Laune!« entgegnete sie heftig. »Es ist eine Notwendigkeit. Oder willst du, daß ich von Studio zu Studio ziehe und um Rollen bettle? Das kannst du nicht wollen, Gregory!«

»Ich möchte, daß du überhaupt nicht mehr arbeitest, und du hast es auch gar nicht nötig. Du hast genug zum Leben. Außerdem hast du gegen Knebworth nichts in der Hand. Ihm hast du es aber zu verdanken, daß du mich kennengelernt hast. Denn wenn du mich nicht kennengelernt hättest, wärst du um Tausende ärmer. Was du brauchst, ist eine Veränderung.«

Stille trat ein. Die Mendoza ließ den Kopf hängen. Michael konnte ihr Gesicht nicht sehen, doch als sie sprach, hatte ihre Stimme einen solchen Unterton von Bosheit, daß er mühelos erriet, in welcher Verfassung sie war.

»Vielleicht brauchst auch du eine Veränderung«, sagte sie. »Ich weiß ein paar Sachen über dich, die sich gedruckt gar nicht gut ausnehmen würden, und dann hättest du deine Veränderung. Merk dir eines, Gregory Penne! Ich bin kein kleines Dummchen. Ich habe einiges gesehen, ich habe einiges gehört, und ich kann zwei und zwei zusammenzählen. Du findest, ich brauchte eine Veränderung, ja? Nun, ich denke du hast recht. Ich möchte Freunde, die keine Mörder sind . . .«

Er sprang sie an und preßte ihr seine große Hand auf den Mund. »Du kleiner Teufel!« zischte er. Im selben Augenblick klopfte jemand, er wandte sich zur Tür und sagte etwas im Dialekt der Eingeborenen.

Die Antwort hörte Michael nicht.

»Hör zu«, sagte Sir Gregory zu Stella, »Foss ist hier und möchte mich sprechen. Wir reden später über unser kleines Problem.«

Er ließ sie los, ging zum Schreibtisch und drückte auf den Knopf, der den Mechanismus der Geheimtür von Bhags Quartier auslöste.

»Warte da drin«, sagte er. »Es wird nicht länger als fünf Minuten dauern.«

Mißtrauisch betrachtete sie die Tür, die sich in der Täfelung geöffnet hatte. »Nein«, sagte sie, »ich gehe nach Hause. Morgen ist auch noch ein Tag. Tut mir leid, daß ich laut geworden bin, Gregory, aber du bringst mich manchmal zur Weißglut.«

»Hinein mit dir!«

»Fällt mir nicht ein!« rief sie und wurde blaß. »Du Biest, glaubst du, ich wüßte nicht Bescheid? Das ist das Zimmer, in dem Bhag haust. Du bist wirklich durch und durch gemein!«

Sein Gesicht sah furchtbar aus. Die ganze Niedertracht seines Wesens schien sich in seinem dämonischen Ausdruck zu spiegeln. Mit stockendem Atem und voller Entsetzen starrte die Mendoza ihn an. Es gelang ihm jedoch, sich zusammenzureißen.

»Dann geh in den kleinen Salon«, sagte er heiser.

Michael hatte gerade noch Zeit genug, das Licht auszuschalten und sich flach an die Wand zu pressen. Dann wurde die Tür des Zimmers aufgerissen, und die Mendoza stolperte herein.

»Es ist so dunkel hier!« jammerte sie.

»Du findest den Schalter schon!«

Die Tür wurde zugeworfen.

Michael Brixan saß ganz schön in der Klemme. Er fühlte mehr als er sah, wie die Mendoza sich an der Wand entlangtastete, und schlich verstohlen weiter, um nicht mit ihr zusammenzuprallen. Nach ein paar Schritten stieß er gegen einen Hocker.

»Wer ist da!« schrie die Mendoza schrill. »Gregory! Er darf mich nicht anfassen! Laß es nicht zu, Gregory!«

Und wieder dieser durchdringende Schrei.

Michael stürzte an ihr vorbei, sprang aus dem offenen Fenster und raste, ihre Schreie noch im Ohr, die Hecke entlang. Doch so schnell er auch lief, sein Verfolger, der sich auf allen vieren fortbewegte, war schneller. Der Detektiv wußte natürlich, wer hinter ihm her war. In welchem Versteck hatte Bhag gelauert? Ob er schon im Garten gewesen war, als Michael aus dem Fenster sprang? Aber sich darüber den Kopf zu zerbrechen, hatte er wirklich keine Zeit. Im selben Augenblick merkte er, daß seine Tasche merkwürdig leicht war, und fuhr mit der Hand hinein. Die Pistole war weg. Sie mußte herausgefallen sein, als er aus dem Fenster sprang.

Er rannte quer durch die Gemüsebeete, stolperte über Kohlköpfe, rutschte in Furchen aus, und das riesige Tier holte immer mehr auf. Vor sich hatte er jetzt die Hintertür, doch sie war verschlossen. Und selbst wenn sie es nicht gewesen wäre, die Mauer hätte für den Affen kein unüberwindliches Hindernis bedeutet. Für Michael war sie es. Nach Atem ringend, blieb er stehen und wandte sich zu seinem Verfolger um. In der Dunkelheit sah er die grünen Augen wie zwei böse Sterne funkeln.

20

Michael Brixan wappnete sich für den letzten und, wie er wußte, sinnlosen Kampf. Zu seinem größen Erstaunen blieb der Affe jedoch plötzlich stehen, und sein helles Zwitschern wurde zu einem heiseren Schnattern. Er richtete sich auf und begann sich mit den Fäusten auf die behaarte Brust zu trommeln. Es klang wie ein hohles Dröhnen.

Trotzdem hörte Michael über sich ein merkwürdiges Geräusch, ein Zischen wie von entweichendem Dampf. Rasch fuhr er herum und sah nach oben. Auf der Mauer hockte ein Mann, den er sofort erkannte. Es war der braunhäutige Fremde, den er am Nachmittag in Chichester gesehen hatte.

Das Trommeln und Zischen wurde lauter, und dann sah Michael in der Hand des braunen Mannes etwas Glänzendes. Es war ein Krummschwert, ein Ebenbild der beiden, die über Sir Gregorys Kamin hingen.

Der Eingeborene sprang leichtfüßig von der Mauer, und Bhag machte mit einem beinahe menschlichen Aufschrei kehrt und floh. Michael sah ihm fasziniert nach, bis er in der Dunkelheit verschwand.

»Mein Freund«, sagte Michael auf holländisch, »Sie sind genau im richtigen Augenblick gekommen.«

Er drehte sich um, aber der Eingeborene war verschwunden, als habe ihn der Erdboden verschluckt. Gleich darauf sah er eine Gestalt, die sich im Schatten der Mauer rasch entfernte. Im ersten Moment wäre er am liebsten hinter dem Farbigen hergelaufen, um ihm ein paar Fragen zu stellen, dann entschied er sich jedoch anders. Mühsam kletterte er auf die Mauer und sprang auf der anderen Seite hinunter. Er klopfte sich, so gut es ging, den Staub von der Kleidung, strich sich das Haar glatt und ging dann um das Grundstück herum zum Haupteingang von »Griff Towers«. Mutig marschierte er, leise vor sich hinpfeifend, auf das Haus zu.

Als er den Vorplatz überquerte, war niemand zu sehen, und er schaute sich hastig nach seiner Pistole um. Er fand sie auch rasch. Als nächstes wollte er sich davon überzeugen, daß Stella Mendoza heil und gesund das Haus verließ. Auf der Straße vor dem Tor stand ihr Wagen. Als Michael eben die Hand hob, um zu klingeln, hörte er Schritte und Stimmen in der Halle und horchte angestrengt. Eine der Stimmen gehörte unverkennbar der Schauspielerin, und Michael ging wieder in Deckung.

Die Mendoza trat aus dem Haus, und hinter ihr erschien Sir Gregory. Sie unterhielten sich, als sei nie etwas zwischen ihnen vorgefallen. Jemand, der nicht Bescheid wußte, mußte annehmen, es handle sich trotz der späten Stunde um einen ganz gewöhnlichen Besuch.

»Gute Nacht, Sir Gregory«, sagte die Mendoza liebenswürdig. »Ich besuche Sie morgen wieder.«

»Kommen Sie zum Lunch«, antwortete Sir Gregory ebenso verbindlich, »und bringen Sie Ihre Freundin mit. Soll ich Sie zu Ihrem Wagen begleiten?«

»Nein, besten Dank«, sagte sie hastig.

Michael sah ihr nach, bis sie verschwunden war. Aber schon viel früher war die hohe Haustür zugefallen, und das inzwischen schon vertraute Kettengerassel sagte ihm, daß sie in dieser Nacht nicht mehr geöffnet werden sollte.

Wo war Foss? Er mußte früher gegangen sein, falls er wirklich hiergewesen war. Michael wartete, bis alles still war, schlich dann auf Zehenspitzen über den Kiesplatz und folgte der Mendoza. Im Gehen hielt er nach dem kleinen Farbigen Ausschau, doch der war nirgends zu sehen. Dann fiel ihm ein, daß sein Klettergerät noch vor dem kleinen Treppenfenster hing, und er ging zurück, um es zu holen. Er fand es noch am alten Platz, schraubte es auseinander und verstaute es im Rucksack. Fünf Minuten später schob er das Motorrad aus seinem Versteck.

Aus dem Fenster von Mr. Longvales Speisezimmer fiel gelbes Licht, und Michael überlegte, ob er ihn nicht noch besuchen sollte. Der alte Herr konnte ihm auf jeden Fall etwas über das Mädchen erzählen, das im Turmzimmer lag. Dann jedoch beschloß er, nach Hause zu fahren. Er war müde von seinem nächtlichen Abenteuer und ein bißchen enttäuscht. Der Turm hatte ihm nicht das erwartete große Geheimnis enthüllt. Zwar wurde dort ein Mädchen gefangengehalten, das Gregory Penne auf seiner Jacht nach England eingeschmuggelt hatte, doch das hatte es schon öfter gegeben. Erst vor wenigen Monaten war ein Fall vor Gericht verhandelt worden, der merkwürdige Parallelen aufwies. Die Sache war es jedoch kaum wert, daß er sich ihretwegen die Nacht um die Ohren schlug.

Er badete heiß, kochte sich eine Tasse Kakao und blieb noch eine Weile sitzen, um die Ereignisse des Tages zu überdenken. Im Licht der jüngsten Entwicklung schien es ihm zweifelhaft, daß er das Rätsel um den Kopfjäger tatsächlich schon gelöst hatte. Und je länger er darüber nachdachte, um so unzufriedener wurde er, bis er schließlich, über seine eigene Unsicherheit verärgert, das Licht löschte und ins Bett ging.

Er schlief friedlich und so lange, bis ihn am nächsten Morgen ein unerwarteter Besucher weckte. Michael setzte sich im Bett auf und rieb sich die Augen.

»Entweder sehe ich Gespenster«, sagte er, »oder es ist tatsächlich Staines.«

Major Staines lächelte vergnügt. »Sie sind ganz wach und völlig normal«, erwiderte er.

»Ist etwas passiert?« fragte Michael und sprang aus dem Bett.

»Nein. Aber der Tanzabend gestern hat fast bis zum Morgen gedauert — und dann gab es diesen praktischen Frühzug, so daß ich beschloß, meinen Leichtsinn wieder wettzumachen und nachzusehen, wie weit Sie inzwischen mit dem Fall Elmer gekommen sind.«

»Mit dem Fall Elmer?« Michael machte ein verblüfftes Gesicht. »Du liebe Güte, fast hätte ich den armen Elmer vergessen!«

»Hier ist etwas, das Sie wieder an ihn erinnern wird.« Staines nahm einen Zeitungsausschnitt aus der Tasche und reichte ihn Michael, der ihn rasch überflog:

»Sind Ihre seelischen oder körperlichen Leiden unheilbar? Zögern Sie am Rande des Abgrunds? Fehlt Ihnen der Mut? Schreiben Sie an den Wohltäter, Postfach . . .«

»Was ist das?« fragte Michael erstaunt.

»Der Ausschnitt steckte in der Tasche einer alten Wolljacke, die Elmer ein paar Tage vor seinem Verschwinden trug. Mrs. Elmer hat seine Sachen durchgesehen, weil sie sie verkaufen möchte, und hat ihn gefunden. Die Anzeige ist am Vierzehnten dieses Monats im *Morning Telegram* erschienen — also drei oder vier Tage bevor Elmer verschwand. Die Postfachnummer ist natürlich die der Zeitung. Es steht fest, daß der ›Wohltäter‹ auf seine Anzeige hin vier Zuschriften bekam. Sie wurden, wie Scotland Yard ermitteln konnte, an einen kleinen Laden in der Stibbington Street in London weitergeleitet. Dort wurden sie von einer Frau abgeholt, die unverkennbar der Arbeiterklasse angehörte. Weiter konnten wir die Spur der Briefe nicht verfolgen. Wir haben aber ähnliche Anzeigen auch in anderen Zeitungen entdeckt. Die Zuschriften, die dort eingingen, schickten man an eine Deckadresse in Südlondon, wo sie vermutlich von derselben Frau abgeholt wurden. Der Inserent ändert in jeder Anzeige, die er aufgibt, seine Adresse, und die Frau war in der Gegend, in der sie jeweils auftauchte, unbekannt. Die Ladenbesitzer meinten übereinstimmend, sie sei nicht richtig im Kopf, da sie die Gewohnheit habe, mit sich selbst zu reden. Sie heißt Stivins. Zumindest war das der Name, den sie immer angab. Und die Vollmacht, die sie den Ladenbesitzern vorlegte, war mit ›Mark‹ unterschrieben.«

»Glauben Sie, daß diese Anzeigen irgendwie mit den Morden zusammenhängen?« fragte Michael.

»Ja und nein«, antwortete Staines. »Ich möchte nur darauf hinweisen, daß es eine merkwürdige Anzeige ist. Und unter den gegebenen Umständen ein bißchen verdächtig. So, und was haben Sie für eine Theorie?«

Michael legte sie seinem Vorgesetzten länger als eine Stunde dar, und nachdem er einige Fragen gestellt hatte, sagte Staines sehr ernst: »Eine merkwürdige — eine beinahe phantastische Idee. Aber wenn Sie das Gefühl haben, auch nur einen hauchdünnen Faden in der Hand zu haben, machen wir weiter. Um ehrlich zu sein«, fuhr er in einem Anfall von Vertraulichkeit fort, »hatte ich das schreckliche Gefühl, daß Sie die Flinte ins Korn werfen würden. Und da ich nicht will, daß unsere Abteilung für Scotland Yard zum Gespött wird, wollte ich Ihnen mit meinen privaten Ermittlungen ein bißchen unter die Arme greifen. Ich bin auch der Meinung«, sagte er später, als sie beim Frühstück saßen, »daß Sie weiterhin sehr, sehr behutsam vorgehen müssen. Es ist eine heikle Angelegenheit. Sie haben den Beamten von Scotland Yard nichts von Ihrem Verdacht mitgeteilt?«

Michael schüttelte den Kopf.

»Dann tun Sie es auch nicht! Inspektor Lyle würde den Mann, den Sie verdächtigen, sofort verhaften, und dadurch wahrscheinlich alle Beweise vernichten, die den Täter überführen können. Sie haben das Haus durchsucht, wie Sie sagten?«

»Es war keine gründliche Durchsuchung, ich konnte mich nur oberflächlich umsehen.«

»Und es gibt Keller dort?«

»Ich glaube ja«, antwortete Michael. »Häuser wie dieses sind gewöhnlich unterkellert.«

»Nebengebäude?«

Michael schüttelte den Kopf. »Keine, soviel ich bisher sehen konnte.«

Er begleitete seinen Chef zum Bahnhof, und Staines erklärte, er reise viel leichteren Herzens ab, als er gekommen sei. »Passen Sie auf sich auf!« rief er Michael noch zu, als sich der Zug schon in Bewegung setzte. »Sie haben es mit einem skrupellosen, verschlagenen Menschen zu tun. Ich möchte nicht eines Morgens aufwachen und erfahren müssen, daß man Sie umgebracht hat.«

21

Wäre Michael auf direktem Weg nach Hause gegangen, wäre er nicht durch die kleine Straße gekommen, in der Adele Leamington wohnte. Aber er machte den Umweg, klingelte an ihrer Haustür und mußte zu seiner Enttäuschung erfahren, daß sie schon um sieben Uhr morgens das Haus verlassen hatte. Knebworth drehte in den South Downs, und als Michael in das Filmstudio kam, waren nur der Sekretär des Regisseurs und der neue Dramaturg da.

»Ich kenne den genauen Drehort nicht«, sagte Dicker, der Sekretär, »weiß nur, daß er irgendwo in der Nähe von Arundel liegt. Miß Mendoza hat mich heute morgen schon dasselbe gefragt. Sie wollte Miß Leamington zum Lunch einladen.«

»Ach! Tatsächlich?« sagte Michael anzüglich. »Nun, sollte sie wiederkommen, sagen Sie ihr, Miß Leamington sei schon anderweitig verabredet.«

Dicker nickte verständnisvoll. »Ich hoffe, Sie müssen nicht zu lange warten. Das weiß man nie, wenn Jack Außenaufnahmen dreht . . .«

»Ich habe nicht gesagt, daß sie mit mir verabredet ist«, unterbrach ihn Michael heftig.

»Da fällt mir übrigens etwas ein, Mr. Brixan«, sagte Dicker plötzlich. »Wissen Sie noch, was Sie für einen Wirbel wegen dieser Manuskriptseite machten, die irrtümlich in Miß Leamingtons Skript geraten war?«

Michael nickte. »Hat man das Manuskript gefunden?«

»Nein, aber der neue Dramaturg hat mir erzählt, er habe einen Blick in das Buch geworfen, in das Foss alle Manuskripte eintrug, die man uns zuschickte, und da hat er festgestellt, daß eine Eintragung dick durchgestrichen wurde. Mit schwarzer Tusche.«

»Ich würde das Buch gern sehen«, sagte Michael interessiert.

Es war ein Hauptbuch in Folioformat und in mehrere Rubriken eingeteilt. Darin standen jeweils der Titel eines Manuskripts, der Name des Autors, seine Adresse, das Eingangs- und das Rückgabedatum. Michael legte es in Knebworths Büro auf den Schreibtisch und ging es sorgfältig durch.

»Möglicherweise hat der betreffende Autor mehrere Manuskripte eingereicht«, sagte er. »Wurden noch mehr Eintragungen durchgestrichen?«

»Nein, nur diese eine. Aber Sie werden viele Namen von Leuten aus der Umgebung finden. Es gibt kaum einen Geschäftsmann in der Stadt, der sich nicht zum Drehbuchautor berufen fühlt.«

Langsam glitt Michaels Zeigefinger die langen Reihen mit Namen entlang. Seite um Seite blätterte er zurück. Und dann blieb der Finger plötzlich auf einem Namen liegen.

»›Die Macht der Angst‹ von Sir Gregory Penne«, las er und sah Dicker an. »Hat Sir Gregory tatsächlich Drehbücher eingereicht?«

Der Sekretär nickte. »Ja, eins oder zwei. Sie werden seinen Namen weiter hinten noch ein paarmal finden. Er wollte ein Drehbuch für Miß Mendoza schreiben. Aber er ist doch nicht der Mann, den sie suchen?«

»Nein«, antwortete Michael rasch. »Haben Sie noch eins von seinen Manuskripten hier?«

»Sie wurden alle zurückgeschickt. Er hat schrecklichen Unsinn zusammengeschrieben. Ich hab' eins gelesen, und ich weiß noch, daß Foss Jack überreden wollte, den Film zu machen. Wie wir festgestellt haben, hat Foss sich von Autoren schmieren lassen und damit eine Menge verdient. Mr. Knebworth hat ihm heute deshalb einen Brief geschrieben, den er sich nicht hinter den Spiegel stecken wird.«

Ein paar Seiten weiter zurück stieß Michael wieder auf Sir Gregorys Namen, blätterte weiter, klappte schließlich das Buch zu und reichte es Dicker. »Die Sache mit der durchgestrichenen Eintragung ist sehr merkwürdig«, sagte er. »Ich werde mit Foss darüber sprechen.«

Er ging sofort in das kleine Hotel, in dem Foss abgestiegen war, traf den Dramaturgen aber nicht an. »Ich glaube, er ist gestern abend gar nicht nach Hause gekommen«, sagte der Geschäftsführer. »Und wenn er da war, hat er nicht in seinem Bett geschlafen. Er sagte übrigens, er wolle nach London«, setzte er hinzu.

Michael fuhr ins Studio zurück, denn es hatte angefangen zu regnen, und er nahm an, daß das die Filmleute vom Drehort vertreiben würde. Er hatte richtig vermutet. Der große gelbe Autobus rumpelte ein paar Minuten später in den Hof. Adele sah Michael und wollte mit einem Nicken vorübergehen, doch er rief sie zu sich und bat sie, mit ihm zu Mittag zu essen.

»Besten Dank, Mr. Brixan«, antwortete sie, »aber wir haben am Drehort eine Kleinigkeit gegessen, und ich habe für morgen zwei große Szenen zu studieren.«

Ihre Ablehnung klang endgültig, doch damit wollte er sich nicht zufriedengeben.

»Darf ich Sie dann zum Tee einladen? Tee müssen Sie trinken, meine Liebe, auch wenn Sie bis morgen fünfzig Szenen zu studieren hätten.«

Sie lachte. »Wenn mir meine Wirtin ihr Wohnzimmer zur Verfügung stellt, dürfen Sie um halb fünf zu mir zum Tee kommen«, sagte sie. »Und wenn Sie um fünf eine andere Verabredung haben sollten, können Sie die auch noch einhalten.«

Im Studio wartete Jack Knebworth auf ihn. »Haben Sie schon von der durchgestrichenen Eintragung gehört?« fragte er. »Sie haben, wie ich sehe. Was halten Sie davon?« Ohne Michaels Antwort abzuwarten, fuhr er fort: »Mir kommt die Sache sehr sonderbar vor. Foss war ein hemmungsloser Lügner. Ich habe noch ein Hühnchen mit ihm zu rupfen. Hat der Kerl doch tatsächlich einem filmverrückten Frauenzimmer versprochen, ihm in einem meiner Filme eine Rolle zu verschaffen, und dafür zweihundert Pfund kassiert.«

»Wie geht es dem Mädchen?« fragte Michael.

»Sie meinen Adele? Sie ist wirklich wunderbar, Brixan! Ich klopfe ständig irgendwo auf Holz, weil ich fürchte, daß ich in nächster Zeit einen großen Schock erleben werde. So etwas passiert im wirklichen Leben einfach nicht. Die einzigen Stars, die über Nacht geboren werden, sind die Herzblättchen von verrückten Produzenten, die versprochen haben, für ihr Püppchen etwas zu tun und dann ihr Wort nicht brechen können. Dann brennt man um das Püppchen herum ein solches Feuerwerk an Komparsen und Ausstattung ab, daß niemand es merken würde, wenn der ›Star‹ gar nicht da wäre. Aber diese Adele Leamington schafft es ganz einfach mit Begabung. Ich sage Ihnen, Brixan, da stimmt etwas nicht. So was gibt es nur in der Phantasie der Presseagenten. Mit der Kleinen muß es einen Haken haben.«

»Einen Haken?« sagte Michael verblüfft.

Knebworth nickte. »Einen großen Haken sogar. Irgendwo wird plötzlich ein Pferdefuß erscheinen. Entweder verschwindet sie, bevor der Film abgedreht ist, oder sie wird eingesperrt, weil sie auf der Regent Street betrunken Auto gefahren ist.«

Michael lachte. »Ich denke, sie wird weder das eine noch das andere tun.«

»Haben Sie schon von der neuen Filmgesellschaft der Mendoza gehört?« fragte Jack, während er seine Pfeife stopfte.

Michael holte sich einen Stuhl und setzte sich.

»Sie gründet eine. Das haben bisher noch alle Stars getan, die ich gefeuert habe. Ihre Freunde reden nämlich diesen Mädchen ein, hunderttausend Dollar im Jahr seien eine Hungergage für ein Genie, und gewöhnlich gibt's irgendwo im Hintergrund auch einen Dummen, der das Geld aufbringt. Wenn der Film dann halb fertig ist, ist die Gesellschaft meistens pleite, und die armen kleinen Stars müssen ihren Rolls-Royce und ihren luxuriösen Bungalow wieder hergeben und haben dann mehr Schulden als Haare auf dem Kopf.«

»Bekommt die Mendoza in England keinen Produzenten mehr?«

»O doch, vielleicht.« Jack nickte. »Es gibt in England Produzenten, aber unglücklicherweise sind das keine Top — Ach, kommen Sie doch herein, Mr. Longvale.«

Michael drehte sich um. In der Tür stand der muntere alte Herr. »Ich fürchte, ich falle Ihnen lästig«, sagte er mit seiner wohlklingenden Stimme. »Doch ich mußte bei meinem Anwalt etwas erledigen und konnte nicht widerstehen, vorbeizukommen, um zu fragen, ob Ihr Film Fortschritte macht.«

»Gute sogar, Mr. Longvale, besten Dank«, antwortete Jack.

»Kennen Sie Mr. Brixan?«

Der alte Mann nickte lächelnd. »Ich mußte meinen Anwalt wegen einer recht merkwürdigen Angelegenheit aufsuchen«, fuhr er fort. »Vor vielen Jahren habe ich Medizin studiert und alle Examen abgelegt. Ich bin also Doktor der Medizin, habe aber nur sehr wenig praktiziert. Kaum jemand weiß, daß ich Arzt bin. Daher war ich gestern höchst überrascht, als ein — ein Nachbar kam und mich ersuchte, eines seiner Dienstmädchen zu behandeln. Und da ich in dieser Beziehung völlig unwissend bin, war mir nicht klar, ob ich dadurch, daß ich ohne Zulassung praktizierte, gegen ein Gesetz verstoßen habe oder nicht.«

»Da kann ich Sie beruhigen, Mr. Longvale«, sagte Michael. »Eine Zulassung, die Sie einmal erworben haben, erlischt nie. Sie haben also nichts Unrechtes getan.«

»Das hat mir auch mein Anwalt mitgeteilt«, erwiderte Longvale ernst.

»War es ein schlimmer Fall?« fragte Michael, der erriet, wer die Patientin gewesen war.

»O nein, durchaus nicht. Anfangs dachte ich, es sei eine Blutvergiftung, glaube jetzt aber, daß ich mich geirrt habe. Natürlich bin ich froh, wenn ich helfen kann, muß jedoch zugeben, daß dieses Erlebnis mich sehr beunruhigt hat. Ich habe heute nacht kaum geschlafen. Es war überhaupt eine sehr ungewöhnliche Nacht. Jemand hatte aus einem mir unbekannten Grund sein Motorrad in meinem Garten abgestellt.«

Michael lachte in sich hinein.

»Ich begreife einfach nicht, warum«, fuhr Longvale fort. »Heute morgen war es nicht mehr da. Und dann habe ich unseren Freund Foss gesehen, der einen sehr verstörten Eindruck machte.«

»Wo haben Sie ihn gesehen?« fragte Michael rasch.

»Er ging an meinem Haus vorbei. Ich stand am Tor, rauchte meine Pfeife und wünschte ihm eine gute Nacht, ohne zu wissen, wer er war. Als er sich umdrehte, erkannte ich ihn. Er erzählte mir, er habe jemand in der Nähe besucht und habe in einer Stunde noch eine zweite Verabredung.«

»Um welche Zeit war das?« fragte Michael.

»Gegen elf Uhr, denke ich.« Der alte Mann zögerte. »Ich bin nicht sicher. Es war, kurz bevor ich ins Bett ging.«

Michael konnte sich leicht erklären, was geschehen war. Sir Gregory hatte Foss weggeschickt und ihn für später herbestellt. Er wollte nicht, daß der Dramaturg und die Mendoza in seinem Haus zusammentrafen.

»Mein kleiner Besitz war früher eine Oase der Ruhe«, sagte Mr. Longvale kopfschüttelnd. »Wäre es möglich«, wandte er sich an Knebworth, »daß ich mir den Film einmal ansehen darf, wenn er fertig ist.«

»Aber gewiß, Mr. Longvale.«

»Ich weiß gar nicht, woher dieses große Interesse bei mir kommt.« Der alte Mann lachte leise in sich hinein. »Ich muß gestehen, daß bis vor wenigen Wochen das Filmemachen für mich ein Buch mit sieben Siegeln war. Und sogar heute noch kommt es mir ziemlich geheimnisvoll vor.«

Dicker steckte den Kopf durch den Türspalt. »Wollen Sie Miß Mendoza empfangen?« fragte er.

Jack Knebworths Gesicht verriet plötzlich unendliche Müdigkeit. »Nein«, sagte er kurz.

»Sie meint —« begann Dicker.

Nur die Anwesenheit des ehrwürdigen Mr. Longvale hielt Knebworth davon ab, unmißverständlich zu sagen, was er von der Mendoza und ihren Meinungen hielt.

»Ich habe gestern abend noch jemand gesehen.« Mr. Longvale nickte. »Zuerst dachte ich, Sie müßten irgendwo in der Nähe drehen. Ist das der richtige Ausdruck? Doch Mr. Foss sagte mir, ich hätte mich geirrt. Sie ist ein reizendes Mädchen, nicht wahr?«

»Ganz reizend«, antwortete Jack trocken.

»Hat so ein liebes Wesen«, fuhr Longvale fort, der nicht merkte, wie frostig die Atmosphäre um ihn herum geworden war. »Heutzutage sind Liebreiz und Sanftheit ja nicht mehr modern, und man ist froh, einer Ausnahme zu begegnen. Ich bin aber durchaus kein Feind des Modernen, im Gegenteil, dies ist für mich sogar der interessanteste Abschnitt meines langen Lebens.«

»Liebreiz und Sanftheit!« sagte Jack Knebworth laut aufstöhnend, nachdem der alte Herr sich würdevoll verabschiedet hatte. »Haben Sie das gehört, Brixan? Also wenn diese Frau liebreizend und sanft ist, dann ist der Teufel aus Milchschokolade.«

22

Michael verließ das Studio und traf vor dem Tor Stella Mendoza. Als er sie sah, fiel ihm ein, daß Sir Gregory sie zum Lunch nach »Griff Towers« eingeladen hatte.

»Ich möchte gern mit Ihnen sprechen, Mr. Brixan«, sagte sie. »Das habe ich Ihnen ja schon durch Dicker ausrichten lassen.«

Michael lächelte. »Er hat irrtümlich Mr. Knebworth gesagt, Sie wollten ihn sehen.«

Sie zuckte verächtlich mit einer Schulter, als wolle sie damit ausdrükken, was sie von Knebworth hielt. »Nein, mit Ihnen wollte ich reden. Sie sind Detektiv, nicht wahr?«

»Das bin ich«, antwortete Michael und fragte sich, was wohl als nächstes kam.

»Mein Wagen steht gleich um die Ecke. Würden Sie mich nach Hause begleiten?«

Michael zögerte. Er wollte, er mußte unbedingt mit Adele sprechen, obwohl er ihr eigentlich gar nichts Besonderes zu sagen hatte. Von einer bestimmten Sache abgesehen, die er selbst nicht sicher wußte und die sie nicht einmal ahnte.

»Mit Vergnügen«, sagte er zu Stella Mendoza.

Nachdem sie auf der Fahrt zu ihrem Haus kein Wort gesprochen hatte, wartete Michael wenige Minuten später in ihrem hübschen Salon mit Blick auf die South Downs gespannt auf das, was sie ihm zu sagen hatte. Sie war blaß und wirkte merkwürdig nervös.

»Mr. Brixan«, begann sie, »ich weiß nicht, was Sie von mir denken werden, wenn ich Ihnen alles erzählt habe, aber das muß ich riskieren. Ich kann nicht länger schweigen.«

In der Diele klingelte das Telefon. »Entschuldigen Sie mich bitte einen Moment«, sagte sie und lief hinaus. Die Tür ließ sie ein wenig offen. Michael hörte, daß sie ihrem Gesprächspartner eine rasche, zornige Antwort gab und dann sehr lange nichts mehr sagte. Offenbar hörte sie nur zu. Das Gespräch dauerte fast zehn Minuten, und als die Mendoza wiederkam, glänzten ihre Augen, und ihre Wangen waren gerötet.

»Wären Sie mir sehr böse, wenn ich Ihnen erst ein bißchen später erzählte, was ich Ihnen sagen wollte?« fragte sie.

Sie hatte mit Sir Gregory telefoniert, davon war Michael überzeugt, obwohl der Name nicht gefallen war.

»Später ist es nie so gut wie sofort, Miß Mendoza«, erwiderte er.

Sie fuhr sich mit der Zungenspitze über die trockenen Lippen. »Das weiß ich, aber ich habe zwingende Gründe, jetzt nicht zu sprechen. Können Sie morgen zu mir kommen?«

»Aber selbstverständlich«, antwortete Michael, der heimlich erleichtert war, daß er schon entlassen wurde.

»Soll ich Sie mit dem Wagen zurückbringen?«

»Besten Dank, ich gehe zu Fuß.«

»Fahren Sie wenigstens bis zum Stadtrand mit, ich muß ohnehin in diese Richtung.«

Weil du nach »Griff Towers« fährst, liebe Dame, dachte Michael. Er war seiner Sache so sicher, daß er sie nicht einmal fragte, wohin sie wollte. Sie setzte ihn vor seinem Hotel ab. Kaum war er ausgestiegen, schoß ihr Wagen wieder vorwärts.

»Ich habe ein Telegramm für Sie, Sir«, sagte der Portier und reichte es Michael. Hastig riß er den gelblichen Umschlag auf. Im ersten Moment begriff er die knappe Nachricht überhaupt nicht. Dann las er sie ganz langsam noch einmal.

»Heute morgen in den Anlagen von Chobham einen Kopf gefunden. Erwarte Sie sofort. Polizeistation Leatherhead. Staines.«

Eine Stunde später traf Michael bereits auf der Polizeistation ein. Staines erwartete ihn schon auf der Treppe vor dem Haus. »Er wurde heute bei Morgengrauen entdeckt«, sagte er. »Der Mann konnte bisher noch nicht identifiziert werden.«

Sie betraten ein kleines Nebengebäude. Auf einem Tisch in der Mitte des Raumes stand eine Schachtel. Staines hob den Deckel.
Michael warf einen Blick auf das wächserne Gesicht und wurde selbst kreideweiß. »Guter Gott!« stieß er hervor.
Es war der Kopf von Lawley Foss.

23

Sprachlos vor Entsetzen starrte Michael ihn an, dann machte er die Schachtel zu, bedeckte sie mit einem Tuch und ging in den gepflasterten Hof hinaus.
»Sie kennen ihn?« fragte Staines.
Michael nickte. »Ja, es ist Lawley Foss, der frühere Dramaturg der Knebworth-Film. Er wurde in der vergangenen Nacht gegen elf zum letztenmal lebend gesehen. Ich selbst bekam ihn zwar nicht zu Gesicht, weiß aber, daß er um diese Zeit in ›Griff Towers‹ war. Das ist Sir Gregory Pennes Besitz in Sussex. Lag die übliche Nachricht bei — bei dem Fund?«
»Nein. Es gibt zwar eine Nachricht, doch sie unterscheidet sich stark von den bisherigen.«
Er zeigte Michael den getippten Zettel, der im Büro des Polizeichefs lag. Es war eine einzige Zeile in der bekannten charakteristischen Maschinenschrift.

»Das ist der Kopf eines Verräters.«

»Ist die bewußte Anzeige irgendwo erschienen?« fragte Michael.
Staines schüttelte den Kopf. »Nein. Daran haben wir natürlich zuerst gedacht. Die Anzeigenredakteure im ganzen Land haben versprochen, sofort Scotland Yard zu verständigen, sobald irgendwo ein solches Inserat aufgegeben wird. Doch bisher hat sich keiner gemeldet. Scotland Yard beobachtet die Presse selbstverständlich auch sehr aufmerksam.«
»Überlegen wir einmal, wie der Täter möglicherweise vorgegangen ist«, sagte Michael. »Klar ist, daß dieser Mann zwischen elf Uhr nachts und drei Uhr morgens ermordet wurde — wahrscheinlich näher bei elf als bei drei. Denn wenn der Mörder in Sussex lebt, mußte er den Kopf nach Chobham transportieren, im Dunkeln losfahren und zurückkehren, bevor es hell wurde.«

Mit Höchstgeschwindigkeit ließ sich Michael nach Chichester zurückbringen. Kurz vor der Stadt wies er den Chauffeur an, von der Hauptstraße abzubiegen. Sein Ziel war »Griff Towers«. Es war schon spät, als er ankam, und das Gebäude wirkte wie gewöhnlich leblos und unbewohnt. Er zog an der Klingel, aber nichts rührte sich. Er klingelte wieder, und gleich darauf rief Sir Gregory aus einem der oberen Fenster: »Wer ist da?«
Michael trat aus dem Schatten des Torbogens und blickte hinauf. Gregory Penne erkannte ihn in der Dunkelheit nicht und rief noch einmal: »Wer ist da?«
»Ich bin es, Michael Brixan! Ich möchte mit Ihnen sprechen, Penne!«

»Was wollen Sie?«

»Kommen Sie runter, dann erfahren Sie es.«

»Ich bin schon im Bett. Kommen Sie morgen wieder.«

»Ich bleibe«, sagte Michael fest. »Ich habe einen polizeilichen Durchsuchungsbefehl für Ihr Haus.«

Er hatte keinen, aber nur, weil er ihn nicht angefordert hatte.

Gregory Penne zog hastig den Kopf zurück, das Fenster wurde zugeknallt, und dann verging eine so lange Zeit, daß Michael schon glaubte, der Baronet wolle ihn nicht hereinlassen. Er irrte sich aber. Endlich wurde ihm geöffnet, und Sir Gregory Penne präsentierte sich dem Detektiv in einer höchst seltsamen Aufmachung.

Er war noch angezogen und trug einen Gürtel, in dem zwei Revolver steckten. Sein Kopf war dick verbunden und nur noch ein Auge sichtbar. Am linken Arm hatte er einen Gipsverband, beim Gehen hinkte er stark.

»Ich hatte einen Unfall«, sagte er mürrisch.

»Das sieht ja böse aus«, sagte Michael und musterte ihn forschend.

»Kommen Sie in mein Zimmer«, brummte Penne.

In der Bibliothek waren noch deutlich die Spuren eines heftigen Kampfes zu sehen. Ein hoher Wandspiegel war in Scherben gegangen. Und als Michael zum Kamin blickte, sah er, daß eines der beiden Schwerter fehlte.

»Ihnen ist etwas abhanden gekommen«, sagte er. »Hängt das vielleicht mit Ihrem ›Unfall‹ zusammen?«

Sir Gregory nickte.

Michael hatte den Eindruck, daß das zweite Schwert anders hing als früher, und ohne um Erlaubnis zu fragen, hob er es vom Haken und zog die Klinge aus der Scheide. Sie war braun von getrocknetem Blut. »Was hat das zu bedeuten?« fragte er scharf.

»Ein Mann ist vergangene Nacht in das Haus eingedrungen«, antwortete Sir Gregory. »Ein Malaie. Er behauptete, ich hätte ihm seine Frau gestohlen. Er griff mich an, und natürlich habe ich mich gewehrt.«

»Und haben Sie ihm seine Frau gestohlen?« fragte Michael.

Der Baronet zuckte mit den Schultern. »Was für eine lächerliche Idee! Die meisten Leute auf Borneo sind ohnehin verrückt und laufen schon beim geringsten Anlaß Amok. Ich habe mein bestes getan, ihn zu beruhigen.«

Michael warf einen anzüglichen Blick auf das blutbefleckte Schwert. »Das sehe ich«, stellte er trocken fest. »Und — ist es Ihnen gelungen?«

»Ich habe mich nur verteidigt, falls es das ist, worauf Sie anspielen. Wir sind einander nichts schuldig geblieben. Sie erwarten doch nicht etwa, daß ich mich in meinem eigenen Haus so ohne weiteres ermorden lasse? Ich kann recht gut mit einem Schwert umgehen.«

»Und Sie haben es offensichtlich benutzt«, sagte Michael. »Was ist aus Foss geworden?«

In Pennes Gesicht zuckte kein Muskel. »Aus wem?«

»Aus Lawley Foss, der Sie gestern am späten Abend hier besucht hat.«

»Sie meinen den Dramaturgen? Den habe ich seit Wochen nicht mehr gesehen.«

»Sie sind ein Lügner«, entgegnete Michael gelassen. »Er war gestern abend hier. Ich weiß das deshalb so genau, weil ich mich im Nebenzimmer aufhielt.«

»Oh, Sie waren das also!« sagte Sir Gregory, und es klang fast erleichtert. »Ja, er war hier und wollte sich Geld ausleihen. Ich gab ihm fünfzig Pfund, und er ging wieder. Das ist alles.«

Michael sah noch einmal das Schwert an. »Wären Sie überrascht zu erfahren, daß man heute früh den Kopf von Foss in den Grünanlagen von Chobham gefunden hat?« fragte er.

Penne warf ihm einen kalten, forschenden Blick zu. »Ich wäre sogar sehr überrascht. Wenn nötig, kann ich einen Zeugen beibringen, der bestätigt, daß Foss heil und gesund von hier wegging. Obwohl ich eine Dame nur sehr ungern in eine solche Sache hineinziehe. Miß Mendoza war hier und hat mit mir eine Kleinigkeit zu Abend gegessen, wie Sie vermutlich wissen, wenn Sie im Nebenzimmer waren. Foss ging früher als sie.«

»Und er kam zurück.«

»Ich habe ihn nicht wiedergesehen, sage ich Ihnen!« fauchte der Baronet wütend. »Wenn Sie jemand finden, der aussagt, er habe Foss gestern ein zweitesmal dieses Haus betreten sehen, dürfen Sie mich verhaften. Glauben Sie, ich hätte ihn getötet?«

Michael antwortete nicht. »Was ist aus der Frau im Turmzimmer geworden?« fragte er.

Penne befeuchtete sich die trockenen Lippen. »Die einzige Frau im Turm war ein krankes Dienstmädchen«, antwortete er. »Sie ist nicht mehr hier.«

»Davon möchte ich mich selbst überzeugen«, sagte Michael.

Nur ganz flüchtig schaute Sir Gregory zu Bhags Quartier hinüber und sagte dann: »Nun gut, kommen Sie mit.«

Er trat auf den Korridor, wandte sich aber nicht zur Halle, sondern in die entgegengesetzte Richtung. Zehn Schritte weiter blieb er stehen und öffnete eine Tür, die so geschickt in die Täfelung eingelassen war, daß man sie kaum sah. Er streckte die Hand aus und schaltete das Licht ein. Vor ihnen lag eine lange Treppe.

Als Michael hinter Sir Gregory herging, wurde ihm klar, daß der Turm eine optische Täuschung war. In Wirklichkeit gab es ihn gar nicht. Nur wenn man vor dem Haus stand, hatte man den Eindruck, einen Turm vor sich zu haben. Tatsächlich war es ein schmaler zweistöckiger Anbau, der einen Seitenflügel mit dem Haupttrakt verband.

Sie gingen durch eine Tür, eine Wendeltreppe hinauf und kamen in den Korridor, in dem in der vergangenen Nacht Bhag gesessen hatte.

»Hier ist das Zimmer«, sagte Penne und öffnete eine Tür.

24

»O nein«, widersprach Michael, »das ist nicht das Zimmer. Das liegt am Ende des Korridors.«

Sir Gregory zögerte. »Können Sie mir nicht glauben?« fragte er beinahe freundlich. »Was für ein skeptischer Mensch Sie doch sind! Kommen Sie, Brixan, ich möchte Sie nicht zum Gegner haben. Gehen wir hinunter und trinken wir ein Glas zusammen. Begraben wir unsere Feindseligkeiten. Mir geht es hundeelend.«

»Ich will dieses Zimmer sehen«, sagte Michael.
»Ich habe den Schlüssel nicht.«
»Dann holen Sie ihn!«
Endlich kramte Sir Gregory einen Hauptschlüssel aus der Tasche und öffnete höchst widerwillig die entsprechende Tür. »Ich mußte sie ziemlich überstürzt wegbringen lassen«, sagte er. »Ihr Zustand verschlimmerte sich so, daß ich sie nicht hierbehalten konnte.«
»Wenn sie so krank war, wurde sie doch bestimmt in ein Krankenhaus gebracht«, sagte Michael, als er das Licht einschaltete. »Geben Sie mir Namen und Adresse der Anstalt.«
Ein Blick in den Raum bestätigte ihm, daß es sich tatsächlich um einen eiligen Aufbruch gehandelt haben mußte. Doch genauso deutlich sah man, daß die Umstände dieses Aufbruchs nicht normal gewesen sein konnten. Das Bett war zerwühlt. Auf dem Kissen waren Blutspuren und an der Wand ein großer brauner Fleck. Auf dem Fußboden sah man ebenfalls merkwürdige Flecken. Der eine schien der Abdruck eines nackten Fußes zu sein. Auf dem Bettlaken hingegen war es der deutliche Abdruck einer Hand, aber einer Hand, wie sie kein menschliches Wesen je besessen hat.
»Die Spuren der Bestie«, sagte Michael und zeigte auf den Handabdruck. »Der stammt von Bhag.«
Wieder leckte Gregory Penne sich die Lippen. »Es gab hier eine kleine Auseinandersetzung«, sagte er. »Der Mann kam herauf und behauptete, das Dienstmädchen sei seine Frau.«
»Was ist aus ihm geworden?«
Keine Antwort.
»Was aus ihm geworden ist, will ich wissen!«
»Ich habe ihn laufenlassen. Die Frau durfte er mitnehmen. Das war das einfachste . . .«
Mit einem überraschten Ausruf trat Michael hinter das Bett und hob einen Gegenstand aus glänzendem Stahl auf. Es war ein halbes Schwert, in der Mitte abgebrochen und fleckenlos. Michael untersuchte die Klinge und entdeckte eine kleine Kerbe. Zwei weitere fand er in einem abgebrochenen Stuhlbein, das auf dem Boden lag.
»Ich werde die Szene jetzt rekonstruieren. Sie und Bhag stellten den Mann, nachdem er in dieses Zimmer eingedrungen war. Bhag benutzte das Stuhlbein als Waffe. Der Mann entkam Ihnen und rannte in die Bibliothek. Dort riß er das Schwert von der Wand, stürmte wieder herauf und stürzte sich auf Sie. Und da erst fing der eigentliche Kampf an. Ich schätze, die Blutflecken hier stammen zum Teil von Ihnen.«
»Zum Teil!« knurrte Sir Gregory. »Sie stammen nur von mir, verdammt noch mal!«
»Hat die Frau dieses Zimmer lebend verlassen?«
»Ich glaube, ja«, antwortete Penne mürrisch.
»Und war ihr Mann noch am Leben, als er die Bibliothek verließ?«
»Das müssen Sie selbst herausfinden. Soviel ich weiß — ja. Aber ich war eine halbe Stunde bewußtlos. Und Bhag kann mit einem Schwert umgehen.«
Michael durchsuchte das Haus vom Keller bis zum Dachboden. Er trommelte die gesamte Dienerschaft zusammen und begann dann mit der

Vernehmung. Bis auf einen einzigen Mann sprachen alle Holländisch. Aber keiner beherrschte die Sprache gut genug, um etwas wirklich Wichtiges aussagen zu können.

»Jetzt möchte ich Bhag sehen«, sagte Michael zu Sir Gregory, ging in die Bibliothek und schaltete alle Lampen ein.

»Er ist nicht zu Hause. Wenn Sie mir nicht glauben, bitte . . .« Penne betätigte von seinem Schreibtisch aus den Mechanismus. Die Tür ging auf, aber niemand kam heraus.

Michael zögerte einen Moment und betrat dann das Quartier des großen Affen. In einer Hand hielt er eine Taschenlampe, in der anderen einen Revolver. Die beiden Räume waren makellos sauber, aber an allem haftete ein fremdartiger Tiergeruch. In einem Raum standen ein Bett mit Kissen, Laken und Decken, ein kleiner mit Nüssen gefüllter Speiseschrank und eine tiefe, stark abgenutzte Polsterbank. In einer Ecke lagen drei Krickettbälle, offenbar das Spielzeug der Bestie. Eine ständig rinnende Wasserleitung vervollständigte die Einrichtung. Wie Michael später feststellte, konnte Bhag, trotz seiner Klugheit, den Wasserhahn weder auf- noch zudrehen.

Michael entdeckte auch, wie Bhag das Haus verlassen und wieder betreten konnte. Sein Ein- und Ausgang war eine rechteckige Maueröffnung, nicht verglast und vorhanglos. Die Öffnung befand sich etwa zwei Meter über dem Fußboden. Mehrere in die Wand eingelassene Stahlsprossen führten hinauf. Später sah Michael die gleichen Sprossen an der Außenmauer des Hauses.

In Bhags Quartier gab es weder Blutspuren noch sonst einen Hinweis darauf, daß der Affe an dem furchtbaren Kampf beteiligt gewesen war, der in der vergangenen Nacht in »Griff Towers« getobt haben mußte. Michael ging in die Bibliothek zurück und durchsuchte sie gründlich. Er fand jedoch nichts, bis er in den kleinen Salon kam, in dem er sich versteckt hatte. Dort entdeckte er auf dem Fenstersims eine ganze Menge Spuren, so den Abdruck eines nackten Fußes und einen zweiten, aus dem Michael schloß, daß ein schwerer Körper aus dem Fenster gezerrt worden war.

Inzwischen war sein Chauffeur, der nach Chichester weitergefahren war, mit zwei Beamten von Scotland Yard zurückgekommen. Sie halfen Michael, das Grundstück zu durchsuchen. Die Spur der Flüchtigen war leicht zu verfolgen. Sie brauchten nur den Blutflecken auf dem Kies nachzugehen, dann weiter durch ein rundes Blumenbeet, in dem alle Pflanzen niedergetreten waren. In der weichen Erde waren wieder die Abdrücke von nackten Füßen zu sehen. Aber im Gemüsegarten ging die Fährte verloren.

Michael unterrichtete Inspektor Lyle kurz über das, was die Durchsuchung von »Griff Towers« bisher ergeben hatte, und der Beamte meinte nachdenklich: »Die Frage ist nur, wer wen getragen hat. Meiner Meinung nach wurden die beiden Leute im Haus getötet und von Bhag weggebracht. Daß es in seinem Zimmer keine Blutspuren gibt, bedeutet wahrscheinlich nur, daß er nach dem Doppelmord nicht mehr hiergewesen ist. Sobald wir den Affen finden, gelingt es uns bestimmt, auch dieses kleine Rätsel zu lösen. Ich zweifle nicht daran, daß Penne der Kopfjäger ist«, setzte Lyle hinzu. »Ich habe kürzlich mit ihm gesprochen. Der Mann hat etwas Fanatisches an sich.«

»Ich bin nicht so ganz überzeugt, daß Sie recht haben«, sagte Michael. »Vielleicht sind meine Ansichten ein bißchen phantastisch. Aber sollte Penne tatsächlich unser Mörder sein, wäre ich ehrlich überrascht. Ich gebe zu«, fuhr er fort, »daß ich auch stutzig wurde, als ich in Bhags Quartier keine Fußabdrücke fand, und wahrscheinlich ist Ihre Theorie richtig. Aber bis ich mit meiner vorgesetzten Behörde Verbindung aufgenommen habe, können wir das Haus nur beobachten — nichts sonst.«

Der zweite Detektiv, der den Gemüsegarten bis ans äußerste Ende durchsucht hatte, kam jetzt zurück und meldete, er habe die Spuren in der Nähe der kleinen Hintertür wiederentdeckt. Neben der Tür, die nicht abgeschlossen sei, habe der Gärtner einen großen Laubhaufen zusammengeharkt. Auf diesem Laubhaufen habe er den Abdruck eines Körpers gefunden, als habe der Träger seine Last dort für kurze Zeit abgesetzt, um sich auszuruhen. In dem Feld vor der Mauer gingen die Spuren jedoch endgültig verloren.

25

Es hatte Adele Leamington große Überwindung gekostet, einen Mann zum Tee einzuladen. Doch nachdem sie einmal über ihren eigenen Schatten gesprungen war, freute sie sich auf den Besuch.

Ungefähr um die Zeit, in der Michael nach London fuhr, suchte sie Jack Knebworth in seinem »Allerheiligsten« auf, um ihn zu fragen, ob sie den Nachmittag freinehmen könne.

»Sie wollten Standfotos von mir machen lassen«, sagte sie, »aber . . .«

»Nehmen Sie sich ruhig frei«, antwortete er liebenswürdig. »Die paar Aufnahmen können wir ein andermal schießen. Übrigens —« er warf ihr einen ebenso kurzen wie scharfen Blick zu, »ist Ihnen die Mendoza wieder mal über den Weg gelaufen? Sie belästigt Sie doch hoffentlich nicht mehr? Und Foss auch nicht, oder?«

»Miß Mendoza habe ich schon seit Tagen nicht gesehen. Mr. Foss hingegen erst gestern abend.«

Sie erzählte ihm nichts von den merkwürdigen Umständen, unter denen das geschehen war, und Jack Knebworth war so wenig neugierig, daß er nicht fragte. Daher erfuhr er nicht, daß Lawley Foss sich an der Ecke der Arundel Road mit einem Mann unterhalten hatte, der in einem geschlossenen Wagen saß. Und er erfuhr weder etwas von der weißen, fast weiblich wirkenden Hand, die Foss zum Abschied zuwinkte, noch, daß am kleinen Finger des unbekannten Autofahrers ein auffallend großer Diamant gefunkelt hatte. Adele war ganz zufällig Zeugin dieses Zusammentreffens geworden.

Auf dem Nachhauseweg besorgte Adele Blumen und Kuchen, die den Teetisch in Mrs. Watsons Wohnzimmer schmücken sollten. Manchmal fragte sie sich, was Michael Brixan an ihr fand. Sie wußte, daß sie schön war, aber Schönheit an sich war ein rein äußerlicher, oberflächlicher Reiz, und sie war überzeugt, daß Michael ihre Freundschaft suchte. Sie glaubte nicht, daß er sich den ihm aufgezwungenen Aufenthalt in dieser sehr langweiligen Stadt durch ein Abenteuer abwechslungsreicher gestalten wollte.

Es wurde halb fünf, und Adele wartete. Viertel vor fünf stand sie an der Tür und schaute ungeduldig auf die Straße. Um fünf trank sie, verärgert, aber dennoch mit philosophischer Gelassenheit, ihren Tee und bat das kleine Hausmädchen, den Tisch abzuräumen.

Michael hatte ihre Verabredung vergessen.

Selbstverständlich fand sie Milderungsgründe für sein Verhalten, verwarf sie und suchte nach neuen. Sie war abwechselnd verletzt, belustigt und wieder verletzt. Sie ging in ihr Zimmer hinauf, zündete den Gasofen an, nahm ihr Skript aus der Tasche und versuchte, sich auf die Szenen zu konzentrieren, die am nächsten Tag gedreht werden sollten. Aber es schob sich so viel Ablenkendes zwischen sie und die mit Schreibmaschine getippten Seiten, daß sie sich nicht konzentrieren konnte. Michael nahm einen sehr breiten Raum in ihren Gedanken ein, dann der geschlossene Wagen vom Abend vorher, Lawley Foss und die winkende weiße Hand.

Endlich legte sie das Skript weg. Was sollte sie mit diesem ihr völlig verdorbenen Abend tun? Es war erst neun Uhr, und schlafen gehen wollte sie noch nicht. Sie entschloß sich zu einem kurzen Spaziergang. Auf dem Weg zur Haustür rief sie ihrer Wirtin durch den offenen Küchenvorhang zu, daß sie noch eine Viertelstunde an die frische Luft gehe.

Das Haus stand in einer nur sparsam beleuchteten Villenstraße, und zwischen den Straßenlaternen war es sehr dunkel. An einer dieser dunklen Stellen stand ein Auto. Sie fragte sich, ob der Fahrer wußte, daß seine Hecklichter nicht brannten. Als sie näher kam, sah sie, daß es der Wagen war, den sie am Abend vorher gesehen und mit dessen Fahrer Lawley Foss gesprochen hatte.

Sie warf einen Blick nach links, konnte jedoch im Wageninnern nichts erkennen. Die Sonnenblenden auf der Fahrbahnseite waren heruntergelassen, und Adele dachte schon, der Wagen sei leer. Dann aber flüsterte eine Stimme:

»Komm doch mit, meine Schöne . . .«

Ein kostbarer Stein blitzte auf, sie sah die weiße Hand am Rand des halb geschlossenen Fensters und ging, von einer fast unsinnigen Furcht gepackt, rasch weiter.

Hinter ihr wurde der Wagen gestartet, und der Motor brummte leise. Das Auto folgte ihr, und sie fing an zu rennen. An der Straßenecke erblickte sie einen Mann und lief auf ihn zu, als sie sah, daß er einen Polizeihelm trug.

»Was ist passiert, Miß?«

In dem Augenblick, in dem er fragte, raste der Wagen vorüber, bog um die Ecke und war verschwunden.

»Ein Mann hat mich angesprochen«, sagte sie, ganz außer Atem. »Er hat in diesem Auto gesessen.«

Der Polizist sah sich um, doch der Wagen war verschwunden. »Er ist ohne Licht gefahren«, sagte er wie benommen. »Ich hätte mir die Nummer notieren sollen. Hat er Sie belästigt?«

Adele schüttelte den Kopf, sie schämte sich schon ihrer Angst. »Ich bin sehr nervös«, sagte sie lächelnd, »und gehe jetzt am besten nach Hause.«

Nach Mitternacht rief Michael Jack Knebworth an und berichtete ihm, was geschehen war.

»Foss!« rief der Regisseur betroffen. »Du guter Gott! Das kann doch nicht Ihr Ernst sein, Brixan! Soll ich zu Ihnen kommen?«

»Ich komme zu Ihnen«, erwiderte Michael. »Ich brauche von Ihnen ein paar Auskünfte über den Mann.«

Jack Knebworth hatte ein Haus in der Arundel Road gemietet und wartete schon an der Gartentür, um seinen späten Gast einzulassen.

Michael erzählte ihm alles über den schaurigen Fund in den Grünanlagen von Chobham und sagte sich dann, er könne Knebworth wohl soweit vertrauen, um ihm zu berichten, was er bei seinem Besuch in Sir Gregorys Haus erlebt hatte.

»Das schlägt dem Faß den Boden aus«, sagte der Regisseur mit gedämpfter Stimme. »Armer, alter Foss! Sie glauben, Penne habe die Tat begangen? Aber warum sollte er? Man köpft doch keinen Mann, weil er sich Geld ausborgen will.«

»Meine Ansichten haben sich ein bißchen geändert«, entgegnete Michael. »Erinnern Sie sich an die Manuskriptseite, die irrtümlich in Miß Leamingtons Skript geraten war? Die Seite, die, wie ich Ihnen sagte, der Kopfjäger geschrieben haben muß?«

Jack Knebworth nickte.

»Nachdem ich die durchgestrichene Stelle in Ihrem Eingangsbuch gesehen habe«, fuhr Michael fort, »bin ich fester denn je überzeugt, daß Foss wußte, wer der Autor dieses Manuskripts war. Ebenso fest überzeugt bin ich, daß er den verzweifelten Entschluß faßte, den Mann zu erpressen. Wenn das der Fall war, und Sir Gregory dieser Mann ist — was ich aber sehr bezweifle —, war das ein gutes Motiv, Foss aus dem Weg zu räumen. Es gibt nur einen Menschen, der uns helfen kann, und das ist . . .«

»Die Mendoza«, sagte Jack, und die Blicke der beiden Männer trafen sich.

26

Jack schaute auf die Uhr. »Ich vermute, daß sie schon schläft, aber versuchen können wir es ja. Wollen Sie mit ihr sprechen?«

Michael zögerte. Die Mendoza war mit Penne befreundet, und er konnte sich einfach noch nicht endgültig zu der Meinung durchringen, daß der Baronet der Mörder war.

»Gut«, sagte er trotzdem, »gehen wir zu ihr. Schließlich weiß Penne, daß er verdächtigt wird.«

Jack Knebworth mußte es zehn Minuten klingeln lassen, bevor die Mendoza sich verschlafen am Telefon meldete.

»Ich bin es, Miß Mendoza«, sagte er, »Jack Knebworth. Mr. Brixan möchte mit Ihnen sprechen. Dürfen wir jetzt zu Ihnen kommen?«

»Mitten in der Nacht?« fragte sie überrascht. »Ich war schon im Bett. Hat es nicht bis morgen Zeit?«

»Nein, er möchte unbedingt sofort mit Ihnen sprechen.«

»Was ist passiert? Geht es um Gregory?«

Jack flüsterte Michael etwas zu, und der Detektiv nickte.

»Ja, es geht um Gregory«, antwortete Knebworth.

»Na gut, dann kommen Sie eben«, sagte die Mendoza ungnädig. »Aber lassen Sie sich Zeit, damit ich mich anziehen kann.«

Als Michael und Knebworth bei ihr ankamen, war sie viel zu neugierig und viel zu beunruhigt, um sich noch zu beklagen, daß sie so spät noch geweckt worden war.

»Was gibt es?« fragte sie.

»Mr. Foss ist tot«, antwortete Michael.

»Tot?« Sie sah ihn entsetzt an. »Aber ich habe doch erst gestern mit ihm gesprochen! Was ist passiert?«

»Er ist ermordet worden«, sagte Michael. »Sein Kopf wurde in den städtischen Anlagen von Chobham gefunden.«

Sie wäre umgefallen, hätte er sie nicht aufgefangen, und es dauerte einige Zeit, bevor sie sich soweit erholt hatte, um die Fragen, die er ihr stellte, zusammenhängend zu beantworten.

»Nein, ich habe Mr. Foss nicht mehr gesehen, seit er ›Griff Towers‹ verließ. Und auch da waren es nur ein paar Sekunden.«

»Sagte er vielleicht, daß er wiederkommen wolle?«

Die Mendoza schüttelte den Kopf.

»Hat Sir Gregory erwähnt, daß er ihn noch einmal erwarte.«

»Nein.« Sie schüttelte wieder den Kopf. »Er sagte mir, er sei froh, Foss los zu sein, und daß er ihm bis nächste Woche fünfzig Pfund geliehen habe. So ist Gregory nun mal, er erzählt alles weiter, und wenn man ihn noch so gebeten hat, über das oder jenes zu schweigen. Er ist ziemlich stolz auf sein Vermögen und das, was er seine ›Wohltätigkeit‹ nennt.«

»Sie waren mit ihm zum Lunch verabredet?« fragte Michael und beobachtete sie scharf.

Sie biß sich auf die Unterlippe. »Sie müssen gehört haben, was ich sagte, als ich mich gestern von ihm verabschiedete. Nein, ich war nicht mit ihm zum Lunch verabredet. Das war doch nur Tarnung, falls jemand in der Nähe war und uns zuhörte. Wir wußten ja, daß sich jemand ins Haus eingeschlichen hatte. Waren Sie das?«

Michael nickte.

»Da bin ich aber erleichtert!« Sie seufzte tief auf. »Diese paar Minuten in dem dunklen Zimmer waren gräßlich für mich. Ich dachte, es sei . . .« Sie zögerte.

»Sie dachten, es sei Bhag«, ergänzte Michael.

»Ja«, sagte sie. »Haben Sie Gregory etwa im Verdacht, Foss getötet zu haben?«

»Ich verdächtige jeden, aber niemand im besonderen«, wich er aus. »Haben Sie Bhag gesehen?«

»Nein, diesmal nicht. Sonst ja, sehr oft sogar. Ich bekomme schon Gänsehaut, wenn ich nur an ihn denke. Ich habe noch nie ein Tier gesehen, das sich so menschlich verhält. Wenn Gregory ein bißchen betrunken war, hat er Bhag oft aus seinem Quartier geholt und ihn allerlei Kunststücke vorführen lassen. Wissen Sie, daß der Affe alle Schwertübungen der Malaien beherrscht? Sir Gregory hat ein hölzernes Schwert für ihn anfertigen lassen, und wenn er mit dem gräßlichen Ding herumfuchtelte, wurde mir angst und bange.«

Michael sah sie fast bestürzt an. »Bhag kann tatsächlich mit einem

Schwert umgehen? Penne hat es mir gesagt, aber ich dachte, das sei purer Schwindel.«

»Aber nein, Bhag ist wirklich ein guter Schwertkämpfer. Gregory hat ihm alles beigebracht.«

»Wie stehen Sie zu Penne?« fragte Michael sehr direkt, und sie errötete.

»Er war ein Freund«, antwortete sie verlegen, »ein sehr guter Freund — in finanziellen Dingen, meine ich. Er hat vor langer Zeit Gefallen an mir gefunden, und wir waren — sehr gute Freunde.«

Michael nickte. »Sind Sie es noch?«

»Nein«, antwortete sie kurz. »Zwischen mir und Gregory ist alles aus, und ich verlasse Chichester morgen. Das Haus habe ich einem Makler übergeben, er soll es vermieten. Armer Mr. Foss«, fügte sie mit Tränen in den Augen hinzu. »Armer Teufel. Gregory hätte so etwas nie getan, Mr. Brixan, das schwöre ich. Gregory ist ein Angeber und ein Feigling. Und obwohl er ein paar schreckliche Dinge getan hat, hatte er immer jemand, der die schmutzige Arbeit für ihn erledigte.«

»Was für schreckliche Dinge?«

Sie schien sich nicht näher dazu äußern zu wollen, doch er blieb hartnäckig.

»Nun ja, er hat mir erzählt, daß er Expeditionen in den Busch unternahm, Eingeborenendörfer überfiel und Mädchen verschleppte. Es gibt dort einen Stamm mit besonders schönen Frauen. Vielleicht hat er auch da gelogen, aber ich glaube es nicht so recht. Er erzählte mir, daß er erst vor einem Jahr ein Mädchen aus einem Dorf herausholte, das zu betreten für jeden Europäer den Tod bedeutete.«

»Und hat es Ihnen nichts ausgemacht, daß er so etwas getan hat?«

Sie zuckte mit den Schultern. »So ist er nun mal«, antwortete sie nur. Die Antwort verriet eine ganze Menge über das Verständnis, das sie ihrem »guten Freund« entgegenbrachte.

Michael begleitete Jack Knebworth zu seinem Haus zurück.

»Die Geschichte, die Penne erzählte, scheint mit dem übereinzustimmen, was uns die Mendoza gesagt hat«, meinte er nachdenklich. »Ganz zweifellos war die Frau im Turmzimmer diejenige, die er aus ihrem Dorf entführt hatte, und der kleine Farbige ihr Mann. Wenn es ihnen gelungen sein sollte, aus dem Turm zu fliehen, dürfte es nicht schwierig sein, sie zu finden. Ich schicke noch heute nacht einen Fahndungsbefehl an alle Polizeistationen im Umkreis von fünfundzwanzig Meilen. Bis morgen früh müßten wir schon etwas wissen.«

»Wir haben jetzt schon Morgen«, sagte Jack und blickte nach Osten, wo es allmählich grau wurde. »Kommen Sie noch auf einen Sprung zu mir? Ich brühe uns frischen Kaffee auf. Die Nachricht von Foss' furchtbarem Ende hat mich doch sehr erschüttert. Zwar hatte ich heute sehr viel vor, werde aber wohl einen oder zwei Tage pausieren müssen. Meine Leute werden wahrscheinlich alle ganz durcheinander sein, sobald sie es erfahren. Schließlich haben sie Foss gut gekannt, wenn er auch sehr unbeliebt war. Fehlt nur noch, daß Adele krank wird, dann ist unser Elend besiegelt. — Übrigens, Brixan, warum ziehen Sie nicht zu mir? Ich bin Junggeselle, habe Telefon, und Sie sind hier viel ungestörter als in Ihrem Hotel.«

Der Vorschlag gefiel Michael, der sofort sein Zimmer bezog, nachdem er noch eine Stunde lang mit Scotland Yard telefoniert hatte.

Am Vormittag fuhr er wieder nach »Griff Towers« und begann bei Tageslicht noch einmal und noch gründlicher zu suchen, fand aber nichts Bemerkenswertes. Die Situation war überaus heikel, darauf hatte Scotland Yard ihn eigens hingewiesen. Sir Gregory Penne entstammte einer angesehenen Familie, war sehr vermögend und ehrenamtlicher Friedensrichter. Seine Extravaganzen bewegten sich zwar oft am Rand der Legalität; »aber«, hatte der Commissioner am Telefon zu Michael gesagt, »man kann einen Mann nicht hängen, weil er fragwürdige Dinge tut.«

Verdächtig war allerdings, daß Bhag ebenso von der Bildfläche verschwunden war wie der Farbige und seine Frau.

»Er ist die ganze Nacht nicht nach Hause gekommen«, sagte Sir Gregory. »Ich habe ihn nicht gesehen. Doch er ist nicht zum erstenmal verschwunden. Er versteckt sich an Plätzen, wo sie ihn nie vermuten würden. Wahrscheinlich hat er sich irgendwo verkrochen. Sicher taucht er bald wieder auf.«

Als Michael auf dem Rückweg durch Chichester fuhr, entdeckte er plötzlich Adele und bremste so heftig, daß die Räder quietschend blockierten. Im nächsten Moment war er aus dem Wagen gesprungen und lief auf das Mädchen zu.

»Es kommt mir vor, als hätte ich Sie seit tausend Jahren nicht gesehen!« rief er überschwenglich.

Sie lächelte jedoch nicht wie erwartet. »Ich muß ins Studio und kann mich nicht aufhalten«, sagte sie kühl. »Ich habe Mr. Knebworth versprochen, heute früher zu kommen. Gestern nachmittag hatte ich mir nämlich freigenommen, weil ich verabredet war.«

»Ach ja?« sagte Michael unschuldsvoll.

»Ach ja«, wiederholte sie, »ich hatte jemand zum Tee eingeladen. Doch er hat mich versetzt.«

»Du grüne Neune!« stieß er bestürzt hervor. »Der Übeltäter bin ja ich!«

Sie wollte weitergehen, doch er hielt sie auf. »Ich möchte Sie weder erschrecken noch möchte ich mich damit herausreden. Aber ich habe die Verabredung mit Ihnen nur vergessen, weil wieder ein Mord passiert ist. Diesmal war Mr. Foss das Opfer.«

Sie wurde kalkweiß. »Wann ist es geschehen?« fragte sie mit fast tonloser Stimme.

»Vorgestern abend.«

»Dann muß es nach neun gewesen sein.«

»Wieso das?«

»Weil ich um neun Uhr die Hand des Mannes sah, der Mr. Foss ermordet hat. Vorgestern abend«, fuhr sie fort, »wollte ich mir kurz vor Ladenschluß — gegen Viertel vor acht ungefähr — noch Strickwolle besorgen. In der Stadt traf ich Mr. Foss und unterhielt mich mit ihm. Er war sehr nervös und machte mir noch einmal einen Vorschlag, den ich schon zurückgewiesen hatte. Doch er benahm sich so merkwürdig, daß ich ihn fragte, ob er Sorgen habe. Nein, die habe er nicht, sagte er, nur die furchtbare Vorahnung, daß ihm etwas Schreckliches zustoßen werde. Ach ja, und er fragte mich, ob ich schon länger in Chichester wohnte und über die Höhlen Bescheid wisse.«

»Die Höhlen?« fragte Michael.

Sie nickte. »Ich war überrascht, von Höhlen hatte ich noch nie etwas gehört. Er erzählte mir noch einiges über diese Höhlen, redete aber so weitschweifig und wirr, daß ich ihn für betrunken hielt und froh war, endlich von ihm loszukommen. Ich erledigte meine Einkäufe und traf dann eine Komparsin, die ich recht gut kenne. Sie lud mich zu sich ein. Ich hatte zwar nicht die geringste Lust, sie zu begleiten, doch dann hätte sie mich bestimmt für hochnäsig gehalten, also ging ich mit, verabschiedete mich aber, sobald ich konnte.

Auf dem Heimweg sah ich Mr. Foss noch einmal. Es war gegen neun, die Straßen waren wie ausgestorben. Er stand an der Ecke der Arundel Street und schien auf jemand zu warten. Ich blieb stehen, weil ich nicht noch einmal mit ihm zusammentreffen wollte. Aber noch bevor ich kehrtmachen konnte, um einen anderen Weg zu nehmen, bog ein Wagen in die Straße ein und hielt gegenüber von Foss.«

»Was für ein Wagen?« fragte Michael.

»Er hatte ein halb zurückklappbares Verdeck, war aber geschlossen. Als er um die Ecke bog, gingen die Scheinwerfer aus, und das kam mir merkwürdig vor. Doch Foss hatte ganz offensichtlich auf diesen Wagen gewartet. Er überquerte die Straße, blieb bei dem Auto stehen, lehnte sich in das offene Fenster und sprach mit dem Fahrer. Ich weiß nicht, warum, aber plötzlich wollte ich unbedingt wissen, wer am Steuer saß, und ging daher in der ursprünglichen Richtung weiter. Als ich noch ungefähr fünf oder sechs Meter entfernt war, trat Mr. Foss zurück, und der Fahrer streckte den Arm aus dem Fenster und winkte zum Abschied. Er hatte die Hand noch nicht zurückgezogen, als er an mir vorüberfuhr. Sie war das einzige, das man sehen konnte, denn im Wagen war es stockfinster.«

»Ist Ihnen an dieser Hand etwas aufgefallen?«

»Ja. Daß sie klein und weiß war und am kleinen Finger ein großer Diamantring funkelte. Er hatte ein wirklich ungewöhnliches Feuer, und ich fragte mich, warum ein Mann einen solchen Ring trug. Sie werden mich für albern halten, aber wenn ich mich an die Hand erinnere, bekomme ich noch jetzt schreckliche Angst.«

»Die Nummer des Wagens haben Sie nicht zufällig gesehen?«

»Aber nein. Ich hab' gar nicht hingeguckt.«

»Und über den Mann können Sie mir auch nichts sagen? War nicht einmal seine Silhouette sichtbar?«

Sie schüttelte den Kopf. »Sein erhobener Arm verdeckte ihn.«

»Wie groß war Ihrer Meinung nach der Diamant?«

Sie spitzte unsicher die Lippen. »Der Wagen fuhr so rasch vorbei, daß ich Ihnen bestimmt keine genauen Angaben machen kann, Mr. Brixan, aber der Stein war mindestens so groß wie meine Fingerspitze. Ich konnte natürlich keine Einzelheiten erkennen, obwohl ich dem Wagen gestern wieder begegnet bin.«

Sie berichtete ihm, was am Abend vorher geschehen war, und er hörte aufmerksam zu.

»Der Mann hat Sie angesprochen — haben Sie seine Stimme erkannt?«

»Nein, er flüsterte nur. Auch sein Gesicht konnte ich nicht sehen, glaube aber, daß er eine Mütze auf dem Kopf trug.«

Michael dachte eine Weile nach und meinte dann: »Ich bringe Sie ins Studio, wenn Sie nichts dagegen haben.«

Vor ihrer Garderobe trennten sie sich, und er machte sich auf die Suche nach Jack Knebworth.

»Ihnen sind hier doch schon alle möglichen Leute über den Weg gelaufen, Mr. Knebworth«, sagte er. »Kennen Sie jemand, der einen Wagen mit halb zurückklappbarem Verdeck fährt und am kleinen Finger einen Diamantring trägt?«

»Die einzige ist meines Wissens die Mendoza«, antwortete der Regisseur.

Michael pfiff leise durch die Zähne. »An sie habe ich allerdings nicht gedacht«, sagte er. »Adele hat gesagt, es sei eine kleine Hand gewesen, die irgendwie weiblich aussah.«

»Die Mendoza hat zwar keine besonders kleinen Hände, aber als Männerhände wären sie klein«, sagte Jack nachdenklich. »Und sie fährt auch keinen Wagen mit halb zurückklappbarem Verdeck, aber das ist unwesentlich. Ich habe meinen Leuten ausrichten lassen, daß wir heute doch arbeiten. Wenn sie untätig herumstehen und grübeln, werden sie nur neurotisch.«

»Ich hatte denselben Gedanken«, sagte Michael lächelnd, »habe mich aber nicht getraut, den Vorschlag zu machen.«

Am Nachmittag fuhr er zu einer Konferenz der »Großen fünf« nach Scotland Yard. Am Ende der langen und ermüdenden Diskussion war man sich einig, daß man Sir Gregory Penne zwar auf freiem Fuß, aber weiterhin beobachten lassen wollte.

»Wir haben uns diese Geschichte mit dem entführten Mädchen aus Borneo bestätigen lassen«, sagte der Chef, »und alle Einzelheiten passen genau. Ich zweifle nicht im geringsten daran, daß Penne der Verbrecher ist, den wir suchen, aber wir müssen sehr vorsichtig sein. In Ihrer Abteilung können Sie sich ja auf ein paar Risiken einlassen, Mr. Brixan. Doch die britische Polizei verhaftet nie jemand wegen Mordes, wenn er nicht hundertprozentig überführt werden kann. Ihre Theorie mag ja etwas für sich haben, und ich bin der letzte, der sie verwerfen würde, aber Sie werden parallel dazu andere Ermittlungen führen müssen.«

Michael fuhr noch bei hellem Tageslicht nach Sussex zurück. Etwa vier Meilen nördlich von Chichester stand jemand mitten auf der Fahrbahn und winkte. Michael nahm das Tempo weg und sah zu seiner größten Überraschung, daß der »Anhalter« Mr. Sampson Longvale war.

»Geschlagene zwei Stunden stehe ich schon hier und halte nach Ihnen Ausschau, Mr. Brixan«, sagte der alte Mann. »Dürfte ich wohl bei Ihnen einsteigen?«

»Aber selbstverständlich, kommen Sie nur.«

»Ich weiß, daß Sie nach Chichester wollen. Hätten Sie etwas dagegen, mich statt dessen nach ›Dower House‹ zu begleiten? Ich habe Ihnen etwas Wichtiges zu sagen.«

Die Stelle, an der er Michaels Wagen angehalten hatte, lag der Abzweigung nach »Dower House« und »Griff Towers« genau gegenüber. Der alte Mann erzählte Michael, er sei von Chichester zu Fuß nach Hause gegangen und habe gehofft, ihm zu begegnen.

»Ich habe jetzt erst erfahren, Mr. Brixan, daß Sie ein Gesetzeshüter sind«, sagte er und nickte würdevoll. »Wie hoch ich einen Menschen achte, der es sich zur Pflicht gemacht hat, Recht und Gesetz zu dienen, brauche ich Ihnen nicht zu sagen.«

»Mr. Knebworth hat es Ihnen verraten, nehme ich an?«

»Ja, das hat er. Ich hatte Sie gesucht, weil ein sechster Sinn mir sagte, daß Sie eine wesentlich bedeutendere Stellung bekleiden, als ich zunächst annahm. Ich muß gestehen, ich hielt Sie anfangs für einen jungen Müßiggänger. Es war eine große Genugtuung für mich zu erfahren, daß ich mich geirrt hatte. Und meine Genugtuung ist um so größer« — Michael lächelte innerlich über die weitschweifige Geschwätzigkeit des Alten —, »als ich einen Rat brauche, den mir kein Anwalt geben könnte. Ich bin in einer sehr merkwürdigen, in gewisser Weise peinlichen Lage, denn ich bin ein Mann, der die Öffentlichkeit scheut, und ich mische mich nicht gern in die Angelegenheiten anderer.«

Was hat er mir zu erzählen? fragte sich Michael. Dieser alte Mann mit seiner Vorliebe für nächtliche Spaziergänge hatte vielleicht etwas Wichtiges beobachtet und wollte es jetzt auf seine umständliche Art preisgeben.

In »Dower House« führte Mr. Longvale den Detektiv nicht in den Salon, sondern in den ersten Stock zu dem Zimmer, in dem in jener Nacht Adele geschlafen hatte.

»Sie sollen sich die beiden Leute einmal ansehen«, sagte Longvale ernst, »und mir dann sagen, ob ich in Übereinstimmung mit dem Gesetz handle.«

Er öffnete die Tür. In dem Zimmer standen jetzt zwei Betten. In einem lag, dick verbunden und anscheinend bewußtlos, der kleine braunhäutige Mann, auf dem anderen schlief die Frau, die Michael im Turm gesehen hatte. Auch sie war schwer verletzt, ihr Arm verbunden und geschient.

Michael holte tief Atem. »Dieses Rätsel ist jedenfalls gelöst«, sagte er. »Wo haben Sie die Leute gefunden?«

Beim Klang seiner Stimme öffnete die Frau die Augen und sah Michael ängstlich an.

»Sie sind verletzt«, sagte er auf holländisch, doch sie schien ihn nicht zu verstehen, denn sie antwortete nicht. Sie reagierte aber so verängstigt, daß er das Zimmer schnell wieder verließ.

»Ich habe die beiden gestern abend nach halb elf aufgelesen«, berichtete Longvale, als sie im Salon saßen. »Sie taumelten die Straße entlang, und ich hielt sie zuerst für betrunken. Aber glücklicherweise begann die Frau zu sprechen, und ich vergesse nie eine Stimme. Als ich sie in ›Griff Towers‹ untersuchte, phantasierte sie in einer fremden Sprache. Ich erkannte sie sofort und ging auf sie zu. Dann sah ich, in welchem Zustand ihr Begleiter war, und nun erkannte sie mich auch und redete wieder in der fremden Sprache auf mich ein. Aber ich hätte natürlich ungewöhnlich beschränkt sein müssen, um nicht zu begreifen, was sie meinte. Der Mann war einem Zusammenbruch nahe, und mit Hilfe der Frau gelang es mir, ihn ins Haus zu schaffen. Weil ich erwartete, noch einmal zu ihr gerufen zu werden, hatte ich einen kleinen Vorrat an Verbänden und Medikamenten gekauft, so daß ich jetzt den Mann behandeln konnte.«

»Ist er schwer verletzt?« fragte Michael.

»Er hat sehr viel Blut verloren, und die Wunden sehen ziemlich böse aus. Ich dachte natürlich sofort daran, die Polizei zu verständigen, telefonierte aber vorher mit meinem Freund Knebworth und schüttete ihm mein Herz aus. Da sagte er mir, wer Sie in Wirklichkeit sind, und ich beschloß, auf Ihre Rückkehr zu warten, bevor ich weitere Schritte unternahm.«

»Sie haben ein Rätsel gelöst, das mich sehr beschäftigt hat«, sagte Michael. »Und zufällig haben Sie mir auch eine Geschichte bestätigt, der ich die größten Vorbehalte entgegenbrachte. Es war sehr gut, daß Sie sich mir anvertraut haben. Ich melde die Sache sofort meiner vorgesetzten Dienststelle und schicke einen Krankenwagen für die beiden. Sie gehören ins Krankenhaus. Ist der Mann transportfähig?«

»Ich denke schon. Er schläft zwar so tief, daß es fast aussieht, als liege er im Koma, doch das ist nicht der Fall. Die beiden könnten aber ruhig hierbleiben, obwohl ich dann die Pflege übernehmen müßte. Zum Glück ist die Frau bereit, sehr viel für ihn zu tun.«

»Hatte er ein Schwert bei sich, als Sie ihn auf der Straße auflasen?«

»Wie dumm von mir, das zu vergessen! Ja, es ist hier drin.«

Mr. Longvale holte es aus der Schublade eines altmodischen Schreibtisches. Es glich aufs Haar jenem, das über Sir Gregorys Kamin hing, und es war makellos sauber. War auch fleckenlos gewesen, als Mr. Longvale es dem kleinen Farbigen aus der Hand genommen hatte.

Michael wollte schon gehen, als ihm plötzlich etwas einfiel. »Dürfte ich Sie wohl bitten, mir ein Glas Wasser zu holen, Mr. Longvale?« fragte er. »Meine Kehle ist trocken wie Pergament.«

Der alte Mann murmelte ein paar Worte der Entschuldigung und entfernte sich. Michael blieb in der Halle zurück. Kaum war der Herr von »Dower House« verschwunden, nahm er den sportlichen Derbyhut vom Haken, der neben dem Kastorhut mit der welligen Krempe und dem langen Mantel an der Garderobe hing.

»Woher stammt denn der?« fragte Michael, der den Hut noch untersuchte, als Mr. Longvale zurückkam.

»Der Malaie hat ihn getragen«, antwortete Mr. Longvale.

»Ich nehme ihn mit, wenn Sie nichts dagegen haben.«

»Aber ganz im Gegenteil. Unser Freund dort oben wird ihn noch sehr, sehr lange nicht brauchen.«

Michael ging zu seinem Wagen, legte den Hut vorsichtig auf den Beifahrersitz und fuhr nach Chichester. Aber während der ganzen Fahrt kam er aus dem Staunen nicht heraus. Denn in das Schweißleder des Hutes waren die Initialen »L.F.« eingestanzt. Wie kam ein Hut, der Lawley Foss gehört hatte, auf den Kopf eines braunen Mannes aus Borneo?

27

Am Abend besuchte Michael wieder seinen alten Lehrer. »Ich brauche eine alte Chronik von Chichester«, sagte er.

»Ich habe eine, die um sechzehnhundert herum gedruckt wurde. Sie sind innerhalb der letzten vierzehn Tage schon der zweite, der sie sehen will.«

»Wer war der andere?« fragte Michael.

»Ein Mann namens Foss«, antwortete Mr. Scott, und Michael nickte, als habe er gewußt, wer es gewesen war. »Er wollte alles mögliche über Höhlen wissen, doch ich habe nie gehört, daß es hier in der Nähe berühmte Höhlen gibt.«

Er führte Michael in die Bibliothek, holte einen uralten Folianten aus dem Regal und legte ihn auf den Tisch.

»Nachdem Foss gegangen war, habe ich mir die Hinweise angesehen. Von Höhlen ist nur ein einziges Mal, auf Seite dreihundertfünfundachtzig, die Rede. Da heißt es, der edle Sir John Dudley, Earl von Newport, habe mit einem Reitertrupp nachts Zuflucht in einer großen Höhle gesucht, um dort den Feind zu erwarten. Am Morgen habe es einen gewaltigen Erdrutsch gegeben, und der Earl mit seinen Mannen, Rittern und Adeligen sei auf Nimmerwiedersehen verschwunden. Die Höhlen sollen in der Nähe von Chichester liegen . . .«

Michael hatte das Buch an der entsprechenden Stelle aufgeschlagen und las jetzt laut: »› . . . neun Meilen entfernt von der Stadt, die von den Römern Regnum und von den Angelsachsen Ciffanceaster genannt wurde.‹ Womit«, setzte er hinzu, »natürlich Chichester gemeint ist. Hat man diese Höhlen je entdeckt?«

Mr. Scott schüttelte den Kopf. »Die Leute erzählen sich, sie seien Ende des achtzehnten Jahrhunderts von Branntweinschmugglern benutzt worden, aber solche Geschichten gibt es ja überall.«

Michael nahm eine Karte von Chichester und Umgebung aus der Tasche, maß eine Entfernung von neun Meilen ab und zog einen Kreis um die Stadt. Er stellte fest, daß die Linie entweder durch oder dicht an der Grenze von Sir Gregorys Besitz vorbeiging.

»Gibt es zwei ›Griff Towers‹?« fragte er plötzlich.

»Ja. Außer Pennes Haus, das nach dem berühmten Wahrzeichen dieser Gegend benannt wurde, gibt es eben dieses Bauwerk — den echten ›Griffin Tower‹, wie er ursprünglich hieß. Er muß entweder auf Pennes Besitz stehen oder ganz in der Nähe: ein sehr alter, kreisrunder Turm, ungefähr sechs Meter hoch und rund zweitausend Jahre alt. Da ich ein begeisterter Amateur-Archäologe bin, habe ich mir das antike Gemäuer sehr genau angesehen. Der untere Teil stammt zweifellos aus der Römerzeit, die Römer hatten ein großes Lager dort. Regnum war eines ihrer Hauptquartiere . . .«

Als Michael sich verabschiedete, sagte er lachend: »Ich glaube, ich werde heute abend noch eine Menge über dieses Römerkastell zu hören bekommen.«

Er holte sein Gepäck aus dem Hotel und fuhr damit zu seinem neuen Domizil. Jack Knebworth war eben dabei, mit der peniblen Genauigkeit des Junggesellen den Tisch für drei Personen zu decken.

»Erwarten Sie Gäste?« fragte er.

»Einen Gast«, antwortete Jack. »Gute Freundin von Ihnen.«

»Eine Freundin von mir?«

Jack nickte. »Ich habe die kleine Leamington eingeladen. Und wenn ich sehe, daß ein Mann Ihres Alters rot wird, wenn man den Namen eines Mädchens erwähnt, dann habe ich großes Mitleid mit ihm.«

Adele kam bald darauf, und es wurde ein angenehmer, unbeschwerter Abend zu dritt. Ihr Wesen war so bezaubernd, daß Michael sich noch mehr in sie verliebte. Und sie verlor ihre Scheu und ihre Zurückhaltung und gab sich in Gesellschaft der beiden Männer völlig ungezwungen.

»Heute nachmittag habe ich Detektivarbeit geleistet«, sagte sie, nachdem der Kaffee serviert worden war, »und erstaunliche Entdeckungen gemacht. Es fing damit an, daß ich versuchte, das unheimliche Auto aufzuspüren. Es muß, meiner Meinung nach, aus einem Feldweg gekommen sein, der meine Straße am anderen Ende kreuzt. Dort habe ich nämlich die einzigen Reifenspuren in der näheren Umgebung gefunden. Daß sie zu dem Auto gehören, das der Mann mit den weißen Händen fährt, weiß ich bestimmt, weil mir am Abend vorher das rautenförmige Muster des Hinterreifens auffiel. Auf halber Höhe des Feldwegs entdeckte ich einen Ölfleck. Dort muß das Auto eine Zeitlang gehalten haben. Und außerdem habe ich — das hier gefunden.«

Sie nahm eine kleine dunkelgrüne Flasche aus ihrer Handtasche, die kein Etikett hatte und nicht verschlossen war. Michael nahm sie Adele aus der Hand, untersuchte sie und roch daran. Es roch beißend, aber nicht unangenehm.

»Erkennen Sie den Geruch?« fragte Adele.

Michael schüttelte den Kopf.

»Lassen Sie mich mal versuchen.« Jack Knebworth nahm ihm die Flasche aus der Hand und schnupperte. »Butylchlorid«, sagte er sofort, und Adele nickte.

»Das habe ich mir gedacht. Mein Vater war Apotheker, und als Kind spielte ich öfter in der Apotheke. Einmal entdeckte ich einen offenen Medikamentenschrank und holte ein Fläschchen heraus, das mir besonders gut gefiel. Ich machte es auf und weiß nicht, was passiert wäre, wenn Vater es mir nicht rechtzeitig weggenommen hätte. Ich war damals noch ziemlich klein, aber den Geruch habe ich nie vergessen.«

»Butylchlorid?« fragte Michael, die Stirn runzelnd.

»Sogenannte Todes- oder Knock-out-Tropfen«, erklärte ihm Knebworth. »Die Droge wird gern von Gaunern benutzt, die darauf aus sind, in den Hafenkneipen Matrosen auszuplündern. Ein paar Tropfen davon in ein Glas Wein, und Sie sind bewußtlos.«

Michael nahm die Flasche wieder in die Hand. Es war eine ganz gewöhnliche Giftflasche, und als er sie gegen das Licht hielt, sah er, daß das Wort »Gift« in das Glas eingepreßt war. »Nirgends die Spur von einem Etikett«, sagte er.

»Ich kann nicht einmal behaupten, daß die Flasche aus dem geheimnisvollen Auto geworfen wurde«, sagte Adele. »Es ist einfach eine Vermutung von mir. Die Flasche lag in einem Graben, der jetzt zum Teil überflutet ist. Aber sie war nicht bis ins Wasser gerollt. So, das war Fundsache Nummer eins. Jetzt kommt die zweite.«

Sie holte einen merkwürdig geformten Kettenring aus Stahl aus der Tasche, der, wie man deutlich sah, an beiden Enden Bruchstellen hatte. »Wissen Sie, was das ist?« fragte sie.

»Keine Ahnung«, sagte Jack und reichte den Gegenstand an Michael weiter.

»Ich weiß, was es ist«, sagte Adele, »weil ich so etwas schon gesehen habe. Sie wissen es auch, nicht wahr, Mr. Brixan?«

»Es ist ein Kettenglied von einer Handschelle«, antwortete Michael.

»Das also sind meine Fundsachen«, sagte Adele. »Erklären kann ich nichts dazu, weil ich nichts weiß.«

»Wie Sie schon sagten, können die beiden Sachen mit dem geheimnisvollen Wagen überhaupt nichts zu tun haben«, entgegnete Michael.

»Doch genausogut kann sich der Fahrer ihrer an dieser einsamen Stelle entledigt haben, weil man sie nicht bei ihm finden darf. Es wäre für ihn sicherer gewesen, er hätte sie ins Meer geworfen, aber das war ihm vielleicht zu umständlich. Ich behalte die beiden Sachen jedenfalls.«

Das Gespräch wandte sich den Dreharbeiten zu, und Jack Knebworth sagte: »Morgen drehen wir beim ›Griff Tower‹, einem Wahrzeichen dieser Gegend . . . Was ist daran so komisch, Mr. Brixan?«

»Gar nichts«, erwiderte der Detektiv und bemühte sich, nicht mehr zu lachen. »Nur hat sich gerade eine meiner Prophezeiungen erfüllt. Ich wußte nämlich, daß ich heute noch einmal etwas von diesem verflixten alten Gemäuer hören würde.«

28

Michael nahm den Zwischenfall mit dem unbekannten Wagen schwerer als Adele. Daß der Fahrer versucht hatte, sie in sein Auto zu locken, machte Michael erst recht nervös. Wegen der jüngsten Ereignisse war er gezwungen gewesen, den Beamten abzuziehen, der das Haus überwacht hatte, in dem Adele wohnte. Nun beschloß er, beim Chef der Ortspolizei wiederum Polizeischutz für sie anzufordern.

Er fuhr nach Hause und suchte anschließend das Polizeirevier auf. Es war schon spät und der Chief Constable nicht mehr im Dienst. Der diensthabende Beamte wollte die Verantwortung jedoch nicht auf sich nehmen, eigenmächtig einen Polizisten zu Adeles Schutz aufzubieten. Erst als Michael drohte, er werde sich telefonisch mit dem Chef in Verbindung setzen, ließ der andere sich herbei, einen uniformierten Polizisten in Adeles Straße auf Streife zu schicken.

Wieder zu Hause, ging Michael in sein Zimmer und untersuchte noch einmal die beiden Gegenstände, die Adele gefunden hatte. Butylchlorid war eine besonders gefährliche Droge. Wozu brauchte der Kopfjäger sie wohl? Die Handschellen mußten von jemand mit Riesenkräften gesprengt worden sein. Wer dazu imstande sein sollte, war Michael ein Rätsel.

Bevor er ins Bett ging, rief Inspektor Lyle an, der »Griff Towers« bewachte. Er hatte nichts zu melden. Das Leben ging dort ruhig seinen Gang. Sir Gregory hatte Lyle zu einem Drink eingeladen und ihm erzählt, daß Bhag noch immer verschwunden sei.

»Bleiben Sie noch heute nacht auf Ihrem Posten«, sagte Michael. »Morgen können wir die Observierung einstellen. Scotland Yard ist der Meinung, daß Sir Gregory mit dem Mord an Foss nichts zu tun hat.«

Der Inspektor knurrte etwas und tat auf diese Weise unmißverständlich kund, daß er damit nicht übereinstimmte. »Irgendwie steckt er mit drin«, sagte er. »Übrigens habe ich auf dem Feld, das an den Besitz grenzt, einen blutbefleckten Derbyhut gefunden. Auf dem Schildchen im Innenfutter steht der Name der Firma: ›Chi Li Stores, Tanji‹.«

»Den Hut will ich morgen sehen«, sagte Michael.

Der Inspektor brachte ihn kurz nach dem Frühstück vorbei, und Michael untersuchte ihn zusammen mit Knebworth, der von Michael fast lückenlos in die Geschichte eingeweiht worden war.

»Wenn der Farbige Lawleys Hut auf dem Kopf trug, als er zu Mr. Longvale kam«, sagte Knebworth, »wo, zum Teufel, wurden die beiden Hüte ausgetauscht? Irgendwo zwischen ›Griff Towers‹ und dem Haus des alten Mannes, es sei denn . . .«

»Es sei denn — was?« fragte Michael. Er hatte großen Respekt vor Knebworths scharfem Verstand.

»Es sei denn, der Austausch wurde in Sir Gregorys Haus vorgenommen. Sie sehen, daß der Hut zwar Blutflecken, aber keine Schnitte aufweist. Und das finde ich sehr merkwürdig.«

»Sehr merkwürdig«, stimmte Michael zu. »Aber wenn meine erste Theorie richtig ist, ist die Erklärung ganz einfach.«

Er sagte Knebworth nicht, was für eine Theorie das war.

Sie fuhren gemeinsam ins Studio, und nachdem Knebworth mit seiner ganzen Gesellschaft zum Drehort aufgebrochen war, telefonierte Michael mit London. Es gab nichts Neues. Er überlegte sich, daß er eigentlich schon lange nicht mehr bei den Dreharbeiten zugesehen hatte, und beschloß, dem großen Autobus und den Gerätewagen zu folgen.

Er sah den Turm schon eine Viertelstunde, bevor er am Ziel war. Es war ein uraltes, gedrungenes Bauwerk, das aussah wie eine ungewöhnlich hohe Schafhürde. Als Michael eintraf, parkte der Autobus schon auf einem Grasstreifen, und die Schauspieler und Komparsen waren dabei, sich zu schminken. Adele war nicht zu sehen. Sie zog sich in ihrem kleinen Garderobezelt um. Jack Knebworth stritt mit dem Kameramann über Beleuchtung und Kameraeinstellungen.

Ein Arbeiter stellte die Leiter auf, über die Adele in den Turm klettern sollte. Der Film handelte von einer jungen Frau — einem ehemaligen Chormädchen —, die einen Adeligen mit rückständigen Ansichten geheiratet hatte. Natürlich war ihre Jugendliebe, ein armer, ehrlicher junger Mann, den Reggie Connolly spielte, wie Michael vermutete, stets zur Hand, um ihr zu helfen. Und als ihr Ehemann sie in dem steinernen Turm eingeschlossen hatte und dort gefangenhielt, eilte Reggie zu ihrer Rettung herbei.

Sie mußten die Szene ein paarmal drehen, weil der feurige junge Liebhaber jedesmal etwas anderes auszusetzen hatte. Aber endlich waren auch die letzten drei Sekunden im Kasten, und nachdem sich das Paar umarmt und schmachtend angesehen hatte, rief Knebworth:

»In Ordnung, Kinder! Ruht euch jetzt ein paar Minuten aus, und dann drehen wir die Flucht der beiden Liebenden.«

Die Kamera wurde zwanzig oder dreißig Meter weggefahren. Reggie Connolly warf sich ins Gras, als habe er Schwerarbeit hinter sich, und Adele kam zu Michael.

»Ich bin froh, daß es vorbei ist«, sagte sie. »Die Kletterei war recht mühsam. Connolly, der arme Kerl, hat gräßlich geflucht, als wir beide im Turm waren. Ich fand das so lustig, daß ich fast laut gelacht hätte, und dann hätten wir noch einmal drehen müssen. — Wie war ich eigentlich? Habe ich die todesmutige Liebende gut gespielt?«

»Sie waren wunderbar«, antwortete Michael begeistert und hätte ihr am liebsten einen Kuß auf die Wange gedrückt.

Sie schien zu spüren, was in ihm vorging, warf ihm einen raschen Blick zu und senkte die Lider. »Vielleicht sind Sie voreingenommen«, sagte sie.

»Tja, das Gefühl habe ich allerdings auch«, sagte Michael. »Wie sieht es eigentlich im Innern des Gemäuers aus?«

»Wo? Im Turm? Dort gibt es nur Felsblöcke, wildes Gesträuch und einen rührenden Zwergbaum. Ich habe mich in ihn verliebt.«

Er lachte und wollte noch etwas sagen, aber im selben Moment rief Jack Knebworth laut durch das Megaphon: »Nehmen Sie die Leiter nicht weg, Collins! Legen Sie sie hinter dem Turm ins Gras. Vielleicht muß ich heute abend noch einmal hier drehen, also laßt alles stehen und liegen! Das Wetter hält sich bestimmt. Wenn wir nicht mehr hierher müssen, könnt ihr die Sachen morgen früh abholen!«

Adele schnitt eine kleine Grimasse. »Das habe ich befürchtet«, sagte sie. »Obwohl es mir eigentlich nichts ausmacht. Ich finde es sogar ganz lustig. Aber daß Connolly so nervös ist, färbt irgendwie auf mich ab. Wäre schön, wenn Sie die Rolle spielten!«

»Ich wünsche mir nichts mehr als das«, antwortete Michael mit so viel Aufrichtigkeit in der Stimme, daß Adele errötete.

Jack Knebworth kam auf sie zu. »Haben Sie oben etwas vergessen, Adele?« fragte er.

»Nein, Mr. Knebworth«, antwortete sie erstaunt.

»Nun, und was ist das?« Er zeigte auf etwas Rundes, das auf dem Mauerrand zu liegen schien. »Du meine Güte, es bewegt sich ja!« stieß er hervor.

Noch während er sprach, tauchte ganz langsam ein Kopf auf. Ihm folgten zwei massige, behaarte Schultern, und dann wurde ein Bein über die Mauer gehoben.

Es war Bhag!

Sein brauner Pelz war staubig, sein Gesicht wirkte auf groteske Weise wie gepudert. Als das Tier die Hände ausstreckte, um sich festzuhalten, sah Michael, daß er an beiden Gelenken zerbrochene Handschellen trug.

29

Adele schrie auf und packte Michael am Arm. »Guter Gott, das ist doch das Ungeheuer, das zu mir ins Zimmer wollte!«

Michael schob sie sanft zur Seite und lief auf den Turm zu. Gleichzeitig sprang Bhag mit einem Riesensatz auf den Boden. Die Hände auf die Erde gestützt, stand das Tier einen Augenblick reglos da und wandte dem Mann das bösartige Gesicht zu. Dann nahm es Witterung und lief mit den ihm eigenen zwitschernden Lauten über die Felder davon. Bald war es hinter einem nahen Hügel verschwunden.

Michael rannte hinter ihm her. Aber als er ihn endlich sah, hatte der Affe schon einen großen Vorsprung. Er lief, so schnell er konnte, und hielt sich immer dicht an den Hecken, die die einzelnen Felder voneinander trennten. Es war sinnlos, ihn zu verfolgen, und der Detektiv kehrte langsam zu den Filmleuten zurück, die alle völlig verschreckt waren.

»Das war nur Sir Gregorys Orang-Utan. Er ist völlig harmlos«, sagte er. »Er war zwei oder drei Tage lang verschwunden.«

»Er muß sich im Turm versteckt haben«, sagte Knebworth, und Michael nickte. »Ich bin jedenfalls froh, daß er uns nicht gerade mit seinem Auftritt beglückt hat, während wir drehten.« Der Regisseur wischte sich den Schweiß von der Stirn. »Haben Sie ihn denn nicht gesehen, Adele?«

Michael vermutete, daß sie unter dem Make-up sehr blaß war, und die Hand, die sie an die Lippen hob, zitterte leicht.

»Jetzt haben wir die Erklärung für die zerbrochenen Handschellen«, sagte Knebworth.

»Sie haben sie also auch bemerkt«, sagte Michael. »Ja, das ist die Erklärung für das abgebrochene Kettenglied, aber nicht für das Butylchlorid.« Er hielt Adeles Arm fest, und in dem warmen, kräftigen Druck seiner Hand fühlte sie mehr als nur Mitleid. »Hatten Sie ein bißchen Angst?« fragte er.

»Ich hatte gräßliche Angst«, gab sie zu. »Wie schrecklich! War das Bhag?«

»Ja, das war er. Wahrscheinlich hat er sich hier im Turm versteckt, seit er von zu Hause weggelaufen ist. Und Sie haben ihn wirklich nicht gesehen, als Sie oben waren?«

»Nein, dem Himmel sei Dank! Ich wäre sonst abgestürzt vor Schreck. Bestimmt hatte er sich hinter den Sträuchern versteckt.«

Michael beschloß, selbst nachzuschauen. Die Leiter wurde aufgestellt, er kletterte hinauf und blickte über die dicke Mauer. Beim Sockel fiel der Boden in einer Weise ab, die ihn an die Granattrichter erinnerte, die er während des Krieges in Frankreich gesehen hatte. Die eigentliche Grundfläche des Turmes war von Weißdornbüschen verdeckt, die in der Mitte üppig wucherten. Unzählige zackige Felsstücke lagen herum, und ein alter Baum reckte seine verkrüppelten Äste in die Höhe. Das war alles. Aber es reichte aus, um sich zu verstecken.

Wahrscheinlich hatte Bhag sich hier verkrochen, sich von der Anstrengung des Kampfes ausgeruht und seine Wunden geleckt. Daß er mehrere Wunden hatte und ein Ohr aufgeschlitzt war, hatte Michael als einziger bemerkt. Er kletterte wieder hinunter und ging zu Knebworth. »Ich denke«, sagte der Regisseur bekümmert, »für heute ist es mit der Arbeit aus. Ich rieche Hysterie meilenweit, und wahrscheinlich wird es sehr lange dauern, bis ich die Mädchen wieder überreden kann, Nachtaufnahmen zu drehen.«

Michael brachte ihn mit dem Wagen ins Studio zurück, mußte auf der Fahrt aber ununterbrochen an den Affen denken. Jemand hatte dem Tier Handschellen angelegt. Er hätte es erraten müssen, als er das abgebrochene Kettenglied sah. Kein menschliches Wesen hatte die Kraft, Handschellen zu sprengen. Wem war Bhag entkommen? Und wie? Und warum war er nicht nach »Griff Towers« zu seinem Herrn zurückgekehrt?

Nachdem er Knebworth abgesetzt hatte, fuhr er zu Sir Gregory. Der Baronet spielte auf einem Rasenstreifen neben dem Haus »Clock-Golf«, eine Variante des Golfspiels mit besonderen Regeln. Zwar hatte man ihm die Verbände noch nicht abgenommen, doch er erholte sich gut.

»Ja«, antwortete er auf Michaels Frage, »Bhag ist wieder da. Wo er gesteckt hat, weiß der Himmel. Ich habe mir schon oft gewünscht, daß er reden könnte, aber noch nie so sehr wie in diesem Augenblick. Jemand hat ihn in Eisen gelegt. Ich habe die Fesseln eben abgenommen.«

»Kann ich sie sehen?«

»Sie sind gar nicht überrascht. Sie wußten es, nicht wahr?«

»Ich habe ihn gesehen. Er kam aus dem alten Turm auf dem Hügel.«

»Tatsächlich? Und was, zum Teufel, hat er dort gemacht?« Nachdenklich kratzte sich Sir Gregory das Kinn. »Er war schon öfter weg, ging dann aber meist in meine alte Jagdhütte. Es sind ungefähr drei Meilen bis dorthin, und er ist dort ausreichend geschützt, und niemand stört ihn. Einmal hat ein Wilderer auf ihn geschossen, der Idiot. Er hatte Glück, daß er mit dem Leben davonkam. Hat man Foss' Leiche gefunden?«

Gregory Penne hatte wieder angefangen zu spielen und konzentrierte sich auf den Ball zu seinen Füßen.

»Nein«, antwortete Michael ruhig.

»Glauben Sie, Sie werden sie finden?«

»Ach, eigentlich schon.«

Die Hände auf seinen Putter gestützt, stand Sir Gregory da und sah zu den Hügeln hinüber.

»Was sagt in diesem Land das Gesetz dazu, wenn ein Mann ohne Absicht einen Diener tötet, der versucht hat, ihn zu erstechen?«

»Man würde ihm den Prozeß machen«, sagte Michael, »der Richter würde auf Notwehr erkennen, und der Mann würde freigesprochen.«

»Aber angenommen, er hat sich der Leiche entledigt — sie begraben — und verschweigt die Tat?«

»Dann könnte es für ihn sehr brenzlig werden«, sagte Michael. »Besonders dann, wenn eine ehemalige Freundin zufällig Zeugin der Tat wurde oder auf andere Weise davon erfuhr.«

Gregory Pennes sichtbares Auge blinzelte, und sein Gesicht nahm die merkwürdige purpurne Färbung an, die Michael verriet, wie erregt er war.

»Angenommen, diese ehemalige Freundin erpreßt ihn mit der Drohung, ihn anzuzeigen, wenn er ihr kein Geld gibt.«

»Dann käme sie wegen Erpressung ins Gefängnis, und wahrscheinlich auch wegen Mitwisserschaft während oder nach der Tat.«

»Tatsächlich?« fragte Sir Gregory lebhaft. »Sie wäre Mitwisserin, wenn sie gesehen hätte, wie es passierte? Das liegt natürlich schon Jahre zurück. Es gibt doch einen Verjährungsparagraphen, nicht wahr?«

»Nicht bei Mord«, sagte Michael.

»Mord!« rief Gregory Penne erschrocken aus. »Kann man das Mord nennen? Haben Sie vorhin nicht selbst von Notwehr gesprochen? Mord! So ein Unsinn!«

Allmählich wurden die Dinge für Michael leichter durchschaubar. Einmal hatte die Mendoza diesen Mann einen Mörder genannt, und Michaels wacher Geist, der sich die Szene mit fotografischer Genauigkeit ins Gedächtnis zu rufen vermochte, wurde aktiv. Ein Diener, wahrscheinlich einer seiner malaiischen Sklaven, war Amok gelaufen, Penne hatte ihn getötet — vermutlich in Selbstverteidigung — und hatte dann Angst vor den Folgen bekommen. Er erinnerte sich, daß die Mendoza von Penne gesagt hatte: »Er ist ein Angeber und ein Feigling.« Das war die ganze Geschichte.

»Wo haben Sie das unglückliche Opfer begraben?« fragte Michael kühl, und Penne zuckte zusammen.

»Begraben«, fragte er entrüstet. »Was meinen Sie damit? Ich habe mit Ihnen nur über einen rein hypothetischen Fall gesprochen.«

»Er klang mir mehr nach Realität als nach Hypothese«, entgegnete Michael. »Aber ich möchte Sie mit dieser Frage nicht in die Enge treiben.«

Die Wahrheit war, daß Verbrechen dieser Art Michael Brixan einfach langweilten. Wäre es nicht um die ungewöhnlichen Verbrechen des Kopfjägers gegangen, hätte niemand ihn dazu überreden können, den Fall zu übernehmen. Daß da noch eine andere Anziehungskraft wirksam war, gab er nicht einmal sich selbst gegenüber zu. Pennes ungehobelte Art hingegen, seine widerwärtigen Neigungen und schmutzigen Liebesaffären stießen ihn ab.

»Sie würde also als Mitwisserin verurteilt und käme ins Zuchthaus?« sagte Penne frohlockend. Der Gedanke schien ihm solches Vergnügen zu bereiten, daß er fast liebenswürdig war, als er Michael die Handschellen zeigte. Es handelte sich um ein veraltetes britisches Fabrikat.

»Ist Bhag schwer verletzt?« fragte Michael, nachdem er die Handschellen gründlich untersucht hatte.

»Nein, es sind nur ein paar ziemlich oberflächliche Schnitte«, antwortete Sir Gregory ruhig. Er versuchte nicht, die Ereignisse irgendwie zu bemänteln. »Er kam mir zu Hilfe, der arme Kerl. Dieser Malaie hätte ihn fast getötet.«

»Was für einen Hut trug der Farbige?«

»Keji? Das weiß ich nicht. Wahrscheinlich hatte er einen Hut auf, aber ich habe keine Ahnung, wie er aussah. Warum?«

»Ach, es war nur so eine Frage«, erwiderte Michael. »Vielleicht hat er den Hut in den Höhlen verloren.« Er behielt Penne scharf im Auge, während er das sagte.

»Höhlen? Ich habe noch nie was von Höhlen gehört«, sagte Sir Gregory völlig arglos. »Gibt es hier in der Nähe wirklich Höhlen? Ich muß sagen, Sie kennen sich in der Gegend schon großartig aus, Brixan. Obwohl ich — mit Unterbrechungen, natürlich — seit zwanzig Jahren hier lebe, verfahre ich mich jedesmal, wenn ich nach Chichester will.«

30

Die Höhlen beschäftigten Michael mehr als alles andere, das mit den rätselhaften Morden zusammenhing. Mr. Longvale mit seinem geradezu enzyklopädischen Wissen fiel ihm ein, und er beschloß, sich dieses Wissen zunutze zu machen. Der alte Herr war nicht zu Hause, aber Michael traf ihn unterwegs. Er kam mit seinem archaischen Auto aus Chichester. Michael hörte den dröhnenden Motor schon von weiten.

Longvale fuhr das Vehikel an den Straßenrand und hielt. Michael parkte hinter ihm. »Ich weiß, daß er ziemlich laut ist«, gab der alte Mann zu. »Aber diese neuen, lautlosen Wagen sind nichts für mich. Ich liebe nun einmal alte Dinge. Das ist gewiß überspannt, doch mir macht es Spaß.«

Michael fragte ihn nach den Höhlen, und Mr. Longvale sagte sofort, er habe schon oft von ihnen gehört.

»Als ich noch ein Junge war, hat mir mein Vater erzählt, es gebe hier in der Umgebung so viele Höhlen wie Waben in einem Bienenstock, und der Glückliche, der den Eingang finde, werde riesige Vorräte von altem

Brandy entdecken. Bisher hat den Eingang aber noch niemand gefunden, soviel ich weiß. Dort drüben« — er zeigte in die Richtung, in der »Griff Towers« lag — »war früher mal ein Eingang. Doch vor vielen Jahren . . .«

Nun bekam Michael die Geschichte vom Verschwinden der edlen Rekken noch einmal zu hören, die der alte Mann vermutlich in derselben alten Chronik gelesen hatte wie er.

»Im Volksmund hieß es, ein unterirdischer Fluß, der in der Nähe von Selsey Bill ins Meer mündet, habe den Erdrutsch verursacht«, fuhr Mr. Longvale fort. »Doch wie Sie wissen, lieben Landbewohner solche Legenden.«

Inspektor Lyle erwartete Michael mit einer alarmierenden Nachricht. »Diese Anzeige ist heute früh im *Daily Star* erschienen«, sagte er.

Michael nahm den Zeitungsausschnitt und las. Der Text war derselbe, wie er schon bei Francis Elmer gefunden worden war.

»Sind Ihre seelischen oder körperlichen Leiden unheilbar? Zögern Sie am Rande des Abgrunds? Fehlt Ihnen der Mut? Schreiben Sie an den Wohltäter, Postfach . . .«

»Vor morgen früh sind keine Antworten zu erwarten«, sagte Lyle. »Die Briefe sollen an einen Laden in der Lambeth Road weitergeschickt werden, und der Chef möchte, daß Sie die Fährte verfolgen.«

Das Unternehmen erwies sich zunächst als erfolgreich. Am nächsten Nachmittag um vier kam eine halblahme alte Frau in den Laden des Zeitungshändlers in der Lambeth Road und fragte nach Post für Mr. Vole. Es waren drei Briefe gekommen. Sie bezahlte die Gebühr, steckte die Briefe in eine schmuddelige Handtasche und hinkte, vor sich hinmurmelnd und mit sich selbst redend, wieder hinaus. Bei der nächsten Haltestelle bestieg sie eine Straßenbahn nach Clapham. Dort stieg sie in der Nähe der Parkanlagen aus, ließ das Viertel mit den gepflegten Ein- und Zweifamilienhäusern hinter sich und kam in eine Gegend, in der Mietshäuser und uralte, halb verfallene Reihenhäuser vorherrschten.

Schließlich verschwand die Alte in einer Sackgasse. Vor dem letzten Haus blieb sie stehen, holte einen Schlüssel aus der Tasche, schloß die Tür auf und trat in einen dunklen Flur. Als sie sich umdrehte und die Tür hinter sich zumachen wollte, merkte sie, daß da ein Mann stand; ein großer, gutaussehender Herr, der ihr den ganzen Weg gefolgt sein mußte.

»Guten Tag, Mutter«, sagte er.

Die Alte musterte ihn argwöhnisch und brummte etwas. Nur Armenärzte und Leute von der Wohlfahrt nannten jede Frau »Mutter«. Und manchmal hatte auch die Polizei diese Gewohnheit. Bei diesem unerfreulichen Gedanken verzog sie das schmutzige, verrunzelte Gesicht.

»Ich möchte mit Ihnen sprechen.«

»Kommen Sie rein«, sagte sie schrill.

Die Sackgasse war schon unbeschreiblich schmutzig gewesen; verglichen mit dem muffigen Wohnzimmer und der übelriechenden Küche der Alten hingegen erschien sie Michael im nachhinein geradezu strahlend sauber.

»Woher kommen Sie? Von der Wohlfahrt oder von der Polizei?«

»Polizei«, sagte Michael. »Ich möchte die drei Briefe, die Sie geholt haben.«

Zu seiner größten Überraschung schien die Frau erleichtert. »Oh, ist das alles?« fragte sie. »Ein Herr hat mich gebeten, die Briefe für ihn abzuholen. Ich tue es seit Jahren. Es hat bisher nie Klagen gegeben.«

»Wie heißt er?«

»Weiß ich nicht. Steht immer auf den Umschlägen drauf. Ich schick' sie an ihn weiter.«

Unter einem Haufen Abfall zog sie drei Briefumschläge heraus, die mit Schreibmaschine beschriftet waren. Die Maschinenschrift kannte Michael. Die Adresse war eine Straße in Guilford.

Michael nahm die Briefe aus ihrer Handtasche. Zwei las er, den dritten kannte er — er hatte ihn selbst geschrieben. Er verhörte die Frau nach allen Regeln der Kunst, erfuhr jedoch nichts von ihr. Sie erledigte den Auftrag und bekam jedesmal ein Pfund dafür. Der Unbekannte schickte das Geld in einem Brief und teilte ihr gleichzeitig mit, wo die für ihn bestimmten Schreiben jeweils abzuholen waren.

»Sie war ein bißchen verrückt und unbeschreiblich niederträchtig«, berichtete Michael. »Die Erkundigungen, die wir in Guilford eingeholt haben, nützen uns auch nichts. Dort sind wir nur auf einen weiteren Zwischenträger gestoßen, der die Briefe nach London weiterleitet, wo sie nie eintreffen. Das ist das größte Geheimnis, mit dem wir es zu tun haben. Die Adresse gibt es in London nicht, und ich kann nur vermuten, daß die Briefe unterwegs abgefangen werden. Die Polizei in Guilford geht der Sache weiter nach.«

Staines war sehr besorgt. »Ich hätte Sie nicht mit diesem Fall betrauen sollen, Michael«, sagte er. »Doch ich habe es mit den besten Absichten getan. Scotland Yard spielt sich auf und behauptet, der Kopfjäger wäre längst gefaßt, wenn sich nicht Außenseiter eingemischt hätten. Sie kennen ja die Eifersüchteleien zwischen den Instanzen, und ich muß Ihnen bestimmt nicht erst sagen, daß ich im Moment mehr einstecken muß, als ich verdiene.«

Michael sah seinen Chef sehr nachdenklich an. »Ich kann den Kopfjäger fassen«, sagte er. »Aber ich bin mehr denn je überzeugt, daß wir ihn erst überführen können, wenn wir ein bißchen mehr über die — Höhlen wissen.«

Staines zog die Stirn in Falten. »Ich verstehe nicht, Michael. Von welchen Höhlen sprechen Sie?«

»In der näheren Umgebung von Chichester gibt es ein paar Höhlen. Foss wußte von ihrer Existenz und vermutete einen Zusammenhang zwischen ihnen und dem Kopfjäger. Lassen Sie mir vier Tage Zeit, Major, dann habe ich beide — die Höhlen und den Mörder. Und wenn ich versage« — er machte eine bedeutsame Pause —, »wenn ich versage, werde ich wohl aus einem dieser Lieblingspakete des Kopfjägers zu Ihnen aufblikken, wenn Sie mir das nächstemal guten Morgen wünschen.«

31

Michael war seit zwei Tagen in London, und aus irgendeinem ihr selbst unbekannten Grund war Adele auf die ganze Welt böse. Trotzdem spielte sie glänzend, und Jack Knebworth, sonst recht sparsam mit seinem Lob, sang wahre Lobeshymnen auf eine kleine Szene mit ihr und Connolly. So großzügig war er mit seinem Lob, daß sogar Connolly seinen Teil abbekam, worauf er bereit war, seine frühere abfällige Meinung über die Hauptdarstellerin zu revidieren.

»Ich will ganz offen und ehrlich sein, Mr. Knebworth«, sagte er in diesem Augenblick der Einsicht. »Die Leamington ist gut. Natürlich bin ich immer da und gebe ihr diesen oder jenen Tip, und es ist sehr lehrreich, wenn man sich an der Seite eines erfahrenen Künstlers die ersten Sporen verdienen darf.« Er fuhr fort, in den höchsten Tönen sein eigenes Loblied zu singen, und seine anmaßende und herablassende Art hätten jeden anderen als den unerschütterlichen Knebworth zur Weißglut gebracht.

Knebworth zog es vor zu schweigen. Aber etwas später kam Adele zu ihm und fragte ihn, ob es wahr sei, daß Connolly demnächst nach Hollywood gehe.

Er tat das mit einer geringschätzigen Handbewegung ab. »Nichts als Bluff«, sagte er. »Er will sich wichtig machen.«

»Ist Mr. Brixan schon zurückgekommen?«

»Ich habe nichts von ihm gehört. Vor einer halben Stunde war ein ziemlich übel aussehender Kerl hier und hat nach ihm gefragt.«

»Ein richtig verwahrloster Strolch?« fragte Adele. »Mit dem habe ich gesprochen. Er hat gesagt, er habe einen Brief für Mr. Brixan, den er nur ihm selbst aushändigen dürfe.«

Sie schaute aus dem Fenster, durch das man den Eingang des Studios sah. Am Rand des Gehsteigs stand ein Mann. Langes schwarzgrau gesträhntes Haar quoll unter einer zerschlissenen Golfmütze hervor. Allem Anschein nach trug er kein Hemd, da er seine Jacke, die jeder Beschreibung spottete, bis zum Hals zugeknöpft trug. Und aus einem klaffenden Loch in seinem Schuh schauten die Zehen heraus.

Er mochte ungefähr sechzig sein, doch es war schwierig, sein Alter zu schätzen. Sein grauer, stoppeliger Bart schien seit seinem letzten Aufenthalt im Gefängnis nicht mehr rasiert worden zu sein. Er hatte rot entzündete Augen, und die Purpurfarbe seiner Nase ging schon fast in Blau über. Ab und zu zog er eine Hand aus der Hosentasche und betrachtete den fleckigen Briefumschlag, der an seinen Fingern zu kleben schien. Gleich darauf steckte er ihn wieder ein und hielt weiterhin Wache.

»Sollten Sie sich den Brief nicht lieber ansehen?« fragte Adele beunruhigt den Regisseur. »Er könnte wichtig sein.«

»Wissen Sie, von wem er ist?«

»Ich habe keinen Schimmer, meine Liebe«, sagte Knebworth geduldig. »Doch jetzt wollen wir den guten Mr. Brixan vergessen und uns wieder unserer Arbeit und der lieblichen Roselle zuwenden. Die letzten Außenaufnahmen sind in Ordnung, wir brauchen sie nicht zu wiederholen und drehen von nun an nur noch in der Aufnahmehalle.«

Es wurde ein arbeitsreicher Tag, und Adele war zum Umfallen müde, als sie das Studio verließ, um nach Hause zu gehen.

»Ham Se Mr. Brixan nich' gesehen, Miß?« fragte plötzlich eine hohe Stimme neben ihr.

Sie zuckte zusammen und fuhr herum. Den Landstreicher hatte sie völlig vergessen. »Er war heute nicht hier«, sagte sie. »Sie sollten noch einmal mit Mr. Knebworth sprechen, Mr. Brixan wohnt bei ihm.«

»Als ob ich das nich' weiß! Als ob ich das nich' alles über ihn weiß!«

»Er ist in London, wahrscheinlich wissen Sie das auch.«

»Er is' nich' in London. Wenn er in London wär', tät' ich nich' hier rumhängen, oder? Ne, ne, der is' schon gestern aus London weg. Ich warte, bis ich ihn zu sehn kriege.«

Seine Beharrlichkeit amüsierte sie, doch sie war so müde, daß das Gefühl nicht lange anhielt.

Als sie den Marktplatz überquerte, mußt sie rasch zur Seite springen, sonst wäre sie von einem Wagen überfahren worden, der, wie sie wußte, Stella Mendoza gehörte. Ihren Chauffeur verbannte die Mendoza zu seinem Leidwesen fast immer auf den Beifahrersitz. Sie selbst aber fuhr leichtsinnig und rücksichtslos.

Sie war in größter Eile und fluchte wie ein Seemann, als sie das Steuer herumreißen mußte, um Adele auszuweichen. Sir Gregory war zur Vernunft gekommen, und sie wollte das Eisen schmieden, solange es heiß war. Vor dem Tor von »Griff Towers« sprang sie aus dem Wagen und rief dem Chauffeur zu:

»Wenn ich in zwei Stunden noch nicht zurück bin, holen Sie die Polizei!«

32

Sie hatte eine kurze Nachricht desselben Inhalts zu Hause auf dem Tisch liegenlassen. Wenn sie um eine bestimmte Zeit noch nicht zu Hause war, sollte die Polizei den Brief öffnen, der auf dem Kamin lag. Sie hatte nicht bedacht, daß Notiz und Brief erst am nächsten Morgen gefunden werden würden.

Die Unterredung mit Sir Gregory war eine der wichtigsten und entscheidendsten ihres Lebens. Sie hatte ihre Abreise absichtlich hinausgezögert, weil sie hoffte, er werde sich daran erinnern, daß er ihr verpflichtet war. Allerdings hatte sie nicht geglaubt, daß er in der so unendlich wichtigen Geldfrage anderen Sinnes werden würde. Und jetzt hatte er eingelenkt, es war wie ein Wunder. Er hatte sich am Telefon fast freundlich mit ihr unterhalten, hatte über ihre Vorbehalte gelacht und noch mehr gelacht, als sie ihm sagte, welche Vorsorge sie treffen werde, um »Griff Towers« heil und gesund wieder verlassen zu können. Und schließlich hatte sie ihre Angst überwunden.

Er empfing sie in dem großen Raum über der Bibliothek, den er sein »Prunkgemach« nannte. Sie hatte das saalähnliche Gelaß mit seiner abschreckend düsteren Pracht bisher nur einmal gesehen, und dieses eine Mal war mit höchst unangenehmen Erinnerungen verbunden.

Ein schwarzer Teppich bedeckte den Boden, an den Wänden hingen Orientteppiche, und außer mehreren schwellenden Diwanen gab es keine

Möbel. Die Decke des Raumes ruhte auf zwei Reihen scharlachroter Säulen, und alle Lampenschirme waren schwarz.

Penne saß im Türkensitz auf einem mit Seide bespannten Diwan und sah lüstern dem Tanz eines braunen Eingeborenenmädchens zu, das sich zu fremdartiger Gitarrenmusik im Kreis drehte und wand wie eine Schlange. Die Musiker, drei Männer mit finsteren Gesichtern, saßen in einer Ecke des riesigen Raumes. Sir Gregory trug einen feuerroten Pyjama. Sein glasiger Blick und der brutale Zug um seinen Mund sagten der Mendoza alles über ihren bösartigen Freund.

Sir Gregory Penne war ein Sklave seiner Begierden. In Reichtum geboren und aufgewachsen, hatte er sich nie einen Wunsch versagen müssen. Sein Vermögen hatte sich wie durch Zellteilung vermehrt, und als die normalen Freuden des Lebens für ihn schal wurden und das, was er besaß, ihn nicht mehr interessierte, blieb ihm noch ein einziger Nervenkitzel: die Lust zu nehmen, was verboten war. Doch sobald er es hatte, verlor er das Interesse daran.

Die Mendoza, die davon träumte, Herrin von »Griff Towers« zu werden, verlor jede Anziehung für ihn, als sie ihm gegenüber immer nachgiebiger wurde, und jetzt bedeutete sie ihm nicht mehr als der Tisch, an dem er saß.

Ein Arzt hatte ihm gesagt, der Alkohol werde ihn töten — Gregory Penne trank nur um so mehr. Im Rausch erlebte er unvergleichliche Visionen. Am liebsten war ihm die eines schmalen, feingliedrigen Mädchens, das ihn haßte.

Der Eingeborene, der die Mendoza heraufgebracht hatte, verschwand, und sie wartete geduldig, bis Penne von ihr Notiz nahm. »Setz dich, Stella«, sagte er mit heiser klingender Stimme. »Setz dich. So könntest du nicht tanzen, nicht wahr? Ihr Europäerinnen seid weder anmutig noch geschmeidig genug. Schau sie dir nur an!«

Das tanzende Mädchen wirbelte immer schneller im Kreis und um sich selbst, das schleierartige Gewand, das es trug, umwogte es wie eine Wolke. Im nächsten Augenblick sank es zu einem fast schrillen Schlußakkord der Gitarren auf dem Teppich zusammen. Gregory sagte etwas auf malaiisch, und die Tänzerin hob lächelnd den Kopf. Die Mendoza hatte sie schon einmal gesehen. Früher hatte Gregory zwei Tanzmädchen gehabt, doch das eine war an Scharlach erkrankt und sofort aus dem Haus gebracht worden. Der Baronet hatte eine fast abergläubische Furcht vor Krankheiten.

»Setz dich zu mir«, befahl er der Mendoza und legte die Hand auf den Diwan.

Auf einmal waren die Musiker und die Tänzerin verschwunden, wie weggezaubert, und in Stella Mendoza breitete sich eine eisige Kälte aus.

»Ich habe meinen Chauffeur beauftragt, die Polizei zu verständigen, wenn ich in zwei Stunden noch nicht zurück bin«, sagte sie laut, und Gregory Penne lachte.

»Du hättest dein Kindermädchen mitbringen sollen, Stella. Was ist in letzter Zeit bloß mit dir los? Hast du nur noch die Polizei im Kopf? Ich«, setzte er in sanfterem Ton hinzu, »möchte mit dir sprechen.«

»Und ich mit dir, Gregory. Ich verlasse Chichester — für immer — und möchte dieses Nest nie wieder sehen.«

»Das heißt doch wohl, du möchtest mich nie wieder sehen, wie? Das ist gut. Ich bin auch ziemlich fertig mit dir und werde dir keine Träne nachweinen.«

»Meine neue Filmgesellschaft«, begann sie, doch er unterbrach sie mit einer Handbewegung.

»Ob du je eine eigene Gesellschaft gründen kannst, hängt davon ab, ob ich dir Geld gebe«, sagte er unverblümt. »Ich habe mit meinem Anwalt gesprochen — oder vielmehr mit jemand, der etwas davon versteht, und er hat mir gesagt, daß du selbst in Schwierigkeiten gerätst, wenn du versuchst mich wegen Tjarji zu erpressen. Du bekommst Geld von mir«, fuhr er fort, »keine Unsummen, aber genug. Bettelarm bist du wohl auch jetzt nicht. Von dem, was ich dir bisher gegeben habe, hättest du drei Filmgesellschaften gründen können. Stella, ich bin verrückt nach diesem Mädchen.«

Sie starrte ihn sprachlos erstaunt an. »Nach welchem Mädchen?« fragte sie endlich.

»Adele. So heißt sie doch, oder? Adele Leamington.«

»Meinst du die Komparsin, die meine Rolle übernommen hat?« Der Gedanke schien ihr die Luft abzuschnüren.

Er sah sie mit schläfrigen Augen an und nickte. »Genau die. Sie entspricht meinem Typ mehr, als du es je getan hast, Stella. Womit ich dich aber durchaus nicht herabsetzen will.«

Sie hörte ihm einfach nur zu. Sein Geständnis hatte im wahrsten Sinn des Wortes atemberaubend auf sie gewirkt.

»Ich würde fast alles tun, um sie zu bekommen«, sprach er weiter. »Sogar heiraten würde ich sie, wenn sie Wert darauf legte. Es wird ohnehin langsam Zeit, daß ich heirate. Und da du mit ihr befreundet bist . . .«

»Befreundet?« spottete Stella, die endlich wieder zu Atem gekommen war. »Wie könnte ich mit ihr befreundet sein, nachdem sie mir meine Rolle weggenommen hat! Und wenn ich mit ihr befreundet wäre? Was dann? Du glaubst doch nicht, ich würde ein Mädchen dieser Hölle auf Erden aussetzen?«

Er sah sie wieder an — kalt, bösartig, drohend. »Diese Hölle auf Erden war für dich der Himmel. Auf jeden Fall hast du erst hier Flügel bekommen. Bleib noch eine oder zwei Wochen hier, Stella. Freunde dich mit dem Mädchen an, du hast die beste Möglichkeit dazu. Bring sie zu mir, es wird dein Schaden nicht sein. Sprich mit ihr über mich, sag ihr, daß ich ein guter Kerl bin und was für eine einmalige Chance das für sie ist. Von Ehe brauchst du vorläufig noch nichts zu sagen, aber wenn es hilft, kannst du sogar so weit gehen. Zeig ihr deinen Schmuck, den großen Anhänger, den ich dir geschenkt habe . . .«

Er schwatzte weiter, und sie hörte zu. Ihre Verwirrung wich unbeherrschter Wut.

»Du Lump!« sagte sie endlich. »Wie kannst du es wagen, mir zuzumuten, daß ich für dich die Kupplerin machen, ein Mädchen nach ›Griff Towers‹ bringen soll! Ich mag sie nicht, das ist nur natürlich. Aber ich würde sie auf den Knien anflehen, nicht hierherzugehen. Du glaubst, ich sei eifersüchtig?« Sie verzog geringschätzig die Lippen, als sie sein Lächeln sah. »Aber da irrst du dich, mein lieber Gregory. Ich bin eifersüchtig, daß sie mich im Studio von meinem Platz verdrängt hat, aber du« — sie zuckte mit den Schultern —, »du bedeutest mir nichts. Ich weiß nicht einmal, ob du mir je mehr bedeutet hast als eine Einkommensquelle. Ich bin doch offen zu dir, nicht wahr?«

Sie stand auf und zog sich langsam die Handschuhe an. »Da du mir anscheinend nicht helfen willst«, sagte sie, »muß ich einen Weg finden, dich zu zwingen, daß du dein Versprechen hältst. Und du hast mir eine eigene Filmgesellschaft versprochen, Gregory. Das hast du wohl vergessen?«

»Damals habe ich mich mehr für dich interessiert«, sagte er. »Wohin gehst du?«

»Ich fahre nach Hause und kehre morgen nach London zurück.«

Er blickte zuerst von einem Ende des Saales zum anderen und sah dann sie an. »Du fährst nicht nach Hause, meine Liebe«, sagte er. »Du bleibst hier.«

Sie lachte.

»Du hast deinem Chauffeur den Auftrag gegeben, zur Polizei zu gehen, nicht wahr? Jetzt sag' ich dir was. Dein Chauffeur sitzt in meiner Küche und ißt zu Abend. Wenn du glaubst, daß er das Haus noch vor dir verlassen kann, dann kennst du mich noch immer nicht, Stella.«

Er griff nach dem Morgenmantel, der auf dem Diwan ausgebreitet war und schlüpfte in die Ärmel. In diesem Augenblick sah er so widerlich aus, daß Stella vor ihm zurückwich. Er merkte es natürlich sofort, und in seinen Augen blitzte es triumphierend auf.

»Bhag ist unten«, sagte er mit großem Nachdruck. »Er geht nicht sehr sanft mit den Leuten um. Mit einem Mädchen ist er so grob umgesprungen, daß ich den Arzt holen mußte. Kommst du freiwillig mit, oder brauche ich — Unterstützung?«

Sie nickte wie benommen. Die Knie knickten beim Gehen unter ihr ein. Sie hatte die Bestie in Gregory einmal zu oft gereizt.

Sie gingen ein Stück den Korridor entlang, dann blieb Penne stehen und schloß eine Tür auf. »Hinein mit dir«, sagte er. »Wir reden morgen weiter, wenn ich nüchtern bin. Jetzt bin ich zu betrunken. Vielleicht schicke ich dir jemand, der dir Gesellschaft leistet.«

Die Tür fiel ins Schloß, der Schlüssel wurde herumgedreht. Es war stockdunkel, und sie hatte keine Ahnung, was das für ein Zimmer war. Einen wahnwitzigen Moment fragte sie sich voller Entsetzen, ob sich außer ihr vielleicht noch jemand darin aufhielt.

Es dauerte lange, bevor ihre tastenden Fingerspitzen einen kleinen, aus der Wand vorstehenden Knopf berührten. Sie drückte kurz darauf, und eine kristallene Deckenleuchte flammte auf. Stella sah sich um. Der Raum war klein und mußte früher ein Schlafzimmer gewesen sein. Das Bett war zwar entfernt worden, aber in einer Ecke lagen noch eine Matratze, Kissen und zusammengefaltete Laken. Das einzige Fenster war vergittert, einen anderen Ausgang gab es nicht. Sie untersuchte die Tür. Die Klinke ließ sich herunterdrücken, doch es gab auf dieser Seite nicht einmal ein Schlüsselloch.

Sie ging ans Fenster und schob es hoch. Die Luft im Zimmer war stickig und roch nach Feuchtigkeit und Moder. Das Fenster ging nach hinten auf einen großen Rasen hinaus. Dahinter lag ein in der Dunkelheit kaum sichtbarer Baumgürtel. Die Straße verlief parallel zur Hausfront, und auch wenn Stella noch so laut geschrien hätte, hätte niemand sie gehört, der »Griff Towers« auf der Straße passierte.

Sie setzte sich auf einen Stuhl und dachte über ihre Lage nach. Nachdem sie ihre Angst überwunden hatte, wollte sie darangehen, Gregory zu überwinden. Sie hob ihren Rock und schnallte den weichen Ledergürtel ab, den sie darunter um die Taille trug. Aus der daran befestigten Halfter nahm sie einen winzigen Browning. Er sah aus wie eine Spielzeugwaffe, war aber wesentlich wirkungsvoller, wenn man ihn benutzte. Sie lud ihn durch und sicherte ihn.

»Nun, Gregory«, sagte sie laut, wandte sich zufällig zum Fenster und sprang im nächsten Moment mit einem lauten Schrei auf.

Zwei schmutzige Hände umklammerten die Gitterstäbe, und ein völlig verwahrloster Strolch starrte sie finster an. Sie wollte nach der Pistole greifen, doch noch bevor ihre Hand den Kolben umschloß, war das Gesicht verschwunden.

Und obwohl sie ans Fenster lief und hinausspähte, sah sie den unheimlichen Menschen nicht mehr. Die Gitterstäbe hinderten sie daran, sich hinauszulehnen und einen Blick auf das breite Sims zu werfen, das der Unbekannte entlangkroch.

33

Vom Turm der Kathedrale von Chichester schlug es zehn Uhr, als der Landstreicher, der noch vor einer halben Stunde in »Griff Towers« herumspioniert hatte, auf dem Marktplatz auftauchte. Seine Kleidung war noch schmutziger und noch staubiger geworden, und ein Polizist stellte sich ihm in den Weg.

»Na, auf Wanderschaft?«

»Ja«, antwortete der Mann weinerlich.

»Suchst du ein Nachtquartier?«

»Ja, Sir.«

»Warum versuchst du es nicht im Obdachlosenasyl?«

»Dort ist schon alles voll, Sir.«

»Das ist eine Lüge. Merk dir eins, wenn ich dich noch einmal hier erwische, nehme ich dich fest.«

Laut vor sich hinmurmelnd, schlug der verwahrloste Mensch den Weg zur Arundel Road ein. Sobald der Polizist ihn nicht mehr sah, bog er scharf nach rechts ab und beschleunigte die Schritte. Er ging auf Jack Knebworths Haus zu und klopfte. Der Regisseur öffnete und starrte den abgerissenen Kerl entgeistert an.

»Was willst du?« fragte er.

»Is' Mr. Brixan zurück?«

»Nein, am besten gibst du mir den Brief. Ich werde mich telefonisch mit Mr. Brixan in Verbindung setzen.«

Der Tramp grinste und schüttelte den Kopf. »Das schaffen Sie nich'. Ich will mit Brixan red'n.«

»Also heute abend kommt er bestimmt nicht mehr«, sagte Jack. Und dann argwöhnisch: »Ich glaube, du willst gar nicht zu ihm, sondern treibst dich aus einem anderen Grund hier herum.«

»Es geht ihm ziemlich mies, dem ollen Brixan«, umging der Tramp eine direkte Antwort. »Er weiß nich', was aus den Briefen geworden is', hat ihre Spur verloren. Aber ich weiß, wo sie sind.«

»Wolltest du deshalb mit ihm sprechen?«

Der Mann nickte heftig. »Ich weiß, wo sie sind«, wiederholte er. »Ich könnt' ihm was sagen, wenn er hier sein täte.«

»Wenn du ohnehin weißt, daß er nicht hier ist«, fragte Jack, »warum lungerst du dann hier rum?«

»Weil die Polente mich piesackt, deshalb. Ein Bulle will mich einbuchten, wenn er mich noch mal zu sehen kriegt. Und da dacht' ich eben, ich könnt' mir hier bei Ihnen 'n bißchen die Zeit vertreiben.«

Jack sah ihn fast bewundernd an. »Na, du hast vielleicht Nerven! Verschwinde jetzt. Oder willst du was zu essen?«

»Ne, wieso denn? Ich lebe wie Gott in Frankreich.«

Die schrille, gewöhnliche Stimme tat Jack Knebworth weh. »Gute Nacht«, sagte er deshalb kurz und warf seinem unangenehmen Besucher die Tür vor der Nase zu.

Der Landstreicher blieb noch lange bewegungslos stehen. Dann nahm er eine Zigarette aus dem Futter seiner Mütze und zündete sie an, bevor er weitertippelte. Er machte einen langen Umweg um das Zentrum der Stadt, wo der unfreundliche Polizist Streife ging. Eine Kirchenuhr schlug Viertel nach zehn, als er wieder an der Ecke der Arundel Road auftauchte. Er trat den Zigarettenstummel aus, trat in den Schatten, den der Zaun warf, und wartete.

Fünf Minuten, zehn Minuten verstrichen. Plötzlich entdeckte er einen Mann, der sehr schnell in die Richtung ging, aus der er gerade gekommen war, und verzog den Mund zu einem breiten Lächeln. Es war Knebworth, der bestimmt zur Polizei unterwegs war, um sich, beunruhigt durch den verdächtigen Besuch, nach Brixan zu erkundigen. Das war jedoch eine reine Vermutung des Landstreichers, der im übrigen nur wenig Zeit hatte, sich mit dem Regisseur zu beschäftigen, denn um die Ecke kam lautlos ein Wagen und hielt.

»Sind Sie das, mein Freund?« fragte der Fahrer.

»Ja«, antwortete der Landstreicher mürrisch.

»Steigen Sie ein.«

Der Tramp schien zu straucheln, kam taumelnd näher und spähte in das dunkle Wageninnere. Dann riß er die Tür auf, setzte einen Fuß auf das Trittbrett und warf sich auf den Fahrer.

»Jetzt habe ich Sie, Herr Kopfjäger!« stieß er hervor.

Er hatte noch nicht zu Ende gesprochen, als ihm etwas Weiches, Nasses auf das Gesicht gedrückt wurde. Etwas, das ihn blendete, ihm die Luft abschnitt, so daß er den Mann im Auto loslassen mußte, um sich schlug und nach Atem rang wie im Todeskampf. Der Fahrer versetzte ihm einen Fußtritt, er flog auf den Gehsteig, und der Wagen raste davon.

Jack Knebworth hatte alles gesehen, soweit das in dem Halbdunkel überhaupt möglich war, und kam über die Straße gelaufen. Ein Polizist tauchte plötzlich auf, und gemeinsam richteten sie den Tramp auf.

»Den Kerl habe ich heute abend schon einmal gesehen«, sagte der Polizist. »Und ich habe ihn verwarnt.«

Der noch immer kraftlose Tramp holte tief Atem, seufzte laut und legte die Hände über die Augen.

»Jetzt kann ich meinen Abschied einreichen«, sagte er, und Knebworth sperrte Mund und Augen auf.
Es war die Stimme von Michael Brixan.

34

»Ja, ich bin es«, fuhr Michael erbittert fort. »Schon gut, Constable, Sie brauchen nicht zu warten. Gehen wir nach Hause, Jack, damit ich diese Verkleidung loswerde.«
»Du meine Güte!« sagte Knebworth und starrte ihn fast ehrfürchtig an. »Ich habe noch nie erlebt, daß jemand sich perfekt genug verkleiden und schminken konnte, um mich zu täuschen.«
»Ich habe alle getäuscht, mich selbst nicht ausgenommen«, sagte Michael wütend. »Ich habe gedacht, ich könnte ihn in die Falle locken, wenn ich zum Schein auf das Inserat des ›Wohltäters‹ antwortete. Statt dessen hat der Teufel mich kampfunfähig gemacht.«
»Was war das eigentlich?«
»Eine hochkonzentrierte Ammoniaklösung, denke ich.«
Es dauerte etwa zwanzig Minuten, ehe er aus dem Bad kam. Mit entzündeten Augen zwar, aber sonst ganz der alte. »Ich wollte ihn mit meinen eigenen Methoden unschädlich machen«, sagte er, »aber er war zu schlau für mich.«
»Wissen Sie denn jetzt, wer es ist?«
Michael nickte. »O ja, ich weiß es. Ich habe ein ganzes Einsatzkommando der Polizei hier. Die Männer warten nur darauf, den Mörder verhaften zu können. Aber ich wollte jedes Aufsehen vermeiden, und vor allem wollte ich kein Blutvergießen. Und jetzt wird doch Blut vegossen werden, wenn ich mich nicht irre.«
»Ich habe den Wagen nicht erkannt, obwohl ich die meisten Autos kenne, die es in Chichester und Umgebung gibt«, sagte Jack.
»Es ist ein neues Modell, das der Kopfjäger nur für seine mitternächtlichen Abenteuer benutzt. Wahrscheinlich stellt er den Wagen auch nicht in der Nähe seines Hauses unter. — Übrigens, Sie haben mich vorhin gefragt, ob ich etwas essen möchte, und ich habe gelogen und behauptet, ich lebte wie Gott in Frankreich und sei satt bis obenhin. Aber ich habe einen fürchterlichen Hunger. Geben Sie mir etwas, sonst falle ich um.«
Jack holte kaltes Fleisch aus der Speisekammer, brühte Kaffee auf und sah dann schweigend dem ausgehungerten Detektiv beim Essen zu.
»Jetzt fühle ich mich wieder wie ein Mensch«, sagte Michael nach dem letzten Bissen. »Ich habe seit elf Uhr vormittags praktisch nichts mehr gegessen. Übrigens habe ich unsere Freundin Mendoza in ›Griff Towers‹ gesehen. Ich fürchte, ich habe ihr einen furchtbaren Schreck eingejagt. Ich habe mich vor etwa einer Stunde ein bißchen dort umgeschaut, um mich zu überzeugen, daß ich auch wirklich den richtigen Vogel fange, und bin zufällig an ihr Fenster geraten. Sie hat geschrien wie am Spieß, als sie mich sah.«
Es klopfte laut an der Haustür, und Jack Knebworth blickte auf. »Wer kann das um diese Zeit noch sein?« fragte er.

»Wahrscheinlich der Polizist«, antwortete Michael.

Knebworth öffnete. Vor der Tür stand eine untersetzte Frau mittleren Alters mit einer Papierrolle in der Hand. »Wohnt hier Mr. Knebworth?« fragte sie.

»Ja, das bin ich.«

»Ich bringe das Stück, das Miß Leamington vergessen hat. Sie hat mich darum gebeten.«

Knebworth nahm die Papierrolle entgegen und streifte den Gummiring ab, der sie zusammenhielt. Es war das Drehbuch von »Roselle«.

»Warum bringen Sie mir das?« fragte er die Frau.

»Miß Leamington hat mich gebeten, es bei Ihnen abzugeben, sobald ich es gefunden hätte.«

»Gut, gut«, sagte Knebworth verwirrt. »Ich danke Ihnen.« Er schloß die Tür und ging in das Speisezimmer zurück. »Adele schickt mir ihr Drehbuch zurück, Michael. Was kann da nur passiert sein?«

»Wer hat es gebracht?« fragte Michael.

»Ihre Wirtin, glaube ich«, antwortete Jack und beschrieb ihm die Frau.

»Ja, das ist sie. Gibt Adele etwa ihre Rolle zurück?«

Jack schüttelte den Kopf. »Das ist höchst unwahrscheinlich.«

»Was, zum Kuckuck, hat das zu bedeuten? Was hat die Frau gesagt? Den genauen Wortlaut bitte.«

»Sie sagte, Miß Leamington habe sie gebeten, mir das Skript zu bringen, sobald sie es gefunden habe.«

Im nächsten Moment war Michael aus dem Haus, rannte hinter der Frau her und holte sie ein. »Ich bitte Sie herzlich, zurückzukommen«, sagte er und führte sie ins Haus. »Jetzt erzählen Sie Mr. Knebworth, warum Sie das Manuskript gebracht haben, und was Sie meinten, als Sie sagten ›sobald Sie es gefunden hätten‹.«

»Nun ja, als sie zu Ihnen ging . . .«

»Sie ist zu mir gegangen?« rief Knebworth.

»Ein Herr aus dem Studio war bei ihr und richtete ihr aus, daß sie zu Ihnen kommen soll«, erklärte die Wirtin. »Miß Leamington wollte schon ins Bett gehen, und da habe ich die Nachricht für sie entgegengenommen. Der Herr sagte, Sie wollten Miß Leamington wegen des Films sehen, und sie solle das Rollenheft mitnehmen. Sie hatte es aber verlegt und regte sich schrecklich auf deswegen. Da meinte ich, sie könne ruhig gehen, da Sie es offenbar eilig hätten, ich würde ihr das Heft nachbringen.«

»Wie hat der Herr ausgesehen, der die Nachricht überbrachte?«

»Ziemlich untersetzt. Das heißt, ein Herr war es eigentlich nicht, es war ein Chauffeur. Und meiner Meinung nach hatte er ziemlich viel getrunken, doch ich habe Miß Leamington nichts davon gesagt, ich wollte sie nicht beunruhigen.«

»Und wie ging es weiter?« fragte Michael.

»Sie ging hinunter und stieg in den Wagen. Der Chauffeur saß schon drin.«

»Es war ein geschlossener Wagen, nehme ich an?«

Die Frau nickte.

»Um welche Zeit war das?«

»Kurz nach halb elf. Ich weiß das so genau, weil eine Kirchenuhr schlug, als der Wagen vorfuhr.«

Michael war jetzt ganz kühl, und seine Stimme war kaum mehr als ein Flüstern. »Und jetzt ist es fünf vor halb zwölf. Sie haben aber lange gebraucht, um herzukommen.«

»Ich habe das Rollenheft nicht gefunden, Sir. Miß Leamington hatte es unter ihr Kopfkissen gesteckt. Ist sie nicht hier?«

»Nein, sie ist nicht hier«, erwiderte Michael ruhig. »Noch einmal besten Dank, länger will ich Sie nicht aufhalten. Warten Sie bitte auf der Polizeistation auf mich.« Er ging hinauf und holte seinen Mantel.

»Wo ist sie, Ihrer Ansicht nach?« fragte Jack.

»In ›Griff Towers‹«, antwortete Michael. »Und ob Gregory Penne den Morgen noch erlebt oder heute nacht stirbt, hängt davon ab, wie er Adele behandelt hat.«

Auf der Polizeistation stellte Michael der Wirtin noch ein paar Fragen. Sie war völlig verwirrt und hatte das heulende Elend.

»Was hatte Miß Leamington an, als sie das Haus verließ?«

»Den blauen Mantel«, jammerte die Frau. »Den hübschen blauen Mantel, den sie immer trägt.«

Die Beamten von Scotland Yard, die auf der Straße Bereitschaftsdienst hatten, bestanden darauf, Michael nach »Griff Towers« zu begleiten. Er war darüber gar nicht glücklich, denn das Auto, mit dem sie fuhren, war so voll besetzt, daß sie nur langsam vorwärts kamen. Michael fieberte fast vor Erregung, denn jede Sekunde war kostbar. Endlich, nach einer Ewigkeit, bog der große Wagen in die Zufahrt von »Griff Towers« ein. Michael hielt sich gar nicht erst damit auf, den Pförtner zu wecken, sondern stieß das Tor mit der Stoßstange auf.

Vor dem Haus sprang er aus dem Wagen und rannte auf den Eingang zu. Er brauchte nicht zu klingeln, denn die Haustür stand sperrangelweit offen. Allen voran stürzte Michael durch die verlassene Halle und den Korridor in Sir Gregorys Bibliothek. Eine Lampe brannte und gab schwaches Licht. Der Raum war leer. Mit zwei, drei Schritten war Michael am Schreibtisch und legte den Schalter um. Bhags Tür schwang auf, aber auch der Affe war nicht da.

Michael drückte auf den Klingelknopf neben dem Kamin, und sofort kam der braunhäutige Diener herein, den er schon kannte. Der kleine Mann zitterte am ganzen Leib.

»Wo ist dein Herr?« fragte Michael auf holländisch.

Der Farbige schüttelte den Kopf. »Ich weiß nicht«, antwortete er, blickte jedoch instinktiv zur Zimmerdecke hinauf.

»Zeig mir den Weg!«

Sie durchquerten die Halle und stiegen über die breite Treppe in den ersten Stock hinauf. Wieder lag vor ihnen ein langer Korridor, und wie im Erdgeschoß hingen auch hier unzählige Schwerter an den Wänden. Sie liefen weiter und kamen zu dem großen Tanzsaal, in dem Gregory Penne sich noch vor ein paar Stunden vergnügt hatte. Die Tür stand offen, doch der Saal war leer, und Michael trat wieder hinaus auf den Korridor. Im selben Moment hörte er ein fast verzweifeltes Klopfen. Er blieb stehen und horchte. Es kam aus einem Raum, der näher an der Treppe lag. Der Schlüssel steckte im Schloß. Michael drehte ihn herum und riß die Tür weit auf. Weiß wie der Tod taumelte Stella Mendoza aus dem Zimmer auf den Korridor.

»Wo ist Adele?« stieß sie hervor.

»Das möchte ich Sie fragen«, sagte Michael schroff. »Wo ist sie?«

Die Schauspielerin schüttelte hilflos den Kopf, strengte sich an, etwas zu sagen und brach dann ohnmächtig zusammen.

Michael wartete nicht darauf, daß sie wieder zu sich kam, sondern suchte weiter. Er lief von Zimmer zu Zimmer, fand jedoch nirgends eine Spur von Adele oder Gregory Penne. Noch einmal durchsuchte er die Bibliothek, ging in den kleinen Salon, wo ein Tisch für zwei gedeckt war. Das Tischtuch war naß, jemand hatte Wein verschüttet. Ein Glas war halb leer. Aber die beiden, für die man den Tisch gedeckt hatte, waren verschwunden. Sie mußten das Haus verlassen haben — wohin?

Gespannt blieb Michael stehen und konzentrierte sich auf das Problem, das ihm wichtiger war als das Leben selbst. Plötzlich hörte er aus Bhags Quartier Geräusche, und dann erschien der riesige Affe unter der Tür. Er blutete aus einer Schulterwunde, und das Blut tropfte langsam zu Boden. Seine großen Hände umklammerten etwas, das wie ein Lumpenbündel aussah. Als Michael es näher betrachtete, begann sich der Raum vor seinen Augen zu drehen.

Das zerfetzte, schmutzige Kleidungsstück war Adele Leamingtons blauer Mantel.

Sekundenlang starrte Bhag den Mann wütend an, der sein Feind war, ließ dann den Mantel fallen und wich zähnefletschend in seine Behausung zurück. Dreimal feuerte Michael auf das menschenähnliche Wesen, das blitzschnell verschwand. Mit einem Klicken schloß sich die Tür hinter ihm. Knebworth, der die Szene aus einiger Entfernung beobachtet hatte, hob das Stoffbündel vom Boden auf, das der Affe hatte fallen lassen.

»Ja, das war ihr Mantel«, sagte er heiser, und ein entsetzlicher Gedanke lähmte ihn fast.

Michael öffnete die Tür zu Bhags Räumen und stürmte, die Pistole in der Hand, hinein. Knebworth wagte nicht, ihm zu folgen. Er stand wie erstarrt, wartete, und dann kam Michael wieder heraus.

»Dort drin ist nichts«, sagte er.

»Nichts?« flüsterte Knebworth. »Dem Himmel sei Dank!«

»Bhag ist verschwunden. Möglicherweise habe ich ihn getroffen. Ich habe eine Blutspur gefunden. Aber außer mir hat noch jemand vor kurzem auf ihn geschossen.« Er zeigte auf die Blutflecken auf dem Boden. »Als ich ihn das letztemal sah, war er noch nicht angeschossen.«

»Haben Sie ihn denn heute abend schon einmal gesehen?«

Michael nickte. »In den letzten Nächten hat er sich bei Longvales Haus herumgetrieben.«

»Bei Longvales Haus?«

Michael antwortete nicht. Ihn beschäftigte nur noch eine einzige Frage: Wo war Adele? Und wo war der Baronet? Was hatte die offene Haustür zu bedeuten? Die Dienstboten wußten es nicht, und Michael hatte das Gefühl, daß sie die Wahrheit sagten. Nur Penne und Adele und der große Affe wußten, was geschehen war, außer . . .

Sie gingen wieder hinauf, wo ein Detektiv sich inzwischen bemüht hatte, Stella Mendoza ins Bewußtsein zurückzuholen. »Sie ist aus einer Ohnmacht in die andere gefallen«, sagte der Beamte. »Nur einmal hat sie geschrien: ›Bringen Sie ihn um, Adele!‹«

»Dann hat sie Miß Leamington also gesehen«, sagte Michael.

Ein Beamter, der das Haus von draußen bewachen sollte, berichtete, eine dunkle Gestalt sei die Mauer hinaufgeklettert und dann scheinbar durch das feste Gestein verschwunden. Nach ein paar Minuten sei sie wieder herausgekommen.

»Das war Bhag«, sagte Michael. »Er muß nach Hause gekommen sein, als wir hier oben waren.«

Der Wagen, mit dem Adele entführt worden war, wurde gefunden. Er gehörte der Mendoza, und zuerst vermutete Michael, sie habe ihre Hände bei der Tat im Spiel gehabt. Später erfuhr er, daß Penne selbst zu Adele gefahren war, während der Chauffeur der Schauspielerin in der Küche von »Griff Towers« festgehalten wurde.

Michael war halb wahnsinnig vor Angst. Er war einzig und allein um Adeles Sicherheit besorgt, was aus dem Kopfjäger wurde, interessierte ihn im Augenblick überhaupt nicht. »Wenn ich sie nicht finde, schnappe ich über«, sagte er.

Jack Knebworth wollte etwas sagen, doch bevor er dazukam, durchdrang ein so gräßlicher Schrei die Stille der Nacht, daß ihm das Blut in den Adern zu stocken schien.

»Hilfe! Hilfe!«

Es war ein hoher und schriller Schrei, doch Michael wußte sofort, daß es ein Mann war, der schrie — Sir Gregory Penne.

35

Daß Jack Knebworth sie von Stella Mendozas Wagen abholen ließ, hatte Adele einen schmerzhaften Stich versetzt, denn es konnte nur bedeuten, daß die beiden sich miteinander versöhnt hatten. Dennoch stieg sie ganz ohne Mißtrauen in das Auto und wurde erst unruhig, als der schweigsame Fahrer wendete und in die Knebworths Haus entgegengesetzte Richtung fuhr.

»Sie fahren falsch«, sagte sie. »Kennen Sie den Weg nicht?«

Keine Antwort. Der Wagen fuhr schneller, raste über eine lange dunkle Ausfallstraße und bog dann in eine Landstraße ein.

»Halten Sie an!« rief Adele ängstlich und legte die Hand auf die Türklinke.

Sofort packte der Mann am Steuer ihren Arm. »Aber, meine Liebe, Sie werden sich nur Ihren hübschen Körper verunstalten und wahrscheinlich auch Ihr schönes Gesicht zerstören, wenn Sie aus dem fahrenden Wagen springen«, sagte er.

»Sir Gregory!«

»Machen Sie jetzt kein Theater«, meinte er unverkennbar bester Laune. »Sie kommen zu einem kleinen Abendessen zu mir. Eingeladen habe ich Sie oft genug, und jetzt nehme ich Sie ganz einfach mit, ob Sie wollen oder nicht. Stella ist da, Sie brauchen sich also nicht zu fürchten.«

Mühsam unterdrückte sie ihre Angst. »Bringen Sie mich auf der Stelle zurück, Sir Gregory«, sagte sie. »Was Sie tun, ist einfach schändlich.«

Er lachte laut auf. »Es wird dir nicht das geringste passieren, niemand wird dir etwas tun, und ich bringe dich heil und gesund wieder nach Hause. Aber vorher essen wir zusammen, mein kleiner Liebling. Und wenn du jetzt Theater machst, fahre ich den Wagen gegen den erstbesten Baum und bringe uns beide um.«

Er war betrunken, aber nicht nur vom Wein, sondern auch vom Gefühl seiner Macht. Adele war in seiner Hand, jetzt hielt ihn nichts mehr auf, schrak er vor nichts mehr zurück.

War Stella Mendoza tatsächlich bei ihm? Adele glaubte ihm nicht. Aber vielleicht stimmte es doch. Sie klammerte sich an diesen Gedanken wie an den berühmten rettenden Strohhalm.

»Hier sind wir«, sagte Gregory Penne. Er hielt vor dem Haupteingang seines Hauses und stieg aus. Bevor Adele noch klar war, was er vorhatte, hatte er sie auf die Arme genommen.

»Wenn du schreist, küsse ich dich«, flüsterte er ihr ins Ohr, als sie strampelte und nach ihm schlug. Sie war sofort still.

Die Haustür wurde geöffnet. An einem gleichgültig dastehenden Diener vorbei, von dem bestimmt keine Hilfe zu erwarten war, trug Gregory Penne sie durch die Halle und die Treppe hinauf. Gleich darauf setzte er sie auf den Boden, sperrte eine Tür auf und stieß Adele über die Schwelle.

»Hier ist deine Freundin, Stella«, sagte er. »Leg ein gutes Wort für mich ein. Bläu ihr ein bißchen Vernunft ein, wenn du kannst. Ich komme in zehn Minuten wieder, und dann gibt es das herrlichste Hochzeitsmahl, das man sich vorstellen kann.«

Die Tür wurde zugeschlagen, der Schlüssel umgedreht. Zutiefst erleichtert wandte Adele sich Stella zu. »Oh, Miß Mendoza!« stieß sie hervor. »Gott sei Dank, daß Sie da sind!«

36

»Danken Sie Gott nur nicht zu früh«, erwiderte Stella mit unheimlicher Ruhe. »Warum sind Sie bloß hergekommen, Sie kleines Schaf?«

»Nicht freiwillig, das kann ich Ihnen versichern. Er hat mich getäuscht und praktisch verschleppt.« Adele war halb hysterisch vor Angst, versuchte aber äußerlich genauso ruhig zu wirken wie die Mendoza. Sie biß sich auf die Lippen, damit sie aufhörten zu zittern, und nach einer Weile war sie soweit, daß sie berichten konnte, was geschehen war. Stellas Miene verdüsterte sich.

»Er hat meinen Chauffeur also tatsächlich hier festgehalten, wie er es mir androhte«, sagte sie. »Und dann hat dieser Schuft auch noch meinen Wagen benutzt. O mein Gott!«

»Was hat er vor?« flüsterte Adele.

»Na, was wohl?« sagte Stella und sah sie bedeutsam an. »Er ist eine Bestie. Menschen wie ihn findet man sonst nur in Gruselgeschichten. Er wird mit Ihnen nicht mehr Mitleid haben als Bhag.«

»Wenn Michael es erfährt, bringt er ihn um.«

»Michael? Ach, Sie meinen Brixan.« Stella schien plötzlich lebhaft interessiert. »Ist er in Sie verliebt? Lungert er deshalb ständig im Studio herum? Die Idee ist mir noch gar nicht gekommen. Aber was kümmert

Gregory schon Michael oder sonst ein Mann? Er kann sich ohne weiteres aus dem Staub machen. Seine Jacht liegt in Southampton, und er verläßt sich darauf, daß er sich mit seinem Geld aus jedem Schlamassel freikaufen kann. Außerdem weiß er, daß eine anständige Frau davor zurückschreckt, ihn anzuzeigen. Er ist ein Wurm, aber gerissen.«

»Was soll ich tun?«

Die Hände verschränkt, den Blick gesenkt, ging die Mendoza rastlos in dem kleinen Zimmer hin und her. »Ich glaube nicht, daß er mir etwas tun wird«, sagte sie und setzte sprunghaft hinzu: »Vor zwei Stunden war ein Landstreicher hier am Fenster.«

»Ein Landstreicher?« fragte Adele verwirrt.

Stella nickte. »Ich bin entsetzlich erschrocken und habe minutenlang vor Angst gezittert. Dann habe ich mich plötzlich an seine Augen erinnert. Es waren Brixans Augen. Aber ich muß sagen, Verkleidung und Make-up waren so perfekt, daß man ihn wirklich nur durch Zufall erkennen konnte.«

»Michael? Ist er hier?«

»Er muß in der Nähe sein. Das ist Ihre Rettung. Und hier haben wir noch eine zweite Möglichkeit.« Sie nahm den kleinen Browning von dem Bücherbrett, auf dem sie ihn deponiert hatte, und reichte ihn Adele.

»Haben Sie schon mal mit einer Pistole geschossen?«

Adele nickte. »Da ist doch diese Szene, in der ich . . .« Verlegen brach sie ab.

»Ach ja, natürlich, die Szene in ›Roselle‹! Aber diese Waffe ist geladen. Hier ist der Sicherungshebel. »Bevor Sie schießen, müssen Sie ihn mit dem Daumen umlegen. So, sehen Sie? Sie müssen Penne umbringen, das ist für Sie — und für ihn am besten.«

Adele fuhr entsetzt zurück. »Nein, o nein!«

»Stecken Sie die Waffe ein. Haben Sie eine Tasche?« Adeles blauer Mantel hatte eine Innentasche, und Stella schob die Waffe hinein. »Sie ahnen nicht, was für ein Opfer ich bringe«, fuhr sie fort. »Und dabei bringe ich es nicht einmal für jemand, den ich mag, weil ich Sie wirklich nicht besonders gut leiden kann, Adele Leamington. Aber ich wäre kein Mensch, wenn ich Sie diesem Ungeheuer überließe, ohne daß Sie sich wehren könnten.«

Plötzlich beugte sie sich vor und küßte Adele, die sie umarmte und sich verzweifelt an sie klammerte.

»Er kommt«, flüsterte die Mendoza und trat zurück.

Gregory Penne trug den scharlachroten Pyjama und den purpurfarbenen Morgenmantel. Sein Gesicht glühte, seine Augen funkelten erregt. »Komm jetzt, du«, sagte er und winkte Adele mit dem Zeigefinger. »Du nicht, Mendoza, du bleibst hier. Du kannst sie vielleicht nachher noch einmal sehen — nach dem Essen.«

Mit einem lüsternen und boshaften Blick musterte er Adele, die sich ganz in sich zu verkriechen schien. »Niemand wird dir etwas tun«, sagte er. »Laß deinen Mantel hier.«

»Nein, den behalte ich an.« Instinktiv schob sie die Hand in die Innentasche und griff nach der Pistole.

»Na schön, dann komm, wie du bist. Mir ist es egal.«

Er hielt sie fest bei der Hand und marschierte neben ihr her, überrascht und erfreut, daß sie so wenig Widerstand leistete. Sie gingen in die Halle hinunter und weiter in den kleinen Salon neben der Bibliothek. Er riß die Tür auf und zeigte Adele den hübsch gedeckten Tisch. Dann schob er sie vor sich her in den Raum.

»Wein und einen Kuß!« schrie er, als er eine Champagnerflasche entkorkte und die bernsteinfarbene Flüssigkeit auf das makellose weiße Tischtuch sprudelte. »Wein und einen Kuß!« Er reichte ihr mit einer unkontrollierten Bewegung das Glas, so daß der Inhalt überschwappte und ihren Mantel bespritzte.

Sie schüttelte schweigend den Kopf.

»Trink!« fuhr er sie an, und sie berührte das Glas mit den Lippen.

Im nächsten Augenblick, noch ehe sie begriff, was geschah, lag sie in seinen Armen, und er preßte das große Gesicht auf das ihre. Sie versuchte seiner Umarmung zu entkommen; es gelang ihr, den Kopf wegzudrehen, und seine heißen Lippen trafen nur ihre Wange. Gleich darauf ließ er sie los, ging schwankend zur Tür, stieß sie mit dem Fuß zu und griff nach dem Schlüssel.

»Wenn Sie abschließen, bringe ich Sie um.«

Mit einem Ausdruck geradezu lächerlicher Überraschung in den Augen sah er sich um. Als er die Pistole in Adeles Hand sah, hob er furchtsam die Hände vor das Gesicht. »Leg das weg, du dumme Pute!« schrie er schrill. »Leg das weg! Du weißt nicht, was du tust! Das verdammte Ding könnte irrtümlich losgehen!«

»Irrtümlich geht es bestimmt nicht los«, entgegnete sie. »Machen Sie sofort die Tür auf!«

Er zögerte einen Moment, und sie legte den Daumen auf den Sicherungshebel. Ihm entging die kleine Bewegung nicht.

»Nicht schießen!« schrie er und riß die Tür weit auf. »Nicht schießen! Warte doch, du Idiotin! Geh nicht raus! Dort ist Bhag. Du fällst Bhag in die Hände! Bleib bei mir, ich . . .«

Doch sie rannte schon den Korridor entlang. In der Halle rutschte sie auf einer Teppichbrücke aus, fing sich jedoch schnell wieder. Ihre zitternden Hände zerrten an Riegeln und Ketten, die Tür schwang auf, und gleich darauf stand sie im Freien, war gerettet.

Sir Gregory lief hinter ihr her. Der Schock über ihre Flucht hatte ihn nüchtern gemacht, und die tragischen Folgen seines Handelns türmten sich plötzlich vor ihm auf, bis er sich innerlich vor Angst krümmte. Er rannte in die Bibliothek zurück, schloß den Wandtresor auf und entnahm ihm ein Päckchen Banknoten. Er steckte es in die Tasche seines pelzbesetzten Mantels, zog ihn an und schlüpfte in feste Schuhe. Dann fiel ihm Bhag wieder ein. Er sah in seiner Behausung nach, aber der Affe war nicht da. Penne preßte die zitternden Finger an die Lippen. Wenn das Mädchen Bhag in die Hände geriet . . .

Ein seit langem verschüttet gewesener Rest von Ritterlichkeit erwachte in ihm. Bevor er ging, mußte er sich um Bhag kümmern. Er verließ das Haus und machte sich auf die Suche nach seinem merkwürdigen und schrecklichen Diener. Er legte beide Hände vor den Mund und stieß ein langes und schmerzliches Heulen aus. Diesem Ruf war Bhag bisher immer gefolgt. Er wartete. Nach einer Weile wiederholte er den melancholischen Schrei. Doch wenn Bhag ihn hörte, gehorchte er zum erstenmal im Leben nicht.

Angstschweiß trat Gregory Penne auf die Stirn, aber während er dastand und lauschte, gelang es ihm, sich zu fassen. Noch hatte er Zeit und konnte sich umziehen. Er ging in sein prunkvolles Schlafzimmer hinauf und streifte den Pyjama ab. Nach ein paar Minuten war er schon unten und bereit, im dunklen Park weiter nach dem Affen zu suchen.

Im korrekten Straßenanzug fühlte er sich mehr als Mensch. Ein großes Glas Whisky gab ihm seine Selbstsicherheit zurück. Er klingelte nach dem Diener, der für den Wagen verantwortlich war.

»Stell das Auto vor die hintere Gartentür«, sagte er. »Bring es sofort hin, und sorg dafür, daß die Tür offen ist. Ich muß vielleicht noch heute abend fort.«

Er zweifelte nicht daran, daß man ihn verhaften würde. Weder sein ganzes Vermögen noch seine Stellung, noch der Einfluß, den er in der Grafschaft hatte, konnten ihn davor bewahren. Was er sich diesmal geleistet hatte, konnte man nicht einfach damit abtun, daß er eben exzentrisch war.

Ihm fiel ein, daß Stella Mendoza noch im Haus war, und er ging zu ihr. Ein Blick in sein Gesicht verriet ihr, daß etwas Ungewöhnliches geschehen war. »Wo ist Adele?« fragte sie sofort.

»Ich weiß nicht. Sie — ist mir entkommen, sie hatte eine Pistole. Bhag ist ihr nachgelaufen. Der Himmel allein weiß, was geschieht, wenn er sie fängt. Er wird ihr die Glieder einzeln ausreißen. Was war das?«

Irgendwo in der Ferne war ein Schuß gefallen.

»Wilddiebe«, sagte Gregory Penne voller Unbehagen. »Hör zu, ich verschwinde.«

»Wohin denn?«

»Das geht dich nichts an, verdammt noch mal! Hier hast du Geld.« Er schob ihr ein paar Geldscheine in die Hand.

»Was hast du getan?« flüsterte sie erschrocken.

»Nichts habe ich getan, das sag' ich dir doch!« brüllte er. »Aber man wird mich trotzdem verhaften. Ich versuche mich zu meiner Jacht durchzuschlagen. Und du solltest lieber auch verschwinden, bevor sie kommen.«

Sie nahm gerade Hut und Handtasche vom Stuhl, als sie hörte, daß die Tür geschlossen und der Schlüssel herumgedreht wurde. Er hatte sie ganz automatisch wieder eingesperrt, und genauso automatisch achtete er nicht darauf, daß sie mit den Fäusten an die Tür hämmerte.

»Griff Towers» stand auf einer Anhöhe und gewährte einen umfassenden Ausblick auf die Landstraße von Chichester. Als er vor dem Haus stand und hoffte, den Affen doch noch irgendwo zu sehen, entdeckte er statt dessen zwei Lichter, die auf der Straße sehr schnell näher kamen.

»Die Polizei!« krächzte er und rannte durch den Küchengarten zu der kleinen Tür in der Mauer.

37

Adele lief die Zufahrt hinunter und hatte nur ein einziges Ziel vor Augen — diesem entsetzlichen Haus zu entrinnen. Das Tor war geschlossen, das Pförtnerhaus dunkel, und sie strengte sich verzweifelt an, den eisernen Schließhaken zu öffnen. Doch er gab nicht nach.

Als sie zu dem erleuchteten Rechteck der Haustür zurückblickte, die sie offengelassen hatte, sah sie eine undeutliche Gestalt, die sich durch den Grasstreifen am Fahrbahnrand verstohlen auf sie zubewegte. Im ersten Augenblick glaubte sie, es sei Gregory Penne, doch dann begriff sie, wer es wirklich war, und sie fiel fast in Ohnmacht. Bhag verfolgte sie.

So unauffällig wie möglich schlich sie an der Mauer entlang von Strauch zu Strauch, aber Bhag hatte sie gesehen und kam langsam und vorsichtig hinter ihr her, als wisse er nicht genau, ob er sich ihrer bemächtigen durfte oder nicht. Vielleicht gibt es ein zweites Tor, dachte sie und schlich weiter. Ab und zu blickte sie über die Schulter zurück und umklammerte die kleine Pistole so fest, daß sie ihrer schweißfeuchten Hand beinahe entglitt.

Jetzt verließ sie die schützende Mauer und überquerte eine Wiese. Im ersten Moment glaubte sie, sie sei ihrem Verfolger entkommen. Doch Bhag wagte sich nur selten aus seiner Deckung, und schon bald darauf sah sie ihn wieder. Er war auf gleicher Höhe mit ihr, hielt sich immer im Mauerschatten und zeigte keine Eile.

Vielleicht, dachte sie, wird es ihm mit der Zeit zu langweilig, mich zu verfolgen, und er gibt auf. Vielleicht ist er nur neugierig. Doch ihre Hoffnung wurde enttäuscht. Sie kletterte über einen Zauntritt und folgte einem Pfad, der zur Mauer zurückführte, wie ihr sehr bald klar wurde. Und dort hielt Bhag noch immer mit ihr Schritt. Sie verließ den Pfad sofort und watete durch nasses Gras. Es dauerte nicht lange, und sie war durchnäßt bis zu den Knien. Was jedoch schlimmer war, Bhag hatte den Schutz der Mauer ebenfalls verlassen und folgte ihr ins Freie.

Sie fragte sich, ob der Besitz überall von dieser hohen Mauer umgeben war, und war erleichtert, als sie zu einem niedrigen Zaun kam. Über eine Böschung stolperte sie auf eine Straße, die offenbar die Ostgrenze des Besitzes bildete. Sie begann zu laufen, so schnell sie konnte, obwohl sie keine Ahnung hatte, wohin die Straße führte. Als sie zurückschaute, sah sie zu ihrem Entsetzen, daß Bhag ihr folgte, obwohl er keine Anstalten machte, den Abstand zwischen ihr und ihm zu verringern.

Und dann entdeckte sie die Lichter eines Häuschens. Sie schienen ziemlich nahe zu sein, waren jedoch, was Adele nicht wußte, mehr als zwei Meilen weit entfernt. Mit einem erleichterten Aufschluchzen lief sie den Abhang hinauf. Oben angelangt, stellte sie jedoch zu ihrer Bestürzung fest, daß sie den Lichtern nicht näher gekommen war. Hinter sich sah sie Bhags grüne Augen funkeln.

Wo war sie? Sie schaute sich um und entdeckte links von sich die Umrisse des alten »Griff Tower«.

Und dann gab Bhag aus irgendeinem Grund seine Rolle als interessierter Beobachter auf und sprang Adele knurrend an. Sie floh zum Turm hinauf. Ihr Atem klang wie ein Schluchzen, und ihr Herz hämmerte so heftig, daß sie das Gefühl hatte, im nächsten Augenblick vor Erschöpfung ohnmächtig zusammenzubrechen. Eine Hand packte ihren Mantel und entriß ihn ihr. Dadurch gewann sie eine kurze Atempause. Sie mußte sich gegen den Angreifer zur Wehr setzen, wenn sie nicht sterben wollte.

Zitternd hob sie die Pistole, drehte sich um und stand Bhag gegenüber. Er brummte und knurrte, zerrte und riß an ihrem Mantel. Dann duckte er sich, um sie wieder anzuspringen, und sie drückte ab. Der unerwartet laute Knall des Schusses erschreckte sie so, daß sie die Pistole beinahe fallen ließ. Mit einem Schmerzensschrei fiel Bhag um und griff sich an die verletzte Schulter. Doch er stand sofort wieder auf und begann sich, rückwärts gehend, von ihr zurückzuziehen. Dabei ließ er sie aber keine Sekunde lang aus den Augen.

Was sollte sie tun? Sie stand so ungünstig. Bhag konnte sich im Schutz des Dickichts wieder an sie heranschleichen und über sie herfallen. Sie blickte zum Turm hinauf. Wenn ich dort hinauf könnte! dachte sie. Und dann erinnerte sie sich, daß Jack Knebworth nach den Dreharbeiten die Leiter hiergelassen hatte. Aber inzwischen war sie bestimmt schon abgeholt worden.

Sie bewegte sich verstohlen weiter und behielt Bhag bei jedem Schritt, den sie tat, im Auge. Obwohl er sich nicht von der Stelle rührte, wußte sie, daß auch er sie genau beobachtete. Dann bückte sie sich, tastete im Gras herum, und nach einer Weile stieß sie mit den Fingern gegen die leichte Leiter. Sie hob sie mühelos hoch und lehnte sie an die Mauer. Jack Knebworth hatte gesagt, der Affe hätte ohne Hilfe von außen nicht auf den Turm klettern können. Wieder herunterzukommen, sei ihm jedoch nicht schwergefallen, da ja an der Innenmauer genug Bäume wüchsen.

Bhag war noch immer da. Der düstere Glanz seiner Augen war beängstigend. So schnell sie konnte, kletterte sie die Leiter hinauf und zog sie dann hinter sich hoch. Bhag schlich näher, stand endlich dicht an der Mauer, und machte dreimal mit geradezu verbissener Anstrengung den Versuch, hinaufzuklettern. Doch es gelang ihm nicht. Sie hörte sein wütendes Gezwitscher und brachte die Leiter im Innern des Turms in Sicherheit.

Sie beobachteten sich gegenseitig eine ganze Weile, der Orang-Utan und das Mädchen. Dann entfernte Bhag sich langsam. Adele verfolgte seine plumpe Gestalt noch lange mit den Blicken und wartete, bis sie sicher war, daß er nicht wiederkam. Nun wollte sie die Leiter aus dem Turminnern wieder hochziehen. Aber es ging nicht. Die unterste Sprosse mußte sich im Gebüsch verfangen haben. Sie zog und zog und zog ein drittesmal, und plötzlich war kein Widerstand mehr da. Adele verlor das Gleichgewicht. Einen Herzschlag lang hielt sie sich mit einer Hand an der oberen Kante der Mauer fest, mit der anderen umklammerte sie die Leiter. Im nächsten Augenblick glitt sie aus, rutschte, rappelte sich auf, rannte taumelnd zwei, drei Schritte, rutschte wieder und kam schließlich außer Atem unten an. Sie hätte über das Mißgeschick lachen können, wäre ihre neue Umgebung nicht so unheimlich und sie nicht so allein gewesen. Sie bemühte sich, die Leiter wieder aufzustellen, doch im Dunkeln gelang es ihr nicht, den festen Grund zu finden, der dazu nötig war.

Am besten, sie suchte sich ein paar Steine als Unterlage, es lagen ja genug hier herum, wie sie wußte. Sie stieg zur Sohle der kreisrunden Senke hinunter, schob einen Strauch beiseite, um weiterzugehen, und fühlte dabei immer mit einem Fuß vor, um sicher Tritt fassen zu können. Plötzlich rutschte sie wieder aus: rutschte unaufhaltsam durch einen schräg nach unten verlaufenden Schacht in eine unbekannte Tiefe.

Tiefer und tiefer fiel Adele, versuchte verzweifelt, sich mit einer Hand in der weichen Erde festzukrallen, und umklammerte mit der anderen völlig unbewußt die winzige Pistole. Jetzt rollte sie einen steilen Abhang hinunter. Einmal schrammte ein vorspringender Felsen ihr die Beine auf, und ihr wurde übel vor Schreck und Schmerz. Wo ihre Höllenfahrt enden würde, ahnte sie nicht. Eine Ewigkeit schien zu vergehen, bis sie endlich auf ebenen Boden fiel und sich ein paarmal überschlug. Eine Felswand hielt sie schließlich auf, und der Zusammenprall war so heftig, daß sie glaubte, eine riesige Faust presse ihr alle Luft aus den Lungen.

Wie eine Ewigkeit war es ihr vorgekommen und konnte doch höchstens ein paar Sekunden gedauert haben. Minutenlang blieb sie auf dem felsigen Boden liegen, um sich wieder zu erholen. Dann stand sie auf, und ihr Gesicht verzog sich vor Schmerz. Vorsichtig betastete sie den verletzten Fußknöchel und belastete dann den Fuß, um zu sehen, ob etwas gebrochen war. Als sie aufblickte, entdeckte sie hoch über sich einen blassen Stern und schloß daraus, daß er über der Öffnung stand, durch die sie gestürzt war. Sie versuchte wieder hinaufzuklettern, doch die weiche Erde gab bei jedem Schritt unter ihren Füßen nach, und sie rutschte wieder zurück.

Sie hatte einen Schuh verloren, tastete in der Dunkelheit herum und fand ihn nach einer Weile, halb in der Erde vergraben. Sie schüttelte ihn aus, klopfte sich den Staub vom Strumpf und zog den Schuh an. Dann setzte sie sich hin, um zu überlegen, was sie als nächstes tun sollte. Sie vermutete, daß sie ihre Umgebung erst bei Tagesanbruch näher untersuchen konnte. Darum blieb ihr nichts anderes übrig, als mit größtmöglicher philosophischer Gelassenheit auf den Morgen zu warten.

Erst in diesem Moment merkte sie, daß sie noch immer den erdverkrusteten Browning in der Hand hielt. Sie säuberte die Waffe so gut sie konnte, sicherte sie und steckte sie in den Rockbund.

Das Rätsel um Bhags Erscheinen auf dem Turm war gelöst. Er hatte sich in der Höhle versteckt.

Wie groß war wohl die Höhle? Adele schaute nach rechts und links, sah jedoch überhaupt nichts. Mit größter Vorsicht bewegte sie sich Zentimeter um Zentimeter vorwärts, wich aber nach ein paar Schritten erschrocken zurück. Sie hatte mit der Hand eine steinerne Säule berührt, die unangenehm feucht und klamm war. Und dann machte sie eine für sie sehr wichtige Entdeckung. Sie kam zu einer Nische, von der sie sofort wußte, daß sie von Menschenhand aus dem Stein gehauen worden war. Als sie die Hand weiter ausstreckte, berührte sie einen Gegenstand, dessen Form ihr vertraut war — eine Laterne.

Nach einer Weile hatte sie es geschafft, das Glastürchen zu öffnen. In der Laterne steckte eine lange Kerze, und auf dem Boden lag eine Streichholzschachtel.

Das war kein Wunder, wie sie noch erfahren sollte. Im Augenblick kam es ihr jedoch so vor, als sei der Fund eine Antwort auf ihre Gebete. Das erste Streichholz ging sofort wieder aus, weil ihre Hand so stark zitterte, aber endlich schaffte sie es, den Docht anzuzünden. Die Kerze war neu und gab am Anfang nur schwaches Licht, bald aber wurde die Flamme stärker, Adele schloß das Laternentürchen, und um sie herum wurde es hell.

Sie stand in einer engen Höhle. Unzählige Stalaktiten hingen von der Decke herunter. Merkwürdig, bei der Öffnung, durch die sie gestürzt war, hatte sie nichts von dem Sickerwasser bemerkt, ohne das eine Tropfsteinhöhle nicht denkbar ist. Weiter vorn war der Boden naß, und ein winziger Wasserlauf rieselte neben dem Weg durch sein natürliches Bett. Hier wurde die Höhle geräumiger, die Zahl der Tropfsteine auf beiden Seiten größer. Sie waren so gleichmäßig, daß man glauben konnte, sie seien von Menschenhand geformt, bildeten eigene kleine Höhlen und enthüllten im Licht der Laterne die Herrlichkeit der verborgensten Schätze der Natur.

Immer breiter wurde die Höhle, bis Adele endlich in einem riesigen Saal stand, der mit Spitzenwerk aus Eis geschmückt schien. Auf dem Boden lagen überall merkwürdige weiße Stöcke. Es waren Tausende in allen nur vorstellbaren Formen und Größen. Bleich schimmerten sie im Schein der Laterne. Adele bückte sich, hob einen auf und ließ ihn mit einem Schrei des Entsetzens wieder fallen. Es waren menschliche Gebeine.

Mit einem Aufatmen, das wie ein Schluchzen klang, lief sie weiter, bis die Höhle wieder kleiner und jenem Teil ähnlicher wurde, in den sie gestürzt war. Sie kam zu einer zweiten Nische, in der sie wieder eine Laterne mit einer neuen Kerze und Streichhölzern fand. Wer hatte sie wohl hineingestellt? Über die erste Laterne hatte sie nicht nachgedacht, sie gehörte in das Reich der Wunder. Die zweite jedoch zwang sie, sich mit der Wirklichkeit zu beschäftigen. Wer hatte die Laternen so wohlüberlegt aufgestellt, um sie im Notfall zur Hand zu haben? Es mußte jemand sein, der hier unten lebte. Ihr Atem ging plötzlich schneller bei diesem Gedanken.

Langsam ging sie weiter, die zweite Laterne unangezündet über den Arm gehängt. In einem Teil der Höhle war der Boden überflutet, einmal mußte sie eine unterirdische Furt durchwaten, in der ihr das Wasser bis über die Knöchel reichte. Die Höhle verlief jetzt in einer langgezogenen Kurve kaum merklich nach rechts. Von Zeit zu Zeit blieb Adele stehen und lauschte, hoffte, eine menschliche Stimme zu hören und fürchtete sich gleichzeitig davor. Die Decke der Höhle senkte sich, und Adele sah, daß hier die Stalaktiten abgeschlagen worden waren, damit der Geheimnisvolle, der hier zu Hause war, sich aufrecht bewegen konnte.

Einmal blieb sie stehen, weil sie über sich Schritte hörte. Ihr Herz hämmerte laut. Dann hörte sie ein merkwürdiges Summen, das lauter wurde und allmählich wieder verklang. Ein Auto! Sie befand sich direkt unter der Straße.

Der Höhlengang machte eine scharfe Biegung, wieder öffneten sich die Felswände zu kleinen Nischen. Plötzlich blieb Adele wie zu Tode erstarrt stehen. Das Licht der Laterne war zufällig in eine Nische gefallen. Dort lagen nebeneinander zwei Männer . . .

Adele preßte die Hand auf den Mund, um einen Schrei zu ersticken, und schloß ganz fest die Augen, um das Entsetzliche nicht sehen zu müssen. Die beiden Männer waren tot, und sie hatten keine Köpfe mehr. Sie lagen in einer flachen Lache, und das Wasser tropfte auf sie herunter, würde in alle Ewigkeit tropfen und tropfen, bis die beiden jammervollen Gestalten zu Stein geworden wären.

Lange stand Adele reglos da, wagte es nicht, die Augen zu öffnen. Doch endlich überwand ihr Wille ihre Schwäche, und sie stellte sich, äußerlich völlig ruhig, dem Anblick, der sie bis ins Mark frieren ließ. In der nächsten Nische lag ebenfalls ein Toter ohne Kopf. Sie war nahe daran, unter dem Schock zusammenzubrechen. Auf einmal entdeckte sie weit vor sich im Dunkel ein winziges Licht, nicht größer als ein Punkt. Es bewegte sich, schwankte, und dann hallte ein schauerliches Lachen in der Höhle wider.

Adele handelte sofort. Sie öffnete die Tür der Laterne und blies die Kerze aus. Dann drückte sie sich fest an die Wand des Höhlenganges, vergaß die furchtbaren menschlichen Überreste um sich herum und konzentrierte sich nur auf die Gefahr, die vor ihr lag. Auf einmal zündete in jenem anderen Teil der Höhle jemand mehrere Lichter an, und es wurde taghell. Und während sie sich, fast atemlos vor Schreck, noch fester an die Wand preßte, schrie dort vorn ein Mensch in Todesangst.

»Hilfe!« schrie er. »Lieber Gott, hilf! Brixan, ich will noch nicht sterben!«

Adele erkannte die Stimme. Sie gehörte Sir Gregory Penne.

39

Es war derselbe Schrei, den Michael Brixan im Haus gehört hatte. Er raste durch den Garten zur Hintertür. Dort stand ein Auto mit abgeblendeten Scheinwerfern und neben dem Auto ein verängstigter kleiner brauner Mann.

»Wo ist dein Herr?« fragte Michael hastig.

Der Eingeborene zeigte in eine bestimmte Richtung. »Er ist fortgegangen«, plapperte er. »In die große Maschine ist ein böser Geist gefahren, sie hat sich nicht vom Platz gerührt, als der Herr auf das Pedal trat.«

Die Tücke des Schicksals trifft Gerechte und Ungerechte, dachte Michael. Penne hat sie einen Motorschaden beschert, und er ist zu Fuß geflohen.

»Welchen Weg hat dein Herr eingeschlagen?«

Der Mann zeigte in dieselbe Richtung wie vorher. »Er ist gelaufen«, antwortete er.

Michael wandte sich an den Detektiv, der ihn begleitete. »Bleiben Sie hier. Es ist möglich, daß er zurückkommt. Dann verhaften Sie ihn sofort, und legen Sie ihm Handschellen an. Er ist wahrscheinlich bewaffnet und wird sich vielleicht selbst töten wollen. Wir dürfen kein Risiko eingehen.«

Die Felder hinter Sir Gregorys Besitz kannte Michael inzwischen so gut, daß er den Weg mit verbundenen Augen gefunden hätte. So schnell er konnte, lief er bis zu dem Zauntritt an der Straße, aber Sir Gregory war nirgends zu sehen. Etwa fünfzig Meter weiter, in Mr. Longvales Haus, war im oberen Stockwerk ein Fenster hell erleuchtet, und Michael wandte sich dorthin.

Von Penne war noch immer weit und breit nichts zu sehen. Michael bog von der Straße ab und klopfte an die Tür von »Dower House«.

Der alte Herr öffnete fast sofort. Er trug einen Morgenmantel aus Seide, der von einer Schärpe zusammengehalten wurde. Ein Bild häuslicher Gemütlichkeit, dachte Michael.

»Wer ist denn da?« fragte Mr. Sampson Longvale und spähte in die Dunkelheit. »Ach, du meine Güte, es ist Mr. Brixan, der Hüter des Gesetzes! Herein, nur herein mit Ihnen, Sir!«

Er öffnete die Tür weit, und Michael ging an ihm vorbei in das Speisezimmer, in dem, wie immer, zwei Kerzen flackerten. Heute brannte außerdem eine kleine silberne Petroleumlampe.

»Ist in ›Griff Towers‹ etwas passiert?« fragte Mr. Longvale besorgt.

»Es gibt ein paar Schwierigkeiten«, antwortete Michael zurückhaltend. »Haben Sie zufällig Sir Gregory Penne gesehen?«

Der alte Mann schüttelte den Kopf. »Mir war es heute zu kühl für meinen üblichen Abendspaziergang im Garten«, antwortete er. »Deshalb habe ich leider nichts und niemand gesehen. Ist Penne etwas zugestoßen?«

»Ich hoffe nicht. Hoffe es im Interesse aller.« Michael ging zum Kamin, stützte die Ellenbogen auf das Sims und betrachtete das Porträt an der Wand.

»Bewundern Sie meinen Vorfahren?« Mr. Longvale sah Michael strahlend an.

»Bewundern ist wohl zuviel gesagt«, erwiderte Michael. »Er war auf jeden Fall ein sehr gut aussehender alter Herr.«

»Haben Sie seine Memoiren gelesen?«

»Seine angeblichen Memoiren. Ja, ich habe sie gelesen. Aber man hält sie heute nicht mehr für authentisch.«

Mr. Longvale zuckte mit den Schultern. »Ich glaube jedes Wort, das dort steht. Mein Onkel war ein sehr gebildeter Mann.«

»Ich habe manchmal das Gefühl, daß Sie Ihren Onkel zu sehr verehren, Mr. Longvale«, sagte Michael.

Der alte Herr runzelte die Stirn. »Was heißt das?«

»Ich meine, daß so etwas zur Besessenheit werden kann, daß eine solche Heldenverehrung einen Mann dazu verleiten kann, Dinge zu tun, die ein normaler Mensch nie tun würde.«

Longvale sah ihn aufrichtig erstaunt an. »Kann man denn etwas Besseres tun, als die Taten wirklich großer Menschen nachzuahmen?« fragte er.

»Nein, solange man zwischen Recht und Unrecht, Gut und Böse unterscheiden kann und solange man ihnen nicht als Tugenden anrechnet, was keine Tugenden sind. Es sei denn, man hält Pflichterfüllung für eine Tugend. Vor allem aber darf man nicht für groß halten, was nur schrecklich ist.« Michael wandte sich um und sah den alten Mann an, der ihm gegenüberstand. »Ich möchte, daß Sie mich heute abend nach Chichester begleiten, Mr. Longvale.«

»Warum?«

»Weil ich glaube, daß Sie krank sind und Pflege brauchen.«

Der alte Mann lachte. »Krank? Ich habe mich nie wohler gefühlt, nie gesünder, nie kräftiger.«

Es folgte eine lange Pause, dann sagte Michael: »Wo ist Sir Gregory Penne?«

»Ich habe keine Ahnung.« Der alte Mann sah ihn an, ohne mit der Wimper zu zucken. »Wir haben über meinen Urgroßonkel gesprochen. Sie wissen natürlich, wer er war?«

»Ich habe ihn schon erkannt, als ich sein Bild zum erstenmal sah, und glaubte, ich hätte mich verraten. Offensichtlich war das nicht der Fall. Ihr

Urgroßonkel war Sanson, alias Longval, der Henker von Frankreich. Er war es, der Ludwig den Sechzehnten und seine Gemahlin Marie Antoinette enthauptete.«

Der Ausdruck unverhüllten Stolzes im Gesicht des alten Mannes war erschreckend. Seine Augen funkelten lebhaft, und er schien förmlich zu wachsen.

»Welche phantastische Laune des Schicksals Sie dazu brachte, sich in England niederzulassen, und warum Sie sich entschlossen, heimlich Sansons Scharfrichteramt fortzuführen und landauf, landab nach armen Unglücklichen zu suchen, um sie hinzurichten — ich ahne es nicht einmal.«

Michael hatte sehr ruhig gesprochen, als führe er ein ganz alltägliches Gespräch, und im selben Tonfall antwortete Sampson Longvale.

»Ist es nicht besser, wenn ein Mann nicht von eigener Hand vom Leben zum Tode befördert wird? Warum soll er die unverzeihliche Sünde begehen, sich selbst zu töten? War ich nicht ein Wohltäter für all jene, die nicht wagten, sich selbst das Leben zu nehmen?«

»Auch für Lawley Foss?« fragte Michael ernst.

»Er war ein Verräter, ein gemeiner Erpresser, ein Mann, der die zufällige Kenntnis bestimmter Dinge dazu benutzen wollte, Geld aus mir herauszuholen.«

»Wo ist Sir Gregory Penne?«

Der alte Mann lächelte gelassen. »Sie glauben mir nicht? Das ist unhöflich, Sir. Ich habe Sir Gregory nicht gesehen.«

Michael zeigte auf den Kaminrost, wo noch der Rest einer Zigarette glimmte.

»Der Zigarettenstummel stammt von ihm«, sagte er. »Und die Schmutzspuren auf dem Teppich stammen von seinen Schuhen. Ich habe einen Schrei gehört. Wo ist er?«

Er hatte den großkalibrigen Browning griffbereit. Longvale war ein unberechenbarer, mörderischer Irrer, und wenn er eine einzige Bewegung machte, durfte man keine Sekunde zögern zu schießen.

Doch der alte Mann zeigte keinerlei Feindseligkeit. Seine Stimme war die Sanftheit selbst. Er schien stolz auf die Verbrechen zu sein, die seinem kranken Gehirn überhaupt nicht wie ein Verbrechen vorkamen.

»Wenn Sie wirklich wünschen, daß ich Sie heute abend nach Chichester begleite, will ich es gern tun«, sagte er. »In Ihren Augen und in den Augen Ihrer Vorgesetzten mögen sich die Dinge ja so darstellen, wie Sie sagen. Aber dadurch, daß Sie mir verbieten, mein Werk fortzusetzen, erweisen Sie einer unglücklichen Menschheit einen schlechten Dienst. Ihr dienen zu können, hat mich Tausende gekostet. Trotzdem trage ich Ihnen nichts nach.«

Er nahm eine Flasche aus dem Eichenbüffet, wählte mit großer Sorgfalt zwei Gläser aus und füllte sie aus der Flasche.

»Trinken wir gegenseitig auf gute Gesundheit«, sagte er, hob das Glas an die Lippen und trank mit dem Vergnügen des Weinkenners an einem erlesenen Jahrgang. »Sie trinken nicht, Mr. Brixan?« fragte er überrascht. »Ein anderer vor Ihnen hat es getan.«

Auf dem Büffet stand ein halbleeres Glas. Michael sah es zum erstenmal. »Der Wein scheint ihm nicht geschmeckt zu haben.«

Mr. Longvale seufzte. »Nur sehr wenige Menschen verstehen etwas von gutem Wein«, sagte er, zog ein seidenes Taschentuch heraus und bückte sich, um sorgfältig ein Stäubchen von seinem glänzenden Schuh zu entfernen.

Michael stand auf dem Kaminvorleger, die Hand an der Pistole in der Tasche, angespannt, aber bereit für den alles entscheidenden Augenblick. In welcher Form die Gefahr auf ihn zukommen würde, ahnte er nicht. Er wußte nur, daß sie vorhanden war — eine schreckliche, unbarmherzige Gefahr. Daß der alte Mann so freundlich und liebenswürdig war, beruhigte ihn nicht. Im Gegenteil, es brachte ihm um so nachdrücklicher zu Bewußtsein, daß er auf der Hut sein mußte. Eine Gänsehaut überlief ihn.

»Sehen Sie, mein Lieber —«, fuhr Longvale fort und polierte noch immer an seinen Schuhen herum.

Plötzlich packte er die Kante des Teppichs, auf dem der Detektiv stand, und zog mit einem heftigen Ruck daran. Michael verlor das Gleichgewicht und fiel schwer zu Boden. Sein Kopf prallte gegen die Eichentäfelung, seine Pistole rutschte über das glatte Parkett. Blitzschnell hatte Longvale sich auf ihn geworfen, drehte ihn herum und zerrte ihm die Arme nach hinten. Michael versuchte sich zu wehren, doch in dieser ungünstigen Lage war er dem kräftigen alten Mann nicht gewachsen. Es dauerte keine Minute, und er lag, mit Handschellen gefesselt, hilflos da.

In diesem Augenblick hörte man draußen Schritte. Mr. Longvale richtete sich rasch auf, zog seinen seidenen Morgenmantel aus und wickelte ihn Michael fest um den Kopf. Jemand klopfte an die Haustür. Der alte Mann vergewisserte sich, daß sein Gefangener ganz und gar wehrlos war, und trug ihn in einen dunklen Korridor. Dann ging er zur Tür, um nach dem späten Besucher zu sehen. Ein Beamter von Scotland Yard stand draußen und entschuldigte sich bei dem offensichtlich aus dem Bett aufgescheuchten alten Mann für die Störung.

»Haben Sie Mr. Brixan gesehen?«

»Mr. Brixan? Ja, der war vor ein paar Minuten hier. Er ging weiter nach Chichester.«

Michael hörte die Stimmen, konnte aber nichts verstehen. Die seidene Verpackung um seinen Kopf benahm ihm den Atem, und er war einer Ohnmacht nahe, als der alte Mann allein zurückkam und ihn von dem Morgenmantel befreite.

»Wenn Sie schreien, nähe ich Ihnen die Lippen zu«, sagte Longvale, der seinem Vorfahren anscheinend in allen Dingen nacheiferte. »Monsieur de Paris«, wie der Henker von den Adeligen am Hof Ludwigs XVI. genannt worden war, hatte nicht nur Menschen vom Leben zum Tode befördert, sondern auch gefoltert.

»Es tut mir eigentlich leid, daß Sie auch gehen müssen«, sagte Longvale mit aufrichtigem Bedauern. »Sie sind ein junger Mann, dem ich großen Respekt entgegenbringe. Das Gesetz ist mir heilig, und seinen Dienern gehört meine besondere Zuneigung.«

Er knebelte Michael mit einer großen Serviette, hob ihn dann auf und setzte ihn auf einen Stuhl.

»Wäre ich noch jung und kräftig, würde ich mir einen Scherz erlauben, der meinem Urgroßonkel Charles Henri großes Vergnügen bereitet hätte. Ich würde Ihren Kopf über dem Tor von Scotland Yard aufspießen.«

Michael hatte zu seiner kühlen Gelassenheit zurückgefunden. Obwohl ihm der Kopf von dem harten Aufprall weh tat, arbeitete sein Geist völlig klar. Was für Szenen mußten sich schon in diesem langen, schmalen Speisezimmer abgespielt haben. Welchen seelischen und körperlichen Qualen waren Menschen hier ausgesetzt gewesen. Es war das Wartezimmer zum Tod.

Der alte Mann nahm einen Flaschenzug mit einem großen Haken aus dem Büffet. Den Haken hängte er an einen Ring, der in einen Deckenbalken geschraubt war. Dieser Ring war Michael schon früher aufgefallen, und er hatte sich gefragt, welchem Zweck er wohl dienen mochte. Jetzt erfuhr er es. Als nächstes holte Longvale aus dem Büffet ein zusammengerolltes Seil und befestigte es am Flaschenzug. Das andere Ende zog er rasch und geschickt unter Michaels Armen durch und verknotete es auf seinem Rücken. Dann bückte sich Longvale, rollte den Teppich zusammen, und zum Vorschein kam eine kleine Falltür, die er aufklappte. Darunter war es stockdunkel, aber man hörte einen Menschen stöhnen.

»Das brauchen wir jetzt wohl nicht mehr, Sir«, sagte der alte Mann und nahm Michael den Knebel ab. Dann zog er ihn scheinbar mühelos an dem Seil in die Höhe. Es war ein unbehagliches Gefühl, und außerdem mußte Michael absurderweise daran denken, daß er wohl ziemlich lächerlich aussah. Longvale schob Michaels Füße durch die Öffnung der Falltür und ließ ihn langsam am Seil in die Tiefe.

»Ich wäre Ihnen sehr verbunden, wenn Sie mir Bescheid sagten, sobald Sie mit den Füßen den Boden berühren«, rief er ihm nach. »Dann komme ich zu Ihnen hinunter.«

Die Öffnung der Falltür über Michael wurde immer kleiner. Lange, sehr lange schwebte er, hin und her pendelnd und sich um die eigene Achse drehend, in der Luft. Er fühlte nicht, daß er sich bewegte, doch plötzlich berührten seine Füße den Boden, und da er darauf nicht vorbereitet war, schrie er unwillkürlich auf.

»Ist Ihnen etwas passiert?« rief Mr. Longvale freundlich hinunter. »Seien Sie so nett, ein Stückchen zur Seite zu treten! Ich werfe jetzt das Seil nach, und es könnte Sie verletzen.«

Michael gehorchte und hörte gleich darauf das pfeifende Geräusch, mit dem das Seil fiel. Dann schlug es mit einem dumpfen Klatschen dicht neben ihm auf. Oben wurde die Falltür geschlossen, und Michael hörte nur noch das Stöhnen seines unbekannten Mitgefangenen.

»Sind Sie das, Penne?«

»Und Sie?« fragte der andere verängstigt zurück. »Sind Sie etwa Brixan? Wo sind wir hier? Was ist passiert? Wie bin ich hierhergeraten? Der alte Teufel hat mir ein Glas Wein angeboten. Ich wollte mir sein Auto ausleihen. Mein Gott, ich habe schreckliche Angst!«

»Haben Sie einmal laut geschrien?«

»Ja, ich glaube. Ich fühlte, wie das Gift zu wirken begann, das er dem Wein beigemischt hatte, und rannte aus dem Haus. Mehr weiß ich nicht. Wo sind Sie, Brixan? Die Polizei wird uns doch hier rausholen, oder?«

»Hoffentlich sind wir dann noch am Leben«, sagte Michael grimmig, hörte Penne vor Schreck aufstöhnen.

»Was ist er? Wer ist er? Sind das die Höhlen? Ich habe schon von ihnen gehört. Können Sie etwas sehen.«

»Vorhin glaubte ich, ich hätte ein Licht gesehen«, antwortete Michael, »aber meine Augen haben mir wahrscheinlich einen Streich gespielt. — Wo ist Adele Leamington?«

»Das weiß der Himmel«, sagte Penne. Er zitterte, und Michael hörte ihn mit den Zähnen klappern. »Ich habe sie nicht mehr gefunden. Zuerst hatte ich Angst, Bhag würde hinter ihr herlaufen. Aber er würde ihr nichts tun. Ich wünschte, er wäre jetzt hier!«

Michael bemühte sich, die Handschellen loszuwerden, obwohl ihm klar war, daß er auch ungefesselt kaum eine Chance gegen den alten Mann hatte. Die Pistole hatte er verloren, und der rasiermesserscharfe Dolch, der in seiner Weste steckte und ihm auf dem Kontinent schon oft aus brenzligen Situationen herausgeholfen hatte, würde diesmal auch nichts nützen.

Dann wurde irgendwo eine Tür geöffnet, und Mr. Longvale sagte: »Es dauert nicht lange.« Er hatte eine brennende Laterne in der Hand, die bei jedem Schritt, den er machte, hin und her schaukelte. »Schließlich«, fügte er hinzu, »sollen sich meine Patienten nicht erkälten.«

Sein Lachen hallte schaurig durch die Höhle und wurde von der gewölbten Decke zurückgeworfen. Er blieb stehen, zündete ein Streichholz an, und plötzlich flammte ein strahlend helles Licht auf. Es kam von einer Kohlenwasserstofflampe, die auf einem Felsenband stand. Longvale zündete noch eine zweite, dritte und vierte Lampe an, und in dem grellen weißen Licht sah man fast erschreckend deutlich jede Einzelheit. In der Mitte der Höhle stand ein blutrotes Gerüst, und obwohl Michael abgehärtet und auf etwas Entsetzliches vorbereitet war, schauderte er zusammen.

Das rote Gerüst war eine Guillotine.

40

Es war ein grauenhafter Anblick, und doch wurden Michaels Blicke unwiderstehlich davon angezogen. Nichts fehlte, weder der Korb, in den die Köpfe rollten, noch die »Bascule«, die »Schaukel« mit den Riemen zum Anschnallen, noch das schwarz lackierte Halsbrett, durch das die Opfer den Kopf stecken mußten. Es lag wie eine Klammer um ihren Hals, bis das blitzende Fallbeil in seinen geölten Schienen herabsauste. Michael kannte jeden Bolzen, jeden Nagel, jede Schraube des furchtbaren Hinrichtungsgeräts, denn er hatte es ein paarmal im Morgengrauen vor französischen Gefängnissen in Tätigkeit gesehen.

»›Die Witwe‹«, sagte Longvale gutgelaunt und streichelte liebevoll den Rahmen.

»O Gott, ich will noch nicht sterben!« Pennes gequälter Aufschrei kam als Echo aus allen Winkeln der Höhle zurück.

»›Die Witwe‹«, sagte der alte Mann noch einmal leise. Sein kahler Kopf glänzte im Licht der grellen Lampen, aber trotz seiner Kahlheit wirkte er nicht lächerlich. »Wer von Ihnen möchte ihr erster Bräutigam sein?«

»Nicht ich, nicht ich!« schrie Penne mit zuckenden Lippen. »Ich will noch nicht sterben!«

Longvale ging langsam auf ihn zu, bückte sich und hob den auf dem Boden Kauernden scheinbar mühelos auf. »Nur Mut«, sagte er. »Deine Stunde ist gekommen . . .«

Jack Knebworth ging auf der Straße auf und ab, als das Polizeiauto aus Chichester zurückkam. »Er ist nicht dort, er war überhaupt nicht auf der Polizeistation«, berichtete der Fahrer hastig und stieg aus.

»Vielleicht ist er zu Mr. Longvale gegangen.«

»Bei ihm war ich schon. Er war es ja, der mir gesagt hat, Captain Brixan sei nach Chichester gegangen. Er muß sich geirrt haben.«

Knebworth horchte auf. Ein Gedanke durchfuhr ihn plötzlich wie ein Blitz. Longvale! Ein sonderbarer Mensch. War es möglich . . . Er erinnerte sich, daß Sampson Longvale mehr als einmal den Wunsch geäußert hatte, die Hauptrolle in einem Film über das Leben seines berühmten Vorfahren zu spielen, der in allem sein Vorbild war.

»Gehen wir zu ihm und klopfen wir ihn heraus«, sagte er. »Ich muß mit ihm sprechen.«

Sie hämmerten an die Haustür, aber niemand öffnete.

»Dort ist sein Schlafzimmer.« Jack Knebworth zeigte auf ein vergittertes Fenster, hinter dem noch Licht brannte. Inspektor Lyle warf einen Stein hinauf, doch obwohl die Scheibe zersprang, meldete Longvale sich nicht.

»Das gefällt mir gar nicht«, sagte Knebworth.

»Und mir gefällt es nicht besser«, brummte der Kriminalbeamte. »Öffnen Sie das Fenster vor uns, Smith.«

Ein paar Sekunden später hatte der Polizist das Fenster des langen Speisewohnzimmers aufgestemmt. Aber dann stießen sie auf ein im Augenblick unüberwindliches Hindernis.

»Der Rolladen ist mit Stahlschienen gesichert«, berichtete Smith. »Ich glaube, ich versuche es lieber in einem der oberen Zimmer.«

Mit Hilfe eines zweiten Beamten kletterte Smith rasch am Spalier hinauf und hatte das Fenster im Nu geöffnet. Der zweite Polizist folgte ihm, und ein paar Minuten später öffneten sie Inspektor Lyle und Jack Knebworth die Haustür.

»Soweit ich bisher feststellen konnte, ist niemand im Haus«, sagte der Beamte.

Sie begaben sich alle in das lange Speisezimmer.

»Zünden Sie ein Licht an«, befahl der Inspektor schroff.

Sie fanden die kleine Petroleumlampe und steckten sie an.

»Was ist das?« Der Kriminalbeamte zeigte auf den Deckenhaken, an dem noch der Flaschenzug hing. Nachdenklich kniff er die Augen zusammen. »Wozu braucht Longvale einen Flaschenzug im Speisezimmer?«

»Hier liegt Brixans Pistole!« rief Knebworth und hob die Waffe auf.

Der Inspektor schenkte ihr nur einen flüchtigen Blick, dann betrachtete er wieder Haken und Flaschenzug. »Komische Sache, das«, sagte er. »Schaut euch gründlich um. Öffnet jeden Schrank, jede Schublade, klopft die Wände ab. In diesen alten Häusern aus der Tudorzeit gibt es immer Geheimtüren.«

Sie fanden nichts, und Inspektor Lyle beschäftigte sich wieder sorgenvoll mit dem Flaschenzug. Dann kam ein Mann herein und meldete, er habe die Garage gefunden.

Sie war ungewöhnlich lang, und trotzdem hatte nur das altmodische Vehikel darin Platz, das in der ganzen Umgebung bekannt war. Offensichtlich war die Garage geteilt; hinter der soliden, weißgekalkten Trennwand mußte sich ein zweiter Raum befinden. Aber es war keine Tür vorhanden, und als sie außen um das Gebäude herumgingen, waren auch da nur feste Mauern. Jack Knebworth klopfte die Innenwand ab.

»Das sind keine Ziegel«, sagte er. »Das ist Holz.«

In einer Ecke hing eine Kette, die scheinbar keinem bestimmten Zweck diente. Doch als sie genauer hinsahen, stellten sie fest, daß die Kette durch ein Loch in der Rauhputzdecke führte. Der Inspektor zog an der Kette, die »Wand« öffnete sich und gab den Blick auf den zweiten Raum frei. Darin stand ein zweiter, ganz verhüllter Wagen. Nur der Kühlergrill war zu sehen. Knebworth zog die Plane herunter.

»Das ist das Auto«, sagte er.

»Was für ein Auto?« fragte der Inspektor.

»Das Auto des Kopfjägers. Er hat es auch gefahren, als Brixan ihn festnehmen wollte. Ich würde es überall erkennen. Brixan ist irgendwo in ›Dower House‹, und wenn er dem Kopfjäger in die Hände gefallen ist, dann gnade ihm Gott!«

Sie liefen ins Haus zurück, und wieder zogen Haken und Flaschenzug sie wie magnetisch an. Plötzlich bückte sich Inspektor Lyle und riß den Teppich zur Seite. Die Falltür kam zum Vorschein. Er öffnete sie, kniete nieder und schaute hinunter. Im nächsten Moment wurde er grün im Gesicht.

»Zu spät«, sagte er. »Es ist zu spät.«

41

Der Schrei eines Menschen in höchster Todesnot klingt nicht sehr angenehm. Michael hatte gute Nerven, aber er bohrte sich unwillkürlich die Fingernägel in die Ballen seiner gefesselten Hände, um nicht die Fassung zu verlieren.

»Ich warne Sie, Longvale«, stammelte er, als der Schrei zu einem unverständlichen Lallen erstarb. »Wenn Sie das tun, werden Sie auf ewig verdammt sein!«

Der alte Mann wandte ihm sein lächelndes Gesicht zu, antwortete aber nicht. Er hob den halb Bewußtlosen so mühelos hoch, als wäre er ein Kind, trug ihn zu der gräßlichen Maschine und legte ihn mit dem Gesicht nach unten auf die geneigte Plattform. Er hatte keine Eile. Er empfand ein offensichtliches Vergnügen, das Michael unheimlich war. Langsam ging er zur Vorderseite der Hinrichtungsmaschine und zog die obere Hälfte des Halsbretts hoch; sie rastete mit einem Klicken ein. »Habe ich selbst erfunden«, sagte er stolz über die Schulter hinweg.

Michael blickte eine Sekunde fort, vorbei an dem Henker zum anderen Ende der Höhle. Was er dort sah, brachte sein Blut in Wallung — er glaubte zu träumen und war überzeugt, die Anspannung der letzten Stunden gaukle ihm eine Vision vor.

Adele!

Sie war über und über mit Schmutz und Staub bedeckt, so daß es aussah, als trage sie ein graues Gewand.

»Eine Bewegung, und ich töte Sie!«

Sie war es! Er zog die Knie an und schaffte es, sich aufzurichten. Longvale drehte sich sehr langsam um.

»Meine kleine Dame!« sagte er liebenswürdig. »Das nenne ich Vorsehung! So habe ich mir schon immer den Höhepunkt meiner Karriere vorgestellt: Eine Königin unter meinem Fallbeil, genau wie bei meinem verehrten Onkel Charles Henri!«

Er schritt langsam zu ihr, ohne die auf ihn gerichtete Pistole zu beachten, lächelte strahlend und streckte ihr seine kleinen weißen Hände entgegen wie einem hochwillkommenen Gast.

»Schießen Sie!« rief Michael heiser. »Um Gottes willen, so schießen Sie doch!«

Sie zögerte kurz, drückte dann ab. Nichts. Die Waffe war mit Erde verstopft, und der empfindliche Mechanismus funktionierte nicht.

Sie drehte sich um, wollte fliehen, aber da umschlang der Mörder sie schon mit einem Arm. Mit der freien Hand zog er ihren Kopf an seine Brust. »Sie werden sehen, meine Liebe«, sagte er. »Die Witwe kommt zum Witwer, und Sie sollen seine erste Braut sein.«

Schlaff, unfähig, sich zu wehren, hing sie in seinem Arm. Eine merkwürdige, wie durch Hypnose herbeigeführte Trägheit überkam sie, und sie konnte sich weder bewegen noch etwas sagen. Michael mühte sich verzweifelt ab, die Hände freizubekommen, und betete, sie möge in Ohnmacht fallen, um das Grausige nicht bewußt zu erleben.

»Wer kommt nun zuerst an die Reihe?« murmelte der alte Mann und strich sich über die Glatze. »Eigentlich müßte die Dame den Reigen eröffnen, und sei es nur, um ihr den Anblick zu ersparen. Aber . . .« Nachdenklich betrachtete er die auf das Brett geschnallte Gestalt, stellte die Plattform schräger und klinkte die Hälfte des Halsbretts aus, so daß sie sich um Gregory Pennes Kopf schloß. Dann streichelte er den Hebel, der das Fallbeil löste. Wieder hielt er inne, wälzte offenbar einen neuen Gedanken in seinem kranken Hirn.

»Nein, Sie sollen doch die erste sein«, sagte er, schnallte Penne los und stieß ihn auf die Erde.

Michael sah, wie er den Kopf hob. Von oben klangen dumpfe Geräusche, wie von Schritten. Dann kam eine große, zottelige, tückisch blikkende Gestalt auf den alten Mann zu.

Bhag! Sein Fell war blutverkrustet, sein Gesicht noch grau gepudert. Er blieb stehen, beschnupperte den stöhnenden Mann am Boden, und seine große Pfote berührte zärtlich das Gesicht. Dann sprang er Longvale unvermittelt an, und der alte Mann stürzte hin und drosch verzweifelt um sich. Bhag schaute kurz auf ihn hinunter, um ihn dann hochzuheben und dorthin zu legen, wo eben noch sein Herr gelegen hatte. Er kippte die Plattform an und schob sie vor.

Michael schaute gebannt vor Entsetzen zu. Der große Affe hatte eine Hinrichtung beobachtet! In der Nacht, in der Foss getötet wurde, war er aus dieser Höhle entflohen. Sein halb menschlicher Verstand hatte die Einzelheiten behalten. Michael glaubte sehen zu können, wie er fieberhaft nachdachte, um nichts falsch zu machen.

Bhag hantierte am Rahmen der Guillotine, und seine Pfote glitt zu dem Hebel für das Beil. In diesem Moment hörte Michael ein Geräusch, blickte nach oben und sah, wie die Falltür geöffnet wurde. Bhag hörte es auch, war aber zu sehr in seine Beschäftigung vertieft, um sich stören zu lassen. Longvale verrenkte sich den Hals, um den Kopf aus der Öffnung des Doppelbretts zu winden, hielt dann inne, umklammerte mit beiden Händen den Rand der schmalen Plattform, auf der er lag, und redete.

»Sohn des heiligen Ludwig, fahre zum Himmel!« sagte er sehr laut, und unmittelbar danach betätigte Bhag den Hebel, der das Beil löste.

Inspektor Lyle sah von oben, wie das Beil fiel, hörte das unbeschreibliche Geräusch von durchtrennten Sehnen, Knochen und Fleisch und das abschließende Krachen. Ihm drehte sich der Magen.

»Alles in Ordnung, Inspektor«, rief Michael hinauf. »Vielleicht ist im Büffet noch ein Tau. Kommen Sie möglichst schnell, und bringen Sie um Gottes willen ein Schießeisen mit!«

Der Kriminalbeamte fand tatsächlich ein zweites Seil im Büffet, und eine Minute später hangelte er in die Höhle hinunter.

»Der Affe wird uns nichts tun«, sagte Michael.

Bhag beugte sich über seinen bewußtlosen Herrn wie eine Mutter über ihr Kind.

»Bringen Sie bitte Miß Leamington fort«, sagte Michael leise, als der Inspektor seine Handschellen aufschloß. Adele lag regungslos neben der Guillotine und hatte zum Glück nichts von der Tragödie mitbekommen, die sich in ihrer unmittelbaren Nähe abgespielt hatte. Inzwischen war noch ein Kriminalbeamter heruntergeklettert, und Jack Knebworth ließ sich als dritter in die Höhle. Er fand die Tür und half dem Beamten, Adele fortzutragen.

Michael schloß die Handschellen Pennes auf und drehte den Baronet behutsam auf den Rücken. Ein Blick sagte ihm, daß der Mann einen schweren Schock erlitten hatte und daß sein Zustand zwar nicht lebensgefährlich, aber ernst war. Bhag schaute untätig zu, als wisse er, daß Michael nichts Böses im Schild führte, und dann fiel Michael ein, wie der große Affe seine Hände beschnüffelt hatte, als sie sich das erstemal begegnet waren.

»Er legt Sie als Freund in seiner Registratur ab«, hatte Gregory damals gesagt.

»Heb ihn auf«, sagte Michael und bemühte sich dabei, Gregorys Tonfall nachzuahmen. Bhag gehorchte, und Michael führte ihn nach oben.

Das Haus wimmelte von Polizisten, die beim Anblick des Affen und seiner Bürde große Augen machten.

»Bring ihn nach oben und leg ihn ins Bett«, befahl Michael.

Knebworth war schon mit Adele auf dem Weg nach Chichester, denn er wollte nicht, daß sie im Haus der Toten zu sich kam.

Michael ging wieder in die Höhle und machte zusammen mit dem Inspektor einen kurzen Rundgang. Die geköpften Gestalten in den Nischen erzählten eine beredte Geschichte. Am anderen Ende gelangten sie in eine zweite Höhle, deren Boden mit Knochen übersät war.

»Das bestätigt die alte Legende«, sagte er mit gedämpfter Stimme und zeigte auf die Überreste. »Hier ruhen die Ritter und Krieger, die von einem Erdrutsch eingeschlossen wurden. Die Pferdeskelette unterscheiden sich deutlich von den menschlichen Gebeinen.«

Wie war Adele in die Höhle gekommen? Es dauerte nicht lange, bis er die Rutsche entdeckte, die sie hinabgeglitten war.

»Auch dieses Rätsel ist gelöst«, sagte er. »›Griff Tower‹ wurde offensichtlich von den Römern erbaut, damit Menschen und Vieh nicht in die Höhle stürzten. Der Turm gab einen guten Entlüftungsschacht ab. Ich nehme an, der alte Mann betrachtete die Rutsche als Fluchtweg für den Notfall.«

Er sah eine Laterne und Streichhölzer, die Adele übersehen hatte, und wertete sie als Beweis für seine Theorie.

Sie kehrten zurück zur Guillotine, und Michael schaute sinnend auf die enthauptete Gestalt hinunter, die immer noch die Ränder des Bretts umklammert hielt.

»Wie hat er es bloß geschafft, all die Leute hierher zu locken, in den sicheren Tod?« fragte der Inspektor mit einer Stimme, die kaum mehr war als ein Flüstern.

»Das ist eine Frage für die Psychologen«, antwortete Michael nach einer Weile. »Sicher kam er mit vielen Leuten in Kontakt, die an Selbstmord dachten, letzten Endes aber nicht den Mut dazu hatten — er erledigte es dann für sie. Seine Gewohnheit, die Köpfe in Parks zu deponieren, rührt sicher daher, daß irgendein armer Teufel gesagt hatte, seine Familie dürfe auf keinen Fall Schwierigkeiten mit der Lebensversicherung haben.«

»Er war sehr gerissen«, fuhr Michael nach einer Pause fort. »Wie Sie wissen, wurden die Zuschriften auf seine Inserate von einer alten Frau bei verschiedenen Zeitungshändlern abgeholt und an eine Londoner Adresse geschickt. Ich habe festgestellt, daß die Alte sie in einem Kasten aufbewahren mußte, in den kein Licht dringen konnte, ehe sie sie zur Post gab. Eine Stunde, nachdem sie dann eingeworfen wurden, verblich die Anschrift, und eine andere kam zum Vorschein.«

»Geheimtinte?«

Michael nickte. »Ein beliebter Trick. Die neue Adresse war natürlich ›Dower House‹. Aber gehen wir jetzt. Lassen wir die Toten ruhen . . . wenigstens fürs erste.«

42

Drei Monate waren vergangen, seit »Dower House« sein entsetzliches Geheimnis preisgegeben hatte. Gregory Penne war inzwischen vollständig genesen und hatte seine Strafe von sechs Monaten Gefängnis angetreten. Die Tat selbst war als Notwehr gewertet worden, und er war nur verurteilt worden, weil er sie vertuscht hatte. Die Guillotine stand nun in einem Kriminalmuseum an der Themse, wo sie vom Scotland-Yard-Nachwuchs begutachtet wurde. Man hatte aufgehört, vom Kopfjäger zu reden.

Michael schien all das eine Ewigkeit her zu sein. Er saß auf einem Tisch im Studio und schaute zu, wie der verzweifelte Knebworth dem entnervten Reggie Connolly zum hundertstenmal erklärte, wie man vor der Kamera küßt. Adele Leamington wartete ein paar Schritte von ihnen entfernt.

Außer Reichweite der Kamera stand die grellbunt gekleidete Stella Mendoza mit einer langen Zigarettenspitze zwischen den Lippen und beobachtete ihren früheren Freund und Partner mit gutmütiger Verachtung.

»Bisher hat mir noch niemand sagen müssen, wie ich küssen soll«, sagte Reggie böse. »Du meine Güte, ich hab' doch nicht mein Leben lang geschlafen! Ich verstehe mindestens ebensoviel vom Küssen wie Sie, Knebworth.«

»Wie Sie Ihre Puppen abknutschen, ist mir egal«, schimpfte der Regisseur. »Hier geht es um Leinwandküsse, wie Sie vielleicht wissen, und wie *die* aussehen, bestimme ich. Also bitte, das Ganze noch mal!«

Zappelnd und gestikulierend schaute er zu, um dann resigniert zu sagen: »Wie ein Stück Holz, aber es wird reichen müssen. Beleuchtung!«

Die Lichter flammten auf, und nach der Scheinwerferprobe schrie Knebworth »Kamera!« Die Szene wurde abgedreht.

»Das wär's für heute, Connolly«, sagte Knebworth. »Und jetzt Miß Mendoza . . .«

Adele ging zu Michael und setzte sich neben ihn auf den Tisch. »Knebworth hat recht«, sagte sie kopfschüttelnd. »Reggie hat keine Ahnung vom Küssen.«

»Wer hat das schon . . . außer dem Richtigen, meine ich.«

»Er soll doch den Richtigen spielen«, beharrte sie. »Und außerdem ist er angeblich der beste englische Filmliebhaber.«

»Haha«, sagte Michael sarkastisch.

Sie schwieg eine Weile und sagte dann: »Warum sind Sie eigentlich noch da? Ich dachte, Ihre Arbeit hier sei beendet.«

»Keineswegs«, antwortete er munter. »Ich muß noch jemanden festnehmen.«

»Wen denn?«

»Um die Wahrheit zu sagen, überlege ich noch, ob ich sie festnehmen soll oder nicht.«

»Es ist also eine Frau?«

Er nickte.

»Was hat sie getan?«

»Die Anklage wird vermutlich aus mehreren Punkten bestehen«, sagte er bedächtig. »Nächtliche Ruhestörung, Gefährdung des öffentlichen Wohls — zumindest des Wohls eines Mitmenschen, Verletzung der Gefühle . . .«

»Sie sprechen schon wieder von sich!« sagte sie lachend. »Ich dachte, ich hätte es im Krankenhaus im Fieber geträumt, aber da andere Leute gesehen haben, daß Sie mich küßten, muß es wohl stimmen. Aber ich glaube nicht, daß ich Sie heiraten möchte. Ich bin . . .«

»Nun sagen Sie bloß nicht, daß Sie mit Ihrer Kunst verheiratet sind«, stöhnte er. »Das behaupten sie alle.«

»Nein, das wollte ich nicht sagen. Ich möchte nur meinen besten Freund vor einem folgenschweren Irrtum bewahren. Sie haben eine große Karriere vor sich, Michael, und ich wäre Ihnen nur hinderlich.«

Sie mußten beide lachen.

»Hören Sie endlich auf, wie eine alte Jungfer zu reden«, sagte Michael. »Ich habe Sie vom ersten Augenblick an geliebt.«

»Natürlich haben Sie das«, erwiderte sie gelassen. »Sie *können* gar nicht anders lieben. Wenn Sie drei Tage brauchen, um sich darüber klar zu werden, kann es nicht Liebe sein. Aus dem gleichen Grund weiß ich, daß ich Sie nicht liebe. Als ich Sie kennengelernt habe, habe ich mich geärgert. Als ich Sie das zweitemal sah, war ich wütend, und seitdem habe ich Sie mit Mühe und Not ertragen. Einen Augenblick, ich muß mich noch abschminken.«

Sie rutschte vom Tisch und lief zu ihrer Garderobe. Michael schlenderte zu dem erschöpften Knebworth, um ihn zu trösten.

»Adele? Oh, die ist in Ordnung. Sie hat tatsächlich ein Angebot aus Amerika bekommen — nicht Hollywood, sondern ein Studio an der Ostküste. Ich habe ihr geraten, erst dann rüberzugehen, wenn sie ein bißchen mehr Routine hat, aber ich glaube nicht, daß sie einen Rat von mir haben wollte. Sie wird nicht beim Film bleiben.«

»Wie kommen Sie darauf?«

»Sie wird heiraten«, sagte Knebworth düster.

»Wen denn?«

»Reggie Connolly jedenfalls nicht«, sagte Knebworth verächtlich. »Das garantiere ich Ihnen.«

»Wie recht Sie haben«, mischte sich der Schauspieler ein, der sehr gute Ohren hatte. »Ich heirate nie. Die Ehe ist der Tod der Kunst. Frauen sind ein Klotz am Bein . . . Apropos Frauen, Mr. Knebworth. Glauben Sie wirklich, ich sei schuld an dem Debakel mit den Liebesszenen? Haben Sie nicht gemerkt, wie . . . wie unschuldig Miß Leamington ist? Ich fürchte, ihr fehlt die nötige Erfahrung auf dem Gebiet. Sie ist schrecklich unreif.«

Ehe Knebworth etwas sagen konnte, kam Adele aus ihrer Garderobe, winkte ihnen zu und verabschiedete sich.

Michael rannte natürlich hinter ihr her. »Sie sind schrecklich unreif«, sagte er atemlos, als sie nebeneinander über die Straße gingen.

»Das haben Sie bestimmt von Connolly«, entgegnete sie lachend. »Für ihn ist alles und jedes ›unreif‹.«

»Er hat behauptet, Sie wüßten nicht, was man bei einer Liebesszene tun muß.«

»Schon möglich«, antwortete sie schnippisch.

Er bekam einen Schreck und redete erst wieder, als sie die lange dunkle Straße entlanggingen, in der Adele wohnte. »Ich finde, man muß eine Liebesszene so anfangen«, sagte er und erschrak wieder, diesmal über seine eigene Kühnheit. »Man zieht das Mädchen ganz fest an sich . . .«

Aber da lag Adele schon in seinen Armen und drückte ihre kühle Wange an seine.

»Es gibt kein Patentrezept, Michael«, flüsterte sie. »Man tut es einfach.«

DAS GEHEIMNIS DER GELBEN NARZISSEN

1

»Ich verstehe Sie leider nicht, Mr. Lyne.«

Odette Rider blickte den jungen Mann ernst an, der lässig am offenen Sekretär lehnte. Ihr klares Gesicht war von leichter Röte überzogen, und in den Tiefen ihrer ruhigen grauen Augen blitzte ein Licht, das jeden anderen gewarnt hätte; nicht aber Thornton Lyne, der von seiner eigenen Genialität und Überredungsgabe völlig überzeugt war.

Seine Augen glitten wohlgefällig über ihren schönen Körper, vermerkten die Geradheit des Rückens, die edle Haltung des Kopfes, die Feingliedrigkeit der schlanken Hände. Er strich sich das lange schwarze Haar aus der Stirn und lächelte. Er schmeichelte sich zu glauben, seine Züge seien von Intellektualität geprägt und die ungesunde Teigigkeit seines Teints könne als »vornehme Blässe« bezeichnet werden.

Nach einer Weile wandte er den Blick von ihr ab und sah durch das große Erkerfenster in das von Kunden bevölkerte Erdgeschoß des Kaufhauses hinunter. Er hatte sich sein Büro im Zwischengeschoß einrichten und große Fenster einsetzen lassen, um zu jeder Zeit die wichtigste Abteilung seines Geschäfts im Auge zu haben.

Er sah wohl, daß sich hin und wieder ein Kopf in seine Richtung drehte, und wußte, daß sich die Aufmerksamkeit aller Verkäuferinnen auf die kleine Szene konzentrierte, in die hier eine seiner Angestellten verwickelt war. Man konnte sie vom Erdgeschoß aus gut beobachten.

Auch Odette war das klar, und es erhöhte ihr Unbehagen noch. Sie machte eine Bewegung, als wollte sie gehen, doch er hielt sie auf.

»Sie verstehen mich offenbar nicht, Odette«, sagte er. Seine Stimme war weich und melodisch und enthielt einen Anflug von Zärtlichkeit. »Haben Sie mein kleines Büchlein gelesen?« fragte er unvermittelt.

Sie nickte.

»Ja, ich — zum Teil.« Die Röte ihres Gesichts vertiefte sich.

Er lachte leise.

»Sie fanden es wahrscheinlich ziemlich sonderbar, daß ein Mann meiner Position Gedichte schreibt, wie?« fragte er. »Der größte Teil stammt aus der Zeit, ehe ich diesen gräßlichen Laden übernahm — ehe ich unter die Krämer ging.« Sie erwiderte nichts, und er sah ihr neugierig ins Gesicht. »Wie fanden Sie denn meine Gedichte?« erkundigte er sich. Ihre Lippen bebten, und wieder las er die Symptome falsch.

»Ich finde sie scheußlich«, stieß sie schließlich mit leiser Stimme hervor.

Er zog die Brauen hoch.

»Wie bürgerlich Sie sind, Miß Rider!« sagte er spöttisch. »Einige der besten Kritiker des Landes sind der Meinung, daß diese Verse an Schönheit der Dichtung der alten Griechen in nichts nachstehen.«

Sie wollte etwas sagen, doch sie schluckte es hinunter und preßte die Lippen aufeinander.

Thornton Lyne zuckte die Achseln und wanderte einmal durch sein luxuriös ausgestattetes Büro.

»Mit der Dichtung ist es wie mit der Olive — sie schmeckt nicht gleich beim erstenmal; man muß sich den Geschmack daran erwerben«, stellte er nach einer Weile fest. »Zur Würdigung der Literatur ist eine höhere Bildung nötig. Sie werden mir vermutlich noch einmal dankbar dafür sein, daß ich Ihnen Gelegenheit gegeben habe, schönen Gedanken in schöner Sprache zu begegnen.«

Bei diesen Worten blickte sie auf.

»Kann ich jetzt gehen, Mr. Lyne?« fragte sie.

»Noch nicht«, erwiderte er kühl. »Sie sagten eben, Sie verstünden mich nicht. Nun, ich will versuchen, mich deutlicher auszudrücken. Sie sind, wie Sie wahrscheinlich wissen, eine sehr schöne junge Frau und werden höchstwahrscheinlich eines Tages einen unbedeutenden kleinen Durchschnittsbürger heiraten, um an seiner Seite ein Leben zu führen, das dem einer Sklavin gleichkommt. Sie wissen ja wohl, daß dies der Lebensstil ist, der die bürgerliche Frau erwartet. Und weshalb unterwirft sie sich diesem Joch? Nur, weil ein Mann im schwarzen Talar gewisse Beschwörungsformeln herunterleiert, die für einen intelligenten Menschen keine Bedeutung haben. Ich würde mich auf dieses alberne Zeremoniell nicht einlassen, aber ich würde alles tun, um Sie glücklich zu machen.«

Langsam ging er auf sie zu und legte eine Hand auf ihre Schulter. Instinktiv schreckte sie vor ihm zurück.

Er lachte.

»Nun, was sagen Sie dazu?«

Mit blitzenden Augen machte sie sich los.

»Ich bin zufällig eine von diesen albernen, bürgerlichen Frauen«, sagte sie, »die den heruntergeleierten Beschwörungsformeln, von denen Sie eben sprachen, große Bedeutung beimessen. Gleichzeitig bin ich nicht so verbohrt zu glauben, daß das Glück oder Unglück einer Verbindung allein davon abhängt, ob die Trauungszeremonie vollzogen wird oder nicht. Aber ganz gleich, ob es sich um eine Ehe oder irgendeine andere Art von Bindung handelt, ich möchte einen ganzen Mann.«

Wütend funkelte er sie an.

»Was soll das heißen?« fragte er, und sein Ton war jetzt gar nicht mehr weich und zärtlich.

Tränen des Zorns lagen in ihrer Stimme, als sie ihm antwortete.

»Niemals könnte ich einen launenhaften Menschen lieben, der nichts anderes zu tun hat, als gräßliche Gefühle in mittelmäßige Verse zu kleiden.«

Sein Gesicht wurde krebsrot.

»Wissen Sie eigentlich, mit wem Sie reden?« schrie er.

»Ich rede mit Thornton Lyne, dem Eigentümer von Lynes Kaufhaus, dem Arbeitgeber von Odette Rider, die wöchentlich drei Pfund Gehalt von ihm bekommt.«

Ihm blieb die Luft weg vor Wut.

»Nehmen Sie sich in acht!« stieß er hervor. »Nehmen Sie sich ja in acht!«

»Ich spreche mit einem Menschen, dessen Leben eines Menschen nicht würdig ist!« Sie sprach jetzt rasch. »Mit einem Menschen, dem Aufrichtigkeit nichts gilt, der allein von der Klugheit und vom Ruf seines Vaters zehrt und von dem Geld, das seine Leute mit ihrer Hände Arbeit zusammengetragen haben . . Sie können mir keine Angst machen«, rief sie voller Verachtung, als er erneut einen Schritt auf sie zutrat. »Meine Stellung hier gebe ich sowieso auf, und zwar schon heute abend!«

Lyne war tief verletzt und gedemütigt durch ihre Geringschätzung. Sie sah das plötzlich, und das Mitgefühl, das in ihr aufwallte, verdrängte alle Bitterkeit.

»Es tut mir leid, daß ich so hart war«, sagte sie in freundlicherem Ton. »Aber Sie haben mich herausgefordert, Mr. Lyne.« Er war unfähig, auch nur ein Wort hervorzubringen. Er konnte nur stumm den Kopf schütteln und mit zitterndem Finger auf die Tür deuten. »Hinaus«, flüsterte er dann.

Odette Rider ging aus dem Zimmer. Lyne rührte sich nicht von der Stelle. Erst nach einer Weile trat er ans Fenster und blickte in den Verkaufsraum hinunter. Er beobachtete, wie sie sich langsam einen Weg durch das Gedränge von Kunden und Verkäufern bahnte und die drei Stufen hinaufstieg, die zum Büro des Hauptkassierers führten.

»Das wirst du mir büßen!« zischte er erbittert.

Sie hatte ihn so tief verletzt, daß an Vergebung nicht zu denken war. Er war der Sohn eines reichen Mannes und hatte in gewissem Sinn ein behütetes, beinahe weltfremdes Leben geführt. Die Vorteile, die eine öffentliche Schule ihm hätten bieten können, waren ihm verwehrt geblieben; statt dessen hatte er Privatschulen besucht, sich mit Schmeichlern umgeben und Leuten, die ebenso unaufrichtig waren wie er selbst. Niemals hatte der kalte Hauch von Kritik ihn berührt.

Er leckte sich die trockenen Lippen, ging zu seinem Schreibtisch und läutete.«

»Ist Mr. Tarling schon da?« fragte er das Mädchen, das wenig später eintraf.

»Ja, Sir, er wartet im Sitzungszimmer. Schon seit einer Viertelstunde.«

Lyne nickte. »Danke.«

»Soll ich ihm sagen —«

»Ich gehe gleich selbst zu ihm.«

Er nahm eine Zigarette aus seinem goldenen Etui und zündete sie an. Seine Nerven vibrierten, seine Hände zitterten, aber der Tumult in seinem Inneren legte sich, als ihm plötzlich ein großartiger Gedanke kam.

Tarling! Brillant!

Welch ein Zufall, daß er gerade jetzt mit dem Mann verabredet war, der weithin bekannt war für seine Klugheit und seinen beinahe unheimlichen Scharfsinn! Er eilte durch den Korridor zum Sitzungssaal und betrat den großen Raum mit ausgestreckter Hand.

Der Mann, der sich umdrehte, um ihn zu begrüßen, hätte ebensogut siebenundzwanzig wie siebenunddreißig Jahre alt sein können. Er war groß und eher schmal und geschmeidig als breit. Sein Gesicht war tief gebräunt; die blauen Augen, die Lyne ansahen, waren ruhig und ohne Ausdruck. Er nahm Lynes Hand, die so weich war wie die einer Frau. Lyne wurde plötzlich gewahr, daß sich noch eine dritte Person im Raum befand. Der Mann war nicht einmal mittelgroß und saß im Schatten eines Wandpfeilers. Auch er stand auf, begnügte sich aber mit einem kurzen Nicken.

»Ah, ein Chinese?« meinte Lyne, während er den unerwarteten Gast neugierig betrachtete. »Ach ja, natürlich, Mr. Tarling, Sie kommen ja direkt aus China. Möchten Sie nicht Platz nehmen?«

Dem Beispiel seines Gastes folgend, ließ er sich ebenfalls in einen Sessel sinken.

»Über den Auftrag, den ich für Sie habe, können wir später sprechen«, begann er. »Zunächst muß ich sagen, daß mein Augenmerk aus zweierlei Gründen gerade auf Sie fiel — einmal wegen der Zeitungsberichte, wie Sie den Schmuck der Herzogin von Henley sichergestellt haben, und zum anderen wegen der Geschichten, die ich über Sie hörte, als ich in China war. Sie arbeiten nicht für Scotland Yard, wenn ich recht unterrichtet bin?«

Tarling schüttelte den Kopf. »Nein«, antwortete er ruhig. »Ich war bei der Polizei in Shanghai und hatte ursprünglich die Absicht, zu Scotland Yard zu gehen, aber dann passierten verschiedene Dinge, die mich veranlaßten, meine eigene Detektei zu eröffnen. Ausschlaggebend war die Tatsache, daß man mir im Yard nicht so viel freie Hand lassen wollte wie ich brauchte.«

Lyne nickte hastig. Überall in China erzählte man sich von den Großtaten Jack Oliver Tarlings oder »Lieh Jens«, des Menschenjägers, wie er in der chinesischen Unterwelt genannt wurde.

Lyne beurteilte alle Menschen nach seinen eigenen Maßstäben und sah in diesem gelassenen und nüchternen Menschen schon ein mögliches Werkzeug, ja, einen geeigneten Verbündeten.

Wenn man den Berichten glauben durfte, hatte die Polizei von Shanghai ziemlich seltsame Methoden. Man nahm es dort mit den Buchstaben des Gesetzes anscheinend nicht allzu genau. Es gab sogar Gerüchte, daß der »Menschenjäger« nicht einmal davor zurückschreckte, seine Gefangenen zu foltern, wenn er dadurch Geständnisse erpressen konnte, die neue Spuren eröffneten. Lyne kannte natürlich nicht alle Legenden, die sich um den Namen des Jägers rankten, noch war er imstande, zwischen Dichtung und Wahrheit zu unterscheiden.

»In groben Zügen bin ich bereits darüber unterrichtet, weshalb Sie mich hergebeten haben«, sagte Tarling. Er sprach langsam und etwas gedehnt. »Sie skizzierten mir das ja in Ihrem Brief. Sie verdächtigen einen Ihrer Angestellten, die Firma seit Jahren betrogen zu haben. Es handelt sich um einen Mr. Milburgh, Ihren Geschäftsführer.«

Lyne brachte ihn mit einer Handbewegung zum Schweigen. »Lassen wir doch diese Geschichte zunächst einmal beiseite, Mr. Tarling«, sagte er leise. »Ich werde Sie gleich mit Milburgh bekannt machen, und es ist möglich, daß er uns bei der Durchführung meines Planes helfen kann. Ich will nicht sagen, daß Milburgh ein ehrlicher Mensch ist und mein Verdacht unbegründet wäre. Im Augenblick liegt mir aber etwas Wichtigeres am Herzen, und ich wäre Ihnen dankbar, wenn Sie vorläufig alles vergessen, was ich Ihnen über Milburgh erzählte. Ich werde ihn jetzt holen lassen.« Er trat zu einem langen Tisch, griff zum Telefon und sprach mit der Zentrale.

»Bitten Sie Mr. Milburgh, zu mir in den Sitzungssaal zu kommen«, sagte er.

Dann kehrte er zu seinem Gast zurück.

»Die Sache mit Milburgh kann warten«, bemerkte er. »Ich bin mir noch nicht einmal sicher, ob ich sie überhaupt weiter verfolgen werde. Haben Sie schon irgendwelche Erkundigungen eingezogen? Wenn ja, dann unterrichten Sie mich am besten kurz über das Ergebnis.«

Tarling zog eine kleine weiße Karte heraus und warf einen Blick darauf.
»Was für ein Gehalt zahlen Sie Milburgh?«
»Neunhundert pro Jahr.«
»Er lebt aber so, als verdiente er mindestens fünftausend«, antwortete Tarling. »Er hat ein Haus auf dem Land, gibt große Gesellschaften —«
Lyne wehrte voll Ungeduld ab.
»Das kann warten«, rief er. »Ich sagte Ihnen doch, mich beschäftigt im Augenblick etwas Wichtigeres. Milburgh mag ein Dieb sein —«
»Sie haben mich rufen lassen, Sir?«
Lyne fuhr herum.
Die Tür hatte sich lautlos geöffnet. Ein Mann stand auf der Schwelle. Auf seinem Gesicht lag ein schmeichlerisches Lächeln, während er sich unaufhörlich die Hände rieb, als wüsche er sie mit unsichtbarer Seife.

2

»Darf ich bekannt machen — Mr. Milburgh«, sagte Lyne verlegen.
Wenn Milburgh die letzten Worte seines Arbeitgebers gehört hatte, so verriet er das mit keiner Miene. Das starre Lächeln umspielte nicht nur seinen Mund, sondern spiegelte sich auch in den großen, glanzlosen Augen. Tarling musterte ihn mit einem raschen Blick und zog seine eigenen Schlüsse. Der Mann war ein geborener Lakai, mit feistem Gesicht, kahlem Schädel und runden Schultern, die in Unterwürfigkeit erstarrten.
»Schließen Sie die Tür, Milburgh, und nehmen Sie Platz. Das ist Mr. Tarling. Äh — Mr. Tarling ist — äh — Detektiv.«
»Ach?«
Devot verneigte sich Milburgh zu Tarling hin. Der Detektiv beobachtete ihn scharf, doch das Gesicht blieb unbewegt und zeigte keine jener Regungen, durch die sich bei ihm schon mancher Verbrecher verraten hatte.
Ein gefährlicher Mann, dachte er.
Aus dem Augenwinkel warf er einen Blick auf Ling Chu, um zu sehen, was für einen Eindruck Milburgh auf ihn machte. Einem ungeübten Auge hätte Ling Chu sich als unbeteiligter Beobachter gezeigt. Aber Tarling sah das schwache Verziehen der Lippen, das beinahe unmerkliche Zucken der Nasenflügel — untrügliche Anzeichen dafür, daß sein Mitarbeiter einen Verbrecher witterte.
»Mr. Tarling ist Detektiv«, wiederholte Lyne. »Ich hörte während meines Aufenthalts in China von ihm . . . Sie wissen wohl, daß ich auf meiner Weltreise auf drei Monate in China war«, sagte er, an Tarling gewandt.
Tarling nickte.
»Ja, das weiß ich. Sie wohnten im ›Bund-Hotel‹ und waren häufig im Eingeborenenviertel, wo Sie recht unfreundliche Erfahrungen machen mußten, als Sie sich im Opiumrauchen versuchten.«
Lyne lief rot an, dann lachte er.
»Sie wissen mehr über mich, als ich über Sie, Tarling«, bemerkte er. In seiner Stimme lag ein scharfer Unterton. Dann sagte er zu Milburgh: »Ich habe Anlaß zu glauben, daß einer meiner Kassenangestellten ein Dieb ist.«
»Ausgeschlossen, Sir!« rief Milburgh bestürzt. »Ganz ausgeschlossen!

Wer sollte das sein? Wirklich, Ihnen entgeht nichts, Sir! Ich sage ja immer, Sie sehen Dinge, die wir alten Hasen gar nicht bemerken, nicht mal, wenn sie direkt vor unserer Nase passieren!«

Lyne lächelte selbstgefällig. »Es wird Sie interessieren, Mr. Tarling«, bemerkte er, »daß mir die Welt der Verbrecher nicht ganz unbekannt ist, im Gegenteil, ich habe sehr direkte Beziehungen zu ihr. Seit vier Jahren bemühe ich mich, einen Unglücksraben, den ich unter meine Fittiche genommen habe, auf den rechten Weg zu bringen. Er wird in zwei Tagen wieder einmal aus dem Gefängnis entlassen. Ich widme mich dieser Aufgabe«, fügte er bescheiden hinzu, »weil ich der Meinung bin, daß wir, die wir uns in einer glücklicheren Lage befinden, die Pflicht haben, denen zu helfen, denen das Leben im grausamen Kampf ums Dasein keine Chance gegeben hat.«

Tarling war nicht beeindruckt. »Wissen Sie, wer Sie bestohlen hat?« fragte er.

»Ich habe Grund zu der Vermutung, daß es sich um eine junge Frau handelt, die ich heute abend fristlos entließ. Ich möchte, daß Sie sie überwachen.«

Tarling nickte.

»Das ist doch eine ziemlich einfache Geschichte«, meinte er mit dem ersten schwachen Anflug eines Lächelns. »Haben Sie keinen eigenen Kaufhausdetektiv, der so etwas übernehmen kann? Solche Kleinigkeiten liegen nicht auf meiner Linie. Ich hatte den Eindruck, es handelte sich um eine größere Sache —« Er brach ab. Im Beisein gerade jenes Mannes, dessen Verhalten ursprünglich Anlaß seiner Nachforschungen gewesen war, konnte er keine näheren Erklärungen geben.

»Ihnen mag die Angelegenheit geringfügig erscheinen, mir ist sie sehr wichtig«, erklärte Lyne mit Nachdruck. »Wir haben hier eine junge Frau, die von ihren Arbeitskollegen sehr geschätzt wird und deshalb großen Einfluß auf sie hat. Und eben diese junge Frau hat, wie ich stark vermute, fortgesetzt die Bücher gefälscht und die Firma betrogen, während sie gleichzeitig darauf achtete, sich das Wohlwollen aller Kollegen zu sichern, mit denen sie zu tun hatte. Es liegt auf der Hand, daß eine solche Person gefährlicher ist als jemand, der einer momentanen Versuchung erliegt. Es wäre vielleicht an der Zeit, an dieser jungen Frau einmal ein Exempel zu statuieren, aber im Augenblick fehlen mir leider die Beweise, um sie zu überführen; das ist der Grund, weshalb ich Sie hinzugezogen habe, Mr. Tarling.«

»Ach so, ich soll also die Beweise finden?« erkundigte sich Tarling neugierig.

»Darf ich fragen, wer die Person ist, Sir?« warf Milburgh ein.

»Miß Rider«, antwortete Lyne.

»Miß Rider!«

Überraschung und Fassungslosigkeit spiegelte sich auf Milburghs Zügen.

»Miß Rider«, wiederholte er ungläubig. »O nein, das ist ganz unmöglich!«

»Wieso unmöglich?« fragte Lyne scharf.

»Äh, Sir, ich meinte —« stammelte der Geschäftsführer, »es ist so unwahrscheinlich — sie ist eine so nette Person . . .«

Thornton Lyne warf ihm einen argwöhnischen Blick zu. »Sie haben doch nicht etwa einen bestimmten Grund, Miß Rider in Schutz zu nehmen?«

»Aber nein, Sir, durchaus nicht. Das dürfen Sie nicht glauben«, erwiderte Milburgh erregt. »Es erscheint mir nur so — so ungewöhnlich.«

»Alles, was aus dem Rahmen fällt, ist ungewöhnlich«, fuhr Lyne ihn an. »Es wäre beispielsweise ungewöhnlich, wenn man Sie des Diebstahls bezichtigte, Milburgh. Es wäre beispielsweise äußerst ungewöhnlich, wenn sich herausstellte, daß Sie im Jahr fünftausend Pfund ausgeben, obwohl Sie nur neunhundert verdienen, meinen Sie nicht?«

Nur eine Sekunde lang verlor Milburgh die Fassung. Mit einer hastigen Bewegung drückte er die Hand auf den Mund, und Tarling, der ihn nicht aus den Augen ließ, sah, was für eine ungeheure Anstrengung es ihn kostete, seine Gelassenheit wiederzufinden.

»Ja, Sir, das wäre sehr ungewöhnlich«, sagte Milburgh gezwungen.

Lyne hatte sich wieder in seine frühere Wut hineingesteigert, und wenn seine bissigen Worte auch an Milburgh gerichtet waren, so galten seine Gedanken doch der jungen Frau, die ihn mit solcher Geringschätzung behandelt hatte. »Es wäre auch ungewöhnlich, wenn Sie dank meiner Entdeckung, daß Sie seit Jahren die Firma bestohlen haben, ins Gefängnis wandern«, knurrte er böse, »und ich denke, alle anderen in der Firma würden genau das gleiche sagen wie Sie — wie ungewöhnlich!«

»Ja, das glaube ich auch, Sir«, erwiderte Milburgh, wieder das alte schmeichlerische Lächeln auf dem Gesicht, den freundlich verschmitzten Blick in den Augen. »Und niemand wäre so erstaunt wie das arme Opfer — ha ha!« Er lachte dröhnend.

»Vielleicht auch nicht«, entgegnete Lyne kalt. »Ich möchte jetzt nur noch wenige Worte sagen und bitte Sie, genau aufzupassen. Schon den ganzen vergangenen Monat haben Sie sich bei mir darüber beklagt, daß kleine Beträge aus der Kasse fehlen.«

Es war eine kühne und in vieler Hinsicht unbesonnene Behauptung. Der Erfolg seines hastig entworfenen Plans hing nicht nur von Milburghs Schuld ab, sondern auch von Milburghs Bereitschaft, diese Schuld zuzugeben. Wenn der Geschäftsführer sich bereit fand, die Lüge zu unterstützen, gestand er damit auch seine Unterschlagungen ein. Tarling, dem zunächst rätselhaft gewesen war, was eigentlich vorging, begriff jetzt, worauf Lyne hinauswollte.

»Ich habe mich beschwert, daß im vergangenen Monat Geld verschwand?« wiederholte Milburgh dumpf. Das Lächeln um seinen Mund war erloschen, sein Gesicht wirkte grau und eingefallen.

»Genau das habe ich gesagt«, bestätigte Lyne, ohne seinen Blick von ihm zu wenden. »Entspricht es etwa nicht den Tatsachen?«

Darauf folgte eine lange Pause, dann nickte Milburgh. »Doch, Sir, es ist wahr«, sagte er leise.

»Und Sie haben mir ferner anvertraut, daß Sie Miß Rider der Veruntreuung verdächtigen?«

Wieder trat eine Pause ein, wieder nickte Milburgh.

»Haben Sie das gehört?« fragte Lyne Tarling triumphierend.

»Ich habe es gehört«, erwiderte Tarling ruhig. »Und was erwarten Sie jetzt von mir? Ist das nicht eine Sache für die Polizei?«

Lyne runzelte unwillig die Stirn. »Wir müssen erst noch Beweise sammeln«, erklärte er. »Sie erhalten alle Informationen über die junge Frau, ihre Adresse und so weiter, und dann ist es Ihre Sache, die Einzelheiten zusammenzutragen, die es uns erlauben werden, denn Fall Scotland Yard zu übergeben.«

»Ich verstehe«, sagte Tarling und lächelte wieder. Dann aber schüttelte er den Kopf. »Diesen Fall kann ich leider nicht übernehmen, Mr. Lyne.«

»Sie können ihn nicht annehmen?« rief Lyne erstaunt. »Warum nicht?«

»Weil ich mich mit so etwas nicht befasse. Als Sie mir schrieben, hatte ich den Eindruck, daß Sie mir einen der größten Fälle anvertrauen wollten, die ich je bearbeitet habe. Da sieht man einmal wieder, wie man sich täuschen kann.«

»Was soll das heißen? Sie wollen einem zahlungskräftigen Auftraggeber einfach den Laufpaß geben?«

»Ob zahlungskräftig oder nicht, der Auftrag lockt mich nicht«, erklärte Tarling. »Ich möchte mit dieser Sache nichts zu tun haben, Mr. Lyne, und damit ist für mich die Angelegenheit erledigt.«

»Ach, es ist Ihnen wohl nicht lukrativ genug?« rief Lyne höhnisch. »Aber wenn ich Ihnen sage, daß ich bereit bin, Ihnen ein Honorar von fünfhundert Guineas zu bezahlen . . .«

»Sie könnten mir fünftausend oder fünfzigtausend bieten, ich würde es dennoch ablehnen, mich in diese Geschichte hineinziehen zu lassen«, erklärte Tarling in einem Ton, der keinen Widerspruch duldete.

»Dann habe ich zumindest ein Recht darauf zu erfahren, warum. Kennen Sie das Mädchen?« fragte Lyne mit lauter Stimme.

»Ich bin der Dame nie begegnet und werde ihr wahrscheinlich auch nie begegnen«, erwiderte Tarling. »Ich kann Ihnen nur verraten, daß ich mit einem solchen Schwindel nichts zu tun haben möchte.«

»Schwindel?« wiederholte Lyne.

»Ja, Schwindel. Ich glaube, Sie wissen genau, was ich meine. Aus irgendeinem Grund hegen Sie plötzlich einen Groll gegen eine Ihrer Angestellten. Ihr Gesicht verriet mir viel, Mr. Lyne, und wenn mich meine Menschenkenntnis nicht trügt, sind Sie bei Ihren weiblichen Angestellten nicht gerade der vollendete Kavalier. Ich vermute, daß Sie sich von einem netten, anständigen Mädchen eine Abfuhr eingehandelt haben und ihr nun in ihrer Wut und Gekränktheit eins auswischen wollen. Mr. Milburgh«, fuhr er fort und wandte sich dem Geschäftsführer zu, »hat seine eigenen Gründe, Ihren Wünschen entgegenzukommen. Er ist Ihr Angestellter, und Ihre versteckte Drohung, ihn ins Gefängnis zu bringen, falls er nicht auf Ihre Wünsche eingeht, hat gewiß einiges bewirkt.«

Thornton Lynes Gesicht war wutverzerrt.

»Ich werde dafür sorgen, daß Ihr Verhalten überall bekannt wird«, stieß er hervor. »Die Beschuldigung, die Sie gegen mich vorgebracht haben, ist ungeheuerlich! Ich werde Sie wegen Verleumdung verklagen! In Wahrheit ist es doch so, daß Sie der Aufgabe, die ich Ihnen übertragen wollte, nicht gewachsen sind und einen Vorwand suchen, sich zu drükken.«

»In Wahrheit ist es so«, entgegnete Tarling, »daß ich nicht gewillt bin, meinen guten Ruf mit derart schmutzigen Geschäften aufs Spiel zu setzen. Unhöflichkeit ist mir zuwider, ebenso zuwider ist es mir, gutes Geld einfach wegzuwerfen; aber es ist mir unmöglich, mich mit gutem Geld für üble Machenschaften bezahlen zu lassen, Mr. Lyne. Wenn ich Ihnen raten darf, dann geben Sie diesen dummen Racheplan auf, zu dem Ihre verletzte Eitelkeit Sie inspiriert hat — es ist wirklich ein ganz plumper Schwindel —, und entschuldigen sich statt dessen bei der jungen Dame, die Sie sicherlich schwer beleidigt haben.«

Tarling winkte seinem chinesischen Begleiter und schlenderte zur Tür.

Außer sich vor Wut sah Lyne ihm nach. Erst als sich die Tür schon fast geschlossen hatte, stürzte er mit einem erstickten Wutschrei los, riß sie wieder auf und sprang den Detektiv an.

Zwei Hände packten seine Arme, hoben ihn hoch und trugen ihn ins Zimmer zurück. Dort wurde er in einen Sessel gestoßen. Nicht unfreundlich blickte Tarling auf ihn hinunter. Die kleinen Lachfältchen um seine Augen milderten den grimmigen Ernst auf seinem Gesicht etwas.

»Mr. Lyne«, sagte er in spöttischem Ton, »Sie geben der Umwelt ein ganz schreckliches Beispiel. Ein Glück, daß Ihr Sträflingsfreund noch im Gefängnis sitzt.«

3

Zwei Tage später parkte Thornton Lyne mit seinem großen Wagen am Rand der Gemeindewiese von Wandsworth, dem Gefängnistor gegenüber.

Thornton Lyne war Kaufmann, hatte Kunstgeschichte studiert und war Gewinner eines Universitätspreises und Autor eines kleinen Gedichtbändchens. Die darin enthaltene Lyrik war nicht von sehr hoher Qualität — dafür war das Bändchen um so hübscher gedruckt, in altmodischer, reich verzierter Schrift mit verschnörkelten Anfangsbuchstaben und breitem Rand.

Er war Kaufmann, weil es ihm ein luxuriöses Leben gestattete, zu dem nicht nur ein schnittiger kleiner Zweisitzer gehörte, sondern außerdem eine Sechszylinderlimousine für besondere Anlässe, ein Landhaus und eine Stadtwohnung, deren Einrichtungen Unsummen verschlungen hatten.

Der ältere Lyne, Josef Emanuel, hatte das Warenhaus gegründet und dafür gesorgt, daß es florierte. Er hatte ein System entwickelt, die die Bedienung jedes Kunden garantierte, sobald er eine der vielen Abteilungen des Kaufhauses betrat. Es basierte auf dem alten Grundsatz, stets genug Verkaufskräfte bereit zu haben.

Thornton Lyne übernahm das Geschäft zu einem Zeitpunkt, als er sich dank seines schmalen Gedichtbändchens einen Platz unter den verkannten Genies erobert hatte. Die wenigen Kritiker, die auf sein Buch aufmerksam wurden, schrieben, um ihrer Geringschätzung Ausdruck zu geben, in Anführungszeichen von seiner Lyrik, und kein Mensch kaufte das Bändchen, obwohl es so dünn war. Gerade deshalb wurde Thornton Lyne zum Vorbild jener, die auch Bücher schrieben, die keiner las. Von einem nämlich waren die verkannten Genies felsenfest überzeugt: Je größer die Geringschätzung der Masse, desto hervorragender das Werk und sein Erzeuger. Unter anderen Umständen hätte sein verkanntes Genie Thornton Lyne noch weiter emporgetragen — in Sphären, wo man erhaben ist über Ehe und Seife und saubere Hemden und frische Luft; doch sein Vater starb, und aus Lyne, dem verkannten Genie, wurde Lyne, der Krämer.

In einem ersten Impuls wollte er die Firma verkaufen und sich in eine Villa in Florenz oder auf Capri zurückziehen. Dann sah er plötzlich das Absurde der Situation, und die Vorstellung, daß er, ein Gelehrter, ein Gentleman und unverstandener Dichter, von nun an in einem Büro sitzen würde, reizte ihn. Zur allgemeinen Überraschung übernahm er den Posten seines verstorbenen Vaters.

Er verfaßte eine Antrittsrede an seine dreitausend Angestellten und ließ sie auf feinem Papier in altertümlich verschnörkelter Schrift drucken. Er zitierte Seneca, Aristoteles, Marc Aurel und vergaß auch die Ilias nicht. Die Antrittsrede bekam bessere und längere Besprechungen in den Zeitungen als sein Gedichtband.

Er fand das neue Leben angenehm, besonders wegen der ungläubigen Verwunderung zahlloser Freunde, die die Hände über dem Kopf zusammenschlugen und voll Ehrfurcht fragten: »Wie kannst du nur — ein Mann mit deiner Begabung, mit deinem Temperament . . .«

Das Leben hätte auch so angenehm bleiben können, wenn weiter alle Welt gestaunt und ihn bewundert hätte. Leider gab es aber mindestens zwei Menschen, die sich von seinen Millionen und seinem Genie nicht beeindrucken ließen.

In dem großen Wagen, der elektrisch geheizt war, war es warm. Draußen jedoch war es bitterkalt an diesem unwirtlichen Aprilmorgen, und die fröstelnden Frauen, die in einer kleinen Gruppe in respektvoller Entfernung vom Gefängnistor warteten, zogen ihre Schals fester um sich, als der Wind vereinzelt Schneeflocken über die Wiese wehte. Bald war die ganze Wiese weiß, und die ersten Blumen nahmen sich kläglich aus in dieser winterlichen Umgebung.

Die Gefängnisuhr schlug acht. Eine kleine Pforte öffnete sich, und ein Mann schlurfte hinaus. Er hatte die Jacke bis zum Hals zugeknöpft und die Mütze tief ins Gesicht gezogen. Als Lyne ihn sah, legte er die Zeitung weg, in der er gelesen hatte, öffnete die Wagentür und sprang hinaus. Mit raschen Schritten ging er dem entlassenen Sträfling entgegen.

»Nun, Sam«, sagte er jovial, »Sie haben mich wohl nicht erwartet?«

Der Mann blieb wie vom Donner gerührt stehen und starrte die Gestalt im Pelzmantel an.

»Ach, Mr. Lyne«, rief er mit rauher Stimme, und die Tränen liefen ihm über das Gesicht. Unfähig zu sprechen, umklammerte er Lynes Hand.

»Sie haben doch nicht etwa gedacht, daß ich Sie im Stich lassen würde, Sam?« fragte Lyne, im angenehmen Bewußtsein seines Edelmuts.

»Ich dachte, Sie hätten mich aufgegeben, Sir«, murmelte Sam Stay heiser. »Sie sind ein vornehmer Mann, Sir, und ich sollte mich wirklich schämen.«

»Unsinn, Sam! Steigen Sie ein, kommen Sie! Die Leute hier werden Sie für einen Millionär halten.«

Sam Stay schluckte, grinste etwas dümmlich, öffnete die Wagentür und stieg ein. Mit einem Seufzer des Behagens ließ er sich in die weichen Polster sinken.

»Mein Gott! Daß es noch Menschen wie Sie auf der Welt gibt, Sir! Es geschehen noch Zeichen und Wunder.«

»Ach, Unsinn, Sam! Wir fahren jetzt in meine Wohnung. Da frühstükken wir richtig, und dann machen wir einen neuen Anfang.«

»Ich will versuchen, von jetzt an ein ordentliches Leben zu führen, Sir, wirklich!«

Um der Wahrheit die Ehre zu geben, muß gesagt werden, daß es Thornton Lyne ziemlich gleichgültig war, ob Sam ein ordentliches Leben führte oder nicht. Er wäre wahrscheinlich sogar sehr enttäuscht gewesen, wenn Sam auf dem geraden Weg geblieben wäre. Er hielt sich Sam wie andere Leute Hühner oder Hunde und war stolz auf ihn wie andere auf ihre Briefmarkensammlung oder ihr wertvolles Porzellan. Sam war ein besonderer Luxus, den er sich leistete, weil er damit angeben konnte. In seinem Klub prahlte er mit seiner Bekanntschaft — Sam war ein tüchtiger Einbrecher und hatte nichts anderes gelernt —, und die Verehrung, die Sam ihm entgegenbrachte, fand er höchst erfrischend und befriedigend.

Und diese Verehrung war echt. Sam hätte für diesen bleichen Mann mit dem schlaffen Mund sein Leben gegeben. Er hätte sich in Stücke reißen lassen, wenn er dem Mann hätte helfen können, der für ihn nicht viel weniger war als Gott. Zum erstenmal war Thornton Lyne Sam Stay begegnet, als dieser Meister seines Fachs gerade damit beschäftigt gewesen war, in das Haus seines zukünftigen Wohltäters einzubrechen. Aus einer Laune heraus hatte Lyne Sam zum Frühstück eingeladen und mit ihm über seine Zukunft gesprochen. Zweimal hatte Sam kurze Gefängnisstrafen verbüßt, und einmal mußte er ziemlich lange hinter Gittern bleiben; jedesmal hatte Lyne den armen Sünder mit viel Getue vom Gefängnis abgeholt und mit nach Hause genommen, um ihn dort großzügig zu bewirten und mit einer Menge weltkluger und völlig überflüssiger Ratschläge zu versehen. Danach hatte er ihn mit einem Taschengeld von zehn Pfund wieder auf seine Mitmenschen losgelassen. Die Summe reichte Sam gerade, um sich einen neuen Satz Einbruchswerkzeuge zu kaufen.

Nie zuvor hatte Sam solche Dankbarkeit gezeigt; und nie zuvor waren Lynes Bemühungen um ihn weniger uneigennützig gewesen. Erst kam ein heißes Bad — auf das Sam hätte verzichten können, das er jedoch aus Höflichkeit annehmen mußte; dann ein üppiges Frühstück; danach ein neuer Anzug, in dessen Jackentasche nicht zwei, sondern vier Fünfpfundnoten steckten.

Nach dem Frühstück hielt Lyne den üblichen Vortrag.

»Ach, es hat ja doch keinen Sinn, Sir«, sagte der Einbrecher kopfschüttelnd. »Ich hab wirklich alles versucht, um auf ehrliche Weise Geld zu verdienen, aber es klappt nie. Das letztemal hab ich nach meiner Entlassung drei Monate lang ein Taxi gefahren. Dann entdeckte ein Bulle, daß ich keinen Führerschein hatte, und ich wurde verknackt. Und wenn ich Sie bitten würde, mir in Ihrem Laden was zu verschaffen, Sir, dann wär das auch nichts, weil ich's nämlich doch nicht durchhalten könnte. Ehrlich nicht! Ich bin ein freies Leben gewöhnt, ich muß mein eigener Herr sein. Ich bin eben ein richtiger Abenteurer.«

»Ja, den Eindruck habe ich auch, Sam«, meinte Lyne mit einem kleinen Lächeln. »Ich kann Ihnen ein Abenteuer bieten, das ganz nach Ihrem Geschmack ist.«

Dann erzählte er eine Geschichte von gemeinster Undankbarkeit — von einer jungen Frau, der er geholfen, ja, die er buchstäblich vor dem Verhungern gerettet und die ihn zum Lohn dafür betrogen habe.

Lyne war ein Dichter. Er war außerdem ein phantasievoller Lügner. Die Lüge kam ihm so leicht über die Lippen wie die Wahrheit, ja, leichter noch, weil der Wahrheit eine gewisse Nüchternheit anhaftete, die seiner Künstlerseele widerstrebte.

Sams Augen wurden schmal, während er der Geschichte von Odette Riders Hinterhältigkeit lauschte. Keine Strafe war zu groß für ein solches Geschöpf. Sie verdiente nicht das geringste Mitgefühl.

Schließlich schwieg Lyne, die Augen auf sein Gegenüber gerichtet, um die Wirkung seiner Worte festzustellen.

»Sagen Sie mir, wie man es ihr heimzahlen kann, Sir«, zischte Sam wütend. »Ich erledige es für Sie, und wenn ich dabei draufgehe!«

»Das höre ich gern«, erwiderte Lyne und goß Sam aus der hohen Flasche, die auf dem Tablett stand, einen kräftigen Schluck Schnaps ein. »Ich will Ihnen sagen, was mir vorschwebt.«

Den Rest des Morgens saßen die beiden Männer am Tisch und schmiedeten Rachepläne.

4

Am Abend des Tages, an dem Sam Stay aus dem Gefängnis entlassen worden war, lag Jack Tarling auf seinem harten Bett, eine lange Zigarettenspitze zwischen den Lippen, ein Buch über chinesische Metaphysik in den Händen, mit sich und der Welt zufrieden.

Er hatte einen anstrengenden Tag hinter sich, denn der Fall, an dem er gerade arbeitete — ein Bankschwindel —, machte ihm viel Kopfzerbrechen. Eigentlich hätte er dieser Sache seine ganze Zeit widmen müssen, doch er wollte sich noch privat um eine andere kleine Geschichte kümmern. Sie brachte ihm nichts ein, nur seine Neugier trieb ihn dazu. Er legte das Buch auf seine Brust, als er hörte, wie die Tür leise geöffnet wurde.

Lautlos trat der unergründliche Ling Chu ins Zimmer. Er hielt ein Tablett, das er auf dem niedrigen Tisch neben dem Bett abstellte. Tarling fiel auf, daß der Chinese einen Hausanzug aus blauer Seide trug.

»Du gehst also heute abend nicht mehr aus, Ling Chu?«

»Nein, Lieh Jen.«

Sie unterhielten sich in der weichen, von Zischlauten gekennzeichneten Mundart von Shantung.

»Du warst bei dem Mann mit dem füchsischen Gesicht?«

Statt einer Antwort zog der Chinese einen Umschlag hervor und reichte ihn Tarling. Der warf einen Blick auf die Adresse.

»Aha, da also wohnt die junge Dame. Miß Odette Rider, ›Carrymore Mansions‹, Edgware Road.«

»Es ist ein Sippenhaus, wo viele Leute leben«, erklärte Ling Chu. »Ich bin selbst hineingegangen und habe es mir angesehen. Die Leute kamen und gingen ohne Ende. Kein einziges Mal habe ich dieselben Leute zweimal gesehen.«

»So etwas nennt man ein Mietshaus, Ling«, bemerkte Tarling mit einem kleinen Lächeln. »Was sagte der Mann mit dem füchsischen Gesicht zu meinem Brief?«

»Nichts. Er las und las und dann verzog er sein Gesicht.« Ling ahmte Milburghs Lächeln nach. »Und danach hat er geschrieben.«

Tarling nickte. Einen Moment lang starrte er ins Leere, dann hob er die Teetasse an die Lippen, die sein Diener hereingebracht hatte.«

»Und was ist mit dem Mann mit dem weißen und schlaffen Gesicht, Ling?« fragte er. »Warst du bei ihm?«

»Ja, ich habe ihn mir angesehen«, antwortete der Chinese ernst. »Er ist ein Mann ohne Himmel.«

Wieder nickte Tarling. Die Chinesen pflegten das Wort »Himmel« anstelle von »Gott« zu gebrauchen, und er fand, daß Ling Thornton Lynes Mangel an geistiger Substanz sehr richtig beobachtet hatte.

Als Tarling den Tee ausgetrunken hatte, schwang er die Beine aus dem Bett. »Ling«, sagte er, »ich finde alles so öde und traurig. Ich glaube nicht, daß ich auf die Dauer hier leben werde.«

»Wirst du nach Shanghai zurückkehren?« fragte der Chinese, ohne eine Gefühlsregung zu zeigen.

»Ja, ich glaube schon.« Tarling nickte. »Hier ist es mir auf jeden Fall viel zu langweilig. Nichts als ein paar elende kleine Fälle, wo es um gestohlenes Geld und untreue Ehepartner geht — das macht mich ganz krank.«

»Ja, das sind kleine Dinge«, meinte Ling Chu mit philosophischer Ruhe. »Aber der große Meister« — er sprach jetzt von Konfuzius — »hat gesagt, daß Größe aus kleinen Dingen kommt. Und vielleicht wird bald ein kleiner Mann einem großen den Kopf abschlagen, und dann wird man dich holen, damit du den Mörder fängst.«

Tarling lachte.

»Du bist ein Optimist, Ling. Ich glaube nicht, daß man mich holt, wenn ein Mord verübt wird. Hier in England werden keine Privatdetektive zugezogen.«

Ling schüttelte den Kopf.

»Aber du mußt den Mörder jagen, sonst bist du nicht mehr Lieh Jen, der Menschenjäger.«

»Du bist ein blutrünstiger Bursche, Ling«, sagte Tarling auf englisch, obwohl Ling mit dieser Sprache Mühe hatte. »Ich gehe jetzt aus«, fügte er auf chinesisch hinzu. »Ich will die kleine Frau aufsuchen, die der Mann mit dem weißen Gesicht so begehrenswert findet.«

»Darf ich dich begleiten, Herr?« fragte Ling.

Tarling zögerte.

»Ja, du kannst mitkommen«, sagte er dann, »aber bleib hinter mir und zeig dich nicht!«

»Carrymore Mansions« ist ein Häuserblock, der zwischen zwei vornehmen Gebäuden der Edgware Road eingezwängt ist. Im Erdgeschoß befinden sich Garagen, was die Mieten wahrscheinlich drückt; doch für eine kleine Verkäuferin, vermutete Tarling, mußten sie eigentlich immer noch zu hoch sein, falls sie nicht mit ihrer Familie zusammenlebte. Doch die Erklärung war eine andere: Odette Rider wohnte nämlich, wie sich herausstellte, in einer der weniger begehrten Souterrainwohnungen, die billiger vermietet wurden.

Als er vor der glänzenden Eingangstür aus Mahagoni stand, überlegte er, wie er ihr seinen späten Besuch erklären sollte. Daß eine Erklärung am Platz war, sah er an dem unverhüllten Argwohn auf ihrem Gesicht, als sie öffnete.

»Ja, ich bin Miß Rider«, sagte sie.

»Kann ich Sie einen Moment sprechen?«

»Das tut mir leid«, antwortete sie mit einem Kopfschütteln, »aber ich bin allein in der Wohnung, da kann ich Sie nicht hereinbitten.«

Das war ein schlechter Anfang.

»Könnten Sie denn nicht herauskommen?« fragte er drängend, und unwillkürlich lächelte sie.

»Ich kann leider unmöglich mit jemandem ausgehen, der mir völlig unbekannt ist«, entgegnete sie mit einer Spur von Belustigung in den Augen.

»Ja, mir ist klar, daß das schwierig ist«, sagte Tarling lachend. »Hier ist meine Karte. Allerdings ist mein Name in England nicht sehr bekannt.«

Sie nahm die Karte und las.

»Sie sind Privatdetektiv?« fragte sie beunruhigt. »Wer hat Sie hergeschickt? Doch nicht Mr. —«

»Nein, nicht Mr. Lyne.«

Sie zögerte einen Moment, dann öffnete sie die Tür etwas mehr.

»Bitte, kommen Sie herein. Wir können uns hier im Flur unterhalten. Mr. Lyne hat Sie also nicht geschickt?«

»Mr. Lyne war ursprünglich sehr interessiert daran, daß ich Sie aufsuche«, erklärte Tarling. »In gewisser Weise mache ich mich jetzt eines Vertrauensbruchs schuldig, aber ich bin der Meinung, daß er auf meine Loyalität kein Anrecht hat. Eigentlich weiß ich gar nicht, warum ich Sie überhaupt belästige, aber ich möchte Ihnen auf jeden Fall raten, auf der Hut zu sein.«

»Wovor?« fragte sie.

»Vor den Machenschaften eines Herrn, den Sie —« Er suchte nach einem Wort.

»Sehr gekränkt haben«, vollendete sie den Satz.

»Ich weiß nicht, was zwischen Ihnen vorgefallen ist«, meinte er, »aber ich habe den Eindruck, daß Sie Mr. Lyne aus irgendeinem Grund verletzt haben und er sich an Ihnen rächen will. Ich will Sie gar nicht erst bitten, sich mir anzuvertrauen, weil ich gut verstehen kann, daß Sie darüber lieber nicht sprechen möchten. Eines aber möchte ich Ihnen sagen: Mr. Lyne wird wahrscheinlich versuchen, Ihnen etwas anzuhängen — das heißt, Sie als Diebin hinzustellen.«

»Als Diebin!« rief sie bestürzt. »Mich? Aber nein, so gemein kann er doch nicht sein!«

»Täuschen Sie sich nicht! Ich weiß, daß er sogar Mr. Milburgh dazu bewog zu sagen, es seien in letzter Zeit Gelder aus der Kasse verschwunden.«

»Das ist ausgeschlossen!« rief sie. »Niemals würde Mr. Milburgh so etwas sagen. Ausgeschlossen!«

»Mr. Milburgh wollte es auch gar nicht, das muß ich zugeben«, erklärte Tarling und berichtete dann kurz von der Besprechung, wobei er jede Bemerkung über den Verdacht gegen Milburgh selbst vermied.

»Sie sehen also«, sagte er abschließend, »daß Sie wirklich vorsichtig sein müssen. Ich würde vorschlagen, Sie übergeben die Sache einem Anwalt. Sie brauchen ja nichts gegen Mr. Lyne zu unternehmen, aber es wäre auf jeden Fall besser, Rückendeckung zu haben.«

»Ich danke Ihnen sehr, Mr. Tarling«, sagte sie warm und blickte ihn mit einem so rührend hilflosen Lächeln an, daß ihm förmlich das Herz schmolz.

»Und wenn Sie keinen Anwalt nehmen wollen«, fügte er hinzu, »können Sie sich jederzeit auf mich verlassen.«

»Sie wissen nicht, wie dankbar ich Ihnen bin, Mr. Tarling.« In ihren Augen glänzten Tränen. Dann aber faßte sie sich wieder und führte ihn in das kleine Wohnzimmer.

»Meine Stellung habe ich natürlich verloren«, bemerkte sie, »aber ich habe schon verschiedene neue Angebote. Den Rest der Woche tue ich erst einmal gar nichts.«

Mit einer hastigen Handbewegung bedeutete Tarling ihr, zu schweigen. Er hatte ein unglaublich feines Gehör. »Erwarten Sie Besuch?« fragte er leise.

»Nein.«

»Lebt jemand mit Ihnen in der Wohnung?«

Odette Rider schüttelte den Kopf. Tarling stand auf. Staunend sah sie, mit welcher Schnelligkeit und Gewandtheit der große Mann sich bewegte. Lautlos eilte er zur Wohnungstür, drehte den Knauf und riß die Tür auf.

Ein Mann stand draußen auf der Matte.

Erschrocken sprang er zurück, als Tarling plötzlich vor ihm auftauchte. Der Fremde sah bleich und eingefallen aus und trug einen neuen Anzug, offensichtlich von der Stange, doch auf seinem Gesicht lag noch jener seltsame gelbliche Schimmer, der ein Merkmal des frischentlassenen Sträflings ist. »Entschuldigung«, stammelte er, »ist das hier nicht Nummer siebenundachtzig?«

Tarling packte ihn blitzschnell am Jackett und zog ihn zu sich heran.

»Sagen Sie mal, was machen Sie hier? Was haben Sie da in der Hand?« Er entwand dem Mann ein merkwürdig aussehendes Werkzeug, das mit einem gewöhnlichen Schlüssel nichts gemeinsam hatte.

»Kommen Sie erst mal rein«, sagte Tarling und zog den Fremden in den Vorraum. Dort durchsuchte er ihn mit geübter Hand und fand etwa ein Dutzend Ringe, von denen jeder das winzige Etikett von Lynes Warenhaus trug. »Na so was?« sagte Tarling sarkastisch. »Sollen das etwa Geschenke von Mr. Lyne an Miß Rider sein?«

Der Mann war sprachlos vor Wut.

»Ein plumper Trick«, fuhr Tarling fort und schüttelte bekümmert den Kopf. »Sie können wieder gehen. Bestellen Sie Ihrem Auftraggeber Mr. Lyne, ich fände es beschämend, daß ein intelligenter Mann so etwas versucht.« Mit einem Fußtritt beförderte er Sam Stay hinaus in den dunklen Treppenflur.

Odette Rider, die den Auftritt erschreckt verfolgt hatte, sah Tarling fragend an.

»Was hat das alles zu bedeuten?« fragte sie. »Ich habe Angst. Was wollte der Mann?«

»Sie brauchen weder vor diesem noch vor sonst einem Mann Angst zu haben«, erwiderte Tarling aufmunternd. »Es tut mir leid, daß Sie sich so erschreckt haben.«

Nachdem es ihm gelungen war, sie einigermaßen zu beruhigen, verabschiedete er sich von ihr.

»Meine Telefonnummer haben Sie. Wenn es Ärger gibt, rufen Sie mich an. Besonders«, fügte er mit Nachdruck hinzu, »wenn morgen irgend etwas passieren sollte.«

Doch am folgenden Tag passierte nichts; dennoch rief sie ihn nachmittags um drei Uhr an.

»Ich fahre aufs Land«, teilte sie ihm mit. »Ich habe gestern abend richtig Angst bekommen.«

»Besuchen Sie mich, wenn Sie wieder da sind«, sagte Tarling, dem es schwergefallen war, nicht an Odette zu denken.

»Ich gehe morgen zu Lyne. Der Mann übrigens, der gestern abend auftauchte, ist Mr. Lynes Schützling. Auf den müssen wir aufpassen! Ha, diese Geschichte gibt meinem Leben neuen Reiz!«

Er hörte sie leise lachen.

»Muß ich erst abgeschlachtet werden, damit einem Detektiv das Leben wieder Spaß macht?« spottete sie, und da mußte er ebenfalls lachen.

»Auf jeden Fall werde ich morgen Lyne aufsuchen«, sagte er zum Schluß noch einmal.

Aber das Gespräch, das Jack Tarling vorhatte, sollte niemals stattfinden.

Am frühen Morgen des nächsten Tages fand ein Arbeiter auf seinem Weg durch den Hyde Park die Leiche eines Mannes, die an einem Wegrand lag. Der Tote war völlig bekleidet, nur Jacke und Weste fehlten. Um seinen Oberkörper war ein seidenes Damennachthemd geschlungen, das von Blut durchtränkt war. Die Hände des Toten waren auf der Brust gefaltet.

Auf ihnen lag ein Strauß gelber Narzissen.

Um elf Uhr desselben Tages berichteten die Zeitungen in Schlagzeilen, daß man den Toten identifiziert habe. Es handelte sich um Thornton Lyne. Er war durch einen Schuß ins Herz getötet worden.

5

»Die Londoner Polizei sieht sich einem neuen Verbrechen gegenüber, dessen Begleitumstände so ungewöhnlicher Natur sind, daß es keine Übertreibung wäre, dieses Verbrechen als das Geheimnis des Jahrhunderts zu bezeichnen.

Ein bekanntes Mitglied der Londoner Gesellschaft, Mr. Thornton Lyne, Kaufhauseigentümer und Dichter, Millionär und Philanthrop, wurde heute in den frühen Morgenstunden tot im Hyde Park aufgefunden.

Die Umstände lassen keinen Zweifel daran, daß er auf brutale Weise ermordet wurde.

Als Tom Savage, ein Maurer, der bei der Baufirma Cubitt angestellt ist, heute morgen um fünf Uhr dreißig auf dem Weg zur Arbeit durch den Hyde Park kam, entdeckte er eine Gestalt, die am Rande eines Fußwegs im Gras lag. Bei näherem Hinsehen stellte er fest, daß es sich um einen Mann handelte, der offensichtlich schon seit einigen Stunden tot war.

Der Tote trug weder Jacke noch Weste, doch um die Brust hatte man ihm ein seidenes Kleidungsstück geschlungen, vermutlich um das Blut zu stillen, das aus einer Wunde auf der linken Seite oberhalb des Herzens strömte. Die Hände des Toten waren auf der Brust gefaltet.

Das Ungewöhnliche ist, daß der Mörder dem Toten offenbar nicht nur die Hände gefaltet hat, sondern ihm auch noch einen Strauß Narzissen auf die Brust legte. Die Polizei ist der Auffassung, daß der Mord nicht im Hyde Park verübt wurde, sondern daß der Mörder den Toten in dessen eigenem Wagen in den Park brachte. Das Auto wurde knapp hundert Meter von der Leiche entfernt gefunden. Wie verlautet, steht eine Verhaftung unmittelbar bevor.«

Jack Oliver Tarling, ehemaliges Mitglied der Polizei von Shanghai, überflog den kurzen Zeitungsbericht und wurde ungewöhnlich nachdenklich.

Thornton Lyne ermordet! Ein merkwürdiges Zusammentreffen, daß er nur wenige Tage vorher das erstemal mit diesem Mann in Berührung gekommen war.

Tarling wußte nichts über Lynes Privatleben, doch nach allem, was er in Shanghai über ihn gehört hatte, vermutete er, daß sein Leben nicht ohne dunkle Flecken gewesen war. In China hatte er zuviel zu tun gehabt, um sich über die Abenteuer von Touristen Gedanken zu machen, doch er erinnerte sich vage an irgendeine Skandalgeschichte, die mit dem Namen Lyne verbunden war. Jetzt zerbrach er sich den Kopf, um sich die näheren Umstände ins Gedächtnis zurückzurufen.

Mit einer kleinen Grimasse, die Bedauern ausdrückte, legte er die Zeitung aus der Hand. Was wäre das für ein Fall für ihn gewesen, wenn er bei Scotland Yard gearbeitet hätte!

Seine Gedanken wanderten zu Odette Rider. Sie war über diese Entwicklung der Dinge sicherlich bestürzt, wahrscheinlich sogar entsetzt. Der Gedanke, daß sie indirekt mit einem Skandal in Verbindung gebracht werden könnte, bekümmerte ihn, und plötzlich wurde ihm klar, daß gerade ihr Name erwähnt werden würde, da sie doch mit dem Toten Streit gehabt hatte.

»Ach was«, murmelte er und schüttelte den Gedanken mit einem Achselzucken ab. Dann ging er zur Tür und rief seinen chinesischen Diener.

Lautlos trat Ling Chu ein.

»Ling Chu«, sagte Tarling, »der Mann mit dem weißen Gesicht ist tot.«

Ling Chu sah mit unergründlichem Blick zu seinem Herrn auf.

»Alle Menschen müssen einmal sterben«, erklärte er gelassen. »Dieser Mann ist schnell gestorben. Das ist besser als ein langer Tod.«

Tarling warf ihm einen scharfen Blick zu. »Woher weißt du, daß er schnell gestorben ist?«

»So etwas spricht sich herum.«

»Aber nicht auf chinesisch«, entgegnete Tarling, »und du sprichst kein Englisch, Ling Chu.«

»Ich spreche ein wenig, Herr«, versetzte Ling Chu, »und ich habe diese Geschichten auf der Straße gehört.«

Tarling blieb einen Moment stumm, und der Chinese wartete schweigend.

»Ling Chu«, sagte Tarling dann, »dieser Mann besuchte Shanghai, während wir noch dort waren, und es gab Ärger. Einmal wurde er aus Wing Fus Teehaus geworfen, wo er Opium geraucht hatte. Aber es gab noch einen anderen Skandal — erinnerst du dich?«

Der Chinese sah ihn offen an.

»Ich habe es vergessen«, sagt er. »Dieser Mann mit dem weißen Gesicht war ein schlechter Mensch. Es freut mich, daß er tot ist.«

»Hm«, brummte Tarling und entließ ihn.

Ling Chu war der fähigste Mitarbeiter. Wenn er einmal eine Spur witterte, ließ er nicht mehr locker. Er war außerdem der treueste und loyalste chinesische Mitarbeiter. Was aber in Ling Chu vorging, blieb Tarling ein Rätsel. Es war ihm noch nie gelungen, den Schleier zu lüften, mit dem der Chinese seine geheimen Gedanken vor dem neugierigen Fremden verbarg. Selbst seine Landsleute ließen sich von Ling Chu an der Nase herumführen, und mancher Verbrecher hatte sich auf dem Weg zum Schafott den Kopf darüber zerbrochen, wie es Ling Chu gelungen war, die Tat aufzudecken.

Tarling nahm die Zeitung wieder auf, doch er hatte gerade erst zu lesen begonnen, als das Telefon läutete. Zu seiner Verwunderung meldete sich Cresswell, der stellvertretende Polizeipräsident. Er gehörte zu den Leuten, die Tarling überredet hatten, nach England zu kommen.

»Können Sie gleich mal in den Yard rüberkommen, Tarling?« fragte Cresswell. »Ich würde mich gern mit Ihnen über diesen Mord unterhalten.«

»Aber natürlich«, antwortete Tarling. »Ich bin in ein paar Minuten bei Ihnen.«

Fünf Minuten später wurde er in Cresswells Büro geführt. »Ich möchte Sie bei diesem Fall hinzuziehen, Tarling«, erklärte der weißhaarige Mann ohne Umschweife. »Er hat gewisse Aspekte, die mir außerhalb des alltäglichen Erfahrungsbereichs unserer eigenen Leute zu liegen scheinen. Es ist ja, wie Sie wissen, nicht ungewöhnlich, daß Scotland Yard sich auswärtige Hilfen holt, besonders, wenn es sich um ein etwas ausgefallenes Verbrechen wie das vorliegende handelt. Die Tatsachen sind Ihnen bekannt«, fuhr er fort, während er eine dünne Akte aufschlug. »Hier sind die Berichte, Sie können sie nachher in Ruhe durchlesen. Thornton Lyne war, gelinde gesagt, ein exzentrischer Mensch. Er hat nicht gerade ein frommes Leben geführt und hatte einige recht unerfreuliche Bekannte, darunter auch einen Verbrecher und ehemaligen Sträfling, der erst vor einigen Tagen aus dem Gefängnis entlassen wurde.«

»Sonderbar«, bemerkte Tarling und zog die Brauen hoch. »Was hatte er denn mit diesem Menschen zu tun?«

Cresswell zuckte die Achseln.

»Meiner Ansicht nach wollte er mit dieser Bekanntschaft nur glänzen. Er mochte es gern, wenn die Leute über ihn redeten, und dank dieser Geschichte verschaffte er sich bei seinen Freunden ein gewisses Ansehen.«

»Und wer ist dieser Verbrecher?« fragte Tarling.

»Ein gewisser Sam Stay, ein Einbrecher und meiner Meinung nach ein weit gefährlicherer Bursche, als die Polizei bisher vermutet.«

»Ist er —« begann Tarling.

Cresswell schüttelte den Kopf.

»Ich denke, von der Liste der Verdächtigen können wir ihn von vornherein streichen«, meinte er. »Man kann zwar Sam Stay kaum etwas Gutes nachsagen, aber es besteht kein Zweifel, daß er Lyne treu ergeben war. Als einer unserer Beamten im Rahmen dieses Falles nach Lambeth fuhr, um mit Stay zu sprechen, traf er einen völlig gebrochenen Mann an. Er ist außer sich vor Schmerz und droht nur noch damit, den Mörder kaltzumachen. Sie können ja später mit ihm sprechen. Ich bezweifle allerdings, daß Sie viel aus ihm herausbekommen. Er redet ziemlich wirres Zeug. In seinen Augen war Lyne der reinste Gott. Ich könnte mir vorstellen, daß die Zuneigung zu diesem Mann, der sicherlich gut zu ihm war, die einzige edle Regung ist, die er je in seinem Leben verspürte. Jetzt noch ein paar Tatsachen, die nicht veröffentlicht wurden.«

Cresswell lehnte sich in seinem Sessel zurück und begann. »Sie wissen, daß um Lynes Brust ein seidenes Nachthemd geschlungen war?«

Tarling nicke.

»Unter dem Nachthemd lagen übereinander zwei ordentlich gefaltete Taschentücher, die das Blut stillen sollten. Es handelte sich um Damentaschentücher. Wir müssen also davon ausgehen, daß eine Frau in den Fall verwickelt ist.«

Tarling nickte wieder.

»Ein weiterer merkwürdiger Umstand ist, daß Lyne, der vollkommen angekleidet war, dicke Filzpantoffeln trug. Zum Glück übersahen das die Leute, die die Leiche fanden und danach mit den Journalisten sprachen. Wie wir inzwischen festgestellt haben, ließ Lyne sich diese Pantoffeln gestern abend aus dem Kaufhaus kommen. Er befahl einem seiner Verkäufer, ihm ein Paar Hausschuhe mit sehr weichen Sohlen zu bringen.

Lynes Stiefel wurden in dem Wagen gefunden, der etwa hundert Meter von der Leiche entfernt im Park stand. Schließlich entdeckte man in seinem Wagen noch sein blutbeflecktes Jackett und die Weste, in deren rechter Tasche man diesen Zettel fand«, sagte Cresswell langsam und betont. »Und das ist auch der Grund, weshalb ich Sie mit diesem Fall betrauen möchte.«

Aus einer Schublade seines Schreibtischs holte er einen kleinen Zettel und reichte ihn dem Detektiv.

Tarling riß die Augen auf. Vier chinesische Schriftzeichen standen in schwarzer Tusche auf dem roten Grund: *tzu chao fan nao.*

6

Schweigend sahen sich die beiden Männer an.

»Nun?« fragte Cresswell schließlich.

Tarling schüttelte den Kopf.

»Ich bin verblüfft«, sagte er und blickte auf den kleinen Zettel in seiner Hand.

»Sie verstehen jetzt wohl, weshalb ich Sie hinzuziehen möchte«, sagte Cresswell. »Wenn dieser Fall einen chinesischen Aspekt hat, sind Sie genau der richtige Mann. Ich habe mir die Schriftzeichen übrigens übersetzen lassen. Sie bedeuten: Er hat es sich selbst zuzuschreiben.«

»Ja«, bestätigte Tarling. »Aber eine Tatsache ist Ihnen offenbar noch nicht aufgefallen. Wenn Sie sich den Zettel genauer ansehen, werden Sie feststellen, daß die Schriftzeichen nicht geschrieben sind, sondern gedruckt.«

Er schob das kleine rote Quadrat über den Tisch, und Cresswell sah es sich an.

»Das ist wahr«, sagte er überrascht. »Es ist mir nicht aufgefallen. Haben Sie solche Zettel schon einmal gesehen?«

Tarling nickte.

»Vor ein paar Jahren. Da gab es in Shanghai eine Welle von Morden, die größtenteils das Werk eines berüchtigten Verbrechers waren, den ich schließlich faßte. Er führte eine Bande an mit dem blumigen Namen ›Die fröhlichen Herzen‹. Sie wissen vielleicht, was für phantastische Namen sich diese chinesischen Verbrecherbanden zulegen. Die Kerle hatten die Gewohnheit, am Tatort ihr Zeichen zurückzulassen. Es waren Zettel wie diese, mit den gleichen Schriftzeichen, nur waren sie nicht gedruckt, sondern handgeschrieben. Diese Visitenkarten der ›fröhlichen Herzen‹ wurden als Raritäten gehandelt und erzielten hohe Preise, bis schließlich ein einfallsreicher Chinese anfing, sie zu drucken. Da konnte man sie dann praktisch in jedem Schreibwarengeschäft in Shanghai kaufen, genau wie Postkarten.«

Cresswell nickte. »Und dies ist einer dieser gedruckten Zettel?«

»Richtig. Wie er hierhergekommen ist, weiß der Himmel«, sagte Tarling. »Es ist jedenfalls ein bemerkenswerter Fund.«

Cresswell trat zu einem Schrank, öffnete ihn und holte einen Koffer heraus, den er auf den Schreibtisch legte und öffnete.

»Sehen Sie sich das einmal an, Tarling!«

»Das«, war ein blutbeflecktes Kleidungsstück, ein Nachthemd, wie Tarling sofort feststellte. Er nahm es aus dem Koffer und betrachtete es genau. Abgesehen von zwei Vergißmeinnichtsträußchen an den Ärmeln war es weder mit Stickerei, noch mit Spitze verziert.

»Hier sind auch die Taschentücher«, bemerkte Cresswell und deutete auf die beiden Tüchlein, die braun waren von getrocknetem Blut.

Tarling nahm das zarte Kleidungsstück und trug es zum Licht. »Gab es keine Wäschereizeichen?«

»Nein, keine«, antwortete Cresswell.

»Und auf den Taschentüchern?«

»Auch nicht.«

»Die Sachen gehören einer jungen Frau, die allein lebt«, stellte Tarling fest. »Sie ist nicht vermögend, aber sie hat Geschmack und einen Sinn für Qualität, ohne dabei etwas von Extravaganz zu halten.«

»Woher wissen Sie das alles?« fragte Cresswell verblüfft.

Tarling lachte. »Die Tatsache, daß es keine Wäschereizeichen gibt, beweist, daß sie ihre seidenen Sachen zu Hause wäscht und wahrscheinlich auch ihre Taschentücher. Folglich gehört sie zu den jungen Damen, die mit weltlichen Gütern nicht allzu gesegnet sind. Andererseits lassen seidene Nachthemden darauf schließen, daß sie Geschmack hat und Qualität zu schätzen weiß. Haben Sie sonst noch irgendeinen Hinweis?«

»Keinen«, antwortete Cresswell. »Wir haben allerdings festgestellt, daß Mr. Lyne eine ziemlich ernste Auseinandersetzung mit einer seiner Angestellten hatte, einer Miß Odette Rider —«

Tarling hielt den Atem an. Absurd, dachte er, so großen Anteil an einer Frau zu nehmen, mit der er sich kaum zehn Minuten lang unterhalten hatte. Aus irgendeinem Grund hatte sie einen wesentlich tieferen Eindruck auf ihn gemacht, als er sich eingestehen wollte. Er hatte in seinem Leben bisher wenig Zeit gefunden, sich für Frauen zu interessieren. Odette Rider hatte ihn einfach überwältigt. »Ich weiß zufällig von diesem Streit. Ich kenne auch den Grund dafür«, bemerkte er und berichtete kurz.

»Was haben Sie gegen sie in der Hand?« erkundigte er sich dann mit einer Gelassenheit, die er nicht empfand.

»Nichts Bestimmtes«, antwortete Cresswell. »In erster Linie wird sie von diesem Stay beschuldigt. Das heißt, er machte dunkle Andeutungen, daß sie an Lynes Tod schuldig sei. Ich fand es merkwürdig, daß er überhaupt etwas von diesem Mädchen wußte, aber vermutlich hatte Thornton Lyne ihn ins Vertrauen gezogen.«

»Und was ist mit diesem Mann selbst?« fragte Tarling. »Kann er denn nachweisen, wo er gestern nacht und heute war?«

»Angeblich suchte er Mr. Lyne um neun Uhr abends in seiner Wohnung auf, wo Lyne ihm in Gegenwart seines Butlers fünf Pfund gab. Er sagte, er sei dann wieder gegangen und in sein Zimmer in Lambeth zurückgekehrt, wo er sich sehr früh schlafen gelegt habe. Lynes Butler hat uns bestätigt, daß Stay um fünf nach neun wieder verschwunden ist. Um fünf nach halb zehn — also genau eine halbe Stunde später — ging Lyne selbst aus. Er nahm den Zweisitzer. Er war allein und sagte zum Butler, er wolle zu seinem Klub.«

»Wie war er angezogen?« fragte Tarling.

»Ja, das ist seltsam«, meinte Cresswell. »Bis neun Uhr trug er nämlich einen Smoking — nachdem Stay gegangen war, zog er sich um.«

Nachdenklich verzog Tarling die Lippen.

»Es ist kaum anzunehmen, daß er den Smoking mit einem Straßenanzug vertauschte, wenn er in seinen Klub wollte«, meinte er.

Wenig später verließ er Scotland Yard in sehr nachdenklicher Stimmung. Sein erster Weg führte ihn in die Edgware Road. Odette Rider war nicht zu Hause, und der Portier sagte ihm, sie sei seit dem Nachmittag des Vortages verreist. Ihre Briefe sollten ihr nach Hertford nachgeschickt werden. Die Adresse habe er, weil es seine Aufgabe sei, alle Korrespondenz nachzusenden.

»Hillington Grove, Hertford«, fügte er hinzu.

Tarling machte sich Sorgen. Obwohl eigentlich kein Anlaß dazu bestand. Und er war auch enttäuscht, daß sie tatsächlich aufs Land gefahren war. Er war überzeugt, daß er sie von jedem Verdacht hätte reinwaschen können, wenn er nur ein paar Minuten mit ihr hätte sprechen können.

Die Tatsache, daß sie verreist war, daß sie ausgerechnet am Abend vor dem Mord aus ihrer Wohnung »verschwunden« war, würde ausreichen, um die Polizei mißtrauisch zu machen.

»Wissen Sie, ob Miß Rider in Hertford Freunde hat?« fragte er den Portier.

»Gewiß, Sir«, antwortete der Mann. »Miß Riders Mutter wohnt dort.«

Tarling wollte schon gehen, als der Mann ihn mit einer Bemerkung zurückhielt, die ihn aufhorchen ließ.

»Ich bin froh, daß Miß Rider in der letzten Nacht nicht zu Hause war, Sir«, sagte er. »Einige Mieter haben sich nämlich beschwert.«

»Worüber denn?« fragte Tarling.

Der Mann zögerte einen Moment.

»Sie sind ja wohl ein Bekannter der jungen Dame, nicht wahr?«

Tarling nickte.

»Tja, an der Geschichte sieht man wieder mal, daß einem oft was in die Schuhe geschoben wird, das man gar nicht getan hat«, meinte der Portier vertraulich.

»Miß Riders Nachbar ist ein bißchen schrullig; er ist Musiker und ziemlich schwerhörig. Sonst hätte er bestimmt nicht behauptet, Miß Rider wäre schuld, daß er mitten in der Nacht aufwachte. Ich vermute, es war irgendein Lärm von draußen.«

»Was hat er denn gehört?«

»Ach«, antwortete der Portier lachend, »er bildete sich ein, er hätte einen Schuß gehört und dann einen Schrei wie von einer Frau. Dadurch ist er aufgewacht. Ich hätte ja gedacht, daß er alles geträumt hat, aber komischerweise hörte ein anderer Mieter, der auch im Souterrain wohnt, die gleichen Geräusche. Und er glaubte auch, sie kämen aus Miß Riders Wohnung.«

»Um welche Zeit war das?«

»Angeblich gegen Mitternacht, Sir«, antwortete der Portier. »Aber da kann es gar nicht gewesen sein, weil Miß Rider doch nicht zu Hause war.«

Eine beunruhigende Neuigkeit, über die Tarling während der Bahnfahrt nach Hertford nachdachte. Er war fest entschlossen, Odette Rider zu sprechen, obwohl er sich klar war, daß es nicht gerade zu seinen Pflichten gehörte, eine des Mordes verdächtige Person zu warnen.

Er hatte gerade seine Fahrkarte gekauft und wollte zum Bahnsteig gehen, als er einen Mann sah, der ihm bekannt vorkam. Er schien aus einem Zug ausgestiegen zu sein, der eben eingelaufen war, und hatte Tarling offenbar schon entdeckt, ehe dieser ihn erkannte, denn er wandte sich plötzlich zur Seite und wäre im Gedränge verschwunden, wäre der Detektiv ihm nicht nachgelaufen und hätte ihn eingeholt.

»Tag, Mr. Milburgh!« sagte Tarling. »Sie sind es doch, oder irre ich mich?«

Der Geschäftsführer von Lynes Warenhaus drehte sich um. Auf seinem Gesicht lag das gewohnte unterwürfige Lächeln.

»Ach, Mr. Tarling, der Detektiv«, rief er äußerst freundlich. »Ist das nicht eine traurige Nachricht, Mr. Tarling! Wie schrecklich für alle Beteiligten.«

»Ich kann mir vorstellen, daß das ganze Kaufhaus in Aufruhr ist.«

»Ganz recht, Sir«, bestätigte Milburgh in bekümmertem Ton. »Heute haben wir selbstverständlich geschlossen. Es ist schrecklich — das Schrecklichste, das ich je erlebt habe. Steht denn jemand unter Verdacht, Sir?«

Tarling schüttelte den Kopf.

»Es ist eine höchst mysteriöse Geschichte, Mr. Milburgh. Hat Mr. Lyne irgendwelche Verfügungen getroffen, wer im Fall seines Ablebens das Geschäft weiterführen soll?«

Milburgh zögerte; es hatte den Anschein, als hätte er diese Frage am liebsten gar nicht beantwortet.

»Die Geschäftsleitung liegt natürlich in meiner Hand«, erklärte er, »genau wie damals, als Mr. Lyne seine Weltreise machte. Ich bin von Mr. Lynes Anwälten bevollmächtigt, die Geschäfte weiterzuführen, bis das Gericht einen Treuhänder ernennt.«

Tarling musterte ihn mit zusammengekniffenen Augen. »Wie wirkt sich der plötzliche Tod Mr. Lynes auf Ihre Stellung aus?« fragte er unverblümt. »Günstig oder ungünstig?«

Milburgh lächelte.

»Unglücklicherweise günstig«, erwiderte er. »Ich habe jetzt größere Vollmachten und mehr Verantwortung. Aber ich wünschte, es wäre nie so gekommen, glauben Sie mir!«

»Gewiß«, erwiderte Tarling trocken und dachte an die Beschuldigungen, die Lyne gegen seinen Geschäftsführer erhoben hatte.

Die Männer tauschten noch ein paar allgemeine Bemerkungen aus, dann trennten sie sich.

Auf der Fahrt nach Hertford beschäftigte sich Tarling eingehend mit dem ewig lächelnden Mr. Milburgh und stellte fest, daß ihm gewisse grundlegende Eigenschaften, die zum Rüstzug eines vertrauenswürdigen Menschen gehörten, völlig fehlten.

In Hertford nahm er sich ein Taxi und nannte dem Fahrer die Adresse.

»Ach, ›Hillington Grove‹? Das ist ungefähr zwei Meilen von hier«, sagte der Chauffeur. »Sie wollen wohl zu Mrs. Rider?«

Tarling nickte.

»Sie sind wohl nicht zufällig mit der jungen Dame gekommen, die sie erwartet?«

»Nein«, antwortete Tarling überrascht.

»Sie hat mir nämlich gesagt, ich soll nach einer jungen Dame Ausschau halten«, erklärte der Taxifahrer etwas vage.

Am Ende der Fahrt erwartete den Detektiv eine weitere Überraschung. Er hatte sich vorgestellt, daß Odette Riders Mutter in einem kleinen Haus lebte, an dem nur der Name grandios war.

Deshalb war er höchst erstaunt, als der Wagen ein imposantes Tor passierte, dann eine breite Auffahrt hinaufrollte und schließlich auf einem gekiesten Vorplatz vor einem großen Landhaus anhielt. Noch verblüffter war er, als ihm die Tür von einem livrierten Diener geöffnet wurde.

Er führte ihn in einen sehr schön und mit viel Kunstverstand eingerichteten Salon. Er glaubte schon, er habe sich geirrt, als sich die Tür öffnete und eine Frau eintrat.

Sie war Anfang Vierzig, sehr schön und bewegte sich sehr sicher. Sie empfing den unbekannten Besucher mit größter Freundlichkeit, doch Tarling hatte den Eindruck, als schwinge in ihrer Stimme ein Unterton ängstlicher Besorgnis mit.

»Ich glaube, hier liegt ein Irrtum vor«, sagte er. »Ich wollte eigentlich zu Miß Odette Rider —«

Die Frau nickt. »Das ist meine Tochter«, erwiderte sie. »Bringen Sie mir Nachricht von ihr? Ich mache mir Sorgen um sie.«

»Sie machen sich Sorgen?« wiederholte Tarling hastig. »Wieso, was ist passiert? Ist sie nicht hier?«

»Hier?« rief Mrs. Rider erstaunt. »Aber nein, natürlich nicht.«
»War sie denn nicht hier?« fragte Tarling. »Ist sie nicht gestern abend angekommen?«
Mrs. Rider schüttelte den Kopf. »Sie hatte mir versprochen, auf ein paar Tage herzukommen. Dann erhielt ich gestern abend ihr Telegramm — warten Sie einen Moment, ich hole es.«
Sie war gleich wieder da und reichte dem Detektiv das braune Formular.
»Kann nicht kommen. Schreib mir nicht. Melde mich, wenn am Ziel meiner Reise.«
Das Telegramm war an der Hauptpost von London aufgegeben worden, und zwar um neun Uhr, wie aus dem Stempel hervorging — einige Stunden vor dem Mord an Thornton Lyne.

7

»Darf ich das Telegramm behalten?« fragte Tarling.
Mrs. Rider nickte. Er sah, daß sie nervös war, und sehr beunruhigt.
»Ich verstehe nicht, warum Odette nicht kommen konnte«, sagte sie. »Gibt es einen besonderen Grund?«
»Das kann ich Ihnen nicht sagen«, erwiderte Tarling. »Bitte machen Sie sich keine Sorgen, Mrs. Rider. Sie hat es sich wahrscheinlich im letzten Moment anders überlegt und wohnt bei Freunden in der Stadt.«
»Dann haben Sie sie also nicht gesehen?« fragte Mrs. Rider ängstlich.
»Nein.«
»Ist denn etwas nicht in Ordnung?«
Ihre Stimme zitterte, doch sie hatte sich rasch wieder in der Gewalt.
»Wissen Sie«, erklärte sie und versuchte zu lächeln, »ich sitze seit zwei, drei Tagen hier im Haus und habe weder Odette gesehen noch — noch sonst jemanden«, schloß sie hastig.
Wen erwartete sie, überlegte Tarling. Warum hat sie sich mitten im Satz unterbrochen? War es möglich, daß sie von dem Mord noch nichts wußte? Er beschloß, sie auf die Probe zu stellen.
»Ihre Tochter wurde wahrscheinlich wegen Mr. Lynes Tod in London aufgehalten«, bemerkte er und beobachtete sie scharf.
Sie zuckte zusammen und wurde blaß. »Wegen Mr. Lynes Tod?« wiederholte sie. »Ist er gestorben? Er war doch noch so jung!«
»Er wurde in den frühen Morgenstunden im Hyde Park ermordet«, sagte Tarling.
Sie sank in einen Sessel. »Ermordet!« flüsterte sie. »O Gott. Wie entsetzlich!«
Ihr Gesicht war aschfahl, sie zitterte am ganzen Körper. Diese schöne, beherrschte Frau, die eben voll freundlicher Gelassenheit den Salon betreten hatte, war nicht wiederzuerkennen. Plötzlich schlug sie die Hände vor das Gesicht und begann leise zu weinen. Tarling wartete.
»Kannten Sie Mr. Lyne?« fragte er nach einer Weile, als sie sich gefaßt hatte.
Sie schüttelte den Kopf.
»Haben Sie irgendwelche Geschichten über Mr. Lyne gehört?«

Sie blickte auf.
»Nein«, antwortete sie matt, »nur, daß er kein sonderlich angenehmer Mensch ist.«
»Verzeihen Sie, daß ich Sie das frage, aber liegt Ihnen viel daran, daß . . .«
Sie hob den Kopf, als er zögerte. Er wußte nicht, wie er seine Frage in Worte fassen sollte. Es wunderte ihn, daß die Tochter dieser offensichtlich wohlhabenden Frau als Angestellte in Lynes Warenhaus arbeitete.
Er wollte wissen, ob Mrs. Rider von der Entlassung ihrer Tochter unterrichtet war und es für sie irgendeine Bedeutung hatte. Sein Gespräch mit Odette Rider hatte in ihm nicht den Eindruck erweckt, daß sie es sich leisten konnte, ihre Stellung so ohne weiteres aufzugeben. Sie hatte davon gesprochen, daß sie sich eine andere Arbeit suchen wollte, und mit keinem Wort erwähnt, daß ihre Mutter eine vermögende Frau war.
»Hat Ihre Tochter es nötig zu arbeiten?« fragte er schließlich direkt.
»Es ist ihr Wunsch«, antwortete sie sehr leise. »Sie kommt mit den Leuten hier nicht aus«, fügte sie hastig hinzu.
Darauf folgte ein kurzes Schweigen, dann stand Tarling auf. »Ich hoffe, daß ich Sie mit meinen Fragen nicht zu sehr beunruhigt habe«, sagte er. »Sie fragen sich wahrscheinlich, weshalb ich herkam. Ich will offen sein: Ich wurde beauftragt, diesen Mordfall zu klären, und hoffte, Ihre Tochter könnte mir einen nützlichen Hinweis geben.«
»Sie sind von der Polizei?« fragte sie, und er hätte schwören können, daß sie erschrocken war.
»Ich bin Privatdetektiv, Mrs. Rider«, antwortete er und lachte. »Hoffentlich keiner, der den Leuten Angst einjagt.« Sie brachte ihn zur Tür und blickte ihm nach, wie er die Auffahrt hinunterging. Dann kehrte sie langsam ins Zimmer zurück, stützte sich gegen das Marmorsims des offenen Kamins, legte den Kopf auf die Arme und weinte.
Bei der Abfahrt von »Hillington Grove« war Tarling noch verwirrter als bei der Ankunft. Er hatte den Taxifahrer gebeten, am Tor zu warten, und begann nun, ihn auszuhorchen.
Mrs. Rider lebte seit vier Jahren in Hertford und war allgemein geachtet. Ob der Fahrer auch die Tochter kenne? O ja, versicherte der Mann, er habe die junge Dame ein-, zweimal gesehen, aber sie komme selten. »Anscheinend versteht sie sich mit ihrem Vater nicht.«
»Mit ihrem Vater? Ich wußte gar nicht, daß sie noch einen Vater hat«, bemerkte Tarling überrascht.
Doch, doch. Aber auch er sei ein seltener Gast und komme immer mit dem Spätzug aus London. Er — der Taxifahrer — habe ihn noch nie gesehen, weil er im eigenen Wagen nach »Hillington Grove« fahre, aber es hieß, er sei ein sehr netter Mann und habe in London die besten Beziehungen.
Tarling hatte dem Assistenten telegrafiert, den Scotland Yard ihm zur Verfügung gestellt hatte, und Inspektor Whiteside erwartete ihn am Bahnhof.
»Etwas Neues?« erkundigte sich Tarling sofort.
»Ja, Sir, es hat sich ein ziemlich wichtiger Hinweis gefunden«, antwortete Whiteside. »Ich hab den Wagen hier, Sir, wir können uns auf der Rückfahrt zum Yard unterhalten.«

»Was ist das für ein Hinweis?« wollte Tarling wissen.

»Lynes Butler fand ein Telegramm«, sagte der Inspektor. »Auf Bitten vom Präsidium sah er Lynes Sachen durch und entdeckte es in einer Ecke von Lynes Schreibtisch. Ich zeige es Ihnen nachher. Ich glaube, es wird uns auf die Spur des Mörders führen.«

Bei dem Wort »Telegramm« griff Tarling automatisch in die Tasche, wo das Telegramm steckte, das Mrs. Rider ihm überlassen hatte. Jetzt nahm er es heraus und las es noch einmal.

»Das ist ja merkwürdig, Sir,« ließ sich Whiteside vernehmen, der neben ihm saß und einen Blick darauf geworfen hatte.

»Was ist merkwürdig?«

»Ich hab da eben die Unterschrift auf dem Telegramm gesehen — Odette«, erklärte Whiteside.

»Und? Was ist daran nun merkwürdig?«

»Ja, wissen Sie, Sir«, sagte Whiteside, »das Telegramm, das wir in Mr. Lynes Schreibtisch fanden, war auch mit ›Odette‹ unterschrieben und wurde genau zur gleichen Zeit aufgegeben wie dieses hier.«

Als Tarling sich das Telegramm in Scotland Yard ansah, fand er Whitesides Worte bestätigt.

Augenblicklich forderte man von der Hauptpost die Originale der beiden Telegramme an, und zwei Stunden später lagen sie vor Tarling auf dem Schreibtisch. Sie waren beide von derselben Person geschrieben worden.

Im zweiten, das an Lyne adressiert war, hieß es: »Würden Sie heute dreiundzwanzig Uhr in meine Wohnung kommen? Odette Rider.«

Tarling war bestürzt.

Unmöglich, unmöglich, sagte er sich immer wieder, daß sie Lyne getötet hatte. Und wenn sie es doch getan hatte? Wo hatten die beiden sich getroffen? Hatten sie zusammen eine Spazierfahrt gemacht, und hatte sie ihn dann im Auto erschossen? Aber warum hatte er Hausschuhe getragen? Warum hatte er sein Jackett ausgezogen? Warum war das Nachthemd um seinen Oberkörper geschlungen worden? Je länger er über diese Fragen nachdachte, desto unsicherer wurde er.

Niedergeschlagen ließ er sich am Abend einen Durchsuchungsbefehl für die Wohnung ausstellen.

Mit diesem Papier bewaffnet begab er sich in Begleitung von Inspektor Whiteside zur Wohnung in der Edgware Road, wo ihm der Portier, als er ihm das Dokument zeigte, einen Zweitschlüssel aushändigte.

Tarling erinnerte sich an seinen letzten Besuch in dieser Wohnung und dachte voll Mitleid an Odette Rider, während er den Schlüssel im Schloß drehte und dann Licht machte. Nichts Außergewöhnliches erwartete die beiden Männer im kleinen Vorraum. Nur der dumpfe, etwas muffige Geruch einer ungelüfteten Wohnung schlug ihnen entgegen.

Doch dann nahmen sie noch etwas anderes wahr.

Tarling schnüffelte, und Whiteside schnüffelte. Es war ein durchdringender, beißender Geruch, und Tarling erkannte ihn: Es war der Geruch nach verbranntem Schießpulver. Er eilte in das winzige Eßzimmer; alles war ordentlich und sauber.

»Komisch«, sagte Whiteside und deutete zur Anrichte. Dort stand eine Glasvase mit gelben Narzissen. Zwei oder drei Blumen waren entweder herausgefallen oder herausgezogen worden und lagen nun verwelkt auf der polierten Platte der Anrichte.

»Hm«, brummte Tarling, »gefällt mir gar nicht!«

Er kehrte in den Vorraum zurück und öffnete eine andere Tür. Wieder knipste er das Licht an. Es war das Schlafzimmer.

Wie angewurzelt blieb er stehen.

Alle Schubladen waren herausgezogen worden, ein Häufchen Kleidungsstücke, die wahllos hinausgeworfen worden waren, lag auf dem Boden. Alles sprach von einem überstürzten Aufbruch. Auch der kleine Koffer, der halb gepackt auf dem Bett lag und offenbar in der Eile zurückgelassen worden war.

Tarling machte ein paar Schritte ins Zimmer. Er hätte blind sein müssen, um den großen dunkelroten Fleck auf dem hellen Teppich nicht zu sehen.

Sein Gesicht wurde ernst.

»Hier ist Lyne erschossen worden«, sagte er.

»Und sehen Sie mal, da!« rief Whiteside aufgeregt und wies auf die Kommode.

Tarling lief rasch durch das Zimmer und zog ein Kleidungsstück heraus, das über den Rand einer Schublade hing. Es war ein Nachthemd — ein seidenes Nachthemd mit zwei kleinen Vergißmeinnichtsträußchen an den Ärmeln. Und noch etwas anderes entdeckte Tarling, als er das Kleidungsstück aus der Schublade nahm. Auf dem weißen Schleiflack der Kommode war ein großer Fleck, ein blutiger Daumenabdruck!

»Whiteside«, sagte er leise, »lassen Sie einen Haftbefehl für Odette Rider ausstellen. Sie wird des vorsätzlichen Mordes verdächtigt. Telegrafieren Sie sämtlichen Polizeidienststellen, daß man diese Frau festhalten soll, und berichten Sie mir dann.«

Ohne ein weiteres Wort ging er aus dem Zimmer.

8

Sam Stay wurde Tag und Nacht überwacht. Es war ihm nichts Neues, ständig von einem scheinbar völlig desinteressierten Polizeibeamten beschattet zu werden; doch zum erstenmal in seinem Leben berührte ihn das nicht weiter.

Thornton Lynes Tod war der schwerste Schicksalsschlag, der ihn je getroffen hatte. Selbst wenn man ihn verhaftet hätte, wäre ihm das gleichgültig gewesen. Denn dieser hartgesottene Verbrecher mit dem langen melancholischen Gesicht, das so zerfurcht war wie das eines alten Mannes, hatte Thornton Lyne geliebt, wie er nie zuvor in seinem kalten und harten Dasein einen Menschen geliebt hatte. Lyne war für ihn die Verkörperung all dessen gewesen, was schön und edel war. Und nun war Thornton Lyne tot! Tot, tot, tot.

Jeder Schritt war ein Echo dieses entsetzlichen, unglaublichen Wortes. Und wer war schuld am Tod dieses wunderbaren Menschen? Sam Stay knirschte mit den Zähnen.

Odette Rider!

Er erinnerte sich genau an den Namen. Er wußte, was sie diesem Mann, seinem Wohltäter, angetan hatte. Er erinnerte sich noch an das lange Gespräch, das er und Lyne am Morgen nach seiner Entlassung aus dem Gefängnis geführt hatten. Er konnte nicht wissen, daß sein Idol gelogen und aus gekränkter Eitelkeit Beschuldigungen gegen Odette vorgebracht hatte, die jeder Grundlage entbehrten. Er wußte nur, daß Thornton Lyne sie gehaßt hatte und dieser Haß gerechtfertigt gewesen war, denn sie war an seinem Tod schuld. Ziellos setzte er einen Fuß vor den anderen, ohne auf seinen Schatten zu achten. Am Piccadilly nahm ihn plötzlich jemand beim Arm. Er drehte sich um und verzog das Gesicht zu einer häßlichen Grimasse, als er den Mann erkannte.

»Keine Sorge, Sam«, sagte der Kriminalbeamte. »Sie haben nichts zu fürchten. Ich möchte Ihnen nur ein paar Fragen stellen.«

»Mensch, ihr habt mich doch schon ausgefragt, Tag und Nacht, seit — seit das passiert ist«, knurrte Sam wütend.

Trotzdem ließ er sich von dem Beamten beschwichtigen und begleitete ihn zu einer Bank im Park.

»Ich will ganz offen mit Ihnen reden, Sam«, sagte der Beamte. »Beim Yard liegt nichts gegen Sie vor, aber wir halten es für möglich, daß Sie uns helfen können. Sie kannten Mr. Lyne; er hat sich Ihnen gegenüber sehr anständig gezeigt.«

»Halten Sie den Mund!« fuhr Sam ihn an. »Ich will nicht darüber reden! Ich will nicht mal dran denken! Er war der beste Mensch der Welt! Ach, mein Gott, mein Gott!« jammerte er und schlug die Hände vors Gesicht.

»Ist ja gut, Sam. Ich weiß, daß er ein netter Mensch war. Hatte er Feinde? Mit Ihnen hat er vielleicht über Dinge gesprochen, die er mit anderen nicht beredet hätte.«

Argwöhnisch blickte Sam auf. »Kann ich Ärger kriegen, wenn ich was sage?« fragte er.

»Bestimmt nicht, Sam«, beschwichtigte ihn der Beamte rasch. »Also, hatte er Feinde? Gab es jemanden, der ihn nicht mochte?«

Sam nickte.

»War es eine Frau?« erkundigte sich der Beamte mit gespielter Gleichgültigkeit.

»Ja, eine gemeine Person«, antwortete Sam haßerfüllt. »Dabei hat Mr. Lyne soviel für sie getan. Sie war völlig pleite, praktisch verhungert, und er hat sie aus dem Dreck gezogen und ihr Arbeit gegeben. Und zum Dank dafür hat sie Gemeinheiten über ihn erzählt. Dieses niederträchtige Stück! Die sollte man . . .« Er schwieg.

»Können Sie mir ihren Namen nennen?«

Wieder sah Sam ihn argwöhnisch an.

»Die überlassen Sie mal mir«, sagte er. »Mit der rechne ich ab!«

»Da würden Sie sich höchstens selbst in Teufels Küche bringen, Sam«, warnte der Beamte. »Sagen Sie mir doch ihren Namen.«

»Sie heißt Odette«, knurrte Sam unwillig.

»Rider?« fragte der Beamte.

»Stimmt genau. Sie war mal Kassiererin in seinem Warenhaus.«

»Also jetzt beruhigen Sie sich mal, und erzählen Sie mir alles, was Lyne über sie gesagt hat.«

Sam starrte ihn an, und ein Ausdruck listiger Verschlagenheit huschte über sein Gesicht.

»Wenn sie es war!« zischte er. »Wenn ich sie dafür nur hinter Gitter bringen könnte!«

Nichts hätte Sams Zustand besser illustrieren können als die Tatsache, daß ihm der Gedanke, das Mädchen an die Polizei auszuliefern, bisher nicht gekommen war. Ein glänzender Einfall war das!

Mit einem häßlichen kleinen Lächeln sah er den Polizeibeamten an. »Na schön, Sir«, meinte er. »Aber ich sag's nur dem Chef, Ihnen nicht.«

»Wie Sie wollen, Sam«, erwiderte der Beamte freundlich. »Sie könnten mit Mr. Tarling oder Mr. Whiteside sprechen. Sie werden schon dafür sorgen, daß es sich für Sie lohnt.«

Sie fuhren mit dem Taxi zu Tarlings kleinem Büro in der Bond Street. Hier wartete Tarling zusammen mit Whiteside auf die Rückkehr des Polizeibeamten, den er ausgesandt hatte, Sam Stay zu holen.

Zögernd trat Sam ins Zimmer, blickte unfreundlich von einem zum anderen, nickte beiden Männern zu und lehnte den Stuhl ab, den man ihm hinschob. Er hatte fürchterliche Kopfschmerzen, und in seinen Ohren war ein ständiges Dröhnen. Nie zuvor hatte er sich so elend gefühlt. Merkwürdig, daß ihm das erst jetzt in diesem stillen Raum auffiel, wo er zum erstenmal dem Blick dieses Fremden mit dem unbewegten Gesicht begegnete.

»Also, Stay«, begann Whiteside, den er wenigstens kannte, »wir würden gern von Ihnen hören, was Sie über diesen Mord wissen.«

Sam preßte die Lippen aufeinander und antwortete nicht.

»Nehmen Sie doch Platz«, forderte Tarling ihn auf, und diesmal gehorchte Sam. »Also, mein Lieber«, fuhr Tarling mit weicher Stimme fort, »ich habe gehört, daß Sie mit Mr. Lyne befreundet waren.«

Sam nickte.

»Er war gut zu Ihnen, nicht wahr?«

»Gut?«

Sam holte tief Atem.

»Mein Leben hätte ich gegeben, wenn ich ihm damit auch nur eine Minute Schmerz hätte ersparen können, Sir! Ehrlich! Ich sag's Ihnen, wie's ist, und wenn ich lüge, dann will ich tot umfallen! Er war ein Engel in Menschengestalt — o Gott, wenn ich diese Frau jemals erwische, dreh ich ihr den Hals um! Kalt mach ich sie! In Stücke reiß ich sie!«

Seine Stimme wurde schrill, Schaumbläschen bildeten sich auf seinen Lippen, sein ganzes Gesicht war verzerrt vor Haß. »Jahrelang hat sie ihn betrogen und bestohlen!« schrie er. »Er hat sich um sie gekümmert und sie beschützt, und sie hat nichts als Lügen über ihn erzählt. Reingelegt hat sie ihn!«

Seine Stimme überschlug sich, und er wollte sich mit geballten Fäusten zum Schreibtisch stürzen. Tarling sprang auf, er kannte die Anzeichen. Noch ehe ein weiteres Wort fiel, brach Sam auf dem Boden zusammen und blieb wie tot liegen.

Mit zwei Sätzen war Tarling um den Schreibtisch, drehte den Bewußtlosen auf den Rücken und blickte ihm in die Pupille.

»Ein epileptischer Anfall oder etwas Schlimmeres«, stellte er fest. »Diese Geschichte hat den armen Kerl völlig fertiggemacht — rufen Sie einen Krankenwagen, Whiteside.«

»Soll ich ihm etwas zu trinken geben?«

Tarling schüttelte den Kopf.

»Der kommt frühestens in ein paar Stunden wieder zu sich, falls er überhaupt wieder zu sich kommt«, erklärte er. »Und wenn Sam Stay etwas Belastenden über Odette Rider weiß, dann wird er das wahrscheinlich mit ins Grab nehmen.«

Insgeheim war er darüber sogar erleichtert, daß Sam nicht mehr reden konnte.

9

Wo war Odette Rider?

Diese Frage mußte unbedingt geklärt werden. Es war, als hätte die Erde sie verschluckt. Alle Polizeidienststellen im Land waren alarmiert worden; alle Häfen wurden kontrolliert; nach allen Seiten hatte man Nachforschungen angestellt; das Haus in Hertford stand Tag und Nacht unter Beobachtung.

Tarling hatte eine Vertagung der Voruntersuchung erreicht. Denn gleichgültig, wie seine Gefühle Odette Rider gegenüber waren, er dachte vor allem an seine staatsbürgerlichen Pflichten. Es war sehr wichtig, daß sich der Untersuchungsrichter nicht zu sehr mit dem Fall beschäftigte, damit der Täter nicht gewarnt wurde.

Begleitet von Inspektor Whiteside besuchte er die Wohnung noch einmal. Der blutbefleckte Schlafzimmerteppich war zweifellos der Schauplatz des Verbrechens gewesen. Der blutige Daumenabdruck war fotografiert worden und sollte mit dem von Odette Rider verglichen werden, sobald man sie gefunden hatte.

»Carrymore Mansions« war ein ruhiges, gepflegtes Mietshaus. Im Erdgeschoß waren Ladengeschäfte. Die Haustür befand sich zwischen zwei dieser Läden, und eine Treppe führte ins Souterrain hinunter, wo sechs Wohnungen lagen. Ihre Fenster gingen auf die engen Höfe hinaus, die parallel zu den Seitenstraßen auf beiden Seiten des Wohnblocks verliefen.

Den Mittelteil des Souterrains bildete ein großer betonierter Raum, um den sich kleine Kellerabteile gruppierten. Tarling entdeckte, daß es möglich war, von Odette Riders Wohnung aus in den großen Kellerraum zu gelangen und von dort durch eine Tür im rückwärtigen Teil des Gebäudes in einen kleinen Hof. Vom Hof führte eine ziemlich große Tür zur Straße. In dieser kleinen Straße hinter dem Wohnblock befand sich eine Reihe alter Ställe und Remisen, die ein Fuhrunternehmen gemietet hatte und jetzt als Garagen benutzt wurden.

Wenn der Mord in Odette Riders Wohnung verübt worden war, dann war die Leiche wahrscheinlich auf diesem Weg zur Hintergasse hinausgebracht worden. Ein Auto hätte hier keine besondere Aufmerksamkeit erregt. Erkundigungen bei den Angestellten des Fuhrunternehmens, von denen einige in kleinen Zimmern über den Garagen wohnten, ergaben, daß der Wagen in der Mordnacht tatsächlich in der Hintergasse gesehen worden war.

Bei dem Auto handelte es sich um einen gelben zweisitzigen Daimler.

Diese Beschreibung paßte genau auf Lynes Wagen, der unweit der Leiche verlassen aufgefunden worden war. Das Fahrzeug war etwa zwischen zweiundzwanzig und dreiundzwanzig Uhr in der Mordnacht in der Hintergasse beobachtet worden. Doch obwohl Tarling die gründlichsten Nachforschungen anstellte, fand er niemand, der Lyne selbst gesehen oder die Ankunft oder Abfahrt des Wagens beobachtet hatte.

Der Portier des Wohnhauses erklärte mit Nachdruck, daß zwischen zweiundzwanzig Uhr und zweiundzwanzig Uhr dreißig niemand das Gebäude durch den Haupteingang betreten hatte. Er gab zu, daß zwischen zweiundzwanzig Uhr dreißig und zweiundzwanzig Uhr fünfundvierzig jemand gekommen sein könnte, ohne daß er es bemerkt hatte; er war nämlich zu dieser Zeit in seinem Büro gewesen, einem muffigen kleinen Zimmer unter der Treppe, wo er sich umgezogen hatte, um nach Hause zu gehen. Gewöhnlich schloß er die Haustür um dreiundzwanzig Uhr ab. Alles, was danach geschah, war ihm unbekannt.

Er gab zu, daß er an diesem Abend schon vor dreiundzwanzig Uhr gegangen war, doch selbst das wollte er nicht beschwören.

»Tatsache ist«, stellte Whiteside fest, »daß seine Aussage uns überhaupt nicht weiterhilft. Genau zu der Zeit, als möglicherweise jemand die Wohnung betreten hat, war er nicht im Dienst.«

Tarling nickte.

Er hatte auch den Boden des Kellerganges bis hinaus in den Hof genau abgesucht, doch keine Blutspuren gefunden. Allerdings erwartete er auch keine, denn wenn die Tat in dieser Wohnung begangen worden war und das Nachthemd um die Brust des Toten Odette Rider gehörte, war das nicht gut möglich.

»Aber eines steht fest«, bemerkte er. »Wenn Odette Rider wirklich diesen Mord begangen hat, dann hat sie einen Komplicen. Sie kann Lyne unmöglich allein zu der kleinen Straße geschleppt und dort in den Wagen gehoben haben und ihn dann wieder aus dem Wagen geholt und im Park ins Gras gelegt haben?«

»Mich interessieren die Narzissen«, erklärte Whiteside. »Wieso hat man ihm die Narzissen auf die Brust gelegt? Wenn er hier ermordet wurde, warum machte man sich dann noch die Mühe, ihm auf diese Weise gewissermaßen noch eine letzte Ehre zu erweisen?«

Tarling schüttelte den Kopf. Doch er war der Lösung näher, als sie beide ahnten.

Nachdem er die Durchsuchung der Wohnung abgeschlossen hatte, fuhr er mit Whiteside zusammen zum Hyde Park. Whiteside zeigte ihm genau, wo der tote Lyne gelegen hatte. Tarling blickte sich aufmerksam um.

»Na so was!« rief er und wies auf ein Blumenbeet.

Whiteside folgte seinem Blick und lachte. »Das ist wirklich komisch«, sagte er. »Nichts als Narzissen bei diesem Fall!« Das große Beet war gelb von Narzissen, deren wie gefiedert wirkende Kelche im sanften Frühlingswind auf und nieder wippten.

»Hm«, meinte Tarling. »Kennen Sie sich mit Narzissen aus, Whiteside?«

Whiteside schüttelte den Kopf. »Für mich ist eine Narzisse wie die andere. Gibt es denn Unterschiede? Ja, wahrscheinlich, wie?«

Tarling nickte.

»Diese Sorte hier heißt Goldsporen«, erklärte er. »Sie kommt in England relativ häufig vor. Die Blumen in Miß Riders Wohnung sind dagegen Kaisernarzissen.«

»Und?«

»Und die Narzissen, auf auf Lynes Brust lagen, waren Goldsporen«, erwiderte Tarling bedächtig. Er kniete neben dem Beet nieder und bog die Stengel auseinander, um aufmerksam das Erdreich zu betrachten. »Na bitte«, sagte er und deutete auf ein Dutzend abgerissener Stengel. »Hier wurden die Narzissen abgepflückt. Sehen Sie, sie wurden alle auf einmal herausgerissen!«

Whitesides Gesicht zeigte Zweifel. »Das können auch ein paar Kinder gewesen sein.«

»Die reißen die Blumen meistens einzeln ab«, entgegnete Tarling.

»Dann glauben Sie also —«

»Ich glaube, daß der Mörder aus einem Grund, den nur er selbst kennt, die Leiche mit Blumen schmückte und diese Blumen hier abpflückte.«

»Sie können nicht aus der Wohnung von Miß Rider stammen?«

»Bestimmt nicht. Das wußte ich schon heute morgen, als ich die Narzissen sah, die Sie nach Scotland Yard gebracht hatten.«

Whiteside rieb sich nachdenklich die Nase. »Je weiter wir in diesen Fall eindringen, desto rätselhafter wird die ganze Sache«, erklärte er. »Da wird ein wohlhabender Mann, der allem Anschein nach keine Feinde hatte, eines Morgens tot im Hyde Park gefunden, ein Damennachthemd um die Brust, Filzpantoffeln an den Füßen, in der Tasche einen Zettel mit einer chinesischen Inschrift. Und um die Polizei noch tiefer in Verwirrung zu stürzen, liegt auf seiner Brust ein Strauß Narzissen. Das kann nur eine Frau getan haben, Mr. Tarling«, schloß er.

Tarling fuhr zusammen.

»Wie meinen Sie das?«

»Ich meine, nur eine Frau kann ihm die Blumen auf die Brust gelegt haben«, behauptete Whiteside ruhig. »So eine Geste spricht doch von Mitgefühl und vielleicht sogar Reue.«

Ein Lächeln breitete sich langsam auf Tarlings Gesicht aus.

»Ach Gott, Whiteside«, sagte er, »Sie werden sentimental! Ah, und hier«, fügte er hinzu, als er aufblickte, »ist ein Gentleman, der mir immer wieder über den Weg läuft — Mr. Milburgh, wenn ich nicht irre.«

Beim Anblick des Detektivs war Milburgh stehengeblieben. Miene und Haltung verrieten, daß er am liebsten unauffällig verschwunden wäre.

Doch Tarling hatte ihn schon gesehen. Mit seinem unterwürfigen Lächeln trat Milburgh deshalb näher. In seinen Augen flackerte jener unruhige Blick, den Tarling schon einmal bemerkt hatte.

»Guten Morgen, Gentlemen«, begrüßte er die beiden Männer und zog den Hut. »Es ist wohl noch nichts Neues entdeckt worden, Mr. Tarling?«

»Auf jeden Fall erwartete ich nicht, Sie heute morgen hier zu entdekken«, gab Tarling lächelnd zurück. »Ich dachte, Sie hätten im Geschäft zu tun.«

Milburgh trat voll Unbehagen von einem Fuß auf den anderen.

»Dieser Ort hier zieht mich magisch an«, sagte er rauh. »Ich muß immer wieder herkommen.« Unter Tarlings scharfem Blick schlug er die Augen nieder und wiederholte seine Frage. »Gibt es etwas Neues?«

»Das wollte ich eigentlich Sie fragen«, antwortete Tarling.

Milburgh blickte auf. »Sie sprechen von Miß Rider? Nein, Sir, es wurde nichts entdeckt, was sie irgendwie belastet, und ich kann ihren gegenwärtigen Aufenthaltsort nicht feststellen, obwohl ich nichts unversucht gelassen habe. Es ist höchst beunruhigend.«

Ein neuer Ton lag in seiner Stimme. Tarling erinnerte sich, daß Milburgh Odette Rider vor Lynes Beschuldigungen zunächst in Schutz genommen hatte. Jetzt aber sprach Feindseligkeit aus seinem Verhalten. Es war kaum zu merken, doch Tarling hatte ein feines Gespür für so etwas.

»Glauben Sie, daß Miß Rider Grund hatte zu verschwinden?« fragte Tarling.

Milburgh zuckte die Achseln.

»Auf dieser Welt«, dozierte er salbungsvoll, »wird man immer wieder gerade von jenen Menschen betrogen, denen man Vertrauen schenkte.«

»Mit anderen Worten, Sie verdächtigen Miß Rider, die Firma bestohlen zu haben?«

Mit einer hastigen Bewegung hob Milburgh abwehrend beide Hände.

»Das möchte ich nicht behaupten«, entgegnete er. »Auf keinen Fall will ich eine junge Frau einer solchen betrügerischen Handlung beschuldigen, und ich lehne es ausdrücklich ab, irgendwelche Anklagen vorzubringen, solange die Buchprüfer ihre Arbeit nicht abgeschlossen haben. Es gibt keinen Zweifel daran«, fügte er vorsichtig hinzu, »daß Miß Rider im Rahmen ihrer geschäftlichen Tätigkeit mit großen Geldbeträgen umging und gerade sie die Firma leicht hätte bestehlen können. Das sage ich Ihnen natürlich nur im Vertrauen.«

Er legte Tarling beschwörend eine Hand auf den Arm und dieser nickte.

»Haben Sie eine Ahnung, wo sie sein könnte?«

Wieder schüttelte Milburgh den Kopf.

»Das einzige —«

Er brach ab und sah Tarling in die Augen.

»Ja?« fragte der Detektiv ungeduldig.

»Es könnte natürlich sein, daß sie ins Ausland gegangen ist. Ich weiß, daß sie sehr gut Französisch spricht und früher schon öfters auf dem Kontinent war.«

Tarling strich sich nachdenklich über das Kinn. »Hm, auf dem Kontinent also?« sagte er gedankenvoll. »Na schön, dann werde ich eben dort suchen. Ich bin nämlich fest entschlossen, Odette Rider zu finden.«

10

Ratlos kehrte Tarling am Nachmittag in seine Wohnung zurück. Ling Chu kannte diese Symptome der Mutlosigkeit von früher, jetzt jedoch zeigte das Verhalten seines Herrn einen neuen Zug — eine Art ungeduldiger Gereiztheit, eine Unruhe, die er bisher an ihm nie beobachtet hatte.

Schweigend bereitete der Chinese seinem Herrn den Tee und deckte den kleinen Tisch. Als er auf seine katzenhafte Art aus dem Zimmer huschen wollte, hielt Tarling ihn auf.

»Ling Chu«, sagte er auf chinesisch, »du erinnerst dich doch sicher, daß die Bande der ›fröhlichen Herzen‹ in Shanghai immer ihr *Hong* zurückließ, wenn sie ein Verbrechen begangen hatte.«

»Ja, Herr, daran erinnere ich mich gut«, antwortete Ling Chu ruhig. »Es war ein rotes Stück Papier, auf das einige ganz bestimmte Worte geschrieben waren. Später konnte man diese Papierchen in den Läden kaufen, weil die Leute sie haben wollten, um sie ihren Freunden zu zeigen.«

»Ja, viele Leute trugen diese Zettel mit sich herum«, meinte Tarling langsam, »und dieses Zeichen der ›fröhlichen Herzen‹ wurde auch in der Tasche des Ermordeten gefunden.«

Ling Chu begegnete seinem Blick mit unerschütterlicher Gelassenheit.

»Herr«, sagte er, »kann es nicht sein, daß der Mann mit dem weißen Gesicht, der jetzt tot ist, einen solchen Zettel aus Shanghai mitbrachte? Er war als Tourist dort, und die Touristen kaufen immer solche albernen Andenken.«

Tarling nickte.

»Kann sein. Ich habe selbst schon an diese Möglichkeit gedacht. Aber wieso hatte er ihn gerade in der Nacht, in der er ermordet wurde, in der Tasche?«

»Herr«, erwiderte der Chinese, »warum wurde er ermordet?«

Tarlings Lippen verzogen sich zu einem kleinen Lächeln. »Womit du sagen willst, daß die eine Frage so schwierig zu beantworten ist wie die andere«, meinte er. »Na gut, Ling Chu, das wär's.«

Seine Hauptsorge in diesem Augenblick galt nicht diesem oder irgendeinem anderen Hinweis, der sich gezeigt hatte, sondern der Frage, wo Odette Rider sich aufhielt.

Immer wieder wälzte er dieses Problem in seinem Kopf hin und her und grübelte über die Fakten nach, die er bis jetzt hatte.

Weshalb begnügte sich Odette Rider mit einer einfachen Stellung in Lynes Warenhaus, wenn ihre Mutter in einem luxuriösen Haus lebte?

Wer war ihr Vater — der geheimnisvolle Mann, der nur hie und da in Hertford auftauchte —, und welche Rolle spielte er bei diesem Verbrechen?

Angenommen, sie war unschuldig, weshalb war sie dann so plötzlich und unter so verdächtigen Umständen verschwunden?

Und was wußte Sam Stay? Der Haß des Mannes auf Odette Rider war unheimlich. Bei der Erwähnung ihres Namens war eine richtige Quelle an Gift hochgesprudelt, und Tarling hatte den tiefen Haß des Mannes gespürt und seine grenzenlose Liebe und Verehrung für den Toten.

Ungeduldig drehte sich Tarling auf der Couch um und griff nach der Teetasse, als leise an die Tür geklopft wurde und Ling Chu ins Zimmer glitt. »Der helle Mann ist hier«, meldete er. Seine Worte bezogen sich auf Whiteside, der mit einer Munterkeit ins Zimmer trat, die Ling Chu veranlaßt hatte, ihm diesen Namen zu geben.

»Ja, also, Mr. Tarling«, begann der Inspektor und zog ein kleines Notizbuch heraus, »große Fortschritte hab ich bei meinen Nachforschungen nach Miß Rider leider nicht gemacht. Aber soweit ich bei meinen Erkundigungen am Fahrkartenschalter im Charing-Cross-Bahnhof feststellen konnte, sind in den letzten Tagen mehrere junge Damen ohne Begleitung zum Kontinent abgereist.«

»Aber Sie konnten keine von ihnen als Miß Rider identifizieren?« fragte Tarling enttäuscht.

Whiteside schüttelte den Kopf. Trotz seines augenscheinlichen Mißerfolgs schien er aber eine Entdeckung gemacht zu haben, die ihn freute, denn er wirkte nicht niedergeschlagen.

»Aber etwas haben Sie doch herausgefunden?« fragte Tarling rasch, und Whiteside nickte.

»Ja«, bestätigte er. »Durch reinen Zufall stieß ich auf eine höchst merkwürdige Geschichte. Ich sprach mit verschiedenen Fahrkartenkontrolleuren, weil ich hoffte, einer von ihnen hätte Miß Rider gesehen. Ich hatte extra ein Foto von ihr mitgenommen.«

Tarling nickte.

»Während ich mit dem Mann an der Sperre redete«, fuhr Whiteside fort, »trat ein Zugkontrolleur zu uns und erzählte eine ganz verrückte Geschichte. An dem Abend, als der Mord verübt wurde, hatte der Kontinental-Expreß einen Unfall.«

»Ach ja, ich erinnere mich, daß ich davon gelesen habe«, warf Tarling ein.

»Ein Gepäckwagen, der auf dem Bahnsteig stand, stürzte zwischen zwei Waggons, und der eine entgleiste«, erklärte Whiteside. »Es wurde nur ein Passagier verletzt, eine gewisse Miß Stevens. Sie scheint sich eine Gehirnerschütterung geholt zu haben und wurde sofort ins Krankenhaus von Ashford gebracht. Da ist sie jetzt noch. Die Tochter des Kontrolleurs ist dort Schwester und erzählte ihrem Vater, daß diese Miß Stevens in der Bewußtlosigkeit mehrmals von einem Mr. Lyne und einem Mr. Milburgh sprach.«

Tarling hatte sich aufgerichtet und ließ Whiteside nicht aus den Augen.

»Erzählen Sie weiter«, sagte er ruhig.

»Ich bekam nicht viel aus dem Fahrkartenkontrolleur heraus. Er sagte nur, seine Tochter hatte den Eindruck, daß die Frau diesen Mr. Lyne und diesen Mr. Milburgh nicht mochte.«

Tarling war aufgestanden. Er schlüpfte aus seinem seidenen Morgenmantel und schlug mit dem Fingerknöchel auf einen Gong, um Ling Chu herbeizurufen. Als dieser erschien, gab er ihm einen Befehl in Chinesisch, den Whiteside nicht verstand.

»Sie fahren nach Ashford? Das dachte ich mir«, meinte Whiteside. »Soll ich Sie begleiten?«

»Nein, danke«, erwiderte Tarling. »Ich fahre allein. Ich hab so eine Ahnung, daß Miß Stevens unsere fehlende Zeugin ist und uns über die Geschehnisse in der Mordnacht mehr verraten kann als jeder andere.«

Der nächste Zug ging, wie er feststellen mußte, erst eine Stunde später. Er verbrachte die Zeit damit, ungeduldig auf dem Bahnsteig hin und her zu wandern, und als er endlich in Ashford ankam, goß es in Strömen, und er hatte Schwierigkeiten, ein Taxi zu finden.

Zu seiner Erleichertung hörte er bei seiner Ankunft im Krankenhaus, daß Miß Stevens noch nicht entlassen worden war.

»O ja«, sagte die Oberschwester, »sie ist noch da.« Tarling seufzte erleichtert auf. Sie hätte auch schon gegangen sein können. Dann wäre es sicherlich schwierig gewesen, sie zu finden. Die Oberschwester führte ihn durch einen langen Korridor und blieb schließlich vor einer Tür stehen.

»Wir haben sie in ein Privatzimmer gelegt, weil wir fürchteten, es könnte eine Operation notwendig werden«, bemerkte sie und öffnete die Tür.

Tarling trat ein. Das Bett stand der Tür gegenüber. Die junge Frau, die darin lag, sah ihn an. Es war Odette Rider.

11

Im ersten Moment wußten sie nicht, was sie sagen sollten. Langsam ging Tarling zum Bett, zog einen Stuhl heran und setzte sich.

Odette Rider, die Frau, die von der Polizei ganz Englands gesucht wurde und gegen die Haftbefehl wegen Mordverdachts vorlag, war hier, in diesem kleinen Landkrankenhaus!

Einen Moment lang überkamen Tarling Zweifel. Wäre er ein unbeteiligter Beobachter gewesen, wäre es dieser Frau nicht gelungen, ihn persönlich anzurühren und ganz neue, verwirrende Gefühle in ihm zu wecken, so hätte er gesagt, daß sie sich hier versteckt hielt, daß sie sich dieses Krankenhaus als sicheren Zufluchtsort ausgesucht hatte. Allein diese Tatsache, daß sie einen falschen Namen angegeben hatte, war verdächtig.

Unverwandt blickte die junge Frau ihn an. In ihren Augen sah er einen Funken von Angst, und Beklommenheit überkam ihn.

Bis zu diesem Moment war ihm nicht bewußt geworden, daß es ihm gar nicht darum ging, Lynes Mörder zu entlarven, sondern vielmehr darum, die Unschuld dieser Frau zu beweisen.

»Mr. Tarling«, sagte sie, und ihre Stimme klang seltsam brüchig, »ich — ich hatte nicht erwartet, Sie hier zu sehen.« Armselige Worte, wo sie sich doch stundenlang genau überlegt hatte, was sie zu ihm sagen würde. Seit dem Augenblick nämlich, als sie nach dem Unfall wieder zu sich gekommen war, hatten sich ihre Gedanken beinahe ausschließlich um diesen Mann gedreht; um die Frage, was er von ihr denken, was er sagen, was er tun würde.

»Das kann ich mir denken«, erwiderte Tarling vorsichtig. »Es tut mir leid, daß Ihnen das passieren mußte, Miß Rider.« Sie nickte. Ein schwaches Lächeln spielte um ihre Lippen. »So schlimm war es gar nicht. Anfangs war es natürlich gräßlich, und . . . aber was wollen Sie von mir?« fragte sie hastig.

Es war ihr unmöglich, diese Farce einer höflichen Unterhaltung weiter aufrechtzuerhalten. Einen Moment blieb es still, dann sagte Tarling:

»Vor allem ging es mir darum, Sie zu finden.«

Wieder sah er die Angst in ihren Augen.

»Das ist Ihnen ja gelungen«, entgegnete sie beinahe trotzig. Tarling nickte.

»Und was wollen Sie nun von mir?«

Sie lag auf ihren Ellbogen gestützt da und wandte ihm ihr angespanntes Gesicht zu.

Ihre Brauen waren leicht zusammengezogen, während sie ihn mit einer Eindringlichkeit betrachtete, die ihre innere Erregung verriet.

»Ich möchte Ihnen ein paar Fragen stellen«, erwiderte Tarling und zog ein kleines Notizbuch aus der Tasche.

Zu seiner Bestürzung schüttelte Odette den Kopf. »Ich bin nicht darauf vorbereitet, Ihre Fragen zu beantworten«, erklärte sie etwas ruhiger, »aber es gibt keinen Grund, weshalb Sie sie nicht stellen sollten.«

Diese Haltung hatte er nicht erwartet.

Eine vor Angst kopflose Odette Rider hätte er verstanden. Wäre sie in Tränen ausgebrochen, hätte sie vor Angst und Entsetzen wirres Zeug geredet, hätte sie sich entrüstet oder voller Beschämung gezeigt — er hätte jeden dieser Zustände als Zeichen ihrer Schuld oder Unschuld erkennen können. »Zunächst einmal«, sagte er sehr direkt, »möchte ich wissen, weshalb Sie unter dem Namen Stevens hier sind.«

Sie überlegte einen Augenblick, dann schüttelte sie den Kopf.

»Diese Frage möchte ich nicht beantworten«, erklärte sie ruhig.

»Dann will ich im Augenblick auch nicht weiter in Sie dringen«, meinte Tarling, »denn mir ist klar, daß die Antwort darauf in direktem Zusammenhang mit anderen ungewöhnlichen Handlungen Ihrerseits steht, Miß Rider.«

Odette Rider errötete und senkte die Lider.

»Warum«, fuhr Tarling fort, »haben Sie London heimlich verlassen, ohne Ihren Freunden oder Ihrer Mutter auch nur ein Wort über Ihre Pläne zu sagen?«

Ruckartig hob sie den Kopf.

»Waren Sie bei meiner Mutter?« fragte sie.

»Ja! Und ich habe auch das Telegramm gesehen, das Sie ihr schickten. Warum wollen Sie sich von mir nicht helfen lassen, Miß Rider? Glauben Sie mir, es geht mir nicht nur darum, meine Neugierde zu befriedigen. Ihnen muß doch klar sein, wie ernst Ihre Lage ist.«

Er sah, wie sie ihre Lippen zusammenpreßte. Wieder schüttelte sie den Kopf.

»Ich habe nichts zu sagen«, erklärte sie rauh. »Wenn — wenn Sie glauben, daß ich —«

»Sprechen Sie es ruhig aus!« befahl Tarling streng. »Wenn ich glaube, daß Sie dieses Verbrechen begangen haben?«

Sie nickte.

Er steckte sein Notizbuch ein.

»Miß Rider«, sagte er und beugte sich über das Bett, um ihre Hand zu nehmen, »ich möchte Ihnen helfen und ich kann Ihnen am ehesten helfen, wenn Sie ganz offen zu mir sind. Ich will Ihnen sagen, daß ich nicht daran glaube, daß Sie dieses Verbrechen begangen haben. Ich sage Ihnen das, obwohl alle Umstände im Augenblick auf Ihre Schuld hinzuweisen scheinen. Ich bin überzeugt, daß Sie alle Anschuldigungen entkräften können.«

Ihre Augen füllten sich mit Tränen, doch sie lächelte tapfer. »Das ist sehr lieb von Ihnen, Mr. Tarling, und ich danke Ihnen dafür. Aber ich kann Ihnen nichts sagen — ich kann einfach nicht!«

Sie umklammerte sein Handgelenk, und er glaubte schon, sie würde nun völlig die Fassung verlieren. Doch wieder gelang es ihr mit einer Willensanstrengung, die ihm geheime Bewunderung entlockte, ihre Selbstbeherrschung zu bewahren.

»Sie müssen sehr schlecht von mir denken«, sagte sie, »und die Vorstellung ist mir schrecklich, Mr. Tarling — Sie wissen gar nicht, wie schrecklich! Bitte, glauben Sie mir, daß ich unschuldig bin! Aber ich werde keinen Versuch machen, es zu beweisen.«

»Das ist ja Wahnsinn!« rief er erregt. »Reiner Wahnsinn! Sie müssen etwas tun, verstehen Sie denn nicht? Sie müssen!«

»Ich kann nicht«, antwortete sie. »Ich kann einfach nicht.«

Tarling stöhnte verzweifelt auf. Wenn Odette ihm nur den kleinsten Hinweis gegeben hätte, der ihn auf eine andere Spur führen konnte; wenn sie nur ihre Unschuld beteuert hätte!

»Nehmen wir an«, sagte er heiser, »man klagt Sie dieses — dieses Verbrechens an. Wollen Sie sagen, daß Sie dann keinen Versuch machen werden, sich zu verteidigen, daß Sie keine Beweise vorbringen werden, die Ihre Unschuld belegen?«

Sie nickte.

»Genau das meine ich.«

»Mein Gott! Sie wissen ja nicht, was Sie tun, Odette!«

Sie lächelte flüchtig, als sie hörte, daß er ihren Vornamen gebrauchte. Nachdenklich sah sie ihn eine Weile an, dann schien sie plötzlich vor ihm zurückzuschrecken. Ihr Gesicht wurde weiß.

»Sie — Sie haben einen Haftbefehl für mich?« flüsterte sie.

Er nickte.

»Und werden Sie mich nun verhaften?«

Er schüttelte den Kopf.

»Nein, das überlasse ich jemand anderem. Ich will mit diesem Fall nichts mehr zu tun haben.«

»Er hat Sie hergeschickt, nicht wahr?« sagte sie langsam.

»Er?«

»Ja, er. Sie arbeiten doch für ihn. Er wollte zumindest, daß Sie für ihn arbeiten.«

»Von wem sprechen Sie eigentlich?« fragte Tarling hastig.

»Von Thornton Lyne.«

Tarling sprang auf und starrte sie fassungslos an. »Von Thornton Lyne?« wiederholte er. »Wissen Sie es denn nicht?«

»Was?«

»Daß Thornton Lyne tot ist«, rief Tarling, »und daß man Sie des Mordes an ihm verdächtigt!«

Mit weit aufgerissenen Augen starrte sie ihn einen Moment lang sprachlos an.

»Er ist tot!« rief sie dann. »Tot! Das kann doch nicht Ihr Ernst sein!«

Sie umklammerte Tarlings Arm. »Sagen Sie, daß es nicht wahr ist. Er hat es nicht getan, das hätte er nie gewagt!«

Sie sank vornüber, und Tarling fing sie in seinen Armen auf, als sie ohnmächtig wurde.

12

Während sich eine Krankenschwester um Odette bemühte, sprach Tarling mit Dr. Saunders, dem Arzt.

»Ernst ist ihr Zustand sicher nicht«, erklärte er. »Sie hätte eigentlich schon vor zwei, drei Tagen entlassen werden können. Wir behielten sie auf ihren eigenen Wunsch länger da. Stimmt es, daß sie im Zusammenhang mit dem ›Narzissenmord‹ gesucht wird?«

»Ja, als Zeugin«, antwortete Tarling, obwohl ihm klar war, daß diese Behauptung lächerlich war. Die Tatsache, daß ein Haftbefehl gegen Odette erlassen worden war, mußte inzwischen allgemein bekannt sein. Ihr Steckbrief war schließlich an alle Ämter und Dienststellen verteilt worden, auch an die Krankenhäuser.

Die nächsten Worte des Arztes bestätigten seine Vermutung.

»Ach, als Zeugin?« meinte er trocken. »Nun, ich will nicht neugierig sein und mich nicht in Scotland Yards Angelegenheiten mischen, aber vielleicht hilft es, wenn ich Ihnen sage, daß sie das Krankenhaus jederzeit verlassen kann.«

Es klopfte kurz, und dann trat die Schwester ins Zimmer. »Miß Stevens möchte Sie sprechen, Sir«, meldete sie Tarling, und der Detektiv nahm seinen Hut und kehrte noch einmal in das kleine Privatzimmer zurück.

Odette wirkte sehr gefaßt, war aber immer noch sehr blaß. Sie war aufgestanden und saß, in einen Morgenrock gehüllt, in einem Sessel.

Tarling zog sich einen Stuhl heran. Sie wartete, bis die Tür sich hinter der Krankenschwester geschlossen hatte, ehe sie sprach.

»Es tut mir leid, daß ich ohnmächtig geworden bin, Mr. Tarling, aber diese schreckliche Nachricht traf mich so völlig unerwartet. Sie müssen mir alles erklären. Ich habe nämlich, seit ich im Krankenhaus liege, keine Zeitung mehr gelesen. Einmal hörte ich, wie zwei Schwestern vom ›Narzissenmord‹ sprachen. Ist das etwa . . .«

Sie stockte, und Tarling nickte. Ihm war jetzt viel leichter ums Herz; ja, er war beinahe vergnügt.

Für ihn gab es keinen Zweifel mehr daran, daß Odette unschuldig war.

»Thornton Lyne«, begann er, »wurde in der Nacht vom Vierzehnten ermordet. Das letztemal wurde er am Abend um halb zehn Uhr von seinem Butler gesehen. Am frühen Morgen des nächsten Tages wurde er tot im Hyde Park aufgefunden. Er war erschossen worden, und der Mörder hatte ihm ein seidenes Damennachthemd um den Oberkörper geschlungen, um die Blutung aus der Wunde zu stillen. Außerdem hatte ihm jemand einen Strauß Narzissen auf die Brust gelegt.«

»Narzissen?« wiederholte Odette erstaunt. »Aber wie . . .«

»Sein Wagen wurde etwa hundert Meter von der Leiche entfernt aufgefunden«, fuhr Tarling fort. »Es war sofort klar, daß er an einem anderen Ort getötet und erst später in seinem Wagen in den Park gebracht worden war. Als man ihn fand, trug er weder Jackett noch Weste. An den Füßen hatte er Filzpantoffeln.«

»Das verstehe ich nicht«, sagte Odette verwirrt. »Was hat das zu bedeuten? Wer hatte . . .«

Wieder brach sie abrupt ab, und Tarling sah, wie sie die Lippen zusammenpreßte, als wollte sie die Worte zurückhalten. Dann schlug sie plötzlich die Hände vor ihr Gesicht.

»Mein Gott, das ist ja schrecklich!« flüsterte sie. »Ich hätte nie gedacht, niemals hätte ich geglaubt — ach, es ist grauenhaft!« Tarling legte ihr behutsam eine Hand auf die Schulter.

»Miß Rider, Sie verdächtigen doch jemanden. Wollen Sie mir nicht sagen, wen?«

Ohne aufzublicken, schüttelte sie den Kopf. »Ich kann nicht.«

»Sehen Sie denn nicht, daß Sie sich damit selbst in Verdacht bringen?« drängte Tarling. »Auf dem Schreibtisch von Lyne fand man ein Telegramm, in dem er aufgefordert wurde, Sie am fraglichen Abend in Ihrer Wohnung zu besuchen.«

Hastig sah sie auf.

»Ein Telegramm von mir? Ich habe kein Telegramm geschickt!«

»Gott sei Dank«, rief Tarling voll Erleichterung. »Gott sei Dank!«

»Ich verstehe das alles nicht, Mr. Tarling. Ist Mr. Lyne auf dieses Telegramm hin tatsächlich in meine Wohnung gekommen?«

Tarling nickte. »Ja«, antwortete er ernst. »Der Mord wurde in Ihrer Wohnung verübt.«

»O Gott«, flüsterte sie. »Das kann doch nicht Ihr Ernst sein! Nein, nein, das ist ganz ausgeschlossen.«

In Kürze berichtete er von seinen Entdeckungen, obwohl ihm klar war, daß dies vom Standpunkt der Polizei aus unverzeihlich war.

Indem er sie einweihte, gab er ihr Gelegenheit, sich auf ein Verhör vorzubereiten und sich für alle Punkte, die gegen sie sprachen, Erklärungen auszudenken. Er berichtete ihr von den Blutflecken auf dem Teppich und beschrieb ihr das Nachthemd, das um Lynes Oberkörper gewickelt gewesen war.

»Das ist eines von meinen Nachthemden«, sagte sie ohne zu zögern. »Bitte, fahren Sie fort, Mr. Tarling.«

Er berichtete von den blutigen Fingerabdrücken auf der weißen Kommode.

»Und auf Ihrem Bett«, fuhr er fort, »stand Ihr kleiner Koffer, halb gepackt.«

»Wie gemein!« rief sie. »Wie gemein! Er hat es wirklich getan.«

»Wer?« fragte Tarling. Er nahm Odette bei den Schultern und schüttelte sie. »Wer war der Mann? Sie müssen es mir sagen! Ihr Leben hängt davon ab. Odette, ich will Ihnen doch nur helfen! Sie verdächtigen jemanden. Nennen Sie mir seinen Namen.«

Doch sie schüttelte nur den Kopf und starrte ihn verzweifelt an.

»Ich kann es Ihnen nicht sagen«, erklärte sie leise. »Ich kann nicht! Ich wußte bis vorhin nichts von diesem Mord. Ich hatte keine Ahnung, keinen Gedanken daran — ich haßte Thornton Lyne, ja, ich haßte ihn, aber niemals hätte ich ihm etwas angetan. Es ist grauenhaft!«

Langsam wurde sie ruhiger.

»Ich muß sofort nach London«, sagte sie schließlich. »Würden Sie mich, bitte, mit zurücknehmen?«

Sie sah sofort seine Verlegenheit und begriff sogleich die Ursache. »Sie haben einen — einen Haftbefehl, nicht wahr?«

Er nickte.

»Gut, ich bin in einer halben Stunde fertig«, verkündete sie.

Ohne ein weiteres Wort ging Tarling hinaus.

Er suchte noch einmal Dr. Saunders auf, der ihn ungeduldig erwartete.

»Wissen Sie«, sagte der Arzt, »daß die junge Dame als Zeugin gesucht wird, ist doch alles Unsinn. Ich hatte so meine Zweifel und sah mir die

Mitteilungen von Scotland Yard an, die ich vor ein paar Tagen erhielt. Sie ist Odette Rider und wird wegen Mordes gesucht.«

»Stimmt«, antwortete Tarling und ließ sich in einen Sessel fallen. »Haben Sie etwas dagegen, wenn ich rauche?«

»Ganz und gar nicht«, sagte der Arzt fröhlich. »Sie nehmen sie jetzt wohl mit?«

Tarling nickte.

»Ich kann einfach nicht glauben, daß eine Frau wie sie zu so einer Tat fähig ist«, bemerkte Saunders. »Sie verfügt nicht über die nötigen physischen Kräfte. Ich las einen Bericht über den Fall im *Morning Globe*. Der Täter holte Lyne aus dem Wagen und trug ihn auf die Wiese oder wo immer man ihn fand — und Odette Rider könnte nicht einmal ein etwas größeres Baby tragen.

Tarling nickte nur.

»Außerdem«, fuhr Saunders fort, »sieht sie nicht wie eine Mörderin aus. Nicht etwa, weil sie hübsch ist, sondern weil es eine gewisse Art von Schönheit gibt, die ihren Ursprung in einer reinen Geisteshaltung hat. Und zu diesem Typ gehört sie.«

»Da bin ich Ihrer Meinung«, sagte Tarling. »Ich bin von ihrer Unschuld auch überzeugt. Aber alle Umstände sprechen gegen sie.«

Das Telefon klingelte, Dr. Saunders nahm ab und sagte ein paar Worte in die Sprechmuschel.

»Ein R-Gespräch«, sagte er dann zu Tarling und reichte ihm den Hörer über den Tisch.

Tarling nahm ihn entgegen.

Whiteside meldete sich.

»Mr. Tarling?« sagte er. »Wir haben die Waffe gefunden.«

»Wo?«

»In Miß Riders Wohnung.«

Tarling sank der Mut. Doch eigentlich war etwas anderes gar nicht zu erwarten gewesen. Für ihn gab es keinen Zweifel, daß der Mord in Odette Riders Wohnung verübt worden war; die Details waren Nebensache. Es bestand schließlich kein Grund, weshalb die Tatwaffe nicht am Tatort gefunden werden sollte.

»Wo war sie?« fragte er.

»Im Nähkorb«, antwortete Whiteside. »Ganz unten auf dem Boden unter einem Haufen Wolle und so.«

»Was ist es für eine Waffe?«

»Ein Colt Automatik«, sagte Whiteside. »Es waren noch sechs Patronen im Magazin. Die Pistole ist eindeutig abgefeuert worden. Das Geschoß haben wir im Kamin gefunden. Haben Sie Ihre Miß Stevens aufgestöbert?«

»Ja. Miß Stevens ist Odette Rider.«

Er hörte einen scharfen Pfiff.

»Haben Sie sie verhaftet?«

»Noch nicht«, erwiderte Tarling. »Würden Sie zum nächsten Zug aus Ashford kommen? Ich fahre in einer halben Stunde hier ab.« Damit legte er auf.

»Man hat wohl die Waffe gefunden?« erkundigte sich Dr. Saunders.

»Ja«, bestätigte Tarling.

»Hm«, meinte der Arzt und strich sich nachdenklich über das Kinn. »Eine üble Geschichte.« Er musterte Tarling neugierig. »Was für ein Mensch war denn dieser Thornton Lyne?«

Tarling zuckte die Achseln. »Nicht gerade ein Heiliger. Aber auch die schlechtesten Menschen werden durch Gesetze geschützt, und der Mörder wird seiner Strafe nicht entgehen.«

»Oder die Mörderin«, bemerkte der Arzt lächelnd.

»Nein, der Mörder«, antwortete Tarling kurz.

Dr. Saunders paffte nachdenklich an seiner Pfeife. »Dieser Frau hätte ich so etwas niemals zugetraut«, meinte er. »Das ist wirklich . . .«

Ein Klopfen unterbrach ihn. Die Schwester trat ein.

»Miß Stevens ist fertig«, meldete sie, und Tarling stand auf. Dr. Saunders erhob sich ebenfalls und nahm einen Hefter von einem Regal. Er legte ihn auf seinen Schreibtisch und öffnete ihn. »Die Entlassungsformalitäten«, erläuterte er, während er in der Akte blätterte. »Ah, da haben wir sie — Miß Stevens, leichte Gehirnerschütterung und Schock.« Er hob den Blick. »Wann wurde dieser Mord eigentlich verübt?« fragte er.

»In der Nacht vom Vierzehnten.«

»Hm. Um welche Zeit?«

»Das wissen wir nicht genau«, antwortete Tarling ungeduldig. Der geschwätzige Arzt ging ihm allmählich auf die Nerven. »Auf jeden Fall irgendwann nach dreiundzwanzig Uhr.«

»Hm«, machte Dr. Saunders wieder. »Und wann wurde der Mann das letztemal lebend gesehen?«

»Um halb zehn Uhr abends«, antwortete Tarling. »Haben Sie vor, den Beruf zu wechseln und Detektiv zu werden, Doktor?«

»Nein, das nicht«, gab Saunders lächelnd zurück, »aber es freut mich, die Unschuld der jungen Dame beweisen zu können.«

»Was? Wie meinen Sie das?« rief Tarling verblüfft.

»Der Mann wurde um halb zehn Uhr das letztemal lebend gesehen«, sagte Saunders. »Der Zug nach Dover fuhr aber bereits um neun Uhr in Charing Cross ab, und um halb elf Uhr wurde Miß Rider mit Schock und Gehirnerschütterung hier eingeliefert.«

Einen Moment lang war Tarling sprachlos.

Er stand wie zur Salzsäule erstarrt.

Dann sprang er auf den verblüfften Arzt zu, packte seine Hand und schüttelte sie heftig. »Das ist die beste Nachricht, die ich je bekommen habe«, rief er.

13

Die Rückfahrt nach London blieb Tarling für immer im Gedächtnis.

Odette sprach kaum etwas, und er selbst war es zufrieden, dazusitzen und über die Umstände nachzudenken, die Odette Riders Verschwinden begleitet hatten.

Gerade in ihrem Schweigen lag eine Gemeinsamkeit, ein gegenseitiges Verständnis, das sie sich nicht hätten erklären können.

Liebte er diese Frau? Die Möglichkeit, daß eine solche Katastrophe ihn treffen könnte, entsetzte ihn. In seinem Leben hatte noch nie eine Frau eine große Rolle gespielt. Er hatte natürlich immer wieder von Männern gehört, die sich verliebten; daß er selbst einmal in diesen Zustand geraten könnte, hatte er nie in Erwägung gezogen. Hinter seiner Maske der Härte verbarg sich ein scheuer, zurückhaltender Mann.

Die Vorstellung, er sei in Odette Rider verliebt, beunruhigte ihn schon deshalb, weil er nicht glaubte, daß sich eine Frau in ihn verlieben könnte. Ihre Nähe tröstete und verwirrte ihn, und er wußte nicht, was er mit diesen neuen Gefühlen anfangen sollte. Da war er, ein Detektiv, der die Verantwortung für eine Frau unter Mordverdacht hatte — und hatte Angst vor ihr!

Er wußte, daß der Haftbefehl in seiner Tasche nie in die Tat umgesetzt werden und Scotland Yard sie nicht anklagen würde, denn die Polizei machte zwar Fehler, aber es gefiel ihr nicht, wenn sie bekannt wurden.

Die Reise war allzu kurz, und erst als der Zug langsam durch die dünnen Nebelschleier rollte, die London einhüllten, wandten sich seine Gedanken wieder dem Mord zu.

»Ich bringe Sie für heute nacht in ein Hotel«, sagte er, »und morgen vormittag fahren wir zusammen zu Scotland Yard.«

»Dann bin ich also nicht verhaftet?« fragte sie lächelnd.

»Nein.« Auch er lächelte. »Aber man wird Ihnen wohl eine Reihe unangenehmer Fragen stellen. Sie haben sich durch Ihre Handlungsweise sehr verdächtig gemacht, Miß Rider. Sie traten unter falschem Namen eine Reise zum Kontinent an, und der Mord wurde zweifelsohne in Ihrer Wohnung verübt.«

Fröstelnd zog sie die Schultern hoch. »Bitte, sprechen Sie nicht davon«, sagte sie leise.

Er kam sich gemein vor, doch er wußte, daß man sie hart und ohne Rücksicht auf ihre Gefühle ins Verhör nehmen würde.

»Wenn Sie mir gegenüber nur offen sein könnten«, bat er. »Ich bin überzeugt, ich könnte Ihnen bei Ihren Schwierigkeiten helfen.«

»Mr. Lyne hat mich gehaßt«, sagte sie. »Ich glaube, ich traf ihn an seiner verwundbarsten Stelle — seiner Eitelkeit. Sie wissen ja selbst von diesem Kriminellen, den er mir in die Wohnung schickte, um mich als Diebin hinzustellen.«

Tarling nickte. »Waren Sie Sam vorher schon einmal begegnet?«

»Nein. Aber ich hatte von ihm gehört. Ich wußte, daß Mr. Lyne einen Verbrecher unter seine Fittiche genommen hatte und daß dieser ihn sehr verehrte. Mr. Lyne selbst erzählte mir einmal, daß Sam Stay alles für ihn tun würde.«

»Sam glaubt fest, daß Sie Lyne ermordet haben«, sagte Tarling erleichtert. »Lyne hat ihm offenbar alles mögliche über Sie erzählt. Ich glaube, Sam wäre für Sie gefährlicher gewesen als die Polizei, aber der Gauner war plötzlich verrückt geworden.«

»Tatsächlich?« fragte sie verblüfft. »Der arme Kerl! Hat diese Geschichte ihn —«

Tarling nickte. »Er wurde in eine Heilanstalt gebracht. Er hatte in meinem Büro einen Anfall, und als er sich davon erholte, schien er völlig den Verstand verloren zu haben . . . Also, Miß Rider, Sie werden mir gegenüber doch offen sein, nicht wahr?«

Sie sah ihn an und lächelte. »Ich kann leider nicht offener sein als bisher, Mr. Tarling«, erwiderte sie.

»Wenn Sie wissen wollen, warum ich den Namen Stevens annahm und aus London verschwand, muß ich Sie enttäuschen. Das kann ich Ihnen nicht erklären. Ich habe triftige Gründe dafür.«

Er legte seine Hand auf ihren Arm. »Als ich vorhin im Krankenhaus von diesem Mord berichtete«, sagte er, »verrieten mir Ihre Bestürzung und Überraschung, daß Sie nichts damit zu tun haben. Später konnte der Arzt ganz eindeutig Ihre Unschuld beweisen. Aber als Sie von dem Verbrechen hörten, Miß Rider, reagierten Sie so, als wüßten Sie, wer es begangen hat. Sie sprachen von einem Mann. Seinen Namen möchte ich wissen.«

»Den werde ich Ihnen niemals verraten.«

»Ist Ihnen denn nicht klar, daß man Sie möglicherweise der Mittäterschaft oder Beihilfe anklagen wird? Ist Ihnen nicht klar, was das für Sie und für Ihre Mutter bedeutet?«

Als er ihre Mutter erwähnte, schloß sie kurz die Augen. »Bitte sprechen Sie nicht von ihr«, murmelte sie. »Stellen Sie mir keine Fragen mehr. Ich kann Ihnen nichts sagen.«

Enttäuscht gab Tarling auf und sagte nichts mehr.

Auf dem Bahnsteig in London wartete Whiteside mit zwei anderen Beamten.

Tarling nahm ihn beiseite und erklärte ihm in wenigen Worten die Lage.

»Unter diesen Umständen«, schloß er, »werde ich sie nicht verhaften.«

Whiteside leuchtete das ein.

»Sie kann den Mord nicht verübt haben«, meinte er. »Die Aussage des Arztes ist wohl nicht zu erschüttern?«

»Keinesfalls«, erwiderte Tarling. »Und sie wird noch bestätigt durch die Aussage des Bahnhofsvorstehers von Ashford, der die Unfallzeit in seinem Dienstbuch eintrug und selbst geholfen hat, sie aus den Zug zu holen.«

»Warum nannte sie sich Miß Stevens?« wollte Whiteside wissen. »Und was veranlaßte sie, so eilig zu verschwinden?«

Tarling machte eine hilflose Geste. »Das möchte ich auch wissen«, sagte er, »aber Miß Rider will es mir nicht verraten. Ich bringe sie in ein Hotel«, fuhr er fort, »und morgen fahre ich mit ihr zum Yard.«

»War sie überrascht, als Sie ihr von dem Mord berichteten? Nannte sie vielleicht einen Namen?« fragte Whiteside.

Tarling zögerte. Dann log er.

»Nein, nichts dergleichen.«

Nach diesem Gespräch brachte er Odette in das ruhige kleine Hotel, das er für sie ausgesucht hatte. Die Taxifahrt verlief nicht ohne Aufregung, da der Nebel jetzt besonders dicht geworden war.

»Ich kann Ihnen nicht sagen, wie dankbar ich Ihnen bin, Mr. Tarling«, erklärte Odette beim Abschied. »Wenn ich Ihnen irgendwie weiterhelfen könnte — ich würde es nur zu gern tun.«

Ein schmerzlicher Ausdruck flog über ihre Züge.

»Ich begreife es noch immer nicht. Es kommt mir vor wie ein böser Traum . . . Irgendwie will ich es auch gar nicht begreifen — ich möchte nur vergessen.«

»Was wollen Sie vergessen?«

Sie schüttelte den Kopf. »Fragen Sie mich nicht! Bitte, fragen Sie mich nicht!«

Er war sehr besorgt, als er die Treppe hinunterging. Das Taxi, das draußen auf ihn hatte warten sollen, war zu seiner Verwunderung nicht mehr da.

»Was ist denn aus meinem Taxi geworden?« fragte er den Portier. »Ich hatte noch nicht bezahlt.«

»Keine Ahnung, Sir«, antwortete der Portier. »Augenblick, ich frage mal nach.«

Einer der Hausdiener, der draußen gestanden hatte, erzählte eine merkwürdige Geschichte.

Plötzlich war aus dem abendlichen Nebel ein Mann aufgetaucht und hatte das Taxi bezahlt, das dann weggefahren war. Der Unbekannte war in entgegengesetzter Richtung wie das Taxi verschwunden.

»Sonderbar«, meinte Tarling stirnrunzelnd. »Besorgen Sie mir einen anderen Wagen.«

»Ich fürchte, das wird Schwierigkeiten machen, Sir.«

Der Portier schüttelte den Kopf.

»Sie sehen ja den Nebel — wir kriegen's hier immer besonders dick . . . Ist eigentlich schon ziemlich spät im Jahr für solchen Nebel . . .«

Tarling schenkte diesem Vortrag über die örtlichen Witterungsverhältnisse kein weiteres Gehör, knöpfte den Mantel zu und machte sich auf den Weg zur nächsten U-Bahn-Station.

Die Straßen des ruhigen Wohnviertels, in dem das kleine Hotel lag, waren um diese Abendstunde verlassen, und wegen des Nebels waren noch weniger Leute unterwegs als sonst.

Er schritt munter aus und befand sich gerade auf halbem Weg zwischen zwei Laternen, deren Lichtschein nur schwach durch die Nebelschleier drang, als er hinter sich ein schwaches Geräusch hörte.

Hastig drehte er sich um, warf instinktiv die Arme hoch und sprang zur Seite.

Zischend sauste etwas an seinem Kopf vorbei und schlug mit dumpfem Krachen aufs Pflaster.

Ein Sandsack, schoß es ihm durch den Kopf, ehe er sich auf den Angreifer stürzte. Der wich geschickt aus. Gleich darauf zerriß ein ohrenbetäubender Knall die Stille. Unwillkürlich ließ er den Unbekannten los, den er schon an der Kehle gepackt hielt.

Er spürte förmlich, wie sein Gegner die Waffe wieder hob, und ließ sich blitzschnell zu Boden fallen. In einer Rolle schoß er über das Pflaster, während es zum zweitenmal krachte. Aus der Rolle heraus wollte er dem unbekannten Gegner mit voller Wucht gegen das Knie treten, doch der andere war zu schnell und entkam. Als Tarling aufsprang, war er allein.

Trotzdem — er hatte das Gesicht gesehen: groß und weiß und rachsüchtig.

Er hatte den Mann erkannt.

Er rannte in der Richtung, die seiner Vermutung nach der andere eingeschlagen hatte, doch im dichten Nebel verlief er sich. Er hörte das Geräusch eiliger Schritte, lief ihnen nach und stieß auf einen Polizisten, den die Schüsse angelockt hatten.

Der Beamte war keiner Seele begegnet.

»Dann muß er in der anderen Richtung abgehauen sein«, sagte Tarling und stürzte davon. Aber seinen hinterhältigen Angreifer fand er nicht mehr.

Langsam kehrte er zu der Stelle zurück, wo der Überfall stattgefunden hatte. Der Polizeibeamte leuchtete mit einer kleinen Taschenlampe auf dem Pflaster umher.

»Hier ist nichts zu sehen, Sir«, bemerkte er. »Nur den kleinen roten Zettel hier habe ich gefunden.«

Tarling nahm ihm das rote Ding aus der Hand und begutachtete es im Licht der Straßenlampe.

Vier chinesische Schriftzeichen hoben sich schwarz vom roten Grund ab: Er hat es sich selbst zuzuschreiben, stand da.

Den gleichen roten Zettel hatte man in Lynes Anzugtasche gefunden, als man seine Leiche entdeckte.

14

Milburgh wohnte in einem kleinen Haus in einer häßlichen Straße von Camden Town, die zu beiden Seiten von nackten Mauern begrenzt war, hinter denen graue Fabrikgebäude und rußige Kamine standen. Milburghs Haus war das einzige Wohngebäude in der ganzen Straße, wenn man von den Wohnungen der Wachleute absah, und alle Leute, die es kannten, waren der Meinung, daß es einen netten Hausbesitzer hatte.

Das Haus stand auf einem halben Morgen Grund, für den die links und rechts angesiedelten Firmen schon hohe Summen geboten hatten. Der Eigentümer hatte sich nicht erweichen lassen.

Einige Leute behaupteten, Milburgh selbst gehöre das Ganze. Aber wie sollte so was möglich sein? Milburghs Gehalt betrug neunhundert Pfund im Jahr, und das Grundstück war mindestens neuntausend wert.

Das Haus war von einem hohen Eisengitter umgeben; auf dem gepflegten Rasen wuchs keine einzige Blume. Um zum Eingang zu gelangen, mußte man ein eisernes Tor passieren und dann einen mit Steinplatten belegten Weg entlanggehen.

An dem Abend, an dem Tarling überfallen wurde, schloß Milburgh das Tor auf, trat in den Garten und sperrte hinter sich wieder ab. Er war allein und pfiff, wie das seine Gewohnheit war, ein trauriges kleines Lied vor sich hin, das weder Anfang noch Ende hatte. Langsam ging er den Weg entlang, schloß die Haustür auf und blieb nur einen Augenblick auf der Schwelle stehen, um in die dichter werdende Dunkelheit hinauszublicken, ehe er die Tür zuwarf und verriegelte.

Der Vorraum war einfach, aber geschmackvoll eingerichtet. Von Wohlhabenheit sprachen nur die Originalradierungen an den Wänden, die Milburgh ein Weilchen wohlgefällig betrachtete.

Nachdem er Hut und Mantel abgelegt und die Galoschen ausgezogen hatte, betrat er das Wohnzimmer. Die gleiche Einfachheit wie im Vorraum empfing ihn hier. Die Möbel waren schön und solide, der Teppich war dick und weich. Er drückte auf einen Schalter, und im offenen Kamin glühte ein elektrischer Heizstrahler auf. Dann setzte er sich an den großen Tisch, das auffallendste Möbelstück im ganzen Raum. Er war fast völlig mit ordentlich gebündelten kleinen Papierstapeln beladen, die mit Gummibändern zusammengehalten wurden. Milburgh beachtete sie nicht; gedankenversunken starrte er auf die Löschunterlage, die vor ihm lag. Nach einer Weile stand er mit einem unterdrückten Ächzen auf, ging durchs Zimmer und schloß einen durchschnittlich aussehenden altmodischen Schrank auf, dem er ein Dutzend kleine Bücher entnahm. Sie waren alle von gleicher Größe. Jedes trug eine Jahreszahl auf dem Umschlag.

Es waren Tagebücher, aber nicht etwa Milburghs Tagebücher. Sie hatten Thornton Lyne gehört, und Milburgh hatte sie eines Tages gesehen, als er in Lynes Büro gegangen war und der Safe offengestanden hatte.

Lyne war nicht da. Da er sein Kommen durch die großen Fenster zu den Verkaufsräumen genau beobachten konnte, hatte er einfach einen der Bände herausgenommen und darin gelesen.

Damals hatte er nur ein paar Seiten überflogen. Später hatte er Gelegenheit gefunden, alle Aufzeichnungen des laufenden Jahres zu lesen. Vieles hatte er entdeckt, was ihm sehr nützlich hätte werden können, wäre nicht Thornton Lyne vorzeitig von der Hand eines Mörders dahingerafft worden. An dem Tag, an dem Thornton Lynes Leiche im Hyde Park gefunden wurde, hatte Milburgh mit Hilfe eines Nachschlüssels den Bürosafe geöffnet und die Tagebücher an einen sicheren Ort verfrachtet.

Sie enthielten vieles, das ihm hätte schaden können, vor allem das letzte Tagebuch, das sich mit dem laufenden Jahr befaßte. Lyne hatte nicht nur die täglichen Begebenheiten aufgeschrieben, sondern auch seinen Gedanken — lyrischer und anderer Art — Ausdruck gegeben und sich in aller Deutlichkeit über den Verdacht ausgelassen, den er gegen seinen Geschäftsführer hegte.

Die Tagebücher lieferten Milburgh eine Menge von interessantem Lesestoff, und jetzt schlug er das Buch dort auf, wo er es am Abend zuvor zugeklappt hatte. Er fand die Stelle ohne Schwierigkeiten, da er einen dünnen Briefumschlag ausländischer Herkunft zwischen die Seiten geschoben hatte. Er enthielt gewisse Zettelchen.

Als er sein provisorisches Buchzeichen jetzt herausnahm, kam ihm ein Gedanke, und er durchsuchte sorgfältig seine Taschen. Das, was er suchte, fand er jedoch nicht, und mit einem Lächeln legte er das Kuvert auf den Tisch, um an jener Stelle mit seiner Lektüre fortzufahren, wo er abgebrochen hatte.

»Im ›Hotel London‹ zu Mittag gegessen und den ganzen Nachmittag verpennt. Entsetzliche Hitze. Wollte eigentlich einen entfernten Verwandten besuchen — einen gewissen Tarling —, der bei der Polizei von Shanghai ist, war mir aber zu mühsam.

Abends in Chu Hans Tanzpalast. Reizende kleine Chinesin kennengelernt. Treffe sie morgen bei Ling Fu. Sie heißt ›Kleine Narzisse‹. Ich nenne sie ›meine kleine gelbe Narzisse‹ . . .«

Milburgh hielt in seiner Lektüre inne.

»Kleine gelbe Narzisse«, murmelte er und zupfte sinnend an seiner wulstigen Unterlippe.

»Gelbe Narzisse«, brummte er wieder, und ein breites Lächeln ging über seine Züge.

Er las noch immer, als es läutete. Mit einem Satz war er auf den Beinen und lauschte. Wieder klingelte es. Er knipste das Licht aus und schob den dicken Vorhang zur Seite. Wegen des dichten Nebels konnte er nur schemenhaft zwei oder drei Gestalten wahrnehmen, die unter der Straßenlampe am Gartentor standen. Er ließ den Vorhang zufallen, schaltete das Licht wieder ein, nahm die Bücher und lief mit ihnen ins Schlafzimmer.

Fünf Minuten lang ließ er die Türglocke klingeln, ohne zu reagieren.

Dann tauchte er wieder auf, in Schlafanzug und Morgenrock. Er schloß die Haustür auf und schlurfte in seinen Hausschuhen den Weg entlang zum Tor.

»Wer ist da?« fragte er.

»Tarling. Sie kennen mich«, antwortete eine Stimme.

»Mr. Tarling?« rief Milburgh überrascht. »Was für ein unerwartetes Vergnügen. Kommen Sie herein, kommen Sie herein!«

»Machen Sie das Tor auf!« befahl Tarling.

»Einen Augenblick, ich muß erst den Schlüssel holen. Um diese Zeit habe ich keinen Besuch mehr erwartet.«

Er eilte ins Haus, sah sich im Wohnzimmer noch einmal gründlich um und ging dann wieder hinaus, wobei er den Schlüssel aus der Tasche seines Morgenrocks nahm. Er hatte die ganze Zeit dort gesteckt, aber Milburgh war ein vorsichtiger Mann, der ungern ein Risiko einging.

Tarling war in Begleitung von Inspektor Whiteside und einem anderen Mann, den Milburgh für einen Kriminalbeamten hielt, was stimmte. Nur Tarling und der Inspektor folgten der Einladung ins Haus; der dritte Mann blieb draußen am Tor.

Milburgh führte die beiden Männer in sein gemütliches Wohnzimmer.

»Sie müssen entschuldigen, daß ich Sie so lange warten ließ. Ich hatte mich schon vor einer ganzen Weile hingelegt.«

»Aber der Heizstrahler ist noch warm«, stellte Tarling fest, während er sich bückte und das Gerät kurz berührte.

Milburgh lachte.

»Ihnen entgeht auch nichts«, meinte er bewundernd. »Wissen Sie, ich war so müde, daß ich vergaß, das Gerät auszuschalten. Erst als Sie mich weckten, merkte ich, daß es noch brannte.«

Schon wieder bückte sich Tarling. Diesmal, um einen noch glühenden Zigarrenstummel aus dem offenen Kamin zu nehmen.

»Sie rauchen wohl im Schlaf, Mr. Milburgh«, bemerkte er trocken.

»Aber keineswegs«, versicherte Milburgh leichthin. »Ich rauchte, während ich herunterkam, um Ihnen aufzumachen. Morgens, wenn ich aufwache, gilt mein erster Griff den Zigarren. Eine gräßliche Angewohnheit ist das, eine meiner wenigen Schwächen. Als ich dann den Heizofen ausdrehte, habe ich die Zigarre weggeworfen.«

Tarling lächelte.

»Nehmen Sie doch Platz«, forderte Milburgh sie auf und ließ sich in seinem Sessel nieder. »Da sehen Sie«, bemerkte er mit einer Geste zum Tisch hin, »ich stecke bis über die Ohren in Arbeit, jetzt, wo Mr. Lyne tot ist. Ich muß mir die Arbeit sogar mit nach Hause nehmen, und es gibt Nächte, da sitze ich bis in die frühen Morgenstunden über den Büchern, um alles für die Buchprüfung vorzubereiten.«

»Machen Sie nicht ab und zu mal einen Spaziergang, um sich etwas Bewegung zu verschaffen?« erkundigte sich Tarling mit Unschuldsmiene.

Milburghs Gesicht verriet Erstaunen. »Wie meinen Sie das, Mr. Tarling? In einer Nacht wie heute würde ich allerdings keinen Fuß vor die Tür setzen. Ganz ungewöhnlich, der Nebel für die Jahreszeit.«

»Kennen Sie sich in Paddington aus?«

»Ich kenne nur den Bahnhof, weil ich ab und zu von dort abfahre. Vielleicht würden Sie mir kurz sagen, was Sie eigentlich zu mir führt.«

»Gern«, erwiderte Tarling. »Ich bin heute abend von einem Mann Ihrer Größe und Figur überfallen worden. Er hat zweimal aus nächster Nähe auf mich geschossen. Ich habe einen Durchsuchungsbefehl für dieses Haus mitgebracht.«

»Und was wollen Sie suchen?« fragte Milburgh kalt.

»Einen Revolver oder eine Pistole und was sich sonst noch findet.«

Milburgh stand auf.

»Bitte, Sie können das Haus von unten bis oben durchstöbern. Zum Glück ist es klein. Etwas Teures kann ich mir bei meinem Gehalt nicht leisten.«

»Leben Sie allein?« fragte Tarling.

»Ja. Eine Frau kommt morgens um acht und macht mir das Frühstück. Dann räumt sie noch auf. Aber nachts bin ich allein. Ich finde es äußerst verletzend —«

»Darauf kann ich leider keine Rücksicht nehmen«, unterbrach ihn Tarling und begann, ohne lange zu zögern, mit der Durchsuchung.

Sie erwies sich als eine Enttäuschung. Von der Waffe fanden sie keine Spur, auch keine kleinen roten Zettel. In Wahrheit suchte Tarling auch nicht den Mann, der ihn überfallen hatte, sondern Lynes Mörder.

Er ließ sich allerdings von seiner Enttäuschung nichts anmerken, als er ins Wohnzimmer zurückkehrte.

»Mr. Milburgh«, sagte er, »ich möchte Ihnen eine Frage stellen: Haben Sie schon einmal einen solchen Zettel gesehen?«

Er nahm das kleine rote quadratische Papier aus der Tasche und legte es auf den Tisch.

Aufmerksam betrachtete Milburgh die chinesischen Schriftzeichen. Dann nickte er.

»Tatsächlich?« fragte Tarling überrascht.

»Ja, Mr. Tarling«, erwiderte Milburgh gelassen. »Es würde mir nicht einfallen, Sie zu belügen. Mir ist nichts widerwärtiger als Betrug.«

»Das kann ich mir denken.«

»Schade, daß Sie so sarkastisch sind, Mr. Tarling«, sagte Milburgh vorwurfsvoll, »aber ich kann Ihnen versichern, daß mir Lügen ein Greuel sind.«

»Woher kennen Sie diese Zettel?«

»Ich habe sie auf Mr. Lynes Schreibtisch gesehen.«

»Auf Mr. Lynes Schreibtisch?«

Milburgh nickte. »Mr. Lyne kam mit allen möglichen Souvenirs aus dem Fernen Osten zurück. Darunter waren auch solche Zettelchen mit chinesischen Schriftzeichen. Ich kann nicht chinesisch, es ist möglich, daß es immer andere Zeichen sind. Für ein ungeübtes Auge sehen sie alle gleich aus.«

»Sie haben solche Zettel also auf Lynes Schreibtisch gesehen«, wiederholte Tarling. »Warum haben Sie das nicht sofort der Polizei mitgeteilt? Sie wissen doch, daß die Polizei der Tatsache, daß ein solcher Zettel bei dem Toten gefunden wurde, große Bedeutung beimißt!«

»Es ist schon richtig, daß ich der Polizei nichts gesagt habe.« Milburgh nickte.

»Aber ich war durch das schreckliche Ereignis so durcheinander, daß ich an nichts anderes mehr denken konnte. Sie hätten ein oder zwei dieser Zettelchen sogar hier im Haus finden können«, bemerkte er lächelnd. »Mr. Lyne verteilte gern Souvenirs von seinen Reisen an seine Freunde und Bekannten. Mir zum Beispiel schenkte er den Dolch, der dort an der Wand hängt. Er erzählte mir damals eine Geschichte dazu, an die ich mich leider im Augenblick nicht mehr erinnere.«

Er hätte noch länger in Erinnerungen an seinen verstorbenen Arbeitgeber geschwelgt, wenn Tarling sich nicht kurzerhand verabschiedet hätte. Milburgh brachte ihn und Whiteside bis zum Tor und verschloß die Haustür sorgfältig, ehe er mit einem selbstzufriedenen Lächeln auf den Lippen ins Wohnzimmer zurückkehrte.

»Ich weiß genau, daß mein Angreifer Milburgh war«, erklärte Tarling.

»Haben Sie eine Ahnung, warum er Sie umlegen wollte?« fragte Whiteside.

»Keinen blassen Schimmer. Aber der Kerl war offenbar die ganze Zeit hinter mir her und beobachtete, wie ich Miß Rider ins Hotel brachte. Sobald ich verschwunden war, schickte er sein eigenes Taxi weg und bezahlte auch meines. Als ich dann wiederkam, verfolgte er mich im Nebel bis zu einer besonders stillen Ecke und überfiel mich.«

»Aber warum?« fragte Whiteside wieder. »Angenommen, Milburgh weiß etwas über diesen Mord — was ich bezweifle —, was hätte er davon?«

»Wenn ich diese Frage beantworten könnte«, antwortete Tarling grimmig, »könnte ich Ihnen auch verraten, wer Lyne tötete.«

15

Als Tarling am nächsten Morgen aus dem Schlafzimmerfenster sah, hatte sich der Nebel verzogen. Heller Sonnenschein fiel in die Straßen, und in der Luft lag eine herbe Frische, die den geplagten Londonern die Wangen rötete. Tarling reckte sich und gähnte mit Genuß, ehe er in seinen seidenen Morgenrock schlüpfte und zum Frühstück ins Wohnzimmer ging.

Ling Chu schenkte ihm Tee ein und legte Morgenzeitung und Post neben seinen Teller.

Tarling aß schweigend. Schließlich schob er seinen Teller weg.

»Ling Chu«, sagte er in der Mundart der Südchinesen, »ich werde meinen Namen als Menschenjäger verlieren. Dieser Fall gibt mir mehr Rätsel auf als jeder andere.«

»Herr«, erwiderte der Chinese, »es kommt immer eine Zeit, wo der Jäger meint, er sei am Ende seiner Weisheit. Ich selbst hatte dieses Gefühl, als ich Wu Fung jagte, den Würger von Hankau. Und doch«, fügte er philosophisch hinzu, »faßte ich ihn eines Tages, und nun schläft er in den Regionen der Nacht.«

»Gestern habe ich die kleine junge Frau gefunden«, bemerkte Tarling nach einer kurzen Pause.

»Das mag sein, aber den Mörder hast du damit noch nicht gefunden«, sagte Ling Chu, der seitlich neben dem Tisch stand, die Hände in den weiten Ärmeln seines blauen Kittels verborgen. »Denn die kleine junge Frau hat den Mann mit dem weißen Gesicht nicht getötet.«

»Woher weißt du das?« fragte Tarling.

»Die kleine junge Frau besitzt nicht die Kraft, Herr«, antwortete Ling Chu. »Und sie versteht sich nicht darauf, den rasenden Wagen zu lenken.«

»Du meinst — ein Auto?« fragte Tarling. Ling Chu nickte.

»Mein Gott, daran habe ich überhaupt nicht gedacht«, rief Tarling. »Natürlich — Lynes Mörder muß ja das Auto in den Hyde Park gefahren haben! Aber woher weißt du, daß sie nicht Auto fahren kann?«

»Ich habe gefragt«, erklärte der Chinese. »Viele Leute kennen die kleine junge Frau im Warenhaus, wo der Mann mit dem weißen Gesicht arbeitete, und sie alle sagten, daß sie den rasenden Wagen nicht lenken kann.«

Tarling ließ sich das Gehörte eine Weile durch den Kopf gehen. »Ja, es stimmt«, meinte er dann. »Die kleine junge Frau kann den Mann mit dem weißen Gesicht nicht getötet haben. Sie war viele Meilen von der Stadt entfernt, als der Mord verübt wurde. Das wissen wir mit Sicherheit. Die Frage ist, wer hat den Mann mit dem weißen Gesicht getötet!«

»Der Menschenjäger wird es aufdecken«, sagte Ling Chu.

»Das ist noch die Frage«, meinte Tarling.

Wenig später fuhr er zu Scotland Yard, wo er mit Whiteside verabredet war.

Whiteside betrachtete gerade aufmerksam einen Gegenstand, der vor ihm auf dem Schreibtisch lag, als Tarling eintrat. Es war eine kurzläufige Pistole.

»Oh!« rief Tarling interessiert. »Ist das die Mordwaffe?«

»Genau!«

»Und wo, sagten Sie, wurde sie gefunden?«

»In Miß Riders Nähkorb.«

»Die kommt mir so bekannt vor«, meinte Tarling und nahm die Waffe in die Hand. »Ist sie noch geladen?«

»Nein, ich habe das Magazin herausgenommen.«

»Eine Beschreibung der Pistole und die Seriennummer haben Sie wohl schon an alle Händler durchgegeben?«

Whiteside nickte.

»Nur wird uns das kaum weiterhelfen. Die Waffe ist amerikanischer Herkunft, und wenn sie nicht zufällig in England verkauft wurde, besteht für uns kaum eine Chance, den Eigentümer zu ermitteln.«

Tarling drehte die Waffe in den Händen und betrachtete sie von allen Seiten. Dann sah er sich den Kolben an und stieß plötzlich einen erstaunten Ruf aus. Whiteside folgte seinem Blick und sah zwei tiefe Rillen, die diagonal über den Kolben verliefen.

»Was sind das für Einkerbungen?« fragte er.

»Sieht aus, als seien zwei Kugeln auf den Besitzer der Pistole abgegeben worden, die statt ihn zu töten nur den Kolben streiften.«

Whiteside lachte. »Verrät Ihnen das Ihre Kombinationsgabe, Mr. Tarling?«

»Nein«, erwiderte Tarling. »Das sagt mir mein Gedächtnis. Die Pistole gehört nämlich mir.«

16

»Die gehört Ihnen?« echote Whiteside ungläubig. »Das gibt es nicht!«

»O doch!« antwortete Tarling ruhig.

»Ich erkannte sie auf den ersten Blick, glaubte aber, da müßte ein Irrtum vorliegen. Diese beiden Einkerbungen beweisen, daß ich mich nicht täusche: Die Pistole gehört mir. Ich habe sie sechs Jahre lang in China mit mir herumgetragen.«

Whiteside riß verblüfft den Mund auf.

»Sie wollen mir sagen, daß Lyne mit Ihrer Pistole erschossen wurde?«

Tarling nickte.

»Unglaublich, aber wahr. Es ist ohne Zweifel meine Pistole. Sie wurde in Miß Riders Wohnung gefunden, und ich habe nicht den geringsten Zweifel, daß Thornton Lyne durch einen Schuß, der aus eben dieser Pistole abgegeben wurde, sein Leben verlor.«

Es folgte ein langes Schweigen.

»Also, ich bin sprachlos«, erklärte Whiteside schließlich. »An jeder Ecke wartet ein neues Geheinnis. Das ist heute schon die zweite Überraschung, die ich erlebe.«

»Die zweite?«

Tarling fragte ohne großes Interesse; er war zu sehr mit diesem neuen ungeheuerlichen Aspekt des Verbrechens beschäftigt: Lyne war mit seiner Pistole erschossen worden! Unfaßbar!

»Erinnern Sie sich an das hier?« fragte Whiteside und hielt ein bräunliches Formular hoch.

»Ist das nicht das Telegramm, das Odette Rider angeblich an Thornton Lyne schickte? Es wurde unter Lynes Sachen gefunden, als man das Haus durchsuchte.«

»Um genau zu sein«, sagte Whiteside, »wurde es von Lynes Butler gefunden — einem gewissen Cole, der ein durch und durch ehrlicher Mann zu sein scheint. Ich bestellte ihn heute morgen, um mir noch einmal eingehend über Lynes Tun und Lassen am Abend vor dem Mord berichten zu lassen. Er ist übrigens im Zimmer nebenan. Ich hole ihn mal rein.«

Auf sein Läuten erschien ein uniformierter Polizeibeamter, den er bat, Cole zu holen. Wenig später führte der Beamte einen äußerst ehrbar wirkenden Mann mittleren Alters herein.

»Berichten Sie Mr. Tarling noch einmal, was Sie mir erzählt haben«, sagte Whiteside.

»Sie meinen, wegen des Telegramms, Sir?« fragte Cole. »Ja, da ist mir leider ein Irrtum unterlaufen, aber ich war nach Mr. Lynes Tod so durcheinander, daß ich nicht mehr richtig denken konnte.«

»Was war denn los?« fragte Tarling.

»Sehen Sie, Sir, ich brachte Mr. Whiteside dieses Telegramm am Tag nach dem Mord, aber als ich es ihm brachte, machte ich eine falsche Aussage. Wie gesagt, ich war so durcheinander.«

»Und weiter?«

»Ich sagte, das Telegramm sei von Mr. Lyne geöffnet worden, Sir. In Wirklichkeit wurde es erst eine Viertelstunde nach Mr. Lynes Weggang gebracht. Ich selbst öffnete es, als ich von dem Mord hörte. Dann bekam ich Angst, daß mir die Polizei Ärger machen könnte, und sagte zu Mr. Whiteside, Mr. Lyne habe es geöffnet.«

»Er hat das Telegramm also in Wirklichkeit nie bekommen?« fragte Tarling.

»Nein, Sir.«

Tarling sah Whiteside an.

»Was sagen Sie dazu, Whiteside?«

»Ich weiß nicht, was ich davon halten soll«, erwiderte Whiteside und kratzte sich verlegen am Kopf. »Das Telegramm belastete Miß Rider. Es war ein wichtiges Glied in der Kette von Beweisen gegen sie. Wenn Lyne das Telegramm gar nicht bekam, haben wir keine Erklärung mehr dafür, warum er am fraglichen Abend Miß Riders Wohnung aufsuchte. Sie sind ganz sicher, Cole, daß Mr. Lyne dieses Telegramm nie sah?«

»Völlig, Sir«, antwortete Cole mit Nachdruck. »Ich nahm es selbst in Empfang. Nach Mr. Lynes Weggang trat ich vor die Tür, um etwas frische Luft zu schöpfen, und stand auf der obersten Treppenstufe, als es gebracht wurde. Da ist noch vermerkt, Sir: erhalten um neun Uhr zwanzig. Das heißt, zu dem Zeitpunkt kam es im Zweigpostamt an, das ist zwei Meilen entfernt. Es konnte gar nicht vor Mr. Lynes Weggang eingetroffen sein, und ich hatte Angst, Sie würden es merken.«

»In meiner ganzen Klugheit habe ich das nicht gesehen«, gab Tarling lächelnd zu.

»Vielen Dank, Mr. Cole, das wäre alles.«

Als der Mann gegangen war, setzte sich Tarling Whiteside gegenüber und schob mit einem Achselzucken die Hände in die Hosentaschen.

»Also, jetzt verstehe ich gar nichts mehr!« sagte er.

»Die Sache wird allmählich so kompliziert, daß ich alles durcheinanderbringe.

Also: In der Nacht vom Vierzehnten wird Thornton Lyne von einem oder mehreren unbekannten Tätern ermordet, und zwar vermutlich in der Wohnung von Odette Rider, seiner ehemaligen Kassenangestellten. Auf dem Teppich werden Blutflecken gefunden, und man stellt noch verschiedene andere Beweisstücke sicher, wie zum Beispiel die Pistole und das abgefeuerte Geschoß, die diese Vermutung erhärten. Lyne wird weder beim Betreten noch beim Verlassen des Hauses beobachtet.

Er wird erst am folgenden Morgen im Hyde Park gefunden, ohne Jakkett und ohne Weste, um den Oberkörper ein seidenes Nachthemd, das, wie sich herausstellt, Odette Rider gehört, auf der Wunde zwei Taschentücher, die ebenfalls Odette Rider gehören.

Auf seiner Brust liegt ein Strauß gelber Narzissen. Sein Wagen, in dem sich seine Stiefel, sein Jackett und seine Weste befinden, wird etwa hundert Meter von der Leiche entfernt entdeckt. Ist bis hierher alles richtig?«

Whiteside nickte.

»Ihr Gedächtnis ist vortrefflich.«

»Im Schlafzimmer von Miß Rider findet man auf der weißen Kommode einen blutigen Daumenabdruck und auf dem Bett Miß Riders Handkoffer, der halb gepackt ist.

Später entdeckt man im Nähkorb eine Pistole, die mir gehört. Auf den ersten Blick deutet alles darauf hin, daß Miß Rider die Mörderin ist. Dem widerspricht jedoch, daß sie sich zu der Zeit, als der Mord verübt wurde, nachweislich in einem Krankenhaus aufhielt.

Weiter spricht zu ihren Gunsten die Tatsache, daß das scheinbar von ihr abgeschickte Telegramm, mit dem Lyne zu einem Besuch in ihrer Wohnung aufgefordert wurde, ihm gar nicht ausgehändigt wurde.«

Er stand auf. »Kommen Sie mit zu Cresswell«, sagte er. »Dieser Fall bringt mich noch an den Rand des Wahnsinns.«

Cresswell, der stellvertretende Polizeipräsident, hörte sich die ganze Geschichte an. Wenn er verblüfft war, ließ er sich nichts anmerken.

»Ich habe das Gefühl, wir haben es hier mit dem Mordfall des Jahrhunderts zu tun«, meinte er. »Gegen Miß Rider kann man selbstverständlich nicht weiter vorgehen. Es war klug von Ihnen, sie nicht zu verhaften. Aber sie muß überwacht werden, denn sie kennt offenbar den Mörder oder bildet sich ein, ihn zu kennen.

Am besten redet Whiteside mal mit ihr«, fuhr er fort, sich an Tarling wendend. »Vielleicht kann er einen neuen Gesichtspunkt aufdecken. Ich halte es nicht für sinnvoll, sie herzuholen. Übrigens, Tarling, die Bücher der Firma Lyne wurden Dashwood und Solomon übergeben, den bekannten Buchprüfern in St. Mary Axe. Sollten wirklich Unterschlagungen begangen worden und der Grund für Lynes Tod sein, werden durch die Prüfung sicherlich neue Hinweise aufgedeckt.«

Tarling nickte.

»Wie lange dauert sie?«

»Eine Woche, schätzt man. Dabei fällt mir ein, daß Ihr Freund Milburgh — so heißt er doch? — sich sehr bemüht, der Polizei ein klares Bild von den Finanzen des Unternehmens zu geben.«

Er hob den Kopf und sah Tarling an.

»Der Mord wurde also mit Ihrer Pistole verübt, wie?« bemerkte er mit einem dünnen Lächeln. »Das klingt übel.«

»Es ist verrückt!« erwiderte Tarling lachend. »Ich werde mich sofort daranmachen herauszubekommen, wie das passiert ist. Ich weiß, daß ich sie vor vierzehn Tagen noch hatte. Da brachte ich sie nämlich zu einem Waffenhändler, um sie ölen zu lassen.«

»Wo bewahren Sie die Waffe denn auf?«

»In meinem Schrank«, antwortete Tarling. »Zu meinem Zimmer hat Ling Chu Zutritt, und der ist immer da, wenn ich ausgehe.«

»Ling Chu ist Ihr chinesischer Diener?«

»Er ist eher ein Mitarbeiter«, verbesserte Tarling. »Einer der besten, die ich je hatte, ein Mann von einwandfreiem Charakter. Ich würde ihm sogar mein Leben anvertrauen.«

»Hm«, brummte Cresswell. »Mit Ihrer Pistole ermordet.«

Darauf folgte eine kleine Pause, dann fügte er hinzu: »Lynes Vermögen fällt ja wohl an den Staat, wie? Er hatte keine Verwandten, keinen Erben.«

»Da täuschen Sie sich«, sagte Tarling.

Cresswell sah ihn überrascht an. »Er *hat* einen Erben?« fragte er.

»Einen entfernten Vetter«, erklärte Tarling, »der unglücklicherweise immerhin so nahe mit ihm verwandt ist, daß er als Erbe von Lynes Millionen in Frage kommt.«

»Wieso unglücklicherweise?« fragte Cresswell.

»Weil *ich* dieser Vetter bin«, erklärte Tarling.

17

Mit besorgter Miene trat Tarling auf das sonnige Embankment hinaus. Der Fall, überlegte er, wuchs ihm über den Kopf, und die Entwicklung, die er nahm, beunruhigte ihn. Cresswells merkwürdiges Gesicht, als er hörte, daß Lynes einziger Erbe ausgerechnet der Detektiv war, der den Mord klären sollte, entlockte ihm allerdings nur ein schwaches Grinsen. Daß man ihn verdächtigte, hielt er für eine Art poetischer Gerechtigkeit, denn auch er hatte schon viele Menschen verdächtigt, unschuldige oder fast schuldige.

Als er in seine Wohnung kam, war Ling Chu damit beschäftigt, den mageren Bestand an Silber zu putzen. Ling Chu war ein hervorragender Detektiv, doch er ließ es sich nicht nehmen, auch für Tarlings persönliches Wohl zu sorgen.

Tarling sagte kein Wort, sondern trat sofort an den Schrank. Oben im Fach lagen sauber gefaltet die leichten weißen Anzüge, die er in den Tropen zu tragen pflegte. Sein Tropenhelm hing an einem Haken, und an der gegenüberliegenden Schrankwand hing das Pistolenhalfter. Er nahm es ab. Es war leer.

Obwohl er es erwartet hatte, schloß er die Schranktür mit einem beunruhigten Stirnrunzeln.

»Ling Chu«, sagte er.

»Lieh Jen?« Der Chinese legte den silbernen Löffel weg, den er gerade polierte.

»Wo ist meine Pistole?«

»Sie ist fort, Lieh Jen«, antwortete Ling Chu gelassen.

»Wie lange schon?«

»Ich vermisse sie seit vier Tagen.«

»Wer hat sie genommen?«

»Ich vermisse sie seit vier Tagen«, antwortete Ling Chu wieder.

Schweigen trat ein.

Dann nickte Tarling langsam.

»Gut, Ling Chu«, meinte er. »Mehr gibt es nicht zu sagen.« Obwohl er so gelassen tat, war er tief beunruhigt. War es möglich, daß jemand während Ling Chus Abwesenheit in die Wohnung eingedrungen war? Soviel er sich erinnern konnte, waren sie nur einmal zur selben Zeit ausgegangen, und zwar an dem Abend, an dem er Odette Rider in ihrer Wohnung aufgesucht und Ling Chu ihn begleitet hatte. Was, wenn Ling Chu . . .

Er verwarf diesen Gedanken als völlig absurd.

Welches Interesse konnte Ling Chu an Lynes Tod haben? Er war ihm nur ein einziges Mal begegnet, an dem Tag, an dem Tarling ins Warenhaus bestellt worden war.

Die Vorstellung war zu phantastisch, und doch drängte sie sich ihm wieder auf, so daß er schließlich Ling Chu unter einem Vorwand nach Scotland Yard schickte, um diesen phantastischen Verdacht gründlich und unvoreingenommen zu überprüfen.

Die Wohnung hatte vier Räume und eine Küche: Tarlings Schlafzimmer mit einer Verbindungstür zum Wohn-Eßzimmer, eine Kammer, in der Schachteln und Koffer aufgehoben wurden — dort hatte er auch seine Waffe verwahrt —, und das kleine Zimmer, in dem Ling Chu hauste.

Er wartete, bis Ling Chu gegangen war, ehe er sich aus dem Sessel erhob, in dem er nachdenklich gesessen hatte.

Ling Chus Zimmer war klein, peinlich sauber und ordentlich.

Abgesehen von einem Bett und einem schwarzlackierten Kasten darunter war es unmöbliert. Auf den gescheuerten Dielen lag eine chinesische Matte. Der einzige Ziergegenstand im Raum war eine kleine rote Vase auf dem Kaminsims.

Tarling verschloß vorsichtshalber die Wohnungstür, ehe er mit seiner Untersuchung begann.

Wenn dieses Zimmer einen Hinweis auf das Geheimnis der verschwundenen Pistole barg, dann würde er in dem schwarzen Kasten zu finden sein. Ein Chinese hebt seine Besitztümer immer »zwischen sechs Wänden« auf, wie es im Volksmund hieß, und natürlich war der Kasten sorgfältig verschlossen.

Tarling brauchte zehn Minuten, ehe er einen Schlüssel fand, der die beiden Schlösser öffnete.

Der Kasten enthielt wenig. Ling Chus bescheidene Garderobe nahm kaum die Hälfte des Inhalts ein. Vorsichtig nahm Tarling den einzigen Anzug heraus, die seidenen Kittel, die Schuhe, die Toilettensachen. Darunter entdeckte er zwei Lackkästchen, die beide unverschlossen waren.

Im ersten fand er Nähzeug, im zweiten ein kleines, sorgsam verschnürtes Päckchen.

Tarling zog das Band auf, schälte das Papier ab und stieß zu seiner Verwunderung auf einen dünnen Stoß von Zeitungsausschnitten. Es handelte sich vor allem um Ausschnitte aus chinesischen Zeitungen, es waren aber auch ein, zwei darunter, die aus den englischen Zeitungen von Shanghai stammten.

Zunächst glaubte er, es seien Berichte über Verbrechen, an deren Aufklärung Ling Chu beteiligt gewesen war, und hielt sie für nicht weiter wichtig. Er suchte schließlich nach einem Hinweis — was genau, wußte er selbst nicht —, der ihm helfen würde, das Geheimnis der verschwundenen Pistole zu klären.

Ohne besonderes Interesse überflog er die englischen Ausschnitte, doch plötzlich riß er die Augen auf.

»Gestern abend gab es in Ho Hans Teehaus einige Aufregung, weil ein englischer Gast dem Tanzmädchen ›Kleine Narzisse‹ allzuviel Interesse entgegenbrachte . . .«

Die kleine Narzisse!

Tarling ließ den Ausschnitt sinken und runzelte nachdenklich die Stirn. Er kannte Shanghai gut. Er kannte seine geheimnisvolle Unterwelt, und er kannte auch Ho Hans Teehaus, hinter dem sich in Wirklichkeit eine Opiumhöhle verbarg, an deren Aushebung er vor seiner Abreise wesentlichen Anteil gehabt hatte. An die kleine Narzisse erinnerte er sich deutlich. Er hatte nie näher mit ihr zu tun gehabt, denn wenn er in das Teehaus kam, war er hinter anderem Wild hergewesen als hinter einer anmutigen kleinen Tänzerin.

Blitzartig fiel ihm alles wieder ein.

Die Männer in seinem Klub waren hingerissen gewesen von der Anmut der kleinen Narzisse und ihrem Tanz.

Auch der nächste Ausschnitt stammte aus einer englischen Zeitung.

»Ein trauriger Vorfall ereignete sich heute morgen«, stand da. »Eine junge Chinesin namens O Ling, die Schwester Inspektor Ling Chus, der der hiesigen Polizei angehört, wurde sterbend im Hinterhof von Ho Hans Teehaus aufgefunden.

Das junge Mädchen arbeitete dort gegen den Willen ihres Bruders als Tänzerin und war erst vor kurzem Mittelpunkt einer unerfreulichen Affäre, über die wir letzte Woche berichteten. Es wird vermutet, daß es sich um Selbstmord handelt, der, wie das bei einheimischen Frauen leider nur allzu häufig vorkommt, verübt wurde, um das Gesicht zu wahren.«

Tarling pfiff leise vor sich hin.

Die kleine Narzisse war also Ling Chus Schwester gewesen. Er kannte die Chinesen, kannte ihre unendliche Geduld und ihre Unversöhnlichkeit. Thornton Lyne hatte Schande über das Mädchen gebracht und nicht nur über sie, sondern über ihre ganze Familie.

So war das in China — die Schande eines einzelnen traf stets die ganze Familie. Und in dem Bewußtsein der Schande, die sie über ihren Bruder gebracht hatte, hatte die kleine Narzisse den einzigen Ausweg gewählt, der ihr als Chinesin offengestanden hatte.

Was für eine Schande war das eigentlich!

Tarling sah die Ausschnitte der chinesischen Blätter durch und entdeckte mehrere Berichte, von denen sich nicht einer mit dem anderen deckte.

Nur in einem Punkt stimmten sie alle überein: Ein Engländer, ein Tourist, hatte in aller Öffentlichkeit mit Mädchen geflirtet — vom Standpunkt eines Europäers aus wahrhaftig nichts Schlimmes —, ein Chinese hatte sich eingemischt, und es war zu einer Schlägerei gekommen.

Tarling las die Ausschnitte von Anfang bis Ende, packte sie dann sorgfältig wieder zusammen und legte sie in das kleine Lackkästchen auf dem Grund des großen schwarzen Kastens. Nachdem er auch die Kleider wieder verstaut hatte, schloß er den Kasten ab und schob ihn unter das Bett.

Er versuchte, sich den Ablauf der Ereignisse vorzustellen. Ling Chu hatte Lyne erkannt und Rachepläne geschmiedet. Die Pistole zu entwenden war nicht schwierig gewesen — warum aber ließ er dieses belastende Indiz zurück, wenn er Lyne wirklich ermordet hatte?

Das sah Ling Chu nicht ähnlich; das war die Handlungsweise eines Dilettanten.

Und wie hatte er Lyne in die Wohnung gelockt? Woher hatte er gewußt — ein Gedanke schoß ihm durch den Kopf.

Ling Chu hatte bei einer Unterhaltung über das Gespräch, das in Lynes Büro stattgefunden hatte, die Situation sehr richtig analysiert.

Er hatte erkannt, daß Lyne in Odette Rider verliebt war und sie begehrte; es wäre nicht verwunderlich, wenn er sich dieses Wissen zur Erreichung seiner eigenen Ziele zunutze gemacht hatte.

Doch das Telegramm, mit dem Thornton Lyne in die Wohnung gelockt werden sollte, war in Englisch abgefaßt, und Ling Chu sprach kaum Englisch.

Er steckte in einer Sackgasse.

Zwar hätte er Ling Chu jederzeit sein Leben anvertraut, doch er war sich auch im klaren darüber, daß dieser Geheimnisse vor ihm hatte. Es war durchaus möglich, daß er die englische Sprache so fließend beherrschte wie die Mundarten seiner Heimat.

»Ich geb auf«, brummte Tarling in sich hinein.

Er überlegte, ob er auf die Rückkehr seines Mitarbeiters aus Scotland Yard warten und ihn des Verbrechens beschuldigen sollte, oder ob er die Sache lieber ein, zwei Tage ruhen lassen und wie geplant Odette besuchen sollte. Er beschloß, das letztere zu tun, hinterließ Ling Chu eine Nachricht und stieg eine Viertelstunde später vor dem »West Somerset Hotel« aus seinem Taxi.

Odette erwartete ihn. Sie sah blaß aus und müde, als habe sie in der vergangenen Nacht nur wenig geschlafen, doch sie begrüßte ihn mit jenem halben Lächeln, das so typisch für sie war.

»Ich habe eine freudige Nachricht für Sie«, sagte er. »Sie werden nicht vorgeladen. Das Verhör dritten Grades bleibt Ihnen erspart.«

Ihre Augen verrieten Erleichterung.

»Waren Sie an diesem schönen Morgen noch nicht aus?« erkundigte er sich mit Unschuldsmiene, und diesmal lachte sie.

»Was sind Sie doch für ein Heuchler, Mr. Tarling!« sagte sie. »Sie wissen sehr wohl, daß ich im Hotel blieb, und Sie wissen ebensogut, daß es von drei Polizeibeamten überwacht wird, die mir auf jedem Spaziergang folgen würden.«

»Wieso sind Sie davon überzeugt?« fragte er, ohne ihre Behauptungen zu bestreiten.

»Weil ich heute schon einmal aus war«, antwortete sie offen und lachte wieder. »Sie sind doch nicht so schlau, wie ich dachte«, spottete sie. »Als ich behauptete, ich sei noch nicht draußen gewesen, erwartete ich, daß Sie mir in allen Einzelheiten vorhalten würden, wo ich war und was ich gekauft habe.«

»Grüne Nähseide, sechs Taschentücher und eine Zahnbürste«, versetzte Tarling prompt, und Odette Rider riß verblüfft die Augen auf.

»Natürlich, das hätte ich mir denken können. Sie haben also Ihre Informationen?«

»Natürlich!« erwiderte Tarling vergnügt. »Ich habe mich kurz mit dem Beamten im Foyer unterhalten, und er lieferte mir eine ganze Menge Informationen. Hat er Sie beschattet?«

Sie schüttelte den Kopf.

»Ich habe niemanden gesehen, obwohl ich aufgepaßt habe. Und was passiert jetzt, Mr. Tarling?«

Statt einer Antwort nahm Tarling einen flachen, länglichen Kasten aus seiner Tasche.

Verwundert sah Odette Rider zu, wie er den Deckel hochklappte und eine kleine Porzellanplatte herauszog, die mit einer dünnen Schicht schwarzer Farbe bedeckt war, und dazu zwei weiße Kärtchen. Er legte alles auf den Tisch, und plötzlich begriff sie.

»Sie wollen mir die Fingerabdrücke abnehmen?« fragte sie, und Tarling nickte.

»Es wäre mir viel lieber, ich müßte es nicht tun«, erklärte er, »aber —«

»Zeigen Sie mir, wie man es macht«, unterbrach sie ihn. Er kam sich vor wie ein gemeiner Verräter, und vielleicht spürte sie, wie ihm zumute war, denn sie lachte, als sie sich die schwarzen Fingerspitzen abwischte.

»Pflicht ist Pflicht«, spottete sie. »Jetzt verraten Sie mir nur noch eines — wollen Sie mich die ganze Zeit beobachten lassen?«

»Zumindest noch ein Weilchen«, antwortete Tarling ernst. »Bis wir die Informationen haben, die wir brauchen.«

Er steckte den kleinen Kasten wieder ein, während sie den Kopf schüttelte.

»Das heißt also, daß Sie uns nichts sagen wollen«, stellte Tarling fest. »Ich halte es für einen schweren Fehler, aber ich rechne sowieso nicht mit Ihnen. Ich rechne einzig und allein mit —«

»Womit?« fragte sie neugierig, als er zögerte.

»Mit anderen«, antwortete Tarling.

»Mit anderen? Mit was für anderen?« Sie blickte ihm direkt in die Augen.

»Ein berühmter Politiker sagte bei solchen Gelegenheiten gern, ›Abwarten und Tee trinken‹«, bemerkte Tarling. »Diesen Rat würde ich auch Ihnen geben. Morgen, Miß Rider, werde ich Ihre Bewacher abziehen, ich würde Ihnen aber empfehlen, noch einige Zeit in diesem Hotel zu bleiben. In Ihre Wohnung können Sie auf keinen Fall zurück.«

Odette schauderte. »Reden Sie nicht davon«, sagte sie leise. »Aber muß ich wirklich hierbleiben?«

»Es gibt eine Alternative«, entgegnete er nachdenklich. »Sie könnten zu Ihrer Mutter nach Hertford fahren.«

»Das ist unmöglich.«

Er schwieg einen Moment. »Warum schenken Sie mir nicht Ihr Vertrauen, Miß Rider?« fragte er. »Ich würde es nicht mißbrauchen. Warum erzählen Sie mir nicht etwas von Ihrem Vater.«

»Von meinem Vater?« Sie blickte ihn erstaunt an. »Aber ich habe keinen Vater.«

»Haben Sie —« Es fiel ihm schwer, die Frage in Worte zu fassen. »Haben Sie einen Freund?« fragte er schließlich.

»Was soll das heißen?« fragte sie dagegen, und in ihrem Ton lag ein Anflug von Hochmütigkeit.

»Das soll heißen«, erklärte Tarling ruhig, »daß ich gern wissen möchte, was Mr. Milburgh Ihnen bedeutet.«

Hastig drückte sie die Hand auf den Mund und sah ihn erschrocken an. »Nichts!« stieß sie hervor. »Nichts, gar nichts.«

18

Die Hände in den Taschen vergraben, ging Tarling langsam die Edgware Road hinunter. Die Überlegung, daß er in diesem Mordfall selbst zu den Verdächtigen zählte, beeindruckte ihn nicht sonderlich. Er, ein verhältnismäßig unbekannter Privatdetektiv aus Shanghai, zählte wegen seiner Verwandtschaft mit Thornton Lyne und noch mehr durch die Tatsache, daß seine Pistole am Tatort gefunden worden war, zum Kreis der Verdächtigen.

Allein deshalb, weil er zufällig mit der Klärung des Falles beauftragt war, würden die Behörden den Verdacht gegen ihn nicht fallenlassen.

Er wußte, daß die Maschinerie von Scotland Yard bereits auf vollen Touren lief, um festzustellen, welche Rolle er im Mordfall Lyne gespielt hatte. Doch er hatte dafür nur ein Lächeln und ein Achselzucken übrig.

Am meisten verdächtig in diesem Fall war immer noch Odette. Daß Lyne sie geliebt hatte, glaubte er nicht einen Moment lang. Lyne hatte Frauen nicht geliebt, sondern begehrt, und nur wenige hatten sich seinen Wünschen widersetzt.

Odette war eine Ausnahme gewesen.

Tarling wußte nur von dem einen Auftritt, der an jenem Tag, an dem man ihn bestellt hatte, zwischen Lyne und Odette stattgefunden hatte; doch gewiß hatte es andere unangenehme Szenen gegeben, die peinlich für Odette und demütigend für den toten Millionär gewesen waren.

Aber Odette, dachte er dankbar, konnte als Täterin nicht in Frage kommen. Er hatte es sich angewöhnt, häufig von ihr als »Odette« zu denken, was ihn amüsierte. Als Thornton Lyne im Hyde Park entdeckt worden war, hatte sie fünfzig Meilen entfernt in Ashford im Krankenhaus gelegen.

Wie aber stand es mit Milburgh, diesem immer höflichen, aalglatten Menschen.

Lyne hatte ihn verdächtigt, die Firma bestohlen zu haben. Angenommen, Milburgh hatte das Verbrechen verübt. Angenommen, er hatte seinen Arbeitgeber erschossen, um seine Unterschlagungen zu vertuschen.

Nein, das war ein Trugschluß.

Lynes Tod mußte die Entdeckung der Unterschlagungen nur noch beschleunigen, denn es verstand sich von selbst, daß nach dem Tod des Firmeninhabers alle Bücher geprüft werden würden. Milburgh mußte wissen, daß dies zu seinen Gunsten sprach.

Andererseits, sagte sich Tarling, stand fest, daß auch Verbrecher oft die größten Dummheiten machten und sich die Folgen ihrer Tat gar nicht überlegten.

Milburgh konnte in seiner Angst vor Entlarvung übersehen haben, daß die Unterschlagungen gerade durch die Tat ans Tageslicht kommen mußten, die er begangen hatte, um sie zu verschleiern.

Am Ende der Edgware Road bog Tarling um die Ecke und stand am Marble Arch, als eine Stimme ihn anrief. Er drehte sich um und sah, daß ein Taxi am Bürgersteig ruckartig bremste. Inspektor Whiteside sprang heraus.

»Ich wollte gerade zu Ihnen«, verkündete er. »Ich dachte, Ihr Gespräch mit der jungen Dame würde länger dauern. Warten Sie einen Moment, ich will nur bezahlen. Ich habe übrigens vorhin im Yard ihren Chinesen gesehen. Sie haben ihn wohl nur weggeschickt, um ihn auf eine Weile los zu sein, wie?« Nachdem er das Taxi bezahlt hatte, wandte er sich wieder Tarling zu und lachte verständnisvoll. »Ich weiß, was Ihnen durch den Kopf geht«, sagte er direkt, »aber der Chef hält es wirklich nur für einen ungewöhnlichen Zufall. Ich nehme an, Sie haben Nachforschungen über Ihre Pistole angestellt?«

Tarling nickte.

»Und — haben Sie herausgebracht, wie sie in den Besitz von Thornton Lynes Mörder kam?«

»Ich habe da eine Theorie, die allerdings noch auf recht wackeligen Füßen steht«, antwortete Tarling. »Eigentlich ist es eher eine Hypothese.«

Whiteside grinste wieder.

»Solche Haarspaltereien haben in meinem jungen Leben noch nie eine Rolle gespielt«, sagte er. »Ich nehme an, Sie haben so eine Ahnung.«

Da berichtete Tarling ohne Umschweife von den Zeitungsausschnitten, die er in Ling Chus schwarzem Kasten entdeckt hatte.

Whiteside hörte ihm schweigend zu. »Da könnte was dran sein«, meinte er schließlich, als Tarling schwieg. »Ich hab schon früher von Ihrem Ling Chu gehört. Er ist ein guter Polizeibeamter, nicht wahr?«

»Der beste von ganz China«, erwiderte Tarling sofort, »aber ich kann nicht behaupten, daß ich auch nur eine Ahnung davon habe, was in ihm vorgeht. Was ich Ihnen berichtet habe, sind Tatsachen.

Die Pistole befand sich in meinem Schrank. Der einzige, der an sie herankommen konnte, war Ling Chu.

Aus den Zeitungsartikeln wissen wir, daß Ling Chu einen Grund hatte, Thornton Lyne zu hassen, da dieser Mann indirekt am Tod seiner Schwester schuld war. Ich habe mir die ganze Sache noch einmal durch den Kopf gehen lassen und erinnere mich jetzt, daß Ling Chu nach unserem Besuch bei Lyne ungewöhnlich schweigsam war. Er hat mir erzählt, daß er in Lynes Warenhaus war und dort Nachforschungen anstellte.

Wir unterhielten uns über die Möglichkeit, daß Miß Rider den Mord begangen hatte, und da erklärte mir Ling Chu, Miß Rider könne nicht Auto fahren. Als ich ihn fragte, woher er das wisse, sagte er, daß er sich im Warenhaus umgehört habe. Davon hatte ich keine Ahnung.

Und dann haben wir noch eine merkwürdige Tatsache«, fuhr Tarling fort. »Ich war immer der Meinung, Ling Chu spräche kein Englisch, oder höchstens ein paar Worte, wie sie die Chinesen im Umgang mit den fremden Teufeln aufschnappen. Aber er hat in Lynes Warenhaus Erkundigungen eingezogen, und ich glaube kaum, daß es dort auch nur eine einzige Verkäuferin gibt, die Kantonesisch spricht.«

»Ich werde zwei Männer auf ihn ansetzen«, sagte Whiteside, doch Tarling schüttelte den Kopf.

»Das wäre reine Zeitverschwendung. Ling Chu würde sie nur an der Nase herumführen. Ich sage Ihnen, er ist ein besserer Schnüffler als Ihre Yard-Leute zusammen und hat ein großes Talent, sich unsichtbar zu machen. Überlassen Sie ihn mir, ich weiß, wie man mit ihm umgehen muß«, fügte er grimmig hinzu.

»Die kleine Narzisse«, murmelte Whiteside nachdenklich. »So hieß doch diese junge Chinesin? Also, ich halte das für mehr als einen Zufall. Sie nicht auch, Tarling?«

»Möglich ist es. Ich bin mir allerdings nicht einmal sicher, ob die Narzisse in China überhaupt heimisch ist. Aber Sie haben schon recht, es könnte mehr als nur ein Zufall sein, daß der Mann, der die kleine Narzisse so schwer beleidigte, gerade zu der Zeit ermordet wird, wo der Bruder der Toten sich in London aufhält.«

Im Gespräch hatten sie die breite Straße überquert und schlenderten nun in den Hyde Park hinein, der, wie Tarling etwas bitter dachte, für ihn offenbar die gleiche Anziehungskraft besaß wie für Milburgh.

»Was wollten Sie eigentlich bei mir?« fragte Tarling unvermittelt.

»Ich wollte Ihnen den letzten Bericht über Milburgh bringen.«

Schon wieder Milburgh! Was Whiteside zu berichten hatte, war nicht sonderlich aufregend. Milburgh war Tag und Nacht überwacht worden, doch das Ergebnis war ziemlich dürftig.

»Ich weiß nicht, welches Ergebnis der Buchprüfung Milburgh erwartet«, bemerkte Whiteside, »aber er hat offenbar Verbindungen mit irgendwelchen anderen Geschäften oder aber beabsichtigt, solche Verbindungen anzuknüpfen.«

»Wieso?«

»Er hat Bücher gekauft, die für Buchführung, meine ich«, antwortete Whiteside, und Tarling lachte.

»Das ist nun wirklich nicht schlimm«, sagte er gutgelaunt. »Was waren das denn für Bücher?«

»Ach, diese schweren Dinger, die in der Buchhaltung gebraucht werden. Ich glaube, man nennt sie Hauptbücher. Er kaufte drei Stück und nahm sie mit nach Hause. Meiner Ansicht nach«, erklärte Whiteside ernsthaft, »ist dieser Bursche kein gewöhnlicher Verbrecher, falls er überhaupt einer ist. Vielleicht hat er zu Hause Duplikate sämtlicher Bücher.«

»Das halte ich für unwahrscheinlich«, entgegnete Tarling. »Es wäre schon ein Genie nötig, all die Einzelheiten von Lynes Riesengeschäft im Kopf zu behalten. Eher glaube ich, daß Sie mit Ihrer ersten Theorie recht hatten, daß er nämlich mit dem Gedanken spielt, entweder bei einer anderen Firma anzufangen oder sein eigenes Geschäft aufzumachen. Die zweite Vermutung ist die wahrscheinlichste. Wie dem auch sei, es ist kein Verbrechen, sich Hauptbücher zu kaufen. Wann besorgte er sie sich übrigens?«

»Gestern früh, noch ehe bei Lyne aufgemacht wurde«, antwortete Whiteside. »Wie verlief Ihr Gespräch mit Miß Rider?«

Tarling zuckte die Achseln. Er verspürte einen merkwürdigen Widerwillen, über Odette zu sprechen, aber er war sich auch klar darüber, daß es dumm von ihm war, sich von ihrer Schönheit beeindrucken zu lassen.

»Ich bin überzeugt, daß sie von dem Mord nichts weiß, ganz gleich, wen sie verdächtigt«, bemerkte er kurz.

»Dann verdächtigt sie also tatsächlich jemanden?«

Tarling nickte.

»Wen denn?«

Tarling zögerte. »Ich glaube, sie verdächtigt Milburgh.« Er griff in seine Jackentasche und nahm die beiden Kärtchen mit Odettes Fingerabdrükken heraus. Es kostete ihn große Überwindung, obwohl er nur schwer hätte erklären können, was für einen Streich ihm seine Gefühle spielten. »Hier sind die Abdrücke, die Sie haben wollten«, sagte er.

Whiteside nahm die beiden Kärtchen und musterte die dunklen Abdrükke. Tarling hielt den Atem an. Inspektor Whiteside war auf diesem Gebiet der Spurensicherung ein anerkannter Fachmann. Die Musterung dauerte lang.

Nach Jahren noch hatte Tarling die Einzelheiten der Szene im Gedächtnis — die sonnenbeschienenen Wege, die Spaziergänger, Whitesides große Gestalt, wie er in beinahe militärisch strammer Haltung dastand und mit scharfen Augen auf die Kärtchen hinunterblickte.

»Interessant«, sagte er schließlich. »Sehen Sie, die beiden Abdrücke sind beinahe gleich — das ist äußerst ungewöhnlich. Sehr interessant.«

»Und?« fragte Tarling ungeduldig.

»Interessant«, sagte Whiteside wieder, »aber diese Abdrücke stimmen nicht mit denen auf der Kommode überein.«

»Gott sei Dank!« rief Tarling erleichtert.

19

Die Firma Dashwood & Solomon hatte ihre Geschäftsräume in einem schmalbrüstigen Gebäude im Herzen der Londoner City.

Das Unternehmen genoß einen hervorragenden Ruf, und die größten und angesehensten Firmen Englands zählten zu seinen Klienten. Die beiden Gründer waren geadelt worden, und Sir Felix Solomon war es, der Tarling in seinem Büro empfing.

Er war ein großer, gutaussehender Mann, der die Lebensmitte schon hinter sich hatte. Seine Art war etwas brüsk, aber nicht unfreundlich.

Als der Detektiv eintrat, musterte er ihn über den Rand seiner Brillengläser hinweg.

»So, Scotland Yard?« sagte er mit einem Blick auf Tarlings Karte. »Ich kann Ihnen genau fünf Minuten geben, Mr. Tarling. Ich vermute, Sie sind wegen Lynes Büchern hier?«

Tarling nickte.

»Wir haben mit der Arbeit noch nicht angefangen«, sagte Sir Felix, »aber wir hoffen, daß es morgen klappt. Wir haben im Augenblick sehr viel zu tun und mußten noch zusätzlich Leute einstellen, wegen des Regierungsauftrages. Sie wissen wohl, daß die Firma Lyne nicht zu unseren Klienten gehört. Wir haben diesen Auftrag auf Bitten von Mr. Purbrake von der Firma Purbrake und Store übernommen, dem regulären Buchprüfer der Firma Lyne. Mr. Purbrake wünscht eine unabhängige Prüfung, da gegen einen der Angestellten offenbar ein Verdacht auf Unterschlagung besteht. Auch durch Mr. Lynes plötzlichen Tod ist eine solche unabhängige Prüfung notwendig geworden.«

»Natürlich, das verstehe ich«, sagte Tarling. »Ich bin eigentlich hergekommen, um mir persönlich einige Informationen zu holen, da ich interessiert bin —«

Ruckartig hob Sir Felix den Kopf. »Mr. Tarling?« wiederholte er und warf nochmals einen Blick auf die Karte. »Ach ja, natürlich! Wenn ich recht unterrichtet bin, sollen für Sie die nötigen Vollmachten zur Verwaltung des Vermögens beantragt werden.«

»Ja, das wird schon so sein«, antwortete Tarling. »Aber im Augenblick geht es mir um etwas anderes. Der Geschäftsführer der Firma Lyne ist Milburgh, nicht wahr?«

Sir Felix nickte. »Er hat sich äußerst hilfsbereit gezeigt. Und wenn die vagen Gerüchte, die ich gehört habe, begründet sind — daß Milburgh die Firma bestohlen hat —, dann kann ich nur sagen, daß er uns größte Schützenhilfe leistete.«

»Sie haben alle Bücher hier?«

»Gewiß«, versicherte Sir Felix. »Die letzten drei wurden uns heute morgen gebracht. Da liegen sie.«

Er zeigte auf ein braunes Paket, das auf einem kleinen Tisch lag. Es war fest verschnürt und sogar versiegelt. Dann drückte er auf einen Klingelknopf. Ein Angestellter trat ein. »Legen Sie die Bücher zu den anderen in den Saferaum«, sagte Sir Felix. Nachdem der Mann, unter dem Gewicht der schweren Bücher fast schwankend, das Zimmer verlassen hatte, sagte Sir Felix zu Tarling:

»Wir bewahren sämtliche Unterlagen der Firma Lyne in einem Tresor auf. Die Bücher sind alle versiegelt, und diese Siegel werden in Anwesenheit von Mr. Milburgh und einem Vertreter der Staatsanwaltschaft erbrochen werden.«

»Und wann soll das sein?«

»Morgen nachmittag, vielleicht auch schon morgen vormittag. Wir geben Scotland Yard selbstverständlich rechtzeitig Bescheid, denn Sie wollen wahrscheinlich dabeisein.« Lebhaft stand er auf. Das Gespräch war für ihn beendet.

Wieder eine Niete, dachte Tarling, während er auf die Straße hinaustrat. Er nahm einen Omnibus Richtung Westen. Bei dieser Geschichte gab es nichts als Sackgassen. Erst hatte er sich in den Verdacht gegen Odette Rider verrannt; jetzt war es gut möglich, daß auch sein Verdacht gegen Milburgh unbegründet war.

Immerhin war er froh, daß die Behörden Lynes Bücher so prompt beschlagnahmt hatten. Vielleicht würde die Prüfung zu einer Entdeckung des Mörders führen; auf jeden Fall würde sie den Verdacht entkräften, der noch immer wie eine dunkle Wolke über Odette schwebte.

Er hatte die Firma Dashwood & Solomon aufgesucht, um sich von den Vorgängen, die dort in Zusammenhang mit dem Fall Lyne abliefen, selbst ein Bild zu machen. Jetzt, da er sich diese Orientierung verschafft hatte, wollte er nach Hause zurückfahren, um mit Ling Chu zu sprechen, der nun auch zu den Verdächtigen gehörte.

Es war keine Ausrede gewesen, als er Inspektor Whiteside erklärt hatte, er könne mit Ling Chu umgehen. Ein chinesischer Verbrecher — und Tarling war so weit zu glauben, daß Ling Chu zu dieser Gattung zählte — mußte anders behandelt werden als ein europäischer. Der Mann, der im ganzen Süden Chinas unter dem Namen »Menschenjäger« bekannt war, stand in dem Ruf, sich zur Wahrheitsfindung Methoden zu bedienen, die kein Gesetzbuch gebilligt hätte.

In seiner Wohnung angekommen, schloß er die Eingangstür hinter sich ab und steckte den Schlüssel ein. Er wußte, daß Ling Chu zu Hause war, weil er ihm am Morgen Anweisung gegeben hatte, auf seine Rückkehr zu warten.

Der Chinese kam in den Vorraum, um Tarling Hut und Mantel abzunehmen, und folgte ihm dann ins Wohnzimmer.

»Mach die Tür zu, Ling Chu«, befahl Tarling auf Chinesisch. »Ich muß mit dir sprechen.«

Die letzte Bemerkung machte er in englischer Sprache. Der Chinese warf ihm einen raschen Blick zu. Nie zuvor hatte ihn Tarling in dieser Sprache angesprochen. Ling Chu ahnte, was diese Abweichung vom Üblichen zu bedeuten hatte.

»Ling Chu«, begann Tarling, der sich an den Tisch gesetzt hatte und den Chinesen unverwandt betrachtete, »du hast mir nicht gesagt, daß du fließend Englisch sprichst.«

»Der Herr hat mich nie gefragt«, antwortete der Chinese ruhig, und zu Tarlings Überraschung hatte sein Englisch keinerlei Akzent, seine Aussprache war völlig fehlerfrei.

»Das ist nicht wahr«, entgegnete Tarling streng. »Als du mir erzähltest, daß du von dem Mord gehört habest, sagte ich, du verständest doch kein Englisch, und da hast du mir nicht widersprochen.«

»Es steht mir nicht zu, dem Herrn zu widersprechen«, sagte Ling Chu so ruhig wie zuvor. »Ich spreche sehr gut Englisch. Ich habe es in der Jesuitenschule in Hankau gelernt, aber es ist nicht gut, wenn ein Chinese in China Englisch spricht. Es ist nicht gut, wenn andere wissen, daß er diese Sprache versteht.

Aber du, Herr, mußt gewußt haben, daß ich Englisch spreche und auch lesen kann; warum sonst hätte ich die kleinen Zeitungsausschnitte in dem Kasten aufheben sollen, den du heute morgen durchsucht hast?«

Tarling kniff die Augen zusammen. »Ach, das hast du gemerkt?«

Der Chinese lächelte, und das war höchst ungewöhnlich. So weit Tarling sich erinnern konnte, hatte Ling Chu noch nie gelächelt.

»Die Papiere waren auf eine ganz bestimmte Weise geordnet — die einen lagen so, die anderen so. Als ich aus Scotland Yard zurückkam, sah ich, daß sie in Unordnung geraten waren. Das konnte nicht von selbst geschehen sein, Herr, und keiner außer dir wäre an meinen Kasten gegangen.«

Es folgte eine Pause, die für Tarling recht peinlich war.

»Ich dachte, ich hätte die Papiere wieder so in den Kasten gelegt, wie ich sie gefunden hatte«, sagte er nach einer Weile, wohl wissend, daß es keinen Sinn hatte zu leugnen. »Aber jetzt sag mir eines, Ling Chu: entsprechen die Berichte der Wahrheit?«

Ling Chu nickte.

»Ja, sie sind wahr, Herr«, antwortete er. »Die kleine Narzisse war meine Schwester. Gegen meinen Willen wurde sie nach dem Tod unserer Eltern Tänzerin in einem Teehaus. Sie war ein sehr liebes und braves Mädchen, Herr, und so schön wie eine Mandelblüte. Dem Auge des Fremden scheinen chinesische Frauen nicht so hübsch, doch die kleine Narzisse war so zart wie eine Porzellanfigur und von großer Tugend.«

Tarling nickte. »Sie war ein braves Mädchen, ein gutes Mädchen«, sagte er, diesmal auf Chinesisch.

»Ja, sie war im Leben gut und im Tod«, sagte Ling Chu leise. »Die Worte des Engländers beleidigten sie, und er belegte sie mit vielen Schimpfnamen, weil sie sich weigerte, sich auf seinen Schoß zu setzen; und wenn er ihr Schande antat, indem er sie vor den Augen der anderen umarmte, so war sie dennoch gut und brav, und sie starb in Ehren.«

Wieder trat Stille ein.

»Ich verstehe«, sagte Tarling dann leise. »Und als du sagtest, du würdest mich nach England begleiten, hast du da erwartet, diesen Menschen wiederzusehen?«

Ling Chu schüttelte den Kopf. »Ich hatte dies alles aus meinen Gedanken verbannt«, erklärte er, »bis ich dem Mann neulich in dem großen Warenhaus begegnet bin. Da flammte der böse Haß in mir wieder auf.«

»Und du wünschtest seinen Tod?« fragte Tarling.

Ein Nicken war seine Antwort.

»Erzähle mir alles, Ling Chu!«

Der Chinese wanderte jetzt rastlos im Zimmer auf und ab. Nur die nervösen Bewegungen seiner Hände verrieten den Aufruhr seiner Gefühle.

»Ich habe die kleine Narzisse sehr geliebt«, sagte er. »Bald hätte sie geheiratet und eine Familie gegründet. Ihr Name wäre gesegnet gewesen; denn sagte nicht der große Meister Konfuzius: ›Wem gebührt mehr Verehrung als einer Mutter von Kindern?‹

Als sie starb, Herr, war Leere in meinem Herzen und keine Liebe mehr in meinem Leben. Dann wurde der Ho-Sing-Mord verübt, und ich reiste ins Innere des Landes, um Lu Fang aufzuspüren, und das half mir vergessen. Erst als ich den Mann wiedersah, erwachte der alte Schmerz in meiner Seele und ich zog aus —«

»— um ihn zu töten«, sagte Tarling leise.

»Ja, um ihn zu töten . . . Es war der Abend, an dem du zu der jungen Frau gingst, Herr. Ich hatte mich entschlossen auszugehen, doch ich konnte keinen Vorwand finden, weil du, Herr, mir befohlen hattest, in deiner Abwesenheit diese Wohnung nicht zu verlassen. Deshalb fragte ich, ob ich dich begleiten dürfte.«

»Zu ihrer Wohnung?« warf Tarling ein und nickte. »Ja, ich erinnere mich.«

»Ich hatte deine Pistole geladen und steckte sie in meine Manteltasche. Du sagtest mir, ich sollte hinter dir bleiben, doch als ich dir ein Stück gefolgt war, trennte ich mich von dir und ging zu dem großen Warenhaus.«

»Zu dem großen Warenhaus?« fragte Tarling überrascht. »Aber dort wohnte Lyne nicht.«

»Ja, das entdeckte ich bald«, bestätigte Ling Chu. »Ich dachte, in einem so großen Haus hätte er sich ein schönes Zimmer gebaut. In China wohnen viele Geschäftsinhaber in ihren Läden. Darum bin ich auch zu dem großen Laden gegangen.«

»Bist du denn hineingekommen?«

»Das war sehr leicht. Der Herr weiß, wie gut ich klettern kann, und es waren lange Rohre da, die bis zum Dach hinaufreichten. An einem von diesen kletterte ich in die Höhe. Oben auf dem Dach waren viele Fenster und Türen, und für einen Mann wie mich gab es da keine Schwierigkeiten. Im Dunkeln bin ich von Stockwerk zu Stockwerk hinuntergestiegen, und überall suchte ich mit großer Sorgfalt, aber ich fand nichts als große Pakete und Kisten und lange Theken —«

»Ladentische«, verbesserte Tarling.

»Ja«, bestätigte Ling Chu nickend, »so werden sie genannt. Und dann endlich kam ich in das Stockwerk, wo ich den Mann gesehen hatte.«

Er machte eine kurze Pause.

»Zuerst ging ich zu dem großen Zimmer, wo wir mit ihm zusammengetroffen waren, aber das war abgeschlossen. Ich öffnete es mit einem Schlüssel, aber drinnen war es dunkel, und ich wußte, daß dort niemand war. Dann schlich ich sehr vorsichtig durch einen Gang, weil am anderen Ende Licht brannte, und kam zu einem Büro.«

»Das natürlich auch leer war?«

»Es war leer«, sagte Ling Chu, »aber es brannte Licht, und der Schreibsekretär war auf. Hier, dachte ich mir, müßte er sein, und versteckte mich hinter einem Schrank. Ich nahm die Pistole aus der Tasche, und gleich darauf hörte ich Schritte. Als ich vorsichtig um die Ecke spähte, sah ich den anderen Mann, der immer lächelt.«

»Milburgh!« sagte Tarling.

»So heißt er«, bestätigte der Chinese. »Er setzte sich an den Schreibtisch. Ich wußte, daß es der Schreibtisch des jungen Mannes mit dem weißen Gesicht war, weil viele Bilder darauf standen und Blumen, so wie ihm das sicher gefallen hätte. Der große Mann saß mit dem Rücken zu mir.«

»Was tat er?«

»Er durchsuchte den Schreibtisch. Er suchte etwas. Ich sah, wie er einen Umschlag aus einer Schublade nahm. Ich konnte in die offene Schublade hineinsehen. Es lagen viele kleine Dinge darin, wie sie die Touristen in China zu kaufen pflegen. Aus dem Umschlag nahm er das *Hong.*«

Tarling fuhr hoch. *Hong* waren kleine rote Zettel mit chinesischen Schriftzügen, wie man eines bei dem toten Lyne gefunden hatte.

»Ja, und was geschah dann?« fragte er.

»Der Mann steckte den Umschlag ein und ging. Ich hörte, wie er durch den Flur lief. Da schlich ich mich aus meinem Versteck und trat zum Schreibtisch. Ich wollte ihn auch durchsuchen. Ich legte die Pistole nieder, weil ich beide Hände brauchte. Gefunden habe ich nichts — nur ein kleines Büchlein, in dem der Herr von Tag zu Tag alles aufgeschrieben hatte, was geschah.«

»Ein Tagebuch?« fragte Tarling. »Wie ging es weiter?«

»Danach wollte ich das Zimmer durchsuchen, und da stolperte ich über ein Kabel. Es muß das Lampenkabel gewesen sein, denn plötzlich wurde es dunkel. Im selben Moment hörte ich den großen Mann zurückkommen und stahl mich zur Tür hinaus. Das ist alles, Herr«, schloß Ling Chu. »Ich lief schnell wieder zum Dach hinauf, weil ich Angst hatte, man würde mich entdecken, und damit hätte ich Schande über dich gebracht.«

Tarling pfiff durch die Zähne. »Und die Pistole hast du liegengelassen?«

»Das ist richtig«, bestätigte Ling Chu. »Ich habe in deinen Augen meine Ehre verloren, und in meinem Herzen bin ich ein Mörder, denn ich wollte den Mann töten, der mich und meine Familie ins Unglück stürzte.«

»Und die Pistole hast du liegenlassen?« fragte Tarling wieder. »Dann hat Milburgh sie gefunden.« Er wurde sehr nachdenklich.

Es fiel ihm nicht schwer, Ling Chus Geschichte zu glauben. Noch weniger glaubte er, daß sie erlogen war. Auf der ganzen Welt gibt es keine Geschichtenerzähler, die so einfallsreich erfinden können wie die Chinesen. Sie sind die geborenen Erzähler und verstehen sich darauf, die Fäden so fein miteinander zu verknüpfen, daß Löcher kaum zu erkennen sind. Ling Chu hatte offen gesprochen. Ja, durch das Geständnis seiner Absicht, Lyne zu töten, hatte er sich Tarling sogar ausgeliefert.

Tarling konnte sich vorstellen, wie sich die Dinge abgespielt hatten.

Milburgh war im Dunkeln ins Zimmer gestolpert, hatte ein Streichholz angezündet und entdeckt, daß der Stecker der Lampe aus der Steckdose gezogen worden war. Nachdem er die Lampe wieder angeschlossen hatte, hatte er zu seinem maßlosen Erstaunen eine Pistole auf dem Schreibtisch liegen gesehen. Es war möglich, daß Milburgh sogar irrtümlich glaubte, er habe die Waffe vorher übersehen.

Welchen Weg aber hatte die Waffe danach genommen? Was hatte sich in dem Zeitraum abgespielt, der mit ihrer Auffindung in Odette Riders Nähkörbchen endete? Und was hatte Milburgh so spät am Abend noch im Warenhaus zu suchen gehabt? Was, insbesondere, hatte er in Thornton Lynes Zimmer zu suchen gehabt? Es war unwahrscheinlich, daß Lyne seinen Schreibtisch abends nicht abschloß. Somit konnte man annehmen, daß Milburgh ihn wieder aufgeschlossen hatte.

Und was war mit dem kleinen roten Zettel?

Wie er in Lynes Schreibtisch gelangt war, ließ sich leicht erklären. Lyne hatte eine Weltreise gemacht und Souvenirs gesammelt, da war es nur natürlich, daß er auch diese Zettelchen aufgehoben hatte, die es in den meisten größeren chinesischen Städten als Andenken an die Schandtaten der Bande der »fröhlichen Herzen« zu kaufen gab.

Auf jeden Fall würde er der Polizei von seinem Gespräch mit Ling Chu berichten müssen, und sie würde ihre eigenen Schlüsse ziehen. Wahrscheinlich würden sie für Ling Chu äußerst ungünstig ausfallen.

Aber Tarling war geneigt, Ling Chus Aussage zu glauben. Ein Teil seiner Geschichte konnte überprüft werden, und Tarling machte sich unverzüglich auf den Weg zu Lynes Warenhaus.

Zunächst sah er sich die Regenrinnen am Gebäude an. Er zweifelte nicht daran, daß Ling Chu an ihnen ohne Mühe hochgeklettert war. Bis hierher war seine Geschichte durchaus glaubhaft.

Nachdenklich schlenderte Tarling um das Gebäude. Vor den großen Schaufenstern drängten sich, von einem morbiden Interesse getrieben, neugierige Gaffer. Tarling trat durch die Glastür in den großen Verkaufsraum. Mr. Milburgh sei in seinem Büro, erklärte ihm ein Angestellter und führte ihn hin.

Milburghs Büro war größer, aber bei weitem nicht so luxuriös eingerichtet wie das seines verstorbenen Arbeitgebers. Er begrüßte Tarling mit übertriebener Zuvorkommenheit, rückte einen Sessel heran und bot ihm eine Zigarre an.

»Hier geht im Augenblick alles ein bißchen durcheinander, Mr. Tarling«, erklärte er auf seine einschmeichelnde Art, auf dem Gesicht das starre Lächeln, das niemals zu erlöschen schien. »Die Buchprüfer haben alle Bücher mitgenommen, und das macht eine Menge zusätzlicher Arbeit. Wir behelfen uns mit einem Provisorium, und Sie als Geschäftsmann können sich wohl vorstellen, was das bedeutet.«

»Sie arbeiten wohl ziemlich viel, Mr. Milburgh?« fragte Tarling.

»Ja, das kann man wohl sagen«, erwiderte Milburgh. »Ich habe immer viel gearbeitet.«

»Auch vor Mr. Lynes Tod, nicht wahr?«

»Ja —« Milburgh zögerte. »Ja, doch, das kann man sagen.«

»Auch spät abends noch?«

Immer noch lächelte Milburgh, doch sein Blick wurde hart. »Ja, ich habe häufig bis spät in die Nacht hinein gearbeitet.«

»Erinnern Sie sich an die Nacht vom Zwölften?«

Milburgh blickte zur Zimmerdecke, als wartete er auf eine Eingebung. »Ja, ich glaube schon. An dem Abend war ich sehr lange hier!«

»In Ihrem eigenen Büro?«

»Nein. Den größten Teil meiner Arbeit habe ich in Mr. Lynes Büro erledigt — auf seine Bitte hin«, fügte er hinzu.

Eine kühne Behauptung einem Mann gegenüber, der wußte, daß Lyne ihn der Unterschlagung verdächtigt hatte.

»Gab er Ihnen auch den Schlüssel zu seinem Schreibtisch?« erkundigte sich Tarling trocken.

»Ja«, bestätigte Milburgh strahlend. »Natürlich! Mr. Lyne hat mir rückhaltlos vertraut.«

Er brachte das mit einer solchen Selbstverständlichkeit vor, daß Tarling verblüfft war. Ehe er etwas sagen konnte, fuhr Milburgh schon fort:

»Ja, ich darf wohl sagen, daß Mr. Lyne mir sein volles Vertrauen schenkte. Er erzählte mir mehr über sich als allen andern und . . .«

»Augenblick«, unterbrach Tarling. »Würden Sie mir bitte sagen, was Sie mit der Pistole taten, die Sie auf Mr. Lynes Schreibtisch fanden? Es war ein Colt Automatik, und sie war geladen.«

»Eine geladene Pistole?« fragte er. »Aber mein lieber Mr. Tarling, wovon reden Sie denn da? Ich habe nie eine geladene Pistole auf Mr. Lynes Schreibtisch gefunden. Mr. Lyne hielt von Waffen so wenig wie ich selbst.«

Einen Moment lang kam Tarling aus dem Konzept, doch er verriet weder Enttäuschung noch Überraschung. Milburgh runzelte die Stirn, als bemühe er sich, eine halb vergessene Erinnerung heraufzubeschwören.

»Sollten Sie etwa neulich mein Haus aus diesem Grund durchsucht haben?« fragte er pikiert. »Weil Sie glaubten, dort eine Waffe zu finden?«

»Warum nicht?« gab Tarling kühl zurück.

»Ich will offen sein, Mr. Milburgh: Ich habe den Verdacht, daß Sie über diesen Mord wesentlich mehr wissen, als Sie uns bisher gesagt haben. Ich habe ferner den Verdacht, daß Sie weit mehr Grund hatten, Mr. Lynes Tod zu wünschen, als Sie bisher zugaben. Augenblick«, sagte er, als der andere ihn unterbrechen wollte.

»Noch etwas: Als ich das erstemal dieses Warenhaus besuchte, sollte ich beauftragt werde, Geschehnisse zu untersuchen, die Sie nicht unbedingt in einem günstigen Licht erscheinen ließen. Es war eigentlich weniger die Arbeit eines Detektivs als die eines Buchprüfers«, fügte er hinzu, »aber Mr. Lyne meinte, es würde mir gelingen festzustellen, wer die Firma bestahl.«

»Und? Haben Sie es festgestellt?« fragte Milburgh gelassen. Noch immer lag der Schatten eines Lächelns auf seinem Gesicht, doch in den blassen Augen spiegelte sich Trotz.

»Nein, weil ich die Angelegenheit nicht weiter verfolgte, nachdem Sie in Übereinstimmung mit Mr. Lyne erklärt hatten, die Firma sei von Odette Rider bestohlen worden.«

Er sah, wie der Mann die Farbe wechselte, und hakte nach.

»Ihre Beweggründe, eine unschuldige junge Frau anzuschwärzen, will ich nicht näher untersuchen«, sagte er schroff. »Das haben Sie mit Ihrem Gewissen abzumachen. Aber eines sage ich Ihnen, Mr. Milburgh, wenn Sie unschuldig sind — sowohl an den Unterschlagungen als auch an dem Mord —, dann ist mir in meinem ganzen Leben nie ein schuldiger Mensch begegnet.«

»Was soll das heißen?« fragte Milburgh mit lauter Stimme. »Wollen Sie mich beschuldigen —«

»Für mich steht fest, daß Sie seit Jahren die Firma bestohlen haben. Genauso steht für mich fest, daß Sie, auch wenn Sie Mr. Lyne nicht selbst getötet haben, zumindest wissen, wer es tat.«

»Sie sind verrückt«, rief Milburgh höhnisch, doch sein Gesicht war kreidebleich. »Angenommen, ich hätte die Firma wirklich bestohlen, welches Interesse sollte ich dann daran haben, Mr. Lyne zu töten? Es war doch klar, daß es im Fall seines Todes eine Buchprüfung geben würde.«

Es war ein überzeugendes Argument; Tarling hatte sich selbst schon mit dem Gedanken herumgeschlagen.

»Die Bücher der Firma«, fuhr Milburgh fort, »befinden sich augenblicklich in den Händen einer angesehenen Buchprüferfirma, die Ihre unverschämten Behauptungen Lügen strafen wird.«

Er hatte etwas von seiner alten glatten Gewandtheit wiedergewonnen und stand jetzt mit gespreizten Beinen da, die Daumen in den Armlöchern seiner Weste, und sah den Detektiv mit einem herablassenden Lächeln an.

»Ich kann das Prüfungsergebnis mit ruhigem Gewissen erwarten«, erklärte er. »Es wird meine absolute Ehrenhaftigkeit erweisen.«

Tarling sah ihn an. »Ich bewundere Ihre Unverfrorenheit«, sagte er und ging ohne ein weiteres Wort hinaus.

21

Zu Tarlings Überraschung schloß sich Inspektor Whiteside seiner Meinung über Ling Chus Geständnis an.

»Ich habe Milburgh von Anfang an für einen ziemlich kaltschnäuzigen Burschen gehalten«, meinte er nachdenklich. »Ihr Chinese scheint mir weit glaubwürdiger als Milburgh. Ach, Ihre junge Dame hat übrigens den Beschatter abgeschüttelt.«

»Was heißt das?«

»Ich spreche von Ihrer Miß Rider — lieber Himmel, da brauchen Sie nicht gleich rot zu werden!«

»Ich werde nicht rot«, behauptete Tarling. »Was ist mit ihr?«

»Ich habe sie von zwei Leuten überwachen lassen«, erklärte Whiteside,

»aber als sie heute in die Bond Street ging, war Jackson entweder leichtsinnig oder die junge Dame war sehr geschickt. Er wartete jedenfalls eine halbe Stunde darauf, daß sie aus dem Laden kommen würde, und als sie dann nicht wiederauftauchte, ging er hinein und stellte fest, daß es noch einen anderen Ausgang gab, durch den sie verschwunden war. Im Hotel ist sie seitdem noch nicht wieder erschienen.«

»Das gefällt mir nicht«, meinte Tarling beunruhigt. »Mir ging es bei der Überwachung vor allem um ihren eigenen Schutz. Lassen Sie einen Mann im Hotel und rufen Sie mich an, sobald sie kommt.«

Whiteside nickte.

»Das habe ich bereits veranlaßt. Und wie geht es jetzt weiter?«

»Ich fahre nach Hertford, zu Miß Riders Mutter. Vielleicht stoße ich da auf Miß Rider. Es kann ja sein, daß sie nach Hause gefahren ist.«

»Und was wollen Sie von der Mutter erfahren?« erkundigte sich Whiteside.

»Eine ganze Menge«, antwortete Tarling.

»Zum Beispiel, wer der geheimnisvolle Mann ist, der in Hertford ein und aus geht, und wie es kommt, daß Mrs. Rider das Leben einer wohlhabenden Frau führt, während ihre Tochter sich ihren Unterhalt im Warenhaus verdienen muß.«

»Hm, da könnte was dahintersein«, meinte Whiteside. »Soll ich Sie begleiten?«

»Danke, das schaff ich schon allein.«

»Um noch mal auf Milburgh zurückzukommen — es sieht so aus, als würden sich unsere Hoffnungen, durch die Buchprüfung neue Hinweise zu erhalten, nicht erfüllen.«

»Ja, es scheint so. Die Bücher befinden sich in den Händen eines hervorragenden Buchprüfers, und wenn da etwas nicht stimmt, wird er es mit Sicherheit aufdecken. Und er wird zweifellos auch feststellen, wer die Unterschlagungen begangen hat. Milburgh ist nicht so dumm, sich einzubilden, daß man ihm nicht auf die Schliche kommen wird, und seine Gelassenheit ist verblüffend.«

Sie hielten ihre kleine Besprechung in einer nüchternen Teestube gegenüber dem Parlamentsgebäude. Die Wände hier hatten schon einige der kostbarsten Geheimnisse von Scotland Yard zu hören bekommen. Tarling wollte eben das Thema wechseln, als ihm die Bücher einfielen, die dem Buchprüfer an diesem Morgen nachgeliefert worden waren.

»Ziemlich spät eigentlich«, meinte Whiteside nachdenklich.

»He! Das würde mich mal interessieren!«

»Was?«

»Ob das die drei Bücher waren, die Milburgh gestern kaufte.«

»Aber die waren doch neu! Ich verstehe nicht ganz, was das —« Er sprang mit solcher Heftigkeit auf, daß er beinahe den Tisch umgerissen hätte. »Schnell, Whiteside! Holen Sie ein Taxi! Ich bezahle inzwischen«, sagte er.

»Wo wollen Sie denn hin?«

»Machen Sie schnell! Holen Sie ein Taxi!«

Als er Minuten später mit Whiteside in das Taxi sprang, rief er:

»St. Mary Axe!«

»Was wollen Sie denn da?« verwunderte sich Whiteside.

»Die ehrenwerten Herren Dashwood und Solomon erwarten Sie erst morgen.«

»Ich möchte mir die Bücher ansehen«, erklärte Tarling, »die Milburgh heute morgen hinschickte.«

»Und was erwarten Sie sich davon?«

»Das erkläre ich Ihnen später«, antwortete Tarling und sah auf seine Uhr. »Gott sei Dank, sie haben noch nicht geschlossen.«

An der Blackfriars-Bridge wurde das Taxi aufgehalten und dann noch einmal in der Queen Victoria Street. Plötzlich hörten sie lautes Getöse, ihr Taxi fuhr an den Straßenrand und hielt an.

Im gleichen Augenblick brausten mehrere Feuerwehrautos an ihnen vorüber.

»Das muß ein großer Brand sein«, meinte Whiteside. »Oder vielleicht ist es auch nur ein kleiner. Hier in der Innenstadt geraten sie schnell in Panik und rufen schon wegen eines qualmenden Kamins die Feuerwehr.«

Das Taxi fuhr weiter. Sie hatten gerade die Cannon Street überquert, als sie wieder durch ein Feuerwehrauto aufgehalten wurden.

»Los, steigen wir aus. Zu Fuß kommen wir schneller voran«, sagte Tarling.

Sie sprangen aus dem Wagen, und Whiteside bezahlte den Fahrer.

»Kommen Sie, da entlang«, drängte Tarling. »Wir nehmen eine Abkürzung.«

Whiteside war stehengeblieben, um mit einem Polizisten zu sprechen.

»Wo brennt es denn?« fragte er.

»In St. Mary Axe, Sir«, antwortete der Polizist. »Bei der Firma Dashwood und Solomon. Das ganze Haus soll in Brand stehen, vom Keller bis zum Dach.«

Tarling lachte grimmig, als er das hörte. »Und sämtliche Beweise für Milburghs Schuld sind nur noch ein Häufchen Asche«, sagte er. »Ich glaube, ich weiß, was diese Bücher enthielten: einen kleinen Zeitzünder und ein paar Pfund Thermid, damit alle Hinweise auf den Narzissenmörder verbrannten.«

22

Alles, was von dem stattlichen, etwas schmalbrüstigen Geschäftsgebäude der Firma Dashwood & Solomon übriggeblieben war, war die rußgeschwärzte Fassadenmauer. Tarling sprach mit dem Feuerwehrhauptmann.

»Wir können frühestens in ein paar Tagen rein«, sagte er, »und zu holen ist sowieso nichts mehr. Das ganze Gebäude ist ausgebrannt — Sie sehen's ja selbst. An Papieren wird nichts mehr da sein, es sei denn, sie lagen in einem feuerfesten Safe.«

Tarling entdeckte Sir Felix Solomon, der ohne sonderlichen Kummer die Verwüstungen betrachtete, die das Feuer angerichtet hatte.

»Wir sind versichert«, erklärte er gelassen, »und es ist nichts Wichtiges verbrannt — abgesehen allerdings von den Unterlagen der Firma Lyne.«

»Die befanden sich nicht in einem feuerfesten Safe?« fragte Tarling.

Sir Felix schüttelte den Kopf. »Nein«, antwortete er, »sie lagen in einem

Tresor, und merkwürdigerweise ist gerade in diesem Tresor das Feuer ausgebrochen. Wir merkten es erst, als ein Angestellter in den Keller hinunterging und sah, daß von Raum vier die Flammen herausschlugen.«

Tarling nickte.

»Die Bücher, die Mr. Milburgh heute morgen schicken ließ, wurden wohl auch in diesen Raum gebracht, Sir Felix?« fragte er.

»Selbstverständlich. Sie waren gerade im Büro, als ich sie hinbringen ließ. Warum fragen Sie?«

»Weil es meiner Meinung nach keine Bücher im üblichen Sinne waren. Wenn ich mich nicht täusche, enthielt das Paket drei große Kontobücher, deren äußere Hüllen zusammengeleimt, und die innen ausgehöhlt waren. Im Inneren war eine Ladung Sprengstoff und ein Zeitzünder, der ihn zu einer bestimmten Zeit in Brand setzte.«

Sir Felix starrte ihn ungläubig an.

»Das kann doch nur ein Scherz sein«, sagte er, doch Tarling schüttelte den Kopf.

»Es ist mein voller Ernst.«

»Aber wem würde eine so teuflische Tat einfallen? Mein Gott, einer meiner Angestellten wäre beinahe verbrannt!«

»Der Mann, der zu solchen Mitteln greift«, erklärte Tarling bedächtig, »ist derselbe, der allen Grund hat, eine Prüfung von Lynes Geschäftsbüchern zu verhindern.«

»Sie meinen doch nicht etwa —«

»Ich würde im Augenblick lieber keine Namen nennen, und wenn ich versehentlich die Identität des Mannes, den ich meine, preisgegeben habe, dann möchte ich Sie bitten, das Gespräch vertraulich zu behandeln«, sagte Tarling und kehrte zu Whiteside zurück, der immer noch ganz niedergeschmettert dastand.

»Kein Wunder, daß Milburgh der bevorstehenden Prüfung mit solcher Gelassenheit entgegensah«, sagte er bitter. »Er wußte, daß alle Beweise gegen ihn verbrennen würden. Nun, heute können wir nichts mehr tun — jedenfalls was Milburgh angeht.«

Er sah auf seine Uhr.

»Ich gehe jetzt erst einmal nach Hause und fahre später nach Hertford«, erklärte er.

Tarling hatte keine festen Pläne, was er in Hertford unternehmen wollte. Er hatte nur eine Ahnung, daß seine Nachforschungen ihn dort vielleicht dem Kern des Geheimnisses näherbringen würden.

Diese attraktive, etwas verblühte Frau, die so stilvoll in ihrem Landhaus lebte und deren Ehemann sich nur selten zeigte, würde ihm vielleicht einen Schlüssel zum Tor des Rätsels liefern.

Es war dunkel, als er »Hillington Grove« erreichte; diesmal hatte er auf das Taxi verzichtet und war vom Bahnhof zu Fuß gegangen, da er keine Aufmerksamkeit auf sich lenken wollte.

Das Haus lag an der Hauptstraße hinter einer hohen Mauer, die hier etwa hundert Meter lang war, dann auf der einen Seite einer schmalen Gasse folgte und im hinteren Teil die Grenze zu einer großen Pferdekoppel bildete.

Das hohe schmiedeeiserne Tor, das bei seinem ersten Besuch offengestanden hatte, war jetzt verschlossen. Tarling ließ den Strahl seiner

Taschenlampe über das Tor und den Seitenpfeiler wandern und entdeckte eine Glocke, die anscheinend erst vor kurzem angebracht worden war.

Etwa fünf Meter hinter dem Tor stand ein Pförtnerhäuschen, in dem Licht brannte. Vermutlich war dort die Klingel angeschlossen. Während er sich noch umsah, hörte er jemanden pfeifen, dann näherten sich rasche Schritte. Tarling versteckte sich im Schatten. Jemand trat zum Tor; er hörte das schwache Bimmeln einer Glocke, dann öffnete sich eine Tür.

Der abendliche Besucher war der Zeitungsjunge. Er schob mehrere Blätter zwischen den Eisenstäben hindurch und machte sich wieder auf den Weg. Tarling wartete, bis er hörte, wie sich die Tür des Pförtnerhäuschens schloß. Dann machte er einen Rundgang um das Grundstück in der Hoffnung, eine Seitenpforte zu finden.

Es gab einen Lieferanteneingang, aber auch der war abgeschlossen. Als er mit der Lampe die Mauer hochleuchtete, sah er, daß oben nicht wie an der Vorderseite Glasscherben gestreut waren. Mit einem kräftigen Sprung schnellte er sich in die Höhe, warf die Arme über die Mauer und zog sich hoch.

Dann ließ er sich in die Dunkelheit auf der anderen Seite hinunter und schlich vorsichtig zum Haus. Hunde waren die größte Gefahr, doch Mrs. Rider schien sich keine Hunde zu halten. Ungehindert gelangte er zum Haus.

Vorn brannte, soweit er feststellen konnte, nirgends Licht.

An der Rückseite war eine Säulenveranda, darüber ein Wintergarten. Im Schatten der Veranda konnte er eine Tür und ein Gitterfenster erkennen, aber nur aus dem Wintergarten drang schwacher Lichtschein.

Nachdem er sich vergeblich nach einer Leiter umgesehen hatte, beschloß er hochzuklettern. Der Vorbau bot keine größeren Schwierigkeiten als die Gartenmauer. Vom Fensterbrett aus konnte er einen eisernen Pfosten erreichen, der offenbar angebracht worden war, um die Verglasung zu stützen.

Mit Leichtigkeit schwang er sich zum Geländer des Wintergartens hinauf. Eines der Fenster stand offen, und er streckte vorsichtig den Kopf hindurch.

Der Raum war leer.

Das Licht kam aus einem Nebenzimmer. Rasch glitt er durch das offene Fenster und kauerte sich im Schatten eines großen Oleanders nieder. Die Luft war schwül, es roch nach frischer Erde. Eine mit Vorhängen verhüllte Glastür führte ins Nebenzimmer. Tarling schob den Stoff etwas zur Seite und sah Mrs. Rider.

Sie saß an einem Schreibtisch, den Federhalter in der einen Hand, das Kinn in die andere gestützt. Sie schrieb nicht, sondern starrte blicklos an die Wand, als wüßte sie nicht, was sie schreiben sollte. Das Licht kam von einer großen Alabasterschale, die etwa dreißig Zentimeter von der Decke herabhing. In ihrem Schein konnte Tarling rasch eine Bestandsaufnahme machen.

Der Raum war einfach eingerichtet, doch mit großem Geschmack. Es schien sich um ein Arbeitszimmer zu handeln. Neben dem Schreibtisch stand ein grüner Safe, der halb in die Wand eingelassen war. Verschiedene Bilder schmückten die Wände, einige tiefe Sessel standen im Raum verteilt, das war alles.

Tarling hatte erwartet, Odette Rider bei ihrer Mutter zu finden, und war nun enttäuscht. Er hatte den Eindruck, daß Mrs. Rider allein in ihrem Haus war. Etwa zehn Minuten lang beobachtete er sie reglos. Dann hörte er draußen ein Geräusch. Lautlos zog er sich zurück und blickte durch das offene Fenster.

Ein Fahrrad ohne Licht fuhr den Weg entlang. Tarling konnte nicht erkennen, ob der Fahrer ein Mann oder eine Frau war. Das Rad verschwand unter dem Vorbau, und er hörte das Klirren von Metall, als es gegen eine der Säulen gelehnt wurde.

Ein Schlüssel drehte sich in einem Schloß, eine Tür wurde geöffnet. Tarling schlich sich wieder zu seinem Beobachtungsposten an der Glastür zurück.

Mrs. Rider hatte offenbar nichts gehört. Sie saß noch immer völlig unbewegt da und starrte an die Wand. Plötzlich zuckte sie zusammen und drehte sich hastig um.

Tarling sah die Tür, sah auch den Lichtschalter gleich daneben. Langsam öffnete sich die Tür. Er sah, wie Mrs. Riders Gesicht aufleuchtete vor Freude. Dann hörte er ein Flüstern, und gleich darauf ihre Worte:

»Nein, Liebling, niemand!«

Tarling hielt den Atem an und wartete. Plötzlich erlosch das Licht im Zimmer. Er hörte, wie leise Schritte sich der Glastür näherten. Scheppernd fiel die Jalousie herunter. Dann flammte drüben das Licht wieder auf. Doch er konnte weder etwas sehen noch etwas hören.

Wer war Mrs. Riders mysteriöser Besucher?

Es gab nur eine Möglichkeit, das festzustellen, doch er wartete noch eine Weile. Als er hörte, wie drüben die Tür des Geldschranks zugeschlagen wurde, stieg er wieder durch das Fenster hinaus und kletterte in den Garten hinunter.

Das Fahrrad lehnte, wie er vermutet hatte, an einer der Säulen. Er konnte nichts sehen und wagte nicht, seine Taschenlampe anzuknipsen; doch rasch ließ er seine Hände über das Gestell gleiten und unterdrückte mit Mühe einen Ausruf der Überraschung.

Es war ein Damenfahrrad.

Er versteckte sich in einem Gebüsch gegenüber der Tür. Es dauerte nicht lange, da öffnete sie sich. Jemand schwang sich auf das Fahrrad, und im selben Augenblick sprang Tarling aus seinem Versteck hervor. Er wollte seine Taschenlampe anknipsen, aber aus irgendeinem Grund leuchtete sie nicht auf.

Er spürte förmlich das überraschte Zusammenzucken der Person auf dem Fahrrad.

»Halt! Bleiben Sie stehen«, rief er und streckte seine Hände aus.

Doch er verfehlte die Gestalt um Zentimeter, sah, wie das Fahrrad wankte, hörte, wie etwas zu Boden fiel. Eine Sekunde später war der Radfahrer in der Dunkelheit verschwunden. Eine Verfolgung ohne Licht war sinnlos.

Fluchend legte er eine neue Batterie in seine Lampe ein und leuchtete dann den Boden ab, um zu sehen, was der Radfahrer verloren hatte. Er glaubte, hinter sich einen unterdrückten Ausruf zu hören, und fuhr herum, doch es war niemand da. Ich seh' anscheinend schon Gespenster, dachte er und wandte sich wieder dem Weg zu.

Dort lag eine Ledertasche.
Sie war lang und schmal und seltsam schwer. Er hob sie hoch, tastete nach einem Verschluß und fand zwei winzige Schlösser. Gerade wollte er die Tasche im Licht seiner Lampe noch einmal genauer untersuchen, da erklang von oben eine Stimme.
»Wer ist da?«
Es war Mrs. Rider.
Er wollte sich in diesem Augenblick nicht zu erkennen geben. Ohne ein Wort der Erwiderung schaltete er die Lampe aus und sprang in die Büsche. Wenig später hatte er die Mauer wieder überstiegen.
Die Straße war leer.
Von dem Radfahrer war nirgends eine Spur zu sehen. Tarling wollte möglichst schnell nach London zurückkehren, um in Ruhe den Inhalt der Ledertasche zu untersuchen. Sie war ungewöhnlich schwer für ihre Größe.
Die Straße nach Hertford schien endlos. Es war Viertel vor elf, als er endlich den Bahnhof erreichte.
»Nach London wollen Sie, Sir?« fragte der Bahnbeamte. »Der letzte Zug fuhr vor fünf Minuten ab.«

23

Tarling war unschlüssig. Es bestand keine Notwendigkeit für ihn, sofort nach London zurückzukehren; sein Ärger darüber, daß er den letzten Zug verpaßt hatte, beruhte mehr auf dem natürlichen Verlangen, in seinem eigenen Bett zu schlafen. Er hätte sich ein Auto mieten können, doch er sagte sich, daß er die Nacht ebensogut in Hertford wie in seiner Wohnung in der Bond Street verbringen konnte.
Falls er lieber in Hertford bleiben wollte, dann nur, weil er so schnell wie möglich den Inhalt der Tasche in Ruhe überprüfen wollte. Nach London wollte er nur deshalb gern zurückfahren, weil er sich um Odette Rider Sorgen machte und glaubte, er würde dort eher erfahren, ob sie ins Hotel zurückgekehrt war oder immer noch als »vermißt« von der Polizei geführt wurde. Jedenfalls konnte er sich mit Scotland Yard in Verbindung setzen und sich über diesen Punkt Gewißheit verschaffen.
Er ging los, um sich ein Hotel zu suchen. Doch so einfach, wie er sich das vorgestellt hatte, war es nicht. Das beste Hotel am Ort hatte wegen einer Landwirtschaftsmesse keine Zimmer mehr frei.
Man schickte ihn in ein anderes Hotel, wo er ebensowenig Glück hatte. Nach halbstündiger Suche fand er endlich Unterkunft in einem kleinen Hotel, das überraschenderweise fast leer war.
Als erstes setzte er sich mit London in Verbindung und erfuhr, daß man dort von Odette Rider nichts gehört hatte. Die einzige Neuigkeit von Bedeutung war, daß der ehemalige Sträfling Sam Stay aus der Nervenheilanstalt geflohen war, in die man ihn gebracht hatte.
Tarling ging hinauf in sein Zimmer. Die Nachricht über Sam interessierte ihn kaum. Er hätte der Polizei sicherlich viel über die Ereignisse unmittelbar vor dem Mord an Lyne sagen können, doch durch seinen plötzlichen Zusammenbruch war er als Zeuge unbrauchbar geworden.

Tarling schloß die Tür hinter sich und legte die Ledertasche auf den Tisch. Zuerst versuchte er, die beiden Schlösser mit seinen eigenen Schlüsseln zu öffnen. Es gelang ihm nicht. Die Tatsache, daß die Tasche so schwer war, überraschte ihn immer wieder und reizte seine Neugier.

Mit einem Taschenmesser machte er sich daran, das Leder rund um die Schlösser aufzuschneiden, doch da stieß er auf ein Hindernis. Die Tasche war nur außen mit Leder überzogen. Darunter befand sich eine Panzerung aus feinsten Stahlketten. Die Schlösser waren fest an das Kettengewebe geschweißt und nicht zu entfernen.

Auflachend stellte er die Tasche wieder auf den Tisch.

Er mußte seine Neugier bezähmen, bis er wieder in Scotland Yard war, wo die Fachleute mit den Schlössern kurzen Prozeß machen würden.

Während er so dasaß und überlegte, was die Tasche enthalten mochte, hörte er jemanden an seiner Tür vorübergehen. Ein später Gast wahrscheinlich, der sich in der gleichen Notlage befunden hatte wie er.

Irgendwie ließ die Tatsache, daß er hier in einem fremden Zimmer mitten in einer fremden Gegend saß, den ganzen Fall in einem neuen, unwirklichen Licht erscheinen: Die Personen in diesem Drama hatten alle selbst etwas Unwirkliches.

Thornton Lyne schien ihm eine bizarre Gestalt, und bizarr war auch sein Ende gewesen.

Milburgh mit seinem ewigen Grinsen, dem breiten, feisten Gesicht und dem fast kahlen Kopf hatte etwas Unechtes; Mrs. Rider schien wie ein bleicher, unsteter Geist immer wieder am Rand der Geschichte aufzutauchen, ohne in die Handlung einzugreifen, ohne aber auch von ihr getrennt werden zu können; und Ling Chu schließlich, unerschütterlich und undurchdringlich, strahlte etwas von der geheimnisvollen Atmosphäre Chinas aus.

Odette Rider allein war echt und lebendig. Sie war das Leben, warm, pulsierend, wunderbar!

Tarling schüttelte den Kopf und stand steif aus seinem Sessel auf. Er verachtete sich ein wenig wegen dieser Schwäche. Odette Rider! Eine Frau, die noch immer verdächtig war, eine Frau, die er, wenn sie wirklich schuldig war, ihrer Strafe zuführen mußte.

Wenn er an sie dachte, überlief es ihn zu seiner Überraschung abwechselnd heiß und kalt.

Er ging in das Schlafzimmer nebenan, legte die Ledertasche auf den Nachttisch, schloß die Zimmertür ab und öffnete das Fenster.

Der erste Zug nach London ging um fünf. Er hatte gebeten, ihn rechtzeitig zu wecken.

Er zog Stiefel, Jacke und Weste aus, öffnete den Kragen, lockerte die Krawatte und nahm seinen Gürtel ab. Dann legte er sich aufs Bett und zog die Daunendecke hoch. Doch der Schlaf blieb aus. Grübelnd wälzte er sich von einer Seite auf die andere.

Angenommen, man hatte sich in der Zeit, zu der das Zugsunglück bei Ashford passierte, geirrt? Angenommen, die Ärzte täuschten sich und Thornton Lyne war früher ermordet worden? Angenommen, Odette Rider war in Wirklichkeit eine kaltblütige — wütend verdrängte er den Gedanken an diese Möglichkeit.

Er hörte die Kirchturmuhr zwei schlagen. Er hatte sie, seit er zu Bett gegangen war, jede Viertelstunde schlagen hören. Doch das nächste Mal hörte er sie nicht mehr.

Er fiel in einen unruhigen Schlaf und begann zu träumen. In seinem Traum war er wieder in China und der Bande der »fröhlichen Herzen« in die Hände gefallen. Er befand sich in einem Tempel und lag an Händen und Füßen gefesselt auf einem großen schwarzen Stein.

Der Bandenführer beugte sich mit einem Messer in der Hand über ihn. Auf seinem Gesicht lag ein böses Lächeln — es war Odette! Er sah das Aufblitzen des Messers und wachte schweißgebadet auf.

Die Kirchturmuhr schlug drei, und tiefes Schweigen lag über der Welt.

Doch es war jemand im Raum!

Er spürte es genau und blieb regungslos liegen, während er mit halbgeschlossenen Augen in die Dunkelheit spähte. Es war nichts zu sehen und nichts zu hören. Vorsichtig tastete er über den Nachttisch. Die Ledertasche war fort.

Dann hörte er das Knarren einer Diele. Es kam aus Richtung der Tür, die ins Nebenzimmer führte. Mit einem Satz war er aus dem Bett und sah dabei, wie die Tür aufflog und eine Gestalt aus dem Schlafzimmer stürzte.

Er sprang hinter ihr her.

Der Eindringling wäre vielleicht entkommen, doch plötzlich ertönte ein Krachen, und dann schrie jemand laut auf. Der Unbekannte war über einen Stuhl gestolpert. Ehe er wieder auf die Beine kommen konnte, hatte sich Tarling auf ihn geworfen und riß ihn zurück. Er sah, daß die Tür zum Gang offenstand, und schlug sie zu.

»So, und jetzt wollen wir mal sehen, wer Sie sind«, sagte er grimmig und knipste das Licht an.

Entgeistert taumelte er zurück. Der nächtliche Besucher war Odette Rider, und in der Hand hielt sie die Ledertasche.

24

Tarling konnte sie nur sprachlos anstarren. »Sie!« rief er schließlich ungläubig.

Odette war blaß. Sie nickte nur.

»Ja, ich«, sagte sie leise.

»Sie!« murmelte er wieder und ging auf sie zu.

Er streckte eine Hand aus, und sie gab ihm die Ledertasche, ohne ein Wort.

»Setzen Sie sich doch«, bat er, beinahe liebevoll. Er hatte Angst, sie würde ohnmächtig werden. »Ich habe Ihnen doch nicht weh getan? Ich hatte nicht die geringste Ahnung . . .«

Sie schüttelte den Kopf.

»Nein, nein!« sagte sie müde.

Sie zog einen Sessel zum Tisch, setzte sich und legte den Kopf auf die Hände. Er blieb neben ihr stehen, bestürzt und erschrocken über diese unerwartete Entwicklung der Dinge.

»Dann waren Sie das also gestern abend mit dem Fahrrad«, sagte er schließlich. »Ich wußte nicht —«

In diesem Moment wurde ihm klar, daß Odette Rider schließlich nichts Verbotenes getan hatte, als sie mit dem Fahrrad ihre Mutter besuchte und eine Tasche mitgenommen hatte, die wahrscheinlich ihr gehörte. Wenn überhaupt ein Verbrechen vorlag, dann hatte er es begangen, indem er etwas an sich genommen hatte, das nicht sein Eigentum war.

Bei seinen Worten blickte sie auf. »Ich? Auf dem Fahrrad?« fragte sie. »Nein, das war nicht ich.«

»Nicht?«

Sie schüttelte den Kopf.

»Ich war im Garten — ich habe Sie mit Ihrer Taschenlampe gesehen und war ziemlich nahe bei Ihnen, als Sie die Tasche aufhoben«, berichtete sie tonlos. »Aber ich war nicht mit dem Fahrrad da.«

»Wer war der Radfahrer dann?« fragte er.

»Ich weiß es nicht. Kann ich sie, bitte, wiederhaben?«

Sie streckte die Hand aus, und er zögerte. Schließlich hatte er keinen Anspruch auf diese geheimnisvolle Tasche. Er legte sie einfach auf den Tisch, und sie machte keinen Versuch, sie an sich zu nehmen.

»Odette«, sagte er behutsam und legte ihr die Hand auf die Schulter. »Warum vertrauen Sie sich mir nicht an?«

»Was soll ich Ihnen denn anvertrauen?«

»Alles«, erwiderte er. »Ich könnte Ihnen helfen. Ich möchte Ihnen helfen.«

»Warum wollen Sie mir helfen?«

Einen Moment lang wollten ihm die Worte nicht über die Lippen. Dann sagte er: »Weil ich Sie liebe.« Seine Stimme zitterte.

Die Worte schienen wie von selbst über seine Lippen gekommen zu sein. Er hatte überhaupt nicht die Absicht gehabt, ihr seine Gefühle zu gestehen, keine Ahnung gehabt, daß er sie überhaupt liebte. Und doch wußte er jetzt, daß es die Wahrheit war.

Odettes Reaktion auf seine Worte verblüffte ihn. Sie schreckte nicht zurück, sie machte nicht einmal ein überraschtes Gesicht. Sie senkte nur den Blick und sagte: »Oh!«

Daß sie diese Tatsache, die Tarling nicht einmal sich selbst einzugestehen gewagt hatte, mit solcher Ruhe, mit so unheimlicher Gelassenheit aufnahm, war für ihn in dieser Nacht die zweite Erschütterung.

Es schien, als habe sie es längst gewußt. Impulsiv kniete er neben ihr nieder und legte die Arme um sie.

»Odette«, sagte er zärtlich. »Willst du es mir denn nicht sagen?«

Sie hielt den Kopf noch immer gesenkt, und ihre Stimme war so leise, daß er sie kaum hören konnte. »Was soll ich Ihnen denn sagen?«

»Alles, was du über diese Geschichte weißt. Siehst du denn nicht, daß du mit jeder neuen Entwicklung immer tiefer in Verdacht gerätst?«

»Was für eine Geschichte meinen Sie denn?«

Er zögerte.

»Den Mord an Thornton Lyne? Darüber weiß ich nichts.«

Sie reagierte nicht auf seine zärtliche Umarmung, sondern saß starr und steif da. Ihre Haltung schreckte ihn ab. Er ließ die Arme sinken und stand auf. Als sie aufblickte, sah sie, daß sein Gesicht weiß und starr war. Er ging zur Tür und schloß auf.

»Ich werde Ihnen keine Fragen mehr stellen«, sagte er ruhig. »Sie wissen selbst am besten, warum Sie heute nacht zu mir kamen — ich vermute, Sie folgten mir und nahmen ein Zimmer. Ich hörte kurz nach meiner Ankunft jemanden die Treppe hinaufgehen.«

Sie nickte. »Wollen Sie — sie haben?« fragte sie und deutete auf die Tasche.

»Nehmen Sie sie ruhig mit.«

Schwankend stand sie auf und taumelte. Sofort war er bei ihr und nahm sie in den Arm. Sie wehrte sich nicht; im Gegenteil, er glaubte sogar, so etwas wie Hingabe zu spüren. Er beugte sich über sie und küßte sie.

»Odette! Odette!« flüsterte er. »Weißt du denn nicht, daß ich dich liebe und mein Leben dafür geben würde, dir Unglück zu ersparen? Bitte, sag mir alles!«

»Nein, nein«, murmelte sie stockend. »Bitte, frag mich nicht! Ich habe Angst. Ach, ich habe solche Angst!«

Er drückte sie fest an sich, seine Wange an der ihren, seine Lippen in ihrem Haar.

»Aber du brauchst keine Angst zu haben, vor nichts«, erklärte er eindringlich. »Selbst wenn du schuldig wärst, würde ich dich retten. Wenn du jemanden schützt, würde auch ich ihn schützen, weil ich dich liebe, Odette.«

»Nein, nein!« Sie stieß ihn zurück. »Frag mich nicht . . .«

»Fragen Sie mich!«

Tarling fuhr herum. Ein Mann stand in der offenen Tür.

»Milburgh!« rief er.

»Ja, Milburgh«, sagte der andere mit einem spöttischen Lächeln. »Es tut mir in der Seele weh, daß ich gerade in diesem herzzerreißenden Augenblick stören muß, aber der Anlaß ist dringend, und ich habe keine Zeit, auf Förmlichkeiten zu achten, Mr. Tarling.«

Tarling ließ Odette los und musterte Milburgh. Er sah die Klemmen an den Hosenbeinen und die Schmutzspritzer und wußte Bescheid. »Sie waren also der Radfahrer, wie?« sagte er.

»Ganz recht«, bestätigte Milburgh. »Ich fahre gern mit dem Rad. Es ist gesund.«

»Was wollen Sie?« Tarling war hellwach und auf der Hut.

»Ich hätte gern, daß Sie Ihr Versprechen wahrmachen, Mr. Tarling«, antwortete Milburgh freundlich.

Tarling starrte ihn verständnislos an. »Mein Versprechen?« fragte er. »Welches Versprechen?«

»Nicht nur den Täter zu schützen, sondern auch die, die sich schuldig machten, indem sie den Täter deckten.«

Tarling zuckte zusammen. »Soll das heißen —« fragte er heiser, »wollen Sie etwa Beschuldigungen —«

»Ich erhebe keinerlei Beschuldigungen«, unterbrach Milburgh mit einer weitausholenden Geste. »Ich bin nur der Meinung, daß sowohl Miß Rider als auch ich in ernsten Schwierigkeiten sind und Sie es in der Hand haben, uns die Flucht ins Ausland zu ermöglichen.«

»Wollen Sie Miß Rider der Mittäterschaft bei diesem Mord beschuldigen?« fragte er eisig.

»Ich erhebe keinerlei Beschuldigungen, wie ich schon sagte«, entgegnete Milburgh. »Was den Mord angeht . . .« Er zuckte die Achseln. »Sie werden die Zusammenhänge besser verstehen, wenn Sie das Schriftstück lesen, das sich in dieser Tasche befindet.«

Tarling nahm die Tasche vom Tisch und drehte sie in den Händen.

»Das Schriftstück in dieser Tasche werde ich erst am Vormittag lesen«, entgegnete er. »Die Schlösser werden den Fachleuten von —«

»Sie können es gleich lesen«, unterbrach ihn Milburgh freundlich und zog aus seiner Tasche eine Kette, an deren Ende mehrere Schlüssel baumelten.

»Hier ist der Schlüssel«, sagte er. »Schließen Sie auf und lesen Sie.«

Tarling nahm den Schlüssel. Als die Schlösser aufsprangen, entriß ihm jemand die Tasche. Er drehte sich um und sah in Odettes erregtes Gesicht.

»Nein, nein!« rief sie außer sich, »nein, um Gottes willen, nein!«

Tarling trat zurück.

Er bemerkte das boshafte kleine Lächeln auf Milburghs Gesicht und hätte den Mann am liebsten niedergeschlagen.

»Miß Rider möchte nicht, daß ich mir den Inhalt der Tasche ansehe«, sagte er.

»Und mit gutem Grund«, höhnte Milburgh.

»Hier!« Es war Odettes Stimme, überraschend klar und ruhig. Mit zitternder Hand hielt sie Tarling das Schriftstück hin, das sie aus der Tasche genommen hatte. »Ja, es gibt einen Grund«, bestätigte sie mit leiser Stimme. »Aber es ist nicht der, den Sie unterstellen.«

Milburgh war zu weit gegangen. Tarling sah, wie ein Ausdruck der Furcht in seine kalten blauen Augen kroch. Ohne weiter zu zögern faltete er das Schriftstück auseinander und las.

Schon bei der ersten Zeile verschlug es ihm fast die Sprache:

ODETTE RIDERS GESTÄNDNIS

»Du guter Gott!« murmelte er und las weiter. Es war nur ein halbes Dutzend Zeilen, in Odettes energischer Handschrift. »Ich, Odette Rider, bekenne hiermit, daß ich drei Jahre lang die Firma Lyne bestohlen habe und im Laufe dieser Zeit die Summe von fünfundzwanzigtausend Pfund an mich brachte.«

Tarling ließ das Blatt sinken und kam gerade noch rechtzeitig, um Odette aufzufangen, die das Bewußtsein verloren hatte.

25

Milburgh war zu weit gegangen. Er hatte gehofft, seine Haut zu retten, ohne daß das Geständnis tatsächlich in Tarlings Hände geriet. Dank seines Scharfblicks hatte er lange vor Tarling bemerkt, daß dieser, der Erbe der Lyne-Millionen, von Odettes Schönheit verzaubert war. Seine Vermutung war durch die Szene, die er mitangesehen hatte, nur bestätigt worden, und ebenso durch das Gespräch, das er belauscht hatte.

Er suchte Straffreiheit und Sicherheit. Er war in Panik, wenn Tarling das auch nicht sah, und hatte einen letzten verzweifelten Versuch gemacht, den Lebensstil zu retten, den er liebte, die Bequemlichkeit und den Luxus, wofür er soviel riskiert hatte.

Milburgh hatte in ständiger Angst gelebt, daß Odette Rider ihn verraten würde, und diese Angst, sie könnte Tarling auf der Rückfahrt von Ashford nach London alles erzählt haben, hatte ihn zu dem Anschlag auf das Leben des Detektivs getrieben.

Die Schüsse im Nebel, die Tarlings Leben beinahe ein Ende bereitet hätten, hatten ihre Erklärung in Milburghs wahnsinniger Angst vor Entdekkung.

Nur ein Mensch auf der ganzen Welt konnte ihn auf die Anklagebank bringen, und wenn dieser Mensch ihn verriet . . .

Tarling hatte Odette auf die Couch gelegt. Dann lief er ins Schlafzimmer, um ein Glas Wasser zu holen.

Milburgh nutzte die Gelegenheit aus. Im offenen Kamin des Wohnzimmers brannte ein kleines Feuer. Rasch packte er das Blatt mit dem Geständnis und stopfte es in seine Tasche. Auf einem kleinen Tisch lag Schreibzeug. Er riß einen Bogen Hotelbriefpapier aus der Mappe, zerknüllte ihn und warf ihn ins Feuer. Er brannte lichterloh, als Tarling wieder hereinkam.

»Was tun Sie da?« fragte er.

»Ich verbrenne das Geständnis der jungen Dame«, antwortete Milburgh ruhig. »Ich halte es nicht für wünschenswert —«

»Moment!« unterbrach ihn Tarling ruhig.

Er spritzte etwas Wasser auf Odettes Gesicht, und ihre Lider öffneten sich flatternd. Dann ging er zum Kamin.

Der Bogen war bis auf einen kleinen Rand völlig verbrannt. Diesen hob er vorsichtig heraus, betrachtete ihn einen Augenblick aufmerksam und sah sich dann im Zimmer um. Als er entdeckte, daß die Briefmappe aufgeschlagen war, lachte er hart auf.

»Aha, so läuft der Hase, wie?« sagte er, ging zur Tür und schloß sie. »So, Milburgh, jetzt geben Sie mir das Geständnis, das Sie in der Tasche haben.«

»Ich habe es verbrannt, Mr. Tarling.«

»Sie lügen«, entgegnete Tarling unerschüttert. »Sie wissen sehr wohl, daß ich Sie mit diesem Geständnis in der Tasche nicht aus dem Zimmer lassen würde, deshalb wollten Sie bluffen, indem Sie einen Bogen Hotelbriefpapier verbrannten. Geben Sie mir sofort das Geständnis.«

»Ich versichere Ihnen . . .« begann Milburgh.

»Geben Sie mir das Geständnis«, wiederholte Tarling. Mit einem bleichen Lächeln griff Milburgh in die Tasche, um das zerknitterte Schriftstück herauszuziehen.

»Wenn Sie wirklich so scharf darauf sind, es in Flammen aufgehen zu sehen«, fuhr Tarling fort, »dann sehen Sie jetzt gut zu.«

Nachdem er die kurze Erklärung noch einmal gelesen hatte, warf er das Papier ins Feuer und beobachtete, wie es verbrannte.

»Das wär's«, stellte er gutgelaunt fest, während er die Asche mit dem Schürhaken verteilte.

»Ihnen ist doch wohl klar, was Sie getan haben«, sagte Milburgh. »Sie haben Beweismaterial vernichtet, das Sie als Vertreter des Gesetzes —«

»Sparen Sie sich Ihre Vorträge«, fiel Tarling ihm grob ins Wort. Mit großem Schwung öffnete er die Tür. »Sie können gehen, Milburgh. Ich weiß ja, wo ich Sie finden kann, wenn ich Sie wirklich brauche.«

»Das wird Ihnen noch leid tun«, zischte Milburgh.

»Glauben Sie?«

»Ich gehe sofort zu Scotland Yard«, schrie Milburgh, weiß vor Wut.

»Tun Sie das, unbedingt«, erwiderte Tarling kühl. »Und bitten Sie die Gentlemen gleich, Sie festzunehmen, bis ich komme.« Damit schloß er die Tür.

Odette hatte sich inzwischen auf dem Sofa aufgesetzt. Forschend sah sie Tarling an.

»Was hast du getan?« fragte sie.

»Ich habe dein Geständnis verbrannt«, erklärte Tarling vergnügt. »Mir kam nämlich der Gedanke, daß dieses Geständnis möglicherweise unter Druck geschrieben wurde. Da habe ich doch recht, nicht wahr?«

Sie nickte.

»Warte einen Augenblick, ich will mich nur rasch fertig anziehen. Dann bringe ich dich nach Hause.«

»Nach Hause?« fragte Odette erschrocken. »Nein, nicht zu meiner Mutter! Auf keinen Fall! Sie darf nichts erfahren!«

»Im Gegenteil, sie muß alles erfahren. Ein Geheimnis hie und da ist zwar ganz hübsch, aber in diesem Fall wird es doch zuviel. Das muß aufhören.«

Sie stand auf und trat zum Kamin. »Ich will dir alles sagen, was ich weiß. Vielleicht hast du recht«, meinte sie. »Es gibt in diesem Fall zu viele Geheimnisse. Du hast mich einmal gefragt, wer Milburgh ist.«

»Die Frage brauche ich dir nicht mehr zu stellen«, erwiderte er ruhig. »Ich weiß es.«

»Du weißt es?«

»Ja. Milburgh ist der zweite Mann deiner Mutter.«

Sie sah ihn groß an.

»Woher weißt du das?«

»Kombinationsgabe«, antwortete er lächelnd. »Und den Namen Rider hat sie auf Milburghs Bitte hin beibehalten. Er bat sie, niemanden wissen zu lassen, daß sie sich wieder verheiratet hat. Stimmt das?«

Sie nickte. »Meine Mutter lernte ihn vor ungefähr sieben Jahren kennen. Wir waren damals in Harrogate. Sie hatte ein bißchen Geld, weißt du, und ich glaube, Mr. Milburgh nahm an, es sei viel mehr. Er zeigte sich von seiner besten Seite und erzählte meiner Mutter, er habe ein großes Geschäft in London. Sie glaubt heute noch, daß er ein vermögender Mann ist.«

»Jetzt verstehe ich«, sagte Tarling. »Milburgh hat seinen Arbeitgeber bestohlen und das Geld für deine Mutter ausgegeben.«

Sie schüttelte den Kopf. »Das ist nur zum Teil richtig. Meine Mutter hatte von der Wahrheit keine Ahnung. Er kaufte das Haus hier in Hertford und richtete es mit allem Komfort ein. Bis vor einem Jahr hielt er sich sogar zwei Autos. Das gab er erst auf meine Vorhaltungen hin auf. Du weißt ja nicht, wie schlimm die Jahre waren, seit mir klar wurde, wie tief meine Mutter in den Schmutz gezogen werden würde, wenn man ihn erwischte.«

»Wie bist du überhaupt hinter die Wahrheit gekommen?«

»Das war schon bald nach der Hochzeit«, antwortete Odette. »Ich war einmal beim Einkaufen in Lynes Warenhaus, und eine der Verkäuferinnen war ziemlich unhöflich zu mir. Ich hätte das gar nicht weiter beachtet, aber so eine wichtigtuerische Aufsicht entließ das Mädchen auf der Stelle, und als ich mich für sie einsetzte, sagte der Mann, ich solle mit dem Geschäftsführer sprechen.

Er führte mich in ein Büro, und da sah ich Mr. Milburgh, und mit einem Schlag wurde mir klar, was für ein Doppelleben er führte. Er zwang mich, sein Geheimnis für mich zu behalten, und malte mir in den schlimmsten Farben aus, was geschehen würde, wenn ich es nicht täte.

Er behauptete, er könne alles wieder in Ordnung bringen, wenn ich in die Firma einträte und ihm helfen würde. Er habe große Kapitalanlagen, die viel Geld einbrächten, und dieses Geld werde er dazu verwenden, seine Unterschlagungen wiedergutzumachen. Nur deshalb hab' ich dann in Lynes Warenhaus gearbeitet, aber er hat sich von Anfang an nicht an sein Wort gehalten.«

»Warum wollte er dich dahaben?« fragte Tarling.

»Wenn eine andere Person an meiner Stelle gesessen hätte«, erklärte sie, »wäre vielleicht alles aufgeflogen. Er wußte, daß Anfragen über Unregelmäßigkeiten in der Kontenführung zuerst in meine Abteilung kämen, und da wollte er jemanden haben, der ihn sofort informierte. Das hat er mir natürlich nicht gesagt«, fügte Odette hinzu, »aber ich kam schnell dahinter.«

Sie erzählte ihm, was für ein Leben sie in dieser Zeit geführt hatte, welche Demütigung es für sie gewesen sei, die Rolle einer Helfershelferin zu spielen.

»Von Anfang an war ich seine Komplicin«, sagte sie. »Gewiß, ich habe nicht gestohlen; ich nahm den Posten an, um ihm, wie ich glaubte, zu helfen, altes Unrecht wiedergutzumachen, und um meiner Mutter so eine Schande zu ersparen.«

Mit einem traurigen Lächeln sah sie ihn an.

»Mir ist gar nicht bewußt, daß ich mit einem Detektiv spreche und damit alles, was ich in den letzten Jahren gelitten habe, umsonst war«, sagte sie. »Aber die Wahrheit muß ans Licht kommen, egal, welche Folgen es hat.«

Sie machte eine kleine Pause.

»Und jetzt will ich dir erzählen, was in der Mordnacht geschah.«

26

Einen Moment lang war es still. Tarling spürte, wie sein Herz klopfte.

»Nachdem ich bei Lyne gekündigt hatte«, begann Odette, »beschloß ich, zwei, drei Tage zu meiner Mutter zu fahren und mich erst dann nach einer neuen Arbeit umzusehen. Ich wußte, daß Mr. Milburgh immer nur am Wochenende nach Hertford fuhr. Nach allem, was ich über ihn wußte, wollte ich um keinen Preis der Welt unter einem Dach mit ihm wohnen.

An jenem Abend ging ich ungefähr um halb sieben von zu Hause weg, weil ich den Siebenuhrzug nach Hertford erreichen wollte.

Am Bahnhof kaufte ich eine Fahrkarte und wollte gerade zum Bahnsteig gehen, als mich jemand beim Arm nahm. Ich drehte mich um. Es war Mr. Milburgh. Er war schrecklich erregt und ängstlich und bat mich, einen späteren Zug zu nehmen. Ich sollte mit ihm in einem florentinischen Restaurant essen, wo er einen kleinen Privatraum hatte reservieren lassen. Er habe sehr schlechte Nachrichten, die er mir mitteilen müsse.

Ich gab meine Tasche in der Gepäckaufbewahrung ab und ging mit. Beim Abendessen eröffnete er mir, er stünde vor dem Ruin. Mr. Lyne habe einen Privatdetektiv engagiert, um ihn der Unterschlagung zu überführen, nur sei sein Zorn auf mich so groß, daß er im Augenblick sein Vorhaben vergessen habe.

›Nur du kannst mich retten‹, sagte er.

›Ich?‹ fragte ich erstaunt. ›Wie soll ich dich denn retten können?‹

›Indem du die Unterschlagungen auf deine Kappe nimmst‹, erklärte er. ›Deine Mutter steckt in dieser Geschichte tief mit drin.‹

›Weiß sie Bescheid?‹

Darauf nickte er. Ich erfuhr erst später, daß er mich belogen hatte und nur meine Liebe zu meiner Mutter ausnützen wollte. Ich war starr vor Entsetzen bei dem Gedanken, daß meine Mutter in diese Geschichte hineingezogen werden könnte«, fuhr Odette fort, »und als er vorschlug, ich solle ein Geständnis schreiben und dann mit dem ersten Zug in Richtung Kontinent fahren, um dort die weiteren Entwicklungen abzuwarten, ging ich ohne Protest auf diesen Plan ein. Und das ist alles.«

»Warum bist du heute abend nach Hertford gekommen?« fragte Tarling.

Wieder lächelte sie.

»Um das Geständnis zu holen«, antwortete sie. »Ich wußte, daß Milburgh es im Safe aufbewahrte. Ich traf mich mit ihm, nachdem ich das Hotel verlassen hatte. Er hatte mich vorher angerufen und sich mit mir in dem Geschäft verabredet, wo ich dann den Polizeibeamten abschüttelte, der mich überwachte. Und dort sagte er mir —« Sie hielt plötzlich inne und wurde rot.

»Er sagte dir, daß ich dich liebe«, vollendete Tarling ruhig, und sie nickte.

»Er drohte damit, daraus Kapital zu schlagen, und wollte dir mein Geständnis zeigen.«

»Jetzt verstehe ich alles«, sagte Tarling und stieß einen tiefen Seufzer der Erleichterung aus. »Gott sei Dank, jetzt ist alles klar. Morgen werde ich Lynes Mörder verhaften.«

»Nein, nein, so ist es nicht!« rief sie und legte ihm die Hand auf den Arm. »So kann es nicht sein. Mr. Milburgh hat es bestimmt nicht getan. Das kann ich einfach nicht glauben.«

»Wer hat deiner Mutter das Telegramm geschickt, um deinen Besuch abzusagen?«

»Milburgh.«

»Erinnerst du dich, ob er zwei Telegramme aufgab?«

»Ja. Aber ich weiß nicht, an wen das zweite gerichtet war.«

»Es war jedenfalls dieselbe Handschrift.«

»Aber —«

»Liebling«, unterbrach er sie, »zerbrich dir nicht mehr den Kopf über diese Sache. Du hast noch eine schwere Zeit vor dir, aber du mußt tapfer sein, nicht nur um deiner selbst willen, sondern auch wegen deiner Mutter und wegen mir«, fügte er liebevoll hinzu.

Sie lächelte schwach.
»Du setzt da etwas als selbstverständlich voraus, nicht wahr?«
»Meinst du?«
»Du gehst doch davon aus —« tiefe Röte überzog ihr Gesicht —, »daß mir genug an dir liegt — um mich um deinetwillen zusammenzunehmen.«
»Ja, da hast du recht«, antwortete Tarling langsam. »Das ist wohl Eitelkeit, wie?«
»Vielleicht ist es auch Instinkt«, entgegnete sie und drückte seinen Arm.
»Aber jetzt muß ich dich zu deiner Mutter bringen«, sagte er. Der Weg zum Haus, der sich am frühen Abend so lang hingezogen hatte, schien diesmal überraschend kurz zu sein. Tarling war so glücklich, daß ihm alles wie ein Traum vorkam.
Odette hatte einen Schlüssel zum äußeren Tor und öffnete es.
»Weiß deine Mutter, daß du hier bist?« fragte Tarling unvermittelt.
»Ja, ich war vorher schon einmal kurz bei ihr.«
»Weiß sie —« Er beendete den Satz nicht.
»Nein«, antwortete Odette, »sie weiß es nicht. Ach Gott, es wird ihr das Herz brechen. Sie ist — sie liebt Milburgh. Sie liebt ihn so sehr, daß sie selbst sein geheimnisvolles Kommen und Gehen und alle seine Ausreden hinnahm.«
Sie hatten das Haus erreicht. In keinem Fenster brannte Licht.
»Wir gehen durch die Veranda hinein. Auf dem Weg kommt Mr. Milburgh auch immer. Hast du Licht?«
Er hatte seine Taschenlampe mitgenommen und richtete den Strahl auf das Schlüsselloch. Sie schob den Schlüssel hinein, doch ehe sie ihn drehen konnte, öffnete sie die Tür.
»Sie ist offen!« rief sie erstaunt. »Aber ich bin ganz sicher, daß ich abschloß.«
Tarling begutachtete das Schloß im Schein der Taschenlampe und schnitt eine kleine Grimasse. Der Schnapper war mit einem abgebrochenen Streichholz festgeklemmt worden, so daß er nicht zurückspringen konnte.
»Wie lange warst du im Haus?« fragte er Odette.
»Ein paar Minuten. Ich wollte meiner Mutter nur Bescheid sagen, daß ich da sei, dann bin ich wieder weg, weil ich dir folgen wollte.«
»Und hast du die Tür hinter dir geschlossen?«
Odette überlegte einen Moment. »Kann sein, daß ich sie angelehnt ließ«, antwortete sie. »Ja, sicher sogar — ich bin zur Haustür hinaus.«
Tarling konnte sich denken, was geschehen war. Jemand hatte die angelehnte Tür gesehen und dafür gesorgt, daß sie nicht zufallen konnte.
»Was ist denn los?« fragte Odette beunruhigt.
»Ach, gar nichts«, erwiderte Tarling leichthin. »Wahrscheinlich war das dein unerfreulicher Stiefvater. Er hatte vielleicht seine Schlüssel vergessen.«
»Aber er hätte doch vorn hineingehen können«, entgegnete Odette mit Unbehagen.
»Also, ich geh' jetzt mal voraus«, erklärte Tarling mit gespielter Unbekümmertheit.
Die Lampe in der einen Hand, eine Pistole in der anderen, stieg er die Treppe hinauf zu einem Vorplatz mit zwei Türen.

»Das ist Mutters Zimmer«, sagte Odette und wies auf die nähere Tür.

Sie fröstelte plötzlich. Tarling legte ihr tröstend den Arm um die Schultern. Dann ging er zur Zimmertür, drehte den Knauf und wollte sie öffnen. Doch dahinter war ein Hindernis; sie ließ sich nicht öffnen. Er drückte fester und stieß sie so weit auf, daß er sich durch den Spalt hindurchzwängen konnte. Auf dem Schreibtisch brannte eine kleine Tischlampe. Die schweren Vorhänge an den Fenstern schluckten ihr ganzes Licht, so daß von draußen nichts zu sehen war. Doch Tarling sah weder zu den Fenstern noch zum Schreibtisch.

Hinter der Tür lag Mrs. Rider, ein kleines Lächeln auf dem Gesicht. Aus ihrer Brust ragte das Heft eines Messers.

27

Tarling warf nur einen Blick auf sie, ehe er sich umdrehte und Odette, die sich an ihm vorbeidrängen wollte, mit sanfter Gewalt wieder in den Flur schob.

»Was ist denn? Was ist denn?« fragte sie voll Angst. »Laß mich hinein! Ich will zu meiner Mutter.« Sie wehrte sich, doch er hielt sie fest.

»Du mußt tapfer sein«, beschwor er sie, während er sie zu der anderen Tür führte. Seine Hand suchte nach dem Lichtschalter und fand ihn.

Sie standen in einem Gästezimmer. Eine zweite Tür führte von hier aus anscheinend ins Innere des Hauses.

»Wohin führt die Tür da?« fragte er, doch Odette schien ihn gar nicht zu hören.

»Mutter, Mutter!« jammerte sie. »Was ist mit meiner Mutter?«

»Wohin führt die Tür da?« fragte er wieder.

Statt einer Antwort griff sie mit zitternder Hand in ihre Tasche und nahm einen Schlüssel heraus. Er öffnete die Tür und trat auf eine Galerie hinaus, von der man in den Vorraum hinunterblicken konnte. Sie wollte an ihm vorbeigehen, doch er hielt sie fest und drängte sie zurück.

»Bitte, bleib ruhig, Odette«, sagte er energisch. »Du darfst jetzt nicht nachgeben. Alles hängt von deiner Tapferkeit ab. Wo sind die Angestellten?«

Mit einem Ruck riß sie sich los und stürzte durch die Tür in jenen Teil des Hauses zurück, aus dem sie gekommen waren. Er rannte hinter ihr her.

»Um Gottes willen, Odette, nicht, nicht!« rief er, während sie die Tür aufdrückte und ins Zimmer ihrer Mutter stürmte. Mit einem Blick nahm sie auf, was geschehen war. Dann warf sie sich neben der Toten zu Boden, schlang die Arme um sie und küßte die kalten Lippen.

Vorsichtig zog Tarling sie weg und führte sie zur Galerie zurück. Ein Mann in Hemd und Hose und wirrem Haar rannte den Korridor entlang. Tarling vermutete, daß es der Butler war.

»Wecken Sie alle Frauen im Haus«, befahl er leise. »Mrs. Rider ist ermordet worden.«

»Ermordet, Sir!« rief der Mann entsetzt. »Das kann doch nicht wahr sein!«

»Schnell«, herrschte Tarling ihn an. »Miß Rider ist ohnmächtig geworden.«

Sie trugen sie in den Salon und legten sie auf das Sofa. Tarling ließ sie erst allein, als die beiden Dienstmädchen kamen.

Er kehrte mit dem Butler in das Zimmer zurück, wo die Tote lag. Dort schaltete er alle Lichter an und nahm eine gründliche Durchsuchung vor.

Die Glastür zum Wintergarten war verschlossen und verriegelt. Die Vorhänge, die vermutlich Milburgh zugezogen hatte, als er gekommen war, um die Tasche zu holen, waren unberührt.

Aus der Lage der Toten und dem ruhigen Ausdruck ihres Gesichts schloß Tarling, daß der Tod augenblicklich und unerwartet eingetreten sein mußte. Wahrscheinlich hatte der Mörder sie von hinten überrascht, während sie am Fuß des Sofas gestanden hatte.

Möglicherweise hatte sie, um sich die Zeit bis zur Rückkehr ihrer Tochter zu vertreiben, ein Buch aus dem kleinen Schrank direkt hinter der Tür genommen. Seine Vermutung wurde bestätigt durch ein Buch, das ihr offensichtlich aus der Hand gefallen war und das zwischen ihr und dem Schrank am Boden lag.

Zusammen hoben die beiden Männer die Tote auf das Sofa. »Wir müssen die Polizei benachrichtigen«, sagte Tarling. »Gibt es hier im Haus ein Telefon?«

»Ja, Sir«, antwortete der Butler.

»Gut, dann können Sie sich die Fahrt zur Stadt sparen«, sagte Tarling.

Er setzte sich erst mit der örtlichen Dienststelle in Verbindung und rief dann in Scotland Yard an, um Whiteside benachrichtigen zu lassen.

Die bleiche Dämmerung des neuen Morgens stand am Himmel, als er aus dem Fenster blickte, doch das fahle Licht konnte die Düsterkeit im Haus nicht verdrängen, sondern ließ sie nur um so bedrohlicher erscheinen.

Er sah sich das Messer an.

Es glich einem gewöhnlichen Metzgermesser. Am Griff konnte man schwach mehrere Initialen erkennen. Er sah ein M und noch zwei Buchstaben, die aussahen wie ein C und ein A.

M.C.A.? Er zerbrach sich den Kopf nach einer Erklärung aber er fand keine.

Dann trat der Butler ein.

»Der jungen Dame geht es nicht gut, Sir, ich habe Dr. Thomas holen lassen.«

Tarling nickte.

»Sehr schön«, meinte er beifällig. »Es war auch ein schrecklicher Schock für Miß Rider.«

Wieder ging er zum Telefon und ließ sich mit einem Krankenhaus in London verbinden, um einen Rettungswagen anzufordern, der Odette sofort abholen sollte. Als er mit Scotland Yard telefoniert hatte, hatte er noch darum gebeten, Ling Chu zu benachrichtigen, er möge umgehend nach Hertford kommen.

Er setzte das größte Vertrauen in den Chinesen, vor allem bei einem Fall wie diesem, wo die Spuren noch frisch waren, denn Ling Chu besaß übernatürliche Gaben. Nur ein Bluthund übertraf ihn noch.

»Es darf niemand hier nach oben«, instruierte er den Butler. »Wenn der

Arzt und der Beauftragte des Staatsanwalts kommen, müssen sie durch den Vordereingang eingelassen werden. Falls ich nicht dasein sollte — sie dürfen auf keinen Fall die Treppe benützen, die zur Veranda hinunterführt.« Er ging ebenfalls durch die Haustür hinaus, um eine Runde durch den Garten zu machen, obwohl er wenig Hoffnung hatte, daß er etwas finden würde. Bei Tageslicht würden sich gewiß eine Menge Hinweise ergeben, aber die Wahrscheinlichkeit, daß der Mörder sich noch in der Nähe des Tatorts aufhielt, war gering.

Der Garten war groß und voller Bäume. Von dem breiten gekiesten Weg, der um das Haus führte, zweigten viel gewundene Pfade ab.

An einer Ecke des Grundstücks gab es einen ziemlich großen freien Platz, wo weder Bäume noch Büsche wuchsen. Nur flüchtig ließ er den Strahl seiner Lampe über die ordentlich angelegten Gemüsebeete schweifen und wollte sich gerade wieder abwenden, als er die dunklen Umrisse eines Geräteschuppens erkannte. Er leuchtete mit seiner Lampe hinüber. Spielte ihm die Phantasie einen Streich, oder hatte er flüchtig ein weißes Gesicht gesehen, das um die Ecke spähte? Wieder richtete er sein Licht auf das Häuschen. Es war nichts zu sehen. Er ging hinüber und wanderte einmal um den Schuppen herum. Er glaubte, eine dunkle, schemenhafte Gestalt im Schatten des Häuschens zu erkennen, die sich zu dem Fichtenwäldchen hinstahl, das auf drei Seiten das Haus umgab. Wieder knipste er seine Lampe an, doch das Licht war nicht stark genug.

Im Laufschritt rannte er in die Richtung, in der er die Gestalt gesehen hatte. Als er das Wäldchen erreichte, schlich er sich langsam und vorsichtig weiter. Hin und wieder blieb er stehen, und einmal hätte er schwören können, weiter vorn das Knacken eines Astes zu hören.

Wieder begann er zu laufen. Es gab jetzt keinen Zweifel mehr, daß sich außer ihm noch jemand in dem Wäldchen befand. Er hörte die hastigen Schritte des anderen, dann wurde es plötzlich still. Er rannte weiter, mußte jedoch zu weit gelaufen sein, denn nun vernahm er hinter sich leise Geräusche. Blitzschnell drehte er sich herum.

»Wer sind Sie?« rief er. »Kommen Sie heraus, oder ich schieße.«

Er erhielt keine Antwort.

Er wartete. Er hörte das Scharren eines Stiefels an Mauerwerk und wußte, daß der andere die Mauer hinaufkletterte. Plötzlich erscholl von irgendwo über ihm durchdringendes Gelächter, das so dämonisch war, daß ihm das Blut in den Adern gerann. Die überhängenden Zweige eines Baumes verbargen den oberen Teil der Mauer, und seine Taschenlampe nützte ihm nichts.

»Kommen Sie runter!« rief Tarling. »Kommen Sie runter, oder ich schieße!«

Wieder ertönte dieses entsetzliche Gelächter, das halb furchtsam, halb höhnisch klang, und dann schrie eine schrille, scharfe Stimme.

»Mörder! Elender Mörder! Du hast Thornton Lyne umgebracht! Hier, das habe ich für dich aufgehoben!«

Laub raschelte, Zweige knackten. Von oben kam etwas heruntergeflogen. Es war klein und rund, und dann spritzte etwas auf Tarlings Hand. Mit einem Aufschrei schüttelte er sich, denn die Flüssigkeit brannte wie Feuer. Er hörte, wie der Fremde auf der anderen Seite der Mauer hinuntersprang und davonlief. Eilig bückte Tarling sich und hob das Ding auf, das man nach ihm geworfen hatte. Es war ein kleines Fläschchen. Auf dem fleckigen Etikett stand »Schwefelsäure«.

28

Am nächsten Morgen um zehn Uhr saßen Whiteside und Tarling in Hemdsärmeln da und tranken Kaffee. Tarling sah müde und abgespannt aus, im Gegensatz zu dem munter und adrett wirkenden Polizeiinspektor. Obwohl dieser in den frühen Morgenstunden geweckt worden war, hatte er wenigstens die Nacht durchgeschlafen. Sie saßen in dem Zimmer, in dem Mrs. Rider ermordet worden war, und sprachen beide nicht viel. Jeder hing seinen eigenen Gedanken nach. Die rostbraunen Flecken auf dem Boden, wo Tarling die Tote entdeckt hatte, waren noch ein beredtes Zeichen der Tragödie.

Tarling hatte aus bestimmten Gründen nichts von seinem eigenen Abenteuer erzählt und auch nichts von dem geheimnisvollen Fremden, den er durch den Park verfolgt hatte und dessen Identität er zu kennen glaubte.

Nach einer Weile zündete sich Whiteside eine Zigarette an und warf das abgebrannte Streichholz in den offenen Kamin. Tarling fuhr mit einem Ruck aus seinen Gedanken auf. »Was halten Sie von der ganzen Geschichte?« fragte er.

Whiteside schüttelte den Kopf.

»Wenn etwas gestohlen worden wäre, dann wäre die Erklärung einfach. Aber es ist nichts weggekommen. Die arme Miß Rider.«

Tarling nickte. »Ja, es ist schrecklich für sie. Der Arzt mußte ihr ein Beruhigungsmittel geben, sonst hätte man sie nicht von hier fortbekommen.«

»Wo ist sie jetzt?«

»In einem Londoner Krankenhaus.«

»Und die junge Dame konnte Ihnen gar keine Informationen geben?« fragte Whiteside, sich am Kopf kratzend.

»Keine. Sie war zu ihrer Mutter hinaufgegangen und hatte die Tür angelehnt gelassen, weil sie eigentlich auf demselben Weg gleich wieder gehen wollte. Aber dann ging sie durch die Vordertür hinaus. Ich vermute, daß jemand das beobachtete und sich später ins Haus schlich.«

»Und dieser jemand war Milburgh?«

Tarling erwiderte nichts. Er hatte da seine eigenen Ansichten, war aber im Augenblick nicht bereit, darüber zu sprechen.

»Ja, es liegt auf der Hand, daß es Milburgh war«, fuhr Whiteside fort. »Wir wissen, daß er in Hertford ist. Wir wissen auch, daß er Sie töten wollte, weil er glaubte, Miß Rider habe ihn verraten. Und jetzt hat er seine Frau getötet, die wahrscheinlich mehr über den Mord weiß als die Tochter.«

Tarling sah auf seine Uhr. »Ling Chu müßte eigentlich längst hier sein«, bemerkte er.

»Ach, Sie wollen Ling Chu doch noch kommen lassen?« fragte Whiteside überrascht. »Ich dachte, den Gedanken hätten Sie aufgegeben.«

»Nein, ich hab' vor zwei Stunden noch einmal telefoniert«, versetzte Tarling.

»Glauben Sie denn, daß er über diese Geschichte etwas weiß?«

Tarling schüttelte den Kopf. »Ich glaube ihm das, was er mir erzählt hat. Als ich Scotland Yard davon berichtete, erwartete ich natürlich nicht, daß die Leute dort ihm so glauben würden wie ich. Aber ich kenne Ling Chu. Er hat mich noch nie belogen.«

»Mord ist eine ziemlich ernste Angelegenheit«, entgegnete Whiteside. »Wenn einer nicht lügt, um seine Haut zu retten, dann lügt er nie.«

Von unten drang Motorengeräusch, und Tarling ging zum Fenster.

»Ah, da ist ja Ling Chu«, sagte er, und wenige Minuten später betrat der Chinese lautlos das Zimmer.

Tarling begrüßte ihn mit einem kurzen Nicken und berichtete ohne Umschweife.

Er sprach Englisch, und so konnte auch Whiteside von Zeit zu Zeit ein Wort einwerfen. Ling Chu hörte schweigend zu. Als Tarling geendet hatte, verbeugte er sich kurz und verließ den Raum.

»Wir sollten uns um die Briefe kümmern«, sagte Whiteside, nachdem er verschwunden war.

Zwei säuberliche Stapel von Briefen lagen auf Mrs. Riders Schreibtisch. Tarling zog sich einen Stuhl heran.

»Das sind alle?« fragte er.

»Ja. Ich hab' das ganze Haus durchsucht und keine anderen mehr gefunden. Die auf der rechten Seite stammen von Milburgh.«

»Sie haben sie durchgesehen?« fragte Tarling.

»Ich hab' sie alle gelesen«, antwortete Whiteside. »Keiner enthält etwas Belastendes. Es sind ganz alltägliche Briefe. In den meisten geht es um kleinere Kapitalanlagen, die Milburgh im Namen seiner Frau machte. Aus den Briefen geht deutlich hervor, wie tief die arme Frau in die ganze Geschichte verstrickt war, ohne zu ahnen, worauf sie sich da eingelassen hatte.«

Tarling nickte und begann dann, die Briefe einen nach dem anderen zu lesen. Er hatte den halben Stapel geprüft, als er innehielt und sagte:

»Hören Sie sich das an: ›Entschuldige den Fleck, aber ich habe es schrecklich eilig und die Finger voller Tinte, weil ich das Tintenfaß umwarf.‹«

»Na und?« meinte Whiteside.

»Unser Freund hat uns hier einen sehr nützlichen Daumenabdruck hinterlassen. Es sieht jedenfalls so aus.«

»Zeigen Sie mal her«, rief Whiteside und sprang auf. Über Tarlings Schulter hinweg sah er sich den Brief an und stieß einen Pfiff aus.

»Jetzt haben wir ihn!« erklärte er triumphierend. »Der kann uns nicht mehr entkommen.«

»Wie meinen Sie das?« fragte Tarling.

»Der Daumenabdruck! Der ist eindeutig identisch mit dem Abdruck, den wir auf Miß Riders Kommode fanden.«

»Sind Sie sicher?«

»Vollkommen. Sehen Sie den Wirbel da? Und schauen Sie sich den Verlauf der Linien an! Genau gleich! Ich muß doch das Foto irgendwo in der Tasche haben.«

Er blätterte in seinem Notizbuch und brachte schließlich die Fotografie eines vergrößerten Daumenabdrucks zum Vorschein.

»Vergleichen Sie!« rief er aufgeregt. »Linie für Linie, alles stimmt haargenau! Das ist Milburghs Daumenabdruck. Milburgh ist unser Mann!« Hastig schlüpfte er in seinen Mantel.

»Wohin wollen Sie?«

»Zurück nach London«, verkündete Whiteside mit entschlossener Miene. »Dort werde ich mir einen Haftbefehl für George Milburgh ausstellen lassen, den Mann, der Thornton Lyne tötete und seine eigene Frau ermordete — den schlimmsten Übeltäter, der im Augenblick frei herumläuft!«

29

In diesem Augenblick trat der unergründliche Ling Chu ein.

»Nun«, sagte Tarling, »was hast du entdeckt?«

Selbst Whiteside bremste seinen Enthusiasmus, um ihm zuzuhören.

»Zwei Personen kamen gestern abend die Treppe herauf«, berichtete Ling Chu, »außerdem der Herr.« Er sah Tarling an, und der nickte. »Deine Füße, Herr, sind deutlich«, fuhr er fort, »und auch die Füße der jungen kleinen Frau. Außerdem die nackten Füße.«

»Die nackten Füße?« echote Tarling, und Ling Chu nickte. »Stammen die Abdrücke von einem Mann oder von einer Frau?« wollte Whiteside wissen.

»Es kann Mann oder Frau gewesen sein«, antwortete Ling Chu, »aber die Füße waren verletzt und bluteten. Draußen im Kies ist ein Blutfleck.«

»Unsinn!« sagte Whiteside scharf.

»Lassen Sie ihn weitersprechen«, meinte Tarling.

»Eine Frau kam herein und ging wieder hinaus«, fuhr Ling Chu fort.

»Das war Miß Rider«, sagte Tarling.

»Dann kamen eine Frau und ein Mann; und dann kam die barfüßige Person, denn die Blutspuren überdecken die Fußabdrücke der ersten Frau.«

»Woher wissen Sie, welche Abdrücke von der ersten und welche von der zweiten Frau herrühren?« fragte Whiteside wider Willen interessiert.

»Der Fuß der ersten Frau war naß«, antwortete Ling Chu.

»Aber es hatte doch nicht geregnet!« erklärte Whiteside.

»Sie hatte auf dem Rasen gestanden«, sagte Ling Chu, und Tarling nickte, denn er erinnerte sich, daß Odette im Schatten der Büsche auf dem Rasen gestanden hatte, um ihn und Milburgh zu beobachten.

»Nur eines verstehe ich nicht, Herr«, fuhr Ling Chu fort. »Die Abdrükke der anderen Frau, die ich auf der Treppe im Haus nicht finden kann. Diese Frau ging um das ganze Haus herum; dann ging sie durch den Garten und zwischen die Bäume.«

Tarling starrte ihn verwundert an. »Miß Rider ging vom Haus direkt zur Straße und folgte mir nach Hertford«, sagte er.

»Es sind die Spuren einer Frau da, die um das Haus herumgegangen ist«, beharrte Ling Chu, »und deshalb glaube ich, die barfüßige Person war eine Frau.«

»Sind abgesehen von uns dreien noch Spuren von Männern vorhanden?«

»Darauf wollte ich gerade kommen«, sagte Ling Chu. »Es sind sehr schwache Abdrücke eines Mannes da, der früher gekommen ist; die feuchten Abdrücke überlagern die seinen. Er ist wieder fortgegangen, aber im Kies hat er keine Abdrücke hinterlassen, nur die Spur eines Fahrrads ist zu sehen.«

»Das war Milburgh«, stellte Tarling fest.

»Wenn ein Fuß den Boden nicht berührt, dann hinterläßt er keine Spur«, meinte Ling Chu. »Deshalb fällt es mir so schwer, die Abdrücke der Frau, die rund um das Haus herumgegangen ist, zu erklären; denn auf der Treppe kann ich sie nicht finden. Und doch weiß ich, daß die Spur aus dem Haus kam, weil ich deutlich erkennen kann, daß sie von der Tür wegführt. Komm, Herr, ich zeige es dir.«

Den beiden Männern voran ging er die Treppe hinunter in den Garten. Erst da fiel Whiteside auf, daß der Chinese barfuß war.

»Sie haben doch hoffentlich nicht ihre eigenen Abdrücke mit den fremden verwechselt?« fragte er scherzend.

Ling Chu schüttelte den Kopf.

»Ich habe meine Schuhe draußen vor der Tür stehengelassen, weil es bei der Arbeit bequemer ist«, sagte er ruhig, während er in seine kleinen Schuhe schlüpfte.

Er führte die Männer zur Seite des Hauses und zeigte ihnen dort die Abdrücke. Sie stammten eindeutig von einer Frau. Der Absatz hatte jeweils ein tiefes, halbmondförmiges Loch hinterlassen. Seltsamerweise waren die Abdrücke unter beinahe jedem Fenster festzustellen, so als habe die geheimnisvolle Besucherin versucht, einen Zugang zum Haus zu finden.

»Es sieht mehr nach einem Pumps aus als nach einem Laufschuh. Aber zweifellos ist es ein Frauenschuh«, sagte Whiteside und betrachtete einen Abdruck genau. »Was meinen Sie, Tarling?«

Tarling nickte.

Die drei Männer kehrten wieder ins Haus zurück, und dort fragte Tarling: »Was hältst du nun von dem allen, Ling Chu?«

»Es kam jemand ins Haus«, sagte der Chinese, »schlich sich unten durch die Tür und dann die Treppe hinauf. Erst tötete er und dann durchsuchte er das Haus, aber er konnte nicht durch die Tür.«

»Das stimmt«, bestätigte Whiteside. »Sie meinen doch die Tür, die diesen Seitenflügel vom Rest des Hauses trennt? Die war verschlossen, nicht wahr, Tarling, als Sie den Mord entdeckten?«

»Ja.«

»Als sie sahen, daß sie nicht ins Haus konnten«, fuhr Ling Chu fort, »versuchten sie, durch eines der Fenster einzusteigen.«

»Sie, sie?« sagte Tarling ungeduldig. »Was heißt sie? Meinst du nur die Frau?«

Diese neue Theorie war verwirrend. Wer die zweite Person des Dramas war, wußte er — ein brauner Ätzfleck auf seinem Handrücken erinnerte ihn an seine Existenz; wer aber war die dritte Person?

»Ja, ich meine die Frau«, antwortete Ling Chu ruhig.

»Ja, aber wer, um Himmels willen, wollte denn nach dem Mord an Mrs. Rider ins Haus?« fragte Whiteside gereizt. »Ihre Theorie verstößt gegen alle Vernunft, Ling Chu. Wenn jemand einen Mord verübt hat, dann möchte er nur noch weg, und zwar so schnell wie möglich.«

Ling Chu erwiderte nichts.

»Wie viele Personen sind in diesen Mord verwickelt?« fragte Tarling. »Eine barfüßige Person — Mann oder Frau — kam ins Haus und tötete Mrs. Rider; eine zweite Person lief um das Haus herum und versuchte, durch eines der Fenster —«

»Ich kann nicht sagen, ob es ein oder zwei Personen waren«, warf Ling Chu ein.

Tarling inspizierte noch einmal den kleinen Seitenflügel. Er war, genau wie Ling Chu gesagt und wie er selbst dem Chinesen erklärt hatte, vom Rest des Hauses getrennt, wohl Milburghs wegen, der seine Besuche in Hertford hatte geheimhalten wollen. Dieser Trakt des Hauses bestand aus drei Räumen — einem Schlafzimmer, das neben dem Wohnzimmer lag und offenbar von Mrs. Rider bewohnt wurde, denn im Schrank hingen ihre Kleider, dem Wohnzimmer, in dem der Mord verübt worden war, und dem Gästezimmer, durch das er mit Odette auf die Galerie über dem Vorraum gelangt war.

»Wir können hier nichts weiter tun«, sagte Tarling, als er seine Inspektion abgeschlossen hatte. »Am besten überlassen wir das Feld der örtlichen Polizei und fahren nach London zurück.«

»Und dort nehmen wir Milburgh fest«, meinte Whiteside. »Was halten Sie von Ling Chus Theorie?«

Tarling schüttelte den Kopf.

»Ich kann sie eigentlich nicht verwerfen«, erwiderte er, »denn Ling Chu hat wirklich einen unwahrscheinlichen Instinkt. Ihm fallen Spuren auf, die andere Leute einfach übersehen.«

Sie kehrten mit dem Auto nach London zurück.

Ling Chu saß vorne neben dem Chauffeur und rauchte eine Zigarette nach der anderen.

Tarling sprach kaum etwas während der Fahrt. Seine Gedanken drehten sich allein um die letzten Entwicklungen des Mordfalls, den er noch immer nicht hatte klären können.

Die Fahrt durch London führte am Cavendish Place vorbei, wo das Krankenhaus lag, in das man Odette gebracht hatte. Er ließ den Wagen halten, um sich nach ihr zu erkundigen, und hörte zu seiner Erleichterung, daß Odette sich inzwischen einigermaßen von dem Schock erholt hatte. Sie lag jetzt in ruhigem Schlummer.

»Nun, das ist wenigstens eine gute Nachricht«, meinte er, während er wieder einstieg. »Ich habe mir schreckliche Sorgen gemacht.«

»Miß Riders Wohlergehen liegt Ihnen sehr am Herzen, nicht wahr?« erkundigte sich Whiteside trocken.

Im ersten Augenblick wollte Tarling gereizt reagieren, dann aber lachte er. »O ja, sehr. Aber das ist auch ganz natürlich.«

»Wieso natürlich?«

»Weil Miß Rider meine Frau wird«, antwortete Tarling mit Nachdruck.

»Ach!« Whiteside war so verblüfft, daß ihm die Sprache wegblieb.

Der Haftbefehl für Milburgh erwartete sie schon, als sie in Scotland Yard ankamen.

»Wir dürfen ihm keine Zeit mehr lassen«, sagte Whiteside. »Er hat ja leider schon eine hübsche Gnadenfrist gehabt. Wir können von Glück reden, wenn wir ihn zu Hause erwischen.«

Wie er vermutet hatte, war das Haus in Camden Town leer. Die Putzfrau, die täglich kam, stand wartend vor dem eisernen Tor. Mr. Milburgh, teilte sie ihnen mit, ließ sie gewöhnlich um halb neun Uhr ein. Selbst wenn er »auf dem Lande« gewesen war, war er stets vor ihrer Ankunft wieder zu Hause.

Whiteside öffnete das Tor mit einem Dietrich — obwohl die Putzfrau im Namen ihres Arbeitgebers protestierte — und eilte den Gartenweg entlang. Die Haustür machte mehr Mühe, da sie ein Sicherheitsschloß hatte. Tarling ließ sich davon nicht beeindrucken, sondern schlug eine Fensterscheibe ein.

Er grinste.

»Hören Sie das?«

Von drinnen kam lautes Klingeln.

»Eine Alarmanlage«, stellte Tarling lakonisch fest, schob den Riegel zurück und öffnete das Fenster.

Das Haus war leer.

Sie wanderten von Raum zu Raum, durchsuchten Schränke und Kommoden. In einem der Schränke machte Tarling eine Entdeckung. Es waren nur ein paar glitzernde kleine Körnchen, die er vom oberen Fach in seine geöffnete Hand fegte.

»Wenn das nicht Thermit ist, freß ich einen Besen«, sagte er. »Auf jeden Fall können wir jetzt Mr. Milburgh der Brandstiftung überführen. Am besten schicken wir es gleich zur Analyse, Whiteside. Selbst wenn Milburgh Thornton Lyne nicht getötet hat, hat er doch auf jeden Fall das Geschäftshaus von Dashwood und Solomon niedergebrannt, um die Beweise für seine Unterschlagungen zu vernichten.«

Die zweite Entdeckung machte Whiteside. Milburgh pflegte in einem großen Himmelbett zu schlafen.

»Ein Leben wie Gott in Frankreich«, stellte Whiteside fest. »Sehen Sie mal die dicke Matratze!«

Er klopfte gegen die Seite des Bettes und drehte sich erstaunt um.

»Fühlt sich so hart an wie Holz«, sagte er und zog die Tagesdecke weg.

Es dauerte nicht lange, da entdeckte er an der Seite ein kleines Loch.

Er zog sein Taschenmesser heraus, klappte es auf und drückte die schmale Klinge in die Öffnung. Plötzlich knackte es, und zwei Türchen sprangen auf.

Whiteside steckte seine Hand in die Öffnung und zog etwas heraus.

»Bücher«, sagte er enttäuscht.

Dann hellte sich sein Gesicht auf.

»Das sind ja Tagebücher. Ha, vielleicht hat der Bursche Tagebuch geführt.«

Er legte die kleinen Bände auf das Bett. Tarling nahm einen und blätterte darin.

»Das ist ein Tagebuch von Thornton Lyne«, sagte er. »Kann vielleicht nützlich sein.«

Eines der Bücher war abgeschlossen. Es war das neueste. Offenbar hatte jemand versucht, das Schloß zu öffnen, aber ohne Erfolg.

Milburgh hatte es tatsächlich versucht, da er jedoch die Tagebücher systematisch der Reihe nach studieren wollte, hatte er diesen letzten Band nach seinem erfolglosen Versuch beiseite gelegt.

»Sonst ist nichts mehr drin?« fragte Tarling.

»Nein«, antwortete Whiteside enttäuscht. »Vielleicht sind noch andere kleine Schränke da!«

Doch auch eine eingehende Untersuchung förderte kein weiteres Versteck zutage.

»Hier können wir nichts mehr tun«, stellte Tarling fest. »Lassen Sie das Haus bewachen für den Fall, daß Milburgh zurückkehrt. Ich persönlich bezweifle das stark.«

»Glauben Sie, daß er vor Miß Rider Angst hat?«

»Ja, das halte ich für sehr wahrscheinlich. Ich werde mal im Warenhaus nachfragen, aber ich glaube nicht, daß er dort ist.«

Mit dieser Vermutung hatte er recht. In Lynes Warenhaus hatte niemand den Geschäftsführer gesehen oder etwas von ihm gehört. Milburgh war verschwunden. Scotland Yard leitete inzwischen die Fahndung nach ihm ein. Innerhalb von vierundzwanzig Stunden hatte jede Dienststelle seine Beschreibung und sein Foto. Wenn es ihm nicht inzwischen gelungen war, das Land zu verlassen, war seine Verhaftung unvermeidlich.

Am selben Nachmittag um fünf Uhr erhielten sie einen neuen Hinweis. Ein Paar schmutzige, getragene Damenschuhe war in einem Graben an der Straße nach Hertford gefunden worden, nur vier Meilen von dem Haus entfernt, wo der letzte Mord stattgefunden hatte. Der Leiter der Polizeidienststelle in Hertford fügte hinzu, die Schuhe seien bereits auf dem Weg nach London. Er habe einen Boten losgeschickt.

Um halb acht Uhr erhielt Tarling das Päckchen. Er packte es aus, öffnete den Deckel des Kartons und nahm einen flachen, getragenen Schuh heraus, der einmal bessere Tage gesehen hatte.

»Ganz eindeutig ein Damenschuh«, stellte er fest. »Da, die halbmondförmigen Absätze.«

»Sehen Sie!« rief Whiteside und deutete auf einige Flecken am hellen Innenfutter. »Das ist eine Bestätigung für Ling Chus Theorie. Die Füße der Person bluteten.«

Tarling sah sich die Schuhe genauer an und nickte.

Er hob die Lasche hoch, um den Namen des Herstellers festzustellen, und da fiel ihm der Schuh plötzlich aus der Hand.

»Was ist los?« fragte Whiteside verwundert und hob den Schuh auf. Er sah unter die Lasche und lachte unsicher. Unter dem kleinen Etikett, das den Namen einer Londoner Firma trug, stand nämlich in Tinte geschrieben »O. Rider«.

30

Die Oberschwester erklärte Tarling, Odette habe sich wieder gefangen, brauche aber noch einige Tage Ruhe. Am besten, meinte sie, solle sie aufs Land fahren.

»Ich hoffe, Sie stellen ihr jetzt nicht eine Menge Fragen, Mr. Tarling«, fuhr sie fort. »Sie ist nämlich noch nicht sehr belastbar.«

»Ich habe nur eine einzige Frage«, antwortete Tarling grimmig.

Odette lag in einem freundlichen Zimmer. Grüßend hob sie die Hand, als er eintrat. Er beugte sich über sie und küßte sie, und dann zog er ohne weitere Umschweife den Schuh aus der Tasche. »Odette, Liebling«, sagte er zärtlich, »gehört der Schuh dir?«

Sie nickte. »Ja, wo hast du den denn her?«

»Gehört er wirklich dir?«

»Ganz bestimmt. Es ist ein alter Schuh von mir, den ich früher mal getragen habe. Warum fragst du?«

»Wann hast du ihn das letztemal gesehen?«

Odette schloß die Augen. Ihre Lippen zitterten.

»In Mutters Zimmer«, antwortete sie. Sie drückte den Kopf ins Kissen und weinte. Tarling versuchte sie zu trösten, doch es dauerte eine Weile, ehe sie sie wieder beruhigte.

»Mutter hatte die Schuhe sehr gern. Sie paßten ihr auch. Wir hatten beide dieselbe Größe . . .«

Wieder versagte ihr die Stimme, und Tarling beeilte sich, das Thema zu wechseln.

Immer mehr verdichtete sich in ihm die Überzeugung, daß Ling Chu mit seiner Theorie recht hatte, wenn er auch noch nicht alle Tatsachen mit ihr in Einklang bringen konnte.

Auf der Rückfahrt vom Krankenhaus zu Scotland Yard ließ er sich das Verbrechen von Hertford noch einmal durch den Kopf gehen. Jemand war auf bloßen, blutenden Füßen ins Haus gekommen und hatte, nachdem er den Mord verübt hatte, ein Paar Schuhe gesucht. Die alten, ausgetretenen Straßenschuhe waren die einzigen gewesen, die dem Mörder einigermaßen paßten, und so hatte er sie angezogen und das Haus dann wieder verlassen.

Warum hatte die mysteriöse Person versucht, noch einmal ins Haus hineinzugelangen? Wen oder was hatte sie gesucht?

Wenn Ling Chu recht hatte, dann konnte der Mörder nicht Milburgh sein.

Wenn er seinem eigenen Instinkt glaubte, dann war der Mann mit den kleinen Füßen derselbe, der ihn in der Dunkelheit als Mörder beschimpft und das Säurefläschchen nach ihm geworfen hatte.

Er legte diese Schlußfolgerungen Whiteside vor, der ihm beipflichtete.

»Aber aus all diesen Überlegungen folgt nicht zwangsläufig, daß die barfüßige Person, die sich offensichtlich in Mrs. Riders Haus befand, auch den Mord beging«, wandte Whiteside ein. »Den hat Milburgh verübt. Und den Narzissenmord auch.«

Tarling drehte sich in seinem Stuhl herum. Er saß an der gegenüberliegenden Seite des großen Schreibtisches, den die beiden Männer gemeinsam benützten.

»Ich glaube, ich weiß jetzt, wer den Narzissenmord begangen hat«, sagte er ruhig. »Ich hab' mir alles gründlich überlegt und bin zu einer Theorie gekommen, die Sie wahrscheinlich als phantastisch bezeichnen würden.«

»Wie sieht sie denn aus?« erkundigte sich Whiteside, doch Tarling schüttelte den Kopf.

Er war im Moment nicht bereit, sie preiszugeben.

Whiteside lehnte sich in seinem Stuhl zurück und überlegte eine Weile.

»Der ganze Fall steckt voller Widersprüche«, bemerkte er dann. »Thornton Lyne war ein reicher Mann — und jetzt sind Sie der reiche Mann, Tarling. Da muß ich Sie mit Respekt behandeln.«

Tarling lächelte.

»Nur weiter!«

»Er hatte ausgefallene Interessen — er war ein schlechter Dichter, wie der Gedichtband beweist. Außerdem war er ein Blender, der gern den Menschenfreund spielte. Der beste Beweis dafür ist die Art, wie er Sam Stay unter seine Fittiche genommen hatte — der übrigens aus der Irrenanstalt entsprungen ist. Das wissen Sie wohl inzwischen?«

»Ja, das weiß ich«, bestätigte Tarling. »Weiter.«

»Lyne verliebte sich also in eine hübsche junge Frau, die bei ihm angestellt war. Er war es gewöhnt, daß ihm sämtliche Frauen an die Brust sanken, wenn er nur mit dem kleinen Finger wackelte. Aber diese Lady ließ ihn abblitzen, und wegen dieser Demütigung packte ihn ein wahnsinniger Haß auf sie.«

»Wo sind denn da die Widersprüche?« fragte Tarling zwinkernd.

»Das war erst Nummer eins«, stellte Whiteside fest.

»Nummer zwei ist Mr. Milburgh, ein undurchsichtiger Gentleman, der die Firma seit Jahren bestiehlt und von seinen Unterschlagungen in Freuden lebt.

Aber eines Tages erfährt er, daß man ihm auf die Schliche gekommen ist. Er ist in heller Panik. Aber dann kommt er dahinter, daß Thornton Lyne sich unsterblich in seine Stieftochter verliebt hat. Bietet es sich da nicht an, daß er sich ihrer bedient, um Lyne zu beeinflussen, seine Straftaten milde zu beurteilen?«

»Wahrscheinlicher ist«, unterbrach ihn Tarling, »daß er versucht, dem jungen Mädchen die ganze Schuld in die Schuhe zu schieben. Im Vertrauen darauf nämlich, daß sie, um einer Bestrafung zu entgehen, schon den Preis zahlen wird, den Lyne verlangt.«

»Ja, gut, das ist auch eine Möglichkeit. Milburgh hat die Absicht, mit Thornton Lyne ein Gespräch unter vier Augen zu führen. Er schickt ihm ein Telegramm und bittet ihn, ihn in Miß Riders Wohnung zu treffen. Er ist überzeugt, daß der Name Wunder wirken wird.«

»Und Thornton Lyne kommt prompt, in Filzpantoffeln«, warf Tarling sarkastisch ein. »Nein, Whiteside, das paßt nicht.«

»Stimmt, aber ich zeichne den Fall erst mal nur in groben Umrissen. Lyne kommt also. Milburgh empfängt ihn und spielt seine Trumpfkarte aus: Er legt ein Geständnis ab und versucht dann, Lyne die Lösung schmackhaft zu machen, die er sich ausgedacht hat. Lyne geht darauf nicht ein, es kommt zu einem Streit, und in seiner Verzweiflung erschießt Milburgh Thornton Lyne.«

Tarling schüttelte den Kopf. Er überlegte eine Weile, dann sagte er:

»Das ist merkwürdig . . .«

Die Tür flog auf, und ein Polizeibeamter kam herein. »Hier sind die Einzelheiten, die Sie haben wollten«, sagte er und reichte Whiteside ein mit Maschine beschriebenes Blatt Papier.

»Was ist denn das?« sagte Whiteside, als der Mann gegangen war. »Ach, das betrifft unseren alten Freund Sam Stay. Eine Personenbeschreibung.«

Er las vor:
»Größe einszweiundsechzig, blasse Hautfarbe . . . trägt einen grauen Anzug und Unterwäsche der Landesheilanstalt — aha!«
»Was ist denn?« fragte Tarling.
»Das ist wirklich bemerkenswert«, meinte Whiteside und las weiter:
»Als der Patient entwich, trug er nichts an den Füßen. Er hat einen sehr kleinen Fuß. Er ist möglicherweise bewaffnet, da festgestellt wurde, daß ein großes Küchenmesser verschwunden ist. Alle Schuster —«
»Er hatte keine Schuhe an!« Tarling sprang auf. »Sam Stay haßte Odette Rider.«
Die beiden Männer tauschten einen Blick.
»Wissen Sie jetzt, wer Mrs. Rider tötete?« fragte Tarling. »Sie wurde von jemandem getötet, der Odette Rider ins Haus gehen, sie aber nicht wieder herauskommen sah. Er schlich ihr nach, um seinen toten Wohltäter zu rächen.
Statt dessen tötete er Mrs. Rider — die Buchstaben M.C.A. auf dem Messer bedeuten ›Middlesex County Asylum‹ —, und dann entdeckte er seinen Irrtum. Erst suchte er sich ein Paar Schuhe, weil seine Füße stark bluteten.
Dann versuchte er, vom Seitenflügel aus ins Hauptgebäude zu gelangen, wo er Odette Rider vermutete. Aber er fand keinen Zugang. Daraufhin lief er wieder nach draußen, rannte um das Haus herum und versuchte, durch eines der Fenster einzusteigen.«
Whiteside war voller Bewunderung.
»Schade, daß Sie jetzt ein reicher Mann sind. Wenn Sie aufhören, verlieren wir einen hervorragenden Detektiv.«

31

»Ich kenn' Sie von irgendwoher!«
Der dicke Geistliche mit dem blütenweißen steifen Kragen betrachtete den Mann wohlwollend und schüttelte mit einem freundlichen Lächeln den Kopf. »Nein, mein Lieber, ich glaube nicht, daß wir uns kennen.«
Der Mann war klein, schäbig angezogen und sah krank aus. Sein Gesicht war eingefallen und von Furchen durchzogen; er hatte sich seit Tagen nicht rasiert, und die schwarzen Stoppeln verliehen ihm etwas Düsteres.
Der Geistliche wollte gerade den Garten des Temple verlassen und zum Strand gehen, als der armselige kleine Mann ihn ansprach. Er war ein fröhlicher Geistlicher, der offenbar viel las, falls das dicke Buch unter seinem Arm etwas zu bedeuten hatte.
»Doch, ich kenne Sie«, beharrte der kleine Mann. »Ich habe von Ihnen geträumt.«
»Würden Sie mich entschuldigen«, sagte der Geistliche, »ich kann mich leider nicht länger aufhalten. Ich habe eine wichtige Verabredung.«
»Bleiben Sie da!« rief der kleine Mann so wütend, daß der Geistliche stehenblieb. »Ich sag' Ihnen doch, ich habe von Ihnen geträumt. Ich habe gesehen, wie Sie mit vier schwarzen Teufeln getanzt haben, die keine Kleider anhatten. Und Sie waren ganz dick und häßlich.«

Er sprach leise und leierte die Sätze herunter, als sage er eine Lektion auf, die er auswendig gelernt hatte.

Der Geistliche wich beunruhigt einen Schritt zurück.

»Mein guter Mann«, sagte er streng, »Sie können doch nicht einfach die Leute auf der Straße anhalten und solchen Unsinn erzählen. Ich habe Sie nie zuvor in meinem Leben gesehen. Ich heiße Josiah Jennings und bin Pfarrer.«

»Sie heißen Milburgh«, entgegnete der kleine Mann. »Ja, genau, Milburgh!« Oft hat er von Ihnen geredet! Dieser wunderbare Mann! Hiergeblieben!«

Er packte den Geistlichen am Ärmel, und Milburghs Gesicht wurde einen Schein blasser.

»Wissen Sie, wo er jetzt ist? Er liegt in einer Gruft so groß wie'n Haus auf dem Friedhof in Highgate. Eine Flügeltür wie die von einer Kirche führt hinein, und dann muß man noch ein paar Stufen hinuntergehen.«

»Wer sind Sie?« fragte Milburgh, dem vor Angst förmlich die Zähne klapperten.

»Ach, kennen Sie mich nicht?«

Der kleine Mann betrachtete ihn interessiert.

»Aber Sie haben bestimmt schon von mir gehört. Sam Stay heiß ich — ich hab sogar mal zwei Tage in ihrem Warenhaus gearbeitet. Und Sie — alles, was Sie haben, haben Sie von ihm! Jeden Penny! Er war immer freundlich zu allen — zu den Armen und sogar zu solch verkommenen Subjekten wie mir.«

Seine Augen füllten sich mit Tränen, und Milburgh sah sich ängstlich um. Auf keinen Fall wollte er auffallen.

»Reden Sie keinen Unsinn«, zischte er ungeduldig, »hören Sie mir lieber zu. Wenn jemand Sie fragt, ob Sie Mr. Milburgh gesehen haben, dann sagen Sie nein. Haben Sie verstanden?«

»Ja, ja, das verstehe ich schon«, gab der Mann zurück. »Aber ich hab Sie erkannt! Alle, die mit ihm zu tun hatten, kenne ich. Er hat mich aus der Gosse geholt, so wahr ich hier stehe.«

Sie hatten einen stillen Winkel im Garten erreicht, und Milburgh bedeutete dem Mann, sich neben ihn auf eine Bank zu setzen.

Mit Befriedigung sagte er sich, daß er seine Verkleidung klug gewählt hatte. Der Anblick eines Geistlichen, der mit einem heruntergekommenen, ärmlich aussehenden Mann sprach, würde vielleicht zu Kommentaren Anlaß geben, nicht aber zu Argwohn.

Es war schließlich die Aufgabe der Geistlichen, mit solchen Leuten zu sprechen.

Sam Stay musterte das schwarze Jackett und den steifen weißen Kragen mit zweifelndem Blick.

»Wie lange sind Sie schon Geistlicher, Mr. Milburgh?« fragte er.

»Ach — äh — eine ganze Weile«, antwortete Milburgh ausweichend, während er sich zu erinnern suchte, was er über Sam Stay gehört hatte.

Doch der kleine Mann ersparte ihm die Mühe.

»Man hat mich in eine Anstalt auf dem Land gebracht«, berichtete er, »aber Sie wissen wohl, daß ich nicht verrückt war, Mr. Milburgh? Er hätte sich bestimmt nicht mit einem Verrückten abgegeben, oder? Sie sind also Geistlicher, wie?«

Er nickte weise mit dem Kopf und fragte dann mit plötzlichem Eifer: »Hat er einen Geistlichen aus Ihnen gemacht? Er konnte die wunderbarsten Dinge tun, nicht wahr? Haben Sie die Predigt gehalten, als er da in der Gruft in Highgate beerdigt wurde? Ich kenne mich da aus — ich geh jeden Tag hin, Mr. Milburgh«, erklärte Sam Stay. »Ich hab das Grab nur durch Zufall gefunden. › . . . und sein Sohn Thornton Lyne‹. Da ist die Flügeltür wie bei einer Kirche, wissen Sie.«

Milburgh seufzte tief auf. Natürlich, jetzt erinnerte er sich. Sam Stay war in eine Nervenheilanstalt gebracht worden. Er glaubte, sich auch erinnern zu können, daß der Mann entflohen war. Es war nicht gerade ein angenehmes Erlebnis, sich mit einem entsprungenen Irren zu unterhalten. Vielleicht ließ sich aber doch Kapital daraus schlagen. George Milburgh war ein Mann, der selten eine Gelegenheit ungenutzt verstreichen ließ. Was konnte man aus dieser hier machen?

Wieder gab Sam Stay ihm einen Hinweis.

»Aber mit dem Mädchen rechne ich noch ab —« Er schwieg und preßte fest die Lippen aufeinander, während er mit einem verschlagenen kleinen Lächeln zu Milburgh aufsah. »Ich habe nichts gesagt, oder?« fragte er mit einem irren kleinen Lachen. »Ich habe doch nichts gesagt, was mich verrät, oder?«

»Aber nein, mein guter Mann«, antwortete Milburgh, noch immer in der Rolle des wohlwollenden Geistlichen. »Von welchem Mädchen sprachen Sie denn?«

Sam Stays Gesicht verzog sich zu einem boshaften Grinsen. »Es gibt nur ein Mädchen«, stieß er zähneknirschend hervor, »und die werde ich mir noch schnappen. Mit der rechne ich ab! Hier habe ich was —«

Er suchte auf eine seltsam unbestimmte Art in seiner Tasche. »Ich dachte, ich hätte es mit. Ich hab's so lang rumgeschleppt. Aber ich weiß, daß ich es irgendwo habe. Ich weiß es.«

»Sie mögen also Miß Rider nicht?« fragte Milburgh.

»Ich hasse sie!« Der Mann spie die Worte vor Gehässigkeit fast aus. Sein Gesicht war bläulich angelaufen, die Augen traten ihm aus den Höhlen, seine Hände zuckten. »Ich habe gedacht, heute nacht hätte ich sie erledigt«, begann er und brach ab.

Die Worte sagten Milburgh nichts, denn er hatte an diesem Tag noch keine Zeitung gelesen.

»Hören Sie«, sagte Sam, »haben Sie schon mal geliebt?«

Milburgh schwieg.

Odette bedeutete ihm nichts; das einzige uneigennützige Gefühl, das er in seinem Leben je empfunden hatte, galt Mrs. Rider.

»Ja, ich glaube schon«, antwortete er nach einer Pause.

»Warum?«

»Na ja, dann können Sie verstehen, wie mir zumute ist«, stieß Sam heiser hervor. »Dann können Sie verstehen, daß ich diese Person kriegen will, die ihn fertiggemacht hat. Sie hat ihn in eine Falle gelockt — o Gott!«

Er schlug die Hände vors Gesicht.

Schwankend saß er da, während Milburgh sich voller Unbehagen umblickte. Es war kein Mensch zu sehen. Plötzlich kam ihm ein Gedanke.

Odette war die Hauptbelastungszeugin gegen ihn, und dieser Mann haßte sie. Er — Milburgh — hatte keinen Anlaß, ihr freundliche Gefühle entgegenzubringen. Jetzt, wo er alle schriftlichen Beweise seines Verbrechens vernichtet hatte, war sie die einzige Zeugin, die die Staatsanwaltschaft gegen ihn beibringen konnte. Aber wenn Odette nicht gegen ihn aussagte?

So kaltblütig wie ein Kaufmann das Für und Wider einer vorgeschlagenen Transaktion abwägt, bedachte er seinen Plan. Daß Odette sich in einem Krankenhaus in London befand, hatte er durch Zufall gehört.

Er hatte nämlich am Morgen im Warenhaus angerufen, um in Erfahrung zu bringen, ob nach ihm gefahndet werde. Bei diesem Gespräch hatte seine Mitarbeiterin ihm erzählt, daß Odette Rider verschiedene Dinge ins Krankenhaus geschickt worden seien. Auf diese Weise hatte er ihre Adresse erfahren. Er hatte sich natürlich gefragt, was ihren Zusammenbruch verursacht hatte, und war zu dem Schluß gekommen, daß er die Folge der nächtlichen Szene mit ihm und Tarling im Hotel war.

»Was würden Sie tun«, fragte er Sam jetzt, »wenn Ihnen Miß Rider begegnete?«

Sam Stay zeigte die Zähne.

»Nun, die Aussicht ist gering. Sie liegt zurzeit im Krankenhaus«, fuhr Milburgh fort, »und das Krankenhaus ist am Cavendish Place.«

»Cavendish Place«, wiederholte Sam. »Das ist doch in der Nähe der Regent Street?«

»Ich hab keine Ahnung«, antwortete Milburgh. »Jedenfalls ist es sehr unwahrscheinlich, daß sie ihr in nächster Zeit begegnen werden.«

Er stand auf, Sam Stay zitterte von Kopf bis Fuß wie im Fieber. »Cavendish Place«, wiederholte er und kehrte Milburgh ohne ein weiteres Wort den Rücken.

Der ehrenwerte Mr. Milburgh blickte ihm noch eine Weile nach und ging dann kopfschüttelnd in der anderen Richtung davon. Am Waterloo-Bahnhof bekam man genausogut eine Fahrkarte zum Kontinent wie am Charing Cross. Und in vieler Hinsicht war es sicherer.

32

Tarling brauchte dringend Schlaf. Alle Muskeln und Nerven seines Körpers sehnten sich nach Ruhe. Mit gesenktem Kopf saß er in seiner Wohnung an einem Tisch. Lynes Tagebücher lagen in zwei Stapeln vor ihm; die auf dem höheren Stapel hatte er bereits gelesen; die anderen mußte er noch durchsehen.

Die Bücher waren ohne Methode geführt worden. Manchmal reichte ein Buch über mehrere Jahre, dann wieder nur über ein paar Monate.

Der Stapel auf der linken Seite wuchs, der auf der rechten wurde allmählich kleiner; schließlich war nur noch ein Buch übrig — neuer als die übrigen. Es hatte zwei Messingschlösser, doch diese waren von den Fachleuten Scotland Yards geöffnet worden.

Tarling schlug das Buch auf.

Wie er erwartet hatte, war es das neueste, an dem Thornton Lyne noch vor seiner Ermordung geschrieben hatte. Tarling erhoffte sich nichts Besonderes von der Lektüre. Die früheren Bücher hatten nicht viel verraten, höchstens die Ich-Bezogenheit des Schreibers. Er hatte Lynes Bericht über die Ereignisse in Shanghai gelesen, aber nichts Neues daraus erfahren. Er hatte seinem Wissen über die Dinge nichts hinzugefügt. So nahm er nicht an, daß der letzte Band die Mühe mehr lohnte.

Dennoch las er aufmerksam, und nach einer Weile zog er einen Block heran und begann, sich Notizen zu machen. Er kam zu der Geschichte über Lynes vergebliche Bemühungen um Odette und Odettes Zurückweisung.

Der Bericht war überraschend sachlich und ohne Emotion geschrieben. Interessant wurde es erst, als Thornton Lyne sein Zusammentreffen mit Sam Stay nach dessen Entlassung aus dem Gefängnis schilderte.

»Sam Stay ist entlassen worden. Es ist rührend, wie dieser Mann mich verehrt.

Manchmal wünschte ich beinahe, ich könnte ihn vor dem Gefängnis bewahren; aber wenn mir das gelänge und ich ihn zu einem ehrlichen Menschen machen könnte, würden mir diese äußerst angenehmen Gefühle fehlen, die ich dank seiner Verehrung immer wieder erlebe. Es tut gut, sich in der Wärme seiner Verehrung zu sonnen.

Ich habe ihm von Odette erzählt.

Ein bißchen merkwürdig, so etwas mit einem Menschen seiner Sorte zu besprechen, aber er entpuppte sich als großartiger Zuhörer. Ich übertrieb ziemlich, die Versuchung war groß.

Er war fast außer sich vor Haß und Wut und schlug doch tatsächlich vor, ihr ›die hübsche Fratze zu lädieren‹.

Er hat im Gefängnis in derselben Kolonne gearbeitet wie ein Mann, der seiner Freundin Schwefelsäure ins Gesicht geschüttet hatte. Sam wollte mit Odette das gleiche tun.

Ich war entsetzt, aber mir kam bei diesem Gespräch ein Gedanke. Er sagt, er kann mir einen Schlüssel beschaffen, der jede Tür öffnet.

Wenn ich nun nach Einbruch der Dunkelheit zu ihr ginge? Ich könnte einen Hinweis hinterlassen.

Aber was für einen?

Vielleicht etwas typisch Chinesisches?

Tarling hat sich offensichtlich mit Odette angefreundet — etwas Chinesisches würde ihn verdächtig machen . . .«

Hier endete das Tagebuch.

Tarling las die letzten Absätze noch mehrmals durch, bis er sie fast auswendig wußte. Dann klappte er das Buch zu und schloß es in eine Schublade ein.

Das Kinn in die Hand gestützt, saß er eine halbe Stunde lang grübelnd da und versuchte, mit Hilfe von Thornton Lynes Hinweisen das Rätsel zu lösen.

Lyne hatte nicht wegen des Telegramms Odettes Wohnung aufgesucht, sondern allein in der Absicht, die junge Frau in Verruf zu bringen. Er hatte diesen kleinen chinesischen Zettel mitgenommen, um ihn an einem auffälligen Platz liegenzulassen, damit jemand anders für seine Gemeinheit beschuldigt würde.

Milburgh hatte sich aus einem anderen Grund in der Wohnung aufgehalten. Die beiden Männer hatten sich getroffen, es kam zum Streit, und Milburgh schoß.

Damit war geklärt, weshalb Thornton Lyne Filzpantoffeln getragen und wieso man das *Hong* in seiner Tasche gefunden hatte. Damit war geklärt, warum er sich überhaupt in Odette Riders Wohnung begeben hatte. Tarling fiel Sam Stays Angebot ein.

Blitzartig wurde ihm klar, daß der Mann, der die Säureflasche nach ihm geworfen hatte, Sam Stay gewesen war.

Und nun zu Milburgh, dem letzten Glied in der Kette.

Tarling hatte den Superintendenten des Polizeireviers Cannon Row gebeten, ihn sofort zu benachrichtigen, wenn etwa Neues bekannt würde. Bisher hatte er nichts von ihm gehört, deshalb fuhr er nun zu ihm, um sich die neuesten Nachrichten direkt an der Quelle zu holen. Viel war es nicht. Während er sich noch dort aufhielt, tauchte ein aufgeregter Mann auf dem Revier auf, der Eigentümer eines Taxis, das abhanden gekommen war.

Der Mann hatte ein junges Paar zu einem der Theater im West End gefahren und war gebeten worden, bis zum Schluß der Vorstellung zu warten, um die beiden wieder nach Hause zu fahren. Nachdem er seine Fahrgäste abgesetzt hatte, war er in ein kleines Gasthaus gegangen, um einen Bissen zu essen. Als er wieder herauskam, war sein Taxi verschwunden.

»Aber ich weiß, wer es war«, behauptete er grimmig. »Und wenn ich den Burschen erwische, dann —«

»Woher wissen Sie es denn?«

»Er kam ins Restaurent, während ich beim Essen saß.«

»Wie sah er aus?« fragte der Superintendent.

»So ein Kleiner mit einem weißen Gesicht«, erklärte der Taxifahrer. »Unter Tausenden würde ich ihn wiedererkennen. Und er hatte neue Stiefel an.«

Tarling hatte sich während des Gesprächs vom Schreibtisch des Beamten entfernt, jetzt aber kam er zurück. »Hat der Mann etwas gesagt?« fragte er.

»Ja, Sir«, antwortete der Taxifahrer. »Ich fragte ihn, ob er jemanden sucht, und da sagte er nein, und dann hat er einen Haufen Blödsinn geredet. Von einem Mann, der sein bester Freund gewesen war und der schrecklich viel für ihn getan hatte. Ich saß zufällig neben der Tür, deswegen bin ich überhaupt mit ihm ins Gespräch gekommen. Ich hatte den Eindruck, er war nicht ganz richtig.«

»Ja, ja, weiter!« sagte Tarling ungeduldig. »Was geschah dann?«

»Dann ist er rausgegangen«, sagte der Taxichauffeur, »und ich hörte, wie ein Motor angelassen wurde. Ich dachte, es wäre eins von den anderen Taxis, weil nämlich mehrere draußen standen. Das Lokal ist bei uns Taxifahrern sehr beliebt, müssen Sie wissen. Ich habe also nicht weiter auf den Krach draußen geachtet, aber als ich rauskam, war mein Taxi weg, dem ich gesagt hatte, daß er drauf aufpassen soll, hockte in einer Kneipe und versoff das Geld, das der Kerl ihm gegeben hatte.«

»Mir scheint, das ist Ihr Mann, Sir«, bemerkte der Superintendent mit einem Blick zu Tarling.

»Ja, das ist Sam Stay«, sagte Tarling. »Ich wußte gar nicht, daß er Auto fahren kann.«

Der Superintendent nickte.

»Ich kenne Sam Stay ganz gut, Sir. Wir hatten ihn zwei-, dreimal hier. Er war mal Taxichauffeur — wußten Sie das nicht?«

Nein, das hatte Tarling nicht gewußt. Er hatte zwar die Absicht gehabt,

Sams Personalakte durchzusehen, aber irgendwie war er abgelenkt worden und hatte es vergessen.

»Nun, weit wird er nicht kommen«, sagte er. »Sie schicken sicher gleich eine Beschreibung des Taxis hinaus? Wenn er glaubt, daß er auf diese Weise leichter entkommen kann, hat er sich getäuscht. So ein Taxi läßt sich nicht gut verstecken.«

Tarling wollte am Abend wieder nach Hertford fahren und hatte Ling Chu entsprechend instruiert.

Vom Polizeirevier Cannon Row ging er zunächst zu Scotland Yard hinüber, um sich mit Whiteside zu besprechen, aber unabhängig von ihm seine Ermittlungen anstellte.

Doch Whiteside war nicht da. Der diensthabende Sergeant eilte ihm entgegen.

»Das hier ist vor zwei Stunden für Sie abgegeben worden, Sir«, meldete er. »Wir dachten, Sie seien in Hertford.«

Es war ein mit Bleistift geschriebener Brief.

Mr. Milburgh hatte sich keine Mühe gegeben, seine Handschrift zu verstellen. Tarling riß den Umschlag auf und las.

»Sehr geehrter Mr. Tarling,

soeben habe ich zu meinem tiefsten Schmerz in der *Evening Press* gelesen, daß meine geliebte Frau Catherine auf gemeine Weise ermordet wurde. Wie entsetzlich ist mir der Gedanke, daß ich erst vor wenigen Stunden mit ihrem Mörder sprach — ich bin überzeugt, es war Sam Stay — und ihn, ohne mir etwas dabei zu denken, wissen ließ, wo Miß Rider sich im Augenblick aufhält. Ich flehe Sie an, verlieren Sie keine Zeit, retten Sie sie vor diesem Wahnsinnigen, der nur von dem Gedanken getrieben zu sein scheint, Mr. Thornton Lynes Tod zu rächen!

Wenn dieses Schreiben Sie erreicht, werde ich mich der menschlichen Gerechtigkeit bereits entzogen haben.

Ich habe beschlossen, dem Leben, das mir soviel Kummer und Enttäuschung gebracht hat, ein Ende zu machen. M.«

Tarling war überzeugt, daß Milburgh keinen Selbstmord verübt hatte.

Die Nachricht, daß Sam Stay Mrs. Rider ermordet hatte, war ihm nichts Neues. Doch die Erkenntnis, daß dieser rachsüchtige Irre wußte, wo Odette Rider sich aufhielt, machte Tarling Angst.

»Wo ist Mr. Whiteside?« fragte er.

»Er wollte sich im ›Cambours‹ mit jemandem treffen, Sir«, antwortete der Sergeant.

Tarling mußte Whiteside sprechen, da er nur mit seiner Einwilligung Leute abstellen konnte, das Krankenhaus am Cavendish Place zu überwachen. Mit einem Taxi fuhr er zu dem Restaurant in Soho und erwischte Whiteside zum Glück gerade, als dieser gehen wollte.

Ohne ein weiteres Wort reichte Tarling ihm den Brief. Der Inspektor las schweigend und gab ihn dann zurück.

»Nie im Leben hat er Selbstmord begangen. Leute von Milburghs Schlag ziehen so etwas nicht mal ernstlich in Betracht. Das ist doch ein eiskalter Schurke. Man stelle sich vor — da schreibt er ganz ruhig über den Mörder seiner Frau!«

»Was halten Sie von der anderen Geschichte — der Drohung gegen Odette?«

»Da könnte was dran sein«, meinte Whiteside. »Auf jeden Fall dürfen wir kein Risiko eingehen. Hat man von Stay etwas gehört?«

Tarling berichtete von dem gestohlenen Taxi.

»Den werden wir bald haben«, sagte Whiteside zuversichtlich. »Er dürfte kaum Freunde und Helfer haben, und ohne die ist es im Autogeschäft praktisch unmöglich, einen Wagen verschwinden zu lassen.«

Er stieg zu Tarling ins Taxi, und wenige Minuten später hielt der Wagen vor dem Krankenhaus. Die Oberschwester erschien, eine gesetzte, mütterliche Frau.

»Es tut mir leid, daß ich Sie zu so später Stunde noch stören muß«, sagte Tarling, der ihr Mißfallen spürte. »Aber ich habe heute abend Informationen erhalten, die es notwendig machen, Miß Rider überwachen zu lassen.«

»Wieso?« fragte die Oberschwester überrascht. »Das verstehe ich nicht, Mr. Tarling. Ich wollte Ihnen eben Miß Riders wegen gehörig die Leviten lesen. Sie wissen doch, daß sie noch nicht in der Lage ist, wieder auszusagen. Das habe ich Ihnen heute morgen deutlich erklärt.«

»Was meinen Sie damit?« fragte Tarling verdutzt. »Sie geht ja gar nicht aus.«

»Aber Sie selbst haben sie doch vor einer haben Stunde holen lassen!« rief die Oberschwester.

»Ich habe sie holen lassen?« Tarling wurde blaß. »Was ist geschehen?«

»Vor einer halben Stunde, es kann auch ein bißchen länger her sein, kam ein Taxifahrer und sagte, er sei von der Polizei geschickt worden, um Miß Rider abzuholen. Sie werde im Zusammenhang mit dem Mord an ihrer Mutter gebraucht.«

Tarlings Gesicht verriet offenbar, was in ihm vorging.

»Haben Sie etwa gar nicht nach ihr geschickt?« fragte die Oberschwester erschrocken.

Tarling schüttelte den Kopf. »Wie sah der Mann aus?« fragte er.

»Unauffällig, ziemlich klein. Er wirkte krank. Ein Taxifahrer.«

»Sie haben keine Ahnung, wohin er mit Miß Rider gefahren ist?«

»Nein«, antwortete die Oberschwester. »Ich wollte Miß Rider nicht gehen lassen, aber sie bestand darauf, sofort loszufahren, weil die Nachricht allem Anschein nach von Ihnen stammte.«

Tarling war entsetzt.

Odette befand sich in der Hand eines Wahnsinnigen, der sie haßte, der ihre Mutter getötet hatte, der fest entschlossen war, ihr schönes Gesicht zu zerstören, weil er glaubte, daß sie seinen Wohltäter verraten hatte.

Ohne ein weiteres Wort drehte er sich um und eilte, gefolgt von Whiteside, aus dem Wartezimmer.

»Es ist hoffnungslos«, rief er, als sie auf der Straße waren.

»Absolut hoffnungslos! Mein Gott! Wie entsetzlich! Ich wage nicht, daran zu denken. Wenn Milburgh noch lebt, wird er mir dafür büßen.«

Nachdem er dem Taxifahrer Instruktionen gegeben hatte, stieg er mit Whiteside ein.

»Wir fahren zu meiner Wohnung und holen Ling Chu ab«, sagte er. »Er kann uns vielleicht helfen.«

Whiteside war verständlicherweise etwas beleidigt.

»Es ist fraglich, ob Ihr Ling Chu mehr tun kann als Scotland Yard.«

Dann aber, als er Tarlings Angst spürte, fügte er freundlicher hinzu: »Sie haben natürlich recht, wir können jede Hilfe brauchen.«

Die Wohnung in der Bond Street war dunkel, und das war ungewöhnlich, da Ling Chu die Anweisung erhalten hatte, sie nicht zu verlassen. Er war zweifellos ausgegangen. Das Eßzimmer war leer. Als Tarling das Licht anknipste, fiel ihm sofort ein Streifen Reispapier auf, auf dem die Tinte kaum trocken war.

»Wenn Du vor mir zurückkehrst, Herr, dann wisse, daß ich ausgegangen bin, um die kleine junge Frau zu suchen«, las Tarling verwundert. »Er scheint zu wissen, daß sie verschwunden ist! Gott sei Dank!« sagte er. »Es würde mich interessieren —«

Er brach ab. Er glaubte, ein leises Stöhnen gehört zu haben. Er warf einen Blick auf Whiteside und sah, daß auch dieser es vernommen hatte. »Das klingt so, als ob jemand stöhnt«,.sagte er. Er neigte den Kopf und wartete, und da hörten sie es wieder.

Mit zwei Schritten war Tarling an der Tür zu Ling Chus Zimmer, doch sie war abgeschlossen. Er beugte sich zum Schlüsselloch hinunter und lauschte und hörte wieder das Stöhnen. Mit einem kräftigen Schulterstoß sprengte er die Tür und stürzte ins Zimmer.

Auf dem Bett lag ein Mann mit nacktem Oberkörper. Hände und Füße waren gefesselt, und ein weißes Tuch bedeckte sein Gesicht. Über die Mitte der breiten Brust liefen vier dünne rote Linien, deren Bedeutung Tarling nur zu gut kannte. Sie verrieten ihm, daß hier mit einer Methode gearbeitet worden war, die die chinesische Polizei inoffiziell anwandte, um Verbrechern ein Geständnis zu entlocken. Erst wurde die Haut mit einem scharfen Messer aufgeritzt, und dann . . .

Er sah sich nach der »Folterflasche« um, doch sie war nirgends zu sehen. »Wer ist denn das?« rief er und zog das Tuch weg.

Es war Milburgh.

33

Milburgh hatte einiges erlebt seit dem Augenblick, da er sich von Sam Stay getrennt hatte. Er hatte von dem Mord an seiner Frau gelesen und war bestürzt, ja, auf seine Art traurig gewesen.

Nicht um Odette Rider zu retten, schrieb er seinen Brief an Scotland Yard, sondern vielmehr um sich an dem Mann zu rächen, der die einzige Frau getötet hatte, die ihm je etwas bedeutete.

Er hatte nicht die geringste Absicht, sich das Leben zu nehmen. Er besaß einen Paß, den er sich schon vor einem Jahr für einen solchen Fall besorgt hatte, und konnte von einem Moment auf den anderen das Land verlassen.

Als er den Boten mit dem Brief zu Scotland Yard schickte, befand er sich auf dem Weg zum Waterloo-Bahnhof, um den Fährzug nach Le Havre zu erreichen. Er wußte, daß die Polizei den Bahnhof überwachte, doch er hatte keine Angst, daß man in der Maske des freundlichen, behäbigen Landgeistlichen den gesuchten Geschäftsführer von Lynes Warenhaus erkennen würde.

Er stand an einem Kiosk, um sich für die Reise etwas zu lesen zu kaufen, als eine Hand seinen Arm berührte. Erschrocken drehte er sich um. Ein braunes Gesicht sah ihn an, das ihm bekannt erschien.

»Nun, guter Mann«, fragte er mit einem wohlwollenden Lächeln, »was kann ich für Sie tun?«

»Sie kommen sofort mit, Mr. Milburgh«, sagte Ling Chu. »Es ist besser, wenn Sie keine Schwierigkeiten machen.«

»Sie irren sich.«

»Wenn ich mich irre«, entgegnete Ling Chu gelassen, »brauchen Sie nur dem Polizeibeamten da drüben zu sagen, daß ich Sie mit Mr. Milburgh verwechselt habe, der von der Polizei wegen Mordes gesucht wird.«

Milburgh wurde aschfahl. »Ich komme mit«, sagte er.

Seite an Seite verließen sie den Waterloo-Bahnhof. Die Fahrt zur Bond Street blieb Milburgh im Gedächtnis wie ein böser Traum. Er, der gern ein angenehmes Leben führte, war es nicht gewöhnt, im Bus zu fahren. Ling Chu hingegen hatte eine wahre Vorliebe für Omnibusse.

Während der ganzen Fahrt wechselten sie nicht ein Wort. In Tarlings Wohnung angekommen, erwartete Milburgh, den Detektiv zu sehen. Doch Tarling war nicht da.

»Also, was wollen Sie von mir?« fragte Milburgh. »Es ist schon richtig, daß ich George Milburgh bin, aber die Behauptung, ich hätte einen Mord begangen, ist eine gemeine Lüge.«

Er hatte etwas Mut gefaßt, denn er hatte angenommen, Ling Chu werde ihn sofort zu Scotland Yard bringen. Die Tatsache, daß man ihn statt dessen in Tarlings Wohnung gebracht hatte, schien darauf schließen zu lassen, daß seine Lage nicht so verzweifelt war, wie er gedacht hatte.

Ling Chu packte Milburgh am Handgelenk und drehte sich dabei blitzschnell halb herum. Ehe Milburgh begriff, lag er auf dem Boden, und Ling Chu drückte ihm ein Knie ins Kreuz. Eine Drahtschlinge legte sich um seine Handgelenke. Er schrie auf vor Schmerz, als der Chinese die Fesseln straffzog.

»Stehen Sie auf«, befahl Ling Chu und zog Milburgh mit überraschender Kraft auf die Füße.

»Was haben Sie vor?« fragte Milburgh, dem vor Angst die Zähne klapperten.

Ling Chu antwortete nicht. Statt dessen nahm er Milburgh bei der Hand, öffnete eine Tür und schob ihn in einen Raum, der fast keine Möbel enthielt. Er stieß ihn auf das Bett, das an der Wand stand. Widerstandslos ließ Milburgh sich niedersinken.

Dann machte der Chinese sich mit wissenschaftlicher Präzision an die Arbeit. Zuerst befestigte er einen langen Seidenstrick an einer der Querstangen am Kopfende des Betts und legte Milburgh eine Schlinge um den Hals, so daß dieser sich selbst erdrosseln würde, wenn er versuchte, sich zu wehren.

Ling Chu drehte ihn um, löste die Fesseln an den Händen und band die Handgelenke seitlich am Bett fest.

»Was tun Sie?« rief Milburgh, doch auch diesmal antwortete Ling Chu nicht.

Der Chinese zog ein scharfes Messer aus seinem Kittel. Milburgh riß erschrocken den Mund auf, um zu schreien. Er war außer sich vor Angst.

Ling Chu drückte ihm ein Kissen aufs Gesicht und machte sich daran, alle Kleidungsstücke zu zerschneiden, die Milburghs Oberkörper bedeckten.

»Wenn Sie schreien«, sagte er gelassen, »denken die Leute höchstens, daß ich singe. Wir Chinesen haben keine Musik in unseren Stimmen, und manchmal, wenn ich Lieder aus der Heimat gesungen habe, sind die Leute heraufgekommen und wollten wissen, wer da so jammert.«

»Was Sie tun, verstößt gegen das Gesetz«, keuchte Milburgh in einem letzten verzweifelten Versuch, sich doch noch zu retten. »Dafür kommen Sie ins Gefängnis!«

»Mit Freuden, denn Gefängnis bedeutet Leben. Sie aber werden hängen.«

Inzwischen hatte er das Kissen wieder von Milburghs Gesicht genommen. Es dauerte nicht lange, da war Milburgh bis zur Taille nackt. Ling Chu betrachtete sein Werk zufrieden.

Er ging zu einem Wandschrank und nahm eine kleine braune Flasche heraus, die er auf den Nachttisch neben dem Bett stellte. Dann setzte er sich auf den Bettrand und begann zu sprechen. Sein Englisch war beinahe perfekt, nur hin und wieder zögerte er, um nach einem Wort zu suchen, und ab und zu war seine Ausdrucksweise ein wenig gespreizt.

»Sie kennen die Chinesen nicht? Sie waren nie in China? Sie haben niemals dort gelebt? Ich meine damit nicht einen kurzen Hotelaufenthalt in einer der Städte am Meer. So hat es Ihr Mr. Lyne gemacht. Sein Aufenthalt in China war nicht erfreulich.«

»Ich weiß nichts über Mr. Lyne«, unterbrach ihn Milburgh, der das Gefühl hatte, daß Ling Chu ihn für Lynes Missetaten verantwortlich machen wollte.

»Gut«, sagte Ling Chu und schlug sich mit der flachen Messerklinge auf die Handfläche. »Wenn Sie in China gelebt hätten — im wahren China —, dann hätten Sie vielleicht eine schwache Ahnung von unserem Volk und unseren Menschen. Es heißt, daß der Chinese weder Furcht noch Schmerz fürchtet, aber das ist leicht übertrieben. Ich habe Verbrecher gekannt, die beides fürchteten.«

Seine schmalen Lippen verzogen sich flüchtig zu so etwas wie einem Lächeln, als denke er an eine lustige Geschichte. Dann wurde er wieder ernst.

»Der Westen sieht uns als primitives Volk. Wir selbst sind der Meinung, daß wir ein äußerst ehrenhaftes Volk sind, mit einem strengen Sittenkodex. Das Recht des einzelnen zählt bei uns nicht soviel wie im Westen. Das möchte ich besonders betonen.«

Und er betonte seine Worte in der Tat — zu Milburghs Entsetzen —, indem er die Messerspitze auf seine Brust richtete. Allerdings berührte ihn das Messer nur so leicht, daß er kaum mehr als ein schwaches Kitzeln spürte.

»Zum Beispiel«, erklärte Ling Chu, »sind wir nicht bereit, mit unseren Gefangenen vorsichtig umzugehen, wenn wir finden, daß ein wenig Gewalt der Gerechtigkeit helfen kann.«

»Wie meinen Sie das?« fragte Milburgh, dem plötzlich ein schrecklicher Gedanke durch den Kopf schoß.

»In England und auch in Amerika, soviel ich weiß — wenn auch die Amerikaner in dieser Hinsicht schon viel weiter sind —, gibt man sich nach der Verhaftung eines Gangsters damit zufrieden, ihn gründlich ins

Verhör zu nehmen, und läßt dabei seiner Phantasie großen Spielraum. Man fragt und fragt und fragt und weiß doch nicht, ob er lügt oder die Wahrheit sagt.«

Milburgh begann heftiger zu atmen.

»Haben Sie begriffen?« fragte Ling Chu.

»Nein, ich weiß nicht, was Sie meinen«, entgegnete Milburgh mit zitternder Stimme. »Ich weiß nur, daß Sie im Begriff sind, ein schweres Verbrechen —«

Ling Chu brachte ihn mit einer Handbewegung zum Schweigen. »Ich weiß durchaus, was ich tue. Hören Sie lieber zu! Vor etwa einer Woche wurde Mr. Thornton Lyne, Ihr Arbeitgeber, tot im Hyde Park aufgefunden. Er trug Hemd und Hose, und um den Oberkörper hatte man ihm ein seidenes Nachthemd gewickelt, um das Blut aus der Schußwunde zu stillen. Er wurde in der Wohnung einer jungen Dame namens Odette Rider getötet.«

Milburgh, der den Chinesen unverwandt ansah, nickte nur.

»Er wurde von Ihnen getötet«, fuhr Ling Chu bedächtig fort, »weil er entdeckt hatte, daß Sie ihn bestahlen. Sie hatten Angst, er würde Sie der Polizei übergeben.«

»Das ist eine Lüge!« schrie Milburgh. »Das ist eine Lüge — ich sage Ihnen, es ist eine Lüge!«

»Das werde ich gleich feststellen.«

Ling Chu schob die Hand unter den Kittel. Milburgh beobachtete seine Bewegung mit aufgerissenen Augen. Doch Ling Chu zog nur ein silbernes Zigarettenetui hervor, das er öffnete. Er nahm eine Zigarette, zündete sie an und paffte ein paar Minuten schweigend vor sich hin, die Augen nachdenklich auf Milburgh gerichtet. Dann stand er auf, ging zum Schrank und holte eine große Flasche heraus, die er neben die kleinere stellte. Noch einmal zog er an seiner Zigarette, dann warf er sie in den offenen Kamin.

»Es ist im Interesse aller Beteiligten«, sagte er auf seine langsame, stokkende Art, »daß die Wahrheit ans Licht kommt.«

Er nahm sein Messer und beugte sich über den vor Entsetzen wie gelähmten Milburgh.

»Um Gottes willen, nicht, nicht!« Milburghs Stimme war Schreien und Schluchzen zugleich.

»Es tut nicht weh«, versicherte Ling Chu und zog vier gerade Linien quer über Milburghs Brust. Die scharfe Klinge schien die Haut kaum zu berühren, doch als Ling Chu das Messer wieder hob, sah man vier dünne rote Linien, die mit feinen Kratzern Ähnlichkeit hatten.

Milburgh spürte keinen Schmerz, nur ein leichtes Brennen. Der Chinese legte das Messer weg und ergriff die kleinere Flasche.

»In diesem Fläschchen«, erklärte er, »ist ein Pflanzenextrakt. Man nennt es Kapsikum. Es entspricht etwa Ihrem Paprika. Es ist aus einer einheimischen Pflanze hergestellt. In dieser Flasche«, er nahm die größere, »ist ein chinesisches Öl, das den Schmerz, der durch das Kapsikum verursacht wird, sofort wieder stillt.«

»Was wollen Sie tun?« rief Milburgh in Todesangst. »Sie gemeiner Kerl! Sie Teufel!«

»Mit einem kleinen Pinsel werde ich jetzt Kapsikum auf diese Stellen streichen.« Er berührte die Schnitte auf Milburghs Brust mit seinen langen weißen Fingern. »Sie werden Schmerzen verspüren wie noch nie zuvor in Ihrem Leben. Der Schmerz wird in Ihrem ganzen Körper brennen und Ihnen Ihr Leben lang im Gedächtnis bleiben. Manchmal«, fügte er mit philosophischer Ruhe hinzu, »macht er wahnsinnig, aber ich glaube, Sie nicht!«

Er zog den Korken heraus und tauchte den kleinen Pinsel in die Flüssigkeit. Dabei behielt er Milburgh im Auge, und als dieser den Mund öffnete, um zu schreien, schob er ihm blitzschnell ein seidenes Taschentuch hinein.

»Warten Sie!« keuchte Milburgh mit erstickter Stimme. »Ich muß Ihnen etwas sagen — etwas, das Ihren Herrn interessieren wird.«

»Sehr gut«, sagte Ling Chu kühl und zog Milburgh das Taschentuch aus dem Mund. »Jetzt werden Sie mir die Wahrheit sagen. Sie werden bekennen, daß Sie Thornton Lyne töteten. Das ist die einzige Wahrheit, die ich hören will.«

»Aber ich habe ihn nicht umgebracht! Ich schwöre es, ich schwöre es!« japste Milburgh verzweifelt. »Warten Sie, warten Sie!« wimmerte er, als Ling Chu wieder zum Taschentuch griff. »Wissen Sie, was Miß Rider zugestoßen ist?«

Der Chinese hielt mitten in der Bewegung inne. »Miß Rider?« wiederholte er erstaunt.

Immer nach Luft schnappend, erzählte ihm Milburgh mit brüchiger Stimme die Geschichte von seiner Begegnung mit Sam Stay. In seiner Angst gab er jedes einzelne Wort des Gesprächs genau wieder. Ling Chu hörte mit halb geschlossenen Augen zu. Als Milburgh geendet hatte, stellte er das Fläschchen hin und verkorkte es.

»Mein Herr würde wünschen, daß der kleinen jungen Dame nichts geschieht«, sagte er. »Heute abend kehrt er nicht zurück, deshalb muß ich selbst zum Krankenhaus — Sie können hier warten.«

»Lassen Sie mich frei«, flehte Milburgh. »Ich helfe Ihnen!«

Ling Chu schüttelte den Kopf.

»Sie können warten«, wiederholte er mit finsterem Lächeln. »Erst fahre ich zum Krankenhaus. Hinterher komme ich wieder zu Ihnen, wenn alles in Ordnung ist.«

Er nahm ein sauberes weißes Handtuch aus der Kommode und legte es Milburgh über das Gesicht. Auf das Tuch träufelte er den Inhalt einer dritten Flasche, die er aus dem Schrank nahm, und Milburgh verlor das Bewußtsein. Erst etwa eine Stunde später erwachte er und blickte in Jack Tarlings verwundertes Gesicht.

34

Tarling beugte sich über Milburgh und löste die Fesseln, mit denen er ans Bett gebunden worden war. Der große, kräftige Mann war leichenblaß und zitterte am ganzen Körper. Tarling mußte ihm helfen, sich aufzusetzen. Das Gesicht in den Händen vergraben, hockte Milburgh etwa fünf Minuten auf dem Bettrand, während die beiden Männer ihn neugierig betrachteten. Tarling hatte die Schnitte auf seiner Brust genau untersucht und mit Erleichterung festgestellt, daß Ling Chu die schreckliche Folter, die chinesische Verbrecher so oft an den Rand des Wahnsinns trieb, nicht angewendet hatte. Whiteside hob die Kleider auf, die Ling Chu Milburgh so systematisch ausgezogen hatte, und legte sie aufs Bett. Dann winkte ihm Tarling, ihm ins Nebenzimmer zu folgen.

»Was hat das alles zu bedeuten?« fragte Whiteside.

»Das bedeutet«, antwortete Tarling grimmig, »daß mein Freund Ling Chu auf seine Art herausbringen wollte, wer Thornton Lyne ermordete. Zum Glück wurde er daran gehindert. Wahrscheinlich weil Milburgh ihm sagte, daß Odette Rider verschwunden ist.«

Er blickte durch die offene Tür auf die zusammengesunkene Gestalt auf dem Bettrand.

»Er ist zwar ein bißchen größer als ich«, murmelte er, »aber ich denke, meine Sachen werden ihm schon passen.«

Hastig durchsuchte er seinen Schrank und kehrte mit einigen Kleidungsstücken zu Milburgh zurück.

»Kommen Sie, Milburgh«, sagte er, »stehen Sie auf und ziehen Sie sich an.«

Der Mann blickte auf. Seine Lippen zitterten. »Ich glaube, diese Sachen hier stehen Ihnen besser als das geistliche Gewand«, bemerkte Tarling sarkastisch.

Ohne ein Wort nahm Milburgh die Sachen an sich. Sie ließen ihn allein, damit er sich anziehen konnte. Wenig später öffnete sich die Tür, und Milburgh kam mit schleppenden Schritten ins Wohnzimmer, wo er sich in einen Sessel fallen ließ.

»Haben Sie sich soweit erholt, daß Sie ausgehen können?« fragte Whiteside.

»Ausgehen?« Milburgh blickte erschrocken auf. »Wohin denn?«

»Zum Polizeirevier Cannon Row«, antwortete Whiteside. »Ich habe einen Haftbefehl gegen Sie, Milburgh. Wegen vorsätzlichen Mordes, Brandstiftung, Urkundenfälschung und Unterschlagung.«

»Nein!« schrie Milburgh, und seine Stimme war dünn und hoch. »Sie können mich nicht wegen vorsätzlichen Mordes verhaften. Ich bin unschuldig. Ich schwöre es Ihnen.«

»Wo haben Sie Thornton Lyne zum letztenmal gesehen?« fragte Tarling.

Milburgh rang sichtlich um Fassung. »In seinem Büro —«

»Wann haben Sie ihn zum letztenmal gesehen?« fragte Tarling. »Gleich ob lebendig oder tot.«

Milburgh antwortete nicht. Whiteside legte ihm die Hand auf die Schulter.

»Kommen Sie mit«, sagte er kurz. »Es ist meine Pflicht als Polizeibeamter, Sie darauf aufmerksam zu machen, daß alles, was Sie sagen, gegen Sie verwendet werden kann.«

»Warten Sie!« rief Milburgh heiser. »Kann ich ein Glas Wasser haben?«

Tarling holte es ihm. Milburgh trank gierig. Das Wasser schien ihm frische Kraft zu geben. Etwas von seiner alten Arroganz kehrte zurück. Er stand auf, zerrte am Kragen der schlechtsitzenden Jacke — es war eine alte Jägerjacke von Tarling — und lächelte, zum erstenmal.

»Ich fürchte, Gentlemen«, erklärte er von oben herab, »es wird Ihnen schwerfallen zu beweisen, daß ich in den Mordfall verwickelt bin. Es wird Ihnen sehr schwer fallen zu beweisen, daß ich mit dem Brand bei Dashwood und Solomon etwas zu tun hatte, und am schwersten wird es Ihnen fallen zu beweisen, daß ich mit den Unterschlagungen bei der Firma Lyne etwas zu tun habe. Die Dame, die die Gelder veruntreute, hat bereits ein Geständnis abgelegt, wie Sie, Mr. Tarling, sehr wohl wissen.«

Tarling verzog keine Miene. »Ich weiß nichts von einem Geständnis«, sagte er ruhig.

Mit einem höhnischen Grinsen neigte Milburgh den Kopf. »Das Geständnis wurde von Ihnen verbrannt, Mr. Tarling. Ihr Bluff ist jetzt wirklich weit genug gegangen.«

»Welcher Bluff?« fragte Tarling erstaunt.

»Ich spreche von dem angeblichen Haftbefehl gegen mich«, erklärte Milburgh.

»Das ist kein Bluff«, sagte Whiteside und zog ein zusammengefaltetes Schriftstück aus der Tasche, das er öffnete und Milburgh unter die Nase hielt. »Und dies im Falle eines Falles«, fügte er hinzu und legte Milburgh geschickt Handschellen an.

Vielleicht war es sein Größenwahn gewesen, vielleicht die Gewißheit, daß er alle Spuren gründlich verwischt hatte, was Milburgh Mut gemacht hatte. Jetzt gab er auf. Tarling fand es erstaunlich, mit welcher Bravour Milburgh bis zuletzt durchgehalten hatte, doch im Innersten seines Herzens wußte er, daß eine Anklage wegen Unterschlagung und Brandstiftung auf schwachen Füßen stehen würde. Wenn überhaupt, so konnte nur wegen Mord eine Verurteilung erreicht werden. Und das begriff Milburgh offensichtlich auch, denn er unternahm bei seiner Geschichte, die er nun erzählte, keinen Versuch, mehr als eine Andeutung einzuflechten, daß er sich der Unterschlagung schuldig gemacht habe. Zusammengesunken hockte er in seinem Sessel, die Hände vor sich gefaltet. Plötzlich straffte er die Schultern und richtete sich auf.

»Wenn Sie mir diese Dinger hier abnehmen, Gentlemen«, sagte er und klapperte mit den Handschellen, »werde ich Ihnen einiges über Lynes Tod erzählen.«

Whiteside warf Tarling einen fragenden Blick zu, und der nickte. Als ihm die Handschellen abgenommen worden waren, rieb sich Milburgh einen Moment lang die Gelenke. Es wäre schwierig gewesen, Tarlings seelische Verfassung in diesem Augenblick zu analysieren. Außer sich vor Sorge über Odettes Verschwinden war er hierhergekommen, um Ling Chu zu Hilfe zu holen. Die Gewißheit, daß Ling Chu schon auf der Spur des Entführers war, wirkte beruhigend auf ihn; sonst wäre er gewiß nicht geblieben, um sich Milburghs Erklärungen anzuhören.

Hin und wieder kam ihm wie ein plötzlicher stechender Schmerz zu Bewußtsein, daß Odette in Gefahr schwebte. Er wollte diese Sache hier endlich hinter sich bringen und Milburgh in eine Zelle verfrachten, um sich ganz auf die Suche nach Odette konzentrieren zu können.

»Ehe Sie anfangen«, sagte er, »möchte ich eines wissen: Was für Informationen haben Sie Ling Chu gegeben?«

»Ich erzählte ihm von Miß Rider und erklärte ihm, was ihr meiner Vermutung nach zugestoßen sein könnte.«

»Aha«, sagte Tarling. »Jetzt erzählen Sie Ihre Geschichte, aber schnell, und versuchen Sie, bei der Wahrheit zu bleiben. Wer hat Thornton Lyne ermordet?«

Langsam wandte ihm Milburgh den Kopf zu und lächelte. »Wenn Sie mir erklären könnten, wie die Leiche aus Odette Riders Wohnung in den Hyde Park kam, könnte ich Ihnen diese Frage sofort beantworten. Denn ich glaube auch jetzt noch, daß Thornton Lyne von Odette Rider getötet wurde.«

»Das ist eine Lüge!« rief Tarling.

Milburgh ließ sich davon nicht beirren. »Wie Sie meinen. Aber vielleicht würden Sie sich jetzt freundlicherweise anhören, was ich zu sagen habe.«

35

»Ich habe nicht die Absicht«, begann Milburgh gewandt, »sämtliche Ereignisse zu schildern, die Thornton Lynes Tod vorausgingen. Ich werde auch nicht weiter auf seinen Charakter eingehen, dessen Grundzüge ja bekannt sind. Er war kein guter Arbeitgeber. Er war argwöhnisch, ungerecht und geizig. Mr. Lyne hatte mich, das muß ich zugeben, in Verdacht, Firmengelder veruntreut zu haben. Ich hatte das schon eine ganze Weile gespürt und bekam die Bestätigung durch ein paar unvorsichtige Worte, die ich zufällig an jenem Tag belauschte, an dem wir uns das erstemal begegneten, Mr. Tarling.«

Tarling erinnerte sich an den verhängnisvollen Tag: Milburgh war genau in dem Moment ins Büro gekommen, als Lyne seiner Meinung über ihn sehr offen Ausdruck gegeben hatte.

»Ich gebe selbstverständlich keinen Augenblick zu, daß ich die Firma bestohlen oder mich irgendwelcher strafbarer Handlungen schuldig gemacht habe. Ich gebe zu, daß gewisse Unregelmäßigkeiten vorkamen, für die ich moralisch verantwortlich war; darüber hinaus aber gebe ich nichts zu.«

»Mit anderen Worten, Sie gestehen gar nichts?«

»Ja, ich gestehe gar nichts«, bestätigte Milburgh mit Nachdruck. »Es genügt, daß Mr. Lyne mich verdächtigte und sogar einen Detektiv engagieren wollte, um meine Unterschlagungen — wie er es formulierte — aufzudecken. Gewiß, ich lebte auf großem Fuß und besitze zwei Häuser — eines in Camden Town und eines in Hertford —, aber mein Vermögen habe ich durch kluge Spekulationen an der Börse erworben. Jedoch bin ich ein sensibler Mensch, und das Besußtsein, daß ich für gewisse Unregelmäßigkeiten moralisch verantwortlich war, quälte mich. Sagen wir, ich wußte, daß jemand die Firma bestahl, konnte aber den Täter nicht feststellen. Ist es ein Wunder, daß mir das zu schaffen machte, da ich doch für die Finanzen der Firma zuständig war?«

»Sie reden wie ein Buch, aber glauben iann ich Ihnen kein Wort«, warf Whiteside ein. »Meiner Ansicht nach haben Sie die Firma bestohlen, Milburgh, aber fahren Sie nur fort.«

»Besten Dank», gab Milburgh sarkastisch zurück. »Also, die Lage spitzte sich zu. Ich wußte, daß jemand die Firma bestahl, und ich ahnte, daß man mich verdächtigen werde. Ich fürchtete auch, daß eine Frau, die mir lieb und teuer war«, seine Stimme wurde brüchig, »für meine Unterlassungssünden würde büßen müssen.

Odette Rider war entlassen worden, weil sie Mr. Lynes Annäherungsversuche zurückgewiesen hatte. Mr. Lyne brachte mich auf einen Gedanken. Am Abend nach dem Gespräch — ich meine das Gespräch zwischen Mr. Lyne und Mr. Tarling — oder am nächsten Abend, machte ich Überstunden. Ich räumte Mr. Lynes Schreibtisch auf. Einmal mußte ich aus dem Zimmer, und als ich zurückkam, war es dunkel. Ich steckte das Kabel der Lampe wieder ein und entdeckte dann auf dem Schreibtisch eine Pistole.

Ich habe früher gesagt, ich hätte diese Pistole nie gesehen, Sir«, erklärte er, zu Tarling gewandt. »Ich muß gestehen, daß das nicht die Wahrheit war. In Wirklichkeit habe ich die Pistole gefunden und eingesteckt. Es ist wahrscheinlich, daß Mr. Lyne mit dieser Pistole erschossen wurde.«

Tarling nickte. »Daran hatte ich nie auch nur den geringsten Zweifel, Milburgh. Sie hatten aber außerdem noch eine Pistole, die Sie nach dem Mord bei der Firma Wadham am Holborn Circus kauften.«

Milburgh neigte den Kopf. »Das stimmt, Sir. Ich besitze eine solche Waffe. Ich lebe allein —«

»Sie brauchen mir nichts zu erklären«, unterbrach ihn Tarling. »Ich wollte Ihnen nur sagen, daß ich weiß, woher Sie die Pistole haben, mit der Sie an dem Abend, als ich Odette Rider aus Ashford zurückbrachte, auf mich schossen.«

Milburgh schloß die Augen. Resignation lag in seinem Gesicht — die Resignation des Unverstandenen und fälschlich Beschuldigten.

»Ich glaube, es wäre besser, wir ließen strittige Punkte aus dem Spiel«, sagte er. »Wenn Sie gestatten, halte ich mich an die Tatsachen.«

Tarling hätte über die Unverschämtheit des Mannes vielleicht gelacht, wenn er nicht ungeduldig und gereizt gewesen wäre. Wahrscheinlich hätte er ihn einfach mit Whiteside allein gelassen und sich auf eigene Faust auf die Suche nach Odette gemacht, hätte Milburgh Odette nicht des Mordes beschuldigt.

»Um noch einmal auf die Pistole zurückzukommen«, fuhr Milburgh fort. »Ich nahm sie also mit nach Hause. Sie werden verstehen, daß ich einem Nervenzusammenbruch nahe war. Ich war mir meiner Verantwortung und meiner Pflichten sehr intensiv bewußt, und ich erkannte, daß ich meinem Leben ein Ende machen würde, wenn Mr. Lyne mir meine Unschuld nicht glauben sollte.«

»Sie dachten also an Selbstmord?« fragte Whiteside.

»Richtig«, bestätigte Milburgh. »Miß Rider war entlassen worden, und ich stand vor dem Ruin. Ihre Mutter würde in den Skandal hineingezogen werden . . . Solche Gedanken gingen mir durch den Kopf, während ich in meinem Haus in Camden Town saß. Dann kam mir plötzlich ein Einfall. Ich überlegte, ob Odette ihre Mutter wohl genug liebte, um ihr ein großes Opfer zu bringen, um die ganze Schuld für die Unregelmäßigkeiten auf sich zu nehmen und außer Landes zu gehen, bis die Sache vergessen war. Ich hatte die Absicht, sie gleich am folgenden Tag aufzusuchen, aber ich war mir immer noch im Zweifel darüber, ob sie auf meine Vorschläge eingehen würde. Die jungen Leute von heute«, erklärte er, »sind entsetzlich egoistisch.

Durch Zufall erwischte ich sie gerade, als sie nach Hertford abreisen wollte. Ich sprach mit ihr. Sie war natürlich bestürzt und entsetzt, aber gleich bereit, alles zu tun, und unterschrieb das Geständnis, das Sie, Mr. Tarling, dann wohlweislich verbrannten.«

Whiteside warf Tarling einen Blick zu. »Das wußte ich ja gar nicht«, bemerkte er etwas vorwurfsvoll.

»Weiter«, sagte Tarling. »Das mit dem Geständnis erkläre ich nachher.«

»Ich hatte Mrs. Rider zuvor telegrafisch mitgeteilt, daß Odette nicht nach Hertford kommen werde. Ich schickte auch Mr. Lyne ein Telegramm und bat ihn, sich mit mir in Miß Riders Wohnung zu treffen. Ich unterschrieb allerdings mit Miß Riders Namen, da ich glaubte, das würde ihn eher bewegen zu kommen.«

»Außerdem«, warf Tarling ein, »wurde so Ihr Name ganz aus der Geschichte herausgehalten.«

»Ja«, bestätigte Milburgh, »richtig. Miß Rider hatte ich gebeten, nicht in ihre Wohnung zu gehen. Ich versprach ihr, daß ich selbst statt dessen hinfahren und einen Koffer packen würde. Den wollte ich dann in einem Taxi zum Charing-Cross-Bahnhof bringen.«

»*Sie* hatten also den Koffer gepackt?« fragte Tarling.

»Ich hatte angefangen, ihn zu packen«, korrigierte Milburgh. »Aber plötzlich wurde mir klar, daß ich mich in der Zeit geirrt hatte und auf keinen Fall mehr rechtzeitig zum Bahnhof kommen würde, wenn ich den Koffer fertig packte. Ich hatte mit Miß Rider vereinbart, daß ich sie eine Viertelstunde vor Abfahrt des Zuges zum Kontinent anrufen würde, wenn ich verhindert sein sollte. Sie wollte im Foyer eines nahegelegenen Hotels auf mich warten. Ich hatte gehofft, mindestens eine Stunde vor Abfahrt des Zuges bei ihr zu sein, weil ich keinesfalls die Aufmerksamkeit auf mich oder Miß Rider lenken wollte. Als ich auf meine Uhr sah und feststellte, daß ich es nicht mehr rechtzeitig schaffen würde, ließ ich einfach alles stehen und liegen und rannte zum nächsten U-Bahnhof, um zu telefonieren.«

»Wie sind Sie rein und raus gekommen?« fragte Tarling. »Der Portier, der zur fraglichen Zeit Dienst hatte, sagte, er habe niemanden gesehen.«

»Ich bin hinten hinausgegangen«, erklärte Milburgh. »Es ist ein Kinderspiel, über den Hinterhof in Miß Riders Kellerwohnung zu gelangen. Alle Mieter haben einen Schlüssel zur Hintertür, damit sie die Fahrräder unterstellen können.«

»Das weiß ich«, sagte Tarling. »Weiter.«

»Ich bin dem tatsächlichen Ablauf ein wenig voraus«, erklärte Milburgh. »Das Kofferpacken kommt ja eigentlich erst später. Nachdem ich mich von Miß Rider verabschiedet hatte, brachte ich den Rest des Abends damit zu, meine Pläne noch einmal gründlich zu überdenken. Es hätte wenig Sinn«, sagte er mit einer lässigen Geste, »wenn ich jetzt in aller Einzelheit auf die Punkte einginge, die ich mit Lyne besprechen wollte.«

»Ich weiß genau, was Sie mit ihm besprechen wollten«, warf Tarling ein. »Sie wollten Miß Rider die Schuld an den Unterschlagungen in die Schuhe schieben.«

»Gratuliere, Mr. Tarling. Sie sind wohl Gedankenleser? Aber kommen wir wieder zum Thema. Ich hatte vor, an Mr. Lynes Menschlichkeit zu appellieren. Ich wollte ihn daran erinnern, daß ich seinem verstorbenen

Vater jahrelang treu gedient hatte; und wenn er das Geständnis nicht angenommen, sondern noch immer auf seinem Racheplan beharrt hätte, dann hätte ich mich vor seinen Augen erschossen, Mr. Tarling. So hatte ich es jedenfalls vor.«

Er brachte das in dramatischem Tonfall vor, doch Tarling blieb unbeeindruckt, und Whiteside blickte nur mit einem Zwinkern von seinem Notizbuch auf, in dem er eifrig Aufzeichnungen machte.

»Es scheint ein Hobby von Ihnen zu sein, den Selbstmord anzupeilen und dann in letzter Minute umzuschwenken«, meinte er.

»Ich finde es bedauerlich, daß Sie so leichtfertig über so ernste Dinge sprechen«, versetzte Milburgh. »Wie ich schon sagte, ich wartete ein wenig zu lange. Ich wollte erst in die Edgware Road gehen, wenn es ganz dunkel war. Den Schlüssel zur Wohnung hatte mir Miß Rider gegeben. Den kleinen Koffer fand ich ohne Schwierigkeiten und machte mich sogleich daran, ihn zu packen. Da stellte ich plötzlich fest, daß ich mich in der Zeit geirrt hatte — wie ich ja vorhin schon erklärte. Ich sah auf meine Uhr und entdeckte zu meiner Bestürzung, daß ich nicht mehr rechtzeitig zum Bahnhof kommen würde. Zum Glück hatte ich mit ihr vereinbart, daß ich anrufen würde. Auch das habe ich Ihnen ja bereits erzählt.«

»Augenblick«, unterbrach ihn Tarling. »Wie waren Sie angezogen?«

»Angezogen? Warten Sie mal. Ich trug meinen dicken Mantel, das weiß ich«, sagte Milburgh, »denn es war kalt und ein bißchen neblig.«

»Wo war die Pistole?«

»In der Manteltasche«, antwortete Milburgh prompt.

»Hatten Sie den Mantel an?«

Milburgh überlegte kurz. »Nein. Ich hatte ihn auf einen Haken am Fußende des Betts gehängt, gleich bei dem Alkoven, den Miß Rider als Schrank benutzt . . .«

»Und als Sie zum Telefon gingen, hatten Sie da Ihren Mantel an?«

»Nein, das weiß ich genau. Ich weiß noch, daß ich dachte, wie albern, einen Mantel mitzunehmen und dann nicht anzuziehen.«

»Weiter!« sagte Tarling.

»Ja, also, ich rief in dem Hotel an, aber zu meiner Verwunderung und meinem Ärger meldete sich Miß Rider nicht. Ich fragte den Hotelportier, ob er eine junge Dame gesehen habe, die so gekleidet sei, er verneinte. Es ist daher sehr gut möglich«, erklärte Milburgh mit Nachdruck, »daß Miß Rider weder im Hotel noch am Bahnhof war, sondern in ihre Wohnung zurückgekehrt war.«

»Halten Sie sich an die Tatsachen«, fuhr Whiteside ihn an. »Theorien haben wir genug. Weiter.«

»Wie Sie meinen, Sir«, versetzte Milburgh sehr höflich. »Ich hatte um halb zehn Uhr telefoniert. Sie werden sich erinnern, daß ich Mr. Lyne telegrafisch gebeten hatte, mich um elf in der Wohnung zu treffen. Ich sah keinen Grund, nach dem Telefonat wieder in die Wohnung zurückzukehren. Ich wollte erst kurz vor meiner Verabredung mit Mr. Lyne wieder dorthin gehen, um ihn einzulassen. Aber dann merkte ich, daß ich meinen Mantel in der Wohnung gelassen hatte, und kehrte um, um ihn zu holen. Als ich hinkam, sah ich in der Hintergasse verschiedene Leute. Es waren Angestellte des Fuhrunternehmens, das dort seine Garagen hat. Da ich auf keinen Fall auffallen wollte, beschloß ich zu warten, bis sie weggingen.

Aber nach einer Weile wurde mir reichlich kalt, und ich bin wieder zur Hauptstraße gegangen. Da spazierte ich entlang, bis ich zu einem Filmtheater kam. Obwohl ich eigentlich nicht recht in Stimmung war, ging ich hinein. Ich habe eine Schwäche für das Kino, wissen Sie. Wie der Film hieß, weiß ich nicht mehr —«

»Das brauchen Sie uns im Moment auch nicht zu sagen«, unterbrach Tarling. »Fassen Sie sich bitte so kurz wie möglich.«

Milburgh schwieg einen Augenblick. »Ich komme jetzt zum unglaublichsten Teil meines Berichts«, sagte er dann, »und möchte Sie bitten, auf jedes Detail zu achten. Es liegt in meinem eigenen Interesse, daß der Mörder gefaßt wird. Also — als ich in die Hintergasse zurückkam, war sie verlassen. Vor der Tür zu den Kellern stand ein Zweisitzer. Ich sah ihn mir an, ohne zu ahnen, daß es Lynes Wagen war. Ich fand es verwunderlich, daß das Hintertor, das ich abgeschlossen hatte, offen war. Ebenso die Tür zu den Kellern.

Ich ging in Miß Riders Wohnung. Ich hatte alle Lichter ausgemacht. Jetzt sah ich zu meinem Erstaunen Licht durch die Tür von Miß Riders Schlafzimmer schimmern. Ich drehte den Knauf, und noch ehe ich ins Zimmer trat, schlug mir beißender Pulvergeruch entgegen.

Das erste, was ich sah, war ein Mann, der bäuchlings auf dem Boden lag. Ich drehte ihn herum. Es war Mr. Lyne. Er war bewußtlos und blutete aus einer Wunde in der Brust. Im ersten Moment glaubte ich, er sei tot. Sie können sich meinen Schrecken vorstellen.

Der erste Gedanke, der mir kam — und erste Gedanken sind häufig richtig —, war, daß Miß Rider aus irgendeinem Grund zurückgekehrt war und ihn niedergeschossen hatte. Doch das Zimmer war leer. Seltsam war, daß das Fenster zum Seitenhof offenstand.«

»Aber es ist vergittert«, warf Tarling ein. »Auf diesem Weg hätte niemand entkommen können.«

Milburgh nickte nur.

»Ich sah mir die Verletzung an und wußte sofort, daß sie tödlich war. Ich glaube aber nicht, daß Mr. Lyne zu diesem Zeitpunkt schon tot war. Da ich schnellstens das Blut stillen wollte, zog ich wahllos eine Schublade auf und nahm das nächstbeste heraus, das mir in die Hände fiel. Es war ein Nachthemd. Statt eines Wattebauschs nahm ich zwei Taschentücher. Erst zog ich Mr. Lyne Jackett und Weste aus, was ziemlich schwierig war, dann verband ich ihn, so gut ich konnte. Mir war klar, daß der Fall hoffnungslos war, und ich glaube, er war schon tot, ehe ich ihn fertig verbunden hatte. Solange ich mich um ihn bemühte, konnte ich vergessen, in was für einer schrecklichen Situation ich mich befand; aber kaum wurde mir klar, daß für ihn nichts mehr zu tun war, packte mich blinde Panik. Ich riß meinen Mantel vom Haken und stürzte aus der Wohnung. Ich war vollkommen fertig, als ich wieder zu Hause war.«

»Haben Sie das Licht brennen gelassen?« fragte Tarling.

Milburgh überlegte. »Ja, ich habe es brennen gelassen.«

»Und Sie ließen den Toten in der Wohnung?«

»Ja. Ich schwöre es.«

»Und die Pistole — steckte die noch in Ihrer Manteltasche, als Sie nach Hause kamen?«

Milburgh schüttelte den Kopf.

»Warum haben Sie nicht die Polizei alarmiert?«

»Weil ich Angst hatte.«

»Es war kein Mensch in der Wohnung?« bohrte Tarling weiter.

»Soviel ich feststellen konnte, nicht. Ich sage Ihnen doch, das Fenster stand offen. Es stimmt zwar, daß es vergittert ist, aber eine schlanke Person, eine Frau —«

»Ausgeschlossen«, sagte Tarling kurz. »Zwischen den Stangen käme höchstens ein Karnickel durch. Sie haben keine Ahnung, wer die Leiche weggebracht hat?«

»Nein«, versicherte Milburgh mit Entschiedenheit.

Tarling wollte eben noch etwas sagen, als das Telefon läutete. Er griff zum Hörer. Eine fremde Stimme meldete sich, eine laute, heisere Stimme. Die Stimme eines Mannes: »Ist da Tarling?«

»Ja.«

»Sie ist eine Freundin von Ihnen, stimmt's?« fragte der Mann und lachte rauh.

Ein kalter Schauder lief Tarling über den Rücken. Sein Instinkt sagte ihm, daß der Mann am Telefon Sam Stay war.

»Morgen werden Sie sie finden — das, was von ihr noch übrig ist«, höhnte die Stimme. »Sie hat ihn in die Falle gelockt, und jetzt hat sie's selbst erwischt.«

Damit wurde eingehängt. Tarling hämmerte wie ein Wahnsinniger auf den Hebel, bis die Zentrale sich meldete.

»Was war das eben für ein Amt?« fragte er und erfuhr nach kurzem Warten, daß aus Hampstead angerufen worden war.

36

Odette Rider lehnte sich tief in die Ecke des Taxis und schloß die Augen. Jetzt setzte die Reaktion ein. Aufregung und Beunruhigung hatten ihr die Kraft gegeben, mit festem Schritt zum Auto zu gehen; jetzt aber, im Schutz der Dunkelheit, überkam sie eine tiefe Schwäche.

Der Wagen rollte durch endlos lange Straßen. Sie hätte nicht sagen können, in welcher Richtung, und es war ihr auch gleichgültig. Einmal, als sie eine große Straße überquerten, sah sie, daß Leute sich nach dem Taxi umdrehten, und ein Polizist schrie etwas. Doch sie war zu sehr mit ihren Gedanken beschäftigt, um sich darum zu kümmern. Trotz ihrer Benommenheit bewunderte sie die Geschicklichkeit des Taxifahrers, der offenbar jedes Hindernis mit Leichtigkeit umfuhr. Erst als sie merkte, daß das Taxi auf einer Landstraße fuhr, kam ihr der Verdacht, daß nicht alles in Ordnung war. Doch dann erkannte sie an gewissen Anzeichen, daß sie sich auf der Straße nach Hertford befanden.

Natürlich, dachte sie. Man braucht mich eher in Hertford als in London. Sie beruhigte sich wieder. Plötzlich hielt das Taxi an, fuhr rückwärts in eine kleine Seitenstraße hinein und wendete. Sobald er den Wagen gewendet hatte, stellte Sam Stay den Motor ab und stieg aus. Er riß die Tür auf Odettes Seite auf.

»Raus mit dir!« fuhr er sie an.

»Wieso — was —« begann Odette verwirrt, doch da beugte sich der Mann schon hinein, packte sie am Handgelenk und riß sie mit solcher Heftigkeit aus dem Wagen, daß sie stürzte.

»Du kennst mich wohl nicht, was?« schrie er ihr ins Gesicht und packte sie so fest an ihren Schultern, daß sie vor Schmerz beinahe aufgeschrien hätte.

Sie lag auf den Knien und bemühte sich, aufzustehen, während sie den Mann ungläubig anstarrte.

»Ich kenne Sie«, stieß sie dann hervor. »Sie sind der Mann, der in meine Wohnung einbrechen wollte!«

Er grinste breit. »Und ich kenn dich auch«, entgegnete er. »Du bist die Teufelin, die ihn in die Falle gelockt hat. Den besten Menschen auf der ganzen Welt — und jetzt liegt er auf dem Friedhof von Highgate. Aber heute abend bist du auch dort! Ich bring dich hin, warte nur!«

Er hielt ihre beiden Handgelenke umklammert und blickte ihr mit wutverzerrtem Gesicht in die Augen. Sie wollte schreien, doch kein Laut kam ihr über die Lippen. Sie schwankte und fiel vornüber. Er fing sie auf und zog sie auf die Beine.

»Nichts da! Von wegen ohnmächtig werden!« rief er. »Das kannst du dir für später sparen. Wenn du wüßtest, was dir blüht, würdest du dir wünschen, daß du nie mehr zu Bewußtsein kommst!«

Er ließ sie ins Gras neben der Straße fallen, nahm einen Gepäckgurt aus dem Wagen und fesselte ihr die Hände. Dann band er ihr den Schal um den Mund, den sie getragen hatte.

Ohne Mühe hob er sie hoch und legte sie in das Taxi. Nachdem er die Tür zugeschlagen hatte, kletterte er hinter das Steuer und fuhr los. Mit Höchstgeschwindigkeit raste der Wagen in Richtung London.

Sie hatten die Außenbezirke von Hampstead erreicht, als er über einem Tabakgeschäft ein beleuchtetes Zeichen sah. Es besagte, daß es dort Telefon gab. An der dunkelsten Stelle der Straße hielt er an, und nachdem er festgestellt hatte, daß Odette noch immer bewußtlos war, rannte er zu dem Tabakladen zurück.

Ein Gedanke war plötzlich in seinem wirren Geist aufgekeimt. Es gab da noch jemanden, an dem man sich rächen konnte! Dieser gemeine Hund, der ihn verhört hatte, als er seinen Anfall bekommen hatte — Tarling. Richtig, Tarling hieß der.

Er suchte im Telefonbuch, und zufällig war es die neueste Ausgabe, in der auch Tarlings Name enthalten war, obwohl er noch nicht lange in London war. Sekunden später sprach er bereits mit ihm. Als er wieder aus der kleinen Zelle trat, musterte ihn der Ladenbesitzer, der seine laute Stimme gehört hatte, voller Argwohn. Doch Sam Stay war das gleichgültig. Er lief zum Taxi zurück, sprang hinein und brauste wieder los. Zum Friedhof in Highgate! Er war sicher schon geschlossen, aber das machte nichts. Vielleicht würde er sie zuerst kaltmachen und dann über die Mauer hieven. Aber die schönste Rache wäre, wenn er sie lebendig in die Gruft werfen könnte, mitten unter die Toten, durch diese kleinen Türen, die sich öffneten wie Kirchentüren, hinunter in das kalte, feuchte Gewölbe.

Er sang laut vor sich hin bei dieser Vorstellung. Er war so glücklich wie noch nie in seinem Leben.

Die Fußgänger, an denen das Taxi im Zickzackkurs vorbeiraste, drehten sich erstaunt um und wunderten sich über den lauthals singenden Fahrer.

Der Friedhof war tatsächlich geschlossen. Die düsteren Eisentore versperrten alle Eingänge. Die Mauer war sehr hoch. Es war ein erstaunlicher Ort, denn der Friedhof wurde fast auf allen Seiten von Häusern umstanden. Eine halbe Stunde lang suchte Sam nach einer passenden Stelle, ehe er schließlich an einer anhielt, wo die Mauer nicht unüberwindlich schien. Nirgends war eine Menschenseele zu sehen.

Er hatte keine Angst, daß die junge Frau ihn stören würde. Mit einem Blick ins Wageninnere hatte er festgestellt, daß sie zusammengesunken auf dem Boden lag. Sie mußte immer noch bewußtlos sein.

Er fuhr den Wagen auf den Bürgersteig hinauf und riß die Tür auf.

»Komm schon!« rief er triumphierend. Er streckte die Hände aus, da schoß ihm etwas aus dem Wagen entgegen, so geschmeidig und flink wie eine Schlange. Hände umfaßten seinen Hals und schleuderten ihn nach rückwärts an die Friedhofsmauer.

Sam Stay wehrte sich wie ein Rasender, aber Ling Chu hielt ihn eisern umklammert.

37

Tarling legte auf. Sein Gesicht war kreidebleich. Er wirkte plötzlich um Jahre gealtert.

»Was ist los?« fragte Whiteside. »Wer war das?«

»Stay«, antwortete Tarling. »Er hat Odette in seiner Gewalt.«

Whiteside betrachtete ihn nachdenklich; Milburgh, dessen Gesicht vor Angst zuckte, beobachtete die Szene neugierig.

»Ich bin geschlagen«, sagte Tarling, und da läutete das Telefon schon wieder. Er hob ab, und Whiteside sah, wie seine Augen groß wurden. Es war Odette.

»Odette! Wo bist du? Ist dir auch nichts passiert?« rief er. »Gott sei Dank. Wo bist du?«

»In einem Tabakladen in —«

Es folgte eine Pause. Sie fragte offenbar jemanden nach der Adresse. Dann meldete sie sich wieder und gab sie ihm an.

»Wunderbar«, rief Tarling. »Ich komme sofort. Whiteside, besorgen Sie ein Taxi! Wie bist du entkommen?«

»Das ist eine ziemlich lange Geschichte«, antwortete sie. »Dein chinesischer Freund hat mich gerettet. Er tauchte plötzlich auf wie die Märchenfee, als der gräßliche Mensch angehalten hatte, um zu telefonieren . . . Ich glaube, er hatte oben auf dem Taxi gelegen. Ich hörte ihn nämlich auf der Seite herunterrutschen. Er half mir heraus, und ich mußte mich in einer Toreinfahrt verstecken. Er legte sich dann auf meinen Platz. Bitte, stell mir jetzt keine Fragen mehr! Ich bin so müde.«

Eine halbe Stunde später war Tarling bei Odette und hörte die ganze schreckliche Geschichte.

»Ich muß ohnmächtig geworden sein«, berichtete sie. »Als ich wieder zu mir kam, lag ich auf dem Boden des Taxis. Erst wollte ich mich wieder auf den Sitz setzen, aber dann überlegte ich mir, daß sich vielleicht eher eine Chance zur Flucht ergeben würde, wenn ich so tat, als sei ich immer noch bewußtlos. Als ich merkte, daß der Wagen anhielt, wollte ich aufstehen, aber mir fehlte die Kraft. Dann hörte ich oben auf dem Verdeck ein Scharren, und gleich darauf wurde die Tür geöffnet. Ich sah eine Gestalt und wußte sofort, daß das nicht der Chauffeur war. Der fremde Mann hob mich heraus und führte mich über die Straße in eine dunkle Toreinfahrt.

›Warten Sie hier‹, sagte er. ›Ein Stück weiter oben ist ein Laden, wo Sie telefonieren können. Warten Sie, bis wir weg sind.‹

Dann ging er wieder zum Taxi und stieg ein. Gleich darauf sah ich Stay kommen, und Sekunden später war das Taxi verschwunden. Ich schleppte mich zu dem Tabakgeschäft — und das ist alles.«

Als Tarling in seine Wohnung zurückkehrte, wartete Whiteside dort noch auf ihn. Milburgh war von der Polizei abgeholt worden. Am nächsten Tag würde Anklage gegen ihn erhoben werden.

»Ich verstehe nicht, wo Ling Chu bleibt. Er müßte längst zurück sein«, meinte Tarling.

Es war inzwischen halb zwei Uhr morgens. Eine telefonische Rückfrage bei Scotland Yard brachte nichts Neues.

»Es ist natürlich möglich«, überlegte Tarling, »daß Sam Stay mit dem Taxi weiter bis nach Hertford fuhr. Der Mann ist wirklich allgemeingefährlich geworden. Ein Verrückter.«

»Alle Verbrecher sind mehr oder weniger verrückt«, meinte Whiteside philosophisch. »Ich frage mich, weshalb der Bursche durchgedreht ist.«

»Die Liebe ist schuld!« sagte Tarling.

Whiteside starrte ihn verblüfft an.

»Die Liebe?« wiederholte er ungläubig. Tarling nickte.

»Sam Stay betete Lyne an. Das ist eindeutig. Der Schock über seinen Tod ist die Ursache.«

Whiteside trommelte mit den Fingern ungeduldig auf die Tischplatte. »Was halten Sie eigentlich von Milburghs Geschichte?« fragte er.

Tarling zuckte die Achseln. »Es ist schwer, sich da ein Urteil zu bilden«, meinte er. »Ich hatte den Eindruck, daß er die Wahrheit sagte, und doch ist die ganze Geschichte unglaublich.«

»Milburgh hatte natürlich auch Zeit genug, sich ein schönes Märchen auszudenken«, warnte Whiteside. »Er ist gerissen, dieser Milburgh, und es ist kaum anzunehmen, daß er uns eine Sache auftischt, die nicht auch glaubwürdig ist.«

»Da haben Sie recht. Trotzdem habe ich den Eindruck, daß er größtenteils die Wahrheit sagte.«

»Aber wer hat dann Thornton Lyne getötet?«

Mit einer Geste der Verzweiflung stand Tarling auf. »Sie sind der Lösung des Rätsels offenbar nicht näher als ich. Doch ich habe eine Theorie, die vielleicht phantastisch klingt —«

Auf der Treppe wurden leichte Schritte laut, und Tarling lief zur Eingangstür, um sie zu öffnen. Ling Chu kam herein, unergründlich und gelassen wie immer. Doch seine Stirn und seine rechte Hand waren dick bandagiert.

»Ling Chu!« rief Tarling auf englisch. »Du bist verletzt?«

»Nur leicht. Würdest du mir eine Zigarette geben, Herr? Ich habe meine im Handgemenge verloren.«

»Wo ist Sam Stay?«

Ling Chu zündete die Zigarette an, ehe er antwortete, blies das Streichholz aus und legte es vorsichtig in den Aschenbecher, der in der Mitte des Tisches stand. »Er schläft auf den Terrassen der Nacht.«

»Tot?« fragte Tarling verblüfft.

Der Chinese nickte.

»Hast du ihn getötet?«

Wieder schwieg Ling Chu und stieß nur eine Rauchwolke aus. Dann sagte er: »Er war schon seit vielen Tagen dem Tod nahe, wie mir der Arzt im Krankenhaus sagte. Ich gab ihm nur einen Schlag auf den Kopf, einen leichten. Er ging mit einem Messer auf mich los, es war nicht schlimm.«

»Sam Stay ist also tot?« sagte Tarling nachdenklich. »Nun, dadurch ist eine Quelle der Gefahr für Miß Rider ausgeschaltet, Ling Chu.«

Der Chinese lächelte.

»Es sind noch viele andere Dinge ausgeschaltet, Herr, denn ehe dieser Mann starb, wurde sein Geist wieder klar.«

»Du meinst, er war normal?«

»Er war normal, Herr«, antwortete Ling Chu. »Er wünschte auf Papier zu sprechen. Deshalb holte der Arzt im Krankenhaus eine Amtsperson, einen Richter, der in der Nähe des Krankenhauses wohnt. Er kam und brachte einen Sekretär mit, der alles aufschrieb. Und als der Mann gestorben war, schrieb er alles sehr schnell mit einer Maschine nieder und gab mir diese Papiere für dich, Herr.«

Aus seinem Kittel zog er ein zusammengerolltes Schriftstück.

Tarling nahm es und sah, daß es aus mehreren Seiten bestand.

»Sag mir erst eines, Ling Chu«, sagte er. »Was ist geschehen? Setz dich!«

Mit einer kleinen Verneigung zog Ling Chu sich einen Sessel heran und ließ sich nieder.

»Du mußt wissen, Herr, daß ich den Mann mit dem feisten Gesicht gegen deinen Willen und ohne dein Wissen verhört habe. Hier in England werden diese Dinge anders gehandhabt, aber ich wollte die Wahrheit ans Licht bringen. Deshalb wollte ich schon die Folter anwenden, als er mir sagte, daß die kleine junge Frau in Gefahr wäre. Darauf ließ ich ihn hier zurück und begab mich zu dem Krankenhaus, in dem die junge Frau lag. Als ich um die Ecke kam, sah ich, wie sie in ein Taxi einstieg.

Es fuhr davon, und ich mußte laufen, um es einzuholen. Es fuhr sehr schnell, aber ich ließ nicht nach. Als es anhalten mußte, um eine Straße zu überqueren, holte ich es ein und kletterte aufs Dach. Ein paar Leute haben das gesehen und schrien dem Fahrer hinterher, aber der hörte nichts. Lange lag ich oben auf dem Autodach, und der Wagen fuhr auf eine Landstraße hinaus, und dann wieder zurück zur Stadt. Einmal hielt er an, und ich sah, wie der Mann sehr böse mit der jungen Frau sprach. Die junge Dame fiel in Bewußtlosigkeit, und er hob sie wieder in den Wagen.

Auf der Rückfahrt zur Stadt hielt er noch einmal an und ging in einen Laden. Ich glaube, er wollte telefonieren. Als er weg war, stieg ich vom Dach und half der jungen Frau aus dem Auto. Ich nahm ihr den Ledergurt von den Händen und brachte sie zu einer Toreinfahrt. Dann legte ich mich in dem Auto auf den Boden. Wir fuhren lange. Schließlich hielt er bei einer hohen Mauer an, und dann gab es einen Kampf. Ich brauchte lange, ihn zu überwinden, und dann mußte ich ihn tragen. Wir kamen zu einem Polizisten, der uns mit einem Auto ins Krankenhaus brachte. Man verband meine Wunden, und dann sagte man mir, der Mann läge im Sterben und wünschte mit jemandem zu sprechen, um sein Gewissen zu erleichtern.

Und dann sprach er, Herr, und der Sekretär schrieb alles auf. Danach starb der kleine Mann mit dem weißen Gesicht.«

Abrupt, wie das seine Gewohnheit war, schwieg er. Tarling nahm die Papiere und faltete sie auseinander, um zu lesen. Whiteside wartete geduldig.

Als Tarling fertig war, blickte er über den Tisch.

»Thornton Lyne wurde von Sam Stay getötet«, sagte er, und Whiteside riß ungläubig die Augen auf.

»Aber —«

»Ich vermutete das schon eine ganze Weile, aber mir fehlten noch die letzten Beweise. Lassen Sie mich die Aussage von Sam Stay vorlesen.«

38

»Mein Name ist Sam Stay. Ich wurde in Maidstone in der Grafschaft Kent geboren und bin neunundzwanzig Jahre. Mit elf verließ ich die Schule und geriet in schlechte Gesellschaft, mit dreizehn wurde ich wegen Ladendiebstahls verurteilt und saß vier Jahre in Borstal ab.

Nach meiner Entlassung ging ich nach London. Ein Jahr später erwischte man mich bei einem Einbruch. Das kostete mich zwölf Monate Gefängnis mit Schwerarbeit.

Als ich danach wieder rauskam, kümmerte sich eine Wohltätigkeitsorganisation um mich. Ich lernte Auto fahren. Unter falschem Namen erwarb ich eine Taxifahrerlizenz und fuhr zwölf Monate lang Taxi. Danach wurde ich wegen Gepäckdiebstahls verurteilt und saß achtzehn Monate.

Als ich wieder in Freiheit war, lernte ich Mr. Thornton Lyne kennen. Und das geschah so: Die Gefängnishilfe hatte mir einen Brief gegeben, und ich fragte Mr. Thornton Lyne wegen Arbeit. Er kümmerte sich sehr um mich, und von Anfang an war er wie ein guter Freund zu mir. Er war der beste Freund, den ich je hatte. Sein Güte war groß, und ich glaube, daß es nie einen wunderbareren Menschen auf der Welt gegeben hat als ihn.

Immer wieder half er mir, und obwohl ich immer wieder ins Gefängnis kam, hielt er zu mir. Er half mir wie einem Freund und war nie entsetzt, wenn ich in Schwierigkeiten geriet. Im Frühling dieses Jahres wurde ich aus dem Gefängnis entlassen. Am Tor wartete Mr. Thornton Lyne mit einem schönen Auto. Er behandelte mich, als wäre ich ein Prinz, und nahm mich mit in sein großes Haus und gab mir zu essen und köstlichen Wein zu trinken.

Dort erzählte er mir, ihm wäre von einer jungen Frau, um die er sich sehr gekümmert hatte, übel mitgespielt worden. Er hatte dieser jungen Frau Arbeit gegeben, als sie kurz vor dem Verhungern war, und zum Dank, sagte er, verbreitete sie nun Lügen über ihn. Ich hatte diese Person nie gesehen. Sie hieß Odette Rider. Aber ich verspürte einen großen Haß auf sie, und je mehr er mir von ihr erzählte, desto entschlossener wurde ich, ihn zu rächen.

Als er sagte, daß sie sehr schön wäre, fiel mir ein Kumpel aus Wandsworth ein, ein Mann namens Selser. Jedenfalls glaube ich, daß er so hieß. Er mußte sitzen, weil er seiner Freundin Schwefelsäure ins Gesicht geschüttet hatte. Sie hatte ihm den Laufpaß gegeben, während er im Gefängnis saß, und einen anderen geheiratet. Ich glaube, sie war sehr schön. Als Selser rauskam, lauerte er ihr auf und schüttete ihr das Zeug ins Gesicht, und er erzählte mir oft, daß er es nicht bereue. Mr. Lyne erzählte mir, daß diese Frau sehr schön war, und da kam mir die Idee, mich auf diese Weise an ihr zu rächen. Ich wohnte in Lambeth, bei einem alten Kerl, der praktisch nur Kriminelle als Mieter nahm. Es kostete etwas mehr als anderswo, aber das war es wert, weil der Hausherr oder seine Frau der Polizei immer falsche Auskünfte gaben, wenn die was wissen wollte.

Ich zog in das Haus, weil ich einen Einbruch in Muswell Hill vorhatte, zusammen mit einem Kumpel, der zwei oder drei Tage vor mir entlassen worden war. Er kannte das Opfer und fragte mich einmal, als wir im Gefängnis zusammen arbeiteten, ob ich Interesse hätte. Ich dachte, daß ich mit der Beute verschwinden könnte, wenn ich jemand hätte, der schwor, daß ich nicht weggegangen wäre.

Ich sagte dem Wirt, ich hätte am Vierzehnten etwas vor, und gab ihm ein Pfund. Dann suchte ich am Vierzehnten Mr. Lyne in seinem Haus auf und erklärte ihm, was ich vorhatte. Ich zeigte ihm die Schwefelsäure, die ich in der Waterloo Road gekauft hatte, aber er rief, er wollte von der ganzen Sache nichts wissen. Ich dachte, er sagte das nur, weil er nicht mit hineingezogen werden wollte. Er sagte, ich sollte das Mädchen ihm überlassen. Er würde schon mit ihr abrechnen.

Ich ging ungefähr gegen neun bei ihm weg und sagte, ich wollte nach Hause. In Wirklichkeit ging ich aber zu dem Haus in der Edgware Road, wo diese Odette Rider wohnte. Ich kannte die Wohnung, weil ich schon mal dort gewesen war. Da hatte Mr. Lyne mich gebeten, ein paar Schmuckstücke in die Wohnung zu schmuggeln. Er wollte sie dann nämlich als Diebin festnehmen lassen. Aber es war mir nicht gelungen, in die Wohnung hineinzukommen, weil ein gewisser Tarling, ein Privatdetektiv, mich vorher entdeckte. Aber dadurch kannte ich mich wenigstens ganz gut aus und wußte, wie man ins Haus hineinkam, ohne vom Portier gesehen zu werden. Ich kam ohne Mühe in die Wohnung. Ich hielt es für besser, früh hinzugehen, weil diese Rider vielleicht ins Theater gegangen war und ich so die Möglichkeit hatte, mich zu verstecken, ehe sie zurückkam. Alles war dunkel. Das paßte mir sehr gut. Ich ging von einem Zimmer ins andere. Am Schluß kam ich ins Schlafzimmer. Da suchte ich mir ein Versteck. Am Fuß des Bettes war ein Alkoven, in dem mehrere Kleider und ein Morgenrock hinter einem Vorhang hingen. Da konnte ich mich bequem verstecken. Neben dem Alkoven, außerhalb des Vorhangs, waren zwei Kleiderhaken. Ich erwähne sie hier, weil sie später wichtig sind.

Während ich mich noch umsah, hörte ich einen Schlüssel in der Wohnungstür und knipste das Licht aus. Ich hatte gerade noch Zeit, mich im Alkoven zu verstecken, als die Tür geöffnet wurde. Ein Mann namens Milburgh trat ein. Er schaltete das Licht ein und schloß die Tür hinter sich. Er schaute sich um, als dächte er über etwas nach, dann zog er seinen Mantel aus und hängte ihn an einen der Haken neben dem Alkoven. Ich hielt den Atem an, weil ich Angst hatte, er würde hinter den Vorhang sehen, aber er tat es nicht.

Er ging im Zimmer herum, als suchte er etwas, und wieder fürchtete ich, entdeckt zu werden. Aber dann ging er hinaus und kam gleich darauf mit einem kleinen Koffer zurück. Nachdem er hinausgegangen war, sah ich, daß aus der Tasche des Mantels, den er aufgehängt hatte, der Kolben einer Pistole herausragte. Ich wußte nicht recht, was ich davon halten sollte, sagte mir dann aber, es wäre besser, ich hätte das Ding in der Tasche, wenn ich entdeckt werden sollte. Ich zog die Pistole also heraus und steckte sie selbst ein.

Nach einer Weile kam er, wie gesagt, mit dem Koffer zurück und fing an zu packen. Dann sah er plötzlich auf seine Uhr und murmelte etwas vor sich hin. Er ließ den Koffer einfach stehen, schaltete das Licht aus und lief hinaus. Ich wartete darauf, daß er wiederkommen würde, aber nichts rührte sich. Ich sah mir die Pistole an. Sie war geladen. Ich hatte noch nie so ein Ding in der Hand gehabt, aber ich dachte mir, es wäre vielleicht gar nicht dumm, sie zu behalten, wo ich ja ein Verbrechen begehen wollte, das mir lebenslänglich einbringen würde, falls ich erwischt wurde.

Dann machte ich das Licht aus und setzte mich ans Fenster und wartete auf Miß Rider. Ich zündete mir eine Zigarette an und öffnete das Fenster, um den Rauch hinauszulassen. Dann nahm ich die Flasche mit der Schwefelsäure, stellte sie auf einen Hocker neben mich und zog den Korken heraus. Ich weiß nicht, wie lange ich im Dunkeln wartete, aber gegen elf Uhr, soweit ich das beurteilen kann, hörte ich draußen ganz leise die Wohnungstür gehen und dann vorsichtige Schritte. Ich wußte, daß es nicht Milburgh war, denn der ist ein massiger Mann. Diese Person schlich wie eine Katze. Ich hörte nicht einmal, wie die Schlafzimmertür geöffnet wurde. Mit der Säureflasche neben mir wartete ich darauf, daß das Licht angeknipst werden würde, aber nichts geschah. Ich weiß nicht, was mich dazu veranlaßte, aber ich ging auf die Person zu, die ins Zimmer gekommen war. Ehe ich wußte, wie mir geschah, packte mich jemand, warf einen Arm um meinen Hals und drückte so fest zu, daß mir fast die Luft wegblieb. Ich dachte, es wäre Milburgh, der mich schon vorher entdeckt hatte und zurückgekommen war, um mich zu schnappen. Ich wollte ihn wegstoßen, aber er gab mir einen Schlag aufs Kinn.

Ich bekam es mit der Angst. Ich dachte, der Krach würde die Leute im Haus wecken, und dann würde die Polizei kommen. Ich geriet in Panik. Ehe ich wußte, was ich tat, zog ich die Pistole und drückte ab. Ich hörte, wie jemand umfiel. Instinktiv wollte ich nur die Pistole loswerden. In der Dunkelheit stolperte ich über einen Korb. Er war voll mit Baumwoll- und Wollsachen und so was. Da stopfte ich die Pistole hinein. Es war ein Nähkorb. Dann tastete ich mich durch das Zimmer und schaltete das Licht an.

Genau in dem Moment hörte ich wieder einen Schlüssel in der Wohnungstür. Ich warf nur einen Blick auf die Person, die mit dem Gesicht nach unten dalag, und versteckte mich wieder im Alkoven.

Milburgh kam herein. Er wandte mir den Rücken zu. Als er den Mann umdrehte, den ich angeschossen hatte, konnte ich das Gesicht nicht sehen. Milburgh zog etwas aus einer Schublade und band es dem Mann um den Oberkörper, nachdem er ihm Jacke und Weste ausgezogen hatte. Aber erst, als er wieder gegangen und ich aus meinem Versteck hervorgekommen war, wurde mir klar, daß der Mann, den ich erschossen hatte, Mr. Lyne war.

Ich glaube, ich geriet völlig außer mir vor Entsetzen und Schmerz. Ich konnte nur immerzu denken, daß es doch noch eine Hoffnung geben mußte, daß er vielleicht gar nicht tot war, daß ich ihn schleunigst in ein Krankenhaus bringen mußte. Wir hatten den Plan, wie wir in die Wohnung eindringen würden, besprochen, und er hatte mir erklärt, wo er seinen Wagen stehen lassen würde. Und der Wagen wartete auch genau an der besprochenen Stelle in der Hintergasse. Kein Mensch war zu sehen.

Ich lief wieder in die Wohnung und trug ihn zum Wagen hinaus. Da setzte ich ihn auf den Mitfahrersitz. Dann holte ich seine Jacke und seine Weste und warf sie neben ihm auf den Sitz. Seine Stiefel fand ich ebenfalls im Wagen, und zum erstenmal fiel mir auf, daß er Hausschuhe trug.

Ich war mal Taxifahrer, deshalb kann ich mit einem Auto umgehen. Ich fuhr zum St.-George-Krankenhaus. Ich fuhr durch den Hyde Park, weil ich nicht gesehen werden wollte. An einer einsamen Stelle hielt ich an, um mir Mr. Lyne noch einmal anzusehen. Da erkannte ich, daß er tot war.

Bestimmt zwei Stunden lang saß ich neben ihm im Auto und weinte mir die Augen aus dem Kopf.

Dann, nach einer Weile, nahm ich mich zusammen, trug ihn hinaus und legte ihn ein Stück vom Wagen entfernt bei einem Weg nieder.

Mir war klar, daß es mir schlecht ergehen würde, wenn man ihn tot bei mir fand, aber ich brachte es nicht über mich, ihn allein zu lassen. Nachdem ich ihm die Hände gefaltet hatte, blieb ich noch einmal ein oder zwei Stunden bei ihm sitzen. Er wirkte so kalt und einsam, und mein Herz blutete bei dem Gedanken, ihn allein zu lassen.

Als es Morgen wurde, sah ich gleich in der Nähe ein Beet mit Narzissen. Ich pflückte einen kleinen Strauß und legte ihn auf seine Brust, denn ich habe ihn geliebt.«

Tarling schwieg und sah Whiteside an.

»Damit ist das Geheimnis der gelben Narzissen gelöst«, sagte er. »Eine ziemlich einfache Lösung, Whiteside. Unser Freund Milburgh ist damit entlastet. Es ist die Frage, ob man ihm überhaupt etwas wird nachweisen können.«

Eine Woche später wanderten zwei Menschen über die Hügel am Meer entlang. Etwa eine Meile waren sie schweigend dahingegangen, dann sagte Odette plötzlich:

»Ich werde immer noch so leicht müde. Setzen wir uns doch.«

Tarling ließ sich gehorsam neben ihr nieder.

»Ich habe heute morgen in der Zeitung gelesen«, sagte sie, »daß du Lynes Warenhaus verkauft hast.«

»Das stimmt«, antwortete Tarling. »Ich möchte aus verschiedenen Gründen das Geschäft nicht weiterführen und auch nicht in London bleiben.«

Sie sah ihn nicht an, sondern spielte mit einem Grashalm, den sie ausgerissen hatte. Schließlich fragte sie:

»Du willst weg von hier?«

»Wir gehen beide weg von hier.«

»Ach?« Sie blickte ihn überrascht an. »Wir beide?«

»Ja, ich habe dir doch schon damals in Hertford gesagt, daß ich dich liebe.«

»Ich dachte, ich täte dir nur leid, und du hättest mir deshalb so eine verrückte — eine . . .«

»Eine Liebeserklärung?« fragte Tarling.

»Ja, das ist das passende Wort«, erwiderte sie mit einem kleinen Lächeln. »Du sagtest es nur, weil du Mitleid mit mir hattest, mit meiner hoffnungslosen Lage.«

»Der Grund ist einfach, daß ich dich liebe.«

»Und wohin gehen — wir?« fragte sie verlegen.

»Für ein paar Monate nach Südamerika und dann in mein geliebtes China. Dort ist jetzt die kühle Jahreszeit.«

»Warum nach Südamerika?« fragte Odette.

»Weil ich heute morgen einen Artikel über Gartenkultur in der Zeitung las. Darin hieß es, daß in Argentinien keine Narzissen wachsen.«